Ullstein

ÜBER DAS BUCH:

Tatort Los Angeles. Die fünfziger Jahre sind noch jung, als die Stadt der Engel vom Verbrechen des Jahrzehnts erschüttert wird. Unbekannte Täter überfallen ein Nachtcafé namens »The Nite Owl«, treiben Gäste und Personal in die hinteren Räume und metzeln sie gnadenlos nieder. Ein simpler Raubüberfall? Ein Gangsterkrieg? Eine zunächst kaum beachtete Spur führt zu einer jahrzehntealten, alptraumhaften Mordserie. Drei eigenwillige Polizisten setzen ihren Ehrgeiz daran, den Fall zu lösen: Ed Exley, der junge Karriereritter, Sergeant Jack Vincennes, der eine alte Rechnung begleichen will, und Bud White, selbsternannter Rächer geschändeter Frauen und Kinder – alle drei Opfer ihrer eigenen Vergangenheit. Als sich die Wege dieser Männer im Fall »Nite Owl« kreuzen, ist die Katastrophe unvermeidlich.

DER AUTOR:

James Ellroy, 1948 in Los Angeles geboren, begann seine Karriere als Schriftsteller mit dem Vorsatz, der größte Kriminalautor aller Zeiten werden zu wollen. Bereits die ersten Romane des von Joseph Wambaugh und Ross Macdonald beeinflußten Schriftstellers, *Browns Grabgesang* und *Heimlich,* trugen ihm die Nominierung für den begehrten Edgar Allan Poe Award ein. *Stadt der Teufel* (ausgezeichnet mit dem Deutschen Krimi-Preis) ist nach *Die Schwarze Dahlie* und *Blutschatten* der dritte Band seines auf vier Romane konzipierten schwarzen Epos über die kriminelle Geschichte der Stadt Los Angeles in den fünfziger Jahren.

James Ellroy

Stadt der Teufel

Roman

Aus dem Amerikanischen
von Hans H. Harbort

Ullstein

Kriminalroman
Ullstein Buch Nr. 23034
im Verlag Ullstein GmbH,
Frankfurt/M – Berlin
Titel der amerikanischen
Originalausgabe:
L. A.: Confidential

Ungekürzte Ausgabe

Umschlagentwurf:
Hansbernd Lindemann
Illustration:
Stephen Peringer

Printed in Germany 1993
Druck und Verarbeitung:
Ebner Ulm
ISBN 3 548 23034 2

2. Auflage Oktober 1993
Gedruckt auf alterungs-
beständigem Papier mit
chlorfrei gebleichtem Zellstoff

Vom selben Autor
in der Reihe
der Ullstein Bücher:

Stiller Schrecken (22057)
Blutschatten (22654)
Die Schwarze Dahlie (22834)
Blut auf dem Mond (22979)
In der Tiefe der Nacht (22980)
Browns Grabgesang (22987)
Heimlich (22988)
Hügel der Selbstmörder (23160)

Die Deutsche Bibliothek –
CIP-Einheitsaufnahme

Ellroy, James:
Stadt der Teufel: Roman / James Ellroy.
Aus dem Amerikan. von Hans H. Harbort.
– Ungekürzte Ausg., 2. Aufl. –
Frankfurt/M; Berlin: Ullstein, 1993
(Ullstein-Buch; Nr. 23034:
Kriminalroman)
ISBN 3-548-23034-2
NE: GT

FÜR
MARY DOHERTY ELLROY

Ein Ruhm, der alles kostet und ohne Sinn ist –

Steve Erickson

PROLOG

21. Februar 1950

Ein verlassenes Motel in den Ausläufern der San-Bernardino-Berge; Buzz Meeks mietete sich ein mit vierundneunzigtausend Dollar, achtzehn Pfund hochwertigem Heroin, einer großkalibrigen Schrotflinte, einem 38er Special, einer 45er Automatik und einem Schnappmesser, das er einem Pachuco an der Grenze abgekauft hatte – um kurz darauf das auf der anderen Seite parkende Auto zu entdecken: Mickey Cohens Schläger in einem Zivilwagen des LAPD, dazu etliche Tijuana-Cops auf der Lauer, sich einen Teil seiner Habe unter den Nagel zu reißen und seine Leiche in den San Ysidro River zu kippen.

Er war jetzt eine Woche auf der Flucht; er hatte sechsundfünfzig Riesen fürs Überleben ausgegeben: Autos, Schlupfwinkel zu vier- und fünftausend pro Nacht – Risikotarif – die Inhaber wußten, daß Mickey C. hinter ihm her war, weil er sein Drogengipfeltreffen und seine Frau aufgemischt hatte, und daß ihn die Polizei von L. A. wegen Mordes an einem der Ihren kriegen wollte. Der Kontrakt, den Cohen auf ihn rausgegeben hatte, vermasselte ihm jeden Direktverkauf des Stoffes – aus Angst vor Racheakten wollte keiner das Zeug haben; er konnte nichts Besseres tun, als den Dreck bei Doc Engleklings Söhnen zu bunkern – Doc würde ihn einfrieren, portionieren, später verkaufen und ihm seinen Anteil geben. Doc hatte früher mit Mickey zusammengearbeitet und war schlau genug, um vor dem Scheißkerl Angst zu haben; die Brüder knöpften ihm fünfzehn Riesen ab, schickten ihn zum El Serrano Motel und wollten seine Flucht vorbereiten. Heute abend nach Sonnenuntergang sollten ihn zwei Männer – Illegalenschlepper – zu einem Bohnenfeld fahren und ihn via Aerokoks nach Guatemala City verfrachten. Er hätte dann mehr als zwanzig Pfund Big H in den Staaten, die für ihn arbeiteten – falls er den Söhnen von Doc und *sie* den Schmugglern trauen konnten.

Meeks versteckte seinen Wagen in einem Pinienhain, wuchtete seinen Koffer heraus und sondierte das Terrain.

Das Motel hatte die Form eines Hufeisens, ein Dutzend Zimmer, die Berge im Rücken – unmöglich, von hinten heranzukommen.

Der Hof war mit losem Kies ausgestreut und übersät mit Ästen, Papierfetzen und leeren Weinflaschen – jeder Fußtritt würde knirschen, Autoreifen würden auf Holz und Glas knacken.

Es gab nur einen Zugang – die Straße, auf der er gekommen war. Die Kundschafter müßten sich durch dichten Wald kämpfen, wenn sie ihm ans Leder wollten.

Oder sie könnten in einem der Zimmer auf ihn warten.

Meeks schnappte sich die 10er Schrotflinte und fing an, Türen einzutreten. Eins, zwei, drei, vier – Spinnweben, Ratten, Badezimmer mit verstopften Toiletten, verschimmelte Lebensmittel, Zeitschriften in spanischer Sprache – die Schmuggler benutzten das Motel offensichtlich dazu, die Spics einzulogieren, ehe sie sie zu den Sklavenfarmen oben im Kern County brachten. Fünf, sechs, sieben – Bingo: mexikanische Familien, die sich auf Matratzen drängten und verängstigt auf den weißen Mann mit der Waffe starrten. »Ruhig, schön ruhig«, damit sie friedlich blieben. Die letzten paar Zimmer standen leer. Meeks holte sein Bündel, ließ es gleich hinter der Tür von Nummer 12 zu Boden fallen: Blick nach vorne über den Hof, eine Matratze auf durchgerittenen Federn, aus der die Füllung quoll – nicht schlecht für die letzte Absteige in Amerika.

Ein Kalender mit käsigen Weibern an der Wand; Meeks blätterte auf April und schaute nach seinem Geburtstag. Ein Donnerstag – das Mädchen hatte schlechte Zähne, sah aber trotzdem gut aus, erinnerte ihn an Audrey: ehemalige Stripperin, ehemalige Geliebte von Mickey und der Grund dafür, daß er einen Cop umgelegt und den Cohen/Dragna-Deal hatte hochgehen lassen. Er blätterte weiter bis Dezember, rechnete seine Chancen aus, das Jahr zu überleben, und bekam plötzlich Schiß: Bauchflattern, eine Ader auf seiner Stirn übte Steptanzen, der Schweiß brach ihm aus.

Es wurde schlimmer – richtiges Muffensausen. Meeks legte sein Arsenal auf die Fensterbank, stopfte sich die Taschen voll Munition: Patronen für den 38er, Reservemagazine für die Automatik. Er steckte sich das Schnappmesser in den Gürtel, verbarrikadierte das hintere Fenster mit der Matratze, machte das vordere der Lüftung wegen einen Spaltbreit auf. Ein Luftzug kühlte seinen Schweiß; er sah den Mexenbälgern zu, die draußen mit einem Baseball spielten.

Lange Zeit verharrte er so. Draußen sammelten sich die Wetbacks, deuteten auf die Sonne, als könnten sie daran die Uhrzeit erkennen, warteten auf den Lastwagen, der sie abholen sollte – harte Knochenarbeit für drei arme Mahlzeiten und eine Pritsche. Es dämmerte. Die Mexen fingen an zu schnattern; Meeks sah zwei weiße Männer – einen fetten, einen dürren – auf den Hof kommen. Sie winkten leutselig; die Spics winkten zurück. Sie sahen nicht aus wie Cops oder wie Cohens Schläger. Meeks, die Schrotflinte hinter dem Rücken, trat hinaus.

Die Männer winkten: breites Grinsen, keine bösen Absichten. Meeks kontrollierte die Straße – eine grüne Limousine quer geparkt, dahinter etwas Hellblaues, zu glänzend, als daß es der Himmel zwischen den Föhren sein könnte. Er sah einen Lichtreflex auf Metalliclack, und da klickte es bei ihm: Bakersfield, das Treffen mit den Jungs, die ein bißchen Zeit brauchten, das Geld zu besorgen. *Das meiseneifarbene Coupé, das ihm eine Minute später eine Breitseite verpassen wollte.*

Meeks lächelte: ein freundlicher Kerl, keine böse Absicht. Den Finger am Abzug; ein Blick auf den Dürren: Mal Lunceford, ein Uniformierter vom Hollywood-Revier – er machte immer in Scrivener's Drive-In den Serviererinnen schöne Augen, schmiß sich in die Brust und protzte mit seinen Schieß-Auszeichnungen. Der Fette, etwas näher, sagte: »Das Flugzeug steht bereit.«

Meeks riß das Gewehr nach vorne, feuerte eine Garbe ab. Der Fette bekam die Rehposten ab, flog zurück und verdeckte Lunceford – der ging ebenfalls zu Boden. Die Wetbacks flüchteten Hals über Kopf; Meeks rannte in sein Zimmer, hörte das Rückfenster splittern, riß die Matratze weg. Scheibenschießen: zwei Männer, drei Schrotladungen aus nächster Nähe.

Die beiden wurden buchstäblich zerfetzt; Glas und Blut spritzten auf drei weitere Männer, die sich entlang der Wand vorschlichen. Meeks machte einen Satz, warf sich zu Boden, feuerte auf drei Paar eng zusammengepreßte Beine; seine freie Hand wirbelte herum, schnappte sich einen Revolver aus dem Hosenbund eines der Toten.

Schreie auf dem Hof; schnelle Schritte auf dem Kies. Meeks ließ das Gewehr fallen, stolperte zu der Wand. Zu den Männern hin, schmeckte Blut – Kopfschüsse aus kürzester Distanz.

Gepolter im Zimmer; zwei Gewehre in Griffnähe. Meeks brüllte: »Wir haben ihn!«, hörte begeisterte Antwortrufe, sah Arme und Beine aus dem Fenster kommen. Er griff sich das nächstbeste Teil und zog ab, Vollautomatik: die Männer wie auf dem Präsentierteller, Putz explodierte, trockenes Holz fing Feuer.

Über die toten Körper hinweg hinein in das Zimmer. Die Vordertür stand offen; seine Waffen lagen immer noch auf dem Fensterbrett. Plötzlich ein seltsam dumpfes Geräusch; Meeks sah einen Mann breitbeinig am Boden liegen – er zielte von hinter dem Bettkasten aus auf ihn.

Er warf sich zu Boden, trat zu, verfehlte. Der Mann gab einen Schuß ab – knapp daneben; Meeks packte sein Schnappmesser, sprang, stach zu: in den Hals, ins Gesicht, und der Mann schrie, schoß – Querschläger heulten. Meeks schlitzte ihm die Kehle auf, kroch hin und trat die Tür zu, schnappte sich seine Waffen und holte erst einmal Luft.

Das Feuer breitete sich aus: röstete Fleisch und Pinienholz; die Vordertür war sein einziger Ausweg. *Wie viele Männer lagen da draußen auf Lauer?*

Schüsse.

Aus dem Hof: schweres Kaliber, das dicke Brocken aus der Wand riß. Einer erwischte Meeks am Bein; ein Schuß streifte ihn am Rücken. Er warf sich zu Boden, die Schüsse nahmen kein Ende, die Tür fiel aus den Angeln – er war mitten im Kreuzfeuer.

Keine Schüsse mehr.

Meeks schob sich die Waffen unter die Brust, stellte sich tot. Die Sekunden zogen sich hin. Vier Männer mit Gewehren kamen herein. Flüstern: »Mausetot« – »Wir sollten gaaaanz vorsichtig sein« – »Verrückter Okie-Scheißer.« Durch die Tür; Mal Lunceford nicht dabei; Schritte.

Fußtritte in die Seite, schweres Atmen, höhnische Bemerkungen. Ein Fuß wurde unter ihn geschoben. Eine Stimme sagte: »Fetter Sack.«

Meeks riß den Fuß weg; der zugehörige Mann fiel hintenüber. Meeks wirbelte herum und schoß – kurze Distanz, lauter Treffer.

Vier Männer gingen zu Boden; Meeks sah alles verkehrt herum: den Hof, Mal Lunceford, der Fersengeld gab. Dann, direkt hinter ihm: »Hallo, mein Junge.«

Dudley Smith schritt durch die Flammen, geschützt durch einen schweren Feuerwehrmantel. Meeks sah seinen Koffer – vierundneunzig Riesen, das Dope – drüben neben der Matratze. »Dud, allzeit bereit.«

»Wie bei den Pfadfindern, mein Junge. Und, willst du ein letztes Wort sprechen?«

Selbstmord: einen Deal aufmischen, bei dem Dudley S. den Wachhund spielte. Meeks hob seine Waffen; Smith schoß zuerst. Meeks starb – und dachte, das El Serrano sehe genauso aus wie der Alamo.

ERSTER TEIL

Blutige Weihnacht

1

Bud White saß in einem Zivilwagen und sah zu, wie an dem Weihnachtsbaum auf dem Rathaus immer wieder die Zahl »1951« aufblinkte. Die Rückbank war vollgepackt mit Schnaps für die Revier-Party; den ganzen Tag lang hatte er Ladenbesitzer abgeklappert, ohne sich um Parkers Anordnung zu scheren. Verheiratete Männer hatten den Vierundzwanzigsten und den ersten Feiertag frei, nur die Junggesellen mußten Dienst schieben, und die gesamte Kriminalabteilung von Central war abgestellt, um Obdachlose einzukassieren: Der Chief wollte die örtlichen Penner auf Eis haben, damit sie nicht bei Bürgermeister Bowrons Gartenparty für arme, unterprivilegierte Kids hereinplatzten und die ganzen Kekse einsackten. Letztes Jahr zu Weihnachten hatte doch tatsächlich ein verrückter Nigger mit seinem Wiener gewedelt, in einen Krug Limonade gepißt, die für irgendwelche Waisenkinder gedacht war, und Mrs. Bowron aufgefordert: »Greif zu, olle Zicke.« William H. Parker hatte sein erstes Weihnachtsfest als Chief des Los Angeles Police Department damit zugebracht, die Frau des Bürgermeisters zum Ruhigstellen in die Wachstube des Central-Reviers zu bringen, und jetzt, ein Jahr danach, mußte *er* dafür bezahlen.

Die Schnapskartons auf der vollgepackten Rückbank zermatschten ihm die Wirbelsäule zu Wackelpudding.

Ed Exley, der stellvertretende Wachhabende, war ein scharfer Hund und machte möglicherweise Ärger, wenn sich mehr als hundert Cops im Mannschaftsraum einen ansoffen. Und Johnny Stompanato hatte sich schon zwanzig Minuten verspätet.

Bud drehte an seinem Sprechfunkgerät. Das Gemurmel wurde deutlicher: Ladendiebstähle, Überfall auf einen Schnapsladen in Chinatown. Die Beifahrertür ging auf; Johnny Stompanato rutschte auf den Nebensitz.

Bud schaltete die Innenbeleuchtung an. Stompanato sagte: »Fröhliche Weihnachten. Wo ist denn Stensland? Ich hab' was für euch zwei.«

Bud musterte ihn genauer. Mickey Cohens Leibwächter war seit einem Monat arbeitslos – Mickey saß wegen einer Steuersache, einer Bundesangelegenheit, drei bis sieben Jahre auf McNeil Island. Johnny Stomp hatte nichts weiter zu tun, als sich die Finger zu maniküren und seine Hosen zu bügeln. »Für dich immer noch *Sergeant* Stensland. Er hat zu tun, Penner auflesen, und der Lohn ist eh derselbe.«

»Schade. Ich mag Dick, er hat Stil. Das wissen Sie ja, *Wendell.*«

Der süße Johnny: ganz Spaghettieleganz, die Löckchen zu einem strengen Pompadour frisiert. Bud hatte gehört, daß er ausgestattet war wie ein Pferd und sich trotzdem noch den Stall auspolsterte. »Spuck aus, was du hast.«

»Dick hat bessere Umgangsformen als Sie, *Officer* White.«

»Bist du scharf auf mich, oder willst du bloß plaudern?«

»Ich bin scharf auf Lana Turner, und Sie sind scharf auf Typen, die ihre Weiber prügeln. Außerdem hab' ich gehört, daß Sie ein richtiges Schätzchen bei den Weibern sind und nicht besonders wählerisch, was das Aussehen betrifft.«

Bud ließ seine Fingerknöchel knacken. »Und du lebst davon, andere Leute fertigzumachen, und wenn Mickey noch so viel Geld für wohltätige Organisationen gibt, ist er keinen Deut besser als ein Dope-Dealer und Zuhälter. Auch wenn's noch so viele Beschwerden hagelt, weil ich mit Typen, die ihre Weiber prügeln, zu hart umspringe, heißt das noch lange nicht, daß ich mit dir auf einer Stufe stehe. *Capisce*, du Scheißer?«

Stompanato lächelte – nervös; Bud sah aus dem Fenster. Ein Weihnachtsmann von der Heilsarmee zählte gerade die Münzen in seinem Sammelbecher, ein Auge auf dem Schnapsladen auf der anderen Straßenseite. Stomp sagte: »Hören Sie, Sie wollen Informationen, und ich brauche Geld. Mickey und Davey Goldman sitzen, und Mo Jahelka kümmert sich um alles, solange die zwei nicht da sind. Mo geht selber auf dem Zahnfleisch und hat keine Arbeit für mich. Jack Whalen wollte mich ums Verrecken nicht einstellen, und von Mickey kommt kein einziger gottverdammter Umschlag mehr.«

»Kein Umschlag mehr? Mickey ist doch fein raus. Ich hab' gehört, daß er sogar das Gift aus dem geplatzten Deal mit Jack D. zurückgekriegt hat.«

Stompanato schüttelte den Kopf. »Da haben Sie falsch gehört. Mickey hat zwar den Kerl gekriegt, aber das Gift ist futsch und der

Typ hat außerdem hundertfünfzig Riesen von Mickeys Geld mitgehen lassen. Also, Officer White, *ich* brauche Geld. Und wenn Ihr Informanten-Fonds noch was hergibt, besorg' ich Ihnen 'n paar erstklassige neue Rangabzeichen.«

»Werd endlich sauber, Johnny. Werde ein guter Bürger, wie ich und Dick Stensland.«

Stomp kicherte höhnisch – es wirkte nicht überzeugend. »Ein Schlüsseldieb für zwanzig und ein Ladendieb, der seine Alte vermöbelt, für dreißig. Leisten Sie sich 'n schnellen Spaß: Ich hab' auf dem Weg hierher gesehen, wie sich der Typ bei Ohrbach bedient hat.«

Bud nahm einen Zwanziger und einen Zehner aus der Tasche. Stompanato griff sofort zu. »Ralphie Kinnard. Er ist blond und fett, um die Vierzig. Trägt 'n Wildlederjackett und graue Flanellhosen. Ich hab' gehört, daß er regelmäßig seine Frau vertrimmt und sie auf 'n Strich schickt, damit er seine Pokerschulden bezahlen kann.«

Bud machte sich Notizen. Stompanato sagte: »Beste Weihnachten, Wendell.«

Bud packte ihn am Schlips und zog; Stomp knallte mit dem Kopf aufs Armaturenbrett.

»Prost Neujahr, Schmalzkopp.«

* * *

Bei Ohrbach war es gedrängt voll – die Kunden umschwärmten Ladentische und Kleiderständer. Bud bahnte sich mit den Ellbogen einen Weg zum dritten Stock, ein wahres Paradies für Ladendiebe: Schmuck, edle Spirituosen in Kristall.

Ladentische, übersät mit Armbanduhren; Kassen, an denen die Leute in langen Schlangen standen. Bud hielt Ausschau nach blonden Männern, wurde immer wieder von Hausfrauen mit Kindern beiseite gedrängt. Dann, aus dem Augenwinkel: ein blonder Kerl mit Wildlederjacke, der gerade in der Herrentoilette verschwand.

Bud drängelte sich durch und ging hinein. Zwei alte Knacker standen an den Pinkelbecken; auf dem Boden der Toilettenkabine ringelten sich graue Flanellhosen. Bud bückte sich und blickte unten durch – Bingo: beide Hände voller Schmuck. Die Alten zogen ihre Reißverschlüsse hoch und gingen; Bud hämmerte an die Tür. »Komm raus, der Nikolaus ist da.«

Die Tür flog auf; eine Faust flog heraus. Bud wurde voll erwischt, fiel gegen ein Waschbecken, stolperte zu Boden. Manschettenknöpfe im Gesicht, Kinnard auf und davon. Bud rappelte sich hoch und nahm die Verfolgung auf.

Durch die Tür, Kunden versperrten ihm den Weg; Kinnard entwischte durch einen Nebenausgang. Bud jagte hinterher – über das Geländer und dann die Feuertreppe hinunter. Der Parkplatz war leer: keine Lieferfahrzeuge, kein Ralphie. Bud rannte zu seinem Streifenwagen, klemmte sich ans Funkgerät. »4A31 an Zentrale, dringend.«

Rauschen, dann: »Roger, 4A31.«

»Letzte bekannte Adresse. Weißer, männlich, Vorname Ralph, Nachname Kinnard. Ich nehme an, K - I - N - N - A - R - D. Schnell, ja?«

Der Mann gab sein Roger; Bud schlug ein paar kurze Haken: Bamm-bamm-bamm-bamm-bamm-bamm. Im Radio knackte es:

»4A31, Roger Ihre Anfrage.«

»4A31, Roger.«

»Antwort positiv: Kinnard, Ralph Thomas, weiß, männlich, Geburtsdatum –«

»Bloß die verdammte Adresse, hab' ich gesagt –«

Der Mann von der Zentrale schnaubte verächtlich. »Das ist für deinen Weihnachtsstrumpf, du Scheißer. Die Adresse lautet: 1486 Evergreen, und ich hoffe, du –«

Bud schaltete den Kasten aus, fuhr in Richtung Osten nach City Terrace. Beinahe 40 Sachen, Daumen auf der Hupe. Knapp fünf Minuten bis Evergreen. Der 1200er und 1300er Block rasten vorbei; dann der 1400er – riesige alte Kästen in Fertigbauweise.

Er parkte, folgte den Hausnummern bis 1486 – ein weiß verputztes Haus mit einem Weihnachtsschlitten aus Neon auf dem Dach. Innen Licht, ein Vorkriegs-Ford in der Auffahrt. Durch ein Glasfenster: Ralphie Kinnard, der eine Frau im Bademantel vermöbelte.

Die Frau hatte ein aufgedunsenes Gesicht, Alter etwa fünfunddreißig. Sie wich vor Kinnard zurück; ihr Bademantel klaffte auf. Ihre Brüste waren voller blauer Flecken, die Rippen zerschrammt.

Bud ging zum Wagen zurück, um die Handschellen zu holen, sah die Lampe des Funkgeräts aufleuchten und meldete sich. »4A31 antwortet.«

»Roger, 4A31, ein APO. Zwei Streifenpolizisten wurden vor einer Kneipe an 1990 Riverside angegriffen, sechs Tatverdächtige flüchtig. Sie wurden aufgrund ihrer Nummernschilder identifiziert, andere Einheiten sind benachrichtigt.«

Bud verspürte ein leises Kribbeln. »Sieht's schlecht aus für unsere Leute?«

»Roger. Fahren Sie zur 53rd Avenue Nummer 5314, Lincoln Heights. Festnahme Dinardo, D - I - N - A - R - D - O, Sanchez, Alter zweiundzwanzig, männlich, Mexikaner.«

»Roger. Und Sie schicken einen Streifenwagen nach 1486 Evergreen. Verdächtiger Weißer in Gewahrsam. Ich werde nicht mehr da sein, aber die Kollegen werden ihn schon finden. Sagen Sie ihnen, daß ich die Eintragung mache.«

»Einlieferung ins Revier Hollenbeck?«

Bud gab sein Roger, schnappte sich die Handschellen. Zurück zum Haus und zum Sicherungskasten an der Außenwand. Er legte einen Schalter nach dem anderen um, bis die Lichter im Haus ausgingen. Santas Schlitten blieb weiterhin erleuchtet. Bud packte das Kabel, das in einer Außensteckdose steckte, und zog kräftig daran. Der ganze Aufbau krachte zu Boden, die Rentiere explodierten.

Kinnard kam herausgerannt, stolperte über den abgestürzten Rudolph. Bud legte ihm die Handschellen an, knallte ihn mit dem Gesicht aufs Pflaster. Ralphie heulte auf und spuckte Kies. Bud spulte seine übliche Nummer zum Thema »Frauen prügeln« ab. »In zirka anderthalb Jahren kommst du wieder raus, und ich werde ge-nau wissen, wann es soweit ist. Ich werde rauskriegen, wer dein Bewährungshelfer ist, und mich an ihn ranschmeißen. Ich werde dich besuchen und sehen, wie's dir geht. Wenn du sie auch nur noch einmal anrührst, werd' ich's sofort erfahren, und dann häng' ich dir 'ne Anklage wegen Kinderschändung an. Weißt du, was die in Quentin mit Kinderschändern machen? Hä? Noch 'ne blöde Frage?«

Das Licht ging wieder an – Kinnards Frau fummelte am Sicherungskasten herum. Sie fragte: »Kann ich zu meiner Mutter?«

Bud leerte Ralphies Taschen aus – Schlüssel, eine Rolle Geldscheine. »Nehmen Sie den Wagen, und sehen Sie zu, daß Sie sich ein bißchen zurechtmachen.«

Kinnard spuckte einen Mund voll Zähne aus. Mrs. Ralphie schnappte sich die Schlüssel und zog einen Zehner aus der Rolle. Bud sagte: »Und fröhliche Weihnachten noch.«

Mrs. Ralphie warf ihm einen Kuß zu und fuhr den Wagen rückwärts aus der Auffahrt, direkt über die noch immer blinkenden Rentiere.

* * *

Avenue 53 – Code 2, ohne Sirene. Ein schwarz-weißer Streifenwagen war einen Moment schneller gewesen; zwei Blaue und Dick Stensland stiegen gerade aus und steckten die Köpfe zusammen.

Bud tippte kurz auf die Hupe. Stensland kam zu ihm. »Mit wem haben wir's zu tun, Partner?«

Stensland deutete auf eine Hütte. »Der eine Typ, von dem in der Meldung die Rede war, vielleicht noch andere. Waren vermutlich vier Spics und zwei Weiße, die unsere Leute fertiggemacht haben. Brownell und Helenowski. Brownell hat vermutlich eine Gehirnverletzung, und Helenowski soll ein Auge verloren haben.«

»Ich höre immer soll und vermutlich.«

Stens stank nach Listerine und Gin. »Willst du mit mir Haare spalten?«

Bud stieg aus dem Wagen. »Keineswegs. Wie viele in Gewahrsam?«

»Bis jetzt Fehlanzeige. Wir haben die Ehre.«

»Dann sag den Blauen, sie sollen sich raushalten.«

Stens schüttelte den Kopf. »Das sind Kumpel von Brownell. Die wollen auch was abhaben.«

»Nix da, das ist unsere Sache. Wir nehmen sie fest, wir schreiben den Bericht, und dann schaffen wir's bis zur Ablösung noch auf die Party. Ich hab' drei Kisten: Walker Black, Jim Beam und Cutty.«

»Exley ist stellvertretender Wachhabender. Der ist ein verdammter Scheinheiliger, und du kannst drauf wetten, daß er für Alkohol im Dienst nichts übrig hat.«

»Yeah, und Frieling ist der eigentliche Wachhabende, und der ist genau so ein verdammter Säufer wie du. Also zerbrich dir den Kopf nicht wegen Exley. Außerdem muß ich vorher noch einen Bericht schreiben – also bringen wir's hinter uns.«

Stens lachte. »Schwere körperliche Mißhandlung einer Frau?

Was ist das – Paragraph sechshundertdreiundzwanzig, Absatz eins, des kalifornischen Strafgesetzbuches? Na gut, ich bin ein verdammter Säufer, und du bist ein verdammter guter Samariter.«

»Yeah. Und du bist ranghöher als ich. Und was jetzt?«

Stens zwinkerte ihm zu; Bud übernahm die Flanke – die Vordertreppe hoch, die Waffe bereit. Die Hütte war dunkel, Vorhänge zugezogen. Bud hörte einen Werbespot im Radio: Felix der Chevrolet-Kater. Dick trat die Tür ein.

Schreie. Ein Mann und eine Frau, beide Mexikaner, rannten weg. Stens zielte auf Kopfhöhe; Bud blockierte den Schuß. Den Flur entlang, Bud dicht auf, Stens mit pfeifendem Atem, Möbel stürzten um. Die Küche – die beiden Spics am Fenster. Endstation.

Die beiden drehten sich um, hoben ihre Hände. Ein Pachuco-Lümmel, ein hübsches junges Mädchen, etwa im sechsten Monat schwanger.

Der Junge stellte sich mit dem Gesicht an die Wand – ein Profi. Bud durchsuchte ihn. Ein Ausweis auf den Namen Dinardo Sanchez, ein Haufen Kleingeld. Das Mädchen heulte. Draußen jaulten Sirenen. Bud drehte Sanchez um, trat ihm in die Eier. »Das ist für unsere, Pancho. Freu dich. Diesmal bist du leicht davongekommen.«

Stens packte das Mädchen. Bud sagte: »Verschwinde, Herzchen. Eh mein Freund hier deine Aufenthaltserlaubnis sehen will.«

Das Wort »Aufenthaltserlaubnis« jagte ihr einen Schrecken ein – *Madre mia! Madre mia!* Stens schob sie zur Tür. Sanchez stöhnte vor Schmerzen. Bud sah eine Menge Blaue in der Auffahrt. »Lassen wir ihnen Pancho. Sollen die ihn mitnehmen.«

Stens atmete tief durch. »Wir übergeben ihn Brownells Kumpels.«

Zwei junge Cops schleiften Sanchez nach draußen. Stens sagte: »Du und die Weiber. Was kommt als nächstes? Kinder und Hunde?«

Mrs. Ralphie – voller blauer Flecken zum Weihnachtsfest. »Bin schon dabei. Komm, liefern wir den Schnaps ab. Wenn du dich benimmst, kriegst du 'ne eigene Flasche.«

2

Preston Exley zog mit einem Ruck das verhüllende Tuch weg. Seine Gäste brachen in laute Ohs und Ahs aus; ein Stadtrat klatschte und bekleckerte dabei eine Matrone aus der feinen Gesellschaft mit Eierpunsch. Ed Exley dachte: Das ist alles andere als der übliche Heiligabend eines Polizisten.

Er warf einen Blick auf seine Uhr. Acht Uhr sechsundvierzig – um Mitternacht mußte er auf dem Revier sein. Preston Exley wies auf das Modell.

Es nahm fast die Hälfte seines Wohnzimmers ein: ein Freizeitpark voller Berge aus Papiermaché, Weltraumraketen, Wildwest-Städte. Am Eingang Comicfiguren: Moochie Mouse, Scooter Squirrel, Danny Duck – alles Raymond Dieterlings Kreaturen, bekannt aus der Sendung *Dream-a-Dream-Hour* und aus zahllosen Zeichentrickfilmen.

»Ladies und Gentlemen. Ich präsentiere Ihnen das Dream-a-Dreamland. Es soll von der Firma Exley Construction in Pomona, Kalifornien, gebaut werden und im April 1953 dem Publikum zugänglich sein. Es wird der schönste und größte Freizeitpark der Geschichte werden, eine Welt für sich, in der Kinder jeder Altersstufe die Segnungen von Spaß und Unterhaltung genießen können – das Markenzeichen von Raymond Dieterling, dem Vater der modernen Zeichentrickkunst. In Dream-a-Dreamland werden Sie all Ihren Lieblingsfiguren begegnen. Es wird ein Anziehungspunkt sein für alle Jungen und Junggebliebenen.«

Ed starrte auf seinen Vater: Er war siebenundfünfzig, wirkte aber wie fünfundvierzig, ein Cop aus einem lange zurückreichenden Stammbaum von Cops, der jetzt in dieser riesigen Villa im Hancock Park seine Ansprache vor lauter Politikern hielt, die auf ein Fingerschnipsen von ihm hin ihren Heiligabend geopfert hatten. Die Gäste klatschten Beifall. Preston zeigte auf einen schneebedeckten Berg. »Paul's World, Ladies und Gentlemen. Eine maßstabgerechte Nachbildung eines Berges der Sierra Nevada. Paul's World wird den Besuchern eine atemberaubende Schlittenfahrt und eine Skihütte bieten, in der Moochie, Scooter und Danny Sketches für die ganze Familie aufführen. Und wer ist dieser Paul aus Paul's World? Paul war Raymond Dieterlings Sohn. Er kam als Teenager im Jahre 1936 auf tragische Weise ums Leben, als er während eines Campingausflugs von einer Lawine verschüttet wurde – auf einem Berg wie diesem. So wurde aus einer Tragödie eine Lobeshymne an die Unschuld. Und vergessen Sie nicht, Ladies und Gentlemen, von jedem Dollar, den Sie in Paul's World ausgeben, gehen fünf Cents an den Fonds für polio-gelähmte Kinder.«

Wilder Applaus. Preston nickte Timmy Valburn zu – dem Schauspieler, der in der *Dream-a-Dream-Hour* die Figur von Moochie Mouse verkörperte und mit seinen riesigen, vorstehenden Schneidezähnen ständig an einem Stück Käse knabbern mußte. Valburn stieß den Mann an, der neben ihm stand; der Mann erwiderte die Geste.

Art De Spain erhaschte Eds Blick; Valburn spulte seine Moochie-Nummer ab. Ed steuerte De Spain hinaus in die Halle. »Das ist ja eine riesige Überraschung, Art.«

»Dieterling wird's in der *Dream-Hour* öffentlich ankündigen. Hat dein Vater dir nichts gesagt?«

»Nein, und ich wußte auch nicht, daß er Dieterling kennt. Hat er ihn damals beim Fall Atherton kennengelernt? War Wee Willie Wennerholm nicht einer von Dieterlings Kinderstars?«

De Spain lächelte. »Ich war damals nur ein kleiner Laufbursche für deinen Vater, und ich glaube nicht, daß die beiden großen Männer sich je über den Weg gelaufen sind. Preston *kennt* einfach die richtigen Leute. Ganz nebenbei, hast du den Maus-Menschen und seinen Kumpan gesehen?«

Ed nickte. »Wer ist denn das?«

Aus dem Wohnzimmer erklang lautes Lachen; De Spain steuerte Ed in das Arbeitszimmer. »Das ist Billy Dieterling, Rays Sohn. Er ist einer der Kameraleute für die Serie *Badge of Honor*, die jede Woche von Millionen Fernsehzuschauern für unser geliebtes LAPD die Werbetrommel rührt. Vielleicht schmiert sich Timmy Käse auf seinen Dingsbums, eh er ihm einen bläst.«

Ed lachte. »Art, du bist ein Pisser.«

De Spain fläzte sich in einen Sessel. »Eddie, von Ex-Cop zu Cop. Wenn du ein Wort wie ›Pisser‹ in den Mund nimmst, dann klingst du wie ein College-Professor. Und du bist in Wirklichkeit gar nicht ›Eddie‹ sondern ›Edmund‹.«

Ed rückte seine Brille zurecht. »Ich hör' schon wieder gutgemeinte Ratschläge vom lieben Onkel. Bleib bei der Streife, weil Parker es auf diese Weise zum Chief gebracht hat. Kletter auf dem Verwaltungswege nach oben, weil du keinerlei Führungsqualitäten hast.«

»Du hast keinen Sinn für Humor. Und kannst du nicht endlich die Brille absetzen. Kneif meinetwegen die Augen zu oder sonst was. Abgesehen von Thad Green gibt es, glaub' ich, keinen Mann in der Abteilung, der eine Brille trägt.«

»Guter Gott, du scheinst das Department wirklich zu vermissen. Ich glaube, wenn du Exley Construction und deine Fünfzigtausend pro Jahr aufgeben müßtest, um als Rookie beim LAPD einzusteigen, du würdest das glatt machen.«

De Spain zündete sich eine Zigarre an. »Bloß, wenn dein Vater auch mitmacht.«

»Einfach so?«

»Einfach so. Ich war Lieutenant, als Preston Inspector war, und ich bin immer noch die Nummer zwei. Wäre schön, endlich mit ihm auf einer Stufe zu stehen.«

»Wenn du dich nicht so gut im Holzgeschäft auskennen würdest, gäbe es Exley Construction heute gar nicht.«

»Danke. Und sieh zu, daß du endlich diese Brille los wirst.«

Ed nahm ein gerahmtes Photo zur Hand. Sein Bruder Thomas in Uniform, aufgenommen an dem Tag, bevor er starb. »Wenn du ein Rookie wärst, würd' ich dich in die Mangel nehmen wegen Ungehorsam.«

»Das trau' ich dir zu. Wie hast du bei der Prüfung zum Lieutenant abgeschnitten?«

»Als Bester von dreiundzwanzig Bewerbern. Ich war der Jüngste von allen, mit mehr als acht Jahren Abstand, war die kürzeste Zeit Sergeant und hatte die kürzeste Dienstzeit im Department.«

»Und du willst ins Detective Bureau, zu den Kriminalern?«

Ed stellte das Photo wieder hin. »Ja.«

»Also gut. Aber du mußt mindestens ein Jahr einkalkulieren, bis eine Stelle frei wird. Dann mußt du davon ausgehen, daß es wahrscheinlich eine Streifenstelle sein wird. Und schließlich mußt du damit rechnen, daß ein Transfer zum Bureau nicht bloß Jahre, sondern auch eine Menge Arschkriecherei erfordert. Du bist jetzt neunundzwanzig?«

»Ja.«

»Dann wirst du mit dreißig oder einunddreißig Lieutenant. So junge Leute von Rang machen sich schnell Feinde. Mal im Ernst, Ed. Du bist keiner von diesen Typen. Du bist nicht für Gewaltmethoden. Du gehörst nicht ins Bureau. Und Parker als Chief hat einen Präzedenzfall geschaffen, daß man auch als Streifenbeamter ganz nach oben kommen kann. Du solltest drüber nachdenken.«

Ed widersprach: »Art, ich will richtige Fälle bearbeiten. Ich habe gute Beziehungen, und ich bin mit dem Distinguished Service Cross ausgezeichnet worden, was für manch einen durchaus Gewaltmethoden bedeutet. Und ich *werde* eine Berufung ins Bureau bekommen.«

De Spain klopfte sich Zigarrenasche von seinem Kummerbund. »Können wir mal Tacheles reden, Sunny Jim?«

Der alte Kosename nagte an ihm. »Natürlich.«

»Also … du bist nicht schlecht, und mit der Zeit könntest du sogar wirklich gut werden. Ich zweifle auch keinen Moment an deinem Killerinstinkt. Aber dein Vater war nicht bloß skrupellos, sondern auch beliebt. Du bist das nicht, also…«

Ed ballte die Fäuste. »Also was, Onkel Arthur? Von einem Cop, der das Department für das große Geld verlassen hat, zu einem Cop, der das nie tun würde – wie lautet dein Ratschlag?«

De Spain verzog das Gesicht. »Also sei unterwürfig und mach dich an die richtigen Leute ran. Krieche William H. Parker in den Arsch und bete, daß du zur richtigen Zeit am richtigen Ort bist.«

»So wie du und mein Vater?«

»*Touché*, Sunny Jim.«

Ed sah auf seine Uniform: maßgeschneidertes blaues Tuch. Rasiermesserscharfe Bügelfalten, Sergeant-Streifen, ein einzelner Streifen für die dreijährige Militärzeit. De Spain meinte: »Du wirst bald goldene Streifen tragen, Eddie. Und eine Tresse an der Mütze. Und du kannst sicher sein, ich würde dich nicht aufziehen, wenn du mir nicht so viel bedeuten würdest.«

»Ich weiß.«

»Und du *bist* nun mal ein verdammter Kriegsheld.«

Ed wechselte das Thema. »Es ist Weihnachten. Du denkst sicher an Thomas.«

»Geht mir immer durch den Kopf, daß ich ihm vielleicht was hätte beibringen müssen. Er hatte nicht mal sein Pistolenhalfter aufgeknöpft.«

»Ein Handtaschendieb mit einer Waffe? Wie hätte er das wissen sollen?«

De Spain drückte seine Zigarre aus. »Thomas war ein Naturtalent, und ich hab' immer gedacht, daß er mir noch was hätte beibringen können. Das ist auch der Grund, warum ich dir immer so zurede.«

»Er ist zwölf Jahre tot, und ich bring's als Polizist viel weiter als er.«

»Ich will vergessen, daß du das gesagt hast.«

»Nein, du solltest es dir merken. Du wirst dich dran erinnern, wenn ich im Bureau bin. Und wenn Vater gleich einen Toast anbringt auf Thomas und auf Mutter, dann werde bitte nicht rührselig. Er leidet dann immer tagelang.«

De Spain erhob sich, er war rot angelaufen. Preston Exley betrat den Raum, in der Hand Cognacschwenker und eine Flasche.

Ed sagte: »Fröhliche Weihnachten, Vater. Und herzlichen Glückwunsch.«

Preston schenkte ein. »Ich danke dir. Exley Construction kriegt nicht nur den Auftrag für den Arroyo Freeway, sondern baut auch noch ein Königreich für ein vergöttertes Nagetier, und ich werde nie wieder ein Stück Käse anrühren. Ein Toast, Gentlemen. Auf meinen Sohn Thomas und meine Frau Marguerite, mögen sie ewig in Frieden ruhen, und – auf uns drei, die wir hier versammelt sind.«

Die Männer tranken ihre Gläser aus; De Spain goß nach. Ed brachte den Toast aus, den sein Vater am liebsten hatte: »Auf die Aufklärung von Verbrechen, die absolute Gerechtigkeit erfordern.«

Wieder wurden die Gläser geleert. Ed sagte: »Vater, ich wußte gar nicht, daß du Raymond Dieterling kennst.«

Preston lächelte: »Ich habe geschäftlich schon seit mehreren Jahren mit ihm zu tun. Art und ich haben den neuen Vertrag auf Raymonds Bitten hin geheimgehalten – er will die Sache unbedingt in seinem infantilen Fernsehprogramm ankündigen.«

»Hast du ihn damals in Zusammenhang mit dem Fall Atherton kennengelernt?«

»Nein, und außerdem war ich damals noch gar nicht im Baugeschäft. Arthur, möchtest du vielleicht auch einen Toast anbringen?«

De Spain goß noch einmal die Gläser voll. »Auf einen Bureau-Posten für unsern künftigen Lieutenant hier.«

Gelächter, aufmunternde Rufe. Preston sagte: »Joan Morrow hat sich nach deinem Liebesleben erkundigt. Ich glaube, die hat's erwischt.«

»Kannst du dir eine Debütantin als Ehefrau eines Polizisten vorstellen?«

»Nein, aber ich könnte mir gut vorstellen, daß sie einen höheren Polizeibeamten heiraten würde.«

»Chef der Kriminalabteilung?«

»Nein, ich dachte eher an den Kommandeur des Streifendienstes.«

»Vater, Thomas sollte unter dir Chef der Kriminalabteilung werden, aber er ist tot. Du solltest mir nicht die Chance nehmen. Du solltest mich nicht dazu zwingen, einen alten Traum von dir zu verwirklichen.«

Preston starrte seinen Sohn an. »Du hast recht, mein Sohn. Und ich finde es sehr gut, daß du sagst, was du denkst. Ich gebe zu, das war ursprünglich mal mein Traum. Aber eigentlich glaube ich nicht, daß du den Blick für die menschlichen Schwächen hast, den ein wirklich guter Detective braucht.«

Sein Bruder: ein mathematisches Genie mit einer Schwäche für schöne Mädchen. »Und Thomas hatte ihn?«

»Ja.«

»Vater, ich hätte diesen Handtaschenräuber damals sofort erschossen, als er in die Tasche griff.«

De Spain fluchte. »Verdammt noch mal.« Preston bedeutete ihm zu schweigen. »Ist schon in Ordnung. Edmund, ich möchte dir nur ein paar Fragen stellen, ehe ich mich wieder meinen Gästen widme. Erstens: Wärst du bereit, einem Verdächtigen, der deiner Überzeugung nach schuldig ist, belastendes Material unterzuschieben, damit er wirklich angeklagt wird?«

»Ich müßte erst mal –«

»Antworte einfach mit Ja oder Nein.«

»Ich … Nein.«

»Wärst du bereit, hartgesottene bewaffnete Räuber in den Rücken zu schießen, um zu verhindern, daß sie etwaige Gesetzeslücken ausnutzen und dadurch ihrer verdienten Strafe entgehen?«

»Ich...«

»Ja oder Nein, Edmund.«

»Nein.«

»Und wärst du bereit, aus Verdächtigen, von denen du weißt, daß sie schuldig sind, ein Geständnis herauszuprügeln?«

»Nein.«

»Wärst du bereit, an einem Tatort belastendes Material zu arrangieren, um so den Staatsanwalt zu unterstützen?«

»Nein.«

Preston seufzte. »Dann halte dich, um Gottes willen, an Aufträge, bei denen du nicht gezwungen bist, solche Entscheidungen zu treffen. Benutze lieber den großartigen Verstand, den der Herrgott dir gegeben hat.«

Ed sah auf seine Uniform. »Ich werde meinen Verstand einzusetzen wissen, wenn ich Detective bin.«

Preston lächelte. »Detective oder nicht, du hast auf jeden Fall die Hartnäckigkeit, die Thomas gefehlt hat. Du wirst Großes leisten, mein Kriegsheld.«

Das Telefon läutete; De Spain nahm den Hörer ab. Ed mußte an verminte japanische Schützengräben denken – und konnte Preston nicht in die Augen sehen. De Spain sagte: »Es ist Lieutenant Frieling vom Revier. Er sagt, das Gefängnis ist fast voll, und heute abend sind zwei Beamte tätlich angegriffen worden. Zwei Verdächtige sind in Gewahrsam, vier weitere werden noch erwartet. Er sagt, du sollst dich so früh wie möglich zum Dienst melden.«

Ed drehte sich wieder zu seinem Vater um. Preston war bereits in der Halle und tauschte Witze mit Bürgermeister Bowron aus, der eine Moochie-Mouse-Mütze auf dem Kopf hatte.

3

Zeitungsausschnitte an seiner Pinnwand: »Drogenjäger bei Schießerei verletzt«; »Schauspieler Mitchum bei Razzia auf Marihuana-Höhle verhaftet«. Artikel aus *Hush-Hush*, eingerahmt auf dem Schreibtisch: »Drogensüchtige zittern, wenn Drogenjäger kommt«; »Schauspieler bestätigen: *Badge of Honor* authentisch dank technischer Beratung durch erfahrenen und erfolgreichen Polizisten«. Der Artikel über *Badge* enthielt auch ein Photo: Sergeant Jack Vincennes mit dem Star der Show, Brett Chase. Was fehlte, waren die Informationen aus dem Privatarchiv des Redakteurs: drei eingestellte Verfahren gegen den Päderasten Brett Chase wegen Unzucht mit minderjährigen Jungen.

Jack Vincennes sah sich im Narco-Stall um – verlassen und dunkel, nur auf seinem Schreibtisch brannte Licht. Zehn Minuten bis Mitternacht: Er hatte Dudley Smith versprochen, seinen Bericht über organisiertes Verbrechen für die Intelligence Division abzutippen; er hatte Lieutenant Frieling eine Kiste Schnaps für die Party auf dem Revier versprochen – Sid Hudgens vom *Hush-Hush* sollte eigentlich den Rum liefern, hatte aber noch nicht angerufen.

Dudleys Bericht: ein Gefallen seinerseits, weil er hundert Wörter pro Minute tippen konnte; die Gegenleistung: morgen ein Treffen mit Dud und Ellis Loew, Lunch im Pacific Dining Car – eine Sache, die ihm beim Büro des Staatsanwalts Einfluß verschaffen würde. Jack zündete sich eine Zigarette an und begann zu lesen.

Ein großartiger Bericht: elf Seiten lang, sehr wortreich, typisch Dudley. Inhalt: die Aktivitäten des L. A.-Mobs in der Zeit, da Mickey Cohen auf Eis lag. Jack machte ein paar Korrekturen und tippte los.

Cohen saß im Bundesgefängnis von McNeil Island: drei bis sieben Jahre wegen Steuerhinterziehung. Davey Goldmann, der für Mickey die Geldangelegenheiten regelte, saß ebenfalls dort: drei bis sieben Jahre, überführt wegen Steuervergehen in sechs Fällen. Smith prophezeite mögliche Auseinandersetzungen zwischen Cohens Günstling Morris Jahelka und Jack Whalen, genannt »Der Vollstrecker«; seit Mafia-Boss Jack Dragna deportiert worden war, hatten diese beiden Männer die besten Aussichten, die Kontrolle über Kredithaie, Buchmacher, Wettbüros und Prostitution zu übernehmen. Smith vertrat dabei die Auffassung, Jahelka habe zu wenig Einfluß, als daß er von der Polizei überwacht werden müßte; John Stompanato und Abe Teitlebaum, Cohens wichtigste Figuren, gingen jetzt offenbar ehrenhaften Geschäften nach. Lee Vachss, von Cohen als Killer angestellt, hatte sich auf den religiösen Bereich verlegt – er verkaufte jetzt Wundermittel, die garantiert mystische Erfahrungen bewirken sollten.

Jack tippte weiter. Dud lag absolut daneben: Johnny Stomp und Kikey Teitlebaum waren Vollblutganoven – die beiden würden nie ein ehrliches Leben führen. Er spannte ein neues Blatt ein.

Das nächste Thema: die Waffenstillstandsverhandlungen zwischen Cohen und Dragna im Februar 1950 – angeblich waren damals fünfundzwanzig Pfund Heroin und einhundertfünfzigtausend Riesen geklaut worden. Jack hatte gerüchteweise gehört, daß ein Ex-Cop namens Buzz Meeks das Gipfeltreffen der beiden hatte hochgehen lassen, abgehauen und dann in der Nähe von San Bernardino zusammengeschossen worden war. Dem Vernehmen nach waren es Cohens Ganoven und ein paar gekaufte Cops aus L. A. gewesen, die ihn umgelegt hatten. Auf Mickeys Auftrag hin. Meeks hatte Mick nach Strich und Faden beklaut und seine Frau gevögelt. Das H war angeblich verschwunden und nie wieder aufgetaucht. Dudleys Theorie: Meeks hatte Geld und Stoff an unbekannter Stelle vergraben und war später von »einem oder mehreren Unbekannten« erschossen worden – vermutlich von einem von Cohens Killern. Jack mußte lächeln: Wenn das LAPD irgendwie am Tode von Meeks beteiligt war, würde Dud nie im Leben das Department mit hineinziehen – nicht einmal in einem internen Bericht.

Danach Smiths Zusammenfassung: Seit Mickey C. weg vom Fenster war, waren die Aktivitäten des Mobs beinahe zum Stillstand gekommen; das LAPD sollte am besten ein Auge auf alle neuen Gesichter haben, die versuchen könnten, Cohens alte Organisation zu übernehmen; die Prostitution hatte sich auf die Nachbarbezirke verlagert – mit der stillschweigenden Zustimmung des Sheriff's Department. Jack unterschrieb die letzte Seite mit »Hochachtungsvoll, Lieutenant D. L. Smith.«

Das Telefon läutete. »Narcotics, Vincennes.«

»Ich bin's. Hungrig?«

Jack unterdrückte einen Wutanfall – ganz ruhig. Wer konnte wissen, was Hudgens für Material über ihn hatte. »Sid, Sie sind spät dran. Und die Party ist schon in vollem Gang.«

»Ich hab' was besseres als Schnaps. Ich habe Bargeld.«

»Schieß los.«

»Folgendes: Tammy Reynolds, Co-Star von *Hope's Harvest*. Der Film läuft morgen überall in der Stadt an. Ein Typ, den ich kenne, hat ihr grade ein paar Reefer verkauft. Garantiert genug für 'ne Verhaftung wegen Besitz und Mißbrauch. Sie sitzt da oben in den Hollywood Hills, Maravilla Nummer 2245, und zieht sich grade das Zeug rein. Sie schnappen sich das Mädchen, ich schreibe dafür ein Feature über Sie in der nächsten Ausgabe. Weil Weihnachten ist, überlass' ich meine Aufzeichnungen außerdem Morty Bendish vom *Mirror*, also werden Sie auch in den Tageszeitungen groß rauskommen. Dazu noch fünfzig in bar und den Rum. Bin ich nicht ein verdammt guter Weihnachtsmann?«

»Bilder?«

»Jede Menge. Tragen Sie Ihren blauen Blazer, der paßt ausgezeichnet zu Ihrer Augenfarbe.«

»Hundert, Sid. Ich brauche zwei Streifenbeamte, das macht je zwanzig, und einen Zehner für den diensthabenden Leiter im Hollywood-Revier. Und außerdem werden Sie alles nötige arrangieren.«

»Jack! Es ist Weihnachten!«

»Nein, es ist ein Kapitalverbrechen, Marihuana zu besitzen.«

»Scheiße. In einer halben Stunde?«

»Fünfundzwanzig Minuten.«

»Ich bin da. Verdammter Erpresser.«

Jack legte auf, machte ein Kreuz in seinem Kalender. Wieder ein Tag, kein Schnaps, keine Drogen – schon seit genau vier Jahren und zwei Monaten.

* * *

Die Szenerie war vorbereitet – die Straße abgesperrt. Neben Sid Hudgens Packard standen zwei Uniformierte; ihren schwarzweißen Streifenwagen hatten sie auf dem Bürgersteig geparkt. Die Straße war dunkel und ruhig; Sid hatte einen großen Scheinwerfer aufbauen lassen. Man hatte einen guten Blick runter zum Boulevard – einschließlich Grauman's Chinese Theater – ein idealer Aufhänger.

Sid begrüßte ihn mit Bargeld. »Sie sitzt im Dunkeln und staunt den Weihnachtsbaum an. Die Tür sieht ziemlich dünn aus.«

Jack zog seinen 38er. »Die Jungs sollen den Schnaps in meinen Kofferraum packen. Wollen Sie Grauman's als Hintergrund?«

»Das gefällt mir! Jackie, Sie sind der Beste im ganzen Westen!«

Jack sah ihn sich genau an: dünn wie eine Vogelscheuche, irgendwo zwischen fünfunddreißig und fünfzig – ein Meister des Klatsches, der über alles im Bilde war. Entweder wußte er Bescheid über den 24. Oktober 1947, oder er wußte nichts. *Wenn* er im Bilde war, dann hatten Sie ein Arrangement auf Lebenszeit. »Sid, wenn ich sie aus dem Haus bringe, möchte ich auf keinen Fall von dem verdammten Scheinwerfer geblendet werden. Sagen Sie Ihrem Kameramann das.«

»Wird gemacht.«

»Gut. Und jetzt zählen Sie bis zwanzig.«

Hudgens fing an, mit den Fingern zu klopfen; Jack ging zum Haus und trat die Tür ein. Der Scheinwerfer flammte auf und ließ das Wohnzimmer in hellem Licht erstrahlen: Weihnachtsbaum, zwei junge Leute in Unterwäsche, eng umschlungen. Jack brüllte: »Polizei!«; die beiden Verliebten erstarrten; der Lichtkegel erfaßte einen dicken Beutel Marihuana auf der Couch.

Das Mädchen fing an zu heulen; der Junge wollte nach seiner Hose greifen. Jack setzte ihm einen Fuß auf die Brust. »Deine Hände. Schön langsam.«

Der Junge preßte die Handgelenke zusammen; Jack legte ihm mit einer Hand die Manschetten an. Die Blauen stürmten ins Haus und sammelten das Belastungsmaterial ein. Jack identifizierte den jungen Burschen als Rock Rockwell, ein Unschuldslamm von der RKO. Das Mädchen wollte weglaufen. Jack hielt sie fest. Er packte die beiden Verdächtigen am Kragen und ging mit ihnen durch die Tür und die Treppe hinunter.

Hudgens brüllte: »Grauman's – solange wir noch genug Licht haben!«

Jack führte die beiden vor – zwei halbnackte Schönheiten in Unterwäsche. Blitzlichter flammten auf. Hudgens brüllte: »Schnitt! Einpacken, das war's!«

Die Blauen übernahmen: Sie schleppten Rockwell und das heulende Mädchen zu ihrem Streifenwagen. In den umliegenden Häusern gingen Lichter an; ein paar Schaulustige machten die Türen auf und schauten heraus. Jack ging zurück ins Haus.

Eine dicke Wolke von Maryjane. Selbst vier Jahr später roch das Zeug immer noch gut. Hudgens war dabei, die Schubladen zu durchwühlen. Er fand Dildos, Hundehalsbänder mit Stacheln. Jack suchte das Telefon, studierte das Adreßbuch nach etwaigen Dealern: Fehlanzeige. Eine Visitenkarte fiel zu Boden. »Fleur-de-Lis. Vierundzwanzig Stunden am Tag. Die Erfüllung all Ihrer Wünsche.«

Sid fing an, vor sich hin zu murmeln. Jack legte die Karte wieder zurück. »Lassen Sie mal hören, wie's klingt.«

Hudgens räusperte sich. »Es ist der Weihnachtsabend in der Stadt der Engel, und während die anständigen Bürger den Schlaf der Gerechten schlafen, sind die Drogensüchtigen auf der Suche nach Marihuana, dem Kraut, dessen Wurzeln bis in die Hölle reichen. Tammy Reynolds und Rock Rockwell, Filmstars mit einem Bein im Hades, sitzen in Tammys glitzernder Hollywood-Bude und rauchen süßen Tee. Sie wissen nicht, daß sie ohne Asbesthandschuhe mit dem Feuer spielen. Sie wissen nicht, daß ein Mann unterwegs ist, um dieses Feuer zu löschen – der unaufhaltsame, unermüdliche, gefeierte Held der Verbrechensbekämpfung, Jack Vincennes, genannt Big V, der Schrecken aller Grasköppe und Süchtigen. Aufgrund eines anonymen Hinweises gelang es Sergeant Vincennes, bla-bla-bla. Wie gefällt's Ihnen, Jack?«

»Ja, sehr. Sehr feinfühlig.«

»Von wegen. Die Auflage liegt bei neunhunderttausend und steigt weiter. Ich glaube, ich lass' einfließen, daß Sie schon zweimal geschieden sind, weil Ihre Ehefrauen Ihren Kreuzzug nicht mitmachen wollten, und daß man Sie nach einem Waisenhaus in Vincennes, Indiana, benannt hat. *Bigggg Viiee.*« Sein Spitzname bei den Narcs: Trashcan Jack – eine Reverenz an frühere Tage, als er Charlie »Yardbird« Parker einmal vertrimmt und vor dem Klub Zamboanga in eine Mülltonne gesteckt hatte. »Sie sollten im Hinblick auf *Badge of Honor* ein bißchen die Trommel rühren. Daß Miller Stanton mein Kumpel ist, und wie ich Brett Chase beigebracht habe, wie man einen Cop spielt. So nach dem Motto: der große technische Berater im Hintergrund.«

Hudgens lachte auf. »Steht Brett immer noch auf kleine Jungs?«

»Können Nigger tanzen?«

»Nur südlich vom Jefferson Boulevard. Vielen Dank für die Story, Jack.«

»Ist doch klar.«

»Ich mein's ernst. Ist immer wieder ein Vergnügen, Sie zu sehen.«

Du verdammte Kakerlake, jetzt wirst du mir gleich zuzwinkern, weil du genau weißt, daß du mich diesem moralistischen Scheißer William H. Parker gegenüber festnageln kannst, wann immer du willst – Unterschlagung von Bargeld seit 1948 und so. Wahrscheinlich hast du alles sorgfältig dokumentiert, so daß du selber schön sauber bleibst und mich trotzdem fertigmachen kannst –«

Hudgens zwinkerte.

Jack fragte sich, ob er *alles* schwarz auf weiß hatte.

4

Die Party war in vollem Gang, der Mannschaftsraum zum Stehausschank umfunktioniert.

Eine offene Bar: Scotch, Bourbon, eine Kiste Rum, die Trashcan Jack Vincennes angeschleppt hatte. Dick Stenslands Spezialgebräu im Wasserkühler: Old Crow und Eierpunsch-Mix. Vom Plattenspieler kreischten obszöne Weihnachtslieder über Nikolaus und seine Rentiere. Der Laden war brechend voll: blaue Uniformen von der Nachtschicht und die Jungs vom Central-Revier, durstig nach der anstrengenden Jagd auf Stadtstreicher.

Bud beobachtete die Menge. Fred Turentine warf mit Darts auf Fahndungsplakate; Mike Krugman und Walt Dukeshearer spielten Nigger-Raten, wobei sie versuchten, Verbrecherphotos von Negern zu identifizieren – ein Vierteldollar für jeden Treffer. Jack Vincennes trank Sodawasser. Lieutenant Frieling lag bewußtlos über seinem Schreibtisch. Ed Exley versuchte die Männer zu beruhigen, gab es auf, machte sich an die Arbeit: Gefangene ins Wachbuch eintragen, Arrestberichte schreiben.

Fast jeder der Männer war betrunken oder kurz davor.

Fast jeder der Männer sprach nur von Helenowski und Brownell. Die Täter in Gewahrsam, die beiden Männer immer noch nicht zurück.

Bud stand am Fenster. Verworrene Gerüchte peinigten ihn: Brownie Brownell sollte sich die Oberlippe bis zur Nase aufgerissen und einer der Taco-Fresser Helenowski das linke Ohr abgebissen haben; Dick Stens habe sich ein Gewehr genommen und mache Jagd auf Spics. Letzteres schien ihm durchaus glaubhaft. Er hatte gesehen, wie Dick mit einem Ithaca-Vorderschaftrepetierer auf den Parkplatz gegangen war.

Der Lärm wurde brutaler – Bud ging nach draußen auf den Parkplatz und lehnte sich an einen Streifenwagen.

Es begann zu nieseln. Dann Unruhe an der Eingangstür zum Zellentrakt – Dick Stens schubste zwei Männer hinein. Ein Schrei; Bud wettete mit sich, welche Chancen Stens hatte, das Maß vollzumachen. Wenn er Schmiere stand: halbe-halbe – ohne ihn: zwei zu eins gegen Stens. Drüben vom Mannschaftsraum hörte man Frank Dohertys Tenor ein sentimentales »Silver Bells« singen.

Bud entfernte sich noch weiter von der Musik. Sie erinnerte ihn an seine Mutter. Er zündete sich eine Zigarette an und dachte trotzdem an sie.

Er hatte zugesehen, wie sie umgebracht worden war: Er war sechzehn Jahre alt gewesen und hatte nichts dagegen tun können. Der Alte war nach Hause gekommen. Er mußte die Warnung seines Sohnes ernstgenommen haben: Wenn du Mutter noch mal anrührst, bring' ich dich um. Er hatte geschlafen und war dann aufgewacht – mit Handschellen an Hand- und Fußgelenken. Er hatte mit angesehen, wie der Scheißer Mutter mit einem Montiereisen zu Tode prügelte. Er hatte sich den Hals wund geschrien. Immer noch gefesselt, hatte er mit dem Leichnam in dem Zimmer gelegen: eine volle Woche, ohne Wasser, im Delirium – er hatte zugesehen, wie seine Mutter verfaulte. Ein den Dienst schwänzender Polizist fand ihn schließlich, und die L. A. Sheriffs fanden den Alten. Dann der Prozeß. Die Verteidigung plädierte auf verminderte Zurechnungsfähigkeit und Körperverletzung mit tödlichem Ausgang. Lebenslange Freiheitsstrafe. Nach zwölf Jahren wurde der Alte auf Bewährung entlassen. Sein Sohn – Officer Wendell White, LAPD – beschloß, ihn zu töten.

Der Alte war nirgends zu finden.

Er war kurz nach seiner Freilassung untergetaucht. Bud hatte sämtliche alten Verstecke und Stammkneipen abgesucht – ohne Erfolg. Trotzdem suchte er weiter. Immer wieder wachte er nachts auf, das Schreien einer Frau im Ohr. Immer ging er den Schreien nach, aber meist waren es Belanglosigkeiten. Einmal hatte er eine Tür eingetreten und eine Frau gefunden, die sich die Hand verbrannt hatte. Ein andermal hatte er einen Mann und seine Frau beim Vögeln überrascht.

Der Alte war nirgends zu finden.

Dann wurde er ins Bureau aufgenommen; sein Partner wurde Dick Stens. Dick zeigte ihm alles Nötige, hörte sich seine Geschichte an, gab ihm den Rat, sich gezielt auf spezielle Fälle zu konzentrieren und sich dadurch von dem psychischen Druck zu befreien. Sein Alter mochte verschwunden bleiben, aber vielleicht würde er wenigstens seine Alpträume loswerden, wenn er seine Wut an Männern auslassen konnte, die Frauen prügelten. Bud suchte sich einen passenden ersten Kandidaten aus: ein Ehekrach; die Frau, die Anzeige erstattete, war seit langem wiederholt vertrimmt worden. Der Verhaftete war einer dieser ewigen Versager. Auf dem Weg zum Revier machte er einen kleinen Umweg und fragte den Kerl, ob er Lust hätte, zur Abwechslung mal ein Tänzchen mit einem Mann zu machen. Ohne Handschellen, und wenn er gewinnen sollte, werde er die Anzeige gegen ihn fallenlassen. Der Typ war einverstanden: Bud brach ihm das Nasenbein und den Kiefer und verpaßte ihm einen so heftigen Tritt in die Rippen, daß der andere einen Milzriß davontrug. Dick hatte recht gehabt –.seine schlechten Träume hörten spontan auf.

Bald hatte er wirklich den Ruf, der härteste Mann im LAPD zu sein.

Er machte weiter, ließ nicht locker: Wenn die Scheißkerle freigesprochen wurden, kriegten sie warnende Anrufe; wenn sie in den Knast kamen und auf Bewährung entlassen wurden, wurden sie mit fester Hand empfangen. Er zwang sich, keine sexuellen Offerten aus Dankbarkeit anzunehmen, und suchte seine Frauen woanders. Er führte eine genaue Liste von Gerichts- und Bewährungsterminen und schickte den Scheißern Postkarten ins Straflager. Er fing sich ein paar Beschwerden ein, weil er jemanden zu sehr unter Druck gesetzt hatte, ließ sich aber nicht beirren. Dick Stens machte einen ordentlichen Detective aus ihm, und dafür spielte er jetzt Kindermädchen für seinen Lehrer: Er sorgte dafür, daß er im Dienst wenigstens halbwegs nüchtern blieb, hielt ihn zurück, wenn er einen Anfall kriegte und allzu schießwütig wurde. Er hatte gelernt, sich unter Kontrolle zu halten. Stens dagegen bestand nur noch aus schlechten Gewohnheiten – schnorrte in den Kneipen herum und drückte zu oft ein Auge zu, wenn ein Ganove, den er auf frischer Tat erwischt hatte, ihm eine kleine Gefälligkeit erwies.

Die Musik klang plötzlich schief – eigentlich war es gar keine Musik mehr. Bud hörte Kreischen und Schreie aus dem Zellentrakt.

Der Lärm verdoppelte, verdreifachte sich. Bud sah, wie alles vom Mannschaftsraum zum Zellenblock stürmte. Blitzartig überkam es ihn: Stens ausgeflippt, Schnaps, eine wilde Fete – »Machen wir die Schweine fertig«. Er rannte los und krachte in vollem Lauf durch die Tür.

Der Laufgang war gedrängt voll, Zellentüren standen offen, Schlangen bildeten sich. Exley versuchte, mit lauten Rufen für Ordnung zu sorgen, und drängte sich in die Menge, ohne etwas zu erreichen. Bud fand die Liste mit den Gefangenen; jemand hatte ein paar Namen mit Häkchen versehen: »Sanchez, Dinardo«, »Carbijal, Juan«, »Garcia, Ezekiel«, »Chasco, Reyes«, »Rice, Dennis«, »Valupeyk, Clinton« – alle sechs, die Cops angegriffen hatten, waren in Gewahrsam.

Die Penner in der Ausnüchterungszelle stachelten die Männer an.

Stens rannte zu Zelle Nr. 4, einen Messingschlagring in der Hand.

Willie Tristano drückte Exley an die Wand, Crum Crumley nahm ihm die Schlüssel ab.

Cops drängelten von einer Zelle zur nächsten. Elmer Lentz grinste, über und über mit Blut bespritzt. Jack Vincennes stand beim Büro des Schichtkommandeurs – Lieutenant Frieling lag schnarchend auf seinem Tisch.

Bud stürmte mitten hinein.

Er bekam ein paar Hiebe mit dem Ellbogen, dann sahen die Männer, wer er war, und machten ihm die Bahn frei. Stens verschwand in Zelle Nr. 3. Bud drängte hinterher: Dick bearbeitete einen hageren Pachuco mit kräftigen Schlägen über den Schädel. Der Bursche war auf den Knien und suchte seine Zähne zusammen. Bud packte Stensland; der Mexikaner spuckte Blut. »Heeey, Miiister White. Ich kennnn dich, du *puto*. Du mein' Freun' Caldo verprügel, weil er sein' *puto* Frau haun. Sie 'ne Scheißhuuure, *pendejo*. Has' du gar kein' Scheiß-Grips?«

Bud ließ Stens los; der Mex zeigte ihm den Finger. Bud versetzte ihm einen Tritt, daß er lang zu Boden ging, und packte ihn am Genick. Anfeuerungsrufe: Weiter so, Jungs. Verdammte Scheiße. Bud knallte den Burschen mit dem Kopf auf den Boden. Ein Uniformierter drängte sich gewaltsam dazwischen. Die Stimme von Ed Exleys, dem reichen Söhnchen: »Hören Sie sofort auf, Officer! Das ist ein Befehl!«

Der Mexikaner trat ihm in die Eier – Volltreffer. Bud brach am Zellengitter zusammen und krümmte sich. Der Bursche stolperte aus der Zelle, geradewegs Vincennes in die Arme. Trashcan völlig entgeistert – Blut auf seinem Cashmere-Jackett. Er streckte den Kerl mit einer Links-Rechts-Kombination zu Boden. Exley rannte aus dem Zellenblock.

Rufe, Schreie, Kreischen, lauter als tausend Poilzeisirenen bei Alarm dritter Stufe.

Stens holte eine kleine Flasche Gin aus seiner Tasche. Bud sah schon jeden einzelnen Mann für alle Zeit nach Niggertown verbannt. Er stellte sich auf die Zehenspitzen: großartige Aussicht – Exley schüttete im Lagerraum den Schnaps in den Ausguß.

Stimmen: Recht so, Big Bud. Die Stimmen bekamen Gesichter – verzerrt und schief. Exley war immer noch mit dem Schnaps beschäftigt. Mr. Abstinenzler als Zeuge. Bud rannte den Laufgang hinunter, schloß ihn ein.

5

Eingeschlossen in einen sechs Quadratmeter großen Raum. Keine Fenster, kein Telefon, keine Sprechanlage. Regale voller Formulare, Mops, Besen, ein verstopftes Waschbecken voll Wodka und Rum. Die Tür mit Stahlplatten verstärkt; Schnapsbrühe stank wie Erbrochenes. Durch das Heizungsgitter dröhnten laute Rufe und dumpfe Geräusche.

Ed hämmerte an die Tür – keine Antwort. Er brüllte in das Heizungsgitter – heiße Luft traf sein Gesicht. Er sah sich an den Armen festgehalten und bestohlen. Jungs vom Bureau, die sicher waren, daß er sie nie verpfeifen würde. Er fragte sich, was sein Vater tun würde.

Die Zeit verging schleppend; der Lärm hörte auf, wuchs, hörte auf, setzte wieder ein. Ed hämmerte wieder und wieder an die Tür – ohne Erfolg. Der Raum wurde immer heißer; Schnapsgestank machte das Atmen schwer. Ed fühlte sich wie in Guadalcanal, als er sich vor den Japanern versteckt hatte, über sich einen Haufen Leichen. Seine Uniform war völlig durchnäßt. Wenn er versuchte, das Schloß aufzuschießen, würden die Kugeln wahrscheinlich von den Stahlplatten abprallen und ihn selbst treffen. Die Prügelaktion würde weite Kreise ziehen – eine Untersuchung durch Internal Affairs, Zivilklagen, Schwurgerichtsverfahren. Anklage wegen Mißhandlung im Amt. Eine Menge Karrieren würden zum Teufel gehen. Sergeant Edmund J. Exley am Kanthaken, weil er nicht in der Lage war, für Ordnung zu sorgen. Ed faßte einen Entschluß: Gebrauche deinen Verstand und wehre dich.

Er griff sich ein paar offizielle Formulare, drehte sie um und begann zu schreiben. Erste Version – die Wahrheit:

Es begann mit einem Gerücht: John Helenowski hat ein Auge verloren. Sergeant Richard Stensland trug die Einlieferung von Rice, Dennis, und Valupeyk, Clinton, ins Wachbuch ein – er verbreitete die Meldung. Plötzlich sprang der Funke über. Lieutenant Frieling, der Wachhabende, schlief, betäubt durch den Genuß von Alkohol im Dienst, ein Verstoß gegen die allgemeine Polizeivorschrift Nr. 4319. Sein Vertreter, Sergeant E. J. Exley, stellte fest, daß seine Büroschlüssel verschwunden waren. Die Mehrzahl der Männer, die an der Weihnachtsparty des Reviers teilnahmen, stürmte den Zellenblock. Die Zellen, in denen die sechs Verdächtigen saßen, welche die Polizisten angegriffen hatten, wurden mit Hilfe der verlorenen Schlüssel geöffnet. Sergeant Exley bemühte sich, die Zellentüren wieder zu verschließen, aber die Prügelei hatte bereits begonnen, und Sergeant Willis Tristano hielt Sergeant Exley fest, während Sergeant Walter Crumley ihm die Reserveschlüssel entwendete, die er an seinem Gürtel trug.

Sergeant Exley verzichtete darauf, seine Schlüssel mit Gewalt zurückzubekommen.

Weitere Einzelheiten:

Stensland dreht durch. Polizeibeamte verprügeln wehrlose Gefangene. Bud White hat einen sich windenden Mann gepackt, eine Hand an seiner Kehle.

Sergeant Exley befiehlt Officer White aufzuhören. Officer White ignoriert den Befehl. Sergeant Exley erleichtert, als der Gefangene sich befreien kann und damit jede weitere Konfrontation überflüssig macht.

Ed wandt sich, schrieb weiter. 25. 12. 51 – Einzelheiten der gewalttätigen Übergriffe im Zellenblock Central. Wahrscheinlich würde Anklage vor dem Geschworenengericht erhoben, außerdem Disziplinarverfahren innerhalb des Departments. Chief Parkers Prestige zum Teufel. Ein neues Blatt Papier. Ed dachte an die Zelleninsassen, die Zeugen des Vorfalls waren – die meisten von ihnen Säufer –, und an die Tatsache, daß so gut wie alle Beamten schwer getrunken hatten. *Sie* waren als Zeugen kompromittiert, aber *er* war nüchtern gewesen, unkompromittiert, und er hatte wiederholt die Situation unter Kontrolle bringen wollen. *Er* suchte einen Weg, sich angemessen aus der Affäre zu ziehen. Das Department mußte versuchen, das Gesicht zu wahren. Die hohen Tiere würden einem Mann dankbar sein, der versucht hatte, schlechte Presse zu vermeiden, der genügend Weitsicht besaß, um vorauszusehen, was geschehen würde, und rechtzeitig geeignete Maßnahmen traf. Er machte sich an die zweite Version.

Eine ausführlichere Variante zur ersten Version – dieser Darstellung zufolge trugen nur einige wenige Beamte die Verantwortung an der Sache: Stensland, Johnny Brownell, Bud White und eine Handvoll anderer Männer, die bereits im Pensionsalter oder kurz davor waren – Krugman, Tucker, Heineke, Huff, Disbrow, Doherty – alles alte Fische, die man dem Büro des Staatsanwalts zum Fraß vorwerfen konnte, falls das Anklagefieber ausbrach. Eine sehr subjektive Darstellung, zugeschnitten auf das, was die Gefangenen in der Ausnüchterungszelle gesehen hatten. Die Angreifer hatten versucht, aus dem Zellenblock zu entkommen und andere Gefangene zu befreien. Eine leichte Verzerrung der Wahrheit – von anderen Zeugen kaum zu widerlegen. Ed setzte seine Unterschrift darunter, versuchte dann, durch den Heizungsschacht die dritte Version zu erfahren.

Sie ließ auf sich warten. Stimmen, die »Stens« drängten, er solle

»aufwachen, wir haben was für dich.« White verließ den Zellenblock, murmelte vor sich hin, was für eine Verschwendung das doch sei. Krugman und Tucker brüllten Beleidigungen, beantwortet von lautem Wimmern. Von White oder Johnny Brownell war nichts zu hören. Lentz, Huff und Doherty patrouillierten auf dem Laufgang. Schluchzen, Stöhnen und *Madre mia*.

Sechs Uhr vierzehn früh.

Ed brachte Version Nummer drei zu Papier: kein Wimmern, kein *Madre mia*; die Männer, die die Cops angegriffen hatten, stachelten die übrigen Insassen des Gefängnisses auf. Er fragte sich, was sein Vater zu den Verbrechen sagen würde: Kollegen tätlich angegriffen, die Täter mißhandelt. Welcher der beiden Vorgänge verlangte absolute Gerechtigkeit?

Die Geräusche duch den Luftschacht wurden schwächer. Ed versuchte zu schlafen – es gelang ihm nicht. Dann drehte sich ein Schlüssel im Schloß.

Lieutenant Frieling – bleich und zitternd. Ed schob ihn beiseite und ging den Flur hinunter.

Sechs Zellentüren standen offen – die Wände blutverschmiert. Juan Carbijal auf seiner Pritsche, unter dem Kopf ein rot getränktes Hemd. Clinton Valupeyk wusch sich mit Wasser aus der Toilette das Blut aus dem Gesicht. Reyes Chasco eine einzige Prellung; Dennis Rice bearbeitete seine Finger – blau angeschwollen, gebrochen. Dinardo Sanchez und Ezekiel Garcia in der Ausnüchterungszelle zusammengerollt.

Ed telefonierte nach Krankenwagen. Bei den Worten »Gefangenenabteilung, County Hospital« mußte er fast kotzen.

6

Dudley Smith sagte: »Sie essen ja gar nichts, mein Junge. Hat Ihnen eine lange Nacht mit Ihren Kumpanen auf den Magen geschlagen.«

Jack sah auf seinen Teller: T-Bone Steak, Backkartoffeln, Spargel. »Ich bestell' mir immer 'ne große Portion, wenn die Staatsanwaltschaft bezahlt. Wo bleibt Loew? Ich möchte, daß er sieht, wofür er sein Geld ausgibt.«

Smith lachte. Jack inspizierte den Schnitt seines Anzugs: ein wenig ausgebeult, perfekte Tarnung – ein Ire wie aus dem Bilderbuch, die 45er Automatik, der Schlagring und der Totschläger unsichtbar versteckt. »Was schwebt Loew eigentlich vor?«

Dudley warf einen Blick auf seine Uhr. »Nun ja, ein halbes Stündchen Geplänkel und Liebenswürdigkeiten sollte heute, am Geburtstag unseres Erlösers, eigentlich ausreichen als Vorspiel fürs Geschäft. Mein Junge, Ellis möchte gerne Staatsanwalt unserer schönen Stadt und später Gouverneur von Kalifornien werden. Er ist seit acht Jahren stellvertretender Staatsanwalt, er hat '48 für den Posten kandidiert und verloren, und im März '53 findet die nächste Wahl statt, und Ellis glaubt, daß er sie gewinnen kann. Er kämpft unermüdlich gegen das Verbrechergesindel, er hat gute Beziehungen zum Department, und trotz seiner hebräischen Genealogie mag ich ihn und glaube, daß er einen großartigen Staatsanwalt abgibt. Und Sie, mein Junge, können dazu beitragen, daß er gewählt wird. Sie gewinnen dabei einen wertvollen Freund.«

Er dachte an den Mex, den er durch die Mangel gedreht hatte – die Sache könnte Wellen schlagen. »Möglich, daß ich bald einen Gefallen brauche.«

»Den er sicher gerne gewähren wird, mein Junge.«

»Und er will, daß ich den Kassier mache?«

»Kassier ist eine Ausdrucksweise, die mir nicht gefällt, mein Junge. Ich würde sagen, ›einen Freundschaftsdienst erbitten‹ ist ein passenderer Ausdruck, besonders angesichts der ausgezeichneten Kontakte, über die Sie verfügen. Aber der eigentliche Kern, um den es geht, ist Geld, und es wäre unkorrekt von mir, wenn ich das nicht von Anfang an deutlich machen würde.«

Jack schob seinen Teller zur Seite. »Mit anderen Worten, Loew will, daß ich die Typen von *Badge of Honor* wegen einer kleinen Wahlkampfspende anhaue.«

»Ja. Außerdem sollen Sie ihm dieses verdammte Skandalblatt *Hush-Hush* vom Halse halten. Und da wir gerade von Freundschaftsdiensten sprechen: Natürlich ist er bereit, sich mit gewissen Gefälligkeiten erkenntlich zu zeigen.«

»Zum Beispiel?«

Smith zündete sich eine Zigarette an. »Max Peltz, der Produzent der Show, hat schon seit Jahren Schwierigkeiten mit der Steuerbehörde, und Loew wird dafür sorgen, daß er nie wieder mit einer Betriebsprüfung belästigt wird. Brett Chase, dem Sie auf so brillante Weise beigebracht haben, wie man einen Polizisten spielt, ist ein degenerierter Päderast, und Loew wird darauf verzichten, jemals gegen ihn ein Verfahren einzuleiten. Loew wird ferner der Sendung Originalakten aus dem Bureau zur Verfügung stellen, und für Sie persönlich ist folgendes vorgesehen: Sergeant Bob Gallaudet, der Einpeitscher des Staatsanwalts im Bureau, steht kurz vor dem Jura-Examen, und sobald er, wie erwartet, seine Zulassung erhält, wird er bei der Staatsanwaltschaft einsteigen. Sie werden die Chance erhalten, seinen alten Posten zu übernehmen – verbunden mit einer Beförderung zum Lieutenant. Nun, sind Sie gebührend beeindruckt von meinem Vorschlag, mein Junge?«

Jack nahm sich eine Zigarette aus Dudleys Päckchen. »Boss, Sie wissen genau, daß ich die Narco-Abteilung nie verlasse, und Sie wissen auch, daß ich Ja sage. Und mir ist grade klar geworden, daß Loew gleich auftauchen, sich bei mir bedanken und nicht zum Nachtisch bleiben wird. Also – die Antwort ist Ja.«

Dudley blinzelte ihm zu. Ellis Loew erschien und setzte sich zu ihnen. »Gentlemen, tut mir leid, daß ich mich verspätet habe.«

Jack meinte: »Ich werd's tun.«

»Oh? Lieutenant Smith hat Ihnen schon erklärt, worum es geht?«

Dudley antwortete: »Es gibt Burschen, denen man nicht alles bis ins Detail erklären muß.«

Loew fingerte nervös an seinem Phi-Beta-Kettchen herum. »Dann bedanke ich mich bei Ihnen, Sergeant. Und wenn ich Ihnen irgendwie helfen kann – *irgendwie*, hören Sie? –, dann zögern Sie nicht, mich anzurufen.«

»Wird gemacht. Bleiben Sie zum Nachtisch, Sir?«

»Ich würde gerne, aber auf mich warten wichtige Unterlagen. Ich bin sicher, wir werden ein andermal Gelegenheit haben, miteinander das Brot zu brechen.«

»Wann immer Sie wünschen, Mr. Loew.«

Loew legte einen Zwanziger auf den Tisch. »Nochmals vielen Dank, Lieutenant. Wir werden uns in Kürze ausführlicher unterhalten. Und nun, Gentlemen – Fröhliche Weihnachten!«

Jack nickte; Loew verließ das Lokal. Dudley sagte: »Da ist noch mehr, mein Junge.«

»Noch mehr Arbeit?«

»So könnte man sagen. Übernehmen Sie dieses Jahr wieder die Sicherheitsüberwachung für Welton Morrows Weihnachtsparty?«

Sein alljährlicher Auftritt – ein Hunderter dafür, daß er sich unter die Gäste mischte. »Yeah, heute abend. Geht's drum, Loew eine Einladung zu besorgen?«

»Nicht ganz. Sie haben Mr. Morrow doch mal einen großen Gefallen erwiesen, ist das richtig?«

Oktober '47 – einen viel zu großen Gefallen. »Yeah, hab' ich.«

»Und Sie sind immer noch befreundet mit den Morrows?«

»Soweit man als Aushilfe mit jemand befreundet sein kann, sicher. Warum?«

Dudley lachte. »Mein Junge, Ellis Loew sucht eine Ehefrau. Vorzugsweise eine Nichtjüdin mit ausgezeichnetem Stammbaum. Er hat bei offiziellen Anlässen mehrmals Joan Morrow gesehen und schätzen gelernt. Hätten Sie nicht Lust, den Amor zu spielen und die schöne Joan zu fragen, was sie von der Sache hält?«

»Dud, soll das heißen, daß Sie mich bitten, dem künftigen Staatsanwalt ein verdammtes Rendezvous zu vermitteln?«

»In der Tat, genau das. Glauben Sie, Miss Morrow wäre für einen solchen Vorschlag zugänglich?«

»Ist immerhin 'nen Versuch wert. Sie ist gesellschaftlich ein Emporkömmling und wollte schon immer eine gute Partie machen. Ich weiß allerdings nicht, ob sie 'nen Itzig nimmt.«

»Ja, mein Junge, das könnte ein Problem sein. Werden Sie sie trotzdem mal ansprechen?«

»Aber sicher.«

»Gut, dann ist die Sache aus unseren Händen. Und was das betrifft – war's schlimm auf dem Revier gestern abend?«

Jetzt kommt er zum Thema. »Es war sehr schlimm.«

»Glauben Sie, daß Gras über die Sache wächst?«

»Ich weiß nicht. Was ist mit Brownell und Helenowski? Wie schwer hat's die beiden erwischt?«

»Ein paar leichte Prellungen, mein Junge. Ich würde sagen, die Vergeltung ist ein bißchen weiter gegangen. Waren Sie beteiligt?«

»Ich hab' 'n paar Hiebe abgekriegt, hab' zurückgeschlagen und bin dann weg. Hat Loew Angst, gegen die Beteiligten vorzugehen?«

»Nur davor, Freunde zu verlieren, wenn er es tut.«

»Er hat doch heute einen neuen Freund gewonnen. Sagen Sie ihm, daß er das Spiel nicht verlieren kann.«

* * *

Jack fuhr nach Hause und schlief auf seiner Couch ein. Er verschlief den ganzen Nachmittag und wachte erst auf, als der Zeitungsbote den *Mirror* auf die Veranda warf. Auf Seite vier war zu lesen: »Weihnachtsüberraschung für die Co-Stars von *Hope's Harvest*«.

Keine Bilder, aber Morty Bendish hatte tatsächlich einen Verweis auf »Big V« gebracht. »Einer seiner zahlreichen Informanten« – das klang so, als habe Jack Vincennes überall seine Vertrauten, die Taschen voll mit *seinem* Geld. Es war überall bekannt, daß Big V seinen Antidrogen-Kreuzzug von seinem eigenen Gehalt finanzierte. Jack schnitt den Artikel aus und blätterte den Rest der Zeitung nach Informationen über Helenowski, Brownell und die Cop-Angreifer durch.

Nichts.

Kein Wunder: Zwei Cops mit leichten Prellungen waren nur kleine Fische. Die Knülche hatten keine Zeit gehabt, einen dieser Winkeladvokaten anzuheuern. Jack nahm sich sein Kassenbuch vor.

Die Seiten waren in drei Spalten unterteilt: Datum, Nummer der Kassenanweisung, Betrag. Die Beträge reichten von einem Hunderter bis zu zwei Riesen; die Schecks waren ausgestellt auf Donald und Marsha Scoggins aus Cedar Rapids, Iowa. Ganz unten in der rechten Spalte stand die aktuelle Summe der laufenden Beträge: 32 350 Dollar. Jack holte sein Scheckbuch heraus, kontrollierte den derzeitigen Stand seines Guthabens und setzte die nächste Zahlung auf die runde Summe von fünfhundert Dollar fest. Fünf Hunnis für Weihnachten. Eine Menge Geld, ehe Onkel Jack tot umfällt – und reichen würde es sowieso nie.

Jedes Jahr zu Weihnachten ging er die Sache durch. Es fing an mit den Morrows, und er sah sie immer zum Weihnachtsfest. Er war Waise, er hatte aus den Scoggins-Kindern Waisen gemacht – Weihnachten war bekanntermaßen eine Scheißzeit für Waisen. Er zwang sich, die Geschichte noch einmal durchzugehen.

Ende September 1947.

Old Chief Worton rief ihn zu sich. Welton Morrows Tochter Karen hatte sich mit einer Gruppe Highschool-Schüler eingelassen, die mit Drogen experimentierten. Sie kriegten das Zeug von einem Saxophonspieler namens Les Weiskopf. Morrow war ein stinkreicher Anwalt, der bei den Spendenaktionen des LAPD regelmäßig große Beträge springen ließ. Er wollte Weiskopf unter Druck gesetzt haben – aber ohne großes Trara.

Jack kannte Weiskopf: Er verkaufte Dilaudid, trug sein Haar in einer Tolle und hatte eine Vorliebe für kleine Mädchen. Worton bedeutete ihm, dieser Job sei mit der Beförderung zum Sergeant verbunden.

Er fand Weiskopf – im Bett mit einem fünfzehnjährigen Rotschopf. Das Mädchen zog Leine; Jack knallte Weiskopf mit dem Pistolenknauf eins über, durchsuchte seine Bude und fand einen Koffer voll Goofballs und Bennies. Er nahm ihn an sich. Er dachte, er könnte Mickey Cohen das Zeug verkaufen. Welton Morrow bot ihm den Job als Sicherheitsbeamter an; Jack willigte ein. Karen Morrow wurde von der Schule genommen und in ein Internant gesteckt; er wurde zum Sergeant befördert. Mickey C. hatte kein Interesse an dem Stoff – er sprang nur auf Big H an. Jack behielt den Koffer und bediente sich gelegentlich daraus, um sich bei nächtlichen Überwachungsaktionen unter Strom zu halten. Linda, Ehefrau Nummer zwei, brannte mit einem seiner Informanten durch, einem Posaunisten, der nebenbei mit Maryjane handelte. Jack machte sich danach richtig über den Koffer her, mischte sich Goofballs, Bennies und Scotch und nahm die Hälfte aller Namen auf der Hitliste von *Downbeat* hops. Bald war er »THE MAN«, Feind Nummer eins aller Jazzer. Dann kam der 24. Oktober 1947...

Er saß eingezwängt in seinem Wagen und überwachte den Parkplatz des Malibu Rendezvous, die Augen auf zwei Heroin-Dealern in einer Packard-Limousine. Es war fast Mitternacht. Er hatte Scotch getrunken, hatte sich auf dem Hinweg einen Reefer reingezogen, und die Bennies, die er geschluckt hatte, konnten mit dem Schnaps nicht mithalten. Er hatte einen Hinweis bekommen, daß um Mitternacht ein Deal stattfinden sollte – die beiden H-Männer und ein dürrer Schwarzer, über zwei Meter groß, eine richtige Schießbudenfigur.

Der Bimbo tauchte um Viertel nach zwölf auf, ging zu dem Pakkard, kriegte ein Päckchen in die Hand gedrückt. Jack stolperte, als er aus seinem Wagen stieg; der Schwarze fing an zu rennen; die beiden H-Männer stiegen aus, Kanonen in der Hand. Jack raffte sich auf und zog seine Waffe; der Bimbo drehte sich plötzlich um und feuerte. Er sah zwei Gestalten in seiner Nähe, hielt sie für die Kumpane des Schwarzen, feuerte sein Magazin auf sie ab. Die Gestalten gingen zu Boden; die beiden H-Männer schossen auf den Schwarzen und auf ihn. Der Schwarze warf sich der Länge nach unter einen 46er Studebaker.

Jack fraß Asphalt, betete einen Rosenkranz. Ein Schuß traf ihn in die Schulter, ein zweiter streifte sein Bein. Er kroch unter einen Wagen; eine Unzahl von Reifen quietschte, eine Unzahl von Menschen schrie. Dann kam ein Krankenwagen, und eine Lesbe vom Büro des Sheriffs lud ihn auf eine Trage. Sirenen, ein Krankenhausbett. Ein Arzt flüsterte mit der Lesbe über die Drogen, die er im Blut hatte, wie anhand von Bluttests festgestellt worden sei. Viel Medikamente und Schlaf. Dann eine Zeitung auf seinem Schoß: »Drei Tote bei Schießerei in Malibu – Heroischer Cop überlebt.«

Die H-Männer waren spurlos entkommen – die Todesopfer wurden ihnen zur Last gelegt.

Der Bimbo war am Tatort verstorben.

Bei den beiden Gestalten hatte es sich nicht etwa um Kumpane des Niggers gehandelt, sondern um Mr. und Mrs. Harold H. Scoggins, Touristen aus Cedar Rapids, Iowa, und stolze Eltern von Donald, siebzehn, und Marsha, sechzehn Jahre alt.

Die Ärzte sahen ihn die ganze Zeit so merkwürdig an. Die Lesbe entpuppte sich als Dot Rothstein, Kikey Teitlebaums Cousine, bekanntermaßen eng verbunden mit dem legendären Dudley Smith.

Die routinemäßig durchgeführte Autopsie hätte ergeben, daß die Bohnen in den Leichen von Mr. und Mrs. Scoggins aus der Waffe von Sergeant Jack Vincennes stammten.

Die Kinder retteten ihn.

Eine Woche lang schwitzte er im Krankenhaus alles aus. Thad Green und Chief Worton besuchten ihn, und auch die Jungs von der Narco-Abteilung kamen vorbei. Dudley Smith bot ihm seine Unterstützung an. Er fragte sich, wieviel er wohl wissen mochte.

Sid Hudgens, Chefreporter für das Magazin *Hush-Hush*, erschien mit einem Angebot: Jack sollte drogensüchtige Stars hopsnehmen, und *Hush-Hush* würde bei den Festnahmen dabei sein – gegen diskrete Zahlung in bar. Er nahm das Angebot an – und fragte sich, wieviel Hudgens wissen mochte.

Die Kinder lehnten eine Autopsie ab. Die Familie gehörte den Siebten-Tags-Adventisten an, für die eine Autopsie ein Sakrileg war. Da der amtliche Leichenbeschauer genau wußte, wer die Schützen waren, schickte er die Leichen von Mr. und Mrs. Harold J. Scoggins zurück nach Iowa, damit sie dort verbrannt und bestattet werden konnten.

Sergeant Jack Vincennes kam noch einmal davon – mit viel Lob von den Zeitungen.

Seine Wunden verheilten.

Er hörte auf zu trinken.

Er hörte auf, Drogen zu nehmen, und ließ den Koffer verschwinden. Er trug jeden Tag, an dem er abstinent blieb, in seinen Kalender ein, kam seinem Deal mit Sid Hudgens nach und kultivierte seinen Ruf als lokaler Held. Hin und wieder erwies er Dudley Smith einen Gefallen. Mr. und Mrs. Harold J. Scoggins verfolgten ihn in seinen Träumen. Er wußte, daß Schnaps und Drogen dieses Feuer, das in ihm brannnte, löschen, ihn auf Dauer aber umbringen würden. Sid verschaffte ihm einen Job als »technischer Berater« für die Sendung *Badge of Honor* – damals nur eine Radiosendung. Langsam kam immer mehr Geld in seine Kasse. Es für Klamotten und Frauen auszugeben machte ihm weniger Spaß, als er gedacht hatte. Immer wieder überkam ihn die Versuchung, Bars aufzusuchen und Drogendealer auszunehmen. Drogensüchtige zu terrorisieren half zwar ein wenig – aber es reichte nicht. Er beschloß, sich bei den Kindern zu revanchieren.

Sein erster Scheck belief sich auf zweihundert Dollar. Er fügte einen Brief bei: »Ein anonymer Freund« – eine Anspielung auf die Scoggins-Tragödie. Eine Woche später rief er bei der Bank an: Der Scheck war eingelöst worden. Seit damals hatte er regelmäßig dafür bezahlt, daß er davongekommen war. Er war jetzt sicher – es sei denn, dieser Hudgens hatte etwas über den 24. 10. 47 in seiner Kartei.

Jack legte seine Ausgehsachen zurecht. Das Jackett war vom London Shop – gekauft mit dem Geld, das er von Sid für die Verhaftung von Bob Mitchum bekommen hatte. Die Slipper mit den Troddeln und die grauen Flanellhosen hatte er dem Artikel im *Hush-Hush* zu verdanken, in dem die Verbindung von Jazzmusikern mit der großen kommunistischen Verschwörung aufgedeckt wurde – die entsprechenden Informationen hatte er damals aus einem Bassisten rausgequetscht, den er wegen Nadeleinstichen im Arm festgenommen hatte. Er zog sich an, besprühte sich mit Lucky Tiger und fuhr nach Beverly Hills.

* * *

Eine Party im Garten hinter dem Haus. Ein halber Hektar mit Zeltplanen und Markisen überdacht. Ein Büfett mit Koteletts, geräuchertem Schinken, Truthahn; Kellner mit Tabletts voller Hors d'oeuvres; weiter draußen im Garten ein riesiger Weihnachtsbaum, feucht vom Nieselregen. Die Gäste aßen von Papptellern, der Rasen war mit Fackeln erleuchtet. Jack erschien pünktlich zu Beginn der Party und mischte sich unter die Gäste.

Welton Morrow stellte ihn seinen ersten Zuhörern vor, einer Gruppe von Richtern vom Superior Court. Jack spann bereitwillig sein Garn: Wie Charlie Parker versucht hatte, ihn zu bestechen, indem er ihm eine Mulatten-Nutte vermittelte; wie er den Fall Shapiro geknackt hatte – ein schwuler Typ aus Mickey Cohens Mannschaft, der die Transvestiten in einer bekannten Homo-Bar mit Amylnitrit versorgte. Big Vs großer Auftritt: Jack Vincennes verhaftete eigenhändig und ganz alleine einen ganzen Laden voller Macker, die sich alle für einen Wettbewerb als Rita-Hayworth-Double bewarben. Lebhafter Beifall, für den Jack sich mit einer Verbeugung bedankte. Dann sah er plötzlich Joan Morrow neben dem Weihnachtsbaum stehen – allein. Vielleicht langweilte sie sich.

Er ging zu ihr hin. Joan begrüßte ihn: »Frohes Fest, Jack.«

Sie war sehr hübsch, gut gebaut, einunddreißig oder zweiunddreißig. Kein Job und kein Ehemann, der sie in Anspruch nahm. Sie zog meistens einen Schmollmund. »Hallo, Joan.«

»Selber hallo. Ich habe heute in der Zeitung von dir gelesen, über diese Leute, die du festgenommen hast.«

»Völlig unbedeutend.«

Joan lachte. »Soooo bescheiden. Was passiert mit den beiden? Diesem Rocky Sowieso und seinem Mädchen, meine ich ?«

»Neunzig Tage für das Mädchen, und vielleicht ein Jahr Staatsfarm für Rockwell. Die beiden sollten sich deinen alten Herrn als Anwalt nehmen – der würde sie sicher freikriegen.«

»Eigentlich sind dir die beiden völlig egal, stimmt's?«

»Ich hoffe, sie lassen sich auf 'nen Deal ein und ersparen mir den Auftritt vor Gericht. Und ich hoffe, die beiden müssen 'ne Weile sitzen, damit sie ihre Lektion lernen.«

»Ich hab' auch mal Marihuana geraucht, im College. Ich wurde davon so hungrig, daß ich 'ne ganze Schachtel Kekse gegessen habe, und dann wurde mir übel. Mich hättest du doch nicht festgenommen, oder?«

»Nein, du bist viel zu nett.«

»Eins kann ich dir sagen – ich langweil' mich so sehr, daß ich's noch mal tun würde.«

Das war die Gelegenheit. »Und was macht dein Liebesleben, Joanie?«

»Gar nichts. Kennst du 'n Polizisten namens Edmund Exley? Ist ziemlich groß und trägt 'ne süße Brille. Preston Exleys Sohn.«

Eddie, der Ehrenwerte. Der Kriegsheld, dem alles in den Arsch geschoben wurde. »Ich kenn' ihn vom Sehen, aber das ist auch alles.«

»Ist er nicht süß? Ich hab' ihn gestern abend im Haus seines Vaters gesehen.«

»Cops aus reichem, gutem Hause sind eine Sache, aber ich kenn' einen netten Burschen, der sich ernsthaft für dich interessiert.«

»Wirklich? Wer ist es?«

»Ein Mann namens Ellis Loew. Er ist stellvertretender Bezirksstaatsanwalt.«

Joan lächelte, verzog dann aber plötzlich das Gesicht. »Ich hab' ihn mal im Rotary Club eine Rede halten sehen. Ist er nicht Jude?«

»Na ja, aber er hat auch seine guten Seiten. Er ist Republikaner und ein kommender Mann.«

»Ist er nett?«

»Natürlich. Er ist 'n richtiger Schatz.«

Joan zog an den Zweigen, so daß der falsche Schnee in der Luft herumwirbelte. »Also gut, sag ihm, er soll mich anrufen. Sag ihm, ich wäre zwar im Augenblick ziemlich ausgebucht, aber er kann sich in die Warteschlange einreihen.«

»Vielen Dank, Joanie.«

»Ich danke *dir*, Miles Standish. Oh, ich glaube, Daddy gibt mir grade ein Zeichen. Ich muß zu ihm rüber. Wiedersehn, Jackie!«

Joan hüpfte davon. Jack machte sich bereit, mit weiteren Erfolgsgeschichten zu glänzen – vielleicht die Mitchum-Sache, natürlich eine harmlose Version. Dann eine sanfte Stimme: »Mr. Vincennes. Hallo.«

Jack wandte sich um: Karen Morrow in einem grünen Cocktailkleid, die Schultern mit Regentropfen übersät. Das letztemal, als er sie gesehen hatte, war sie noch ein viel zu hochgewachsenes, viel zu linkisches junges Mädchen gewesen, das gezwungen war, sich bei einem Cop zu bedanken, der gerade einen Dealer durch die Mangel gedreht hatte. Vier Jahre später war sie zwar immer noch hochgewachsen, aber ansonsten hatte sie sich vom Mädchen in eine Frau verwandelt. »Karen. Fast hätt' ich dich nicht erkannt.«

Karen lächelte. Jack sagte: »Ich würde dir gern sagen, wie schön du geworden bist, aber das hast du sicher schon öfter gehört.«

»Nicht von Ihnen.«

Jack lachte. »Wie war's auf dem College?«

»Das ist 'ne lange Geschichte, die ich Ihnen nicht hier draußen erzählen kann. Ich erfriere fast. Ich habe meinen Eltern gesagt, sie sollen die Party lieber im Haus veranstalten, weil ich in England auch nicht gerade immun gegen die Kälte geworden bin. Ich habe eine kleine Ansprache vorbereitet. Wollen Sie mir nicht helfen, die Katzen unserer Nachbarn zu füttern?«

»Ich hab' 'nen Job zu erledigen.«

»Mit meiner Schwester sprechen?«

»Ein Typ, den ich kenne, hat sich in sie verknallt.«

»Der Arme. Nein, arme Joanie. Scheiße, das läuft alles überhaupt nicht so, wie ich's geplant hatte.«

»Scheiße. Also, gehn wir die Katzen füttern.«

Karen lächelte und ging voran, mit ihren hohen Absätzen unsicher auf dem Rasen stolzierend. Donner, Blitze, Regen – Karen schleuderte ihre Schuhe weg und rannte barfüßig weiter. Jack holte sie erst an der hinteren Veranda des Nachbarhauses ein, völlig durchnäßt. Er war kurz davor, in Lachen auszubrechen.

Karen öffnete die Tür. Im Foyer brannte Licht. Jack sah sie an – sie zitterte und hatte Gänsehaut. Karen schüttelte sich das Wasser aus dem Haar. »Die Katzen sind oben.« Jack zog sein Jackett aus. »Nein, ich möchte erst deine Ansprache hören.«

»Ich bin sicher, Sie kennen das genau. Ich bin sicher, daß sich schon viele Leute bei Ihnen bedankt haben.«

»Du noch nicht.«

Karen fröstelte. »Scheiße. Tut mir leid, aber es läuft schon wieder nicht so, wie ich's geplant hatte.«

Jack legte ihr sein Jackett um die Schultern. »Kriegt ihr drüben in England auch Zeitungen aus L. A.?«

»Ja.«

»Und hast du was von mir gelesen?«

»Ja. Sie –«

»Karen, manchmal übertreibt die Presse und bauscht die Dinge unnötig auf.«

»Soll das heißen, das, was ich gelesen habe, waren nichts als Lügen?«

»Nein, all- … Nein, es waren keine Lügen.«

Karen wandte sich ab. »Gut. Ich wußte, daß es die Wahrheit war. Also, hier ist die Ansprache. Und bitte sehen Sie mich dabei nicht an – ich bin schon durcheinander. Erstens: Sie haben's geschafft, daß ich keine Pillen mehr nehme. Zweitens: Sie haben meinen Vater überredet, mich nach Europa zu schicken, wo ich eine verdammt gute Ausbildung bekommen und viele nette Menschen getroffen habe. Drittens: Sie haben diesen schrecklichen Mann verhaftet, der mir die Pillen verkauft hat."

Jack wollte sie anfassen, aber Karen zuckte zurück.

»Nein, lassen Sie mich ausreden! Viertens – und das wollte ich eigentlich gar nicht sagen: Les Weiskopf gab den Mädchen immer Pillen umsonst, wenn sie bereit waren, mit ihm ins Bett zu gehen. Vater war immer ziemlich knauserig mit meinem Taschengeld, und früher oder später hätte ich es auch getan. Da haben Sie's also: Sie haben meine verdammte Jungfräulichkeit beschützt.«

Jack lachte. »Und bin ich dein gottverdammter Held?«

»Ja, und ich bin zweiundzwanzig Jahre alt und nicht der Typ, der sich wie ein Schulmädchen verknallt.«

»Das ist gut, denn ich möchte dich gelegentlich mal zum Dinner einladen.«

Karen wirbelte herum. Ihr Mascara war verschmiert, und sie hatte sich fast den ganzen Lippenstift abgekaut. »Ja. Mutter und Vater werden wahrscheinlich 'nen Herzinfarkt kriegen, aber ich sage Ja.«

Jack sagte: »Das ist meine erste Dummheit seit Jahren.«

7

Ein beschissener Monat.

Bud riß den Januar 1952 von seinem Kalender und zählte die Festnahmen. 1. Januar bis 11. Januar: nichts. Er war für die Absperrungen wegen Dreharbeiten für einen Film zuständig gewesen – Parker hatte auf einem Muskelmann bestanden, um die Autogrammjäger wegzuscheuchen. 14. Januar: Die Männer, die die Cops angegriffen hatten, von der Anklage freigesprochen; schwere Vorwürfe gegen Helenowski und Brownell – die Anwälte der Spics stellten es so dar, als hätten die beiden die ganze Sache provoziert. Zivilklagen angedroht; neben dem Datum zwei hingekritzelte Worte: »Anwalt besorgen?«

16., 19., 22. Januar: Frauenprügler auf Bewährung entlassen, Antrittsbesuche daheim. 23.–25. Januar: Überwachung eines Einbrecherrings; Stens und er hatten gerüchteweise einen Tip von Johnny Stomp bekommen, der irgendwie immer etwas zu wissen schien – er hatte früher einmal einen Erpresserring betrieben. Die Aktivitäten der großen Gangs in einer seltsamen Flaute; Stomp strampelt sich ab, um überhaupt solvent zu bleiben; Mo Jahelka – der Interessenvertreter von Mickey C. – offenbar ängstlich, allzu sehr auf den Putz zu hauen. Insgesamt sieben Festnahmen. Damit war sein Soll erfüllt, aber die Zeitungen walzten den Vorfall auf dem Revier aus und sprachen von der »Blutigen Weihnacht«. Dann ein Gerücht: Die Staatsanwaltschaft hatte sich an Parker gewandt, das Internal Affairs Department sollte die Männer befragen, die am Heiligabend bei der Party dabeigewesen waren, die Grand Jury des County lechzte geradezu nach Aufklärung. Erneute Anmerkungen: »Mit Dick reden«, *»Anwalt???«*, *»Wann Anwalt??«*

Die letzte Woche des Monats – etwas Komisches zur Abwechslung. Dick war außer Dienst und unterzog sich auf einer Gesundheitsfarm in Twenty-nine Palms einer Trockenkur. Der Mannschaftsleiter dachte, er sei auf der Beerdigung seines Vaters in Nebraska – die Jungs hatten Geld gesammelt, um Blumen an eine nicht existierende Totenhalle zu schicken. Dann zwei Festnahmen am 29. Januar wegen Verstoßes gegen die Bewährungsauflagen, auch diesmal wieder aufgrund eines Tips von Stomp. Allerdings mußte er die beiden Männer erst fertigmachen, sie dann kidnappen und aus dem Amtsbereich des County in die Stadt schleppen, damit das Sheriff's Department die Festnahmen nicht für sich verbuchen konnte. Dann der 31. Januar: Ein Tänzchen mit Chick Nadel, einem Barkeeper der Moonglow Lounge, der nebenbei heiße Elektrogeräte an den Mann brachte. Eine spontane Razzia: Chick hatte ein ganzes Lager voll geklauter Radios und verriet ihm die Namen der Typen, die den Lastwagen geplündert hatten und sich jetzt in San Diego versteckt hielten. Keine Möglichkeit, die Sache für das LAPD zu verbuchen. Statt dessen nahm er Chick wegen wiederholter Hehlerei nach einer Vorstrafe fest. Insgesamt also zehn Verhaftungen in diesem Monat – immerhin ein zweistelliges Ergebnis.

Nichts als Scheiße – und der Februar begann genauso.

Zurück in Uniform, sechs Tage Verkehrsregelung – es war Parkers Idee, daß alle Männer der Detective Division eine Woche pro Jahr Verkehrsstreife machen mußten. Es ging streng nach alphabetischer Reihenfolge, also stand er als »W« ganz am Ende der Liste. Aber nicht genug damit – es regnete an jedem dieser sechs Tage.

Überschwemmung im Dienst, Trockenzeit bei den Frauen.

Bud blätterte sein Adreßbuch durch. Lorene aus dem Silver Star, Jane aus dem Zimba Room, Nancy aus der Orbit Lounge – letzte Wahl. Entsprechend sahen sie aus: Mitte Dreißig, hungrig – dankbar für einen jüngeren Mann, der nett zu ihnen war und ihnen nicht das Gefühl gab, die Männer seien alle nur Mistkerle. Lorene war vollschlank – bei ihr knallten die Bettfedern immer bis auf den Boden. Jane legte Opernplatten auf, um in Stimmung zu kommen – es klang wie Katzen beim Ficken. Nancy war Alki, immer für eine Kneipentour zu haben – sie war lustlos und abgestumpft und brachte die Sache noch schneller zu Ende, als er es normalerweise tat.

»He, White, schau dir das an!«

Bud hob den Blick. Elmer Lentz hielt die Titelseite des *Herald* hoch.

Die Schlagzeile lautete: »Opfer von Polizeibrutalität gehen vor Gericht.«

Etwas kleiner darunter stand: »Grand Jury wartet auf Beweise«, »Parker verspricht volle Unterstützung von seiten des LAPD«.

»Das könnte Ärger bringen«, sagte Lentz.

Bud entgegnete: »Ohne Scheiß, Sherlock.«

8

Preston Exley beendete seine Lektüre. »Edmund, alle drei Versionen sind geradezu brillant, aber du hättest sofort zu Parker gehen sollen. Wenn du dich jetzt erst äußerst, mit all dieser Publicity, sieht es aus wie eine Panikreaktion. Bist du wirklich bereit, den Informanten zu machen?«

Ed rückte seine Brille zurecht. »Ja.«

»Bist du darauf vorbereitet, daß man dich innerhalb des Departments deswegen verachten wird?«

»Ja, und ich bin auch vorbereitet auf die Dankbarkeit, die Parker mir entgegenbringen wird.«

Preston überflog die Seiten. »Interessant. Du schiebst die Hauptverantwortung auf Männer, die ihre Pension bereits sicher haben, und das ist überaus lobenswert. Abgesehen davon, klingt dieser Officer White tatsächlich ein wenig furchterregend.«

Ed bekam eine Gänsehaut. »Ist er auch. Internal Affairs wird mich morgen befragen, und mir ist nicht besonders wohl bei dem Gedanken, denen von seiner Einlage mit dem Mexikaner zu berichten.«

»Angst vor Vergeltung?«

»Eigentlich nicht.«

»Mach nicht den Fehler und verleugne deine Angst. Das wäre ein Zeichen von Schwäche. White und sein Freund Stensland haben mit ihrem Verhalten auf verabscheuungswürdige Weise gezeigt, wie wenig sie die Statuten des Departments achten, und beide sind ganz offensichtlich Schlägertypen. Hast du dich auf die Befragung auch richtig vorbereitet?«

»Ja.«

»Das kann ziemlich brutal werden.«

»Ich weiß, Vater.«

»Sie werden immer wieder darauf herumreiten, daß du nicht in der Lage warst, für Ordnung zu sorgen, und daß du dir von diesen Männern die Schlüssel hast abnehmen lassen.«

Ed wurde rot. »Die ganze Situation war ohnehin chaotisch, und wenn ich mich auf einen Kampf mit denen eingelassen hätte, wäre es nur noch schlimmer geworden.«

»Werde nicht laut, und vor allem vermeide es, dich zu rechtfertigen – weder vor mir noch vor den Leuten von Internal Affairs. Das wäre ein Eingeständnis von –«

Seine Stimme brach fast. »Sag nicht ›Schwäche‹, Vater. Vergleich mich nicht immer mit Thomas. Und geh bitte nicht immer davon aus, daß ich mit dieser Situation nicht fertigwerden könnte.«

Preston nahm den Telefonhörer ab. »Ich weiß, daß du durchaus in der Lage bist, deinen Mann zu stehen. Aber wirst du auch in der Lage sein, Bill Parkers Dankbarkeit zu nutzen, ehe er sie wirklich zeigt?«

»Vater, du hast mir einmal erklärt, daß Thomas insofern nach dir geschlagen ist, weil er wie du ein Naturtalent war, während ich von dir den Opportunismus geerbt hätte. Das sollte dir doch wohl genug sagen, oder?«

Preston lächelte, während er eine Nummer wählte. »Bill? Hallo, Preston Exley hier... Ja, gut, vielen Dank... Nein, wenn's darum ginge, hätte ich dich nicht unter deiner Privatnummer angerufen... Nein, Bill, es geht um meinen Sohn Edmund. Er hatte Heiligabend Dienst im Central-Revier, und ich glaube, er hat ein paar Informationen für dich, die wichtig sein könnten... Ja. Heute abend? Natürlich, er wird kommen... Ja, und meine besten Grüße an Helen... Ja. Wiederhören, Bill.«

Ed fühlte, wie ihm das Herz heftig klopfte. Preston sagte: »Du triffst dich mit Captain Parker heute abend um acht im Pacific Dining Car. Er wird dafür sorgen, daß ihr ein Séparée bekommt, wo ihr euch ungestört unterhalten könnt.«

»Welche Stellungnahme soll ich ihm zeigen?«

Preston gab ihm den Papierkram zurück. »Eine so gute Gelegenheit bietet sich einem nicht oft. Bei mir war es der Fall Atherton, dir hat Guadalcanal einen ersten Geschmack davon vermittelt. Wirf einen Blick in unser Famlienalbum und *denke immer an diese Präzedenzfälle.*«

»Ja, gut, aber welche Version geb' ich ihm?«

»Das mußt du schon selbst entscheiden. Und bestell dir eine ordentliche Mahlzeit im Dining Car. Die Einladung zum Abendessen ist ein gutes Zeichen, und Bill mag es, wenn jemand richtig zulangt.«

* * *

Ed fuhr zu seiner Wohnung, las ein wenig und versuchte daran zu denken. Das Album mit den Zeitungsausschnitten war chronologisch geordnet. Was die Zeitungen ihm nicht sagten, hatte er sich ins Gedächtnis eingebrannt.

1934 – der Fall Atherton.

Kinder: In den Abwasserkanälen von Los Angeles werden drei verstümmelte männliche und zwei weibliche Leichen gefunden – mexikanische, schwarze, asiatische Kinder. Die Arme und Beine waren abgetrennt, die inneren Organe entfernt worden. Die Presse nennt den Killer »Dr. Frankenstein«. Inspektor Preston Exley leitet die polizeiliche Untersuchung.

Seiner Meinung nach ist der Name Frankenstein durchaus angebracht. In allen fünf Fällen fand man am Tatort Nylonsaiten, wie sie für die Bespannung von Tennisschlägern verwendet werden. Das dritte Opfer wies in den Armbeugen Einstichlöcher von Stricknadeln auf. Exley kommt zu dem Schluß, daß der wahnsinnige Verbrecher versucht, mit Hilfe von Messer und Nadeln neue Kinder zusammenzubauen. Er geht daran, systematisch Perverse, Verrückte und entlassene Geisteskranke zu verhaften. Er fragt sich, woher der Killer das Gesicht seiner neuen Schöpfung nehmen wird. Eine Woche später erfährt er es.

Wee Willie Wennerholm, ein Kinderstar aus Raymond Dieterlings Stall, wird aus einem zur Filmgesellschaft gehörenden Internat gekidnappt. Am nächsten Tag findet man seine Leiche auf den Schienen der Glendale-Eisenbahn – ohne Kopf.

Dann ein Durchbruch: Das LAPD erhält einen Anruf von der

Leitung der staatlichen Nervenklinik in Glenhaven. Loren Atherton – ein Kinderschänder, der sich einbildet, Vampir zu sein – war zwei Monate zuvor in Los Angeles auf Bewährung entlassen worden und hatte sich seitdem noch nicht bei seinem Bewährungshelfer gemeldet.

Exley spürt Atherton in einem Pennerviertel auf. Er arbeitet in einer Blutbank als Flaschenwäscher. Bei der Überwachung stellt sich heraus, daß er Blutkonserven entwendet, mit billigem Wein mischt und trinkt. Exleys Leute verhaften Atherton in einem Kino in der Innenstadt, während er sich einen Horrorfilm ansieht und masturbiert. Exley durchsucht sein Hotelzimmer, findet einen Schlüsselbund. Die Schlüssel gehören zu einer verlassenen Garage, die zuletzt als Lagerraum diente. Er geht hin – und entdeckt die Hölle.

Der Prototyp eines Kindes in Trockeneis verpackt – die Arme eines Negerjungen, die Beine eines mexikanischen Jungen, der Torso eines Chinesenjungen mit eingepflanzten weiblichen Genitalien und dem Kopf von Wee Willie Wennerholm. Am Rücken des Kindes sind Flügel angenäht, die von verschiedenen Vögeln stammen. In der Nähe liegen Teile der Ausrüstung herum: Filmrollen von Horrorstreifen, Tennisschläger ohne Bespannung, Diagramme für die Schaffung von neu zusammengesetzten Kindern. Photographien von Kindern in verschiedenen Stadien der Verstümmelung und eine offenbar als Dunkelkammer dienende Kammer voller Chemikalien und Gerätschaften.

Die Hölle.

Atherton gesteht die Morde; er wird vor Gericht gestellt, für schuldig befunden und in San Quentin gehängt. Preston Exley hebt etliche Abzüge der Todesbilder auf und zeigt sie seinen Söhnen – als künftige Polizeibeamte sollen sie die Brutalität von Verbrechen kennenlernen, die eine strenge und gerechte Bestrafung erfordern.

Ed blätterte weiter. Der Nachruf auf seine Mutter. Der Tod von Thomas. Abgesehen von den triumphalen Erfolgen seines Vaters, tauchte der Name Exley nur dann in den Zeitungen auf, wenn jemand gestorben war. Ein Bericht über ihn selbst im *Examiner*, ein Artikel über die Söhne berühmter Männer im Zweiten Weltkrieg. Ähnlich wie bei der Blutigen Weihnacht gab es auch hier mehrere Versionen der Wahrheit.

Der *Examiner* brachte die Version, die ihm die Auszeichnung mit dem Distinguished Service Cross eingetragen hatte: Corporal Ed Exley, der einzige Überlebende eines Zuges, der im Nahkampf Mann für Mann aufgerieben worden war, stürmt drei Schützengräben mit japanischer Infanterie – insgesamt neunundzwanzig Tote. Wenn ein Offizier Zeuge der Aktion gewesen wäre, hätte er die Ehrenmedaille des Kongresses bekommen. Version zwei: Ed Exley nutzt die Gelegenheit zu einer Erkundungspatrouille vor dem erwarteten Bayonettangriff der Japaner. Er vertrödelt die Zeit, und als er zurückkommt, stellt er fest, daß der gesamte Zug vernichtet und eine Patrouille der Japaner im Anzug ist. Er versteckt sich unter den Leichen von Sergeant Peters und Gefreiter Wasnicki. Er spürt die Einschläge, als die Japaner zur Sicherheit noch einmal auf die Toten schießen. Er schlägt seine Zähne in Wasnickis Arm und beißt das Armband seiner Uhr durch. Dann wartet er auf die Dunkelheit – vor sich hin schluchzend, unter den Toten liegend. Nur durch einen schmalen Spalt zwischen den Körpern findet er die nötige Luft zum Atmen. Dann der verzweifelte Versuch, sich zum Bataillonshauptquartier durchzuschlagen. Unterwegs steht er plötzlich vor einer zweiten blutigen Schlachtszene.

Ein kleiner Shinto-Tempel auf einer mit einem Tarnnetz überzogenen Lichtung. Tote Japaner auf den Pritschen, grün von Gelbsucht, abgemagert. Jeder einzelne mit aufgeschlitztem Leib, vom Bauch bis zum Brustkorb. Daneben ein sorgfältig angelegter Stapel aufwendig geschnitzter Schwerter, alle mit Blut verkrustet. Massenselbstmord – Soldaten, die zu stolz waren, die Gefangennahme zu riskieren oder an Malaria zu sterben.

Hinter dem Tempel drei Schützengräben in der Erde, dicht daneben eine Ansammlung von Waffen – Gewehre und Pistolen, angerostet durch den schweren Regen. Dazu ein sorgfältig in Tarnplanen eingewickelter Flammenwerfer – in funktionsfähigem Zustand.

Er nahm ihn, wußte nur eines: Er würde Guadalcanal nicht überleben. Man würde ihn einem neuen Zug zuteilen und ihm seine Geschichte mit der Erkundung nicht abnehmen. Er könnte auch keine Versetzung zum Hauptquartier beantragen – sein Vater würde das für einen Akt der Feigheit halten. Er würde mit der Verachtung anderer leben müssen, während seine Kollegen aus dem LAPD im Einsatz verwundet und mit Orden ausgezeichnet wurden.

»Orden« führte zu »Sonderurlaub« und das führte wiederum zur Tatortrekonstruktion von Verbrechen. Er sah seine Chance.

Er fand ein japanisches Maschinengewehr, schleifte die Harakiri-Opfer in die Gräben, drückte ihnen die unbrauchbaren Waffen in die Hände und arrangierte sie so, daß sie zu einer Öffnung in der Lichtung schauten. Er baute das Maschinengwehr so auf, daß es ebenfalls auf die Öffnung zeigte. Drei Schuß verblieben im Munitionsgurt. Dann holte er den Flammenwerfer und verbrannte die Japaner und den Tempel, bis nicht einmal eine gerichtsmedizinische Untersuchung hätte Anhaltspunkte liefern können. Er legte sich seine Geschichte zurecht und machte sich dann auf den Rückweg zum Hauptquartier des Bataillons.

Aufklärungspatrouillen bestätigten seine Geschichte: Ed Exley hatte mit Hilfe japanischer Waffen nicht weniger als neunundzwanzig dieser kleinen Mistkerle frittiert.

Ehrung mit dem Distinguished Service Cross – die zweithöchste Auszeichnung, die sein Land zu vergeben hatte. Anschließend ein Sonderurlaub in die Heimat. Er wurde wie ein Held empfangen und kehrte als Champion ins LAPD zurück.

Preston Exley behandelte ihn mit verhaltenem Respekt.

»Wirf einen Blick in unser Familienalbum. Denke immer an diese Präzedenzfälle.«

Ed legte das Buch beiseite, war sich noch nicht sicher, wie er die Sache mit der Blutigen Weihnacht handhaben sollte – aber mit Sicherheit wußte er, was sein alter Herr gemeint hatte.

Günstige Gelegenheiten bieten sich leicht – bezahlen muß man dafür später.

Vater, das weiß ich, seit ich den Flammenwerfer genommen habe.

9

»Wenn die Sache vor die Grand Jury kommt, werden Sie jedenfalls nicht baumeln. Und der Staatsanwalt und ich werden alles tun, damit es gar nicht erst so weit kommt.«

Jack rechnete in Gedanken nach, wer ihm alles einen Gefallen schuldete. Sechzehn Riesen für Loews Schmiergeldfonds – Miller Stanton hatte ihm geholfen, die Mannschaft von *Badge of Honor* zu schmieren. Brett Chase hatte er persönlich angespitzt mit einer gezielten Drohung – ein Bericht in *Hush-Hush* über seine Schwulenaktivitäten. Max Peltz hatte eine Menge ausgespuckt – Loew verhinderte eine Steuerprüfung bei ihm. Ein Liebesdienst – heute abend würde das erste Rendezvous mit Joan Morrow steigen. »Ellis, ich will, daß ich gar nicht erst aussagen muß. Morgen werde ich mich mit den Schnüfflern von Internal Affairs unterhalten, und die Sache wird auf jeden Fall vor die Grand Jury kommen. Also tun Sie was.«

Loew spielte wieder mit seinem Phi-Beta-Kettchen. »Jack, Sie wurden von einem Gefangenen angegriffen und haben sich nur gewehrt. Sie sind absolut sauber. Außerdem sind Sie so etwas wie eine bekannte Persönlichkeit, und aus den vorläufigen Aussagen, die uns von den Anwälten der Kläger zugestellt wurden, geht hervor, daß vier der mißhandelten Opfer Sie erkannt haben. Sie werden aussagen müssen, Jack, aber Sie werden bestimmt nicht baumeln.«

»Ich dachte einfach, ich sag's Ihnen. Aber wenn Sie von mir verlangen, daß ich gegen meine Kollegen aussagen soll, dann sag' ich einfach, ich kann mich nicht erinnern. *Comprende*, Herr Anwalt?«

Loew beugte sich über seinen Schreibtisch. »Wir sollten uns nicht streiten – dafür verstehen wir uns viel zu gut. Officer Wendell White und Sergeant Richard Stensland sind es, die sich Sorgen machen sollten, nicht Sie. Außerdem habe ich gerüchteweise gehört, daß es eine neue Frau in Ihrem Leben gibt.«

»Sie meinen, Joan Morrow hat's Ihnen gesagt.«

»Ja, und offen gestanden, sie und ihre Eltern sind nicht gerade begeistert. Sie sind fünfzehn Jahre älter als dieses Mädchen, und Sie haben eine etwas durchwachsene Vergangenheit.«

Caddy, Skilehrer – ein Waisenkind, das sehr gut wußte, wie man mit den Reichen umzugehen hatte. »Hat Joanie was Genaueres erzählt?«

»Nur, daß das Mädchen wahnsinnig in Sie verknallt ist und alles glaubt, was in den Zeitungen über Sie stand. Ich habe Joan klargemacht, daß alles der Wahrheit entspricht. Karen hat Joan gegenüber geäußert, daß Sie sich bisher wie ein Gentleman benommen haben, obwohl es mir schwer fällt, das zu glauben.«

»Das ist heute abend vorbei, hoffe ich. Nach unserem gemeinsamen Rendezvous werden wir zur Abschlußparty von *Badge of Honor* gehen und uns anschließend irgendwo ein stilles Fleckchen suchen.«

Loew wickelte seine Kette um den Finger. »Jack, hat Joan sich mir gegenüber geziert, oder hat sie wirklich so viele Verehrer?«

Jack drehte genüßlich das Messer in der Wunde. »Sie ist ziemlich populär, aber diese ganzen Filmstar-Typen sind bloß Kindsköpfe. Bleiben Sie am Ball.«

»Filmstars?«

»Wie gesagt, alles Kindsköpfe, Ellis. Ganz niedlich, aber Kindsköpfe.«

»Jack, ich möchte mich bei Ihnen bedanken, daß Sie heute abend mitkommen. Ich bin sicher, Sie und Karen werden mir helfen, das Eis zu brechen.«

»Dann nichts wie ran.«

* * *

Bei Don the Beachcomber – die Damen warteten bereits in einem kleinen, nach allen Seiten geschützten Séparée. Jack stellte sie einander vor. »Ellis Loew, Karen Morrow und Joan Morrow. Findest du nicht, daß die beiden ein großartiges Paar abgeben, Karen?«

Karen sagte nur: »Hallo.« Kein Händeschütteln. Sechs Verabredungen, und alles, was dabei herauskam, waren nichtssagende Gutenachtküsse. Loew setzte sich neben Joan. Joanie sah ihn sich genau an. Wahrscheinlich wollte sie sehen, ob er etwas Jüdisches an sich hatte. »Ellis und ich sind per Telefon schon ziemlich eng befreundet. Stimmt's?«

»In der Tat« – Loew ließ seine Gerichtssaalstimme spielen.

Joan trank ihr Glas aus. »Wie kommt es, daß ihr beiden euch kennt? Arbeitet die Polizei so eng mit der Staatsanwaltschaft zusammen?«

Jack unterdrückte ein Lachen: Ich mach' den Kassier für den Judenlümmel hier. »Wir teilen uns die Arbeit. Ich beschaffe die Beweise, und Ellis bringt die Ganoven vor Gericht.«

Der Kellner kam. Joan bestellte einen Islander-Punch. Jack verlangte einen Kaffee. Loew sagte: »Bitte einen Martini mit Beefeater.« Karen legte die Hand über ihr Glas. »Ich nehme an, diese Affäre um die Blutige Weihnacht wird die Beziehungen zwischen Polizei und dem Büro von Mr. Loew etwas belasten, oder?«

Loew hakte schnell ein. »Das glaube ich kaum. Schließlich wollen die Männer im LAPD, daß wir streng gegen alle vorgehen, die sich etwas haben zuschulden kommen lassen. Habe ich nicht recht, Jack?«

»Sicher. Solche Vorfälle führen dazu, daß alle Polizisten was abkriegen.«

Die Drinks kamen. Joan kippte ihren in drei schnellen Schlucken hinunter. »Du warst doch dabei, Jack, oder nicht? Daddy hat gesagt, du gehst immer auf die Revierpartys, zumindest seit deine letzte Frau dich verlassen hat.«

Karen: *»Joanie!«*

Jack antwortete ruhig: »Ja, ich war dabei.«

»Hast du auch ein bißchen für Gerechtigkeit gesorgt?«

»Das war mir die Sache nicht wert.«

»Du willst damit sagen, daß du mit so was nicht in die Schlagzeilen gekommen wärst?«

»Joanie, sei still. Du bist betrunken.«

Loew fingerte an seiner Krawatte herum, Karen spielte mit einem Aschenbecher. Joan schlürfte den Rest des Drinks aus ihrem Glas. »Abstinenzler müssen sich immer so aufspielen. Du hast doch an diesen Partys schon teilgenommen, nachdem deine *erste* Frau dich hat sitzenlassen, hab' ich recht, Sergeant?«

Karens Hand umklammerte den Aschenbecher. »Du verdammtes Miststück.«

Joan lachte. »Wenn du unbedingt einen Polizisten suchst, der ein Held ist – ich kenne da einen namens Ed Exley, der zumindest sein Leben fürs Vaterland riskiert hat. Zugegeben, Jack ist gewandt, aber kannst du nicht sehen, wie er in Wirklichkeit ist?«

Karen warf mit dem Aschenbecher nach ihr. Er traf aber nur die Wand und landete dann in Ellis Loews Schoß. Loew vertiefte sich angestrengt in seine Speisekarte, Joanie das Aas zog ein mürrisches Gesicht. Jack nahm Karens Arm und geleitete sie aus dem Restaurant.

* * *

Auf dem Weg zu Variety International Pictures zog Karen unablässig über Joanie her. Jack parkte den Wagen an dem Atelier, in dem *Badge of Honor* gedreht wurde. Aus dem Gebäude kam Hillbilly-Musik. Karen seufzte. »Meine Eltern werden sich schon an den Gedanken gewöhnen.«

Jack schaltete die Beleuchtung am Armaturenbrett ein. Das Mädchen hatte dunkelbraune gewellte Haare, Sommersprossen und einen leichten Überbiß. »An welchen Gedanken?«

»Nun ... an den Gedanken, daß wir beide zusammen sind.«

»Viel ist davon aber nicht zu merken.«

»Das liegt sicher zum Teil an mir. Erst erzählen Sie mir all diese wundervollen Geschichten, und dann hören Sie plötzlich auf. Ich frag' mich ständig, was Sie eigentlich denken, und dann sag' ich mir, daß es bestimmt viele Dinge gibt, die Sie mir nicht sagen können. Dann denke ich, daß Sie denken, ich wär' noch zu jung, und dann zieh' ich mich natürlich zurück.«

Jack öffnete die Wagentür. »Mach nur so weiter. Wenn du mich weiter so schnell durchschaust, werd' ich dich bald nicht mehr für zu jung halten. Und erzähl mir auch mal was von dir. Ich bin meine eigenen Geschichten müde.«

»O ja! Ich werde Ihnen nach der Party was von mir erzählen, abgemacht?«

»Abgemacht. Aber erzähl mir mal was anderes. Wie findest du das mit deiner Schwester und Ellis Loew?«

Karen zögerte keinen Augenblick. »Sie wird ihn heiraten. Meine Eltern werden nachsichtig drüber hinwegsehen, daß er Jude ist, denn er ist ehrgeizig und außerdem Republikaner. Er wird in der Öffentlichkeit gute Miene zum bösen Spiel machen, wenn Joanie ihre Szenen schmeißt, und sie dafür schlagen, wenn sie unter sich sind. Leiden werden darunter nur die Kinder.«

Jack lachte. »Komm, wir wollen tanzen. Und laß dich von den Stars nicht beeindrucken, sonst glauben die Leute, du kommst vom Lande.«

Arm in Arm gingen sie hinein. Karen machte große, staunende Augen, und auch Jack sah sich auf dem größten Galaabend, den er je erlebt hatte.

Spade Cooley und seine Jungs auf dem Podium, Spade am Mikrofon zuammen mit Burt Arthur »Deuce« Perkins, seinem Bassisten.

Den Spitznamen »Deuce« hatte man ihm gegeben, weil er zwei Jahre in einer Chain-Gang gewesen war – wegen widernatürlicher Handlungen mit Hunden. Spade rauchte Opium, Deuce nahm Heroin – ideale Kandidaten für eine der üblichen *Hush-Hush*-Razzien. Max Peltz unterhielt sich jovial mit dem Kamerateam. Neben ihm redete Brett Chase mit Billy Dieterling, dem Chefkameramann. Billy hatte nur Augen für seinen Spezi Timmy Valburn, der in der *Dream-a-Dream-Hour* die Rolle von Moochie Mouse spielte. An der hinteren Wand waren Tische mit zahllosen Schnapsflaschen und kalten Platten aufgereiht, dicht daneben Kikey Teitlebaum – wahrscheinlich hatte Peltz seinem Laden das Catering für die Party übertragen. Johnny Stompanato stand neben ihm – die beiden ehemaligen Handlanger von Mickey Cohen in trauter Eintracht beisammen. Sämtliche Schauspieler, Mitarbeiter und sonstigen Anhängsel von *Badge of Honor* waren da. Es wurde gegessen, getrunken und getanzt.

Jack zog Karen auf die Tanzfläche. Schnelle Drehungen zu einem schnellen Medley, dann ein enger, langsamer Tanz, als Spade zu Balladen überging. Karen hatte die Augen geschlossen, Jack hielt seine offen, um den Schmalz besser zu genießen. Plötzlich spürte er, wie ihm jemand auf die Schulter klopfte.

Miller Stanton klatschte ab. Karen schlug die Augen auf und vergaß fast zu atmen – ein Fernsehstar, der mit ihr tanzen wollte. Jack machte eine Verbeugung. »Karen Morrow, Miller Stanton.«

Um die Musik zu übertönen, rief Karen mit lauter Stimme: »Hi! Ich hab' alle alten Raymond-Dieterling-Filme gesehen, in denen Sie mitgespielt haben. Sie waren einfach toll!«

Stanton hielt ihre beiden Hände hoch wie beim Square dance. »Ich war ein absoluter Lausejunge! Jack, gehen Sie mal zu Max rüber, er hat Ihnen was zu sagen.«

Jack ging nach hinten durch, wo es leiser zuging und die Musik nicht mehr so dröhnte. Max Peltz überreichte ihm zwei Umschläge. »Ihr üblicher Bonus für die Feiertage und eine kleine Aufmerksamkeit für Mr. Loew. Von Spade Cooley.«

Loews Umschlag war ziemlich dick. »Was will Cooley?«

»Ich würde sagen, eine Garantie, daß Sie wegen seines Lasters nichts gegen ihn unternehmen.«

Jack zündete sich eine Zigarette an. »Spade interessiert mich nicht.«

»Reicht der Name nicht?«

»Bleiben Sie nett, Max.«

Peltz beugte sich näher zu ihm. »Jack, Sie sollten versuchen, etwas netter zu sein, denn Sie kriegen in unserer Branche langsam einen schlechten Ruf. Man sagt, Sie sind ein Fanatiker und halten sich nicht an die Spielregeln. Sie haben Mr. Loew einen Gefallen getan und Brett unter Druck gesetzt – na gut, geschieht ihm recht, er ist ein verdammter Penner. Aber Sie sollten nicht nach der Hand schnappen, die Sie füttert – immerhin zieht sich die Hälfte aller Leute in unserer Branche ab und zu etwas Tee rein. Halten Sie sich an die Schwarzen – diese Jazzer sind immer gut für Schlagzeilen.«

Jack warf einen Blick auf die Szenerie. Brett Chase in intimer Unterhaltung mit Billy Dieterling und Timmy Valburn – eine regelrechte Schwulenkonferenz. Kikey T. und Johnny Stomp tauschten ebenfalls Vertraulichkeiten aus, gemeinsam mit Deuce Perkins und Lee Vachss. Peltz fuhr fort: »Im Ernst, Jack. Spielen Sie lieber das Spiel mit.«

Jack deutete auf die schweren Jungs. »Max, dieses Spiel ist mein Leben. Sehen Sie diese Typen da drüben?«

»Sicher. Was hat das –«

»Max, was Sie da sehen, nennen wir im Department eine Versammlung bekannter Krimineller. Perkins ist ein Ex-Sträfling und Fluchtfahrer, der Hunde fickt, Abe Teitlebaum ist auf Bewährung draußen. Der große Kerl mit dem Schnauzer ist Lee Vachss, der für Mickey C. schon mindestens ein Dutzend Leute umgelegt hat. Der gutaussehende Itaker ist Johnny Stompanato. Ich bezweifle, daß er älter als dreißig ist, aber er hat ein Strafregister, so lang wie mein Arm. Ich bin vom Los Angeles Police Department beauftragt, diese Schwanzlutscher wegen Verdachts auf kriminelle Aktivitäten zu verhaften, und ich vernachlässige meine Pflichten, wenn ich es nicht tue. Weil ich nämlich *das Spiel spiele*.«

Peltz holte eine Zigarre aus der Tasche. »Also schön, spielen Sie weiter. Aber ein wenig *pianissimo*, wenn ich bitten darf, ohne den starken Mann zu markieren. Und sehen Sie mal dort – Miller ist doch grade dabei, ihr Vögelchen abzuschleppen. Mein Gott, Sie stehen wirklich auf ganz junge Dinger, das muß ich schon sagen.«

Gerüchteweise hatte er gehört, daß Max sich mit Schulmädchen abgab. »Sie mögen sie doch sicher noch jünger.«

»Ha! Gehen Sie schon, sie gottverdammter Ganove. Ihr Mädchen wartet auf Sie.«

Karen stand an der Wand unter einem Poster von Brett Chase als Lieutenant Vance Vincent. Jack ging auf sie zu, Karens Augen leuchteten auf. »Mein Gott, das ist alles so wundervoll hier! Bitte sagen Sie mir, wer alles da ist!«

Ohrenbetäubend laute Musik – Cooley jodelte, Deuce Perkins schlug seinen Baß. Jack tanzte mit Karen quer über die Tanzfläche auf eine Ecke zu, in der man zahlreiche Scheinwerfer zusammengestellt hatte. Ein ideales Plätzchen – es war ruhig, und man hatte alle gut im Blick.

Jack deutete auf die einzelnen Akteure. »Von Brett Chase hast du schon gehört. Er tanzt nicht, denn er ist schwul. Der Alte mit der Zigarre ist Max Peltz. Er ist der Produzent und führt bei den meisten Episoden auch Regie. Mit Miller hast du schon getanzt, den kennst du also. Die beiden Burschen in Wäsche sind Augie Luger und Hank Kraft, zwei Bühnenarbeiter. Das Mädchen mit dem Clipboard ist Penny Fulweider; die könnte nie aufhören zu arbeiten, selbst wenn sie wollte – sie ist Scriptgirl. Willst du wissen, warum die Dekorationen für diese Show so modernistisch sind? Nun, der Blonde gegenüber vom Podium ist David Mertens, der Bühnenbildner. Manchmal hat man den Eindruck, daß er betrunken ist, aber er ist es nicht – er hat eine seltene Form von Epilepsie und muß ständig irgendwelche Medikamente nehmen. Ich hab' gehört, daß er sich bei einem Unfall eine Kopfverletzung geholt haben soll und die Sache damit angefangen hat. Er hat ein paar große Narben am Hals. Vielleicht stimmt das also wirklich. Der Mann bei ihm ist Phil Shenkel, der Regieassistent, und der Typ neben ihm ist Jerry Marsalas, eine männliche Krankenschwester – er kümmert sich um Mertens. Terry Riegert, der Schauspieler, der die Rolle von Captain Jeffries spielt, tanzt da drüben mit der großen Rothaarigen. Die Kerle drüben am Wasserspender sind Billy Dieterling, Chuck Maxwell und Dick Harwell, die Kameraleute. Alle anderen sind nur Gäste.«

Karen sah ihm ins Gsicht. »Das ist Ihr Milieu, in dem Sie sich wohlfühlen. Und all diese Leute bedeuten Ihnen sehr viel.«

»Ich mag sie – und Miller ist ein guter Freund von mir.«

»Jack, mich können Sie nicht hinters Licht führen.«

»Karen, dies ist Hollywood, und neunzig Prozent von Hollywood sind halbseiden.«

»Spielverderber. Ich bin drauf und dran , mich endlich mal gehenzulassen, also passen Sie auf, daß Sie mir keinen Dämpfer versetzen.«

Sie forderte ihn heraus.

Jack umarmte und küßte sie. Karen kam ihm willig entgegen. Ein vorsichtiger, tastender Kuß, den beide im gleichen Augenblick beendeten. Jack fühlte sich leicht schwindlig, als er sich aus der Umarmung löste.

Karen ließ ihre Hände auf seinen Schultern. »Unsere Nachbarn sind immer noch verreist. Wir könnten die Katzen füttern gehen.«

»Yeah ... sicher.«

»Holst du mir noch einen Brandy, bevor wir gehen?«

Jack ging zum Büfett. Deuce Perkins bemerkte: »Nicht schlecht, Vincennes. Sie scheinen den gleichen Geschmack zu haben wie ich.«

Ein hagerer Bauernlümmel in einem schwarzen Cowboyhemd mit rosa Streifen. Mit seinen Stiefeln war er fast zwei Meter groß, und seine Hände wirkten riesig. »Perkins, soviel ich weiß, stehen Sie auf die Sorte, die an Laternenpfählen schnüffelt.«

»Spade würde es sicher nicht mögen, daß Sie so mit mir reden. Nicht mit dem Umschlag, den Sie in der Tasche haben.«

Lee Vachss und Abe Teitlebaum beobachteten sie aufmerksam. »Ich warne Sie, kein Wort mehr, Perkins.«

Deuce kaute auf seinem Zahnstocher herum. »Weiß ihr Gspusi, daß Ihnen einer abgeht, wenn Sie Nigger vermöbeln können?«

Jack zeigte auf die Wand. »Schieb deine Ärmel hoch und mach die Beine breit.«

Perkins spuckte seinen Zahnstocher aus. »So verrückt sind Sie nicht.«

Johnny Stomp, Vachss, Teitlebaum – alle in Hörweite. Jack sagte: »Küß die Wand, Scheißkerl.«

Perkins lehnte sich über den Tisch und legte die Hände flach an die Wand. Jack schob ihm die Ärmel hoch – frische Einstichspuren – und leerte seine Taschen aus. Treffer – ein Spritzbesteck. Eine Menge Leute stand jetzt um sie herum, und Jack nutzte die Situation. »Die Einstiche und das Besteck sind gut für drei Jahre Staatsgefängnis. Sagen Sie mir, wer Ihnen die Spritze verkauft hat, und Sie können gehen.«

Deuce schwitzte Blut und Wasser. Jack wiederholte: »Wenn Sie hier vor Ihren Freunden singen, sind Sie frei.«

Perkins leckte sich die Lippen. »Barney Stinson. Er ist Krankenpfleger im Queen of Angels.«

Jack zog ihm mit einem schnellen Tritt die Beine weg.

Perkins landete mit dem Gesicht in den Aufschnittplatten. Der Tisch brach unter ihm zusammen.

Alle im Raum holten tief Luft.

Jack ging zum Ausgang. Die Menge machte ihm Platz. Karen stand schon zitternd am Wagen. »Mußtest du das tun?«

Sein Hemd triefte vor Schweiß. »Allerdings, das mußte ich.«

»Ich wünschte, ich hätte es nicht gesehen.«

»Ich auch.«

»Ich schätze, es ist eine Sache, über so was zu lesen, und eine ganz andere, wenn man's dann wirklich miterlebt. Könntest du versuchen –«

Jack nahm sie in die Arme. »Ich werde dich aus diesen Dingen raushalten.«

»Aber du wirst mir auch weiter Geschichten erzählen?«

»Nein ... Doch, natürlich.«

»Ich wünschte, wir könnten heute abend die Uhr einfach zurückdrehen.«

»Ich auch. Was ist, wollen wir irgendwo was essen gehen?«

»Nein. Willst du immer noch mitkommen, die Katzen füttern?«

* * *

Es waren drei Katzen – zutrauliche Burschen, die immer aufs Bett kamen, während sie sich liebten. Karen nannte den grauen Kater Pavement, den gestreiften Tiger, den dürren Ellis Loew. Jack ließ die drei gewähren – sie brachten Karen zum Lachen, und er dachte sich, mit jedem Lachen würde sie Deuce Perkins immer mehr vergessen. Sie liebten sich, unterhielten sich, spielten mit den Katzen, Karen probierte eine Zigarette und hustete sich fast die Lunge aus dem Leib. Sie bettelte nach immer mehr Geschichten. Jack griff zurück auf die Erlebnisse von Officer Wendell White und erzählte ihr gemilderte Versionen seiner eigenen Fälle, mit einem Minimum an Gewalt, dafür um so mehr Vaterschmalz – Big V mit dem großen Herzen, der Jugendliche vor den Drogengefahren bewahrte. Anfangs fiel es ihm schwer zu lügen, aber Karens Wärme machte es leichter und leichter. Kurz vor Morgengrauen schlief das Mädchen ein, aber er blieb hellwach – die Katzen trieben ihn zum Wahnsinn. Immer wieder wünschte er, sie würde aufwachen, damit er ihr noch mehr Geschichten erzählen konnte. Er machte sich Sorgen, daß er sich nie mehr an die Dinge erinnern würde, die er erfunden hatte, daß sie ihm auf die Schliche kommen könnte. Das würde das Ende ihres kleinen Abkommens bedeuten. Karens Körper wurde immer wärmer, während sie schlief; Jack schmiegte sich eng an sie. Während er seine Geschichten aufeinander abstimmte, schlief er ein.

10

Ein zwölf Meter langer Flur, an beiden Seiten reihenweise Bänke – abgestoßen, staubig, als habe man sie gerade aus einem Lagerkeller geholt. Alles voll mit Männern in Zivil und Uniform. Die meisten hatten eine Zeitung in der Hand – die Schlagzeilen schrien *Blutige Weihnacht*. Bud dachte daran, wie er und Stens auf den Titelseiten erscheinen würden, überführt von den Spics und ihren Anwälten. Er hatte seine Vorladung um vier Uhr morgens bekommen – reine Ernüchterungstaktik von Internal Affairs. Dick stand am anderen Ende des Flurs – kaum zurück von der Trockenfarm, schon wieder an der Flasche. Jeder war sechsmal von Internal Affairs befragt worden, aber keiner von beiden hatte gesungen. Ein richtiges Jubiläumstreffen, die gesamte Gang von Weihnachten beisammen – mit Ausnahme von Ed Exley.

Die Zeit verging nur schleppend, aber es war ständig Verkehr. Verhöre im Befragungszimmer. Elmer Lentz ließ eine Bombe platzen: Das Radio hatte gemeldet, die Grand Jury beharre auf einer Gegenüberstellung – alle Beamten, die am 25. 12. 51 auf dem Central-Revier gewesen waren, mußten morgen antreten, damit die

Gefangenen die Täter identifizieren konnten. Die Tür zu Chief Parkers Büro ging auf; Thad Green kam heraus. »Officer White, bitte.«

Bud ging hin, und Green geleitete ihn hinein. Ein kleiner Raum, nur Parkers Schreibtisch und davor ein paar Stühle. Keine Erinnerungsstücke an den Wänden. Ein grau eingefärbter Spiegel – vielleicht mit Durchblick von der Rückseite. Der Chief saß in Uniform hinter seinem Schreibtisch, vier goldene Sterne auf seinen Schultern. Dudley Smith saß auf dem mittleren Stuhl, Green weiter zurück auf dem Stuhl, der Parker am nächsten war. Bud setzte sich auf den »heißen Sitz«, wo ihn alle drei Männer genau sehen konnten. Parker sagte: »Officer, Deputy Chief Green kennen Sie ja, und ich bin sicher, Sie haben auch schon von Lieutenant Smith gehört. Der Lieutenant steht mir in der gegenwärtigen Krise als Berater zur Seite.«

Green zündete sich eine Zigarette an. »Officer, wir geben Ihnen ein letztesmal Gelegenheit, sich kooperativ zu zeigen. Sie sind wiederholt von Internal Affairs befragt worden und haben jedesmal die Zusammenarbeit verweigert. Normalerweise wären Sie dafür vom Dienst suspendiert worden, aber Sie sind ein guter Detective, und Chief Parker und ich sind überzeugt davon, daß man Ihnen wegen Ihrer Rolle bei der Party kaum Vorwürfe machen kann. Wir wissen, daß Sie provoziert wurden, Officer. Sie haben nicht bewußt zur Gewalt gegriffen, wie die meisten der angeklagten Männer.«

Bud wollte etwas sagen, aber Smith schnitt ihm das Wort ab. »Mein Junge, ich bin sicher, daß ich hier auch für Chief Parker spreche, und deshalb werde ich mir die Freiheit nehmen und keine Umschweife machen. Es ist eine verdammte Schande, daß die sechs Scheißkerle, die unsere Kollegen angegriffen haben, nicht auf der Stelle erschossen wurden, und ich würde die Gewalt, die man ihnen angetan hat, als eher milde bezeichnen. Davon abgesehen jedoch haben Polizisten, die sich so wenig unter Kontrolle haben, das Recht verwirkt, weiterhin Polizisten zu sein. Und der Mumpitz, den die Männer draußen treiben, hat das Los Angeles Police Department zum Gespött der Leute werden lassen. Das können wir nicht dulden. Jetzt werden Köpfe rollen. Wir brauchen kooperative Männer, die als Zeugen aussagen und auf diese Weise dazu beitragen, das schlechte Image des Departments wieder aufzupolieren –

ein Image, das sich sehr gebessert hat, seit Chief Parker bei uns an der Spitze steht. Wir haben bereits einen Mann, der für uns ein wichtiger Zeuge ist, und stellvertretender Staatsanwalt Ellis Loew ist weiterhin fest entschlossen, keine Beamten des LAPD vor Gericht zu bringen – selbst wenn die Grand Jury entsprechende Regelungen treffen sollte. Werden Sie aussagen, mein Junge – für das Department, nicht für die Staatsanwaltschaft?«

Bud warf erneut einen Blick auf den Spiegel – eindeutig durchsichtig. Die Schwachköpfe von der Staatsanwaltschaft sollten sich ruhig Notizen machen. »Nein, Sir, das werde ich nicht.«

Parker überflog ein Blatt Papier. »Officer, Sie haben einen Mann am Genick gepackt und versucht, ihm den Schädel einzuschlagen. Das ist eine schlimme Sache, und selbst wenn man Sie vorher mit Worten provoziert hat, übertrifft Ihre Handlungsweise beinahe alles, was die Gefangenen an diesem Tag erleiden mußten. Das spricht gegen Sie. Andererseits haben wir Aussagen, wonach Sie beim Verlassen des Zellentrakts gemurmelt haben: ›Das ist eine gottverdammte Schande.‹ Das spricht wiederum für Sie. Verstehen Sie jetzt, warum es von Vorteil für Sie wäre, als Zeuge auszusagen und damit die belastenden ... Tätlichkeiten, die Sie sich erlaubt haben, ein wenig auszugleichen?«

Eine plötzliche Eingebung: Es ist Exley. *Er* hat mich gehört, als er im Lagerraum eingeschlossen war. »Sir, ich werde nicht aussagen.«

Parker lief knallrot an. Smith sagte: »Mein Junge, reden wir mal Tacheles. Ich bewundere Ihre Weigerung, gegen Ihre Kollegen auszusagen, und ich spüre, daß dahinter in erster Linie die Loyalität gegenüber Ihrem Partner steht. Das bewundere ich ganz besonders, und Chief Parker hat mich autorisiert, Ihnen den folgenden Deal anzubieten. Wenn Sie gegen Dick Stensland aussagen und die Grand Jury tatsächlich Anklage gegen ihn erhebt, garantieren wir Ihnen, daß Stensland im Falle eines Schuldspruchs nicht ins Gefängnis gehen wird. Wir haben Ellis Loews Wort darauf. Stensland wird offiziell ohne Pensionsansprüche aus dem Polizeidienst entlassen, gleichzeitig aber *sub rosa* Pensionszahlungen aus der Kasse des Witwen- und Waisenfonds erhalten. Was ist, werden Sie unter diesen Bedingungen aussagen, mein Junge?«

Bud starrte auf den Spiegel. »Sir, ich werde nicht aussagen.«

Thad Green wies zur Tür. »Seien Sie morgen früh pünktlich um neun Uhr vormittags im Gebäude der Grand Jury, Division Nummer 43. Sie werden an einer Gegenüberstellung teilnehmen, und man wird Sie um eine Aussage bitten. Wenn Sie die Aussage verweigern, erhalten Sie eine gerichtliche Vorladung und werden bis zum endgültigen Disziplinarverfahren vom Dienst suspendiert. Und jetzt raus mit Ihnen, White.«

Dudley Smith lächelte, wenn auch nur schwach. Bud schaute noch einmal auf den Spiegel und streckte seinen Mittelfinger hoch.

11

Der falsche Spiegel war voller Schlieren und Streifen, so daß man den Gesichtsausdruck der Personen nur undeutlich sehen konnte. Thad Green war schwer zu durchschauen, Parker dagegen ganz einfach – erschreckend, wie er die Gesichtsfarbe wechselte. Dudley Smith – beredt und mit ausgeprägtem irischen Akzent – war zu beherrscht, als daß er ohne weiteres zu durchschauen wäre. Bud White dagegen nur allzu leicht – als der Chief seine Bemerkung »Das ist eine gottverdammte Schande« zitierte, sah man richtig, wie ihm plötzlich der Gedanke kam: »Ed Exley ist der Spitzel.« Der Mittelfinger zum Abschluß war nur die Krönung seines Auftritts.

Ed klopfte auf den Lautsprecher, der Statikgeräusche von sich gab. Es war heiß in der Kammer – wenn auch nicht so drückend wie im Lagerraum des Zellentrakts vom Central-Revier. Er dachte an die letzten beiden Wochen.

Er hatte Parker gegenüber mit absolut offenen Karten gespielt, ihm alle drei Versionen seiner Einlassung vorgelegt und sich bereit erklärt, als Hauptzeuge des Departments auszusagen. Parker bezeichnete seine Einschätzung der Lage als geradezu brillant – genau das, was einen hervorragenden Polizeibeamten auszeichnete. Er gab die mildeste Version der drei Aussagen an Ellis Loew und Bob Gallaudet weiter – ein junger Absolvent der Law School und derjenige unter den Strafverfolgungsbeamten, den er am meisten schätzte. Als Hauptschuldige wurden durchaus verdient Sergeant Richard Stensland und Officer Wendell White belastet, dazu – weniger verdient – drei weitere Männer, die ihre Pension bereits in der Tasche hatten. Der Chief belohnte seinen beispielhaften Zeugen: eine Versetzung zur Kriminalabteilung – eine ganz erhebliche Beförderung. Mit seinem hervorragenden Abschneiden bei der Prüfung zum Lieutenant würde er innerhalb eines Jahres als Detective Lieutenant E. J. Exley dastehen.

Green verließ das Büro, gleichzeitig kamen Ellis Loew und Gallaudet herein. Loew konferierte eine Weile mit Parker, während Gallaudet die Tür öffnete. »Sergeant Vincennes, bitte.« Der Lautsprecher gab wieder ein Knistern und Rauschen von sich.

Trashcan Jack wirkte glatt und elegant in seinem hellgestreiften Anzug. Ohne weitere Förmlichkeiten nahm er auf dem mittleren Stuhl Platz und sah auf seine Uhr. Kurzer Blickkontakt zwischen Trash und Ellis Loew. Parker beäugte den neuen Fisch, der leicht zu durchschauen war – pure Verachtung. Gallaudet stand neben der Tür und rauchte.

Loew begann: »Sergeant, kommen wir gleich zur Sache. Sie haben sich Internal Affairs gegenüber sehr kooperationswillig gezeigt, das spricht für Sie. Aber neun verschiedene Zeugen haben ausgesagt, daß Sie Juan Carbijal geschlagen haben, und vier Häftlinge aus der Ausnüchterungszelle haben gesehen, wie Sie mit einer Kiste Rum aufs Revier kamen. Sie sehen, Ihr Ruf eilt Ihnen voraus. Auch die Wermutbrüder lesen die Skandalpresse.«

Dudley Smith übernahm. »Mein Junge, genau dieser Ruf ist es, den wir brauchen. Wir haben einen verläßlichen Zeugen, der der Grand Jury sagen wird, daß man Sie geschlagen hat und Sie nur zurückgeschlagen haben. Da das wahrscheinlich die Wahrheit ist, werden weitere Zeugenaussagen von den Gefangenen Sie zusätzlich entlasten. Aber wir sind darauf angewiesen, daß Sie zugeben, den Schnaps mitgebracht zu haben, mit dem die Männer sich betranken. Wenn Sie sich dieses Verstoßes gegen die innerpolizeilichen Vorschriften schuldig bekennen, dann werden Sie mit einem Disziplinarverfahren davonkommen. Mr. Loew garantiert Ihnen, daß er ein eventuelles gerichtliches Verfahren gegen Sie einstellen wird.«

Trashcan blieb stumm. Ed las in seinem Schweigen folgendes: Bud White hat den größten Teil des Alkohols besorgt, und er hat Angst, ihn zu verpfeifen. Parker meinte: »Schwerwiegende Konsequenzen innerhalb des Departments werden unvermeidlich sein. Wenn Sie aussagen, dann bleibt es für Sie bei einem geringfügigen Disziplinarverfahren ohne Suspendierung und Degradierung. Ich garantiere, daß Sie nur ganz leicht eins auf die Finger bekommen – wahrscheinlich eine Versetzung zur Sitte für ein Jahr oder so.«

Vincennes wandte sich an Loew. »Ellis, können Sie in dieser Sache nicht ein bißchen mehr für mich tun? Sie wissen doch, wie sehr ich an meiner Arbeit bei der Narco hänge.«

Loew zuckte zusammen. Parker sagte: »Nichts zu machen. Da wäre noch was. Sie werden morgen an der Gegenüberstellung teilnehmen, und wir wollen, daß Sie gegen Officer Krugman, Sergeant Tucker und Officer Pratt aussagen. Alle drei Kollegen haben ihre Pension bereits in der Tasche. Unser Hauptzeuge wird eine umfassende Aussage machen, aber Sie können bei allen Fragen, die sich auf andere Männer beziehen, auf Unwissenheit plädieren. Ich will ganz offen sein: Wir sind gezwungen, gegenüber der Öffentlichkeit, die nach Blut dürstet, ein paar von unseren Leuten zu opfern.«

Dudley Smith fügte hinzu: »Ich glaube nicht, daß Sie je in Ihrem Leben eine falsche Entscheidung getroffen haben, mein Junge. Fangen Sie nicht jetzt damit an.«

Trashcan Jack: »Ich mach's.«

Lächeln auf allen Gesichtern. Gallaudet sagte: »Ich werde mit Ihnen durchgehen, was sie aussagen, Sergeant. Der Lunch im Dining Car geht auf Mr. Loew.«

Vincennes erhob sich. Loew geleitete ihn zur Tür.

Flüsternde Stimmen aus dem Lautsprecher: »... und ich hab' Cooley gesagt, Sie wollen es nicht wieder tun.« – »Okay, Boss.« Parker nickte in Richtung des Spiegels.

Ed betrat den Raum und ging direkt auf den heißen Stuhl zu. Smith sagte zu ihm: »Mein Junge, Sie sind gewissermaßen der Mann der Stunde.«

Parker lächelte. »Ed, ich wollte, daß Sie zusehen, weil ihre Einschätzung der ganzen Situation ungewöhnlich scharfsinnig war. Wollen Sie noch irgendwas sagen, ehe wir zu Ihrer Aussage kommen?«

»Sir, gehe ich recht in der Annahme, daß sämtliche strafrechtlichen Ermittlungen, die die Grand Jury veranlassen könnte, nach der eigentlichen Anklageerhebung von Mr. Loew eingestellt werden?«

Loew verzog das Gesicht. Er hatte einen Nerv getroffen – genau wie sein Vater vorausgesagt hatte. »Sir, ist diese Annahme korrekt?«

Loew sagte von oben herab: »Haben Sie Jura studiert, Sergeant?«

»Nein, Sir, das habe ich nicht.«

»Dann hat Ihr geschätzter Vater Sie sehr gut beraten.«

Ed antwortete mit fester Stimme: »Nein, Sir, das hat er nicht.«

Smith schaltete sich ein. »Nehmen wir mal an, daß Sie recht haben. Nehmen wir mal an, wir machen alle Anstrengungen, das zu erreichen, was sämtliche loyalen Polizeibeamten wollen: keine öffentlichen Verfahren gegen irgendwelche Kollegen. Wenn wir einmal davon ausgehen – was würden Sie uns raten?«

Ed begann zu zitieren, was er sorgfältig einstudiert hatte, Wort für Wort. »Die Öffentlichkeit wird mehr verlangen als offizielle Anklageerhebung, bürokratische Verschleppungsversuche und eingestellte Verfahren. Innerpolizeiliche Disziplinarverfahren, Suspendierungen und eine Flut von Versetzungen werden nicht ausreichen. Sie haben Officer White gesagt, daß Köpfe rollen müssen. Ich bin ganz Ihrer Meinung, und im Hinblick auf das Prestige des Chiefs und das Prestige des gesamten Departments würde ich sagen, wir brauchen Verurteilungen und Gefängnisstrafen.«

»Mein Junge, ich bin schockiert, mit welch offensichtlichem Genuß Sie das gesagt haben.«

Ed wandte sich an Parker. »Sir, Sie haben das Department nach Horrall und Worton wieder aufgebaut. Ihr Ruf ist untadelig, und die Situation im Department ist unter Ihrer Führung sehr viel besser geworden. Sie können dafür sorgen, daß es so bleibt.«

Loew unterbrach ihn. »Raus mit der Sprache, Exley. Was genau ist es, das unser junger Kollege und Informant uns vorschlägt?«

Ed hielt den Blick auf Parker gerichtet. »Lassen Sie die Anklage gegen die Männer mit zwanzig und mehr Dienstjahren fallen. Informieren Sie die Öffentlichkeit ausführlich über die Strafversetzungen, und unterwerfen Sie die Mehrheit der Beteiligten innerpolizeilichen Disziplinarverfahren und Suspendierungen. Stellen Sie Johnny Brownell unter Anklage, sagen Sie ihm, er soll sich schuldig bekennen, um einen Prozeß vor dem Schwurgericht zu vermeiden, und sorgen Sie dafür, daß der Richter seine Strafe zur Bewährung aussetzt – immerhin war sein Bruder einer der Beamten, die damals angegriffen wurden. Erheben Sie Anklage gegen Dick Stensland und Bud White, stellen Sie sie vor Gericht, und lassen Sie sie schuldig sprechen. Sorgen Sie dafür, daß beide Gefängnisstrafen bekommen. Sorgen Sie dafür, daß sie aus dem Department gefeuert werden. Stensland ist ein versoffener Schläger, und White hat beinahe einen Mann umgebracht und außerdem weit mehr Schnaps angeschleppt als Vincennes. Werfen Sie die beiden den gottverdammten Haien vor. Schützen Sie sich selbst, schützen Sie das Department.«

Als er geendet hatte, setzte langes Schweigen ein. Endlich ergriff Smith das Wort. »Gentlemen, ich würde sagen, was unser junger Sergeant vorgeschlagen hat, ist allzu voreilig und außerdem Ausdruck von Heuchelei. Stensland hat seine rauhen Seiten, aber Wendell White ist ein wertvoller Mann.«

»Sir, White ist ein gemeingefährlicher Gewalttäter.«

Smith wollte etwas entgegnen, aber Parker hob abwehrend die Hand. »Ich glaube, wir sollten über Eds Ratschläge nachdenken. Machen Sie einen guten Eindruck auf die Grand Jury morgen, mein Sohn. Ziehen Sie sich einen guten Anzug an, und machen Sie Eindruck.«

Ed erwiderte: »Jawohl, Sir.« Er zwang sich, seine Freude nicht laut hinauszuschreien.

12

Scheinwerfer, Größenmarkierungen: Jack fast eins achtundsiebzig; Frank Doherty, Dick Stens und John Brownell ein Stück kleiner; Wilbert Huff, Bud White über eins achtzig. Hinter einer Glasscheibe saßen die Typen aus dem Central-Zellenblock, neben ihnen Cops von der Staatsanwaltschaft, die sich Namen notierten.

Ein Lautsprecher krächzte: »Linkes Profil«. Sechs Männer drehten sich zur Seite. »Rechtes Profil«, »Gesicht zur Wand«, »Gesicht zum Spiegel«, »Stehen Sie bequem, Gentlemen«. Stille. Dann eine Stimme: »Jeweils vierzehn Identifizierungen für Doherty, Stensland, Vincennes, White und Brownell, vier für Huff. O Scheiße, der Lautsprecher ist noch an!«

Stens brach in Lachen aus. Frank Doherty rief: »Leck mich, du Arschloch.« White zeigte ein ausdruckloses Gesicht – als wäre er bereits auf der Farm und müßte Stens vor den Niggern in Schutz nehmen. Dann wieder die Stimme: »Sergeant Vincennes nach Zimmer 114. Officer White, Sie melden sich im Büro von Chief Green. Die übrigen können gehen.«

Zimmer 114 – das Zeugenzimmer der Grand Jury.

Jack ging voran durch die Vorhänge bis zu Zimmer 114. Der Raum war gedrängt voll: Kläger in Sachen Blutige Weihnacht, Exley in einem nagelneuen Anzug, an dem noch die Reihfäden zu sehen waren. Die Heiligabend-Gang grinste hämisch. Jack fuhr Exley an: »Du bist der Belastungszeuge?«

»Ganz recht.«

»Ich hätt' s wissen müssen, daß du es bist. Was kriegst du von Parker dafür zum Fraß?«

»Zum Fraß?«

»Yeah, Exley. Zum Fraß. Was ist der Deal? Die Belohnung? Glaubst du, *ich* würde umsonst aussagen?«

Exley fummelte an seiner Brille herum. »Ich tu nur meine Pflicht.«

Jack lachte. »Du wirst schon wissen, warum du's tust, *College Boy*. Du profitierst garantiert von der Sache, damit du dich nicht mit den gottverdammten kleinen Cops abgeben mußt, die dich dafür hassen werden, daß du sie verpfiffen hast. Und wenn Parker dir versprochen hat, dich zum Bureau zu versetzen, dann solltest du dich vorsehen. Ein paar Leute aus dem Bureau werden bei dieser Sache ebenfalls dran glauben müssen, und du mußt sehen, wie du mit deren Freunden zurecht kommst.«

Exley verzog das Gesicht. Jack lachte. »Kein schlechter Deal, das muß ich zugeben.«

»Du bist der Experte in diesen Dingen, nicht ich.«

»Du wirst ziemlich bald einen höheren Dienstrang haben als ich, also sollte ich nett sein. Wußtest du, daß Ellis Loews neue Freundin scharf auf dich ist?«

Eine Stimme ertönte: »Edmund J. Exley in den Sitzungssaal, bitte.«

Jack zwinkerte ihm zu. »Geh schon. Und zieh dir lieber die Fäden aus der Jacke, sonst siehst du aus wie einer vom Lande.«

Exley zupfte sich sorgfältig die Fäden aus der Jacke, während er den Flur hinunterging.

* * *

Jack versuchte, die Zeit totzuschlagen, indem er an Karen dachte. Es waren jetzt zehn Tage seit der Party. Die Dinge liefen für ihn einfach Spitze. Er mußte sich bei Spade Cooley entschuldigen. Welton Morrow war sauer auf ihn und Karen – aber der lauwarme Deal mit Joanie und Ellis Loew machte die Sache fast wieder wett. Die Übernachtungen im Hotelzimmer waren eine ziemliche Belastung – aber Karen wohnte bei ihren Eltern, und seine Wohnung war eine ziemliche Bruchbude. Er hatte seine Zahlungen an die Scoggins-Kinder vernachlässigt, um die Miete im Ambassador bezahlen zu können. Karen war begeistert von ihrer heimlichen Romanze, und er hatte Spaß daran, daß es ihr gefiel. Absolut Spitze. Aber Sid Hudgens hatte sich immer noch nicht gemeldet, und das Heroin war knapp geworden in L.A. – keine Chance für Narco-Deals. Die Aussicht, ein Jahr zur Sitte versetzt zu werden, war fast so deprimierend wie die Aussicht auf die Gaskammer.

Er fühlte sich wie ein Boxer, kurz bevor er zu Boden ging. Die Penner von Heiligabend starrten ihn unablässig an. Der Mistkerl, den er am Wickel gehabt hatte, saß da mit einem dicken Verband über der Nase. Wahrscheinlich hatte ihm irgend so ein jüdischer Anwalt dazu geraten. Die Tür zum Sitzungssaal der Grand Jury stand leicht offen. Jack ging hin und warf einen Blick in den Raum.

Sechs Geschworene saßen an einem Tisch gegenüber vom Zeugenstand. Ellis Loew war dabei, einen Zeugen zu befragen. Im Zeugenstand – Ed Exley.

Er spielte nicht mit seiner Brille und druckste auch nicht herum. Seine Stimme war eine Oktave tiefer als gewöhnlich, blieb aber immer gleichmäßig ruhig. Obwohl er eher dünn wirkte und nicht wie ein Cop aussah, strahlte er eine gewisse Autorität aus – und sein Timing war absolut perfekt. Loew schleuderte ihm eine Reihe von überraschenden Fragen entgegen, aber Exley wußte genau, was kam, und tat nur so, als sei er überrascht. Wer immer ihn vorbereitet hatte, er hatte verdammt gute Arbeit geleistet.

Jack hörte ein paar Einzelheiten und bekam mit, wie Exley auftrumpfte – ein Kriegsheld, kein Schlappschwanz in einem Zellentrakt voller Rowdies. Loew ritt ordentlich darauf herum, und Exleys Antworten klangen überzeugend: Er hatte sich einer Überzahl gegenübergesehen, man hatte ihm seine Schlüssel entwendet und ihn in einen Lagerraum eingeschlossen – und damit war die Sache erledigt. Er war ein Mann, der genau wußte, wer er war, der genau wußte, daß es aussichtslos war, in dieser Situation den Helden spielen zu wollen.

Exley spulte seine Nummer ab und verpfiff Brownell, Huff und Doherty. Er nannte Dick Stensland den Übelsten von allen und zuckte nicht einmal mit der Wimper, als er Bud White belastete. Jack mußte lächeln, als ihm plötzlich aufging, daß alles perfekt arrangiert war. Krugman, Pratt und Tucker hatten ihre Pensionierung in der Tasche und wurden geopfert – für *seine* Aussagen. Stensland und White würden nicht um eine Anklage herumkommen. Alles war eine verdammt gute Show.

Loew verlangte eine Zusammenfassung. Exley reagierte prompt und spulte die Gerechtigkeitsnummer ab. Loew entließ ihn aus dem Zeugenstand, und die Jurymitglieder fielen fast in Ohnmacht. Als Exley aus dem Zeugenstand kam, humpelte er leicht – wahrscheinlich waren ihm vor Anspannung die Beine eingeschlafen.

Draußen sprach Jack ihn an. »Du warst wirklich großartig. Parker hätte seine helle Freude gehabt.«

Exley streckte seine Beinmuskeln. »Meinst du, er bekommt das Protokoll zu lesen?«

»Er wird's in spätestens zehn Minuten auf dem Schreibtisch haben, und Bud White wird dich dafür fertigmachen, auch wenn's ihn den Rest seines Lebens kostet. Nach der Gegenüberstellung wurde er zu Thad Green gerufen, und du kannst drauf wetten, daß Green ihn suspendiert hat. Du solltest lieber beten, daß er einen Deal macht und im Department bleibt, denn wenn der Zivilklage gegen dich erhebt, dann gute Nacht.«

»Ist das der Grund, warum du Loew nicht gesagt hast, daß er den größten Teil des Alkohols angeschleppt hat?«

Wieder ertönte die Stimme eines Gerichtsdieners. »John Vincennes, noch fünf Minuten.«

Jack fühlte sich plötzlich mutig. »Ich werde gegen drei Oldtimer aussagen, die nächste Woche nach Oregon zum Fischen fahren. Im Vergleich mit dir bin ich absolut sauber. *Und schlauer.*«

»Wir tun beide das, was richtig für uns ist. Der Unterschied ist nur, daß du dich dafür haßt, und das ist nicht besonders schlau.«

Jack sah Ellis Loew und Karen am anderen Ende des Flurs. Loew kam auf ihn zu. »Ich habe Joan erzählt, daß Sie heute aussagen, und sie hat es Karen gesagt. Tut mir wirklich leid, denn ich habe es Joan ganz im Vertrauen gesagt. *Tut mir leid, Jack.* Ich habe Karen gesagt, daß sie bei dem Verhör nicht dabeisein kann und sich die Sache in meinem Büro über den Lautsprecher anhören muß. *Tut mir leid, Jack.*«

»Sie alter Jidd, Sie wissen genau, was Sie tun müssen, um sich eines Zeugen zu versichern.«

13

Bud hielt sich an seinem Highball fest.

Der Lärm aus der Jukebox war unerträglich. Er hatte den schlechtesten Platz in der Bar erwischt – ein Sofa ganz hinten bei den Telefonzellen. Seine alte Football-Verletzung schmerzte ihn – genau wie der Haß auf Exley. Er hatte keine Dienstmarke mehr, keine Waffe, und außerdem hatte er eine Anklage zu erwarten. Die rothaarige Mittvierzigerin war das beste, was er seit langem gesehen hatte. Er nahm sein Glas und ging zu ihr hin.

Sie lächelte ihn an. Das Rot wirkte künstlich, aber sie hatte ein nettes Gesicht. Bud lächelte ebenfalls. »Was trinken Sie, einen Old-Fashioned?«

»Ja, und mein Name ist Angela.«

»Ich heiße Bud.«

»Niemand kommt mit dem Namen ›Bud‹ auf die Welt.«

»Wenn man mit einem Namen wie ›Wendell‹ gestraft ist, sucht man sich eben ein Alias.«

Angela lachte. »Und was machen Sie, *Bud?*«

»Ich bin gewissermaßen zwischen zwei Jobs.«

»Ach ja? Also dann – was *haben* Sie gemacht?«

MAN HAT MICH SUSPENDIERT! DUMMES STÜCK – EINEM GESCHENKTEN GAUL SCHAUT MAN NICHT INS MAUL! »Ich hab' mich geweigert, das zu tun, was mein Boss mir gesagt hat. Angela, was halten Sie davon –«

»Sie meinen, eine gewerkschaftliche Auseinandersetzung oder so was? Ich bin in der Lehrergewerkschaft, und mein Ex-Mann war Betriebsrat für die Teamsters. Sind Sie auch –«

Bud spürte, wie sich eine Hand auf seine Schulter legte. »Mein Junge, kann ich kurz mit Ihnen sprechen?«

Dudley Smith. SIEHT AUS WIE EINE BESCHATTUNG DURCH INTERNAL AFFAIRS.

»Dienstlich, Lieutenant?«

»Allerdings. Verabschieden Sie sich von Ihrer neuen Freundin hier, und kommen Sie dann rüber an meinen Tisch dort hinten. Ich habe dem Barkeeper gesagt, er soll die Musik ein bißchen leiser machen, damit wir uns unterhalten können.«

Die Tanzmusik wurde plötzlich leiser. Smith verschwand wieder. Schon hatte ein Seemann seine Klauen an Angela. Bud schlenderte in den rückwärtigen Teil der Bar.

Gemütlich: Smith, zwei Stühle, ein Tisch – auf dem Tisch eine ausgebreitete Zeitung, darunter eine Erhebung. Bud setzte sich. »Spioniert Internal Affairs mir nach?«

»Ganz recht, genau wie anderen Verdächtigen. Die Idee stammt von ihrem Kumpel Exley. Parker scheint auf ihn zu hören, und er hat ihm gesagt, Sie und Stensland könnten sich vielleicht zu einer unüberlegten Handlung hinreißen lassen. Exley hat Sie und eine ganze Reihe anderer guter Leute mit seinen Aussagen ziemlich belastet, mein Junge. Ich habe die Protokolle gesehen. Seine Aussagen sind für mich Hochverrat und ein abscheulicher Affront gegen alle ehrbaren Polizisten.«

Stens hatte sich irgendwo verkrochen und soff sich einen Rausch an. »Steht nicht in dem Blatt, daß wir angeklagt werden?«

»Nur nicht so voreilig, mein Junge. Ich habe mit Parker gesprochen und dafür gesorgt, daß er Ihren Schatten abgezogen hat. Sie sprechen also mit einem Freund.«

»Lieutenant, was wollen Sie?«

Smith sagte: »Nennen Sie mich Dudley.«

»Also gut, *Dudley*, was wollen Sie?«

Ho, ho, ho – ein schöner Tenor. »Mein Junge, Sie haben auf mich Eindruck gemacht. Ich bewundere Ihre Aussageverweigerung und Ihre Loyalität zu Ihrem Partner, mag sie auch noch so unbegründet sein. Ich bewundere Sie als Polizisten, ganz besonders die Tatsache, daß es für Sie durchaus zum Job gehört, wenn nötig auch mal Gewalt anzuwenden. Vor allem aber bin ich beeindruckt davon, wie Sie Frauenschänder bestrafen. Sie hassen diese Kerle, mein Junge, nicht wahr?«

Große Worte, die ihm zu Kopf stiegen. »Yeah, ich hasse sie.«

»Und aus gutem Grund, würde ich sagen, jedenfalls soweit ich Ihre Geschichte kenne. Gibt es noch was, das Sie genauso hassen?«

Er ballte die Hände so fest zu Fäusten, daß sie schmerzten. »Exley. Dieser Scheiß-Exley. Und Trashcan Jack ist auch einer von der Sorte. Dick Stens holt sich 'ne verdammte Leberzirrhose, bloß weil die beiden uns verpfiffen haben.«

Smith schüttelte den Kopf. »Vincennes nicht, mein Junge. Er war nur eine Marionette für das Department. Wir haben ihn vorgeschoben, um der Staatsanwaltschaft ein paar Leichen hinzuwerfen. Er hat nur Männer mit mehr als zwanzig Dienstjahren belastet, und außerdem hat er die Verantwortung für den Schnaps auf sich genommen, den Sie auf die Party mitgebracht haben. Nein, mein Junge, Jack hat Ihren Haß nicht verdient.«

Bud beugte sich über den Tisch. »Dudley, was wollen Sie von mir.«

»Ich will, daß Sie sich eine Anklage ersparen und Ihren Dienst wieder aufnehmen, und ich gebe Ihnen die Möglichkeit dazu.«

Bud warf einen Blick auf die Zeitung. »Und die wäre?«

»Arbeiten Sie für mich.«

»Was muß ich tun?«

»Nein, mein Junge, erst noch ein paar Fragen. Sind Sie nicht auch der Meinung, daß es darauf ankommt, die Kriminalität einzudämmen und auf den Bereich südlich von Jefferson, auf das schwarze Element, zu beschränken?«

»Sicher.«

»Und sehen Sie ein, daß es notwendig ist, ein gewisses Maß an organisiertem Verbrechen zu dulden, das bestimmte Formen des Lasters fördert, die eigentlich niemandem weh tun?«

»Sicher doch, im eigenen Saft schmoren. Natürlich muß man bei dem Spiel ein bißchen mitspielen. Aber was hat das mit –«

Smith zog die Zeitung weg. Eine Dienstmarke und ein 38er Special blinkten auf. Bud spürte, wie seine Kopfhaut zu kribbeln begann. »Ich wußte doch, daß Sie Einfluß haben. Sie haben sich mit Green verständigt und die Sache bereinigt?«

»Ja, mein Junge, ich habe die Sache bereinigt – mit Parker. Obwohl Exley ihm in den Ohren liegt, hört er manchmal noch auf mich. Er hat gesagt, wenn die Grand Jury nicht offiziell auf Anklageerhebung besteht, dann würde auch Ihre Aussageverweigerung keine disziplinarischen Maßnahmen nach sich ziehen. Und jetzt nehmen Sie die Sachen an sich, ehe der Wirt die Polizei ruft.«

Freudig erregt griff Bud nach den Schätzen. »Es gibt keine Anklage gegen mich?«

Ho, ho, ho – diesmal spöttisch. »Mein Junge, der Chief wußte genau, wie gering meine Chancen waren, und ich bin froh, daß Sie den *Herald* nicht gelesen haben.«

Bud fragte: »Aber *wie* haben Sie –«

»Noch nicht, mein Junge.«

»Was ist mit Dick?«

»Er ist erledigt, mein Junge. Und protestieren Sie nicht – die Sache ist nicht zu ändern. Er ist dran, er wird vor Gericht kommen, und er wird brummen müssen. Er ist der Sündenbock für das Department, auf Anweisung von Parker. Und es war Exley, der ihn dazu gebracht hat, Dick zu opfern. Strafprozeß und Gefängnis.«

Es war brütend heiß in dem Raum – Bud lockerte seine Krawatte und schloß die Augen.

»Mein Junge, ich werde dafür sorgen, daß Dick im Knast ein ruhiges Plätzchen findet. Ich kenne eine Beamtin da unten, die solche Dinge regeln kann, und wenn er rauskommt, dann garantiere ich, daß er Gelegenheit bekommt, Exley eins auszuwischen.«

Bud öffnete die Augen wieder. Smith hatte den *Herald* aufgeschlagen. Die Schlagzeile: »Polizeibeamter im Skandal um Blutige Weihnacht angeklagt«. Der Artikel darunter war mit einem roten Kreis markiert und enthielt die Meldung, daß gegen Sergeant Richard Stensland in vier Punkten und gegen die Beamten Lentz, Brownell und Huff jeweils in zwei Punkten Anklage erhoben werden sollte. Dann eine Unterstreichung: »Gegen Officer Wendell

White (33) wurde kein Verfahren eingeleitet, obwohl mehrere Quellen aus dem Büro der Staatsanwaltschaft angekündigt hatten, gegen ihn sollte wegen tätlichen Angriffs mit Körperverletzung ermittelt werden. Der Vorsitzende der Grand Jury gab bekannt, daß vier Opfer der Polizeibrutalität ihre früheren Aussagen zurückgezogen hätten, wonach Officer White angeblich versucht haben soll, Juan Carbijal (19) zu erwürgen. Der Widerruf der Aussagen steht in direktem Widerspruch zu den Angaben von LAPD-Sergeant Edmund J. Exley, der unter Eid ausgesagt hat, daß White in der Tat vorsätzlich und gewaltsam gegen Carbijal vorgegangen sei. Es bestehen keine Zweifel an Sergeant Exleys Aussagen, die aller Wahrscheinlichkeit auch zu Ermittlungsverfahren gegen sieben weitere Polizeibeamte führen werden. Obwohl die Mitglieder der Grand Jury angesichts des Widerrufs der Zeugenaussagen gewisse Zweifel hatten, wurde die Staatsanwaltschaft aufgefordert, die Ermittlungen gegen Officer White einzustellen. Stellvertretender Staatsanwalt Ellis Loew sagte zu Reportern: ›Ich habe keine Ahnung, was hier eigentlich vorgegangen ist. Aber der Widerruf der Aussagen von vier Zeugen wiegt natürlich schwerer als die Aussage eines einzelnen Zeugen, auch wenn dieser Zeuge so verläßlich erscheint wie Sergeant Exley, ein hochdekorierter Kriegsheld.‹«

Die Buchstaben drehten sich vor seinen Augen. Bud fragte: »Warum? Warum haben Sie das für mich getan? Und wie haben Sie das gemacht?«

Smith knüllte die Zeitung zusammen. »Mein Junge, ich brauche Sie für eine neue Aufgabe, für die Parker mir grünes Licht gegeben hat. Es geht um Eindämmungsmaßnahmen in Verbindung mit den Aufgaben des Morddezernats. Wir werden es Überwachungsaufgaben nennen – eine unverfängliche Bezeichnung für eine Aufgabe, für die nur wenige Männer geeignet sind, für die Sie aber geradezu geboren sind. Dieser Job verlangt Muskeln. Sie werden Ihre Waffe gebrauchen müssen und nur wenige Fragen stellen. Können Sie mir folgen, mein Junge?«

»In Technicolor.«

»Sie werden aus der Abteilung Central Detectives ausscheiden, wenn Parker seine Disziplinarmaßnahmen verkündet. Wollen Sie für mich arbeiten?«

»Ich wäre verrückt, wenn ich's nicht täte. Aber warum das alles, Dudley?«

»Warum was, mein Junge?«

»Sie sind Ellis Loew in den Rücken gefallen, um mir zu helfen, wo doch jeder im Bureau weiß, daß Sie beide eng befreundet sind. Warum?«

»Weil mir Ihr Stil gefällt, mein Junge. Reicht das als Erklärung?«

»Ich schätze, es wird reichen müssen. Aber nun zu der Frage nach dem Wie.«

»Wie was, mein Junge?«

»Wie Sie die Spics dazu gebracht haben, ihre Aussagen zurückzuziehen.«

Smith legte einen Messingschlagring auf den Tisch. Er war schartig und mit Blut verkrustet.

KALENDER 1952

AUSZUG: L.A. *Mirror-News*, 19. März:

Skandal um Polizeibrutalität: Interne Maßnahmen gegen Cops noch vor Prozeß gegen Haupttäter

William H. Parker, der Chief des LAPD, versprach, für Aufklärung und Gerechtigkeit zu sorgen – »ohne Rücksicht darauf, wohin mich die Ermittlungen führen werden« – angesichts des verworrenen Netzes von Polizeibrutalität und Zivilklagen im Zusammenhang mit dem Skandal um die »Blutige Weihnacht«.

Sieben Polizisten stehen unter Anklage wegen vorsätzlicher Körperverletzung aufgrund ihrer Verwicklung in die Vorgänge im Zellentrakt der Central Division am vergangenen Heiligabend. Die betreffenden Beamten sind:

Sergeant Ward Tucker, angeklagt wegen Körperverletzung.

Officer Michael Krugman, angeklagt wegen Körperverletzung und Mißhandlung.

Officer Henry Pratt, angeklagt wegen Körperverletzung.

Sergeant Elmer Lentz, angeklagt wegen schwerer Körperverletzung und Mißhandlung.

Sergeant William Huff, angeklagt wegen schwerer Körperverletzung und Mißhandlung.

Officer John Brownell, angeklagt wegen schwerer Körperverletzung und grober Mißhandlung.

Sergeant Richard Stensland, angeklagt wegen schwerer Körperverletzung, vorsätzlicher Körperverletzung, schwerer Mißhandlung und Anstiftung zum Aufruhr

Parker ging nicht näher auf die Vorwürfe gegen die Beamten ein, ebensowenig wie auf die zahllosen Zivilklagen, die die Opfer der Tätlichkeiten – Dinardo Sanchez, Juan Carbijal, Dennis Rice, Ezekiel Garcia, Clinton Rice und Reyes Chasco – gegen einzelne Polizisten und das Los Angeles Police Department selbst angestrengt haben. Er kündigte an, die folgenden Beamten würden einem innerpolizeilichen Disziplinarverfahren unterworfen und müßten, soweit nicht entlastet, innerhalb des Departments mit schweren Strafmaßnahmen rechnen. Betroffen sind:

Sergeant Walter Crumley, Sergeant Walter Dukeshearer, Sergeant Francis Doherty, Officer Charles Heinz, Officer Joseph Hernandez, Sergeant Willis Tristano, Officer Frederick Turentine, Lieutenant James Frieling, Officer Wendell White, Officer John Heineke und Sergeant John Vincennes.

Parker beendete seine Pressekonferenz mit einem Lob für Sergeant Edmund J. Exley, einen Angehörigen der Central Division, der freiwillig vor der Grand Jury aussagte. »Es gehört sehr viel Mut dazu, das zu tun, was Ed Exley getan hat«, sagte der Chief. »Ich habe größte Achtung vor diesem Mann.«

AUSZUG: L. A. *Examiner*, 11. April:

**»Blutige Weihnacht«: Fünf Verfahren eingestellt
Parker gibt Ergebnisse der
Disziplinarischen Untersuchung bekannt**

Wie die Staatsanwaltschaft heute mitteilte, werden sich fünf der in den Skandal um Polizeibrutalität im letzten Jahr (»Blutige Weihnacht«) verwickelten Männer nicht vor Gericht verantworten müssen. Die Strafverfahren gegen Officer Michael Krugman, Officer Henry Pratt und Sergeant Ward Tucker, die alle nach der Anklageerhebung aus dem Los Angeles Police Department ausscheiden mußten, wurden aufgrund widerrufener Zeugenaussagen eingestellt. Stellvertretender Staatsanwalt Ellis Loew, mit der Strafverfolgung in diesem Fall befaßt, begründete die Entscheidung: »Viele der Nebenzeugen, die letztes Jahr an Weihnachten im Gefängnis des Central-Reviers einsaßen, sind nicht mehr aufzufinden.«

Ebenfalls im Zusammenhang mit diesem Skandal gab LAPD-Chief William H. Parker die Ergebnisse seiner »massiven Strafmaßnahmen« gegen Polizisten bekannt. Die folgenden Beamten wurden für schuldig befunden, im Rahmen der Vorfälle am letzten Heiligabend gegen verschiedene Dienstvorschriften verstoßen zu haben.

Sergeant Walter Crumley – sechsmonatige Suspendierung vom Dienst ohne Bezüge, Versetzung zur Hollenbeck Division.

Sergeant Walter Dukeshearer – sechsmonatige Suspendierung vom Dienst ohne Bezüge, Versetzung zur Newton Street Division.

Sergeant Francis Doherty – viermonatige Suspendierung vom Dienst ohne Bezüge, Versetzung zur Wilshire Division.

Officer Charles Heinz – sechsmonatige Suspendierung vom Dienst ohne Bezüge, versetzt zum Streifendienst auf der Southside.

Officer Joseph Hernandez – viermonatige Suspendierung vom Dienst ohne Bezüge, versetzt zur 77th Street Division.

Sergeant Wilbert Huff – neunmonatige Suspendierung vom Dienst ohne Bezüge, versetzt zur Wilshire Division.

Sergeant Willis Tristano – dreimonatige Suspendierung vom Dienst ohne Bezüge, versetzt zur Newton Street Division.

Officer Frederick Turentine – dreimonatige Suspendierung vom Dienst ohne Bezüge, versetzt zur East Valley Division.

Lieutenant James Frieling – sechsmonatige Suspendierung vom Dienst ohne Bezüge, versetzt zum LAPD Academy Instruction Bureau.

Officer John Heineke – viermonatige Suspendierung vom Dienst ohne Bezüge, versetzt zur Venice Division.

Sergeant Elmer Lentz – neunmonatige Suspendierung vom Dienst ohne Bezüge, versetzt zur Hollywood Division.

Officer Wendell White – keine Suspendierung, versetzt zur Abteilung Homicide Adjunct Surveillance.

Sergeant John Vincennes – keine Suspendierung, versetzt in die Abteilung Administrative Vice.

AUSZUG: L. A. *Times*, 3. Mai

Beschuldigter im Polizeiskandal erhält Bewährungsstrafe

Officer John Brownell (38), der erste Polizeibeamte des LAPD, der wegen seiner Beteiligung am Skandal um die »Blutige Weihnacht« vor Gericht steht, erklärte sich heute bei der gerichtlichen Vorführung der schweren und vorsätzlichen Körperverletzung für schuldig und ersuchte Richter Arther J. Fitzhugh, ihn ohne Verfahren zu verurteilen.

Brownell ist der ältere Bruder von Frank D. Brownell – Streifenpolizist des LAPD und einer der beiden Polizisten, die am vergangenen Heiligabend bei einer handgreiflichen Auseinandersetzung mit sechs jungen Männern in einer Bar verletzt wurden. Unter Berücksichtigung der Tatsache, daß Officer Brownell aufgrund der Verletzungen seines Bruders unter psychischem Druck stand und ohne Pensionsanspruch aus dem Los Angeles Police Department ausgeschlossen wurde, bezog sich Richter Fitzhugh auf den Bericht der Bewährungsbehörde des County, die eine Aussetzung der Strafe auf Bewährung empfahl, und verurteilte Brownell zu einem Jahr Haft im County-Gefängnis. Die Strafe wurde zur Bewährung ausgesetzt, und Brownell erhielt die Auflage, sich beim obersten Bewährungsbeamten des County, Randall Milteer, zu melden.

AUSZUG: L. A. *Examiner*, 29. Mai:

Stensland für schuldig befunden
Haftstrafe für L. A. Polizisten

… die aus acht Männern und vier Frauen bestehende Jury befand Stensland in vier Anklagepunkten für schuldig: schwere Körperverletzung, vorsätzliche Körperverletzung, schwere Mißhandlung und Anstiftung zum Aufruhr. Die Anklagen bezogen sich auf Vorgänge im Zusammenhang mit dem Skandal »Blutige Weihnacht« im letzten Jahr, bei dem der ehemalige Polizeibeamte im Gefängnis des Central-Reviers Gefangene tätlich angegriffen und mißhandelt haben soll. Der Zeuge Sergeant E. J. Exley vom LAPD schilderte in seiner Aussage, wie Stensland »gegen wehrlose Männer vorgegangen« sei. Stenslands Anwalt, Jacob Kellerman, suchte Exleys Glaubwürdigkeit zu erschüttern, indem er darauf verwies, daß der Zeuge den größten Teil des fraglichen Morgens in einem Lagerraum eingeschlossen war. Am Ende schenkte die Jury jedoch Sergeant Exleys Aussagen Glauben, und Kellerman bat Vorsitzenden Richter Arthur Fitzhugh unter bezug auf die zur Bewährung ausgesetzte Strafe von John Brownell, der ebenfalls im Zusammenhang mit dem Skandal der »Blutigen Weihnacht« angeklagt worden war, um eine mildes Urteil für seinen Mandanten. Der Richter weigerte sich, dieser Bitte zu folgen, und verurteilte Stensland, der bereits aus dem LAPD ausgeschlossen wurde, zu einer einjährigen Haftstrafe im County-Gefängnis und unterstellte ihn der Obhut von Sheriff's Deputies, die ihn zum Wayside Honor Rancho überführen sollten. Bei seiner Abführung beschimpfte Stensland Sergeant Exley mit zahlreichen Obszönitäten. Exley selbst gab keinen Kommentar ab.

FEATURE: *Cavalcade Weekend Magazine*,
L. A. *Mirror*, 3. Juli:

Zwei Generationen der Familie Exley im Dienst des Southland

Das erste, was einem bei Preston Exley und seinem Sohn Edmund auffällt, ist, daß beide nicht wie Polizisten reden, obwohl Preston vierzehn Jahre lang im Los Angeles Police Department diente, dem sein Sohn Ed ebenfalls seit 1943 angehörte, ehe er als Soldat in den Krieg zog, wo er im Pazifik mit dem Distinguished Service Cross ausgezeichnet wurde. Aber schon vor der Auswanderung des Exley-Clans nach Amerika hatte der Stammbaum der Familie Generationen von Scotland-Yard-Detektiven hervorgebracht. Die Polizeiarbeit liegt ihnen also gewissermaßen im Blut, noch viel mehr aber der Drang, weiterzukommen und es zu etwas zu bringen.

Fakt: Preston Exley ging nicht nur tagsüber Streife in einem gefährlichen Revier in Downtown, sondern besuchte daneben abends noch Kurse an der USC und schloß dieses Studium mit dem Diplom eines Bauingenieurs ab.

Fakt: Der verstorbene Thomas Exley, Prestons ältester Sohn, erzielte die höchste Punktewertung in der Geschichte der Polizeiakademie des LAPD, in deren Verwaltungsgebäude heute eine Gedenktafel mit seinem Namen hängt. Thomas fand schon kurze Zeit nach dem Ende seiner Ausbildung einen tragischen Tod in Ausübung seiner Pflichten. Zusätzlicher Fakt: Die zweitbeste Punktezahl erreichte Ed Exley selbst, der im Jahre 1941 sein Studium an der UCLA mit *summa cum laude* abschloß – und das mit nur neunzehn Jahren! Seit Generationen ist deutlich: Die Exleys sprechen nicht wie Cops, weil sie alles andere als typische Polizisten sind.

Beide Männer standen in letzter Zeit wiederholt im Lichte der Öffentlichkeit. Preston (58) hat sich mit dem weltberühmten Zeichner, Filmemacher und Fernsehmoderator Raymond Dieterling zusammengetan und arbeitet mit an Dream-a-Dreamland, einem gigantischen Vergnügungs-

und Freizeitpark, mit dessen Bau vor sechs Monaten begonnen wurde. Fertigstellung und Eröffnung sind für Ende April nächsten Jahres vorgesehen. Exley senior begann seine Karriere als Bauunternehmer im Jahre 1936 nach seinem Ausscheiden aus dem LAPD, bei dem er auch seinen Chefassistenten, Lieutenant Arthur De Spain, mitnahm. Preston Exley unterhielt sich in seiner geräumigen Villa in Hancock Park mit dem Korrespondenten des *Mirror*, Dick St. Germain.

»Ich hatte ein Ingenieurdiplom, und Art kannte sich mit Baumaterialien aus«, erklärte er. »Wir brachten beide unsere gesamten Ersparnisse ein und borgten uns zusätzlich Geld von ein paar privaten Investoren, denen unser Mut und unsere unabhängige Einstellung gefielen. So gründeten wir die Firma Exley Construction. Wir bauten zuerst Billighäuser, dann immer bessere Häuser, dann Bürogebäude und dann den Arroyo Seco Freeway. Unser Unternehmen blühte und übertraf bald meine kühnsten Erwartungen. Und jetzt Dream-a-Dreamland – die Verwirklichung der schönen Träume von Millionen von Menschen auf einer Fläche von 80 Hektar. Ein größeres Projekt kann man sich kaum vorstellen.«

Exley lächelte. »Ray Dieterling ist ein Visionär«, sagte er. »Dream-a-Dreamland wird zahllosen Besuchern die Möglichkeit geben, die vielen Welten kennenzulernen und zu besuchen, die er in seinen Filmen und Zeichnungen geschaffen hat. Ein sehr schönes Beispiel dafür ist der Berg, den er ›Paul's World‹ nennt. Ray Dieterlings Sohn Paul kam bei einem tragischen Lawinenunglück Mitte der 30er Jahre um. Dieser Berg wird gewissermaßen das Andenken an diesen Jungen verkörpern – ein Berg, der den Menschen Freude und Vergnügen machen soll, wobei ein Teil des hier eingenommenen Geldes an Kinderhilfsfonds überwiesen wird. Es wird schwer sein, das zu übertreffen.«

Wird er trotzdem versuchen, noch etwas Größeres zu schaffen?

Wieder lächelte Exley. »Ich werde in der nächsten Woche vor dem Landrat des Los Angeles County und vor dem kalifornischen Parlament sprechen«, sagte er. »Dabei wird es um die Kosten für ein öffentliches Schnellverkehrsnetz für Südkalifornien sowie um die Schaffung eines Freeway-Systems für das Southland gehen. Offen gesagt, ich möchte diesen Auftrag haben und bin bereit, dem County ein interessantes Angebot zu machen.«

Und danach?

Exley lächelte und stieß einen Seufzer aus. »Es gibt noch eine Menge Leute in der Politik, die mir schon seit langem in den Ohren liegen«, sagte er. »Sie glauben, ich sei der ideale Mann für einen Posten als Oberbürgermeister, Gouverneur, Senator und was noch alles. Dabei habe ich immer wieder betont, daß Fletcher Bowron, Dick Nixon und Earl Warren alles gute Freunde von mir sind.«

Soll das heißen, daß eine politische Karriere ausgeschlossen ist?

»Ausgeschlossen ist überhaupt nichts«, sagte Preston Exley. »Es liegt nicht in meiner Natur, mir irgendwelche Grenzen zu setzen.«

Und wie unsere Reporter herausfanden, denkt sein Sohn Edmund, derzeit Detective Sergeant bei der Hollywood Division des LAPD, genau wie er. Ed Exley, der neulich Schlagzeilen machte, als er bei einem Prozeß im Zusammenhang mit dem Polizeiskandal um die »Blutige Weihnacht« vor Gericht aussagte, blickt mit großem Optimismus in die Zukunft – dabei will er sich weiterhin ganz auf die Polizeiarbeit konzentrieren. Im Gespräch mit unserem Korrespondenten, der ihn im Wochenendhaus der Familie am Lake Arrowhead besuchte, meinte Exley junior: »Mein einziges Ziel ist es, ein wertvoller, hochrangiger Detective zu sein, dem man interessante und schwierige Fälle überträgt. Für meinen Vater war es damals der Fall Atherton« – ein Hinweis auf den Kindesmörder, der 1934 sechs Opfer fand, darunter den Kinderstar Wee Willie Wennerholm – »und ich möchte ebenfalls die Möglichkeit haben, so bedeutende Fälle zu bearbeiten. Dabei ist es natürlich wichtig, zur richtigen Zeit am richtigen Ort zu sein, und außerdem habe ich ein starkes, tief verwurzeltes Bedürfnis, Probleme zu lösen und Ordnung in scheinbar chaotische Situationen zu bringen. Ich glaube, das ist eine gute Motivation für einen Detective.«

Kein Zweifel, Exley war schon im Herbst 1943 zur richtigen Zeit am richtigen Ort, als er – der einzige Überlebende nach einem japanischen Bayonettangriff auf seinen Zug – allein und eigenhändig drei Gräben voller japanischer Infanteristen auslöschen konnte. Zur richtigen Zeit am richtigen Ort war er auch, als er anläßlich des Skandals um Polizeibrutalität vor Gericht mutig gegen seine Kollegen aussagte. Exleys Kommentar zu diesen Vorfällen: »Das ist alles Vergangenheit. Jetzt geht es mir vor allem darum, etwas für meine Zukunft zu tun. In der Arbeit bei den Hollywood Detectives sammle ich wichtige Erfahrungen, und außerdem geben mir mein Vater und Art De Spain abends häufig Unterricht, wie man ein Verhör führt, damit ich meine Befragungstechnik verbessern kann. Ziel meines Vaters ist die Welt – aber ich will das Beste, was das Police Department mir bieten kann.«

Preston Exley und Ed Exley hatten den Tod von Eds Bruder Thomas und von Marguerite Exley (geborene Tibbetts) zu beklagen, der Matriarchin des Klans, die vor sechs Jahren an Krebs starb. Schmerzt dieser Verlust die beiden auch heute noch?

Dazu Preston: »Mein Gott, ja, jeden Tag. Für mich sind die beiden unersetzlich.«

Edmund äußerte sich nachdenklicher zu diesem Thema: »Thomas war Thomas«, sagte er. »Ich war siebzehn, als er starb, und ich glaube nicht, daß ich ihn je richtig gekannt habe. Bei meiner Mutter war das etwas anderes. Ich kannte sie – sie war freundlich, mutig und stark, und doch hatte sie auch etwas Trauriges an sich. Ich vermisse sie sehr, und ich glaube, wenn ich einmal heirate, dann eine Frau, die so ähnlich ist wie sie, wenn auch vielleicht ein wenig temperamentvoller.«

Zwei Generationen also für das Profil der Woche – zwei Männer, die zielstrebig ihren Weg gehen und dabei gleichzeitig dem Wohle unseres Southlands dienen.

SCHLAGZEILE: L. A. *Times*, 9. Juli:

Loew kandidiert für das Amt des Bezirksstaatsanwalts

SCHLAGZEILE: Society-Beilage, L. A. *Herald Express*, 12. September

Gala-Hochzeit Loew/Morrow
Großes Ereignis für Hollywood und die Justiz

AUSZUG: L. A. *Times*, 7. November:

McPherson und Loew Hauptkandidaten für Amt des Bezirksstaatsanwalts
Großes Duell bei Wahlen im Frühjahr

William McPherson bewirbt sich um eine vierte Amtsperiode als Bezirksstaatsanwalt von Los Angeles und trifft in den für März angesetzten allgemeinen Wahlen auf stellvertretenden Bezirksstaatsanwalt Ellis Loew. Die beiden Kollegen führen das Feld der acht Kandidaten mit deutlichem Abstand an.

McPherson (56) erhielt 38 Prozent der abgegebenen Stimmen, auf Loew (41) entfielen 36 Prozent. Der nächstplazierte Rivale ist Donald Chapman, ehemaliger Referent für die städtischen Parkanlagen. Die übrigen fünf Kandidaten, denen kaum Erfolgschancen eingeräumt werden, mußten sich die restlichen 12 Prozent der Stimmen teilen.

Auf einer offiziellen Pressekonferenz kündigte McPherson einen bis zur letzten Minute dauernden Wahlkampf an, betonte jedoch, daß die Pflichten seines Amtes für ihn Vorrang hätten und er erst in zweiter Linie politischer Kandidat sei. Loew äußerte sich in einem Gespräch in seinem Privathaus zusammen mit seiner Frau Joan ähnlich, sagte seinen Sieg im nächsten März voraus und dankte der Wählerschaft im allgemeinen und den Angehörigen der Exekutive im besonderen für ihre Unterstützung.

1953

LAPD: JÄHRLICHER ZUSTANDSBERICHT
Vertraulich
datiert 3. Januar 1953
eingereicht von Lt. Dudley Smith
Durchschrift an Personalabteilung
und Verwaltung:

2. Januar 1953
JÄHRLICHER ZUSTANDSBERICHT
DIENSTZEIT: 4. 4. 52 – 31. 12. 52
BETRIFFT: White, Wendell A., Dienstnummer 916
RANG: Police Officer (Detective) (Bes.-Gr. 4)
ABTEILUNG: Detective Bureau (Homicide Adjunct Surveillance Detail)
VORGESETZTER: Lt. Dudley L. Smith, Dienstnummer 410.

Sehr geehrte Herren:

Dieses Memorandum betrifft sowohl den Zustandsbericht über Officer White als auch einen Überblick über die ersten neun Monate der neu eingerichteten Abteilung Surveillance Detail. Von den sechzehn Männern meiner Abteilung betrachte ich White als den besten, der mir zur Verfügung steht. Er war stets aufmerksam und sorgfältig bei der Erfüllung seiner Aufgaben und macht immer wieder Überstunden, ohne zu murren. Er hat bisher noch nie wegen Krankheit o.ä. gefehlt und mehrfach über zwei Wochen hinweg täglich achtzehn Stunden Dienst gemacht. White wurde nach den bedauerlichen Vorfällen letzte Weihnachten in die Abteilung Surveillance versetzt. Deputy Chief Green äußerte damals Bedenken wegen dieser Versetzung, wobei er auf vier Beschwerden wegen

Gewaltanwendung in Ausübung des Dienstes verwies und andeutete, daß Whites Neigung zu Gewalt angesichts der mit unseren Aufgaben verbundenen potentiellen Gewaltsituationen katastrophale Folgen haben könnte. Diese Befürchtungen haben sich jedoch nicht bestätigt, und ich gebe Officer White für alle Eignungskategorien ohne Zögern die Note »eins«. Als Beispiele dafür möchte ich auf einige Fälle verweisen, in denen White sich weit über das übliche Maß engagiert und eingesetzt hat.

1.) 8. 5. 52. Im Zusammenhang mit der Überwachung eines Spirituosenladens verfolgte Officer White (der an mehreren alten Football-Verletzungen laboriert) einen flüchtenden bewaffneten Verdächtigen mehr als eine halbe Meile weit. Dabei schoß der Verdächtige wiederholt auf Officer White, der das Feuer nicht erwiderte, um keine unschuldigen Passanten zu gefährden. Der Verdächtige nahm eine Frau als Geisel und hielt ihr eine Pistole an den Kopf. Damit hielt er die Beamten in Schach, die Officer White zu Hilfe geeilt waren. White schlug einen Bogen, während seine Kollegen den Täter beruhigten. Der Verdächtige weigerte sich, die Frau freizulassen, und White erschoß ihn. Die Frau blieb unverletzt.

2.) Mehrere einzelne Fälle. Eine der wichtigsten Aufgaben des Surveillance Detail besteht darin, auf Bewährung entlassene Sträflinge bei ihrer Rückkehr nach Los Angeles abzufangen und sie davon zu überzeugen, daß sie verrückt wären, hier in unserer Stadt neue Gewaltverbrechen zu begehen. Diese Aufgabe erfordert ein einschüchterndes Auftreten, und Officer White hat wiederholt entscheidend dazu beigetragen, zahlreiche harte Gangster dazu zu bringen, gehorsam ihre Bewährungsauflagen zu erfüllen. Immer wieder hat er seine Freizeit darauf verwandt, auf Bewährung entlassene Häftlinge zu beschatten, und auch die Verhaftung von John »Big Dog« Cassese, einem zweimal überführten Vergewaltiger und Räuber, geht auf sein Konto. Am 20. 7. 52 hörte White, der Cassese in einer Cocktail-Lounge beobachtete, wie er versuchte, ein minderjähriges Mädchen zur Prostitution zu verleiten. Cassese versuchte sich der Verhaftung zu entziehen und wurde von Officer White mit körperlicher Gewalt überwältigt. Später verhörten White und zwei weitere Surveillance-Beamte (Sgt. Michael Breuning und Officer R. J. Carlisle) Cassese ausführlich über seine Aktivitäten nach seiner Entlassung auf Bewährung. Dabei gestand er Vergewaltigung und Mord an drei Frauen. (Siehe dazu Festnahmebericht 168-A vom 22. 7. 52.) Cassese wurde vor Gericht gestellt, verurteilt und in San Quentin hingerichtet.

3.) 18. 10. 52. Im Rahmen der Überwachung des Bewährungshäftlings Percy Haskins stellte Officer White fest, daß Haskins an einer kriminellen Verschwörung mit Robert Mackey und Karl Carter Goff teilnahm. Alle drei Männer hatten ein langes Vorstrafenregister wegen bewaffneten Raubüberfalls. White hatte den Eindruck, daß die drei ein schweres Verbrechen vorbereiteten, und traf entsprechende Maßnahmen. Er verfolgte Haskins, Mackey und Goff bis zu einem Supermarkt in der South Berendo Nummer 1683. Die drei raubten den Laden aus, und White versuchte, sie auf der Straße festzunehmen. Die drei weigerten sich, ihre Waffen abzulegen. White machte von der Schußwaffe Gebrauch. Dabei wurde Goff getötet und Mackey schwer verletzt. Haskins ergab sich. Mackey verstarb später an den Folgen seiner Verletzungen. Haskins bekannte sich des schweren Raubüberfalls für schuldig und wurde zu einer lebenslangen Haftstrafe verurteilt.

Zusammenfassung: Officer White hat sich hervorragend bewährt und entscheidend dazu beigetragen, daß das erste Jahr der neuen Abteilung Surveillance Detail ein voller Erfolg wurde. Ich werde am 15. 3. 53 meinen regulären Dienst in der Mordkommission wieder aufnehmen und würde mich freuen, wenn Officer White meiner Abteilung zugeteilt würde. Nach meiner Einschätzung hat er alle Qualitäten, die ein Detective braucht.

Hochachtungsvoll,
Dudley L. Smith, Dienstnummer 410,
Lieutenant, Mordkommission

LAPD: JÄHRLICHER ZUSTANDSBERICHT
Vertraulich
datiert 6. 1. 1953
eingereicht von Capt. Russel Millard
Durchschrift an Personalabteilung
und Verwaltung

6. Januar 1953
JÄHRLICHER ZUSTANDSBERICHT
DIENSTZEIT: 13. 4. 52 – 31. 12. 52
BETRIFFT: Vincennes, John, Dienstnummer 2302
RANG: Detective Sergeant (Bes.-Gr. 5)
ABTEILUNG: Detective Bureau (Administrative Vice)
VORGESETZTER: Capt. Russel A. Millard,
Dienstnummer 5009

Sehr geehrte Herren:

Ich beurteile Sergeant Vincennes insgesamt mit einer Benotung »4+« mit folgender Begründung.

A) Da Vincennes nicht trinkt, eignet er sich ausgezeichnet für die Bearbeitung von Alkoholvergehen.

B) Vincennes überschreitet regelmäßig seine Kompetenzen, wenn es um Narkotika geht, und besteht häufig auf Festnahme wegen Drogenbesitzes, wenn am Einsatzort von Ad Vice irgendwelche Drogen gefunden werden.

C) Meine Befürchtungen haben sich nicht bewahrheitet, daß er seine Pflichten bei Ad Vice vernachlässigen könnte, um seinem Mentor im Bureau, Lt. Dudley Smith, dienen zu können. Das spricht für Vincennes.

D) Vincennes wird von den anderen Beamten wegen seiner Aussage in Sachen Weihnachtsskandal kaum noch kritisiert, weil er seinen begehrten Job in der Drogenabteilung verloren hat und keiner der von ihm belasteten Kollegen zu einer Gefängnisstrafe verurteilt wurde.

E) Vincennes drängt mich immer wieder, ihn zu Narco zurückzuversetzen. Ich werde das entsprechende Gesuch jedoch erst dann unterzeichnen, wenn er in Ad Vice einen größeren Fall erfolgreich abgeschlossen hat, wie es in unserer Abteilung bei Versetzungen seit langem üblich ist. Vincennes hat den stellvertretenden Bezirksstaatsanwalt Ellis Loew ersucht, wegen seiner Versetzung Druck auf mich auszuüben, dem ich mich widersetzt habe. Ich werde mich auch weiterhin widersetzen, selbst wenn Loew zum Obersten Bezirksstaatsanwalt gewählt werden sollte.

F) Es sind Gerüchte in Umlauf, wonach Vincennes regelmäßig interne Informationen an das Skandalblatt *Hush-Hush* weitergeben soll. Ich habe ihm eine diesbezügliche Warnung erteilt, daß ich ihn persönlich zur Rechenschaft ziehen werde, wenn er Informationen über unsere Arbeit weitergibt.

G) Abschließend ist zu sagen, daß Vincennes sich als gerade noch zum Beamten beim Sittlichkeitsdezernat geeignet erwiesen hat. Er erscheint regelmäßig zum Dienst, seine Berichte sind gut geschrieben (und, so vermute ich, etwas aufgebauscht). Er ist zu bekannt, um bei Aktionen gegen Buchmacher effektiv arbeiten zu können, kann aber bei Razzien gegen Prostitution mit ausreichendem Erfolg eingesetzt werden. Er hat nie seine Dienstpflichten vernachlässigt, um seiner Aufgabe als Fernsehberater nachzukommen, was wiederum zu seinen Gunsten spricht. Ad Vice wird in den kommenden Monaten eine breit angelegte Aktion gegen Porno-Ringe starten, wobei Vincennes Gelegenheit haben wird, seine Motivation zu beweisen (und sich seine Versetzung zu verdienen). Insgesamt gebe ich also die Note »4+«.

Hochachtungsvoll,
Russel A. Millard, Dienstnummer 5009
Vorgesetzter
Administrative Vice

LAPD: JÄHRLICHER ZUSTANDSBERICHT

Vertraulich

datiert 11. Januar 1953

eingereicht von Lt. Arnold Reddin,

Kommandeur, Hollywood Division

Detective Squad

Durchschrift an Personalabteilung

und Verwaltung

11. Januar 1953
JÄHRLICHER ZUSTANDSBERICHT
DIENSTZEIT: 1. 3. 52 – 31. 12. 52
BETRIFFT: Exley, Edmund J., Dienstnummer 1104
RANG: Detective Sergeant (Bes.-Gr. 5)
ABTEILUNG: Detective (Hollywood-Revier)
VORGESETZTER: Lt. Arnold D. Reddin,
Dienstnummer 556

Sehr geehrte Herren:

Betrifft Sergeant Exley:

Dieser Mann besitzt offensichtlich großes Talent als Detective. Er ist gründlich und intelligent, scheint so gut wie kein Privatleben zu haben und macht regelmäßig Überstunden. Er ist erst dreißig Jahre alt und kann nach seinen ersten neun Monaten als Detective auf eine eindrucksvolle Liste von Verhaftungen zurückblicken, wobei die Verdächtigen in 95 Prozent aller Fälle (meistens mittelschwere Eigentumsdelikte) strafrechtlich verurteilt wurden. Seine Berichte sind immer ausführlich und präzise.

Exley arbeitet nur schlecht mit Partnern, dafür um so besser allein, deshalb habe ich ihm gestattet, Verhöre selbständig durchzuführen. Er stellt seine Fragen so geschickt, daß er auf diesem Gebiet kaum seinesgleichen hat und häufig Geständnisse erreicht, die mir beinahe unglaublich erscheinen (und zwar ohne Anwendung von Gewalt). Ich kann also Exley insgesamt nur die wohlverdiente Note »eins« verleihen.

Andererseits bringen ihm seine Kollegen offenen Haß entgegen, weil er bei dem Weihnachtsskandal als Informant aufgetreten ist, und er wird dafür verachtet, daß er auf diese Weise zum Bureau gekommen ist. (Es scheint allgemein bekannt zu sein, daß Exley aufgrund seiner damaligen Aussagen in die Kriminalabteilung versetzt wurde). Darüber hinaus legen die meisten seiner Kollegen die Tatsache, daß er Verdächtigen gegenüber ungern Gewalt anwendet, als Feigheit aus.

Exley hat seine Prüfung zum Lieutenant mit hervorragenden Noten bestanden, und wahrscheinlich wird bald eine entsprechende Stelle für ihn frei werden. Ich halte ihn allerdings für zu jung und zu unerfahren, um ihn zum Detective Lieutenant zu befördern. Außerdem würde eine solche Beförderung große Verärgerung unter den Kollegen auslösen. Meiner Meinung würde man ihm als Vorgesetztem mit offenem Haß begegnen.

Hochachtungsvoll,
Lt. Arnold D. Reddin, Dienstnummer 556

AUSZUG: L. A. *Daily News*, 9. Februar

Jetzt amtlich: Baulöwe Exley erhält Auftrag für Southland-Autobahnsystem

Wie die Tri-County Highway Commission heute bekanntgab, wird Preston Exley, ehemaliger Zeitungsjunge aus San Francisco und Polizeibeamter in Los Angeles, der Mann sein, der das neue Freeway-System baut, das Hollywood mit Downtown L.A., Downtown L.A. mit San Pedro, Pomona mit San Bernardino und South Bay mit dem San Fernando Valley verbinden soll.

»Einzelheiten werden in Kürze bekanntgegeben«, sagte Exley in einem Telefongespräch mit der *News*. »Ich werde morgen im Fernsehen eine Pressekonferenz geben, bei der auch Vertreter des kalifornischen Parlaments sowie der Tri-County Commission anwesend sein werden.«

Hush-Hush Magazin, Februar 1953:

L.A. Staatsanwalt erholt sich von Wahlkampf – Entspannung bei schwarzer Schönheit!!!
von Sidney Hudgens

Bill McPherson, der Oberste Staatsanwalt der Stadt Los Angeles, mag sie am liebsten langbeinig und kurzweilig, schmusig und vollbusig – und vor allem dunkel und farbig. Von Harlems Sugar Hill bis L.A.'s Darktown gilt der 57jährige verheiratete Mann mit drei Töchern im Teenageralter als großer Sugardaddy, der freigebig mit Spesendollar um sich wirft – in dunklen Hot Spots, wo die Gläser hoch sind und der Jazz cool ist, wo Marihuanarauch die Luft schwängert und schwarz-weiße Romanzen im Bebop-Rhythmus zu den Urwaldklängen eines kreischenden Tenorsaxophons blühen.

Wie findet man das? McPherson, der mitten im Wahlkampf zu seiner Wiederwahl steht, der um sein politisches Überleben kämpft gegen seinen Konkurrenten, den großen Verbrecherjäger Ellis Loew, braucht auch mal Entspannung und Abwechslung. Geht er in den Swimmingpool im ruhigen Jonathan Club? Nein. Lädt er die ganze Familie zu Mike Lyman's oder ins Pacific Dining Car ein? Nein. Aber wohin geht er dann? Auf den »Darktown Strutters Ball«.

Südlich von Jefferson geht's rund, ihr Hepcats. Hier ist eine völlig andere Welt. Auf zum Coiffeur, dann einen violetten Fischgrätanzug gekauft – und ab ins Schwarze Paradies. So wie Bill McPherson es macht – jeden Donnerstag abend.

Aber halten wir uns an die Fakten. Marion McPherson, Darktown Bills geduldig leidende Hausfrau, glaubt, daß Billy Boy donnerstags immer ins Olympic Auditorium geht, um sich daran zu ergötzen, wie sich mexikanische Bantamgewichtler gegenseitig die Köpfe weichprügeln. Weit gefehlt – was Bad Billy donnerstags braucht, ist nicht Gewalt sondern Liebe.

Fakt Nummer eins – Bill McPherson ist Stammgast in

Minnie Roberts Casbah, dem heißesten schwarzen Puff der Southside von L.A. Es mag ja reines Hörensagen sein, ihr Hepcats, aber wir haben uns sagen lassen, daß er besonders das Milchbad für fünfunddreißig Dollar mag, bereitet von zwei ungewöhnlich großen Kongo-Schätzchen. Und Fakt Numero zwei – man hat gesehen, wie McPherson sich in Tommy Tuckers Playroom Charlie »Bird« Parker (einen bekannten Kiffer) angehört hat, hoch oben auf Wolke zehn dank des potenten Plantation Punch, der im Playroom ausgeschenkt wird. Seine Begleiterin war eine gewisse Lynette Brown, achtzehn Jahre alt, eine dunkle Schönheit, die bereits zweimal wegen Marihuanabesitzes vor dem Jugendrichter stand. Lynette meinte zu unserem Korrespondenten: »Bill mag's gern schwarz. Er sagte: ›Einmal schwarz, immer schwarz‹. Er mag Jazz und langsam tanzen. Er is' echt verheiratet? Er is' echt Staats'walt?«

Allerdings, meine Süße. Die Frage ist nur, wie lange noch? Es sind noch eine Menge Donnerstage bis zum Wahltermin – ob Bad Bebop Billy es schafft, seine dunklen Gelüste bis dahin zu beherrschen?

Vergessen Sie nicht, lieber Leser, daß wir es zuerst gebracht haben – ganz im Vertauen, ganz im stillen und natürlich *Hush-Hush*.

AUSZUG: L.A. *Herald Express*, 1. März

»Blutige Weihnacht« – Polizist in Kürze wieder in Freiheit

Am 2. April wird Richard Alex Stensland den Wayside Honor Rancho als freier Mann verlassen können. Der ehemalige Polizist, der letztes Jahr im Zusammenhang mit dem Skandal um Polizeibrutalität (»Blutige Weihnacht«) wegen schwerer Körperverletzung in vier Fällen verurteilt wurde, sieht einer ungewissen Zukunft entgegen.

Stenslands früherer Partner, Officer Wendell White, sprach mit dem *Herald*. Er meinte: »Er hat damals bei dieser, äh, Weihnachtssache einfach nur eine schlechte Karte gezogen. Ich war auch dabei, und ich hätte genausogut dran glauben können. Aber es traf nun mal Dick. Er hat aus mir erst einen guten Polizisten gemacht. Dafür bin ich in seiner Schuld, und ich bin – sauer darüber, was man mit ihm gemacht hat. Ich bin immer noch Dicks Freund, und ich wette, daß er noch eine ganze Menge Freunde im Department hat.«

Und auch in der Zivilbevölkerung, wie es den Anschein hat. Stensland äußerte einem Reporter des *Herald* gegenüber, daß er nach seiner Entlassung für Abraham Teitlebaum arbeiten werde, den Besitzer von Abe's Noshery, einem Delikatessenladen in West Los Angeles. Auf die Frage, ob er irgendwelche Haßgefühle gegen die Leute hege, die ihn hinter Gitter gebracht haben, sagte Stensland: »Nur gegen einen. Aber ich bin ein viel zu gesetzestreuer Bürger, um deswegen was zu unternehmen.«

L. A. *Daily News*, 6. März:

Skandal verwandelt Kopf-an-Kopf-Rennen in Erdrutsch

Man hatte allgemein mit einem engen Kopf-an-Kopf-Rennen bis zum Einlauf gerechnet in dem Wahlkampf zwischen dem derzeitigen Amtsinhaber, dem Obersten Staatsanwalt von Los Angeles, William McPherson, gegen seinen Stellvertreter Ellis Loew. Der Sieger wird in den nächsten vier Jahren als oberster gewählter Ankläger und Verbrechensbekämpfer im Southland amtieren. Beide Männer führten einen äußerst sachbezogenen Wahlkampf, in dem es darum ging, wie die zur Verfügung stehenden Haushaltsmittel am wirkungsvollsten eingesetzt werden können, wie man möglichst effektiv gegen die Kriminalität vorgehen kann. Wie zu erwarten, nahmen beide Kandidaten für sich in Anspruch, daß sie im Kampf gegen das Verbrechen am härtesten durchgreifen würden. Das Establishment der städtischen Strafverfolgungsbehörden war der Meinung, McPherson sei dem Verbrechen gegenüber zu nachsichtig und allgemein viel zu liberal, und stellte sich hinter Loew. Die Gewerkschaften dagegen schenkten ihre Unterstützung dem derzeitigen Amtsinhaber. McPherson berief sich auf seine Erfolge und spielte seinen ganzen Charme und seine Liebenswürdigkeit aus, während Loew sich in seinem Wahlkampf das Image eines Unruhestifters gab. Die Taktik schlug fehl – bei den Wählern kam seine Dramatisierung nicht an und wurde als Stimmenfängerei interpretiert. Insgesamt jedoch war es ein Wahlkampf zwischen Gentlemen, bis die Februar-Ausgabe der Zeitschrift *Hush-Hush* an den Kiosken auftauchte.

Im allgemeinen betrachten die meisten Menschen *Hush-Hush* und andere Skandalblätter mit einer gesunden Portion Skepsis, aber es war Wahlkampfzeit. In einem Artikel des Februarheftes wurde behauptet, Oberster Staatsanwalt McPherson, seit sechsundzwanzig Jahren glücklich verheiratet, habe Beziehungen mit jungen Frauen schwarzer Hautfarbe unterhalten. Der Oberste Staatsanwalt ignorierte den Artikel, der mit Photos von ihm und einem schwarzen Mädchen illustriert war, aufgenommen in einem Nachtclub in der südlichen Innenstadt von Los Angeles. Mrs. McPherson dagegen reagierte prompt und reichte Scheidungsklage ein. Ellis Loew ging in seinem Wahlkampf nicht auf den Artikel ein. In den Meinungsumfragen fiel McPherson immer mehr zurück. Drei Tage vor dem Wahltermin schließlich unternahmen Sheriff's Deputies eine Razzia im Lilac View Motel am Sunset Strip – sie hatten von einem »anonymen Informanten« einen Anruf bekommen, in Zimmer 9 des Motels gehe es sittenwidrig und ungesetzlich zu. Es stellte sich heraus, daß es sich bei den betreffenden Personen um Obersten Staatsanwalt McPherson und eine junge schwarze Prostituierte von nur 14 Jahren handelte. Die Deputies verhafteten McPherson wegen Verführung Minderjähriger und nahmen die Aussagen von Marvell Wilkins auf, die trotz ihrer Minderjährigkeit schon zweimal wegen Prostitution vor dem Jugendrichter stand.

Das Mädchen sagte aus, McPherson habe es an der South Western Avenue angesprochen und ihm zwanzig Dollar für eine Stunde angeboten. Dann sei er mit ihm zum Lilac View Motel gefahren. McPherson gab an, er habe sein Gedächtnis verloren, er wisse nur noch, daß er bei einem Treffen mit Wahlhelfern im Pacific Dining Car »mehrere Martinis« getrunken habe und dann in seinen Wagen gestiegen sei. Weiter könne er sich an nichts mehr erinnern. Der Rest ist Geschichte: Kurz nach den Deputies trafen Reporter und Photographen am Lilac View Motel ein, McPherson landete auf den Titelseiten, und am Dienstag wurde Ellis Loew nach einem Erdrutschsieg zum Obersten Staatsanwalt von Los Angeles gewählt.

Irgendwas ist faul an der Sache. Es darf nicht sein, daß diese Art von Skandalblatt-Journalismus über den Erfolg und Mißerfolg eines Wahlkampfs entscheidet, auch wenn wir von der *Daily News* (die wir ganz offen auf Seiten von McPherson stehen) anderen nie das Recht absprechen würden, alles zu schreiben, was sie wollen, und sei es noch so großer Schund. Wir haben versucht, Marvell Wilkins aufzuspüren, aber das Mädchen scheint nach seiner Entlassung aus dem Polizeigewahrsam wie vom Erdboden verschwunden. Wir wollen niemanden beschuldigen, aber wir von der *Daily News* fordern den neu gewählten Obersten Staatsanwalt Loew auf, eine Grand Jury einzusetzen, die die Umstände näher untersuchen soll – schon allein deswegen, weil es zweifellos nicht in seinem Interesse sein kann, wenn sein Amtsantritt von derartig dunklen Wolken überschattet wird.

ZWEITER TEIL

Das Nite-Owl-Massaker

14

Ganz allein im ganzen Mannschaftsraum.

Unten eine Abschiedsparty für einen ausscheidenden Kollegen – er war nicht eingeladen. Den wöchentlichen Verbrechensbericht lesen, eine Zusammenfassung schreiben und ans Schwarze Brett heften – eine Aufgabe, die nie jemand anders machte, weil alle wußten, daß er das am besten konnte. Die Zeitungen schaukelten die Eröffnung von Dream-a-Dreamland hoch; die Kollegen nervten ihn ständig mit Moochie-Mouse-Gequieke. Spade Cooley spielte auf der Party; der perverse Deuce Perkins schlich durch die Gänge. Mitternacht, und an Schlaf nicht zu denken – Ed las und tippte.

9. 4. 53: Ein Transvestit beging in vier Läden auf dem Hollywood Boulevard Ladendiebstähle und setzte dabei zwei Verkäufer mit Judo-Tritten außer Gefecht. 10. 4. 53: Ein Platzanweiser in Grauman's Chinese Theater von zwei männlichen Weißen erstochen – er hatte sie gebeten, ihre Zigaretten auszumachen. Täter noch nicht gefaßt. Lieutenant Reddin meinte, er habe nicht genügend Erfahrung für einen Mordfall – daraufhin bekam er den Fall nicht. 11. 4. 53: Ein ganzer Stapel Berichte. In den letzten beiden Wochen wurde mehrfach beobachtet, wie eine Gruppe von schwarzen Jugendlichen in den Hügeln im Griffith Park mit Gewehren schossen. Keine Identifizierung. Die Jugendlichen fuhren ein violettes Mercury-Coupe, Baujahr '48 oder '50. 11. 4. – 13. 4. 53: Fünf Einbrüche während des Tages in Privathäuser nördlich des Boulevards; Beute: Schmuck und Juwelen. Bis jetzt hatte niemand diesen Fall. Ed machte sich eine Notiz: den Fall übernehmen und an den Einstiegstellen nach Fingerabdrücken suchen. Heute war der Vierzehnte – vielleicht hatte er eine Chance.

Ed machte Schluß. Der Anblick des leeren Mannschaftsraums machte ihn irgendwie glücklich – niemand da, der ihn haßte, nur ein riesiger Raum voller Schreibtische und Aktenschränke. An den Wänden hingen überall amtliche Formulare, auf denen man eintragen mußte, wenn man eine Verhaftung vorgenommen und von jemandem ein Geständnis bekommen hatte. Geständnisse waren oft nur Formsache, nichts als das Eingeständnis, ein Verbrechen begangen zu haben. Aber wenn man die betreffende Person richtig behandelte und genau die passende Mischung aus Liebe und Haß zeigte, dann sagte der Betreffende oft genug Dinge – unbedeutende Einzelheiten –, die als Hintergrundinformationen für die Anklageerhebung von Nutzen sein konnten und einem darüber hinaus zusätzliche Fakten vermittelten, die man beim nächsten Verhör einsetzen konnte. Art De Spain und sein Vater hatten ihm beigebracht, wie man den entscheidenden Punkt finden konnte. Die beiden hatten ganze Kartons voller alter Vernehmungsprotokolle in Kurzschrift: Kinderschänder, Raubmörder und anderes Gesindel – und alle hatten gestanden. Art spezialisierte sich auf Nackenschläge, wobei er meist nur drohte und selten zuschlug. Preston Exley brauchte fast nie Gewalt – für ihn war das gleichbedeutend damit, daß der Kriminelle über den Polizisten siegte, und außerdem führte Gewalt meist nur zu Chaos. Die beiden lasen ihm abwechselnd unvollständige Antworten vor und ließen ihn raten, welche Fragen sie gestellt hatten. Sie machten ihn mit kriminellen Erfahrungen vertraut, die durchaus verbreitet waren und die er gewissermaßen als Keile benutzen konnte, um die Dinge in Bewegung zu bringen. Sie zeigten ihm, daß jeder Mensch Schwächen hat, die akzeptabel sind, weil andere Menschen sie verzeihen, aber auch Schwächen, die Anlaß für große Scham sind – Dinge, die man vor jedem anderen versteckt und die nur ein wirklich guter Beichtvater erfährt. Auf diese Weise schärften sie sein Gespür für die entscheidenden Schwachpunkte. Bald war diese Fähigkeit bei ihm so ausgeprägt, daß er sich manchmal nicht mehr im Spiegel betrachten konnte.

Die Sitzungen dauerten meist bis spät in die Nacht – zwei Witwer und ein junger Mann ohne Frau. Art kam immer wieder auf das Thema mehrfacher Mord zu sprechen und veranlaßte seinen Vater, ihm wiederholt über den Fall Loren Atherton zu erzählen – die Schreckensmeldungen, die Aussagen der Zeugen. Preston ging darauf ein, wenn auch widerwillig, und erklärte ihm alle möglichen psychologischen Theorien. Er versuchte, seinen berühmten Fall möglichst unberührt in seinem Gedächtnis ruhen zu lassen. Dafür gingen sie Arts alte Fälle bis in die Einzelheiten durch – und *er* profitierte auf diese Weise von den gesammelten Erfahrungen dreier brillanter Köpfe: Geständnisse in allen Fällen, Schuldsprüche in 95 Prozent aller Prozesse.

Bislang jedoch war sein Drang, sich in die Gedanken von Verbrechern einzufühlen, in der Praxis noch nicht getestet worden – geschweige denn befriedigt.

Ed ging zum Parkplatz hinunter. Er fühlte, wie die Müdigkeit ihn langsam überkam. Plötzlich ertönte hinter ihm ein lautes »Quak, quak«, und er wurde gepackt und herumgerissen.

Ein Mann in einer Kindermaske – Danny Duck. Eine Links-Rechts-Kombination hieb ihm die Brille von der Nase, ein Nierenschlag warf ihn zu Boden. Tritte in die Rippen ließen ihn sich zu einem Ball zusammenkrümmen.

Ed rollte sich ein und erwischte ein paar Fußtritte ins Gesicht. Ein Blitzlicht flammte auf. Zwei Männer entfernten sich, der eine quakte, der andere lachte. Leicht zu identifizieren: Dick Stenslands Gekreische, Bud Whites Hinken – die alte Football-Verletzung. Ed spuckte Blut und schwor Rache.

15

Russ Millard hielt einen Vortrag vor dem vierten Trupp des Sittendezernats – sein Thema: Pornographie.

»Illustrierter Schund, meine Herren. In letzter Zeit haben wir davon an den entsprechenden Tatorten – Drogen, illegale Wettgeschäfte, Prostitution – immer mehr gefunden. Normalerweise kommt diese Art von Schmutz aus Mexiko und fällt damit nicht unter unsere Jurisdiktion. Normalerweise gehören diese Aktivitäten in den Bereich des organisierten Verbrechens, weil vor allem die großen Banden sowohl über das nötige Geld für die Produktion als auch über die nötigen Beziehungen für die Verteilung der Ware verfügen. Aber Jack Dragna ist deportiert worden, Mickey Cohen sitzt im Gefängnis und ist außerdem wahrscheinlich viel zu puritanisch für so was, und Mo Jahelka hat mit sich selber genug Probleme. Pornophotos entsprechen auch nicht Jack Whalens Stil – er ist Buchmacher und in erster Linie scharf auf ein Kasino in Vegas. Außerdem ist das Zeug, das jetzt aufgetaucht ist, von einer Qualität, die die entsprechenden Druckereien hier in Los Angeles und Umgebung nie schaffen. Die Kollegen von Newton Street Vice haben die Läden durchsucht – die sind sauber, die verfügen nicht über die technischen Voraussetzungen für Magazine dieser Qualität. Trotzdem deutet der Hintergrund der Bilder auf einen Ort hier irgendwo in L. A. hin, und auf einigen Bildern sieht man durchs Fenster Hügel, die durchaus die Hollywood Hills sein könnten, und die Einrichtung der Räumlichkeiten entspricht in vielen Fällen den typischen Billig-Apartments hier in Los Angeles. Unsere Aufgabe besteht also darin, diesen Schmutz bis zu seiner Quelle zurückzuverfolgen und alle zu verhaften, die das Zeug herstellen, die dafür posieren und die es unter die Leute bringen.«

Jack stöhnte – die große Wichsvorlagenjagd des Jahres 1953.

Die anderen Männer sahen so aus, als könnten sie es gar nicht abwarten, das Material in die Hand zu kriegen – vielleicht um ihre Frauen ein wenig auf Trab zu bringen. Millard warf eine Digitalis ein. »Die Detectives von der Newton Street haben jedesmal alle Beteiligten gezielt verhört, und alle haben sie geleugnet, etwas damit zu tun zu haben. Die Magazine sind im Bureau wie auch unseren Leuten gezeigt worden, aber wir haben auch bei den Akteuren bisher absolut niemand identifizieren können. Deshalb, meine Herren, möchte ich Sie bitten, selbst einen Blick auf das Zeug zu werfen.«

Henderson und Kifka streckten sofort die Hand aus, und Stathis troff fast der Speichel aus dem Mund. Millard gab die Schundhefte herum. »Vincennes, möchten Sie vielleicht lieber woanders sein?«

»Yeah, Captain. In der Narcotics Division.«

»Ach ja? Und wo sonst noch?«

»Vielleicht beim zweiten Trupp: Nutten kontrollieren.«

»Dann halten Sie sich ran, und bringen Sie Resultate, Sergeant. Ich hätte nichts dagegen, wenn ich Sie weiterempfehlen könnte.«

Ohs und Ahs, Kichern, Oh-la-las. Drei Männer schüttelten ablehnend die Köpfe. Jack griff sich die Hefte.

Sieben Magazine, Hochglanzpapier bester Qualität, neutraler schwarzer Einband. Jeweils sechzehn Seiten Umfang: Photos in Farbe und Schwarzweiß. Zwei Hefte waren in der Mitte durchgerissen. Eindeutige Bilder: Männer mit Frauen, Männer mit Männern, Mädchen mit Mädchen; Nahaufnahmen von Penetrationsszenen: Heteros, Schwule, Lesben mit Dildos. Durch das Fenster war der Hollywood-Schriftzug zu sehen. Fickszenen auf Klappbetten. Rauhputzwände, eine Kochplatte auf einem kleinen Tisch, wie in jeder Junggesellenbude in L. A. – insofern also durchaus normale Pornoware. Ungewöhnlich war nur, daß die Modelle nicht etwa glasig dreinblickende Kiffer waren, sondern gutaussehende, gutgebaute junge Leute – nackt oder auch kostümiert in elisabethanischen Kleidern, japanischen Kimonos usw. Jack legte die zerrissenen Hefte wieder zusammen und landete einen Volltreffer: Bobby Inge – ein Strichjunge, den er schon mal wegen ein paar Joints hochgenommen hatte – in voller Aktion, wie er einem Kerl in einem Fischbein-Korsett einen ablutschte.

Millard fragte: »Ein bekanntes Gesicht dabei, Vincennes?«

Das war seine Chance. »Nichts, Captain. Aber wieso die zerrissenen Hefte?«

»Die stammen aus einem Abfalleimer hinter einem Mietshaus in Beverly Hills. Die Hausverwalterin, eine alte Dame namens Loretta Downey, fand das Zeug und benachrichtigte sofort das Revier in Beverly Hills, und die haben uns eingeschaltet.«

»Haben Sie die Adresse des Gebäudes?«

Millard warf einen Blick auf das zugehörige Formular. »9849 Charleville. Warum fragen Sie?«

»Ich dachte mir, ich könnte vielleicht den Teil der Aufgabe übernehmen. Ich hab' ziemlich gute Verbindungen da oben in Beverly Hills.«

»Nun, immerhin nennt man Sie ja ›Trashcan‹. Also gut, Sie gehen der Sache in Beverly Hills nach. Henderson – Sie und Kifka suchen sich die Namen der bei den anderen Razzien Festgenommenen raus und versuchen *noch einmal* rauszufinden, woher das Zeug kommt – ich besorge Ihnen gleich Durchschläge. Sagen Sie den Leuten, daß sie keine weiteren Ermittlungen zu befürchten haben, wenn sie wirklich reden. Stathis, Sie gehen mit dem Material zu den einschlägigen Kostümverleihfirmen: Überprüfen Sie, ob jemand diese Kostüme im Programm hat, und stellen Sie fest, wer die Klamotten ausgeliehen hat, die die Darsteller tragen. Wir werden erst mal so vorgehen, denn wenn wir die Alben durchblättern müssen, um jemand zu identifizieren, dann kostet uns das mindestens eine gottverdammte Woche. An die Arbeit, meine Herren. Vincennes, legen

Sie gleich los. Und lassen Sie sich nicht ablenken – wir sind hier bei der Sitte, nicht bei der Drogenabteilung.«

* * *

Jack legte los: Fahndungsabteilung, die Akte von Bobby Inge. Er würde seine Spur weiterverfolgen: nach Beverly Hills fahren, die alte Schwuchtel befragen und sehen, was er herausfinden konnte; nur zur Bestätigung dessen, was er längst wußte – Bobby Inge war an der gemeinschaftlichen Verteilung obszöner Machwerke beteiligt, ein schweres Verbrechen. Bobby würde seine Co-Stars und die Burschen verpfeifen, die die Aufnahmen gemacht hatten – und damit wäre eine der Bedingungen für seine Rückversetzung abgehakt.

Es war ein windiger, kühler Tag. Jack fuhr auf dem Olympic genau nach Westen. Er hatte das Radio eingeschaltet und hörte in den Nachrichten ein Gespräch mit Ellis Loew zum Thema Etatkürzungen bei der Staatsanwaltschaft. Ellis' Auslassungen nahmen kein Ende, und Jack drehte das Radio weiter, versuchte nicht an Bill McPherson zu denken. Er fand einen Sender, der fröhliche Broadway-Melodien spielte, und mußte trotzdem an ihn denken.

Die Sache mit *Hush-Hush* war seine Idee gewesen: McPherson hatte eine Vorliebe für farbige Muschis; Sid Hudgens veröffentlichte solche Sachen mit Begeisterung; Ellis Loew war informiert und einverstanden – für ihn war es eine weitere Gefälligkeit sozusagen auf Kredit. McPhersons Frau reichte die Scheidung ein; Loew war zufrieden – er lag bei den Meinungsumfragen deutlich in Führung. Dudley Smith aber wollte noch mehr und stellte eine Falle.

Es war einfach.

Dot Rothstein kannte ein farbiges Mädchen, das gerade wegen Prostitution im Jugendgefängnis saß. Dot und das Mädchen hatten immer eine heiße Sache laufen, wenn die andere brummte. Dot sorgte dafür, daß die Kleine entlassen wurde. Dudley und sein Vormann Mike Breuning mieteten ein Zimmer im Lilac View Motel, dem bekanntesten Stundenhotel am Sunset Strip – hier war das County zuständig, und mit dem Obersten Staatsanwalt aus der Stadt verhielt es sich wie mit jedem anderen Freier, der mit offener Hose erwischt wurde. Als McPherson eines Abends auf einer Gesellschaft im Pacific Dining Car war, ließ Dudley vor dem Lokal Marvell Wilkins warten – vierzehn, dunkel und eine kleine Hexe. Breuning gab dem Sheriff's Department von West Hollywood sowie der Presse einen Tip. Big V versetzte McPhersons letzten Martini mit einem schweren Schlafmittel. Der Oberste Staatsanwalt verließ das Restaurant leicht bedröhnt, fuhr etwa eine Meile oder so Schlangenlinien mit seinem Cadillac, hielt schließlich an der Ecke Wilshire und Alvarado an und sank in eine tiefe Ohnmacht. Breuning hielt direkt hinter ihm mit dem Köder: Marvell in einem Cocktailkleid. Er setzte sich ans Steuer des Cadillac und chauffierte Bad Bill und das Mädchen zu ihrem Liebesnest – der Rest war politische Vergangenheit.

Ellis Loew wußte nichts von der Sache – er nahm einfach an, es sei ein glücklicher Zufall gewesen, von dem er profitierte. Dot schickte Marvell zu einem bezahlten längeren Urlaub runter nach Tijuana – das Geld kam aus dem Etat des Frauengefängnisses. McPherson verlor Frau und Job. Die Anklage wegen Verführung Minderjähriger wurde fallengelassen, weil Marvell nicht aufzufinden war. Bei Biggggggg V brannte eine Sicherung durch.

Der Anlaß: eine einzige gottverdammte Gefälligkeit zuviel. Der Grund: Dot Rothstein in dem Krankenwagen im Oktober '47; sie wußte Bescheid – und damit wahrscheinlich auch Dudley. Wenn die beiden informiert waren, mußte er das Spiel so spielen, daß nicht auch die übrige Welt davon erfuhr – vor allem Karen nicht.

Er war seit einem runden Jahr ihr großer Held, und irgendwie hatte es ihn erwischt. Er hörte auf, den Scoggins-Kindern Geld zu schicken – mit vierzig Riesen war die Schuld für ihn abbezahlt. Er brauchte jetzt das Geld, um Karen den Hof zu machen. Wenn er mit ihr zusammen war, rückte das Malibu-Rendezvous immer weit in den Hintergrund. Joan Morrow-Loew blieb auch weiterhin bösartig und gemein, Welton und seine alte Dame akzeptierten ihn widerwillig – und Karen liebte ihn so sehr, daß es beinahe schmerzte. Was ihn wirklich schmerzte, war die Arbeit bei der Sitte. Der Job war stinklangweilig, und bald rauchte er bei jeder sich bietenden Gelegenheit Stoff. Sid Hudgens rief jetzt nicht mehr so oft an wie früher, als er noch bei Narco gearbeitet hatte. Nach der Sache mit McPherson war er sogar ganz froh darüber – er war sich nicht sicher, ob er noch einmal so etwas fertigbringen würde.

Karen baute fleißig an ihrem Lügengebäude – das machte es ihm leichter, den Helden zu spielen. Ein Treuhandfonds, ein von Daddy bezahltes Strandhaus, Universitätsstudium. Eine Sache für Dilettanten: Er war achtunddreißig, sie dreiundzwanzig – es würde nicht lange dauern, bis sie die Sache durchschaute. Sie wollte ihn heiraten; er weigerte sich. Ellis Loew als Schwager – das würde bedeuten, daß er sein Leben lang für ihn den Kassier machen müßte, bis er tot umfiel. Er wußte genau, warum er seine Rolle als Held so gut spielte: Karen war genau das Publikum, das er schon immer hatte beeindrucken wollen. Er wußte, was sie vertragen konnte und was nicht. Ihre Liebe hatte seine Schauspielerei so beeinflußt, daß er nichts anderes tun brauchte, als er selbst zu sein – und gewisse Geheimnisse vor ihr zu verbergen.

Der Verkehr machte ihm einen Strich durch die Rechnung. Jack bog an der Doheny nach Norden ab und fuhr dann wieder in westlicher Richtung die Charleville hinunter. Nummer 9849 war ein zweistöckiges Gebäude im Tudor-Stil, einen Block vom Wilshire entfernt. Jack parkte in zweiter Spur und inspizierte die Briefkästen.

Sechs Briefschlitze: Loretta Downey und fünf weitere Namen. Dreimal ein Mr. & Mrs., ein Mann, eine Frau. Jack notierte sich die Namen, ging zum Wilshire und suchte sich eine Telefonzelle.

Zwei Anrufe: Fahndungsabteilung und Polizeiinformation der Zulassungsstelle. Beide Male mußte er warten. Kein Mieter hatte irgendwelche Vorstrafen. Im Verkehrsregister fiel nur eine Eintragung auf: Christine Bergeron, die »Miss« auf den Briefkästen, hatte vier Strafen wegen rücksichtsloser Fahrweise und Gefährdung anderer; kein Führerscheinentzug. Jack ließ sich noch zusätzliche statistische Informationen geben: Die Dame war siebenunddreißig Jahre alt, arbeitete laut Kartei als Schauspielerin und Serviererin, und zwar seit Juli 1952 in Stan's Drive-In in Hollywood.

Sein Instinkt sagte ihm: Serviererinnen wohnen nicht in Beverly Hills. Vielleicht servierte Christine Bergeron nebenbei noch was anderes, um die Miete zu bezahlen. Jack ging zurück zu Nummer 9849 und klopfte an die Tür, an der »Manager« stand.

Eine alte Schachtel öffnete und fragte: »Was wollen Sie, junger Mann?«

Jack ließ seine Dienstmarke sehen. »Polizei Los Angeles, Ma'am. Ich komme noch mal wegen dieser Magazine, die Sie gefunden haben.«

Die Alte sah ihn durch ihre dicken Brillengläser scharf an. »Mein verstorbener Ehemann hätte in einem solchen Fall längst für Ordnung gesorgt. Mr. Harold Downey hatte keinerlei Verständnis für diese Art Schmutz.«

»Haben Sie diese Hefte selbst gefunden, Mrs. Downey?«

»Nein, junger Mann, das war meine Reinemachefrau. *Sie* war es, die die Hefte zerrissen und dann in den Müll geworfen hat, wo ich sie fand. Ich habe Eula danach gefragt, nachdem ich die Polizei in Beverly Hills angerufen hatte.«

»Und wo hat Eula die Magazine gefunden?«

»Nun … Ich… weiß nicht, ob ich…«

Schnell das Thema wechseln. »Erzählen Sie mir was über Christine Bergeron.«

Entrüstetes Luftschnappen. »Diese Person! Und dann noch ihr Junge! Ich weiß nicht, wer von beiden schlimmer ist.«

»Ist sie eine schwierige Mieterin, Ma'am?«

»Sie empfängt ständig Herrenbesuche, zu jeder Tages- und Nachtzeit! Und dann rollt sie mit ihren Rollschuhen und in ihrem engen Kellnerinnenkostüm durch die Wohnung! Sie hat einen Nichtsnutz von Sohn, der nie zur Schule geht! Siebzehn Jahre alt und ein Faulenzer, der sich mit Salonlöwen rumtreibt!«

Jack zeigte ihr ein Photo von Bobby Inge. Die Alte hielt es dicht vor die Brillengläser. »Ja, das ist einer von Daryls nichtsnutzigen Freunden. Ich hab' ihn zigmal hier rumlungern sehen. Wer *ist* das?«

»Ma'am, hat Eula diese schmutzigen Hefte in der Wohnung von Frau Bergeron gefunden?«

»Also…«

»Ma'am, sind Christine Bergeron und ihr Sohn jetzt zu Hause?«

»Nein, ich habe gehört, wie sie vor ein paar Stunden weggegangen sind. Ich seh' zwar nicht mehr viel, aber meine Ohren sind dafür um so besser.«

»Ma'am, wenn Sie mir Zugang zur Wohnung verschaffen und ich noch mehr von diesen Magazinen finde, dann würden Sie sich eine Belohnung verdienen.«

»Also…«

»Haben Sie die Schlüssel, Ma'am?«

»Natürlich hab' ich Schlüssel, ich bin doch der Manager hier. Also gut, ich lasse Sie einen Blick in die Wohnung werfen, wenn Sie versprechen, daß Sie nichts anrühren und daß ich auf meine Belohnung keine Steuern zahlen muß.«

Jack steckte die Photographie wieder ein. »Was immer Sie wünschen, Ma'am.«

Die Alte ging die Treppe hoch zu den Wohnungen im Obergeschoß. Jack folgte ihr. Die Omi ging zur dritten Tür und öffnete. »Fünf Minuten, junger Mann. Und gehen Sie ordentlich mit der Einrichtung um – das Haus gehört meinem Schwager.«

Jack betrat die Wohnung. Ein ordentlich aufgeräumtes Wohnzimmer mit zahlreichen Kratzern auf dem Holzboden – wahrscheinlich von den Rollschuhen. Qualitätsmöbel, abgenutzt und schlecht gepflegt. Nackte Wände, kein Fernseher, zwei gerahmte Photographien auf einem Sofatisch – Publicity-Photos.

Jack studierte die beiden Aufnahmen. Die alte Mrs. Downey stand dicht neben ihm. Zwei zusammengehörige Bleirahmen – zwei gutaussehende Personen.

Eine hübsche Frau – helles Haar, eine Pagenfrisur, strahlende, aber billig wirkende Augen. Ein schöner Junge, der ihr wie aus dem Gesicht geschnitten war – superblond, große, dumme Augen. »Sind das Christine und ihr Sohn?«

»Ja, und die beiden sind ein hübsches Paar, das muß man ihnen lassen. Junger Mann, wie hoch ist denn diese Belohnung, von der Sie gesprochen haben?«

Jack ignorierte die Alte und ging ins Schlafzimmer. Er suchte in den Schubladen, im Wandschrank, unter der Matratze. Keine Pornos, keine Drogen, nichts Ausgefallenes – das einzig Interessante waren ein paar Negligées.

»Junger Mann, die fünf Minuten sind um. Und ich möchte von Ihnen eine schriftliche Garantie, daß ich die Belohnung bekomme.«

Jack drehte sich um und lächelte. »Ich schick' Sie Ihnen mit der Post. Und ich brauche noch eine Minute oder so, um das Adreßbuch durchzusehen.«

»Nein, nein! Die beiden können jeden Augenblick nach Hause kommen! Ich will, daß Sie sofort die Wohnung verlassen!«

»Eine Minute noch, Ma'am.«

»Nein, nein, nein! Gehen Sie raus! Sofort!«

Jack ging zur Tür. Die alte Fledermaus sagte: »Sie erinnern mich an den Polizisten in dieser Fernsehsendung, die jetzt so beliebt ist.«

»Alles, was er weiß, hat er von mir gelernt.«

* * *

Er hatte den Eindruck, die Sache würde eine schnelle Nummer werden.

Bobby Inge verpfeift die Porno-Bande, wird Kronzeuge; er und Daryl Bergeron kriegen ein Verfahren wegen unmoralischen Verhaltens – der Junge noch minderjährig, Bobby ein bekannter Stricher mit zahlreichen Festnahmen wegen Homo-Prostitution. Eine saubere, wasserdichte Sache: Geständnisse; die vermutlichen Täter aufgespürt; eine Menge Papierkram für Millard. Der berühmte Big V läßt den berühmten Schund-Ring hochgehen und kehrt als gefeierter Held zum Drogendezernat zurück.

Rauf nach Hollywood, einmal um Stan's Drive-In herum. Christine Bergeron servierte auf Rollschuhen Imbiß. Aufreizend und mit Schmollmund – fast der Typ einer Nutte, vielleicht der Typ, der sich mit einem Schwanz im Mund photographieren läßt.

Jack parkte seinen Wagen und las noch einmal die Akte von Bobby Inge durch. Zwei offene Haftbefehle: Verkehrsvergehen, ein Verstoß gegen Bewährungsauflagen. Letzte bekannte Adresse: 1424 North Hamel, West Hollywood – im Herzen des Lavender Gulch. Drei Schwulenbars als »bekannte Aufenthaltsorte«: Leo's Hideaway, The Knight in Armor, B.J.'s Rumpus Room – alle ganz in der Nähe auf dem Santa Monica Boulevard. Jack fuhr zum Hamel Drive, die Handschellen griffbereit und geöffnet.

Ein Bungalow-Komplex abseits vom Strip – hier war das County zuständig. Auf einem der Briefkästen stand »Inge – Apartment 6«. Jack fand die Wohnung und klopfte an die Tür. Keine Antwort. »He, Bobby, Süßer« – mit Falsettstimme. Immer noch keine Antwort. Die Tür verschlossen, die Vorhänge vorgezogen – alles totenstill. Jack ging zurück zum Wagen und fuhr Richtung Süden.

Lauter Schwulenbars. Inges Stammkneipen lagen nicht einmal zwei Blocks auseinander. Leo's Hideaway war bis vier Uhr geschlossen, der Knight in Armor war leer. Der Barmann fragte interessiert: »Bobby wer?« – als ob er es wirklich nicht wüßte. Jack machte sich auf zu B.J.'s Rumpus Room.

Drinnen überall mit Quasten verziertes Kunstleder – Wände,

Decke, die Nischen neben dem Podium für die Kapelle. An der Bar lauter Schwule. Der Barmann roch sofort, daß er ein Cop war. Jack ging zu ihm hin und legte die Photos offen vor ihm auf den Tresen.

Der Barmann nahm sie in die Hand. »Das hier ist Bobby Sowieso. Kommt ziemlich häufig hier rein.«

»Wie häufig?«

»Oh, ich würde sagen, ein paarmal die Woche.«

»Nachmittags oder abends?«

»Sowohl als auch.«

»Und wann war er das letztemal hier?«

»Gestern. Ziemlich genau um diese Zeit. Sind Sie – «

»Ich setze mich in eine der Nischen da drüben und warte auf ihn. Wenn er auftaucht, sagen Sie ihm nichts von mir, verstanden?«

»Ja. Aber sehen Sie mal – Sie haben schon die ganze Tanzfläche leergefegt.«

»Ziehen Sie's von der Steuer ab.«

Der Barmann kicherte. Jack setzte sich in eine der Nischen neben dem Podium. Von hier aus hatte er einen guten Überblick: die Eingangstür, die Hintertür, die Bar. Er saß im Schutz der Dunkelheit und wartete.

Seltsame Paarungsrituale:

Kurze Blicke, ein kurzes Tête-à-tête, dann nach draußen. Über dem Tresen hing ein Spiegel, mit dessen Hilfe sich die Tunten gegenseitig beobachten konnten. Wenn einer den Blick eines anderen erhascht hatte, tat er so, als falle er in Ohnmacht.

Zwei Stunden und ein halbes Päckchen Zigaretten später – immer noch kein Bobby Inge.

Sein Magen begann zu knurren, und seine Kehle fühlte sich rauh an. Die Flaschen hinter der Bar lächelten ihm zu. Nervös und gelangweilt. Um vier Uhr wollte er zu Leo's Hideaway rüber.

Es war 3 Uhr 53, als Bobby Inge das Lokal betrat.

Er setzte sich auf einen Barhocker. Der Barmann goß ihm einen Drink ein. Jack ging zu ihm hin.

Der Barmann verlor die Nerven. Seine Augen flackerten, seine Hände begannen zu zittern. Inge schnellte herum. Jack rief ihm zu: »Polizei. Hände über den Kopf.«

Inge schleuderte ihm seinen Drink ins Gesicht; Jack schmeckte

Scotch; Scotch brannte ihm in den Augen. Er mußte zwinkern, stolperte und landete, weil er nichts sehen konnte, auf dem Boden. Er versuchte zu husten, um den Geschmack loszuwerden, stand auf, konnte wieder verschwommen sehen – Bobby Inge war verschwunden.

Er rannte nach draußen. Kein Bobby auf dem Gehsteig. Ein schwerer Wagen jagte mit quietschenden Reifen davon. Sein Wagen stand zwei Blocks weiter.

Der Schnaps ließ ihn zum Tier werden.

Er überquerte die Straße und lief auf die Tankstelle. Er fand die Toilette und schmiß sein Jackett in den Abfalleimer. Er wusch sich das Gesicht, schmierte sich Seife aufs Hemd, versuchte sich zu übergeben, um den Schnapsgeschmack loszuwerden – es half nichts. Im Waschbecken stand noch Seifenwasser – er nahm eine Handvoll und schluckte es, übergab sich.

Langsam kam er wieder zu sich. Sein Herz hörte auf zu rasen, seine Beine trugen ihn wieder. Er nahm das Halfter ab, wickelte es in Papierhandtücher und ging zurück zum Wagen. Auf dem Weg sah er eine Telefonzelle – instinktiv machte er den Anruf.

Sid Hudgens nahm den Hörer ab. »*Hush-Hush*, ganz im Vertrauen und ganz im stillen.«

»Sid, Vincennes hier.«

»Jackie, wieder bei Narco? Ich brauch' dringend was Neues!«

»Nein, ich hab' was von der Sitte.«

»Was Interessantes? Etwas über bekannte Persönlichkeiten?«

»Ich weiß nicht, ob's interessant ist, aber wenn's interessant werden sollte, sind Sie der erste.«

»Sie klingen außer Atem, Jackie. Haben Sie gebumst?«

Jack hustete – Seifenblasen. »Sid, ich bin auf der Suche nach der Quelle von diesen Pornoheften. Bilderhefte. Fickaufnahmen, aber die Leute sehen nicht aus wie Junkies und tragen diese teuren Klamotten. Ziemlich gute Arbeit, das ganze. Ich dachte, Sie hätten vielleicht was drüber gehört.«

»Nein. Nein, ich hab' nicht die Bohne gehört.«

Die Antwort kam ein bißchen zu schnell, kein witziger Einzeiler. »Und was ist mit einem Strichjungen namens Bobby Inge oder einer Frau namens Christine Bergeron? Sie ist Serviererin in einem Drive-In und vielleicht selber käuflich.«

»Nie von ihnen gehört, Jackie.«

»Scheiße. Sid, wie sieht's aus mit unabhängigen Pornolieferanten ganz allgemein? Was wissen Sie drüber?«

»Jack, ich weiß, daß das alles geheime Dinge sind, über die ich nichts weiß. Und das Problem mit Geheimnissen, Jack, ist die Tatsache, daß jeder welche hat. Sie auch. Jack, wir sprechen uns später. Rufen Sie mich an, wenn Sie Arbeit haben.«

Es klickte, und die Leitung war tot.

JEDER HAT GEHEIMNISSE. SIE AUCH.

Sid war nicht ganz der alte Sid. Seine letzte Bemerkung war nicht ganz eine Warnung.

WEISS ER VERDAMMT NOCH MAL ETWAS?

Jack fuhr wieder an Stan's Drive-In vorbei, fühlte sich immer noch schwach und hatte die Fenster heruntergekurbelt, um den Seifengeruch zu überdecken. Christine Bergeron war nirgends zu sehen. Zurück zu Charleville Nummer 9849. Er klopfte an die Tür zu ihrer Wohnung. Keine Antwort. Zwischen Schloß und Türrahmen war ein schmaler Spalt. Er stieß gegen die Tür, die leicht aufsprang.

Auf dem Fußboden des Wohnzimmers Kleidungsstücke verstreut. Die beiden Bilderrahmen verschwunden.

Er ging ins Schlafzimmer. Er hatte Angst – seine Waffe lag im Wagen.

Leere Schränke und Schubladen. Das Bett abgezogen. Weiter ins Badezimmer.

Zahnpasta und Binden in der Dusche. Die gläsernen Borde zerschlagen im Waschbecken.

Schnelle Flucht – kaum mehr als fünfzehn Minuten.

Zurück nach West Hollywood – schnell. Bobby Inges Tür gab sofort nach. Jack stürmte mit gezogener Waffe hinein.

Auch hier alles ausgeräumt – aber bessere Arbeit.

Ein sauberes Wohnzimmer, ein unberührtes Bad, leere Kommodenschubladen im Schlafzimmer. Im Kühlschrank eine Dose Sardinen. Der Abfalleimer in der Küche ausgeleert und mit einem neuen Papierbeutel ausgeschlagen.

Jack stellte das Apartment auf den Kopf: Wohnzimmer, Schlafzimmer, Badezimmer, Küche – Regale umgestürzt, Teppiche weggezogen, die Toilette auseinandergerissen. Plötzlich hatte er einen Einfall und hielt inne. Mülleimer, volle Mülleimer auf beiden Seiten der Straße –

Entweder sie waren noch da, oder sie waren schon geleert.

Seit seiner Begegnung mit Inge waren vielleicht eine Stunde und zwanzig Minuten vergangen. Der Scheißer war sicher nicht sofort nach Hause gerannt. Wahrscheinlich hatte er sich nicht auf die Straße getraut, war dann langsam zurückgefahren, hatte den Wagen in der Gasse hinter dem Haus geparkt und den Auszug riskiert. Er mußte gedacht haben, es ginge um die alten Haftbefehle oder um die Sache mit den Pornos. Er war sich im klaren darüber, daß er sich nicht mit Pornographie erwischen lassen durfte. Er konnte nicht riskieren, das Zeug in seinem Auto zu transportieren – die Gefahr, kontrolliert zu werden, war zu groß. Also entweder der Rinnstein oder der Mülleimer. Wahrscheinlich ziemlich oben drin. Vielleicht gab es noch ein paar neue Nacktphotos für Trashcan Jack zum Identifizieren.

Jack rannte nach draußen auf den Gehsteig und durchwühlte die Mülltonnen. Ein Haufen Kinder lachte ihn aus. Eins, zwei, drei, vier, fünf – noch zwei weitere bis zur Straßenecke. Die letzte Mülltonne hatte keinen Deckel. Er sah schon von weitem farbiges Hochglanzpapier aufleuchten.

Jack rannte sofort hin.

Drei Pornohefte obenauf. Jack nahm sie und rannte zurück zu seinem Wagen, wo er sie kurz durchblätterte, während die Kinder mit weit aufgerissenen Augen durch die Seitenscheiben starrten. Der gleiche Hollywood-Hintergrund, Bobby Inge mit verschiedenen Mädchen und Jungen, Fickszenen mit unbekannten Schönen. Dann, in der Mitte des dritten Hefts, ging plötzlich alles drunter und drüber.

Orgien, Kettenficks Loch-an-Loch, ein Dutzend Akteure auf einem mit einer Folie bedeckten Fußboden. Abgeschnittene Gliedmaßen, rot verschmierte Arme und Beine. Jack kniff die brennenden Augen zusammen und sah genauer hin. Das Rote war farbige Tinte, die Photos waren retuschierte Montagen – die abgetrennten Glieder waren falsch, das Blut war sorgfältig in schönen Mustern aufgemalt.

Jack versuchte, einzelne Gesichter zu identifizieren, aber die perfekt gemachten Perversitäten lenkten ihn immer wieder ab: nackte Leiber voller Tintenblut. Erst auf der letzten Seite ein bekanntes Gesicht: Christine Bergeron und ihr Sohn mit Rollschuhen auf einem zerkratzten Holzfußboden.

16

Eine Photographie, die jemand in seinen Briefkasten geworfen hatte: Sergeant Exley, blutend und zu Tode erschreckt. Kein Text auf der Rückseite, aber das war auch nicht nötig: Stensland und White hatten das Negativ – als Rückversicherung, daß er sie nie verpfeifen würde.

Ed war morgens um sechs allein im Mannschaftsraum. Die Nähte an seinem Kinn juckten, die lockeren Zähne machten es ihm unmöglich, etwas zu essen. Gut dreißig Stunden seit dem bewußten Augenblick – aber seine Hände zitterten immer noch.

Vergeltung.

Er erzählte seinem Vater nichts; er wollte auch nicht die Schande auf sich nehmen, sich an Parker oder an Internal Affairs zu wenden. Es würde nicht einfach sein, sich an Bud White zu rächen – er war Dudley Smiths Liebling. Smith hatte ihm gerade erst einen regulären Posten bei der Mordkommission verschafft und war dabei, ihn zu seinem wichtigsten Mann für die Drecksarbeit zu machen. Stensland war schon eher verletzlich: Er war auf Bewährung und arbeitete für Abe Teitlebaum, einen ehemaligen Ganoven aus Mickey Cohens Bande. Ein Säufer, der förmlich darum bettelte, wieder dabeisein zu dürfen.

Vergeltung – alles war eingefädelt.

Er hatte zwei von den Leuten des Sheriffs gekauft und bezahlt: mit Geld aus dem Treuhandfonds seiner Mutter. Die beiden Männer beschatteten Dick Stens und würden beim geringsten Verstoß gegen die Bewährungsauflagen sofort in Aktion treten.

Vergeltung.

Ed erledigte seinen Papierkram: nichts zu essen, das Gewicht seines Holsters zog die ohnehin locker sitzende Hose noch weiter nach unten. Eine Stimme aus dem Lautsprecher: laut, erschreckt.

»Einsatz! Nite Owl Coffee Shop, eins-acht-zwei-vier Cherokee! Mehrere Tote! Wenden Sie sich an die Streifenbeamten dort! Code drei!«

Ed sprang auf und stieß sich dabei ans Knie. Keine anderen Detectives in Bereitschaft – der Fall gehörte ihm.

* * *

Streifenwagen an der Ecke Hollywood und Cherokee. Die Blauen waren dabei, den Tatort abzusperren. Nirgendwo jemand in Zivil – vielleicht wirklich seine Chance.

Ed stoppte den Wagen und stellte die Sirene ab. Ein Streifenpolizist kam herübergerannt. »Eine Menge Tote, wahrscheinlich auch 'n paar Frauen. Ich hab' sie gefunden. Ich wollte 'nen Kaffee trinken und hab' dieses verdächtige Schild an der Tür gesehen: ›Wegen Krankheit geschlossen‹. Mann, die Nite Owl macht *nie* zu. Drinnen war's dunkel, und ich wußte, daß was faul ist. Exley, Sie sind doch hier nicht zuständig. Das ist doch 'ne Sache für Downtown, also – «

Ed schob ihn beiseite und drängte zur Tür. Sie stand offen. Jemand hatte mit Klebestreifen ein Schild befestigt: »Wegen Krankheit geschlossen«. Ed ging hinein, prägte sich alles gut ein.

Ein langer, rechteckiger Raum. Auf der rechten Seite eine Reihe von Tischen mit je vier Stühlen; die Seitenwand mit einer Bildertapete beklebt: Eulen auf Straßenschildern. Ein Linoleumfußboden mit Karomuster; links ein langer Tresen und ein Dutzend Hocker davor; dahinter ein Durchgang für die Bedienung. Die Küche ganz hinten, davor der Arbeitsplatz des Kochs: Friteusen, an Haken hängende Spatel, eine Ablage für die Teller. Vorne links die Registrierkasse.

Sie war offen und leer – auf der Fußmatte daneben ein paar Münzen.

Drei der Tische völlig in Unordnung: verschüttete Speisen, umgeworfene Teller, Serviettenbehälter, auf dem Boden zerbrochenes Porzellan. Schleifspuren führten nach hinten in die Küche. Ein hochhackiger Schuh lag neben einem umgestürzten Stuhl.

Ed ging in die Küche. Halbfertigtes Essen, zerbrochenes Geschirr, Pfannen auf dem Boden. Unter dem Tresen des Kochs ein Tresor – offen, davor ein Haufen Münzen. Überall Schleifspuren, die sich mit anderen Schleifspuren trafen. Schwarze Streifen von Absätzen, die an der Tür zu einem der begehbaren Lebensmittelschränke aufhörten.

Die Tür nur angelehnt, die Zugschnur aus der Fassung; Kühlung nicht eingeschaltet. Ed öffnete die Tür.

Leichen – ein blutgetränkter Haufen Körper auf dem Boden. An den Wänden Gehirn, Blut und Schrotlöcher. Im Bodenabfluß stand das Blut einen halben Meter hoch. In dem Blut schwammen zig Schrothülsen.

SCHWARZE JUGENDLICHE MIT EINEM VIOLETTEN MERCURY COUPÉ BAUJAHR ’48 oder ’50 BEOBACHTET, WIE SIE IN DEN LETZTEN BEIDEN WOCHEN MEHRFACH IN DEN HÜGELN AM GRIFFITH PARK MIT GEWEHREN IN DIE LUFT FEUERTEN.

Ed mußte würgen. Er versuchte die Leichen zu zählen.

Die Gesichter waren kaum noch zu erkennen. Vielleicht fünf Menschen tot – getötet wegen des Geldes, das sich in der Registrierkasse befand oder das sie bei sich hatten –«

»Heilige gottverdammte Scheiße.«

Ein Rookie, leichenblaß, fast grün im Gesicht. Ed fragte: »Wie viele Männer sind draußen?«

»Ich … Ich weiß nicht. Ein ganzer Haufen.«

»Passen Sie auf, daß Ihnen nicht schlecht wird. Sehen Sie zu, daß Sie alle zusammenholen. Wir müssen sofort anfangen mit Befragen. Wir müssen wissen, ob hier in der Nähe heute abend ein bestimmter Wagen gesehen wurde.«

»S-S-Sir, da draußen ist ein Mann vom Detective Bureau, der Sie sprechen will.«

Ed ging raus. Der Morgen war angebrochen. Im jungen Licht des Tages eine Mob-Szene. Streifenbeamte versuchten, die Menge zurückzuhalten. Überall verdrehten sich die Schaulustigen die Köpfe; Autohupen ertönten; Beamte auf Motorrädern versuchten, die von der Menge blockierten Krankenwagen zum Einsatzort zu schleusen. Ed sah sich um, ob irgendwo ein hohes Tier zu sehen war, und wurde sofort von Presseleuten umringt, die einen Schwall Fragen auf ihn abfeuerten.

Er wurde vom Gehsteig gedrängt, gegen einen Streifenwagen gepreßt. Blitzlichter flammten auf – er wandte den Kopf ab, damit seine Prellungen nicht aufs Bild kamen. Starke Hände packten ihn. »Gehen Sie nach Hause, mein Junge, man hat jetzt mir das Kommando übertragen.«

17

Zum erstenmal in der Geschichte wurde das gesamte Bureau zusammengetrommelt – sämtliche in Downtown stationierten Detectives standen in Bereitschaft. Der Konferenzraum des Chiefs war zum Bersten voll.

Thad Green und Dudley Smith an einem Mikrofonständer, vor ihnen die Männer, begierig auf ihren Einsatz. Bud hielt Ausschau nach Ed Exley – eine Gelegenheit, seine Wunden in Augenschein zu nehmen. Exley war nirgends zu sehen – soviel zu dem Gerücht, er habe als erster auf den Notruf aus dem Nite Owl reagiert.

Smith ergriff das Mikro. »Meine Jungen, jeder weiß, warum wir hier sind. Ohne das ›Nite-Owl-Massaker‹ unnötig aufbauschen zu wollen – wir haben es hier mit einem schrecklichen Verbrechen zu tun, das sofortige und gründliche Aufklärung verlangt. Die Presse und die Öffentlichkeit verlangen das, und da wir bereits über konkrete Anhaltspunkte verfügen, werden wir sie schnellstens informieren.

Wir haben sechs Tote in dem Kühlraum gefunden – drei Männer und drei Frauen. Ich habe mit dem Besitzer des Nite Owl gesprochen, und er hat mir gesagt, bei drei der Opfer handele es sich wahrscheinlich um Patty Chesimard und Donna DeLuca, weiblich, Weiße – die Serviererin der Spätschicht und das Kassenmädchen – sowie um Gilbert Escobar, männlich, Mexikaner – er war Koch und Spüljunge. Die anderen drei Opfer – zwei Männer und eine Frau – waren mit ziemlicher Sicherheit Gäste des Lokals. Die Registrierkasse und der Safe waren leer und die Taschen und Handtaschen der Opfer ebenfalls ausgeleert, so daß wir davon ausgehen, daß es sich um einen Raubüberfall gehandelt hat. Die Jungen von der Spurensicherung sind noch beschäftigt – bis jetzt haben sie nichts gefunden außer Abdrücken von Gummihandschuhen auf der Registrierkasse und an der Tür zum Kühlraum. Der genaue Zeitpunkt des Todes der Opfer ist nicht bekannt, aber aufgrund der geringen Zahl der Gäste und eines weiteren Anhaltspunktes gehen wir davon aus, daß die Morde gegen drei Uhr morgens stattgefunden haben. Im Kühlraum wurden insgesamt fünfundvierzig leere Schrothülsen der Marke Remington, Kaliber 12, gefunden. Das deutet darauf hin, daß es drei Männer mit fünfschüssigen Vorderschaftrepetiergewehren waren, die jeweils zweimal nachgeladen wurden. Ich brauche nicht zu betonen, daß vierzig dieser Schüsse mehr als überflüssig waren, meine Jungen. Wir haben es hier mit ein paar absolut Wahnsinnigen zu tun.«

Bud sah sich um. Exley war immer noch nicht zu sehen, dafür etwa hundert Männer, die sich fleißig Notizen machten. In einer Ecke stand Jack Vincennes, ohne Notizbuch. Thad Green übernahm das Mikrofon.

»Es gab keine Blutspuren, die nach draußen führen. Wir hatten auf Fußabdrücke gehofft, um einzelne Spuren eliminieren zu können, haben aber keine gefunden, und Ray Pinker von der SID sagt, die Spurensicherung nimmt mindestens achtundvierzig Stunden in Anspruch. Der Leichenbeschauer meint, es wird aufgrund des schlechten Zustands der Leichen außerordentlich schwierig, die ermordeten Gäste zu identifizieren. Allerdings haben wir bereits eine heiße Spur.

Die Hollywood Division hat in diesem Zusammenhang insgesamt vier Verbrechensmeldungen aufgenommen, also bitte gut zuhören. In den vergangenen zwei Wochen wurde mehrfach ein Wagen mit schwarzen Jugendlichen beobachtet, die oben im Griffith Park mit Schrotflinten in die Luft geschossen haben sollen. Es waren drei Personen, und bei den Waffen handelte es sich ebenfalls um Vorderschaftrepetiergewehre. Die Täter wurden nicht gefaßt, aber Augenzeugen haben angegeben, daß sie ein 1948er bis 1950er Mercury-Coupé fuhren, Farbe violett. Und vor weniger als einer Stunde haben Lieutenant Smiths Leute einen weiteren Zeugen gefunden. Ein Zeitungsverkäufer hat gesehen, daß ein violettes Mercury-Coupé, altes Modell, etwa Baujahr '48 bis '50, letzte Nacht gegen drei Uhr gegenüber vom Nite Owl geparkt hat.«

Es wurde unruhig im Konferenzraum, ein lautes Grollen ertönte. Green machte eine Handbewegung, um Ruhe zu schaffen. »Es wird noch besser, also hört gut zu. Auf der Suchliste steht ein 48er bis 50er Mercury, also haben wir es wahrscheinlich nicht mit einem gestohlenen Fahrzeug zu tun, und die Zulassungsstelle hat uns eine Liste der im gesamten Staat zugelassenen Mercury-Coupés der betreffenden Baujahre geschickt. Die violette Lackierung war eine Standardfarbe für die 48er bis 50er Coupés, die vor allem von

Negern gekauft wurden. Mehr als sechzehnhundert Wagen dieses Typs wurden im Staat Kalifornien auf Neger zugelassen, und in Südkalifornien gibt es nur eine sehr geringe Zahl von solchen Fahrzeugen, die Weißen gehören. In L. A. County sind einhundertundsechsundfünfzig Wagen des fraglichen Modells auf Neger zugelassen, und wir haben hier insgesamt fast hundert Männer zur Verfügung. Wir haben bereits eine Liste mit Adressen erstellt, sowohl Wohnungen als auch Arbeitsstellen. Die Abteilung Hollywood geht gerade die Vorstrafenregister durch und vergleicht die Namen. Ich brauche fünfzig Zweimann-Teams, die sich jeweils um drei Personen auf der Liste kümmern. Wir lassen im Hollywood-Revier gerade ein besonderes Telefon einrichten – wenn also jemand Informationen über frühere Adressen oder bekannte Kontaktpersonen braucht, kann er dort anrufen. Wenn jemand einen Verdächtigen findet, dann bringt er ihn hierher, in dieses Gebäude. Wir haben eine Reihe von Verhörzimmern vorbereitet. Lieutenant Smith wird gleich anschließend die Mannschaftsaufteilung übernehmen, aber vorher möchte Chief Parker noch ein paar Worte sagen. Hat noch jemand Fragen?«

Einer der Männer rief: »Sir, wer wird die Verhöre führen?«

Green antwortete: »Sergeant Ed Exley von der Abteilung Hollywood.«

Pfiffe, Buhrufe. Parker ging ans Mikrofon. »Das reicht. Meine Herren, gehen Sie raus und fassen Sie die Täter. Wenn nötig, wenden Sie Gewalt an.«

Bud lächelte. Die eigentliche Botschaft lautete: Bringt die verdammten Nigger um.

18

Jacks Liste sah wie folgt aus:

George OMI Yelburton, männlich, Neger, 9781 South Beach;

Leonard Timothy Bidwell, männlich, Neger, 10062 South Duquesne;

Dale William Pritchford, männlich, Neger, 8211 South Normandie.

Jacks Partner für diesen Job war Sergeant Cal Denton vom Betrugsdezernat, ein ehemaliger Wärter des Staatsgefängnisses von Texas.

Sie fuhren mit Dentons Wagen nach Downtown; im Radio Berichte: das »Nite-Owl-Massaker«. Denton erzählte: Leonard Bidwell hatte früher mal im Weltergewicht geboxt; er hatte ihn zehn Runden gegen Kid Gavilan durchstehen sehen – ein echt harter Bimbo. Jack machte sich Gedanken über seine Chancen, zu Narco zurückversetzt zu werden: Bobby Inge und Christine Bergeron waren verschwunden, die anderen Kollegen hatten keine weiteren Anhaltspunkte gefunden. Die Orgien-Bilder – in ihrer Art irgendwie gar nicht schlecht. Seine eigenen Anhaltspunkte vernichtet, weil ein paar wahnsinnige Bimbos sechs Leute umgelegt hatten wegen ein paar hundert Dollar. Er schmeckte immer noch den Alkohol auf der Zunge, hörte immer noch Sid Hudgens sagen: »Wir haben alle unsere Geheimnisse.«

Zuerst die Anrufe von Informanten, seine und Dentons. Schuhputzerstände, Billardhallen, Haarsalons, Ladenkirchen – die Informanten begrüßt, unter Druck gesetzt, befragt. Der übliche Darktown-Shuffle – verworrene, undeutliche Hinweise auf den violetten Wagen und die Schrotflinten. Niederer Pöbel, berauscht von Tokaier und Haarwasser. Nach vier Stunden immer noch keine konkreten Namen; also zurück zu den Namen auf der Liste.

9781 – eine kleine Hütte, mit Teerpappe gedeckt, ein violetter Mercury, Baujahr '48, auf dem Rasen. Der Wagen hatte keine Räder mehr, eine verrostete Achse hatte sich in den Rasen gebohrt. Denton hielt vor dem Haus. »Vielleicht ist das ihr Alibi. Vielleicht haben sie den Wagen nach dem Überfall auf das Nite Owl so hergerichtet, damit wir denken, man könnte damit nicht mehr fahren.«

Jack deutete mit der Hand. »Die Bremsbeläge sind von Gras überwuchert. Mit dem Auto ist gestern niemand nach Hollywood gefahren.«

»Glaubst du wirklich?«

»Allerdings.«

»Bist du sicher?«

»Yeah, absolut sicher.«

Denton fuhr weiter zu der Adresse auf der South Duquesne – ebenfalls eine Bruchbude aus Teerpappe. Ebenfalls ein violetter Mercury in der Auffahrt – ein Niggerschlitten mit ausgestellten Kotflügeln, Schmutzfängern. Auf der Motorhaube eine Plakette mit der Aufschrift »Die violetten Heiden«. An der Decke der Veranda zwei Sandsäcke, ein schwerer und ein leichter. Jack meinte: »Da haben wir unser Weltergewicht.«

Denton lächelte. Jack ging zum Haus, drückte auf die Klingel.

Drinnen bellte ein Hund – offenbar ein wahres Monster. Denton sicherte die Flanke und stand an der Auffahrt, die Tür im Visier.

Ein Neger machte die Tür auf. Drahtiger, zäher Typ, einen Mastiff an der Leine. Der Hund knurrte; der Mann sagte: »Sie kommen, weil ich meine 'mente nich' bezahlt hab'? Is' das ein verdammtes Verbrechen?«

»Sind Sie Leonard Timothy Bidwell?«

»Bin ich.«

»Und ist das ihr Wagen da in der Auffahrt?«

»Stimmt. Und wenn sie 'n Bulle sin', der nebenbei 'n Repo-Mann macht, dann ham Sie'n Falschen erwischt, denn das Baby is' voll bezahlt von der Börse, die ich für meine Niederlage gegen Johnny Saxton gekriegt hab'.«

Jack deutete auf den Hund. »Bringen Sie ihn ins Haus, und machen Sie die Tür zu. Dann kommen Sie her und legen die Hände an die Wand.«

Bidwell gehorchte betont langsam. Jack klopfte ihn ab, drehte ihn herum. Denton kam zu ihm. »Mann, stehst du auf Vorderschaftrepetierer vom Kaliber 12?«

Bidwell schüttelte den Kopf. »Wie meinen?« Jack wechselte blitzschnell das Thema. »Wo waren Sie gestern nacht gegen drei Uhr?«

»Na, hier, in meiner Koje.«

»Ganz allein? Wenn Sie n' Mädchen hier hatten, dann sind Sie aus dem Schneider. Sagen Sie schon, daß es so war, ehe mein Partner hier sauer wird.«

»Ich hab' die Woche das Sorgerecht für meine Kids. Die war'n bei mir.«

»Sind sie jetzt da?«

»Sie schlafen.«

Denton versetzte ihm mit dem Lauf seiner Waffe einen Stoß in die Rippen. »Mann, weißt du, was gestern nacht passiert ist? Böser Juju, ohne Fez. Hast du 'n Gewehr, Mann?«

»Mann, ich brauch' kein verdammtes Gewehr.«

Denton versetzte ihm erneut einen Stoß, diesmal kräftiger. »Mann, komm mir nicht mit Schimpfworten. Also los, eh' wir deine Gören aus dem Bett holen – du sagst mir jetzt sofort, wem du gestern nacht deinen Wagen geliehen hast.«

»Mann, ich verleih' mein' Wagen an niemand!«

»Wem hast du dann deine Schrotflinte vom Kaliber 12 geliehen? Raus mit der Sprache, Mann!«

»Mann, ich hab' doch gesagt, ich besitz' kein Gewehr!«

Jack mischte sich wieder ein. »Erzählen Sie mir von den ›violetten Heiden‹. Wer ist das – ein Haufen Leute, die auf violette Autos stehen?«

»Mann, das is' bloß der Name für unsern Club. Ich hab' 'n violetten Wagen, 'n paar andere Cats aus'm Club ham auch welche. Was soll das ganze, Mann?«

Jack zog die Liste der Zulassungsstelle mit den sauber getippten Namen aller Mercury-Besitzer aus der Tasche. »Leonard, haben Sie heute morgen schon die Zeitung gelesen?«

»Nein, Mann, was soll – «

»Ssssschh. Leonard, wir suchen drei farbige Burschen, die immer mit Schrotflinten rumballern, und einen Mercury wie Ihren, Baujahr '48, '49 oder '50. Ich weiß, daß Sie niemand was tun würden. Ich hab' Ihren Kampf gesehen, und ich mag Ihren Stil. Wir suchen ein paar wirklich *üble* Typen. Typen, die das gleiche Auto fahren wir Sie – Typen, die vielleicht auch in Ihrem Club sind.«

Bidwell zuckte die Achseln. »Warum sollt' ich Ihnen helfen?«

»Weil ich meinen Partner hier auf Sie loslasse, wenn Sie's nicht tun.«

»Yeah, und dann lass'n Sie mich dasteh'n wie'n verdammten Schnüffler.«

»Machen Sie sich darum keine Sorgen. Sie brauchen auch kein Wort zu sagen. Sehen Sie sich einfach diese Liste an und zeigen Sie mit dem Finger drauf. Hier, lesen Sie sie durch.«

Bidwell schüttelte den Kopf. »Die hier sin' echt *übel*, deshalb sag' ich's Ihnen. Sugar Ray Coates. Fährt 'n 49er Coupé, 'ne tolle Kiste. Hat zwei Kumpel, Leroy und Tyrone. Sugar spielt gern mit seiner

Schrotflinte rum. Ich hab' gehört, er knallt am liebsten Hunde ab. Er wollte auch in den Club, aber wir ham ihn abgewiesen, weil er echt 'n *übler* Bursche is'.«

Jack warf einen Blick auf seine Liste. Bingo – »Coates, Raymond (kein zweiter Vorname), 9611 South Central, Zimmer 114.« Denton hatte ebenfalls seine Liste vor sich. »Das ist zwei Minuten von hier. Wenn wir uns beeilen, sind wir vielleicht als erste da.«

Er sah schon die Schlagzeilen. »Okay, nichts wie los.«

* * *

Das Hotel Tevere: ein L-förmiger Bau, eine Treppe hoch über einem Waschsalon. Denton rollte auf den Parkplatz. Jack sah die Treppe nach oben – nur ein Stockwerk mit Zimmern, eine weit offene Tür.

Nach oben und hinein – ein kurzer Flur, zerbrechlich aussehende Türen. Jack zog seine Waffe. Denton hatte zwei Kanonen in der Hand, einen 38er und eine ans Fußgelenk geschnallte Automatik. Sie zählten die Zimmertüren ab bis Nummer 114. Denton trat einen Schritt zurück, Jack trat einen Schritt zurück. Beide Füße trafen die Tür im gleichen Moment. Die Tür flog aus den Angeln und gab den Blick auf das Zimmer frei. Ein farbiger Bursche sprang aus dem Bett.

Der Junge hob die Hände. Denton lächelte, zielte auf ihn. Jack schlug von unten gegen seine Hand. Zwei im Reflex abgefeuerte Kugeln zerfetzten die Decke. Jack rannte ins Zimmer; der Junge versuchte zu türmen. Jack setzte ihn außer Gefecht – kurze Schläge mit dem Pistolengriff an den Kopf. Er leistete keinen Widerstand. Denton fesselte ihm mit Handschellen die Hände auf den Rücken. Jack streifte seinen Messing-Schlagring über und ballte die Faust. »Leroy und Tyrone. *Wo*?«

Der Junge spuckte ein paar Zähne. Mit blutendem Mund gurgelte er: »Eins-zwei-eins.« Denton packte ihn an den Haaren und riß seinen Kopf hoch. Jack mahnte: »Wehe, wenn du ihn umbringst.«

Denton spuckte dem Burschen ins Gesicht. Draußen im Flur waren laute Rufe zu hören. Jack rannte hinaus, um den Knick im Flur herum, rannte fast gegen die Tür von Nummer 121. Geschlossen. Im Hintergrund zuviel Lärm, als daß es Zweck gehabt hätte zu lauschen. Jack trat kräftig mit dem Fuß gegen die Tür. Das Holz zersplitterte, die Tür öffnete sich knarrend: zwei Farbige im Raum – der eine schlief auf einer Pritsche, der andere schnarchte auf einer Matratze.

Jack ging hinein. Ganz in der Nähe ertönten Sirenen. Der Bursche auf der Matratze bewegte sich – Jack stellte ihn mit einem kurzen Hieb ruhig und zog auch dem anderen Bengel eins über, ehe er sich rühren konnte. Die Sirenen kamen kreischend näher und erstarben dann. Jack sah einen Karton auf der Kommode.

Schrotpatronen. Remington, 12er Kaliber, Rehposten. Eine Fünfzigerpackung – aber nur noch wenige drin.

19

Ed überflog Jack Vincennes' Bericht, Thad Green sah ihm zu, während sein Telefon vor sich hin klingelte.

Solide, genau – Trash wußte, wie man einen guten Kurzbericht schrieb:

Drei männliche Neger in Gewahrsam: Raymond »Sugar Ray« Coates, Leroy Fontaine, Tyrone Jones. Alle drei wurden wegen der Verletzungen behandelt, die sie sich zugezogen hatten, als sie sich der Festnahme zu widersetzen versuchten; verpfiffen von einem anderen Schwarzen – welcher Coates als schießwütigen Burschen beschrieb, der vorzugsweise auf Hunde ballerte. Coates war auf der Liste der Zulassungsstelle. Der Informant sagte aus, er sei häufig mit zwei anderen Männern unterwegs – »Tyrone und Leroy« –, die ebenfalls im Hotel Tevere wohnten. Bei ihrer Festnahme trugen die drei nur Unterwäsche. Vincennes übergab sie den Streifenbeamten, die auf die Schüsse hin zu dem Hotel gerufen worden waren, und durchsuchte die Zimmer nach Beweismaterial. Er fand einen Fünfziger-Karton Remington-Schrotpatronen vom Kaliber 12, von denen mehr als vierzig fehlten – aber keine Gewehre, keine Gummihandschuhe, keine blutverschmierte Kleidung, keine großen Mengen Scheine oder Münzen und keine weiteren Waffen. Die einzigen Kleidungsstücke in den Zimmern: schmutzige T-Shirts,

Boxershorts, einige sorgfältig gebügelte Klamotten, die noch in der Zellophanhülle von der Reinigung steckten. Vincennes kontrollierte die Müllverbrennungsanlage hinter dem Hotel; hier brannte etwas – der Manager sagte ihm, er habe Sugar Coates an diesem Morgen gegen sieben Uhr gesehen, wie er einen Haufen Kleider hineingeworfen habe. Vincennes meinte, Jones und Fontaine schienen angetrunken zu sein oder unter Drogeneinfluß zu stehen – sie waren trotz der Schüsse und des allgemeinen Lärms bei der Festnahme von Coates nicht aufgewacht. Vincennes beauftragte später dazugekommene Streifenbeamte, Coates Wagen zu suchen – das Auto stand weder auf dem Parkplatz des Hotels noch sonst irgendwo im Umkreis von drei Häuserblocks. Eine Suchmeldung wurde ausgegeben. Vincennes sagte, Hände und Arme aller drei Verdächtigen hätten stark nach Parfüm gerochen – ein Paraffintest auf Pulverspuren würde also nichts bringen.

Ed legte den Bericht auf Greens Schreibtisch. »Ich bin überrascht, daß er sie nicht getötet hat.«

Das Telefon klingelte – Green ließ es klingeln. »Gibt so mehr Schlagzeilen. Er ist mit der Schwägerin von Loew zusammen. Und wenn die Bimbos sich die Finger mit Parfüm eingeschmiert haben, um einem Paraffintest zu entgehen, haben wir das auch Jack zu verdanken – er hat die kleine Information den Leuten von *Badge of Honor* mitgeteilt. Ed, sind Sie wirklich bereit dafür?«

Ed spürte, wie sich sein Magen zusammenkrampfte. »Jawohl, Sir, ich bin bereit.«

»Der Chief wollte, daß Dudley Smith mit Ihnen in dieser Sache zusammenarbeitet, aber ich hab's ihm ausgeredet. Der Mann mag gut sein, aber was Farbige betrifft, da dreht er einfach durch.«

»Sir, ich weiß, wie wichtig die Sache ist.«

Green zündete sich eine Zigarette an. »Ed, ich will Geständnisse. Fünfzehn der Hülsen, die wir im Nite Owl eingesammelt haben, wiesen am Aufschlagpunkt eine kleine Kerbe auf. Wenn wir also die Waffen finden, haben wir den Fall unter Dach und Fach. Ich will wissen, wo die Waffen sind und wo der Wagen ist, und ich will Geständnisse, ehe wir die Burschen dem Richter vorführen. Wir haben zweiundsiebzig Stunden Zeit, ehe sie vor den Richter kommen. Ich möchte die Sache bis dahin abgeschlossen haben. Wasserdicht.«

Einzelheiten. »Haben die Kids ein Vorstrafenregister?«

Green sagte: »Schwarzfahren und Einbruchdiebstähle bei allen dreien. Coates und Fontaine als Spanner überführt. Und es sind keine Kids mehr – Coates ist zweiundzwanzig, die anderen beiden zwanzig. Das ist eindeutig ein Fall für die Gaskammer.«

»Was ist mit der Sache im Griffith Park? Ich meine Patronenhülsen für Vergleichszwecke und die Zeugen, die die Typen gesehen haben, wie sie dort herumballerten.«

»Die Patronenhülsen könnten als zusätzliches Beweismaterial nützlich sein, wenn die Burschen nicht gestehen und wir keine Zeugen finden. Der Park-Ranger, der die Beschwerden eingereicht hat, will rüberkommen und sehen, ob er jemand identifizieren kann. Ed, Arnie Reddin meint, Sie wären der beste Verhörspezialist, den er je erlebt hat, aber Sie haben noch nie so einen Fall –«

Ed erhob sich. »Ich werd's schon schaffen.«

»Mein Sohn, wenn Sie das schaffen, übernehmen Sie eines Tages meinen Job.«

Ed lächelte, wobei ihn die lockeren Zähne schmerzten. Green fragte ihn: »Was haben Sie mit Ihrem Gesicht angestellt?«

»Ich bin hingefallen, als ich einen Ladendieb verfolgte. Eine Frage, Sir: Wer hat bis jetzt mit den Verdächtigen gesprochen?«

»Nur der Arzt, der sie versorgt hat. Dudley wollte, daß Bud White es zuerst versucht, aber –«

»Sir, ich glaube nicht –«

»Unterbrechen Sie mich nicht, ich wollte Ihnen grade zustimmen. Nein, ich möchte *freiwillige* Geständnisse, also kommt White nicht in Frage. Sie kriegen die erste Chance – bei allen dreien. Wir werden Sie durch die falschen Spiegel beobachten, und wenn Sie einen Partner brauchen für 'ne Mutt-und-Jeff-Nummer, dann ziehen Sie einfach an Ihrer Krawatte. Draußen wird 'ne ganze Gruppe von unseren Leuten über Lautsprecher mithören, außerdem läuft ein Tonband mit. Die drei sind in getrennten Zimmern, und wenn Sie sie gegeneinander ausspielen wollen, dann wissen Sie ja, auf welche Knöpfe Sie drücken müssen.«

Ed sagte: »Ich werde sie schon knacken.«

* * *

Seine Bühne: ein Korridor neben den Zellen der Mordkommission.

Hier waren kleine Kabinen aufgestellt – mit einem durchsichtigen Spiegel auf der einen Seite und mit Lautsprecheranschluß. Man brauchte nur auf einen Knopf zu drücken, und schon konnten einer oder mehrere Verdächtige mit anhören, wie sie von ihren Kumpels verpfiffen wurden. Die Räume waren jeweils zwei mal zwei Meter groß, mit fest am Boden verankerten Tischen und angeschraubten Stühlen. In Nummer 1, 2 und 3 saßen: Sugar Ray Coates, Leroy Fontaine und Tyrone Jones. Ihre Vorstrafenregister waren mit Klebeband draußen an den Kabinen befestigt. Ed hatte sich alle Daten, Lokalitäten und bekannte Kontaktpersonen eingeprägt. Er holte einmal tief Luft, um sein Lampenfieber loszuwerden, und ging dann durch Tür Nummer 1.

Sugar Ray Coates war mit Handschellen an einen Stuhl gefesselt und trug viel zu weite Jeans. Er war ziemlich groß und hatte eine helle Hautfarbe – fast wie ein Mulatte. Sein eines Auge war zugeschwollen, die Lippen waren aufgeplatzt und blutverkrustet. Eine gebrochene Nase – beide Nasenflügel genäht. Ed sagte: »Sieht aus, als hätten wir beide Prügel einstecken müssen.«

Coates warf ihm aus seinem guten Auge einen verkniffenen Blick zu, der fast unheimlich wirkte. Ed nahm ihm die Handschellen ab, warf ein Päckchen Zigaretten und Zündhölzer auf den Tisch. Coates massierte seine Handgelenke. Ed lächelte. »Nennt man Sie Sugar Ray nach Ray Robinson?«

Keine Antwort.

Ed setzte sich auf den freien Stuhl. »Man sagt, Ray Robinson kann in nur einer Sekunde eine Viererkombination schlagen. Was mich betrifft, ich glaub' das nicht so recht.«

Coates hob die Arme und ließ sie dann fallen – wie tot. Ed riß das Päckchen Zigaretten auf. »Ich weiß, keine Durchblutung mehr. Sie sind zweiundzwanzig, stimmt's, Ray?«

Coates: »Wenn du's sagst – was soll's.« Seine Stimme hörte sich gepreßt an. Ed warf einen Blick auf seinen Hals – Blutergüsse, Fingerspuren. »Hat einer der Beamten Ihnen die Luft abzudrehen versucht?«

Keine Antwort. Ed fragte weiter: »War es Sergeant Vincennes? Der Typ mit den feschen Klamotten?«

Schweigen.

»Also der nicht, was? War es Denton? Fetter Bursche mit breitem texanischen Akzent – klingt so ähnlich wie Spade Cooley im Fernsehen?«

Coates zuckte mit seinem unverletzten Auge. Ed meinte: »Yeah, kann ich nachfühlen – dieser Denton ist ein ganz besonderer Fiesling. Haben Sie *mein* Gesicht gesehen? Denton und ich hatten auch ein kleines Tänzchen.«

Er biß immer noch nicht an.

»Also, Sie sind zweiundzwanzig, ist das richtig?«

»Mann, warum fragst'n mich das!?«

Ed zuckte die Achseln. »Ich will mir nur ein Bild machen. Leroy und Tyrone sind zwanzig, die würden also für ein Kapitalverbrechen nicht schmoren. Ray, Sie hätten diese Nummer ein paar Jährchen früher abziehen sollen. Sie hätten lebenslänglich bekommen, hätten eine Weile im Jugendvollzug zugebracht und wären dann als großer Held nach Folsom gekommen. Da hätten Sie sich 'ne kleine Tunte halten und sich mit der berühmten Gefängnisbräu bedröhnen können.«

Das Wort »Tunte« schien ihn zu treffen. Coates Hände zuckten. Er nahm sich eine Zigarette, zündete sie an, nahm einen Zug und hustete. »He, ich lass' mich doch nich' mit 'ner verdammten Tunte ein.«

Ed lächelte. »Das weiß ich, mein Sohn.«

»Ich bin nich' dein Sohn, du weißer Arsch. Du bist die Tunte.«

Ed lachte. »Sie kennen die Nummer, das muß ich Ihnen lassen. Sie waren schon mal im Jugendknast, Sie wissen, daß ich der bin, der den netten Cop spielt, um Sie zum Reden zu bringen. Dieses Arschloch Tyrone, dem hätte ich fast geglaubt. Denton muß bei mir ein paar Schrauben gelockert haben. Wie konnte ich bloß auf den alten Schmus reinfallen.«

»Wovon redest du, Mann? Welchen Schmus meinst du?«

»Gar nichts, Ray. Wechseln wir lieber das Thema. Was haben Sie mit den Gewehren gemacht?«

Coates rieb sich den Hals. Seine Hände zitterten. »Was für Gewehre?«

Ed beugte sich näher zu ihm hin. »Die Repetiergewehre, mit denen ihr – Ihre Freunde und Sie – oben im Griffith Park rumgeballert habt?«

»Ich weiß nix von Gewehren.«

»Nein? Leroy und Tyrone hatten einen ganzen Karton Patronen in ihrem Zimmer.«

»Das is' denen ihr Problem.«

Ed schüttelte den Kopf. »Dieser Tyrone ist wirklich ein Pisser. Sie waren doch im Casitas-Jugendlager mit ihm, hab' ich recht?«

Ein Achselzucken. »He, was soll'n das. Wovon redest du, Mann?«

»Nichts. Gar nichts, Ray. Ich habe nur laut gedacht.«

»Mann, erzähl mir nix von Tyrone. Was Tyrone macht, is' seine Sache.«

Ed tastete unter dem Tisch nach dem Druckknopf für den Lautsprecher in Kabine Nummer drei. »Sugar, Tyrone hat mir gesagt, Sie hätten damals in Casitas die Tunte gemacht. Sie konnten es nicht aushalten alleine, und deswegen haben Sie sich einen großen, weißen Jungen gesucht, der sich um Sie gekümmert hat. Er meinte, sie hätten Sie deshalb ›Sugar‹ genannt, weil Sie so ein Süßer waren.«

Coates schlug wütend auf den Tisch. Ed drückte auf den Knopf. »Was sagen Sie dazu, *Sugar*?«

»Ich sag', ich hab's mir genommen, und *Tyrone* hat stillgehalten! Mann, verdammt noch mal, ich war der große Macker in mein' Schlafsaal! Tyrone war die Tunte! Tyrone hat's für'n Stück Schokolade gemacht! Tyrone war richtig geil drauf!«

Ed ließ den Knopf wieder los. »Ray, kommen wir zu einem anderen Thema. Was glauben Sie, warum wir Sie und Ihre Freunde festgenommen haben?«

Coates fummelte an dem Zigarettenpäckchen herum. »Irgend so'ne Scheiß-Anklage, vielleicht Gebrauch von Feuerwaffen innerhalb der Stadtgrenzen oder so. Irgend so'n Scheiß. Was hat'n Tyrone dazu gesagt?«

»Ray, Tyrone hat uns 'ne Menge Sachen erzählt. Aber kommen wir endlich zur Sache. Wo sind Sie gestern nacht gegen drei Uhr gewesen?«

Coates zündete sich am Zigarettenstummel eine neue an. »Ich war in meiner Bude. Hab' geschlafen.«

»Waren Sie auch bedröhnt? So wie Tyrone und Leroy? Die beiden haben tatsächlich durchgepennt, als die Polizisten Sie festgenommen haben. Ich muß schon sagen, ihr seid ein paar tolle Kumpel. Tyrone nennt Sie eine Tunte, und dann schlafen Leroy und er einfach weiter, während Sie von einem Scheißkerl von weißem Bullen fertiggemacht werden. Ich dachte immer, ihr Farbigen haltet zusammen wie Pech und Schwefel. Waren Sie auf Dröhnung, Ray? Sie sind nicht fertiggeworden mit dem, was ihr gemacht habt, und da haben Sie sich ein bißchen Stoff besorgt und –«

»He, was soll der Scheiß?! Tyrone und Leroy ham die Scheiß-Downer eingepfiffen, nich' ich!«

Ed drückte unter dem Tisch auf die Knöpfe für Nummer zwei und Nummer drei. »Ray, Sie haben doch damals in Casitas Tyrone und Leroy beschützt, oder nicht?«

Coates hustete eine große Rauchwolke aus. »Und ob – kein Scheiß! Tyrone hat sein' Arsch hingehalten, und Leroy war so in Panik, der wär' fast vom Dach gesprungen und hätt' sich fast blind gesoffen mit Zwetschgensprit. Scheiß Provinznigger – die ham ja noch weniger Verstand als 'n verdammter Hund.«

Ed ließ die beiden Knöpfe wieder los. »Ray, ich habe gehört, Sie schießen gerne auf Hunde.«

Achselzucken. »Scheiß-Köter. Die ham kein Recht zu leben.«

»Oh? Denken Sie von Menschen auch so?«

»He, Mann, was soll'n das?«

Wieder drückte er auf beide Knöpfe. »Zumindest denken Sie doch so, was Leroy und Tyrone betrifft.«

»Scheiße. Leroy und Tyrone sin' fast zu blöd, um am Leben zu bleiben.«

Die Finger von den Knöpfen. »Ray, wo sind die Gewehre, mit denen ihr im Griffith Park rumgeballert habt?«

»Die – Ich ... ich hab' überhaup' kein' Gewehr.«

»Und wo ist Ihr 49er Mercury?«

»Ich hab' ... Der is' sicher aufbewahrt.«

»Komm schon, Ray. Eine scharfe Kiste wie die? Wo ist der Wagen? Wenn ich so'n Schlitten hätte, hätte ich ihn immer hinter Schloß und Riegel.«

»Ich sag' doch, der Wagen is' in Sicherheit!«

Ed knallte mit der Hand auf den Tisch – beide Handteller flach auf die Platte. »Hast du ihn verkauft? Verschrottet? Der Wagen wurde bei einem Schwerverbrechen benutzt. Ray, meinst du nicht –«

»Ich hab' kein Schwerverbrechen begang'n!«

»Und ob du hast! Wo ist das Auto?«

»Sag' ich nich'.«

»Wo sind die Gewehre?«

»Sag' – ich weiß es nich'!«

»Wo ist das Auto?«

»Sag' ich nich'!«

Ed trommelte mit den Fingern auf dem Tisch. »Warum, Ray? Hast du Gewehre und Gummihandschuhe im Kofferraum? Hast du den Rücksitz voller Portemonnaies und Handtaschen und Blutflecken? Hör zu, du verdammter dämlicher Hurensohn, ich versuche doch nur, dich vor der Gaskammer zu bewahren, genau wie deine Kumpel – die sind noch nicht volljährig, aber du bist es, und irgend jemand muß braten für diese –«

»Ich weiß nich', wovon du redest.«

Ed seufzte. »Ray, wechseln wir das Thema.«

Coates zündete sich eine weitere Zigarette an. »Ich mag deine Themas nich'.«

»Ray, warum haben Sie heute morgen um sieben Uhr Klamotten verbrannt?«

Coates fing an zu zittern. »Wovon redest du, Mann?«

»Davon. Sie, Leroy und Tyrone wurden heute morgen festgenommen. Keiner von euch hatte die Klamotten von gestern abend bei sich. Man hat Sie gesehen, wie Sie um sieben Uhr morgens einen großen Haufen Klamotten verbrannt haben. Dazu kommt die Tatsache, daß Sie das Auto versteckt haben, in dem Sie mit Tyrone und Leroy gestern abend rumgefahren sind. Ray, es sieht nicht gut aus, aber wenn Sie mir was Gutes sagen, was ich dem Staatsanwalt geben kann, dann steh' ich gut da und kann ihm sagen: ›Sugar Ray ist nicht so ein Mistkerl wie seine tuntigen Partner.‹ Aber Sie müssen mir irgendwas geben, Ray.«

»Was denn? Weil, ich bin völlig unschuldig an dem Jazz, den du mir da anhängen willst.«

Ed drückte die Knöpfe Nummer zwei und drei. »Also, Sie haben ein paar üble Dinge über Leroy und Tyrone erzählt; Sie haben angedeutet, die beiden nehmen Drogen. Versuchen wir's mal anders rum: Wo kriegen die beiden ihren Stoff her?«

Coates starrte auf den Fußboden. Ed fuhr fort: »Der Staatsanwalt hat was gegen Dealer. Und Sie kennen doch Jack Vincennes, genannt ›Big V‹.«

»Ein verdammter Irrer, der.«

Ed lachte. »Yeah, Jack ist schon leicht verrückt. Was mich betrifft, ich bin der Meinung, wenn jemand sich sein Leben mit Drogen ruinieren will, dann soll er – ist sein gutes Recht. Wir leben in einem freien Land. Aber Jack ist eng befreundet mit dem neuen Staatsanwalt, und die beiden sind scharf auf Drogendealer. Ray, gib mir einen für den Staatsanwalt. Nur einen kleinen.«

Coates krümmte den Finger. Ed ließ die Schalter los und beugte sich vor. Sugar Ray flüsterte: »Roland Navarette. Wohnt drüben in Bunker Hill. Versteckt Bewährungsflüchtlinge und verkauft ›rote Teufel‹. Und das is' nich' für'n Scheiß-Staatsanwalt, sondern weil Tyrone, verdammt noch mal, sein Scheiß-Maul so weit aufgerissen hat.«

Schalter wieder gedrückt. »Also gut, Ray, Sie haben mir erzählt, daß Roland Navarette Barbiturate an Leroy und Tyrone verkauft hat – immerhin machen wir jetzt Fortschritte. Und Sie haben die Hosen voll, weil Sie wissen, das ist eine Sache für die Gaskammer, und Sie haben mich noch nicht mal gefragt, worum es eigentlich geht. Ray, Sie haben ein riesiges Schild um den Hals hängen, und darauf steht ›schuldig‹.«

Coates ließ seine Knöchel knacken. Sein gutes Auge zuckte und zwinkerte. Ed schaltete die Lautsprecher wieder ab. »Ray, sprechen wir von was anderem.«

»Warum nich' Baseball, Arschloch?«

»Nein, reden wir über Weiber. Hast du letzte Nacht mit jemandem gebumst, oder hast du dich so mit Parfüm überschüttet, damit ein Paraffintest nicht wirkt?«

Ray zitterte jetzt vor Angst.

Ed fragte: »Wo warst du gestern nacht um drei?«

Keine Antwort. Das Zittern wurde stärker.

»Hab' ich einen Nerv getroffen, Sugar Ray? *Parfüm? Frauen?* Selbst ein Stück Scheiße wie du hat doch bestimmt irgendeine Frau, die ihm was bedeutet. Hast du eine Mutter? Schwestern?»

»Mann, kein Wort über meine Mutter!«

»Ray, wenn ich dich nicht so gut kennen würde, dann würde ich sagen, du versuchst, die Ehre eines netten kleinen Mädchens zu beschützen. Sie war dein Alibi – ihr beide wart irgendwo im Bett zusammen. Aber Tyrone und Leroy haben das gleiche Parfüm an den Händen, und ich wette, es war kein Gruppensex. Ich wette, du hast oben im Lager was von Paraffintests gehört. Ich wette, du hast gerade noch soviel Anstand im Leib, daß du jetzt Schuldgefühle hast, weil ihr drei unschuldige Frauen umgebracht habt.«

»ICH HAB' NIEMAND UMGEBRACHT!«

Ed zog die Morgenausgabe des *Herald* aus der Tasche. »Patty Chesimard, Donna DeLuca und eine weitere, nicht identifizierte weibliche Person. Hier, lies das, ich muß mal 'ne Pause machen. Wenn ich wiederkomme, gebe ich dir die Chance, mir was zu erzählen und einen Deal zu machen, der dein Leben retten könnte.«

Coates war völlig fertig – das große Zittern, durchnäßte Jeans. Ed warf ihm die Zeitung ins Gesicht und verließ die Kabine.

Thad Green wartete im Flur; Dudley Smith und Bud White waren auf Horchposten. Green sagte: »Der Park-Ranger hat sie sich angesehen – das sind eindeutig die drei vom Griffith Park. Und Sie waren wirklich großartig.«

Ed konnte seinen eigenen Schweiß riechen. »Sir, Coates hat Gewissensbisse wegen der Frauen. Ich hab's gefühlt.«

»Ich auch, also machen Sie weiter so.«

»Haben wir die Waffen und den Wagen schon?«

»Nein, aber die Kollegen von der 77th Street sind dabei, die Verwandten und Bekannten zu befragen. Wir werden sie schon kriegen.«

»Als nächsten nehme ich mir Jones vor. Würden Sie mir einen Gefallen tun?«

»Raus damit.«

»Nehmen Sie Fontaine die Handschellen ab, und lassen Sie ihn die Morgenzeitung lesen.«

Green deutete auf den Spiegel von Kabine drei. »*Der* bricht bald zusammen. Der Scheißkerl flennt jetzt schon.«

Tyrone Jones weinte. Auf dem Fußboden neben seinem Stuhl stand eine Urinpfütze. Ed schaute sich um. »Sir, lassen Sie Lieutenant Smith die Zeitung über den Lautsprecher vorlesen, schön langsam und deutlich, besonders die Meldung, daß der Wagen beim Nite Owl gesehen wurde. Ich will, daß er reif ist wie eine Pflaume.«

Green sagte: »Wird gemacht.« Ed warf einen Blick auf Tyron Jones – dunkelhäutig, aufgedunsen, pockennarbig. Heulend – mit Handschellen gefesselt und festgeschmiedet.

Am anderen Ende des Korridors ertönte ein lauter Pfiff. Dudley

Smith sprach in ein Mikrofon – seine Lippen bewegten sich stumm. Ed sah zu Jones.

Der Bursche drehte und wand sich, bäumte sich auf – wie auf den Filmaufnahmen, die sie auf der Akademie gezeigt bekommen hatten: Funktionsstörung beim elektrischen Stuhl, ein Dutzend Stromstöße, ehe der Mann endlich tot war. Erneut ein scharfer Pfiff – Jones sackte in sich zusammen, die Beine kraftlos, das Kinn auf die Brust gefallen.

Ed ging zu ihm hinein. »Tyrone, Ray Coates hat dich verraten. Er sagt, die Sache mit dem Nite Owl war deine Idee. Er sagt, du wärst darauf gekommen, als ihr im Griffith Park rumgefahren seid. Tyrone, erzähl mir was davon. Ich habe das Gefühl, es war alles Rays Idee. Er hat dich dazu gezwungen. Sag mir, wo die Waffen sind und wo der Wagen steht, und ich glaube, ich kann dir vielleicht das Leben retten.«

Keine Antwort.

»Tyrone, das ist eine Sache für die Gaskammer. Wenn du nicht mit mir redest, bist du in sechs Monaten tot.«

Keine Antwort – Jones hielt weiter den Kopf gesenkt.

»Mein Sohn, du brauchst mir nur zu sagen, wo die Waffen sind und wo Sugar den Wagen versteckt hat.«

Keine Antwort.

»Söhnchen, in einer Minute können wir alles hinter uns haben. Du erzählst es mir, und ich sorge dafür, daß du in eine Schutzhaftzelle kommst, wo Sugar nicht an dich rankommt, und auch Leroy nicht. Der Staatsanwalt wird dich als Kronzeugen nehmen. *Dann brauchst du nicht in die Gaskammer zu gehen.*«

Keine Reaktion.

»Söhnchen, sechs Menschen sind tot, und jemand muß dafür bezahlen. Entweder du oder Ray.«

Keine Antwort.

»Tyrone, er hat dich eine Tunte genannt. Er hat gesagt, du wärst eine Schwuchtel und ein Homo. Er hat gesagt, du hättest dich in den –«

»ICH HAB' NIEMAND UMGEBRACHT!«

Eine kräftige Stimme – Ed wäre fast zurückgeschreckt. »Mein Sohn, wir haben Zeugen. Wir haben Beweise. Coates ist gerade dabei, ein Geständnis abzulegen. Er sagt, du hättest die ganze Sache geplant. Mein Sohn, denk an dich. Die Waffen, das Auto. *Sag mir, wo sie sind.*«

»Ich hab' niemand umgebracht!«

»Sssshhh. Tyrone, weißt du, was Ray Coates über dich gesagt hat?«

Jones hob den Kopf. »Ich weiß, er lügt.«

»Ich glaube auch, daß er gelogen hat. Ich glaube nicht, daß du schwul bist. Ich glaube, *er* ist schwul, weil er Frauen haßt. Ich glaube, es hat ihm Spaß gemacht, diese Frauen umzubringen. Ich glaube, daß du deswegen ein schlechtes –«

»Wir ham keine Frauen umgebracht!«

»Tyrone, wo warst du gestern nacht um drei Uhr?«

Keine Antwort.

»Tyrone, warum habt ihr die Waffen versteckt, mit denen ihr im Griffith Park rumgeballert habt? Wir haben einen Zeugen, der euch identifizieren kann.«

Keine Antwort. Jones ließ den Kopf sinken – die Augen geschlossen und voller Tränen.

»Mein Sohn, warum hat Ray die Klamotten verbrannt, die ihr gestern abend getragen habt?«

Jones war fast am Ende.

»Die Sachen waren voller Blut, stimmt's? Verdammt noch mal, ihr habt sechs Menschen umgebracht und seid voller Blutspritzer gewesen. Ray hat aufgeräumt, er hat alles beseitigt, *er* ist derjenige, der die Waffen versteckt hat, *er* ist der Boss, er hat immer schon die Befehle gegeben, seit du ihm da oben in Casitas das Arschloch hingehalten hast. Spuck's endlich aus, verdammt noch mal!«

»WIR HAM NIEMAND UMGEBRACHT! UND ICH BIN KEINE VERDAMMTE SCHWUCHTEL!«

Ed umkreiste den Tisch – schnelle Schritte, langsame Worte. »Ich will dir sagen, was ich denke. Ich denke, Sugar Ray ist euer Boss, Leroy ist einfach nur ein Dummkopf, und du bist der kleine Dicke, den Sugar mit Vorliebe hochnimmt. Ihr wart alle drei zusammen im Arbeitslager. Dich und Sugar Ray hat man als Spanner verknackt. Sugar guckt sich gerne Mädchen an, du guckst dir gerne Jungs an. Ihr spioniert beide am liebsten Weißen nach – das sind für euch Farbige die verbotenen Früchte. Ihr hattet eure 12er Schrotflinten, ihr hattet einen scharfen '49er Mercury, ihr hattet eine Handvoll rote Teufel, die ihr von Roland Navarette gekauft habt. Ihr wart oben in Hollywood, wo nur die Weißen wohnen. Sugar hat dich damit aufgezogen, daß du schwul bist, und du hast erwidert, das könnte er nur sagen, weil gerade keine Mädchen da seien. Sugar hat gesagt, beweis es doch, und ihr habt angefangen zu spannen. Du wirst immer saurer, ihr seid alle high mit Stoff, es ist spätnachts und nirgends was zu sehen, weil die lieben Weißen alle Vorhänge zugezogen haben. Ihr fahrt am Nite Owl vorbei und seht all diese netten Weißen da sitzen – und das ist einfach zu viel für euch. Die arme fette Schwuchtel Tyrone übernimmt das Kommando. Er führt seine Jungs ins Nite Owl. Im Lokal sind sechs Leute – darunter drei Frauen. Ihr schleppt sie in den Kühlraum, ihr raubt die Kasse aus und zwingt den Koch, den Safe zu öffnen. Ihr nehmt den Leuten ihre Portemonnaies und Handtaschen weg und parfümiert euch die Hände. Sugar sagt: ›Faß die Mädels an, du Tunte. Zeig uns, daß du nicht schwul bist.‹ Du bringst es nicht fertig, und deshalb fängst du an zu schießen. Dann schießt ihr plötzlich alle drei, und du findest es ganz toll, denn plötzlich bist du nicht mehr nur ein armer, schwuler fetter Nigger und –«

»NEIN! NEIN NEIN NEIN NEIN NEIN NEIN NEIN!«

»Ja! Wo sind die Waffen? Du wirst jetzt verdammt noch mal gestehen und mir sagen, wo die Sachen sind, oder du wanderst in die verdammte Gaskammer!«

»Nein! Ich hab' kein' umgebracht!«

Ed schlug auf den Tisch. »Warum habt ihr dann den Wagen versteckt?«

Jones riß seinen Kopf herum, daß ihm die Schweißperlen von der Stirn flogen.

»Warum habt ihr die Klamotten verbrannt?«

Keine Antwort.

»Woher habt ihr das Parfüm?«

Keine Antwort.

»Haben Sugar und Leroy die Frauen vorher vergewaltigt?«

»Nein!«

»Ach ja? Das heißt, ihr habt sie alle drei vergewaltigt?«

»Wir ham kein' umgebracht! Wir war'n gar nich' da!«

»Wo wart ihr denn?«

Keine Antwort.

»Tyrone, wo warst du letzte Nacht?«

Jones schluchzte. Ed packte ihn an den Schultern. »Mein Sohn, du weißt, was passiert, wenn du nicht redest. Also, um Gottes willen, gib endlich zu, was ihr gemacht habt.«

»Niemand umgebracht. Keiner von uns. War'n nich' mal da.«

»Doch, mein Sohn, ihr habt.«

»Nein!«

»Mein Sohn, ihr habt, also sag's mir schon.«

»Ham wir nich'!«

»Ganz ruhig. Erzähl's mir einfach – *hübsch langsam* .«

Jones fing an, vor sich hin zu murmeln. Ed kniete sich neben seinen Stuhl und hörte zu.

Er hörte: »Bitte, Gott, ich wollt' doch bloß zum erstenmal richtig bumsen.« Er hörte: »Ich wollt' ihr nich' weh tun und dann sterben müssen.« Er hörte: »Nich' recht, uns strafen für was, was wir nich' gemacht ... Vielleicht is' se okay und stirbt nich', dann muß ich auch nich' sterben, denn ich bin nich' schwul.« Er spürte, wie er zusammenzuckte wie auf dem elektrischen Stuhl, vor sich ein Schild: SIE HABEN ES NICHT GETAN.

Jones verfiel in eine Litanei – Gott, Gott, Gott, Himmlischer Vater. Ed ging in Kabine zwei.

Gestank nach Schweiß und Zigarettenqualm. Leroy Fontaine – massig, dunkel, geglättetes Haar, die Füße auf dem Tisch. Ed sagte: »Du solltest schlauer sein als deine Freunde. Selbst wenn du sie umgebracht hast – das ist nicht so schlimm, wie sechs Menschen umbringen.«

Fontaine preßte die Hand auf die Nase. Sie war bandagiert und nahm fast sein halbes Gesicht ein. »Dieser Scheiß in der Zeitung is' bloß Scheiß.«

Ed schloß die Tür. Er hatte Angst. »Leroy, du kannst nur hoffen, daß sie zu der vom Coroner geschätzten Todeszeit mit euch zusammen war.«

Keine Antwort.

»War sie 'ne Nutte?«

Keine Antwort.

»Habt ihr sie umgebracht?«

Keine Antwort.

»Ihr wolltet doch, daß Tyrone endlich mal ein Mädchen bumst, aber dann ist euch die Sache entglitten. Hab' ich recht?«

Keine Antwort.

»Leroy, wenn sie tot ist, und wenn sie eine Farbige war, dann könnt ihr vielleicht einen Deal machen. Auch wenn sie eine Weiße war, habt ihr vielleicht eine Chance. Vergiß nicht, wir können euch die Sache mit dem Nite Owl anhängen, und wir würden damit durchkommen. Es sei denn, du kannst mich überzeugen, daß ihr zur fraglichen Zeit woanders wart und was anderes angestellt habt. Sonst hängen wir euch das an, was in der Zeitung steht.«

Keine Antwort – Fontaine reinigte sich die Fingernägel mit einem Streichholzbriefchen.

Eine dicke Lüge. »Wenn ihr sie gekidnappt habt und sie ist noch am Leben – das ist kein Verbrechen wie bei dem kleinen Lindbergh. Das ist kein Kapitalverbrechen.«

Keine Antwort.

»Leroy, wo sind die Waffen und das Auto?«

Keine Antwort.

»Leroy, ist sie noch am Leben?«

Fontaine lächelte – Ed fühlte eine eisige Hand über seine Wirbelsäule streichen. »Wenn sie noch am Leben ist, ist sie euer Alibi. Ich will dir gar nichts vormachen – es könnte natürlich ziemlich übel für euch werden: Kidnapping, Vergewaltigung, Körperverletzung. Aber wenn du jetzt sagst, daß ihr für die Nite-Owl-Sache nicht in Frage kommt, dann ersparst du uns eine Menge Zeit, und der Staatsanwalt wird dir dafür dankbar sein. Mach schon, Leroy, tu dir selber einen Gefallen.«

Keine Antwort.

»Leroy, denk dran, daß es zwei Möglichkeiten gibt. Ich glaube, ihr habt das Mädchen mit Waffengewalt gekidnappt. Dann hat sie euch den ganzen Rücksitz mit Blut verschmiert, und ihr habt den Wagen versteckt. Sie hat eure Klamotten mit Blut beschmiert, und deshalb habt ihr die Sachen einfach verbrannt. Sie hat ihr ganzes Parfüm über euch ausgeschüttet. Wenn ihr nicht für das Nite Owl verantwortlich seid, dann versteh' ich nicht, warum ihr die Waffen versteckt habt – vielleicht habt ihr gedacht, sie könnte sie identifizieren. Mein Sohn, wenn die Frau noch am Leben ist, dann ist sie eure einzige Chance.«

Fontaine sagte: »Ich glaub', sie lebt noch.«

Ed setzte sich auf seinen Stuhl. »*Du glaubst?*«

»Yeah, ich glaub'.«
»Wer ist sie? *Wo* ist sie?«
Keine Antwort.
»Ist sie 'ne Farbige?«
»Sie is' 'ne Mex.«
»Und wie heißt sie?«
»Weiß nich'. 'ne Schnalle vom College oder so.«
»Wo habt ihr sie aufgelesen?«
»Ich weiß nich'. Irgendwo an der Eastside.«
»Und wo habt ihr sie fertiggemacht?«
»Ich weiß nich' ... so'n altes Gebäude an der Dunkirk, irgendwo.«
»Wo ist der Wagen, und wo sind die Waffen?«
»Ich weiß nich'. Sugar hat das erledigt.«
»Wenn ihr sie nicht umgebracht habt, warum hat Coates dann die Waffen versteckt?«
Keine Antwort.
»Warum, Leroy?«
Keine Antwort.
»Warum, mein Sohn? Sag schon!«
Keine Antwort.
»Sag's mir endlich, verflucht noch mal!«
Fontaine haute auf den Tisch – mit aller Macht. »Sugar, er hat sie mit die Gewehre gepiekt und hat gedacht, die Dinger könnt'n Beweismaterial sein.«
Ed schloß die Augen. »Wo ist sie jetzt?«
Keine Antwort.
»Habt ihr sie in dem Haus zurückgelassen?«
Keine Antwort.
Er öffnete die Augen wieder. »Oder habt ihr sie woanders hingebracht?«
Keine Antwort.
Schlußfolgerungen: Keiner der drei hatte Bargeld bei sich; das Geld könnte Beweismaterial sein – sie hatten es versteckt, als Sugar die Kleider verbrannte. »Leroy, habt ihr sie vielleicht für Geld verkauft? Habt ihr ein paar Kumpel in das Haus an der Dunkirk geschleppt?«
»Wir ... wir sin' mit ihr rumgefahr'n.«
»Wohin? Die Wohnung eurer Freunde?«

»Ganz recht.«

»Oben in Hollywood?«

»Wir ham die Leute nich' erschossen!«

»Beweis es mir, Leroy. Wo wart ihr um drei Uhr morgens?«

»Mann, das kann ich nich' sagen.«

Ed schlug mit der Handfläche auf den Tisch. »Dann werdet ihr für die Nite-Owl-Sache schmoren!«

»Wir ham's nich' getan.«

»Wem habt ihr das Mädchen verkauft?«

Keine Antwort.

»Wo ist sie jetzt?«

Keine Antwort.

»Habt ihr Angst vor Racheakten? Ihr habt das Mädchen doch irgendwo gelassen, stimmt's? Leroy, *wo habt ihr sie gelassen, bei wem habt ihr sie gelassen, sie ist eure einzige Chance, der verdammten Gaskammer zu entgehen!*«

»Mann, ich kann's nich' sagen. Sugar, der würd' mich umbringen.«

»Leroy, wo ist sie?«

Keine Antwort.

»Leroy, wenn du den Kronzeugen machst, kommst du viele Jahre eher raus als Sugar und Tyrone.«

Keine Reaktion.

»Leroy, ich besorge dir eine Einzelzelle, wo dir niemand was tun kann.«

Keine Reaktion.

»Mein Sohn, du mußt es mir sagen. Ich bin der einzige Freund, den du hast.«

Keine Reaktion.

»Leroy, hast du Angst vor dem Mann, bei dem du das Mädchen zurückgelassen hast?«

Keine Antwort.

»Mein Sohn, er kann nicht so schrecklich sein wie die Gaskammer. *Sag mir, wo das Mädchen ist!*«

Die Tür wurde aufgerissen. Bud White kam hereingestürmt und warf Fontaine an die Wand.

Ed erstarrte.

White zog seinen 38er, öffnete das Magazin und ließ ein paar Patronen auf den Boden fallen. Fontaine zitterte von Kopf bis Fuß.

Ed war immer noch wie erstarrt. White ließ das Magazin wieder zuschnappen und steckte den Lauf der Waffe Fontaine in den Mund. »Eine von sechs. Wo ist das Mädchen?«

Fontaine biß auf Stahl; White drückte zweimal den Abzug. Es klickte nur – die Kammern waren leer. Fontaine sackte an der Wand zu Boden. White zog die Waffe zurück, hielt ihn an den Haaren hoch. *Wo ist das Mädchen?«*

Ed fror.

White drückte wieder auf den Abzug. Wieder ein Klicken. Fontaine hatte die Augen weit aufgerissen. »S-ss-sylvester F-fitch, Hundertneunte und Avalon, graues Eckhaus. Bitte tut mir nix –«

White rannte hinaus.

Fontaine wurde ohnmächtig.

Draußen im Flur tobte ein Chaos. Ed versuchte aufzustehen, aber seine Beine wollten nicht.

20

Ein Konvoi von vier Wagen: zwei Schwarz-weiße, zwei Zivilfahrzeuge. Sirenen bis eine halbe Meile vor dem Ziel; dann langsam bis zu dem grauen Eckhaus.

Dudley Smith steuerte den vorne fahrenden Streifenwagen. Bud saß neben ihm und lud seine Waffe nach. Strategische Verteilung der vier Fahrzeuge: die beiden Streifenwagen in der kleinen Gasse hinter dem Haus, Mark Breuning und Dick Carlisle vor dem Haus geparkt. Alle hatten ihre Gewehre auf die Eingangstür des grauen Gebäudes gerichtet. Bud sagte: »Boss, er gehört mir.«

Dudley zwinkerte ihm zu. »Großartig, mein Junge.«

Bud ging hinten herum – durch die Gasse, mit einem Sprung über den Zaun. Dann auf die rückwärtige Veranda. Eine Fliegentür, von innen mit einem einfachen Haken verschlossen. Er zog sein Taschenmesser und drückte den Haken hoch; auf Zehenspitzen ging er hinein.

Dunkelheit, ein paar undeutliche Schatten: eine Waschmaschine, eine mit einer Jalousie verdeckte Tür. Schmale Lichtstreifen drangen durch die Ritzen.

Bud versuchte die Tür – nicht verschlossen. Leise drückte er sie auf: Lichtkegel aus zwei seitlich liegenden Räumen. Ein Läufer, der seine Schritte dämpfte. Die Musik gab ihm zusätzlichen Schutz. Auf Zehenspitzen schlich er zum ersten Zimmer, wirbelte hinein.

Eine nackte Frau mit ausgebreiteten Armen und Beinen auf einer Matratze – mit Krawatten gefesselt, eine weitere Krawatte als Knebel im Mund. Bud stürmte in das nächste Zimmer.

Ein fetter Mulatte saß am Tisch und stopfte Kellogg's Rice Krispies in sich hinein. Er ließ den Löffel fallen, hob die Hände. »No, Sir, ich will keinen Ärger.«

Bud schoß ihm mitten ins Gesicht, zog dann eine zweite Waffe – zwei Schüsse aus der Richtung des Bimbos. Der Mann war bereits tot, als er mit ausgebreiteten Armen auf dem Boden landete, aus der Eintrittswunde des Geschosses blutend. Bud drückte ihm die zweite Waffe in die Hand. Die Eingangstür flog krachend auf. Er schüttete Reisflocken über die Leiche und telefonierte dann nach einem Krankenwagen.

21

Jack sah zu, wie Karen schlief, und versuchte, den Streit mit ihr zu vergessen.

Zeitungsphotos waren der Auslöser gewesen: der Big V und Cal Denton bei der Verhaftung dreier schwarzer Jugendlicher – Verdächtige in L. As. »Verbrechen des Jahrhunderts«. Denton schleifte Fontaine an seiner Tolle hinter sich her. Big V hatte die anderen beiden am Hals gepackt. Karen sagte, sie fühle sich an die Scottsboro Boys erinnert; Jack sagte ihr, er habe ihnen, verdammt noch mal, das Leben gerettet, aber jetzt, nachdem er herausgefunden habe, daß sie gemeinschaftlich ein mexikanisches Mädchen vergewaltigt hatten, wünschte er, Denton hätte die drei ohne viel Federlesens erschossen. Von diesem Punkt an ging die Diskussion nur noch bergab.

Karen hatte sich von ihm weggedreht und zusammengerollt – in ihre Decke gewickelt, als fürchte sie, er könne sie schlagen. Jack schaute auf sie, während er sich ankleidete. Die Ereignisses der letzten beiden Tage gingen ihm wieder durch den Kopf.

Man hatte ihn vom Fall Nite Owl abgezogen, und er war wieder bei Ad Vice. Ed Exleys Verhöre hatten gezeigt, daß die drei Bimbos vermutlich nichts mit der Sache zu tun hatten – wobei man natürlich abwarten mußte, was die Frau, die sie mißbraucht hatten, aussagen würde. Bud White hatte ein wenig Russisches Roulette gespielt, und die drei waren jetzt stumm wie die Fische. Bis jetzt war nicht herauszukriegen, ob sie genug Zeit gehabt hatten, die Frau irgendwo zu lassen, zum Nite Owl zu fahren, dann nach Darktown zurückzukommen und gemeinsam die Frau zu vergewaltigen. Möglich, daß Coates oder Fontaine das Mädchen mit Jones allein gelassen und gemeinsam mit anderen Partnern die Morde begangen hatten. Die Suche nach den Gewehren war bisher erfolglos, auch Coates' violetter Mercury war noch nicht aufgetaucht. Im Hotel hatte man nichts von der Beute aus dem Restaurant gefunden, die Überreste in der Müllverbrennungsanlage ließen keine Blutanalyse mehr zu, und durch das Parfüm an den Händen war auch kein Paraffintest mehr möglich. Das Bureau stand gewaltig unter Druck, den Fall so schnell wie möglich zu lösen.

Der Leichenbeschauer versuchte, die drei unbekannten Opfer des Restaurantüberfalls zu identifizieren, indem er die Gebißuntersuchungen und körperlichen Merkmale mit den Beschreibungen aller als vermißt oder verdächtig gemeldeten Personen verglich. Geklärt war die Identität des Kochs/Geschirrwäschers, der Kellnerin und des Mädchens von der Kasse. Bei den drei Gästen tappte man noch völlig im dunkeln; immerhin hatte die Autopsie keinen sexuellen Mißbrauch der Frauen ergeben. Vielleicht waren Coates, Jones und Fontaine wirklich nicht die Täter. Dudley Smith hatte den Job übernommen – seine Leute überprüften alle bekannten Personen, die schon einmal wegen bewaffneten Raubs verhaftet, aus einer Irrenanstalt entlassen oder wegen unerlaubten Waffenbesitzes festgenommen worden waren. Der Zeitungsverkäufer, der den violetten Mercury gegenüber vom Nite Owl gesehen haben wollte, wurde noch einmal genauestens befragt und sagte aus, daß es vielleicht auch ein Ford oder ein Chevy gewesen sein könnte. Die

Zulassungen aller violetten Fords oder Chevys wurden überprüft. Der Park-Ranger, der die drei Bimbos identifiziert hatte, gab plötzlich an, er sei sich nicht mehr sicher. Ed Exley äußerte Green und Parker gegenüber, der violette Wagen sei vielleicht absichtlich vor dem Nite Owl geparkt worden, um den Verdacht auf die drei Festgenommenen zu lenken. Dudley verwies die Theorie ins Reich der Spekulation – er sagte, wahrscheinlich sei es bloßer Zufall gewesen. Ein vermeintlich klarer Fall löste sich immer mehr in eine Unmenge verschiedener Möglichkeiten auf.

Die Presse machte einen Riesenrummel – Sid Hudgens hatte bereits angerufen: aber nichts von Pornos, nichts von »Wir haben *alle* unsere Geheimnisse«. Für fünfzig Mäuse eine dramatische Version der Festnahmen – Sid legte sehr schnell wieder auf.

Die Sache mit dem Nite Owl warf ihn im Porno-Fall einen ganzen Tag zurück. Er war die Anschläge im Mannschaftsraum durchgegangen: keine Anhaltspunkte, keiner der anderen Männer hatte etwas aufgespürt. Er selbst schrieb einen frei erfundenen Bericht: nichts über Christine Bergeron und Bobby Inge, nichts über die anderen Magazine, die er gefunden hatte. Und natürlich auch nichts über seine schmutzigen Träume: sein Sweetheart Karen bei einer Orgie.

Jack küßte Karens Nacken in der Hoffnung, sie würde aufwachen und ihn anlächeln.

Er hatte kein Glück.

* * *

Zuerst alles abkämmen.

Charleville Drive, Fragen, aber kein Glück: Keiner der Mieter in dem Gebäude, in dem Christine Bergeron wohnte, hatte gehört, wie sie mit ihrem Sohn ausgezogen war; niemand wußte etwas über die Männer, die sie empfangen hatte. In den benachbarten Mietshäusern das gleiche. Jack rief die Beverly Hills High School an und erfuhr, daß Daryl Bergeron ein notorischer Schwänzer war, der seit Wochen nicht mehr zum Unterricht erschienen war. Der zweite Rektor meinte, der Junge sei ein Einzelgänger und mache keinen Ärger – er sei nicht oft genug in der Schule, *um* Ärger zu machen. Jack sagte ihm nicht, daß Daryl wahrscheinlich einfach zu müde war, um Ärger zu machen.

Der nächste Anruf galt Stan's Drive-In. Der Manager sagte ihm, Chris Bergeron sei vorgestern abgehauen, und zwar zwei Sekunden nachdem sie einen Telefonanruf bekommen habe. Nein, er wisse nicht, wer der Anrufer war. Ja, er werde Sergeant Vincennes sofort anrufen, wenn sie wieder auftauchen sollte. Nein, Chris habe nie irgendwie mit der Kundschaft fraternisiert oder während ihres Dienstes irgendwelche Besucher gehabt.

Raus nach West Hollywood.

Bobby Inges Wohnung; Gespräche mit anderen Mietern und Nachbarn. Bobby bezahlte seine Miete immer pünktlich und pflegte keine Kontakte. Niemand hatte gesehen, wie er ausgezogen war. Die alte Schwuchtel von nebenan meinte, er habe »alles mitgenommen und niemand besonderen gehabt«. Auf die Fragen nach »Pornoheften«, »Chris Bergeron« und »diese kleine Schnalle von Daryl« kam nicht die geringste Reaktion.

West Hollywood war so gut wie tot – nach der Episode in B.J.'s Rumpus Room würde Bobby sich bestimmt nicht wieder hier in den Schwulenbars blicken lassen. Jack kaufte sich einen Hamburger und überprüfte das Vorstrafenregister von Inge – keine bekannten Kontaktpersonen. Er studierte seine private Pornosammlung, konnte sich aber nicht richtig konzentrieren, weil ihn die Widersprüchlichkeiten auf den Bildern immer wieder ablenkten.

Attraktive Modelle, heruntergekommene Szenerien. Wunderschöne Kostüme, die einen veranlaßten, zweimal hinzuschauen, obwohl es widerliche Homo-Szenen waren. Kunstvolle Orgienaufnahmen: mit Tinte hineinretuschiertes Blut, auf Läufern ineinander verflochtene Körper – Bilder, die einen angesichts der weiblichen Formen in so expliziten Situationen die Augen zukneifen ließen. Bei all diesen Geschlechtsorganen in Aktion verspürte man das Bedürfnis, die Frauen einfach nur in ihrer gewöhnlichen Nacktheit zu sehen. Der ganze Mist war reine Pornographie, hier ging's nur um Geld – aber irgendwo mußte ein Künstler die Hand im Spiel gehabt haben.

Ein Gedankenblitz.

Jack fuhr zu einem Billigkaufhaus, kaufte sich eine Schere, durchsichtiges Klebeband und einen Zeichenblock, dann setzte er sich in seinen Wagen und machte sich an die Arbeit. Er schnitt die Gesichter aus den Magazinen und klebte sie auf das Papier, Männer und

Frauen getrennt, alle Aufnahmen der selben Gesichter nebeneinander, um die Identifizierung zu erleichtern. Dann fuhr er nach Downtown zum Bureau, um die Gesichter mit denen in den Verbrecheralben zu vergleichen. Vier Stunden angestrengter Suche brachten ihm müde Augen ein, aber null Identifikation. Weiter zum Hollywood-Revier, wo die Sitte ihre eigene Kartei hatte – wieder null. Das Sheriff-Revier in West Hollywood brachte ebenfalls nichts. Abgesehen von Bobby Inge waren die Porno-Schönheiten alle jungfräulich – keinerlei Verhaftungen oder Vorstrafen.

Inzwischen war es halb fünf nachmittags. Jack spürte, wie ihm die Zeit davonlief. Dann eine neue Idee: eine Anfrage wegen Bobby Inge bei der Zulassungsstelle, dazu eine wiederholte Überprüfung von Chris Bergeron – um jede Möglichkeit auszuschöpfen. Eine erneute Anfrage bei der Fahndungsabteilung nach Bobby Inge, um seine Informationen auf den letzten Stand zu bringen.

Er suchte sich eine Telefonzelle und erledigte seine Anrufe. Die Zulassungsstelle hatte nichts über Bobby Inge, keine Strafzettel, keine Termine beim Verkehrsgericht. Vollständige Angaben über Christine Bergeron: datierte Verkehrsverstöße, die Namen ihrer Bürgschaftsgeber. Die einzige neue Information, die die Fahndung über Inge hatte, war ein ein Jahr alter Kautionsbericht. Dabei tauchte ein Name in beiden Fällen auf – bei Bergeron und Inge.

Kaution bei einer Verhaftung von Inge wegen Prostitution – gestellt von einer Sharon Kostenza, 1649 North Havenhurst, West Hollywood. Die gleiche Person hatte bei einer Anzeige wegen schwerer Verkehrsgefährdung auch die Bürgschaft für Bergeron übernommen.

Jack rief noch einmal bei der Fahndung an und ließ Sharon Kostenza und ihre Adresse überprüfen – keine Straftaten in Kalifornien auf der Liste. Er bat den Beamten, zusätzlich die Liste aller 48 Bundesstaaten zu kontrollieren – eine Arbeit, die volle zehn Minuten dauerte. »Tut mir leid, Sergeant. Absolut nichts unter diesem Namen zu finden.«

Noch einmal die Zulassungsstelle. Das Ergebnis war schockierend: Niemand namens Sharon Kostenza hatte je einen Führerschein im Staat Kalifornien gehabt. Jack fuhr zur North Havenhurst – die Hausnummer 1649 existierte nicht.

Sein Gehirn arbeitete: Bobby Inge als Strichjunge; Kostenza stellte die Kaution für ihn bei einer Anzeige wegen Prostitution; Prostituierte benutzen immer falsche Namen, Prostituierte posieren auch für Pornoaufnahmen. North Havenhurst war seit langem bekannt für Puffs –

Er machte sich daran, die einzelnen Häuser abzuklappern.

Ein Dutzend kurzer Befragungen lieferte Hinweise auf zwei nahegelegene Bums-Schuppen. Zwei davon an der Havenhurst: Nummer 1611 und Nummer 1564.

Es war zehn Minuten nach sechs.

Nummer 1611 war geöffnet. Der Boss zeigte bei den Namen Sharon Kostenza, Bobby Inge und Bergeron keinerlei Reaktion. Dito bei den Gesichtern aus den Pornoheften – Fehlanzeige auch bei den Mädchen, die in dem Laden arbeiteten. Die Puffmutter von Nummer 1564 war durchaus hilfsbereit – die Namen und Gesichter waren aber auch ihr und ihren Nutten völlig unbekannt.

Noch ein Hamburger, dann zurück zum Außenrevier West Hollywood, wo er die Liste der Aliasse durchging – wieder eine absolute Sackgasse.

Neunzehn Uhr zwanzig – keine neuen Namen, die er hätte überprüfen können. Jack fuhr zur North Hamel und parkte so, daß er Bobby Inges Wohnungstür im Blick hatte.

Er beobachtete den kleinen Hof. Kein Fußgängerverkehr, nur wenige Autos – der Strip wurde erst in ein paar Stunden lebendig. Er wartete und rauchte. Immer wieder gingen ihm die Pornobilder durch den Kopf.

Um zwanzig Uhr sechsundvierzig tauchte ein auffälliges Kabrio auf, das langsam am Straßenrand entlangfuhr. Zwanzig Minuten später noch einmal das gleiche. Jack versuchte, das Nummernschild zu entziffern – es war zu dunkel. Dann eine Eingebung: Der Typ sucht ein erleuchtetes Fenster. Wenn es Bobbys Fenster war, dann hatte er ihn.

Er ging in den Hof und hatte Glück – keine Augenzeugen. Mit Hilfe der scharfen Kanten seiner Handschellen brach er die leichte Holztür auf, tastete nach einer Wandlampe, drückte auf den Lichtschalter.

Alles war noch unverändert, das Wohnzimmer ausgeräumt und leer, der Rest der Wohnung in Unordnung. Jack setzte sich an die Tür und wartete.

Die Zeit verging quälend langsam – fünfzehn Minuten, dreißig, eine Stunde. Dann klopfte es an die Fensterscheibe.

Jack duckte sich, in Augenhöhe mit der Tür. Mit verstellter Tuntenstimme rief er: »Is' offen.«

Ein hübscher Junge kam hereingetänzelt. Jack rief: »Ach du Scheiße.«

Timmy Valburn alias Moochie Mouse – Billy Dieterlings Schnalle.

»Timmy, was, zum Teufel, suchst du hier?«

Valburn stand ganz locker da, eine Hüfte hochgezogen, ohne jede Angst. »Bobby ist ein Freund von mir. Er nimmt keine Drogen, wenn's das ist, was Sie suchen. Außerdem sind wir hier ja wohl nicht so ganz in Ihrem Amtsbereich, oder?«

Jack schloß die Tür. »Christine Bergeron, Daryl Bergeron, Sharon Konstenza – sind das auch Freunde von dir?«

»Ich kenne die Namen nicht. Jack, was soll das alles?«

»Das will ich von dir wissen. Seit Stunden versuchst du doch schon, den nötigen Mut aufzubringen und anzuklopfen. Fangen wir mal damit an: Wo ist Bobby?«

»Ich weiß es nicht. Würde ich hierher kommen, wenn ich wüßte, wo er –«

»Bist du Bobbys Kunde? Habt ihr was miteinander?«

»Er ist einfach nur mein Freund.«

»Weiß Billy von dir und Bobby?«

»Jack, sei nicht so eklig. *Bobby ist ein Freund von mir*. Ich glaube nicht, daß Billy weiß, daß wir befreundet sind, aber wir sind wirklich nur Freunde.«

Jack zog seinen Notizblock aus der Tasche. »Nun, ich bin sicher, ihr habt 'ne Menge gemeinsamer Freunde und Bekannte.«

»Nein. Sie können das ruhig wieder einstecken. Ich kenn' keinen von Bobbys anderen Freunden.«

»Also gut, und wo hast du ihn kennengelernt?«

»In einer Bar.«

»Sag mir, welche Bar.«

»Leo's Hideaway.«

»Weiß Billy, daß du hinter seinem Rücken auf Brautschau gehst?«

»Jack, seien Sie nicht so fies. Ich bin kein kleiner Ganove, den Sie einfach rumschubsen können. Ich bin ein geachteter Bürger, der Sie anzeigen kann, weil Sie in diese Wohnung eingedrungen sind.«

Themenwechsel. »Porno. Bildermagazine – normal und homo. Stehst du auf so was, Timmy?«

Ein leichtes Zucken der Augen – aber keine eindeutige Reaktion. »Fährst du auf so was ab? Schaust du dir den Scheiß mit Billy im Bett an?«

Kein verräterisches Zucken. »Seien Sie nicht so geschmacklos, Jack. Seien Sie ein bißchen nett, auch wenn das nicht Ihr Stil ist. Vergessen Sie nicht, was ich Billy bedeute, und vergessen Sie nicht, was Billy für die Show bedeutet, der Sie die Publicity verdanken, auf die Sie so scharf sind. Vergessen Sie nicht, wen Billy alles kennt.«

Jack bewegte sich ganz langsam. Er ging mit den Pornoheften und den Blättern mit den aufgeklebten Gesichtern zu einem Stuhl, zog eine Stehlampe heran. »Sieh dir die Bilder an. Wenn du jemand erkennst, sag's mir. Das ist alles, was ich von dir will.«

Valburn rollte die Augen und betrachtete zuerst die Gesichter – neugieriger Blick. Dann die Hefte mit den Kostümszenen – nonchalant, völlig abgeklärt. Jack beobachtete aufmerksam und aus nächster Nähe seine Augen.

Zuletzt das Heft mit den Orgienaufnahmen. Timmy sah das hineinretuschierte künstliche Blut und betrachtete die Bilder lange. Jack sah, wie eine seiner Adern heftig pulsierte.

Valburn zuckte die Achseln »Nein, tut mir leid.«

Schwer zu durchschauen – ein erfahrener Schauspieler. »Hast du niemand erkannt?«

»Nein, niemand.«

»Aber Bobby hast du erkannt.«

»Natürlich, den kenn' ich doch.«

»Aber sonst niemand?«

»Wirklich, Jack.«

»Kein bekanntes Gesicht? Niemand, den du schon mal in den Bars gesehen hast, in denen deine Sorte rumhängt?«

»*Meine Sorte ?* Jack, sind Sie nicht lange genug mit unserer Branche vertraut, um auch bei der größten Offenheit nett und freundlich zu bleiben?«

Gut, lassen wir das. »Timmy, du zeigst nicht, was du wirklich denkst. Vielleicht hast du schon zu lange Moochie Mouse gespielt.«

»Was meinen Sie mit ›denken‹? Ich bin Schauspieler, also geben Sie mir wenigstens ein Stichwort.«

»Keine Gedanken –*Reaktionen*. Du hast nicht mal mit der Wimper gezuckt, obwohl das so ziemlich das Wildeste ist, was ich in meinen fünfzehn Jahren als Cop gesehen habe. Künstlerische Gestaltung, ein Dutzend Leute beim Rummachen, und überall rote Tinte. Ist das für dich ein so alltäglicher Anblick?«

Ein elegantes Achselzucken. »Jack, ich bin *trés* Hollywood. Ich verkleide mich als Nagetier, um Kinder zu amüsieren. In dieser Stadt überrascht mich überhaupt nichts.«

»Ich bin mir nicht sicher, ob ich dir das abkaufe.«

»Es ist die Wahrheit. Ich kenne niemand von den Leuten auf den Photos, und ich habe solche Magazine noch nie gesehen.«

»Typen wie du kennen viele Leute, und die kennen noch mehr Leute. Du kennst Bobby Inge, und er ist auch auf diesen Bildern. Ich möchte dein kleines schwarzes Buch sehen.«

Timmy sagte: »Nein.«

Jack sagte: »Doch. Sonst geb' ich *Hush-Hush* 'nen Tip über dich und Billy Dieterling als Schwestern im Sex. *Badge of Honor*, die *Dream-a-Dream-Hour* und Schwule – das wär' doch 'ne interessante Dreierkombination, meinst du nicht?«

Timmy lächelte. »Max Peltz würde Sie feuern. Er möchte, daß Sie sich anständig benehmen. Also benehmen Sie sich.«

»Hast du das Buch dabei ?«

»Nein, hab' ich nicht. Jack, vergessen Sie nicht, wer Billys Vater ist. Denken Sie an das viele Geld, das Sie in unserer Branche verdienen können, wenn Sie in Pension gehen.«

Jetzt war er richtig sauer, sah fast rot. »Gib mir deine Brieftasche, und zwar sofort. Sonst verlier' ich die Geduld und stell' dich an die Wand.«

Valburn zuckte die Achseln, zog seine Brieftasche.

Jack nahm raus, worauf es ihm ankam: Visitenkarten, kleine Zettel mit Namen und Telefonnummern.

»Ich will die Sachen wiederhaben.«

Jack reichte ihm die erleichterte Brieftasche. »Sicher doch, Timmy.«

»Eines Tages werden Sie einen ernsten Fehler machen, Jack. Wissen Sie das?«

»Das hab' ich schon, und ich hab' bei der Sache ziemlich gut verdient. Du solltest dran denken, bevor du mich bei Max verpfeifst.«

Valburn verließ den Raum – elegant wie immer.

* * *

Eroberungen aus Schwulenbars: Vornamen, Telefonnummern. Eine Karte kam ihm bekannt vor: »Fleur-de-Lis«. Keine Notizen auf der Rückseite. Jack zermarterte sich das Hirn, konnte aber keine Verbindung herstellen.

Ein neuer Plan. Er würde die Nummern anrufen, so tun, als sei er Bobby Inge, und ein paar Andeutungen über Pornohefte machen – mal sehen, wer anbiß. Er würde in der Wohnung bleiben und sehen, wer anrief oder vorbeikam – vielleicht kam ihm der Zufall zu Hilfe.

Jack wählte: »Ted – DU-6831« – besetzt; »Geoff – CR-9640« – keine Reaktion auf sein gelispeltes »Hi, hier ist Bobby Inge«; »Bing – AX-6005« – keine Antwort; nochmals »Ted –« – »Bobby wer? Tut mir leid, ich glaube nicht, daß wir uns kennen.« »Jim«, »Nat«, »Otto« – keine Antwort. Ihm fiel immer noch nicht ein, woher er die merkwürdige andere Karte kannte. Letzte Möglichkeit: ein Anruf bei der Polizeiauskunft der Telefongesellschaft.

Es klingelte. »Miss Sutherland am Apparat.«

»Hier ist Sergeant Vincennes, LAPD. Ich brauche Namen und Adresse zu einer Telefonnummer.«

»Sie haben doch ein Nummernverzeichnis, Sergeant.«

»Ich bin in einer Telefonzelle, und die Nummer, die ich brauche, ist Hollywood 01239.«

»Na gut. Bitte bleiben Sie dran.«

Jack wartete, bis sich die Frau wieder meldete. »Diese Nummer ist noch nicht zugeteilt. Pacific Coast Bell hat gerade erst begonnen, fünfstellige Nummern auszugeben, und diese ist noch nicht dabei. Offen gesagt, ist es fraglich, ob es je dazu kommt – die Umstellung geht so langsam.«

»Sind Sie sicher?«

»Natürlich bin ich sicher.«

Jack legte auf. Sein erster Gedanke: eine schwarze Nummer. Manche Buchmacher hatten so etwas – es gab ein paar Techniker bei der Telefongesellschaft, die die Leitungen anzapften und dafür sorgten, daß bestimmte Nummern nicht ausgegeben wurden. Keine Telefonrechnungen, keine Möglichkeit für die Behörden, Unterlagen zu kontrollieren oder Anrufe abzuhören.

Aus einem Reflex heraus ein Anruf bei der Auskunft der Zulassungsstelle.

»Ja? Wer sind Sie?«

»Sergeant Vincennes., LAPD. Ich brauche die Adresse eines gewissen Timothy V – A – L – B – U – R – N , männlich, weiß, Mitte bis Ende Zwanzig. Ich glaube, er wohnt im Wilshire-Bezirk.«

»Verstanden. Bitte warten Sie.«

Jack wartete, dann wieder die Stimme. »Es ist Wilshire. 432 South Lucerne. Sagen Sie, ist Valburn nicht der Typ, der in Dieterlings Show die Maus spielt?«

»Yeah.«

»Oh ... und was liegt gegen ihn vor?«

»Strafbarer Besitz vom geschmuggeltem Käse.«

* * *

Chez Mouse: eine alte Villa im französischen Landhausstil mit neuen Installationen, die auf Geld hinwiesen – große Flutlichtlampen, kunstvoll getrimmte Büsche. Moochie und die übrigen Mitglieder von Dieterlings Herde. In der Auffahrt standen zwei Wagen: das Kabriolett, das er oben an der Hamel gesehen hatte, und Billy Dieterlings Packard Caribbean – ein vertrauter Anblick am Drehort vom *Badge of Honor*.

Jack inspizierte das Gelände mit größter Vorsicht. Die Schwulen hatten zu gute Beziehungen, als daß man sie einfach hochnehmen konnte. Das war die endgültige Sackgasse seiner Ermittlungen in der Porno-Sache. Endstation »Die Erfüllung all Ihrer Wünsche«. Er konnte sich an Timmy und Billy halten, sie einschüchtern, ihre Kontaktpersonen unter Druck setzen – Leute, die andere Leute kannten, die wiederum Bobby Inge kannten, und der wußte, wer das Zeug hergestellt hatte. Er ließ das Radio leise laufen. Die Musik half ihm, Ordnung in seine Gedanken zu bringen.

Er wollte unbedingt wissen, woher dieser Schund kam.

Er war fasziniert, wie etwas so häßlich und zugleich so schön sein konnte, und er war einfach erregt davon.

Er war kribbellig, weil er etwas unternehmen wollte. Eine rauchige Sopranstimme im Radio trieb ihn aus dem Auto.

Er ging die Auffahrt hoch, machte einen Bogen um die Scheinwerfer. Die Fenster waren geschlossen und ohne Vorhänge. Er warf einen Blick hinein.

Moochie-Mouse-Plunder in Hülle und Fülle, aber kein Timmy und kein Billy. Endlich das letzte Fenster: Die beiden Turteltauben, leicht in Panik, stritten sich.

Ein Ohr an die Scheibe gelegt, hörte er nur undeutliches Murmeln. Eine Autotür schlug, Türglocken bimmelten. Ein Blick hinein – Billy ging zur Eingangstür.

Jack beobachtete weiter. Timmy spazierte im Raum herum, die Hände in die Hüften gestützt. Billy kam mit einem riesigen Muskelmann wieder. Der Muskelmann überreichte den beiden seine Mitbringsel: Glasröhrchen mit Pillen, ein Zellophanbeutel mit Gras. Jack sprintete zurück zur Straße.

Am Bordstein stand eine Buick-Limousine – schlammverschmierte Nummernschilder vorn und hinten. Die Türen verschlossen.

Entweder er schlug ein Fenster ein oder er mußte mit leeren Händen nach Hause.

Jack trat die Scheibe der Fahrertür ein. Glasscherben auf seiner Beute auf dem Vordersitz – nur eine braune Papiertüte. Er griff sie sich und rannte zu seinem Wagen.

Valburns Tür ging auf.

Jack jagte mit quietschenden Reifen davon – ostwärts, die 5th Street hinunter, dann kreuz und quer bis zur Western und einem hell erleuchteten Parkplatz. Er riß die Tüte auf.

Absinth – auf dem Etikett die Angabe »95 %ig«, eine ölige grüne Flüssigkeit.

Haschisch.

Schwarz-weiße Hochglanzphotos: Frauen in Opernmasken mit Pferden.

»DIE ERFÜLLUNG ALL IHRER WÜNSCHE«

22

Parker sagte: »Ed, Sie waren einfach brillant neulich. Ich bin nicht einverstanden damit, wie Officer White sich eingemischt hat, aber angesichts der Resultate kann ich mich nicht beschweren. Ich brauche intelligente Leute wie Sie und … direkte Leute wie Bud. Und ich will, daß Sie beide gemeinsam am Fall Nite Owl arbeiten.«

»Sir, ich glaube nicht, daß White und ich zusammenarbeiten können.«

»Das wird auch nicht nötig sein. Dudley Smith leitet die Untersuchung, und White ist ihm direkt unterstellt. Zwei weitere Männer, Mike Breuning und Dick Carlisle, werden mit White zusammenarbeiten – dabei kann Dudley ganz nach eigenem Ermessen vorgehen. Die Abteilung Hollywood wird ebenfalls an der Sache mitarbeiten und ist Lieutenant Reddin unterstellt, der wiederum Dudley Bericht erstattet. Wir haben in den einzelnen Abteilungen jeweils Kontaktpersonen ernannt, und jeder im Bureau erstattet Bericht über Informanten-Kontakte. Chief Green sagte mir, daß Russ Millard gerne von der Sitte zu uns überstellt werden möchte, um gemeinsam mit Dud die Leitung zu übernehmen – das wäre also eine Möglichkeit. Damit hätten wir insgesamt vierundzwanzig Männer ständig zur Verfügung.«

»Und was genau ist meine Aufgabe?«

Parker deutete auf ein Diagramm auf einer großen Tafel. »Erstens haben wir immer noch nicht die Waffen und Coates' Wagen gefunden, und solange das Mädchen, das die Ganoven mißhandelt haben, sie bezüglich der Tatzeit nicht entlastet hat, sind die drei immer noch unsere Hauptverdächtigen. Seit Whites kleiner Eskapade weigern sie sich, auch nur noch ein Wort zu sagen. Wir halten sie fest wegen Kidnapping und Vergewaltigung. Ich glaube –«

»Sir, ich würde sie mir gerne noch mal vornehmen.«

»Lassen Sie mich ausreden. Zweitens haben wir die anderen drei Opfer immer noch nicht identifiziert. Doc Layman macht deswegen schon Überstunden, und wir kriegen jeden Tag mehr als vierhundert Anrufe von Leuten, die irgendwelche Angehörigen vermissen. Es besteht immerhin die kleine Möglichkeit, daß es sich um mehr als simplen Raubmord handelt, und deshalb möchte ich, daß Sie die Sache weiter verfolgen. So wie die Dinge jetzt liegen, sind Sie Verbindungsmann zum SID, zum Büro der Staatsanwaltschaft und zu den Kontaktpersonen in den einzelnen Abteilungen. Ich möchte, daß Sie jeden Tag sämtliche Außenberichte durchgehen, eine Einschätzung vornehmen und mir dann persönlich sagen, was Sie davon halten. Ich möchte täglich schriftliche Zusammenfassungen, mit Durchschlägen an Chief Green und meine Wenigkeit.«

Ed versuchte, ein Lächeln zu unterdrücken – die Nähte an seinem Kinn erleichterten die Sache. »Sir, darf ich noch etwas sagen, ehe wir weitermachen?«

Parker lehnte sich in seinem Sessel zurück. »Selbstverständlich.«

Ed zählte mehrere Punkte auf. »Erstens, was halten Sie davon, im Griffith Park nach Patronenhülsen für Vergleichszwecke zu suchen? Zweitens, wenn das Mädchen unsere Verdächtigen im Hinblick auf die Tatzeit entlastet, was hatte dann der violette Wagen vor dem Nite Owl zu suchen? Drittens, wie groß sind unsere Chancen, die Waffen und das Auto zu finden? Viertens, die Verdächtigen haben ausgesagt, sie hätten das Mädchen zuerst zu einem Haus an der Dunkirk gebracht. Wurde dort Beweismaterial gefunden?«

»Ausgezeichnet, was Sie da vorbringen. Aber erstens: Es ist unwahrscheinlich, daß wir Patronenhülsen für einen Vergleich finden. Wenn es sich nicht um Repetiergewehre gehandelt hat, liegen die Hülsen möglicherweise im Wagen, den die Ganoven fuhren; abgesehen davon sind die Hinweise auf die genauen Örtlichkeiten in den entsprechenden Berichten nur ungenau. Griffith Park ist ein hügeliges Gelände; in den letzten beiden Wochen gab's immer wieder Regenfälle und Erdrutsche, und der Park-Ranger hat seine Identifizierung der drei Verhafteten mehr oder weniger widerrufen. Zweitens, der Zeitungsverkäufer, der den Wagen vor dem Nite Owl gesehen hat, meint jetzt, es könnte sich auch um einen Ford oder Chevy gehandelt haben; also ziemlich aussichtslos, alle in Frage kommenden Zulassungen zu überprüfen. Ihre Ansicht, daß der Wagen vielleicht nur dort abgestellt wurde, um uns irrezuführen, ist meiner Meinung nach Unsinn – schließlich hätte dann jemand Bescheid wissen müssen, um den Wagen abzustellen. Drittens, die 77th Street ist dabei, die ganze verdammte Southside auf den Kopf zu stellen, um das Auto und die Waffen zu finden, und überprüft sämtliche bekannten Kontaktpersonen – die gesamte Mischpoke. Und viertens: Auf einer der Matratzen in dem Gebäude an der Dunkirk haben wir jede Menge Blut- und Samenspuren gefunden.«

Ed sagte: »Dann hängt jetzt alles von der Aussage des Mädchens ab.«

Parker nahm ein vor ihm liegendes Formular zur Hand. »Inez Soto, Alter einundzwanzig. Eine College-Studentin. Sie liegt im Queen of Angels und stand bis heute morgen unter Beruhigungsmitteln.«

»Hat schon jemand mit ihr gesprochen?«

»Bud White ist mitgefahren, als sie ins Krankenhaus gebracht wurde. In den letzten sechsundreißig Stunden hat niemand mit ihr gesprochen, und ich muß sagen, ich beneide Sie nicht um diese Aufgabe.«

»Sir, darf ich die Befragung allein durchführen?«

»Nein. Ellis Loew will unsere drei Jungs nach dem Lindbergh-Gesetz anklagen – wegen Kidnapping und Vergewaltigung. Er will sie in die Gaskammer bringen, entweder dafür oder für die Nite-Owl-Sache oder für beides. Und er besteht darauf, einen Ermittlungsbeamten von der Staatsanwaltschaft und eine weibliche Beamtin dabei zu haben. Sie werden sich in einer Stunde im Queen of Angels mit Bob Gallaudet und einer Dame aus dem Büro des Sheriffs treffen. Ich brauche wohl nicht ausdrücklich zu betonen, daß der Ausgang unserer Ermittlungen davon abhängt, was diese Miss Soto Ihnen sagt.«

Ed erhob sich. Parker fragte: »Ganz unter uns, glauben Sie, daß die drei Farbigen für die Sache verantwortlich sind?«

»Sir, ich bin mir nicht sicher.«

»Sie haben sie zumindest fürs erste entlastet. Haben Sie geglaubt, ich wäre Ihnen deswegen böse?«

»Sir, uns geht es in erster Linie um Recht und Gerechtigkeit. Außerdem mögen Sie mich viel zu sehr.«

Parker lächelte. »Edmund, machen Sie sich keine unnötigen Gedanken drüber, was White da neulich gemacht hat. Sie sind für mich so wertvoll wie ein Dutzend von seiner Sorte. Er hat in Ausübung seines Dienstes drei Menschen getötet, aber das ist gar nichts im Vergleich zu dem, was Sie im Krieg geleistet haben. Denken Sie dran.«

* * *

Gallaudet erwartete ihn schon vor dem Zimmer, in dem das Mädchen lag. Der Flur roch nach Desinfektionsmitteln – ein vertrauter Geruch: Seine Mutter war ein Stockwerk tiefer gestorben.

»Hallo, Sergeant.«

»Nennen Sie mich Bob. Und Ellis Loew läßt sich bei Ihnen bedanken. Er hatte schon befürchtet, die Verdächtigen würden zu Tode geprügelt, und er könnte sie nicht mehr vor Gericht stellen.«

Ed lachte. »Unter Umständen werden sie in der Nite-Owl-Sache entlastet.«

»Ist mir wurscht, und Loew ebenfalls. Ein Lindbergh-Vergehen mit zusätzlicher Vergewaltigung bedeutet automatisch die Todesstrafe. Loew will die Burschen unter der Erde wissen, und ich auch, und Sie werden auch so denken, wenn Sie mit dem Mädchen gesprochen haben. Damit wären wir bei der Vierundsechzig-Dollar-Frage: Waren die drei die Täter?«

Ed schüttelte den Kopf. »Angesichts Ihrer Reaktionen würde ich die Frage verneinen. Aber Fontaine hat ausgesagt, sie hätten das Mädchen rumgefahren. ›Weiterverkauft‹ – das war der Ausdruck, auf den er angesprochen hat. Ich glaube, Sugar Coates könnte es mit ein paar anderen gewesen sein, vielleicht zwei der Typen, denen sie das Mädchen verkauft haben. Keiner der drei hatte Geld bei sich, als sie festgenommen wurden. Wie dem auch sei, Nite Owl oder gemeinschaftliche Vergewaltigung – ich glaube, das Geld ist irgendwo versteckt, weil es voller Blut ist – genau wie die Kleidungsstücke, die Coates verbrannt hat.«

Gallaudet pfiff durch die Zähne. »Wir brauchen also von dem Mädchen nicht nur eine Angabe zur Tatzeit, sondern auch eine Identifizierung der anderen Vergewaltiger.«

»Richtig. *Und* unsere Verdächtigen schweigen sich aus, *und* Bud White hat den einzigen Zeugen getötet.«

»Dieser White ist ein ziemlicher Pisser, was? Nun, machen Sie mal kein solches Gesicht. Wenn Sie Angst vor ihm haben, dann heißt das nur, daß Sie noch bei Verstand sind. Kommen Sie schon, reden wir mit der jungen Dame.«

Sie betraten das Krankenzimmer. Eine weibliche Beamtin vom Büro des Sheriffs trat ihnen in den Weg – groß, fett, das kurze Haar eingekremt und straff nach hinten gebürstet. Gallaudet stellte vor: »Ed Exley, Dot Rothstein.« Die Frau nickte und trat zur Seite.

Inez Soto.

Schwarze Augen, das Gesicht voller Rißwunden und Prellungen. Dunkle Haare, an der Stirn rasiert, Nähte. Schläuche in den Armen, Schläuche unter der Bettdecke. Aufgeplatzte Knöchel, gerissene Fingernägel – sie hatte sich gewehrt. Ed sah plötzlich seine Mutter vor sich: kahl, nur noch sechzig Pfund schwer, in der Eisernen Lunge.

Gallaudet sagte: »Miss Soto, das ist Sergeant Exley.«

Ed stützte sich auf das Bettgitter. »Tut mir leid, daß wir Ihnen nicht mehr Zeit gönnen können, sich zu erholen. Ich werde mich bemühen, es so kurz wie möglich zu machen.«

Inez Soto starrte ihn an – dunkle Augen, blutunterlaufen. Dann sagte sie mit heiserer Stimme: »Ich will aber keine Photos mehr sehen.«

Gallaudet: »Miss Soto hat Coates, Fontaine und Jones anhand der Photos aus dem Album identifiziert. Ich habe ihr gesagt, sie müßte möglicherweise weitere Bilder ansehen, um die anderen Männer ebenfalls zu identifizieren.«

Ed schüttelte den Kopf. »Das ist einstweilen nicht nötig. Ich möchte lediglich, Miss Soto, daß Sie versuchen, sich an den chronologischen Ablauf der Ereignisse von vor zwei Tagen zu erinnern. Wir können uns Zeit lassen, und wir brauchen auch fürs erste keine Details. Das können wir nachholen, wenn es Ihnen besser geht. Bitte nehmen Sie sich alle Zeit, die Sie brauchen, und fangen Sie an dem Moment an, wo die drei Männer Sie gekidnappt haben.«

Inez setzte sich auf. »Das waren keine Männer!«

Ed umklammerte das eiserne Schutzgitter. »Ich weiß. Und sie werden bestraft für das, was sie Ihnen angetan haben. Aber vorher müssen wir wissen, ob sie als Tatverdächtige für ein anderes Verbrechen in Frage kommen oder nicht.«

»Ich will, daß sie sterben! Ich hab' Radio gehört! *Ich will, daß sie dafür sterben!*«

»Das geht nicht, denn dann würden die anderen, die Sie mißhandelt haben, straffrei davonkommen. Wir müssen korrekt vorgehen.«

Ein heiseres Flüstern. »Korrekt heißt wohl, daß sechs Weiße wichtiger sind als ein mexikanisches Mädchen aus Boyle Heights. Diese Bestien haben mich aufgerissen, meinen Mund benutzt. Sie haben ihre Gewehre in mich reingesteckt. Meine Familie glaubt, ich wäre selber schuld, weil ich diesen dämlichen *cholo* nicht geheiratet habe, als ich sechzehn war. Ich werde Ihnen gar nichts sagen, *cabrón.*«

Gallaudet: »Miss Soto, Sergeant Exley hat Ihnen das Leben gerettet.«

»Nein, er hat mein Leben zerstört! Officer White hat gesagt, daß er die *negritos* von einer Mordanklage entlastet hat! Officer White ist der Held – er hat den verdammten *puto* umgebracht, der mich von hinten genommen hat!«

Inez schluchzte. Gallaudet winkte mit der Hand, er solle aufhören. Ed ging hinunter zum Geschenkladen – ein vertrauter Anblick. Er dachte an seine Totenwache. Blumen für 875 – jeden Tag ein großer, fröhlicher Strauß.

23

Bud kam früh zum Dienst; auf seinem Schreibtisch fand er eine Notiz.

19.4.53

Mein Junge –

Papierkram ist nicht Ihre Stärke, aber ich muß Sie bitten, in zwei Fällen unsere Kartei zu überprüfen. (Dr. Layman hat die Leichen der drei Gäste identifiziert.) Verfahren Sie wie üblich nach der Methode, die ich Ihnen beigebracht habe, und orientieren Sie sich als erstes am Bulletin Nr. 11 – es hängt am Schwarzen Brett des Mannschaftsraums und enthält einen Überblick über den neuesten Stand der Ermittlungen sowie eine Liste der Aufgaben der Kollegen, die an der Untersuchung beteiligt sind. Das erspart Ihnen womöglich zusätzliche und überflüssige Wege.

1. Susan Nancy Lefferts, weiß, weiblich, Geburtsdatum 29.1.22, keine

Vorstrafen. Sie kommt aus San Bernardino und ist erst seit kurzem in Los Angeles. Arbeitete als Verkäuferin bei Bullock's Wilshire (allgemeine Überprüfung wurde Sgt. Exley übertragen).

2. Delbert Melvin Cathcart, alias »Duke«, weiß, männlich, Geburtsdatum 14.11.14. Zwei Vorstrafen wegen Verführung Minderjähriger, drei Jahre Zuchthaus in San Quentin. Drei Festnahmen wegen Zuhälterei, keine Verurteilung. (War schwer zu identifizieren – nur aufgrund von Wäschemarken und Vergleich mit den Körpermaßen ehemaliger Häftlinge.) Keine Arbeitsstelle oder Beschäftigung bekannt. Letzte bekannte Adresse: 9819 Vendome, Silverlake District.

3. Malcolm Robert Lunceford, alias »Mal«, weiß, männlich, Geburtsdatum 2.6.12. Keine bekannte Adresse. Arbeitete früher als Sicherheitsbeamter für die Agentur Mighty Man, 1680 North Cahuenga. Ehemals LAPD (Streifenpolizist), war während seiner elfjährigen Dienstzeit zumeist der Hollywood Division zugeteilt. Im Juni 1950 wegen Inkompetenz entlassen. Bekannt als regelmäßiger später Gast des Nite Owl. Ich habe Luncefords Personalakte durchgesehen – der Mann war eine Schande für die Polizei (alle seine Vorgesetzten gaben ihm in den Zustandsberichten eine glatte »Vier«). Überprüfen Sie alle Unterlagen, die sich in Hollywood über ihn finden lassen (Breuning und Carlisle werden Ihnen zur Hand gehen).

Zusammenfassung: Ich glaube immer noch, daß die Neger unsere Männer sind, aber Cathcarts kriminelle Vergangenheit und Luncefords Status als ehemaliger Polizist machen es erforderlich, mehr als nur eine Routineüberprüfung vorzunehmen. Ich möchte Sie als Adjutanten bei dieser Sache – das wäre für Sie eine großartige Feuertaufe für den Posten eines Detective der Mordkommission. Wir treffen uns heute abend (21 Uhr 30) im Pacific Dining Car. Dort können wir uns über den Job und über andere Dinge unterhalten.

D.S.

Bud ging zum Schwarzen Brett. Es war voll mit Anschlägen über den Fall Nite Owl: Außenberichte, Autopsieberichte, Zusammenfassungen. Er suchte Bulletin Nr. 11 und überflog den Text.

Sechs Angestellte der Fahndungsabteilung waren beauftragt, Vorstrafenregister und Kfz-Zulassungen zu überprüfen; die 77th Street Squad durchsuchte Jigtown nach den Waffen und dem Mercury von Ray Coates. Breuning und Carlisle kontrollierten alle Verdächtigen mit Vorstrafen wegen illegalem Waffenbesitz. Die Gegend um das Nite Owl wurde insgesamt neunmal auf den Kopf gestellt, ohne daß ein einziger neuer Zeuge aufgetaucht wäre. Die Bimbos weigerten sich weiterhin, mit LAPD-Leuten, Ermittlungsbeamten der Staatsanwaltschaft oder Ellis Loew selbst zu sprechen. Inez Soto verweigerte jede Zusammenarbeit bei der Klärung der Tatzeit. Ed Exley versagte bei ihrer Befragung und meinte, man müsse sie mit Glacéhandschuhen anfassen.

Weiter unten hing Malcolm Luncefords Personalakte aus seiner Dienstzeit beim LAPD. Schlechtes Bild – Lunceford war ein Nassauer und völlig inkompetenter Mann gewesen. Eine saumäßig schlechte Liste von Festnahmen. Drei Disziplinarverfahren wegen Pflichtvernachlässigung. Auf einen entsprechenden Aufruf hin hatten sich vier Polizisten gemeldet, die mit Lunceford zusammengearbeitet hatten. Zahlreiche Fälle von Bestechung. Mal trank während des Dienstes Alkohol, erpreßte sexuelle Gefälligkeiten von Nutten, versuchte immer wieder, Geschäftsleuten in Hollywood in seiner dienstfreien Zeit seine »Schutz«-Dienste aufzuzwingen – sie ließen ihn in ihren Läden schlafen, wenn er wegen rückständiger Mietzahlungen nicht in seine Wohnung konnte. Eine von zahlreichen Beschwerden führte dann im Juni 1950 zu seiner Entlassung aus dem Polizeidienst. Alle vier Kollegen sagten aus, daß er dem Überfall auf das Nite Owl wahrscheinlich rein zufällig zum Opfer gefallen war – als Polizist hatte er sich gewohnheitsmäßig in Coffeeshops aufgehalten, die die ganze Nacht geöffnet waren, meist, um eine warme Mahlzeit zu schnorren. Wahrscheinlich war er um drei Uhr morgens im Nite Owl gewesen, weil er auf dem Zahnfleisch ging und keine Lust hatte, draußen zu schlafen, und weil das Nite Owl so gemütlich und warm aussah.

Bud fuhr zum Hollywood-Revier. Dabei dachte er an Inez, dann an Dudley und Dick Stens. Ziemlich mutig: Noch auf der Tragbahre hatte sie versucht, sich auf Sylvester Fitch zu stürzen, der im Leichenschauhaus tot auf eine Pritsche geschnallt war. Dabei schrie sei: »Ich bin tot, ich will, daß sie auch sterben!« Er hatte sie in den Krankenwagen verfrachtet, eine Spritze und Morphium geklaut und ihr eine Injektion gegeben, als niemand es sah. Eigentlich war damit das Schlimmste überstanden – aber das Schlimmste kam erst noch.

Exley würde sie befragen und dazu bringen, Einzelheiten zu erzählen. Er würde ihr Bilder von Sexualverbrechern zeigen, bis sie nicht mehr konnte. Ellis Loew wollte einen bombensicheren Fall – das bedeutete Gegenüberstellungen, Aussagen vor Gericht. Inez Soto – die erste Schlagzeilen-Zeugin für den ehrgeizigsten Staatsanwalt, den es je gegeben hatte – und er konnte nichts weiter tun, als sie im Krankenhaus besuchen, »Hallo« sagen und versuchen, die Schläge zu dämpfen. Eine tapfere Frau, die jetzt als Kanonenfutter für einen feigen Fanatiker herhalten mußte – Ed Exley.

Von Inez zu Stens.

Gelungene Rache: Danny-Duck-Masken; Exley wimmernd vor Schmerzen; das Photo als Sicherheitsgarantie für alle Fälle. Dick war immer noch auf Blut aus, das schmeckte er richtig auf der Zunge. Sein Job in Kikey T.'s Delicatessen-Laden stank – der Schuppen war ein bekannter Treffpunkt für Hochstapler und Betrüger; nur eine Frage der Zeit, bis man ihn wegen Verstoßes gegen die Bewährungsauflagen erwischte. Stens schlief in seinem Wagen, soff, spielte – das Gefängnis hatte ihn einen absoluten Scheiß gelehrt.

Bud bog nach Norden in die Vine ab. Das Sonnenlicht zeigte ihm sein Spiegelbild in der Windschutzscheibe. Seine Krawatte hob sich deutlich ab: LAPD-Wappen, Zweien. Die Zweien standen für die Männer, die er getötet hatte. Er mußte sich unbedingt ein paar neue Krawatten machen lassen – mit Dreien, nach Sylvester Fitch. Das war Dudleys Idee gewesen – ein bißchen *esprit de corps* für das Surveillance-Team. Flotte Dinger, die besonders Frauen zu beeindrucken schienen. Dudley war schon ein Hammer – in die Zähne, ins Hirn.

Er verdankte ihm mehr, als er Dick Stens verdankte – der Mann hatte die Sache mit der Blutigen Weihnacht auf Eis gelegt und ihm erst den Job in Surveillance, dann bei Mord verschafft. Aber wenn Dudley Smith einen unter seine Fittiche nahm, dann bedeutete das, daß man ihm gehörte – und er war so viel schlauer als jeder andere, daß man nie sicher war, was er von einem wollte oder wie er einen benutzte – das ging alles unter in seinen hochgestochenen Sprüchen. Nicht daß es einem auf der Seele lastete, aber man fühlte es irgendwie. Es war schon beängstigend zu sehen, wie Mike Breuning und Dick Carlisle dem Mann ihre Seele verkauft hatten.

Dudley konnte einen biegen und brechen und mit einem machen, was er wollte – und trotzdem fühlte man sich nie wie ein lebloser Haufen Lehm in seinen Händen. Dennoch ließ er einen nie vergessen, daß er einen besser kannte als man selbst.

Kein Parkplatz am Straßenrand – alles besetzt. Bud stellte den Wagen drei Häuserblocks weiter ab und ging dann in den Mannschaftsraum hinauf. Exley war nicht da, aber alle Schreibtische waren besetzt. Die Männer waren am Telefon, machten sich eifrig Notizen. Ein riesiges Schwarzes Brett, ausschließlich mit Informationen über Nite Owl – eine fast zehn Zentimeter dicke Schicht Papier. Zwei Frauen an einem Tisch, hinter ihnen eine Telefonvermittlungsanlage, zu ihren Füßen ein Schild: »Anfragen für Fahndung/Zulassungsstelle«. Bud ging hin und versuchte, die Telefongeräusche zu übertönen. »Ich bin dabei, Cathcart zu überprüfen, und ich brauch' alles, was Sie mir besorgen können, bekannte Kontaktpersonen, Adressen, einfach alles. Der Bursche hat zweimal wegen Verführung Minderjähriger gesessen. Ich brauch' alle Einzelheiten über die Leute, die damals Anzeige erstattet haben, samt derzeitiger Adressen. Er wurde dreimal festgenommen wegen Zuhälterei, aber nicht verurteilt, und ich möchte, daß Sie alle Sittendezernate in der Stadt und im County abklappern, ob es irgendeine Akte über ihn gibt. Wenn ja, brauch' ich die Namen aller Mädchen, die er laufen hatte. Wenn Sie die Namen bekommen, besorgen Sie sich die Geburtsdaten und fragen Sie nach bei Fahndung, Zulassungsstelle, Bewährungsämtern von City und County, Frauengefängnis usw. Ich brauche *Details*. Haben Sie mich verstanden?«

Die Mädchen machten sich über die Vermittlungsanlage her, Bud ging zum Schwarzen Brett: ein Blatt Papier mit der Überschrift »Opfer Lunceford«. Eine neue Meldung: Ein Officer der Hollywood Squad hatte mit Luncefords Boss bei der Agentur Mighty Man gesprochen und erfahren, daß Lunceford fast jeden Tag frühmorgens ins Nite Owl ging, nachdem er seine Schicht von sechs bis zwei im Pickwick Bookstore Building beendet hatte. Lunceford war als Alkoholiker bekannt und durfte auch im Wachdienst keine Waffe tragen. Lunceford hatte keine bekannten Feinde, keine bekannten Freunde, keine bekannten Freundinnen; er hatte keine Kontakte mit seinen Kollegen unter den Mighty Men, er schlief in einem kleinen Zelt hinter der Hollywood Bowl. Das Zelt wurde kontrolliert, das Inventar aufgelistet: ein Schlafsack, vier Mighty-Man-Uniformen, sechs Flaschen Old Monterey Muskateller.

Adiós, Mistkerl – du warst absolut am falschen Ort zur falschen Zeit. Bud überprüfte Luncefords Verhaftungsliste: neunzehn Festnahmen wegen kleinerer Vergehen in elf Jahren als Polizist, also fiel Rache als Motiv aus. Was das betraf, so stank das Motiv ohnehin: sechs Leute umbringen, um einen zu kriegen. Exley war immer noch nicht aufgetaucht, ebensowenig wie Breuning und Carlisle. Bud erinnerte sich an Dudleys Mitteilung – Überprüfung der Revier-Unterlagen nach Eintragungen von Lunceford.

Eine gute Idee. Jeder Außendienstbeamte führte eine ständige Kartei über seine Befragungen und Ermittlungen, die alphabetisch unter seinem Namen abgelegt wurden. Bud ging in den Archivraum, zog die Schublade mit »L« auf – keine Mappe für »Lunceford, Officer Malcolm«. Vielleicht falsch abgelegt. Eine Stunde lang suchte er alle anderen Schubladen von »A« bis »Z« durch – nichts. Keine Unterlagen – merkwürdig. Vielleicht hatte Säufer Mal nie Berichte geschrieben.

Es war fast Mittag, Zeit, was zu essen: ein Sandwich, eine kurze Unterhaltung mit Dick; Carlisle und Breuning waren aufgetaucht, lungerten herum, tranken Kaffe. Bud suchte sich ein freies Telefon und rief seine Informanten an.

Snake Tucker hatte nichts gehört, dito Fats Rice und Johnny Stomp. Jerry Katzenbach sagte, es seien die Rosenbergs gewesen – sie hätten die Morde aus der Todeszelle befohlen; offenbar hing Jerry wieder an der Nadel. Eines der Mädchen von der Fahndung kam zu ihm, reichte ihm ein Blatt. »Viel haben wir nicht. Nichts über Cathcarts Kontaktpersonen, nur wenige Einzelheiten, von seinem Vorstrafenregister abgesehen. Ich konnte nur wenig rausfinden über die Leute, die damals Anzeige gegen ihn wegen Verführung Minderjähriger erstattet haben, außer daß die Mädchen vierzehn und blond waren und während des Krieges bei Lockheed gearbeitet haben. Ich würde sagen, sie waren nur auf der Durchreise. Das Sittendezernat des Sheriffs hatte eine Akte über Cathcart mit einer Liste von neun Prostituierten. Ich bin der Sache nachgegangen. Zwei sind an Syphilis verstorben, drei waren minderjährig und haben den Staat verlassen – Bewährungsauflage –, zwei andere konnte ich nicht ausfindig machen. Die restlichen beiden stehen dort auf dem Blatt. Hilft Ihnen das?«

Bud winkte Breuning und Carlisle heran. »Yeah, großartig. Danke.«

Das Mädchen entfernte sich. Bud warf einen Blick auf das Blatt, auf dem zwei Namen eingekreist waren: Jane (alias »Feather«) Royko, Cynthia (alias »Sinful Cindy«) Benavides. Letzte bekannte Adresse, bekannte Aufenthaltsorte: Wohnungen an der Poinsettia und Yucca, eine Reihe von Cocktailbars.

Dudleys Prügelknaben warteten. Bud sagte: »Ich hab' hier zwei Namen. Könnt ihr den beiden nachgehen?«

Carlisle meinte: »Die Aktion ist doch absoluter Quatsch. Ich sag', es waren die Bimbos.«

Breuning griff sich das Blatt. »Dud hat gesagt, wir sollen's machen, also machen wir's.«

Bud warf einen Blick auf ihre Krawatten – insgesamt fünf Tote. Der fette Breuning, der dünne Carlisle – irgendwie sahen sie beide wie Zwillinge aus. »Dann macht schon.«

* * *

Abe's Noshery. Kein Parkplatz frei, einmal um den Block. Dicks Chevy stand hinter dem Haus, leere Schnapsflaschen auf dem Sitz – der zweite Verstoß gegen die Bewährungsauflagen. Bud fand einen freien Parkplatz, ging zurück und warf einen Blick durchs Fenster. Stens schluckte Manischewitz und alberte mit ehemaligen Sträflingen herum – Lee Vachss, Deuce Perkins, Johnny Stomp. Am Tresen aß einer, der wie ein Cop aussah: ein Mund voll, dann ein kurzer Blick auf die Versammlung bekannter Verbrecher, wieder ein Mund voll – wie ein Uhrwerk. Zurück zum Hollywood-Revier. Er war sauer, daß er immer noch das Kindermädchen spielte.

Breuning wartete auf ihn mit zwei Nutten. Die drei saßen in einer Verhörkabine und waren außer Rand und Band vor Lachen. Bud klopfte an die Scheibe. Breuning kam heraus.

Bud fragte: »Wer ist wer?«

»Die Blonde ist Feather Royko. He, kennst du schon den mit dem Elefanten mit dem riesigen Gehänge?«

»Was habt ihr ihnen gesagt?«

»Ich hab' ihnen gesagt, es wär 'ne reine Routineüberprüfung von

Duke Cathcart. Sie haben die Zeitungen gelesen, waren also nicht sonderlich überrascht. Bud, es war'n die Nigger. Die schmoren für die Mexenschnalle. Dudley macht den ganzen Blödsinn bloß mit, weil Parker 'n absoluten Vorzeigefall will und auf den Scheißkerl von Exley hört mit seinem hochtrabenden Ge –«

Zwei harte Finger bohrten sich zwischen seine Rippen. »Inez Soto ist keine Schnalle, und vielleicht waren es gar nicht die Bimbos. Also los, du und Carlisle, ihr seid noch im Dienst.«

Ein Kotau – Breuning zog sein Hemd straff und verschwand. Bud ging in die Kabine. Die beiden Nutten sahen nicht gut aus – eine Wasserstoffblonde, eine Hennarote, viel zu viel Make-up über viel zu vielen Falten.

Bud sagte: »Ihr habt also heute morgen die Zeitung gelesen.«

Feather Royko sagte: »Yeah. Armer Dukey.«

»Das klingt nicht grade, als ob euch das besonders traurig macht.«

»Dukey war Dukey. Er war billig, aber er hat einen nie geschlagen. Hatte 'ne Vorliebe für Chili-Burger, und die im Nite Owl waren gut. Ein Chili-Burger zuviel. Ruhe in Frieden, Dukey.«

»Das heißt, ihr beiden glaubt wirklich, daß es sich um einen Raubüberfall gehandelt hat, wie in der Zeitung steht?«

Cindy Benavides nickte. Feather meinte: »Sicher. Das war's doch auch, oder? Ich meine, sehen Sie's nicht auch so?«

»Wahrscheinlich. Was ist mit Feinden? Hatte Duke irgendwelche Feinde?«

»Nein, Dukey war Dukey.«

»Wie viele Mädchen hatte er noch laufen?«

»Bloß uns. Wir sind der magere Rest von Dukeys Stall.«

»Ich habe gehört, Duke hat früher mal neun Mädchen gehabt. Was ist passiert? Rivalitäten mit anderen Zuhältern?«

»Mister, Dukey war 'n Träumer. Er stand schon auf junge Dinger, und er wollte auch junge Dinger für sich laufen lassen. Junge Dinger fangen schnell an, sich zu langweilen, und hauen ab, wenn ihr Typ sie nicht mit Gewalt dran hindert. Dukey konnte zu andern Männern fies sein, aber nie zu Frauen. Ruhe in Frieden, Dukey.«

»Dann muß Duke aber noch was anderes laufen gehabt haben. Zwei Mädchen haben bestimmt nicht gereicht.«

Feather kratzte an ihren lackierten Fingernägeln herum. »Dukey war ganz heiß auf irgendein neues Geschäft. Wissen Sie, er hat immer irgendein neues Geschäft geplant. Er war 'n Träumer. Und die Pläne, die er immer schmiedete, haben ihn glücklich gemacht. Dann dachte er, die paar Kröten, die Cindy und ich ihm ablieferten, wären gar nicht so übel.«

»Hat er irgendwelche Einzelheiten erzählt?«

»Nein.«

Cindy hatte ihren Lippenstift aus der Tasche gezogen und legte eine neue Schicht auf. »Cindy, hat er *dir* irgendwas erzählt?«

»Nein« – eine Piepsstimme.

»Irgendwelche Feinde, die er hatte?«

»Nein.«

»Was ist mit Freundinnen. Hatte Duke in letzter Zeit wieder 'n junges Ding an der Hand?«

Cindy nahm ein Kleenex, tupfte sich die Lippen. »N-nein.«

»Feather, kaufst du ihr das ab?«

»Ich schätze, Dukey hatte niemand. Können wir jetzt gehen? Ich meine –«

»Macht schon. Die Straße hoch ist ein Taxistand.«

Die beiden Mädchen verschwanden eilig. Bud gab ihnen einen kleinen Vorsprung, dann rannte er zu seinem Wagen. Den Sunset hoch bis auf Höhe des Taxistands. Er mußte zwei Minuten warten, dann kamen Cindy und Feather angelaufen.

Getrennte Taxis, verschiedene Richtungen. Cindy fuhr die Wilcox hoch direkt nach Norden, vielleicht nach Hause – 5814 Yucca. Bud nahm eine Abkürzung. Das Taxi kam pünktlich an. Cindy ging zu einem grünen De Soto, fuhr Richtung Westen. Bud zählte bis zehn und folgte ihr.

Rauf nach Highland, dann über den Cahuenga-Paß ins Valley, nach Westen auf den Ventura Boulevard. Bud blieb dicht hinter ihr. Cindy fuhr ziemlich schnell, blieb auf der Mittelspur. Dann zog sie in letzter Sekunde vor einem Motel zur Seite – eine Reihe von Zimmern rings um einen verdreckten Swimmingpool.

Bud bremste, wendete, beobachtete. Cindy ging zu einem Zimmer auf der linken Seite und klopfte. Ein Mädchen – blond, vielleicht fünfzehn – machte auf. Junges Ding – genau der Typ, auf den Duke Cathcart stand. Verführung Minderjähriger.

Bud beobachtete weiter.

Zehn Minuten später kam Cindy wieder heraus, stieg in den Wagen, wendete und fuhr zurück in Richtung Hollywood. Bud klopfte an die Tür des Mädchens.

Sie öffnete – Tränen in den Augen. Ein Radio lief auf vollen Touren: »Nite-Owl-Massaker«, »Das Verbrechen des Jahrhunderts im Southland«. Das Mädchen wischte sich die Augen und sah ihn an.

»Sind Sie von der Polizei?«

Bud nickte. »Wie alt bist du, Kleine?«

Ihr Blick verschwamm – sie sah ihn nicht mehr an.

»Kleine, wie heißt du?«

»Kathy Janeway. Kathy mit ›K‹.«

Bud schloß die Tür. »Wie alt bist du?«

»Vierzehn. Warum fragen die Männer das immer?«

Dem Akzent nach kam sie aus der Prärie.

»Wo kommst du her?«

»North Dakota. Aber wenn Sie mich zurückschicken, lauf' ich trotzdem wieder weg.«

»Warum?«

»Wollen Sie's in VistaVision? Duke sagt, viele Typen stehen auf so was!«

»Du brauchst gar nicht so abgebrüht zu tun, hörst du? Ich bin auf deiner Seite.«

»Das ist 'n Lacher.«

Bud inspizierte das Zimmer. Pandabären, Filmzeitschriften, Schulmädchenkleider auf der Kommode. Kein Nuttenfummel, keine Rauschgift-Utensilien. »War Duke nett zu dir?«

»Er hat mich nicht gezwungen, mit andern Typen zu schlafen, wenn Sie das meinen.«

»Du meinst, du hast es nur mit ihm gemacht?«

»Nein, ich meine, mein Daddy hat's mit mir gemacht, und dieser andere Mann hat mich gezwungen, es mit andern Typen zu machen, aber Duke hat mich ihm abgekauft.«

Zuhälterintrigen. »Wie hieß der Mann?«

»Nein! Das sag' ich nicht, und Sie können mich nicht dazu zwingen, und außerdem hab' ich's sowieso längst vergessen!«

»Welcher von denen war's, Kleine?«

»Ich will's aber nicht sagen!«

»Ssshhh. Also, Duke war immer nett zu dir?«

»Hören Sie ja auf mit dem Ssshhh. Duke war 'n richtiger Pandabär. Er wollt' bloß mit mir im selben Bett schlafen und Rommé spielen. Ist das so schlimm?«

»Süße –«

»Mein Daddy war viel schlimmer! Und Onkel Arthur war sogar noch schlimmer!«

»Nun sei schon still, hörst du?«

»Sie können mich nicht zwingen!«

Bud nahm ihre Hände. »Was hat Cindy gewollt?«

Kathy wich zurück. »Sie hat mir gesagt, daß Duke tot ist, was natürlich jeder Schwachkopf mit einem Radio längst weiß. Sie hat gesagt, Duke hat sie gebeten, daß sie sich um mich kümmern soll, wenn ihm was zustößt, und sie hat mir zehn Dollar gegeben. Sie sagt, die Polizei ist hinter ihr her. Ich hab' gesagt, zehn Dollar sind nicht besonders viel, und sie war beleidigt und hat mich angeschrien. Und woher wissen Sie, daß Cindy hier war?«

»Spielt keine Rolle.«

»Die Miete hier beträgt neun Dollar die Woche, und ich –«

»Ich werde dir ein bißchen Geld besorgen, wenn du mir –«

»Duke war zu mir *nie* so billig!«

»Kathy, sei jetzt endlich mal still und beantworte mir ein paar Fragen, und vielleicht kriegen wir dann die Leute, die Duke umgebracht haben. In Ordnung? Einverstanden?«

Ein kindlicher Seufzer. »Okay, einverstanden. Fragen Sie.«

Bud bemühte sich, in sanftem Ton zu sprechen. »Cindy hat gesagt, Duke hätte sie gebeten, für dich zu sorgen, wenn ihm was zustoßen sollte. Glaubst du, er hat damit gerechnet, daß ihm was passiert?«

»Ich weiß nicht. Vielleicht.«

»Warum sagtst du vielleicht?«

»Vielleicht, weil Duke in letzter Zeit ziemlich nervös war.«

»Warum war er nervös?«

»Das weiß ich nicht.«

»Hast du ihn nicht gefragt?«

»Er hat einfach gesagt, es wär' was ›Geschäftliches‹.«

Was hatte Feather von Cathcart gesagt: ganz heiß auf irgendein neues Geschäft. »Kathy, wollte Duke irgendwas Neues anfangen?«

»Ich weiß nicht. Duke hat immer gesagt, Mädchen sollen nicht übers Geschäft reden. Und ich *weiß*, daß er mir mehr als zehn lausige Dollar hinterlassen hat.«

Bud gab ihr seine Karte vom Bureau. »Hier ist meine Telefonnummer. Ruf mich an, hörst du?«

Kathy nahm einen der Pandabären vom Bett. »Duke war immer ziemlich unordentlich und schlampig, aber das hat mich nicht gestört. Er hatte 'n süßes Lächeln und so 'ne süße Narbe auf der Brust, und er hat mich nie angeschrien. Mein Daddy und Onkel Arthur haben mich immer angeschrien, und deswegen hat Duke das nie getan. War das nicht lieb von ihm?«

Bud drückte ihr zum Abschied die Hand. Er hörte sie laut schluchzen, als er fast auf der Straße war.

* * *

Zurück zum Wagen, nachdenken, was er bislang über Cathcart hatte. Dukes »neues Geschäft« und seine Zuhälterintrigen waren eine schwache Hoffnung. Die Chili-Burger im Nite Owl waren mit 99prozentiger Sicherheit die rote Tinte auf seinem Todesurteil. Ein wegen Verführung Minderjähriger vorbestrafter Zuhälter und ein Ex-Cop und Betrüger als Opfer – merkwürdig, aber vielleicht doch nicht so ungewöhnlich für den Hollywood Boulevard um drei Uhr morgens.

Auf Dudley wartete jedenfalls eine Menge Arbeit – vielleicht war Cindy doch tiefer in die Sache verwickelt und hatte nicht nur das Geld für sich behalten. Er könnte ihr die Kohle abnehmen, ein paar Zuhälter durch die Mangel drehen, die Cathcart-Sache abschließen und Dud bitten, ihn nach Darktown zu schicken. Das wäre einfach – aber Cindy war sonstwo, und Kathy ließ ihn schon nach ihrer Pfeife tanzen – ein rettender Engel, der nicht wußte, was er tun sollte. Plötzlich fiel ihm ein, was am Schwarzen Brett gefehlt hatte: Niemand hatte den Auftrag bekommen, Cathcarts Wohnung zu durchsuchen.

Möglicherweise fand er dort Dukes Nuttenbuch, vielleicht sogar mit ein paar Anhaltspunkten über sein neues Geschäft und über den Zuhälter, dem er Kathy abgekauft hatte – immerhin etwas, um die Zeit totzuschlagen.

Bud fuhr zum Cahuenga. Hinter sich sah er einen roten Wagen, der deutlich Abstand hielt – er meinte, ihn schon in der Nähe des Motels gesehen zu haben. Er fuhr schneller, machte einen Umweg an Cindys Wohnung vorbei – kein grüner De Soto, keine rote Limousine. Auf dem Weg nach Silverlake sah er immer wieder in den Rückspiegel. Kein Verfolger – nur Einbildung.

9819 Vendome sah fast jungfräulich aus – eine Garagenwohnung hinter einem kleinen Rauhputzhaus. Keine Reporter, keine Tatortabsperrungen, keine Nachbarn beim Sonnenbaden. Bud drückte die Tür mit der Hand auf.

Eine typische Junggesellenbude: kombiniertes Wohn- und Schlafzimmer, Bad, Kochecke. Er schaltete kurz das Licht an, um sich zu orientieren – genau wie er es von Dudley gelernt hatte.

Ein heruntergeklapptes Wandbett. Billige Seestücke an den Wänden. Eine Kommode, ein begehbarer Wandschrank. Keine Türen zum Bad oder zur Kochecke – alles sauber und ordentlich. Die ganze Wohnung blitzblank und aufgeräumt – im Widerspruch zu dem, was Kathy gesagt hatte: »Duke war immer ziemlich unordentlich und schlampig.«

Suche nach Kleinigkeiten – ein weiterer Trick, den er von Dudley gelernt hatte. Ein Telefon auf einem Beistelltischchen; in den Schubladen: Bleistifte, kein Adreßbuch, kein Nuttenbuch. Ein Stapel Branchenbücher – L. A. County, Riverside County, San Bernardino County, Ventura County. Das einzige benutzte war das von San Berdoo – zerfledderte Seiten, der Rücken gebrochen. Er prüfte die zerfledderten Seiten – jemand hatte nach »Druckereien« gesucht. Möglicherweise ein Anhaltspunkt, aber wahrscheinlich bedeutungslos: Susan Lefferts, eines der Opfer, stammte aus San Berdoo.

Bud stöberte weiter, prägte sich Details ein: klick/klick/klick. Bad und Kochecke makellos; in der Kommode lauter sorgfältig zusammengelegte Hemden. Der Teppich sauber, ein bißchen speckig an den Ecken. Die einzige Schlußfolgerung: Die Bude war durchsucht und sorgfältig aufgeräumt worden – vielleicht von einem Profi.

Er durchsuchte den Wandschrank: Jacketts und Hosen, die fast von den Bügeln rutschten. Cathcart verfügte über eine elegante Garderobe – entweder hatte jemand seine Klamotten anprobiert oder dies war der wahre Duke – Kathys Schlampe –, und wer immer die Bude durchsucht hatte, hatte sich nicht um die Kleider gekümmert.

Bud kontrollierte jede einzelne Tasche jedes Kleidungsstücks: Flusen, ein paar lose Münzen, keine heiße Spur. Dann ein neuer Einfall – ein kleiner Test, um denjenigen zu testen, der die Wohnung durchsucht hatte. Er ging zu seinem Wagen, holte seine Ausrüstung und suchte nach Fingerabdrücken. Die Kommode kam am ehesten in Frage. Er fand Kratzspuren von Scheuerpulver. Also war die Bude von einem Profi auf den Kopf gestellt worden, der alle Abdrücke beseitigt hatte.

Bud packte wieder ein, verließ die Wohnung und dachte weiter nach. Zuhälterkrieg – kaum wahrscheinlich. Duke Cathcart hatte nur zwei Pferdchen in seinem Stall und nicht die Nerven, sein vierzehn Jahre altes Nymphchen auf die Straße zu schicken – für einen Zuhälter eine absolute Katastrophe. Er versuchte, einen Zusammenhang zwischen der durchsuchten Wohnung und dem Fall Nite Owl herzustellen – aber da tat sich nichts. Die Chancen waren weiterhin groß, daß die drei Bimbos es waren. Die Durchsuchung hatte also wahrscheinlich mit Cathcarts neuem »Geschäft« zu tun, das Feather Royko erwähnt hatte – das Mädchen machte einen ebenso ehrlichen Eindruck wie Sinful Cindy unehrlich war. Cindy war also die nächste – außerdem schuldete sie Kathy noch Geld.

Es fing an zu dämmern. Bud fuhr zu Cindys Wohnung, sah den grünen De Soto. Durch ein halb geöffnetes Fenster war Stöhnen zu hören. Er schob das Fenster hoch, turnte hinein.

Ein dunkler Korridor, Stöhn-Stöhn-Stöhn eine Tür weiter. Bud ging zur Tür und schaute um die Ecke. Cindy und ein fetter Mann im Bett, das kurz davor war zusammenzukrachen. Die Hosen des Dicken hingen am Türknauf – Bud fischte die Brieftasche heraus, leerte sie aus, pfiff leise durch die Zähne.

Cindy kreischte auf; der Dicke rammelte weiter. Bud rief: »SCHEISSKERL! WAS MACHST DU MIT MEINER FRAU??«

Jetzt kam Tempo in die Sache.

Der Fettsack rannte raus; Cindy verschwand unter der Bettdecke. Bud sah eine Handtasche, stellte sie auf den Kopf, steckte die Scheine ein. Cindy kreischte immer noch. Bud trat mit dem Fuß gegen das Bett. »Dukes Feinde. Raus damit, dann nehm' ich dich nicht fest.«

Cindy streckte den Kopf unter der Decke hervor. »Ich ... weiß von ... nix.«

»Letzte Chance. Du hast mir auf dem Revier was verschwiegen, während Feather ehrlich war. Du bist zu Kathy Janeways Motel gefahren und hast sie mit 'nem müden Zehner abgefunden. Was hast du noch für dich behalten?«

»Hören Sie –«

»Raus damit.«

»Raus mit was?«

»Alles über Dukes neues Geschäft und seine Feinde. Sag mir, wer früher Kathys Zuhälter war!«

»Ich weiß nicht, wer ihr Zuhälter war.«

»Dann erzähl mir was über die andern beiden.«

Cindy wischte sich über das Gesicht – verschmierter Lippenstift, verlaufenes Make-up. »Ich weiß bloß, daß der Typ rumging und die Mädchen in den Cocktail-Bars anquatschte und dabei genauso tat wie Duke. Sie wissen schon, die gleiche Art von Anmache – genau seine Nummer. Ich hab' gehört, daß er versucht hat, die Mädchen dazu zu bringen, daß sie für ihn als Callgirls arbeiten. Mit mir oder mit Feather hat er nicht gesprochen, aber das sind alles bloß olle Kamellen, die ich gehört hab'. Vielleicht vor zwei Wochen oder so.«

Ein Gedanke: »Dieser Typ« - vielleicht der Bursche, der die Wohnung durchsucht und Cathcarts Klamotten anprobiert hatte. »Erzähl weiter.«

»Das is' alles, was ich gehört hab'. Nur das und sonst gar nix.«

»Wie sah der Typ aus?«

»Weiß ich nicht.«

»Wer hat dir von ihm erzählt?«

»Nicht mal das weiß ich. Es waren einfach 'n paar Mädchen, die in dieser gottverdammten Bar am Nebentisch gequatscht haben.«

»Okay, schon gut. Und was ist mit Dukes neuem Geschäft? Erzähl mir davon.«

»Mister, das war nur eine von Dukeys Schnapsideen.«

»Und warum hast du mir das nicht schon vorher erzählt?«

»Kennen Sie das alte Sprichwort ›Über Tote soll man nix Schlechtes sagen‹?«

»Yeah. Kennst du die harten Lesben im Frauengefängnis?«

Cindy seufzte. »Dukeys Schnapsidee Nummer sechstausend - Pornohändler. Is' das nicht eklig? Dukey sagt, er will dieses ausgefallene Zeug verkaufen. Das is' alles, was ich weiß. Wir haben nur etwa zwei Sekunden über dieses Thema gesprochen, und das is' alles, was Duke gesagt hat. Ich hab' gar nicht weiter gefragt, denn ich wußte genau, daß das auch bloß wieder so eine Schnapsidee war. Und nun gehen Sie endlich.«

Im Bureau wurde gemunkelt, die Sitte sei in einer Porno-Sache aktiv. »Was für Pornos waren das?«

»Mister, ich hab' Ihnen doch gesagt, ich weiß es nicht. Wir haben nur zwei Sekunden davon gesprochen.«

»Wirst du Kathy das Geld geben, das Duke dir für sie gegeben hat?«

»Sicher, Sie guter Samariter, Sie. Hier mal zehn, da mal zehn. Wenn ich ihr das ganze Geld auf einmal gebe, haut sie's sowieso bloß für alberne Filmzeitschriften auf den Kopp.«

»Ich komme vielleicht wieder vorbei.«

»Ich warte und halt' den Atem an.«

* * *

Bud fuhr zu einem Briefkasten und schickte das Geld per Expreß: Kathy Janeway, Orchid View Motel. Ein Haufen Briefmarken und eine nette kleine Karte dabei. Mehr als vierhundert Dollar - ein kleines Vermögen für das Mädchen.

Sieben Uhr – noch Zeit bis zu seinem Treffen mit Dudley. Er nutzte sie, indem er zum Bureau fuhr und im Mannschaftsraum der Sitte die Aushänge am Schwarzen Brett las.

Trupp 4 war auf die Porno-Sache angesetzt – Kifka, Henderson, Vincennes, Stathis. Keiner der vier Männer hatte bis jetzt auf der Suche nach der Herkunft der Magazine irgendeine Spur gefunden. Niemand da, den er fragen konnte. Vielleicht morgen früh - wahrscheinlich war sowieso nichts dran. Er ging zur Mordkommission und rief die Nummer von Abe's Noshery an.

Stens war am Apparat. »Abe's.«

»Dick, ich bin's.«

»Oh? Spionieren Sie mir nach, *Officer?*

»Komm schon, Dick.«

»Nein, ich mein's ernst. Du bist jetzt einer von Dudleys Leuten. Vielleicht mag Dud die Leute nicht, mit denen ich mich abgebe. Vielleicht denkt er sich, ich erzähl' dir was. Du bist jetzt nicht mehr dein eigener Herr.«

»Hast du getrunken, Partner?«

»Ich trinke jetzt nur noch koscheres Zeug. Das kannst du Exley sagen. Sag ihm, Danny Duck will mit ihm tanzen. Sag ihm, ich hab' von seinem alten Herrn und diesem beschissenen Dream-a-Dreamland gelesen. Sag ihm, ich komm' vielleicht zur Einweihung. Danny Duck bittet um die Ehre eines letzten Scheiß-Tanzes mit Sergant Ed Schwanzlutscher Exley.«

»Dick, du bist völlig übergeschnappt.«

»Scheiß drauf. Ein letztes Tänzchen – Danny Duck wird ihm die Brille zerschlagen und seinen verdammten Hals durchbeißen –«

»Dick, verdammt noch mal –«

»He, fick dich ins Knie! Ich les' die Zeitung, ich hab' gesehen, wer die Nite-Owl-Sache bearbeitet. Du, Dudley S., Exley und der Rest von Dudleys Fanatikern. Du hast dich zum Partner von dem verdammten Schwanzlutscher gemacht, der mich erledigt hat. Du frißt mit ihm aus einer Schüssel, und wenn du jetzt –«

Bud schmiß das Telefon aus dem Fenster. Auf dem Weg zum Parkplatz trat er vor Wut immer wieder gegen die Wände - dann ging ihm ein Licht auf.

Er hätte bei der Blutigen Weihnacht dran glauben sollen.

Dudley hatte ihn gerettet.

Bis jetzt war Exley der Held im Fall Nite Owl – er war derjenige, der mit Inez noch einmal durch die Hölle mußte.

Merkwürdig, die Sache mit Cathcart, vielleicht weitete sich der Fall noch aus, vielleicht war es doch mehr als eine Bande von Wahnsinnigen. *Er* könnte den Fall lösen, Exley drankriegen und vielleicht einen Weg finden, Stens aus der Patsche zu helfen. Das bedeutete:

Die Sitte nicht schmieren, um Hinweise in der Pornosache zu kriegen.

Vor Dudley Beweismaterial zurückhalten.

ER MUSSTE AUF EIGENE FAUST DETEKTIV SPIELEN – NICHT NUR DER HANDLANGER SEIN.

Er versuchte sich Mut einzureden:

Du bist nicht mehr dein eigener Herr.

Du bist nicht mehr dein eigener Herr.

Du bist nicht mehr dein eigener Herr.

Er hatte Angst.

Er stand in Dudleys Schuld.

Er war dabei, sich mit dem einzigen Mann auf der Welt anzulegen, der gefährlicher war als er selbst.

24

Ray Pinker ging mit Ed durch das Nite Owl, um den Tathergang zu rekonstruieren.

»Bimm, bamm, ich wette, es hat sich folgendermaßen abgespielt. Erstens: Die drei kommen rein und zeigen ihre Waffen. Ein Mann übernimmt das Mädchen an der Kasse, den Küchenjungen und die Kellnerin. Dieser Kerl zieht Donna DeLuca eins mit dem Gewehrkolben über - sie steht hier an der Kasse, und wir haben hier auf dem Fußboden ein Stück Kopfhaut von ihr gefunden. Sie gibt ihm das Geld aus der Kasse und das Geld aus ihrer Handtasche, er verfrachtet sie und Patty Chesimard in den Kühlraum und nimmt unterwegs in der Küche Gilbert Escobar mit. Gilbert leistet Widerstand - beachten Sie hier die Schleifspuren und die auf dem Boden verstreuten Töpfe und Pfannen. Ein Schlag auf den Kopf - bimm, bamm - hier diese kleine Blutlache, die wir mit Kreide markiert haben. Der Safe steht deutlich sichtbar unter der Arbeitsplatte des Kochs, eins der drei Opfer öffnet ihn – sehen Sie hier die verstreuten Münzen. Bimm, bamm, Gilbert leistet immer noch Widerstand, ein weiterer Kolbenhieb – beachten Sie den Kreis hier auf dem Fußboden mit dem Hinweis A-1. Wir haben hier drei Goldzähne gefunden, die wir mitgenommen und verglichen haben: Gilbert Luis Escobar. Hier beginnen die Schleifspuren – der alte Gil hat aufgehört zu kämpfen, bimm, bamm – der Verdächtige Nummer eins schließt Opfer Nummer eins, zwei und drei in den Kühlraum ein.«

Wieder zurück ins eigentliche Restaurant – auch jetzt, drei Nächte nach der Leichenschau, immer noch versiegelt. An den Fenstern drückten sich Schaulustige die Nasen platt. Pinker fuhr mit seinen Erläuterungen fort. »In der Zwischenzeit kümmern sich die Täter Nummer zwei und drei um die Opfer vier bis sechs. Die Schleifspuren von hier bis hinten zum Kühlraum und die überall verstreuten Essensreste und Teller sprechen für sich. Sie sehen es vielleicht nicht, weil das Linoleum so dunkel ist, aber unter den ersten beiden Tischen sind Blutlachen: Cathcart und Lunceford, jeder an einem Tisch, zwei Kolbenhiebe. Wir wissen, wer wo gesessen hat, denn wir haben die Blutgruppen untersucht. Cathcart liegt hier an Tisch zwei, Lunceford an Tisch eins. Und jetzt –«

Ed unterbrach ihn. »Haben Sie zur Bestätigung auch die Teller nach Fingerabdrücken untersucht?«

Pinker nickte. »Eine Menge verwischte und verschmierte Abdrücke, zwei halbwegs brauchbare latente Abdrücke auf dem Geschirr unter Luncefords Tisch. So haben wir ihn auch identifiziert – Übereinstimmung mit den Abdrücken, die von ihm gemacht wurden, als er zum LAPD kam. Cathcart und Susan Lefferts waren die Hände völlig zerschossen, so daß wir hier keine Vergleichsmöglichkeiten hatten, und außerdem waren ihre Teller völlig verschmiert. Wir konnten Cathcart aufgrund eines teilweisen Gebißabdrucks und seiner Maßangaben aus der Gefängniskartei ermitteln und Lefferts mit Hilfe eines vollständigen Gebißabdrucks. Weiter. Sehen Sie hier den Schuh auf dem Boden?«

»Ja.«

»Nun, wenn man die Winkel untersucht, dann sieht es so aus, als hätte Lefferts verzweifelt versucht, zu Cathcart am Nebentisch zu kommen, obwohl die beiden getrennt saßen. Reine Panikreaktion, denn offensichtlich kannten sich die beiden nicht. Sie begann zu schreien, und einer der Täter stopfte ihr eine Handvoll Papierservietten aus dieser Box da drüben in den Mund. Doc Layman fand bei der Autopsie einen großen Klumpen verschluckten Papiers in ihrer Kehle und meint, sie hätte das Zeug womöglich verschluckt und wäre dran erstickt, als die Schießerei losging. Bimm, bamm, Cathcart und Lefferts werden zum Kühlraum geschleift, Lunceford geht mit.

Wahrscheinlich denkt der arme Hund immer noch, daß es bloß ein Raubüberfall ist. An der Kühlraumtür werden Ihnen die Handtaschen und Portemonnaies abgenommen – wir haben kurz hinter der Tür einen Fetzen von Gilbert Escobars Führerschein in einer Blutlache schwimmend gefunden, dazu sechs mit Wachs getränkte Wattebäusche. Die Täter waren so schlau, sich die Ohren zu verstopfen.«

Das paßte nicht ins Bild – die drei Farbigen waren viel zu impulsiv für solche Überlegungen. »Ich hab' den Eindruck, daß es nicht genügend Leute waren für den Job.«

Pinker reagierte mit einem Achselzucken. »Es hat aber funktioniert. Oder wollen Sie vielleicht andeuten, daß eins oder mehrere der Opfer einen oder mehrere der Killer gekannt haben müssen?«

»Ich weiß selbst, daß das sehr unwahrscheinlich ist.«

»Wollen Sie einen Blick in den Kühlraum werfen? Wenn, dann sollten wir's gleich tun, denn ich habe dem Besitzer versprochen, daß er den Laden wiederhaben kann.«

»Ich habe ihn schon am Abend der Tat gesehen.«

»Ich habe die Aufnahmen gesehen. Himmel, man konnte gar nicht mehr erkennen, daß es sich um Menschen handelte. Sie haben doch die Lefferts überprüft, nicht wahr?«

Ed warf einen Blick zum Fenster; ein hübsches junges Mädchen winkte ihm zu. Dunkelhaarig, eine Latina – sah aus wie Inez Soto. »Ganz recht.«

»Und?«

»Und ich habe einen ganzen Tag in San Bernardino verbracht und absolut nichts rausbekommen. Die Frau lebte mit ihrer Mutter zusammen, aber die stand unter Beruhigungsmitteln und konnte mir nichts sagen. Ich habe mit Bekannten gesprochen, die mir sagten, Sue Lefferts hätte an chronischer Schlaflosigkeit gelitten und immer die ganze Nacht Radio gehört. Sie hatte zumindest in der letzten Zeit keinen festen Freund und nie irgendwelche Feinde. Ich habe ihr Apartment in L.A. überprüft – genau das, was man bei einer einunddreißigjährigen Verkäuferin erwarten würde. Einer der Leute in San Berdoo meinte, sie sei eine Pflasterschwalbe gewesen, ein anderer, daß sie manchmal in einem griechischen Restaurant Bauchtanz gemacht hätte, nur so zum Spaß. Nichts Verdächtiges.«

»Es läuft eben alles wieder auf die Neger raus.«

»Sieht so aus.«

»Wie sieht's mit dem Wagen und den Waffen aus?«

»Noch nichts. Die Beamten der 77th Street sind dabei, sämtliche Mülleimer und Gullis nach den Handtaschen und Portemonnaies zu untersuchen. Aber ich habe mir noch was ausgedacht, was uns möglicherweise einen Haufen Zeit ersparen könnte.«

Pinker lächelte. »Im Griffith Park Patronenhülsen suchen?«

Ed wandte sich wieder dem Fenster zu – das Mädchen, das aussah wie Inez, war verschwunden. »Wenn wir die Patronenhülsen finden, ist die Sache klar – entweder es waren die drei Neger, die wir in Gewahrsam haben, oder es waren drei andere.«

»Sergeant, ich würde sagen, die Erfolgschancen sind nicht sehr hoch.«

»Ich weiß, und ich werde selbst mitmachen.«

Pinker warf einen Blick auf seine Uhr. »Wir haben jetzt zehn Uhr dreißig. Ich werde die Berichte über diese Schießereien raussuchen und sehen, ob ich Anhaltspunkte über den genauen Tatort finde. Ich treff' Sie dann mit einem Suchtrupp morgen früh bei Sonnenaufgang. Sagen wir, auf dem Parkplatz des Observatoriums?«

»Ich werde da sein.«

»Soll ich die Genehmigung von Lieutenant Smith einholen?«

»Tun Sie's einfach auf meine Anregung hin, okay? Bei dieser Sache erstatte ich Parker direkt Bericht.«

»Also, bei Sonnenaufgang im Park. Ziehen Sie sich 'n paar alte Sachen an, es wird eine ziemlich schmutzige Arbeit.«

* * *

Ed ging zum Essen in ein Chinarestaurant an der Alvarado. Er wußte, warum er in diese Gegend fuhr – das Queen of Angels war ganz in der Nähe, und vielleicht war Inez Soto zufällig wach. Er hatte kurz im Krankenhaus angerufen: Inez' Heilung machte gute Fortschritte, ihre Familie hatte sie nicht besucht, nur ihre Schwester hatte angerufen und gesagt, Mama und Papa gäben ihr selbst die Schuld an dem Alptraum – provozierende Kleidung und allzu weltliche Interessen. Sie hatte geweint und ihre Kuscheltiere vermißt, woraufhin er aus dem Geschenkladen eine ganze Sammlung auf ihr Zimmer hatte schicken lassen – Geschenke, die sein Gewissen erleichtern sollten. Er wollte sie als einen Hauptzeugen in seinem ersten großen Mordfall. Und er wollte, daß sie ihn mochte, wollte, daß sie ihre Worte zurücknahm: »Der Held ist Officer White.«

Er zögerte und bestellte sich noch eine letzte Tasse Tee. Fäden ziehen, zum Zahnarzt – seine Wunden verheilten langsam und verloren immer mehr an Bedeutung. In seinem Kopf wurden seine Mutter und Inez zu einer Person. Er hatte einen Bericht bekommen: Dick Stens trieb sich mit bekannten Verbrechern herum, wettete bei Buchmachern, ließ sich seinen Lohn bar auszahlen und ging regelmäßig in den Puff. Wenn seine Leute ihn festnageln konnten, würden sie das Bewährungsamt der County anrufen und seine Festnahme veranlassen.

Trotzdem war das nichts im Vergleich mit »Der Held ist Officer White« und dem Haß, der ihm von Inez Soto entgegenschlug.

Ed zahlte seine Rechnung und fuhr zum Queen of Angels.

* * *

Bud White wollte gerade das Krankenhaus verlassen.

Sie trafen sich am Fahrstuhl. White reagierte als erster: »Gönnen Sie Ihrer Karriere eine kleine Pause und lassen Sie sie schlafen.«

»Was machen Sie hier?«

»Jedenfalls versuche ich nicht, Zeugen auszuquetschen. Lassen Sie sie in Ruhe, Sie kriegen Ihre Chance schon noch.«

»Ich mache nur einen Besuch.«

»Sie hat Sie durchschaut, Exley. Sie können sie nicht mit Teddybären bestechen.«

»Wollen Sie nicht auch, daß der Fall endlich gelöst wird? Oder sind Sie nur frustriert, weil Sie niemanden umlegen können?«

»Große Worte von einem Arschkriecher und Informanten.«

»Oder wollten Sie mit ihr bumsen?«

»Unter anderen Umständen würde ich Sie dafür fressen.«

»Früher oder später werde ich Sie und Stensland zu fassen kriegen.«

»Ganz meinerseits. Kriegsheld, eh? Diese Japse damals haben bei Ihrem Anblick wahrscheinlich prompt das Atmen vergessen.«

Ed zuckte zusammen.

White zwinkerte ihm zu.

Er zitterte den ganzen Weg nach oben zu ihrem Zimmer. Ed warf einen Blick hinein, ehe er klopfte.

Inez war wach und las in einem Magazin. Überall auf dem Fußboden waren Plüschtiere verstreut, eines lag auf ihrem Bett: Scooter Squirrel diente ihr als Fußstütze. Inez schaute auf, sah ihn und sagte nur: »Nein.«

Ihre Gesichtszüge wirkten wieder hart wie beim letzten Mal.

»Nein was, Miss Soto?«

»Nein, ich werde nicht mehr mit Ihnen reden.«

»Nicht mal ein paar Fragen?«

»Nein.«

Ed zog sich einen Stuhl heran. »Sie scheinen gar nicht überrascht zu sein, daß ich noch so spät bei Ihnen auftauche.«

»Bin ich auch nicht. Sie sind ein ganz Subtiler, was?« Sie zeigte auf die Stofftiere. »Kriegen Sie vom Staatsanwalt das Geld zurück, das Sie dafür ausgegeben haben?«

»Nein, das habe ich aus eigener Tasche bezahlt. Hat Ellis Loew Sie besucht?«

»Ja, und ich habe auch bei ihm nein gesagt. Ich habe ihm gesagt, daß die drei *negrito putos* mit mir herumgefahren sind, von anderen *putos* Geld gekriegt haben und mich dann bei dem *negrito puto* gelassen haben, den Officer White getötet hat. Ich hab' ihm gesagt, daß ich mich an keine weiteren Einzelheiten erinnere, mich nicht erinnern kann oder mich auch nicht erinnern will – er kann sich das Passende aussuchen, und das ist *absolutamente* alles, was ich dazu zu sagen habe.«

Ed sagte: »Miss Soto, ich wollte Ihnen nur guten Tag sagen.«

Sie lachte ihm ins Gesicht. »Soll ich Ihnen den Rest der Geschichte erzählen? Eine Stunde später ruft mein Bruder Juan an und sagt mir, ich könnte nicht nach Hause zurückkommen, weil ich der Familie Schande gebracht hätte. Dann ruft dieser *puto* Mr. Loew an und sagt, er kann mich in einem Hotel unterbringen, wenn ich kooperiere. Dann bringt jemand vom Geschenkladen unten alle diese *puto*-Stofftiere und sagt, das wär' ein Geschenk von dem netten Polizisten mit der Brille. Ich war auf dem College, *pendejo*. Glauben Sie nicht, daß ich es durchschaue?«

Ed deutete auf Scooter Squirrel. »Aber den haben Sie nicht weggeworfen.«

»Der ist was besonderes.«

»Mögen Sie die Dieterling-Figuren?«

»Und wenn schon.«

»Ich frage ja nur. Und wie paßt Bud White in das Bild, das Sie sich da entworfen haben?«

Inez klopfte sich das Kissen zurecht. »Er hat für mich einen Mann getötet.«

»Er hat den Mann nicht für Sie, sondern aus persönlichen Gründen getötet.«

»Trotzdem – diese *puto*-Bestie ist tot, und darauf kommt's an. Officer White besucht mich nur, um zu sehen, wie's mir geht. Er hat mich vor Ihnen und Mr. Loew gewarnt. Er hat mir gesagt, ich sollte mit Ihnen kooperieren, aber er ist nicht weiter darauf eingegangen. Er haßt Sie, das spüre ich.«

»Sie sind ein helles Mädchen, Inez.«

»Sie meinen, ›für eine Mexikanerin‹ – ich weiß.«

»Nein, Sie irren sich. Sie sind wirklich sehr klug. Und Sie sind einsam, sonst hätten Sie mich nämlich sofort rausgeschmissen.«

Inez warf wütend ihr Magazin zu Boden. »Und wenn schon.«

Ed hob es auf. Einige Seiten wiesen Eselsohren auf – ein Bericht über Dream-a-Dreamland. »Ich werde empfehlen, daß man Ihnen noch ein wenig Zeit zur Erholung gibt, und ich werde empfehlen, daß man Ihnen gestattet, ihre Aussage schriftlich zu machen, wenn diese schreckliche Sache endlich vor Gericht kommt. Wenn wir in dem Fall Nite Owl genügend Informationen aus anderen Quellen bekommen, dann brauchen Sie vielleicht überhaupt nicht auszusagen. Und ich werde Sie auch nicht wieder belästigen, wenn Sie das wollen.«

Sie starrte ihn an. »Ich weiß immer noch nicht, wo ich bleiben soll.«

»Haben Sie diesen Artikel über die Eröffnung von Dream-a-Dreamland gelesen?«

»Ja.«

»Haben Sie auch den Namen ›Preston Exley‹ gelesen?«

»Ja.«

»Das ist mein Vater.«

»Na und? Ich weiß, daß Sie aus 'ner reichen Familie kommen und Ihr Geld für Stofftiere rausschmeißen. Na und? Wohin soll ich gehen?«

Eds Hand umfaßte das Bettgitter. »Ich habe ein Sommerhaus am Lake Arrowhead. Sie können dort wohnen. Ich werde Ihnen nicht zu nahe kommen, und ich werde Sie zur Eröffnung von Dream-a-Dreamland mitnehmen.«

Inez legte sich die Hand auf den Kopf. »Und was soll ich mit meinen Haaren machen?«

»Ich werde Ihnen eine hübsche Haube besorgen.«

Inez schluchzte auf und nahm Scooter Squirrel in den Arm.

***

Bei Sonnenaufgang traf sich Ed mit dem Pioniertrupp, noch ganz groggy von seinen Träumen: Inez und andere Frauen. Ray Pinker brachte Taschenlampen, Schaufeln, Metalldetektoren mit. Er hatte die Presseabteilung gebeten, einen öffentlichen Aufruf zu erlassen: Zeugen der Schießereien im Griffith Park wurden aufgefordert, sich zu melden, um die Täter zu identifizieren. Die Ortsangaben aus den Anzeigeberichten wurden auf die Rasterkarte übertragen – alles steile, von Büschen bewachsene Abhänge. Die Männer gruben, rissen Büsche aus, gingen mit ihren tickenden Apparaten über das Gelände – sie fanden Münzen, Blechdosen, einen 32er Revolver. Die Stunden vergingen, die Sonne brannte unerbittlich. Ed schuftete, atmete Staub ein, riskierte einen Sonnenstich. Seine Träume kehrten wieder – und führten ihn in endlosen Kreisen immer wieder zurück zu Inez.

Anne aus dem Kotillon der Marlborough School – sie hatten es in einem alten Dodge, Baujahr '38, gemacht und seine Beine stießen immer wieder an die Tür. Penny aus seiner Biologie-Klasse an der UCLA: Rumpunsch in seinem Burschenschaftshaus, eine schnelle Nummer im Garten. Eine ganze Kette patriotischer Pflasterschwalben damals, während seines Sonderurlaubs, eine einmalige Sache mit einer älteren Frau, die als Kurier für die Central Division arbeitete. Er erinnerte sich nur schwer an die Gesichter. Er versuchte es trotzdem und sah immer wieder nur Inez – Inez ohne Schrammen und Blutergüsse, ohne Krankenhaushemd. Ihm wurde schwindlig. Die Hitze setzte ihm zu. Er war dreckig und erschöpft – aber er fühlte sich gut. Wieder vergingen die Stunden – er konnte weder an Frauen noch an etwas anderes denken. Noch mehr Stunden, dann entfernte Rufe und eine Hand auf seiner Schulter.

Ray Pinker hielt ihm zwei leere Patronenhülsen entgegen und ein Photo von der Rückseite einer Patronenhülse. Völlige Übereinstimmung – in allen drei Fällen eindeutig die gleiche Kerbe vom Bolzen.

25

Zwei Tage seit dem Hinweis auf Fleur-de-Lis – schwer zu sagen, wie weit das führte.

Zwei Tage, ein Verdächtiger: Lamar Hinton, Alter sechsundzwanzig, verhaftet wegen tätlichen Angriffs, eine Verurteilung wegen Angriffs mit einer tödlichen Waffe, zwei Jahre in Chino – März '51 auf Bewährung entlassen. Derzeitige Beschäftigung: Telefonmechaniker bei Pacific Coast Bell – sein Bewährungshelfer hatte den Verdacht, daß er nebenbei schwarze Anschlüsse für Buchmacher legte. Ein Blick ins Album lieferte die Bestätigung: Hinton war der Muskelmann, den er in Timmy Valburns Haus gesehen hatte.

Zwei Tage, und noch immer kein Durchbruch: Ein erledigter Fall würde ihn automatisch zu Narco zurückbringen, aber wenn er *diesen* Fall erledigte, so bedeutete das, daß Valburn und Billy Dieterling als Belastungszeugen aussagen mußten – Homos mit sehr guten Beziehungen, die ihm ohne weiteres seine Hollywood-Karriere versauen konnten.

Zwei Tage Aktenleserei – er hatte alle Möglichkeiten überprüft. Er las sämtliche relevanten Berichte, sprach mit den Verhafteten, die immer wieder leugneten – niemand gab zu, die Pornos gekauft zu haben. Ein ganzer Tag verschwendet. Auch die Kollegen der Sitte brachten ihn nicht weiter. Stathis, Henderson und Kifka meldeten keine neuen Erkenntnisse, und Millard versuchte, in der Nite-Owl-Sache einzusteigen – Pornographie war nicht seine Sache.

Zwei Tage vergangen. Dann, am zweiten Tag gegen Mittag, schlug er zu – und zwar bei dem Muskelmann mit den schwarzen Telefonanschlüssen.

Im Telefonbuch stand keine Eintragung unter Fleur-de-Lis. Er zerbrach sich den Kopf und kam endlich darauf, wo er zum erstenmal die Visitenkarte gesehen hatte.

Tilt:

Heiligabend '51, unmittelbar vor der Blutigen Weihnacht. Sid Hudgens hatte eine Festnahme von zwei Drogensüchtigen arrangiert – er hatte zwei Grasraucher hopsgenommen und in der Wohnung die Karte gefunden, sich aber nichts weiter dabei gedacht.

Dann Sid, drohend: »Wir haben alle unsere Geheimnisse, Jack.«

Er blieb trotzdem am Ball, von unterbewußten Strömungen getrieben. Er wollte wissen, wer dieses Zeug herstellte – und warum. Er suchte das Personalbüro von Pacific Coast Bell auf und ging die Unterlagen durch, bis er endlich Lamar Hinton gefunden hatte – tilt, tilt, tilt, tilt, tilt –

Jack sah sich im Mannschaftsraum um – die Männer redeten nur über Nite Owl, Nite Owl, Nite Owl, und Big V auf der Suche nach Wichsvorlagen.

Die Orgien-Photos.

Vertigo.

Jack nahm die Jagd auf.

* * *

Hintons Route für heute: Gower bis La Brea, Franklin bis zum Hollywood-Reservoir. Am Vormittag legte er neue Anschlüsse an Creston Drive und North Ivar. Jack suchte Creston auf seiner Karte: Hollywood Hills, eine Sackgasse weit oben.

Er fuhr hin und sah den Kombi der Telefongesellschaft, der vor einem pseudo-französischen Château geparkt war. Lamar Hinton saß auf einem Telefonmast auf der anderen Straßenseite – ein Monster im hellen Tageslicht.

Jack parkte, überprüfte den Kombiwagen – die Ladeklappe weit geöffnet. Werkzeug, Telefonbücher, Spade-Cooley-Schallplatten – keine verdächtig aussehenden braunen Papiertüten. Hinton starrte ihn an. Jack ging zu ihm hin, seine Dienstmarke in der Hand.

Hinton kam den Mast heruntergeklettert. Er war eins neunzig groß, blond, muskelbepackt. »Sind Sie von der Bewährungsstelle?«

»Los Angeles Police Department.«

»Also geht's nicht um meine Bewährung?«

»Nein, es geht darum, ob Sie mit mir kooperieren wollen, um eine Anklage wegen Verstoßes gegen Bewährungsauflagen zu vermeiden.«

»Was soll das –«

»Ihrem Bewährungshelfer gefällt dieser Job nicht so ganz, den Sie hier haben, Lamar. Er meint, Sie könnten vielleicht in Versuchung kommen, schwarze Leitungen zu legen.«

Hinton spannte seine Muskeln an: Nacken, Arme, Brustkorb.

Jack meinte: »Fleur-de-Lis, ›Die Erfüllung all Ihrer Wünsche‹. Sie möchten keinen Verstoß gegen Bewährungsauflagen, also reden Sie. Wenn Sie nicht reden, gehen Sie zurück nach Chino.«

Eine letzte Muskelanspannung. »Sie sind in meinen Wagen eingebrochen.«

»Sie sind ein richtiger kleiner Einstein. Wie sieht's aus, haben Sie genug Verstand, den Informanten zu machen?«

Hinton verlagerte sein Gewicht. Jack legte eine Hand auf seine Waffe. »Fleur-de-Lis. Wem gehört der Laden, wie funktioniert er, was wird verkauft? Dieterling und Valburn. Wenn Sie reden, bin ich in fünf Minuten wieder verschwunden.«

Das Muskelpaket dachte nach. Sein T-Shirt war ausgebeult. Jack zog ein Pornoheft heraus – eine Doppelseite mit Orgienphotos. »Vertrieb von pornographischem Material, Besitz und Verkauf von strafbaren Drogen. Ich hab' genug, um Sie bis mindestens neunzehnhundertsiebzig nach Chino zurückzuschicken. Also – haben Sie diesen Dreck für Fleur-de-Lis verbreitet?«

Hinton nickte »Y-y-yeah.«

»Kluges Kerlchen. Also – wer hat das Zeug hergestellt?«

»Ich w-weiß nicht. Ehrlich, ich hab' keine Ahnung.«

»Und wer hat dafür posiert?«

»Ich w-weiß nicht, ich hab's bloß geliefert.«

»Billy Dieterling und Timmy Valburn. Rede!«

»Einfach nur Kunden. Schwule, wissen Sie.«

»Sehr gut bis jetzt. Und nun die entscheidende Frage: Wer –«

»Bitte, Officer, lassen Sie mich –«

Jack zog seinen 38er und spannte den Hahn. »Soll ich dich auf den nächsten Zug nach Chino setzen?«

»N-nein.«

»Dann antworte.«

Hinton drehte sich um, hielt sich am Telefonmast fest. »P-Pierce Patchett. Ihm gehört der Laden. Er – er ist ein richtiger Geschäftsmann oder so.«

»Beschreibung, Telefonnummer, Adresse.«

»Er ist vielleicht fünfzig oder so. Ich glaub', er w-wohnt in B-brentwood. Seine Telefonnummer weiß ich nicht, ich werd' immer per P-post bezahlt.«

»Mehr über Patchett. Los.«

»Er ist Zuhälter. S-seine Mädchen sehn aus wie Filmstars. Er ist reich. Ich hab' ihn nur einmal g-getroffen.«

»Wer hat euch bekanntgemacht?«

»Ein Typ namens Chester, den ich unten in M-m-muscle Beach gekannt hab'.«

»Chester – und wie weiter?«

»Ich weiß nicht.«

Hinton spannte wieder seine Muskeln – Jack hatte das Gefühl, er werde gleich platzen. »Was verhökert Patchett sonst noch?«

»J-jede Menge Mädchen und J-jungen.«

»Was ist mit Fleur-de-Lis?«

»Die Erfüllung a-all Ihrer W-wünsche.«

»Den Werbeslogan kenn' ich, aber was im einzelnen?«

Eher sauer als ängstlich. »Jungs, Mädchen, Schnaps, Stoff, Bilderhefte, Sado-Maso, Fesselungen und so!«

»He, *ganz ruhig*! Wer macht sonst noch Lieferungen?«

»Bloß ich und Chester. Er arbeitet tagsüber. Ich –«

»Wo wohnt dieser Chester?«

»Weiß ich nicht!«

»*Ruhig doch*. Also sind's vor allem nette Bürger mit viel Geld, die bei Fleur-de-Lis Kunden sind, oder?«

»S-stimmt.«

Er dachte an die Schallplatten in dem Kombi. »Spade Cooley? Ist er auch Kunde?«

»N-nein. Ich krieg' immer Platten umsonst, weil ich manchmal mit diesem Burt Perkins auf Tour geh'.«

»Klar, den kennst du. Also, die Namen von ein paar Kunden. *Los*!«

Hinton krallte seine Finger in den Telefonmast. Jack zuckte durch den Kopf: Dreht sich das Monster um, sind sechs 38er nicht genug. »Arbeitest du heute abend?«

»J-ja.«

»Also, die Adresse.«

»Nein ...bitte.«

Jack durchsuchte ihn: Portemonnaie, Kleingeld, Gleitkrem, ein Schlüssel an einer Uhrkette. Er hielt den Schlüssel hoch. Hinton stieß mit dem Kopf heftig gegen den Mast, bamm, bamm. Blut auf dem Holz.

»Die Adresse, dann verschwinde ich.«

Bamm, bamm – Blut auf der Stirn des Monsters. »5261B Cheramoya.«

Jack ließ die Sachen auf die Erde fallen. »Du gehst heute nicht hin. Ruf deinen Bewährungshelfer an und sag ihm, du hast mir geholfen; sag ihm, er soll dich wegen Verstoßes gegen die Auflagen festnehmen und dich irgendwo unterbringen. Du bist sauber, was diese Sache betrifft, und wenn ich zu Patchett gehe, tu ich so, als hätte einer der Pornoleute gesungen. *Und wenn du den Laden ausräumst, landest du mit dem Arsch voraus in Chino.*«

»A-aber, Sie haben *gesagt* –«

Jack rannte zu seinem Wagen und raste los. Hinton attackierte den Telefonmast mit bloßen Händen.

* * *

Pierce Patchett, etwas über fünfzig, »ein richtiger Geschäftsmann«.

Jack suchte sich eine Telefonzelle und rief bei Fahndung und Zulassungsstelle an. Ein Eintrag: Pierce Morehouse Patchett, geboren 30. 6. 02 in Grosse Point, Michigan. Keine Vorstrafen. Adresse: 1184 Gretna Green, Brentwood. Drei kleinere Verkehrsvergehen seit 1931.

Nicht gerade viel. Als nächstes Sid Hudgens – zum Teufel mit diesem Pornokram. Besetztzeichen. Anruf bei Morty Bendish vom *Mirror*.

»Lokalredaktion, Bendish.«

»Morty, ich bin's, Jack Vincennes.«

»The Big V! Jack, wann bist du wieder bei Narco? Ich könnt' 'n paar gute Drogen-Stories brauchen.«

Morty brauchte immer Material. »Sobald ich diesen Saubermann Russ Millard vom Hals habe und für ihn einen Fall abschließen kann. Und du könntest mir dabei helfen.«

»Red weiter, ich bin ganz Ohr.«

»Pierce Patchett. Sagt dir der Name was?«

Bendish pfiff durch die Zähne. »Und worum geht's?«

»Das kann ich dir noch nicht sagen. Aber wenn er was damit zu tun hat, kriegst du die Story exklusiv.«

»Du würdest mich eher bedienen als Sid?«

»Yeah. Und jetzt bin ich ganz Ohr.«

Wieder ein Pfiff. »Ich hab' nicht besonders viel, aber was ich habe, ist erstklassig. Patchett ist ein bulliger, gut aussehender Bursche, vielleicht fünfzig, sieht aber aus wie fünfunddreißig. Ist seit etwa fünfundzwanzig Jahren hier in L.A. Ist so 'ne Art Experte in Judo oder Jiu-Jitsu. Von Beruf ist er eigentlich Chemiker, zumindest hat er auf dem College Chemie studiert. Hat 'ne Menge Kohle, und ich weiß, daß er Geld an Geschäftsleute verleiht gegen dreißig Prozent Zinsen und persönliche Beteiligung. Ich weiß, daß er unter der Hand eine Reihe Filme finanziert hat. Interessant, was? Aber es kommt noch besser. Gerüchten zufolge schnupft er in periodischen Abständen immer mal wieder Heroin und soll in der Klinik von Terry Lux eine Entziehungskur machen. Alles in allem könnte man sagen, er ist 'n ziemlich mächtiger Drahtzieher hinter den Kulissen.«

Terry Lux – Schönheitschirurg der Stars. Chef eines Sanatoriums: Entziehungskuren für Alkohol und Drogen, Abtreibungen, selbst Heroin in kleinen Mengen zur Entgiftung – die Cops drückten immer ein Auge zu, und Terry behandelte L.A. Politicos umsonst. »Morty, ist das alles, was du hast?«

»Reicht das etwa nicht? Hör mal, was ich nicht habe, das hat vielleicht Sid. Ruf ihn an, aber vergiß nicht: Ich habe die Exklusivrechte.«

Jack legte auf und wählte die Nummer von Sid Hudgens. Sid antwortete: »*Hush-Hush*. Ganz im Vertrauen und ganz…«

»Vincennes hier.«

»Jackie! Gibt's Neuigkeiten im Fall Nite Owl für den alten Sid?«

»Nein, aber ich werde die Ohren offenhalten.«

»Narco-Material vielleicht? Ich will eine Nummer nur über Kiffer rausbringen – schwarze Jazzmusiker und Filmstars, vielleicht in Verbindung mit den Kommies. Diese Rosenberg-Sache hat die Öffentlichkeit ganz schön aufgeheizt. Wie gefällt Ihnen das?«

»Sehr hübsch. Sid, schon mal was von einem Mann namens Pierce Patchett gehört?«

Schweigen – ein paar Sekunden zu lange. Sid – ganz der alte Sid. »Jackie, über den Mann weiß ich nur, daß er sehr reich ist und außerdem das, was ich einen ›Grenzfall‹ nennen würde. Er ist nicht schwul, er ist kein Roter, er kennt niemand, den ich bei meiner Suche nach erstklassigen Klatsch-Informationen gebrauchen könnte. In welchem Zusammenhang haben Sie von ihm gehört?«

Er wollte ihn verscheißern – er konnte es fast schmecken. »Ein Pornoschieber hat mir von ihm erzählt.«

Rauschen – Sid holte scharf Luft. »Jack, Porno ist eine Sache für Hungrige, für Trauersäcke, die sonst nicht auf ihre Kosten kommen. Vergessen Sie die Sache und melden Sie sich, wenn Sie Arbeit haben, *capisce?*«

Aufgehängt – bums! Die Tür zu, der Draht abgeschnitten – nichts mehr zu holen. Jack fuhr zum Bureau und hängte im Geist ein Schild an die Tür: MALIBU-RENDEZVOUS.

* * *

Bei Ad Vice war alles leer, nur Millard und Thad Green standen zusammen an der Garderobe. Jack warf einen Blick auf das Schwarze Brett – keine neuen Spuren – und schlich dann leise und ungesehen in den Lagerraum. Die Tür war nicht verschlossen – er konnte ungestört ein paar Dinge abschleppen. Durch die Wand hörte er, wie die hohen Tiere sich angeregt über die Nite-Owl-Sache unterhielten.

»Russ, ich weiß, daß Sie einsteigen wollen, aber Parker will unbedingt Dudley haben.«

»Der flippt doch immer gleich aus, wenn er mit Negern zu tun hat, Chief. Das wissen wir doch beide.«

»Sie nennen mich doch immer nur dann ›Chief‹, wenn Sie was von mir wollen, *Captain.*«

Millard lachte. »Thad, die Pioniere haben im Griffith Park leere Hülsen gefunden, und außerdem hab' ich gehört, daß die Jungs aus der 77th Street die Portemonnaies und Handtaschen gefunden haben – stimmt das?«

»Ja, vor einer Stunde, in einem Gulli. Blutverkrustet, aber alle Fingerabdrücke abgewischt. SID hat die Blutgruppen mit denen der Opfer verglichen – sie stimmen überein. Es sind die Farbigen, Russ, ich weiß es.«

»Ich glaub' nicht, daß die's sind, die wir haben. Irgendwie ist das schwer zu glauben, daß die drei nach der Vergewaltigung auf der Southside mit dem Mädchen rumfahren, es an ihre Kumpel verkuppeln, und *dann* den ganzen Weg nach Hollywood machen, um das Nite Owl zu überfallen, obwohl zwei von ihnen völlig mit Barbituraten vollgepumt sind?«

»Ich muß zugeben, das erscheint ziemlich weit hergeholt. Wir müssen unbedingt die Vergewaltiger festnageln und Inez Soto zum Reden bringen. Bis jetzt hat sie sich geweigert, etwas zu sagen. Aber Ed Exley arbeitet dran, und Ed Exley ist gut.«

»Thad, ich werde meinen Ehrgeiz zügeln. Ich bin Captain, Dudley ist Lieutenant. Wir werden uns die Führung teilen.«

»Ich mache mir Sorgen wegen Ihres Herzens.«

»Ein Herzinfarkt vor fünf Jahren – das macht mich nicht zum Krüppel.«

Green lachte. »Ich werde mit Parker sprechen. Himmel – Sie und Dudley. Was für ein Paar.«

Jack fand, was er gesucht hatte: ein Tonbandgerät mit Mikrofon zum Anklemmen und einen Kopfhörer. Er schaffte die Sachen durch eine Seitentür aus dem Haus. Keine Zeugen.

* * *

Abenddämmerung, Cheramoya Avenue: Hollywood, einen Block von der Franklin entfernt. Nummer 5261: ein Mehrfamilienhaus im Tudorstil, zwei Wohnungen oben, zwei unten. Keine Lichter – wahrscheinlich zu spät, um »Chester«, den Tageslieferanten, zu erwischen. Jack drückte auf die Klingel für Apartment B – keine Antwort. Ein Ohr an der Tür – nichts zu hören. Er steckte den Schlüssel ins Schloß.

Volltreffer: Ein einziger Blick genügte, um ihm zu zeigen, daß Hinton mitgespielt hatte. Die Wohnung war nicht ausgeräumt. Ein gottverdammtes Traumland der Perversionen – vom Boden bis zur Decke voll mit Leckereien.

Marihuana: Blätter, erstklassige Blüten und Knospen. Pillen – Upper, Downer, Rote Teufel, Blauer Himmel. Medizinische Drogen: Laudanum, Kodeinmixturen – die tollsten Markennamen: »Dreamscope«, Hollywood Sunrise«, »Martian Moonglow«. Absinth, reiner Alkohol in Halbliter-, Liter- und Zweiliterflaschen. Äther, Hormontabletten, Briefchen mit Kokain, Heroin. Filmdosen mit Pornotiteln: *Mr. Big Dick*, *Anal Love*, *Gang Bang*, *High School Rapists*, *Rape Club*, *Virgin Cocksucker*, *Hot Negro Love*, *Fuck Me Tonite*, *Susie's Butthole Deelite*, *Boys in Love*, *Locker Room Lust*, *Blow the Man Down*, *Jesus Porks the Pope*, *Cocksucker's Paradise*, *Cornholers Meet the Ramrod Boys*, *Rex the Randy Rottweiler*. Alte Pornohefte: Tijuana-

Ware; Frauen in Aktion; Männer in Aktion; Nahaufnahmen. Verstaubt – nicht mehr gefragt. Daneben leere Fächer, vielleicht hatten hier die guten Pornos, *seine* Pornos gelegen – hatte Lamar *die* weggeräumt? Warum? Alle übrigen Sachen reichten, um ihn bis zum Jahr 2000 hinter Gitter zu bringen. Schnappschüsse – enthüllende Photos von echten Filmstars, nackt: Lupe Velez, Gary Cooper, Johnny Weissmüller, Carole Landis, Clark Gable, Tallulah Bankhead, Leichen auf Obduktionstischen. Ein Farbphoto: Joan Crawford beim Bumsen mit einem für sein ungewöhnliches Gehänge bekannten, als Statist arbeitenden Samoaner namens »O.K. Freddy«. Dildos, Hundehalsbänder, Peitschen, Ketten, Amylnitrat-Popper, Höschen, BHs, Penisringe, Katheter, Einlaufbeutel, Pumps aus schwarzem Eidechsenleder mit ellenlangen Absätzen und eine weibliche Kleiderpuppe unter einer Plane – Gips, Gummilippen, aufgeklebtes Schamhaar, ein Stück Gartenschlauch.

Jack fand das Badezimmer und pißte. Im Spiegel sah er sein Gesicht: alt, fremd. Er machte sich an die Arbeit: Abhörgerät ans Telefon, dann die alten Pornos durchsehen.

Billige Ware, wahrscheinlich vom Mexikaner gemacht. Magere Fixer mit Spic-Frisuren. Vertigo – er fühlte sich leicht schwindlig, als ob er Stoff genommen hätte. Die Drogen in den Regalen ließen ihm das Wasser im Mund zusammenlaufen. In seiner Vorstellung verschmolz Karen mit den Pornobildern. Er durchquerte das Zimmer, klopfte es nach Hohlräumen ab, hob den Teppich hoch – und fand ein niedliches kleines Versteck: ein Kellerraum, Treppenstufen in ein dunkles, leeres Loch.

Das Telefon klingelte.

Jack schaltete das Tonband ein, nahm den Hörer ab und versuchte, die Stimme von Lamar Hinton nachzumachen. »Hi. Die Erfüllung all Ihrer Wünsche.«

Klick. Aufgehängt. Er hätte den Slogan nicht sagen sollen. Eine halbe Stunde verging, dann klingelte es wieder. »Hi. Lamar.« Diesmal ganz locker.

Eine kurze Pause, dann ein Klicken.

Eine Kette von Zigaretten – sein Hals kratzte schon. Wieder klingelte das Telefon.

Er versuchte es mit einem gemurmelten »Yeah?«

»Hi, hier Seth aus Bel Air. Lust, mir was vorbeizubringen?«

»Sicher.«

»Also 'n Krug von dem Seelentröster. Wenn du schnell machst, kriegst du 'n Extra-Trinkgeld.

»Eh – kann ich noch mal die Adresse haben, zur Sicherheit?«

»Wer könnte 'ne Bude wie meine vergessen? 941 Roscomere. Also möglichst bald, okay?«

Jack legte auf. Erneutes Klingeln.

»Yeah?«

»Lamar, sag Pierce, ich muß ... Lamar, bis du das, mein Hühnchen?«

SID HUDGENS.

Lamars Stimme – leicht zitternd. »Eh, yeah. Wer ist da?«

Klick.

Jack drückte den Rückspulknopf. Hudgens Stimme. Langsam dämmerte es ihm.

SID KANNTE PATCHETT. SID KANNTE LAMAR. SID WUSSTE AUCH ÜBER FLEUR-DE-LIS BESCHEID.

Das Telefon klingelte wieder – Jack ignorierte es. Nichts wie weg. Er griff sich das Abhörgerät, wischte das Telefon ab, wischte alles ab, was er angefaßt hatte. Dann mit flatternden Nerven nach draußen – die Nachtluft machte ihn hellwach.

Er hörte einen Motor aufheulen.

Ein Schuß ließ das Fenster zersplittern. Zwei Schüsse zerfetzten die Tür.

Jack zog, feuerte – der Wagen raste davon, ohne Licht.

Ungeschickt – zwei Schüsse trafen nur einen Baum und fetzten ins Holz. Drei weitere Schüsse, kein Treffer. Der Wagen verschwand. Türen wurden geöffnet – Augenzeugen.

Jack rannte zu seinem Wagen – raste schleudernd und ohne Licht bis zur Franklin, wo er sich in den Verkehr einfädelte. Er hatte das Täterfahrzeug nicht richtig erkennen können: dunkel, keine Scheinwerfer. Die Wagen um ihn herum sahen alle gleich aus: elegant. Die falschen. Eine Zigarette beruhigte ihn etwas. Er fuhr nach Westen, Richtung Bel Air.

Roscomere Road schlängelte sich den Berg hoch. Prachtvillen mit Palmen davor. Jack fand Nummer 941 und parkte in der Auffahrt.

Die Auffahrt führte im Halbkreis um ein großes Haus im spanischen Stil – eingeschossig, flaches Schindeldach. Eine Reihe eleganter Wagen – ein Jag, ein Packard, zwei Caddies, ein Rolls. Jack stieg aus – niemand in der Nähe. Er bückte sich und schrieb die Nummern auf.

Fünf Wagen: stilvoll, keine Fleur-de-Lis-Tüten auf den üppig gepolsterten Vordersitzen. Das Haus selbst: hell erleuchtete Fenster, Seidenvorhänge. Jack ging näher heran und warf einen Blick hinein.

Er wußte sofort, daß er die Frauen nie würde vergessen können.

Eine sah fast aus wie Rita Hayworth als *Gilda*; eine fast wie Ava Gardner in einem smaragdgrünen Kleid; eine fast wie Betty Grable – paillettenbesetzter Badeanzug, Fischnetzstrümpfe. Dazwischen Männer im Smoking – nur Staffage. Er konnte den Blick nicht von den Frauen wenden.

Erstaunlich gute Kopien. Hinton über Patchett: »Er hat diese Mädchen laufen, die aufgemacht sind wie Filmstars.«

»Aufgemacht« traf es nicht ganz – diese Frauen waren von einem Experten ausgewählt, kultiviert und ausstaffiert. Wirklich erstaunlich.

Veronica Lake lief durch den Raum. Ihr Gesicht war etwas daneben, aber sie strahlte die gleiche katzenhafte Grazie aus. Männer umschwärmten sie.

Jack drückte sich eng an die Scheibe. Pornofieber, echte, lebendige Frauen. Er dachte an Sid, an die zuknallende Tür, an das, was er gesagt hatte. Er fuhr nach Hause, Schwindel im Kopf – schmerzend, juckend, die Nerven überreizt. An seiner Tür fand er ein Kärtchen von *Hush-Hush* mit einem tintegeschriebenen Zusatz: »Malibu-Rendezvous«.

Er sah die Schlagzeilen vor sich:

DROGENJÄGER ERSCHIESST UNTER DROGEN UNSCHULDIGE BÜRGER!

GEFEIERTER STAR-COP DES MORDES ANGEKLAGT!

GASKAMMER FÜR GROSSEN HELDEN ›BIG V‹! REICHE FREUNDIN NIMMT ABSCHIED IN DER TODESZELLE!

26

Arm in Arm gingen sie hinein – Inez in ihrem besten Kleid und einem Schleier, der ihre blauen Flecken verdeckte. Ed hielt die Dienstmarke offen sichtbar – so kamen sie an den Journalisten vorbei. Angestellte sorgten dafür, daß sich die Gäste in Reihen aufstellten – Dream-a-Dreamland war offiziell eröffnet.

Inez war überwältigt: rasche Atemzüge blähten den Schleier. Ed schaute nach oben, nach unten, zur Seite – jede Einzelheit erinnerte ihn an seinen Vater.

Eine große Promenade – Hauptstraße, USA, 1920 – mit Getränkebuden, Nickelodeons, tanzenden Statisten: der örtliche Polizist auf Streife, ein mit Äpfeln jonglierender Zeitungsjunge, Charleston tanzende Kinder. Der Amazonas: motorgetriebene Krokodile, Urwaldausflugsboote. Schneebedeckte Berggipfel; fliegende Händler verteilten Bonbons mit Mäuseohren. Eine Moochie-Mouse-Achterbahn, tropische Inselparadiese – Hektar um Hektar eine beinahe endlose magische Welt.

Sie fuhren Achterbahn: im ersten Wagen, die allererste Fahrt. Hohe Geschwindigkeit, kopfüber und kopfunter – Inez kicherte, als sie sich wieder losschnallte. Dann eine Abfahrt mit dem Schlitten in Paul's World. Zum Lunch gab es Hot Dogs, Zuckerwatte, Moochie-Mouse-Käsebällchen.

Weiter zum »Desert Idyll« und »Danny's Fun House«, eine Ausstellung zum Thema Weltraumfahrt. Inez schien langsam müde zu werden – zu viele Eindrücke und Aufregungen auf einmal. Ed gähnte – der fehlende Schlaf machte sich bemerkbar.

Auf dem Revier war spätnachts noch ein Notruf eingegangen: Schießerei auf der Cheramoya, keine Täter gefaßt. Er mußte zum Tatort fahren: ein Apartmenthaus, eine der unteren Wohnungen von Schüssen durchsiebt. Seltsam: leere 38er und 45er Patronenhülsen, die Wände des Wohnzimmers voller Regale – alle leer bis auf ein paar Sado-Maso-Utensilien; und vor allem: kein Telefon. Der Hauseigentümer war nicht zu ermitteln. Der Manager sagte, er werde per Post bezahlt, und zwar mit Barschecks, er bekomme freie Unterkunft und einen Hunderter pro Monat, damit sei er zufrieden und stelle keine Fragen. Er kannte nicht einmal den Namen des Mieters. Dem Zustand der Wohnung nach zu urteilen, mußte der Aufbruch ziemlich überstürzt gewesen sein – niemand hatte etwas gesehen. Er brachte vier Stunden damit zu, den Bericht zu schreiben – vier Stunden, die ihn von den Ermittlungen in Sachen Nite Owl abhielten.

Die Ausstellung war langweilig – ein Loblied auf die Zivilisation. Inez deutete zur Damentoilette; Ed ging nach draußen.

Auf der Promenade eine Führung für VIPs – Timmy Valburn geleitete die Größen. Er mußte an die Titelseite des *Herald* denken: Dream-a-Dreamland und Nite Owl – als ob daneben nichts wichtig wäre.

Er hatte versucht, Coates, Jones und Fontaine noch einmal zu verhören – die drei sagten kein Wort. Ein paar Augenzeugen der Schießereien im Griffith Park hatten sich gemeldet, konnten aber die drei nicht identifizieren und meinten nur, sie seien »nicht ganz sicher«. Die Überprüfung der Fahrzeuge war jetzt auf alle Fords und Chevys der Baujahre '48 bis '50 ausgedehnt worden – bis jetzt ohne Ergebnis. Es gab Streitigkeiten darüber, wer die Ermittlungen leiten sollte: Chief Parker unterstützte Dudley Smith, Thad Green trat für Russ Millard ein. Die Waffen waren bisher ebensowenig aufgetaucht wie der Mercury von Sugar Ray. Die Handtaschen und Portemonnaies der Opfer hatte man in einem Gulli ein paar Blocks vom Hotel Tevere entfernt gefunden – brachte man das in Verbindung mit den Patronenhülsen aus dem Griffith Park, dann hatte man das, was die Zeitungen nicht druckten: Ellis Loew setzte Parker unter Druck, damit der ihn unter Druck setzte. »Bis jetzt haben wir nur Indizien, also lassen Sie Ihren Exley weiter das Mexikanermädchen bearbeiten – sieht so aus, als würde sie bei ihm langsam auftauen. Er soll sie dazu bringen, daß sie sich unter Pentothal befragen läßt. Alles, was wir brauchen, sind ein paar saftige kleine Details – Stichwort Lindbergh –, damit wir ein für allemal die zeitliche Verbindung mit dem Nite Owl herstellen können.«

Inez setzte sich neben ihn. Der Ausblick war großartig: der Amazonas, die Gipsberge. Ed fragte: »Alles in Ordnung? Wollen Sie, daß ich Sie zurückfahre?«

»Ich will eine Zigarette, obwohl ich noch nie geraucht habe.«

»Dann sollten Sie jetzt nicht damit anfangen. Inez –«

»Ja – ich werde in Ihr Sommerhaus ziehen.«

Ed lächelte. »Wann haben Sie sich dazu entschlossen?«

Inez befestigte den Schleier sorgfältig unter ihrem Hut. »Auf der Toilette lag eine Zeitung, aus der mich Ellis Loew angestiert hat. Er klang so zufrieden, und ich dachte mir, es wäre besser, für ein bißchen mehr Distanz zu sorgen. Dabei fällt mir ein, daß ich mich noch gar nicht bei Ihnen für den Hut bedankt habe.«

»Das ist auch nicht nötig.«

»Doch, ist es, weil ich mich nämlich notorisch schlecht benehme, wenn Anglos nett zu mir sind.«

»Wenn Sie auf eine Pointe warten, warten Sie vergebens – mir fällt keine ein.«

»O doch. Und um die Sache noch mal klarzustellen: Ich werde Ihnen nichts erzählen, ich werde mir keine Photos ansehen, und ich werde auch nicht aussagen.«

»Inez, ich habe meinen Vorgesetzten empfohlen, Sie zunächst in Ruhe zu lassen, damit Sie sich erholen können.«

»Zunächst – da haben wir schon die Pointe. Und die zweite ist, daß Sie mich mögen, aber das ist in Ordnung, weil ich schon mal besser ausgesehen habe, und weil ohnehin kein mexikanischer Mann ein mexikanisches Mädchen will, das von einem Haufen *negrito putos* vergewaltigt worden ist – nicht daß ich mir je was aus mexikanischen Männern gemacht hätte. Wissen Sie, was mir angst macht, Exley?

»Ich habe doch gesagt, sie sollen Ed zu mir sagen.«

Inez rollte mit den Augen. »Ich hab' ein Ekel von einem Bruder, der Eduardo heißt, deshalb nenn' ich Sie weiter Exley. Wissen Sie, was mir angst macht? Mir macht angst, daß ich mich heute so wohl fühle, weil alles hier wie ein wunderschöner Traum ist, aber ich weiß, daß es wieder ganz schrecklich wird, weil das, was geschehen ist, hundertmal wirklicher ist als das hier. Verstehen Sie, was ich meine?«

»Ich verstehe. Viel wichtiger ist aber, daß Sie jetzt einfach versuchen sollten, Vertrauen zu mir zu haben.«

»Ich habe kein Vertrauen zu Ihnen, Exley. Jedenfalls nicht ›jetzt‹, und vielleicht sogar nie.«

»Aber ich bin der einzige, dem Sie vertrauen können.«

Inez ließ ihren Schleier fallen. »Ich vertraue Ihnen nicht, weil Sie die Kerle nicht hassen, die mir das angetan haben. Vielleicht glauben Sie tatsächlich, daß Sie sie hassen, aber gleichzeitig haben Sie nur ihre Karriere im Auge. Officer White dagegen haßt die Kerle. Er hat einen von ihnen getötet. Er ist nicht so schlau wie Sie, vielleicht kann ich ihm deshalb eher trauen.«

Ed streckte eine Hand aus – Inez rutschte von ihm weg. »Ich will die Kerle tot. *Absolutamente muerto. Comprende?*«

»Ich *comprende*. Aber können Sie nicht *comprende*, daß Ihr geliebter Officer White ein gottverdammter Gangster ist?«

»Nur, wenn Sie *comprende*, daß Sie auf ihn eifersüchtig sind. Sehen Sie doch – o mein Gott!«

Ray Dieterling und sein Vater. Ed stand auf; Inez erhob sich mit verklärtem Blick. Preston sagte: »Raymond Dieterling, mein Sohn Edmund. Edmund, würdest du mich mit der jungen Dame hier bekanntmachen?«

Inez wandte sich direkt an Dieterling. »Sir, es ist mir eine große Freude, Sie kennenzulernen. Ich habe ... oh, ich bin einfach nur ein großer Fan von Ihnen.«

Dieterling nahm ihre Hand. »Vielen Dank, meine Liebe. Und wie ist Ihr Name?«

»Inez Soto. Ich habe gesehen ... oh, ich bin einfach ein großer Fan.«

Dieterling lächelte, etwas traurig – die Geschichte des Mädchens war in allen Schlagzeilen. Er wandte sich an Ed. »Sergeant, es ist mir ein Vergnügen.«

Ein sympathischer Händedruck. »Sir, es ist eine Ehre. Und meinen Glückwunsch.«

»Vielen Dank, aber die Glückwünsche teile ich mit Ihrem Herrn Vater. Preston, Ihr Sohn hat wirklich ein Auge für die Damen, finden Sie nicht auch?«

Preston lachte. »Miss Soto, Edmund hat selten so guten Geschmack bewiesen.« Er reichte Ed ein Stück Papier. »Einer von den Leuten des Sheriffs war da und wollte dich sprechen. Ich habe es dir aufgeschrieben.«

Ed steckte den Zettel ein. Inez errötete unter ihrem Schleier. Dieterling lächelte. »Nun, Miss Soto, wie gefällt Ihnen Dream-a-Dreamland?«

»Großartig. O mein Gott, wirklich.«

»Das freut mich, und ich möchte Ihnen sagen, daß hier jederzeit ein guter Job auf Sie wartet, wenn Sie es wünschen. Sie brauchen's nur zu sagen.«

»Vielen Dank, vielen Dank, Sir« – Inez schwankte unsicher. Ed stützte sie, warf einen Blick auf die Notiz: »Stensland auf Sauftour im Raincheck Room, 3871 W. Gage. Kriminelle Verschwörung, Bewährungsbeamter informiert. Warte auf Sie – Keefer.«

Die beiden Geschäftspartner verabschiedeten sich mit einer Verbeugung; Inez winkte ihnen nach. Ed sagte: »Ich werden Sie zurückbringen, aber vorher muß ich noch eine Kleinigkeit erledigen.«

* * *

Sie fuhren mit angestelltem Radio zurück nach L.A. Inez klopfte im Takt der Musik auf das Armaturenbrett. Ed malte sich die Szene aus: Stensland mit ein paar kurzen Bemerkungen vernichtet. Er brauchte eine Stunde bis zum Raincheck Room und parkte den Wagen hinter einem Zivilwagen vom Sheriff's Bureau. »Ich bin in ein paar Minuten wieder da. Sie bleiben hier, einverstanden?«

Inez nickte. Pat Keefer kam aus der Bar. Ed stieg aus und ließ einen kurzen Pfiff hören.

Keefer kam zu ihm; Ed zog ihn ein wenig abseits. »Ist er noch drin?«

»Yeah, stinkbesoffen. Ich dachte schon, Sie kommen gar nicht mehr, wissen Sie.«

Eine dunkle kleine Gasse neben der Bar. »Wo ist der Beamte von der Bewährungsbehörde?«

»Er hat mich beauftragt, ihn mitzunehmen – wir sind hier im Zuständigkeitsbereich des County. Seine Kumpel sind gegangen, er ist jetzt allein.«

Ed deutete auf die Gasse. »Bringen Sie ihn in Handschellen raus.«

Keefer ging zurück in die Bar. Ed wartete an der Seitentür. Er hörte Schreie, Poltern, dann wurde Dick Stens herausgezerrt – stinkend, ungepflegt. Keefer zog ihm den Kopf in den Nacken. Ed bearbeitete ihn – oben, unten, weit ausholend, bis seine Arme schmerzten. Stens brach zusammen und übergab sich. Ed versetzte ihm einen Tritt ins Gesicht und stolperte dann davon. Inez stand auf dem Gehsteig. Sie sagte nur einen Satz: »Officer White ist also ein Schläger?«

27

Bud setzte der Frau Kaffee vor – er wollte sie so schnell wie möglich wieder loswerden und Stens in der Zelle besuchen.

Carolyn sonstwas. In der Orbit Lounge hatte sie passabel ausgesehen, im Morgenlicht wirkte sie zehn Jahre älter. Er hatte sie auf einen Impuls hin aufgegabelt. Kurz vorher hatte er das von Dick gehört, und wenn er keine Frau gefunden hätte, wäre er losgezogen und hätte Exley gesucht und umgebracht. Sie war nicht schlecht im Bett, aber er hatte an Inez denken müssen, um in Fahrt zu kommen. Er fühlte sich irgendwie billig. Die Chancen, daß Inez es je aus Liebe machen würde, standen ungefähr sechs Billionen zu eins. Er verbannte sie aus seinen Gedanken – der Rest der Nacht war nur schlechte Unterhaltung und Brandy.

Endlich sagte Carolyn: »Ich glaub', ich muß jetzt gehen.«

»Ich ruf' dich an.«

Die Türglocke läutete.

Bud begleitete Carolyn hinaus. Durch das Fliegengitter sah er draußen Dudley Smith und einen Detective von West Valley – Joe DiCenzo.

Dudley lächelte; DiCenzo nickte. Carolyn machte, daß sie wegkam – als habe sie gewußt, daß die beiden im Bilde waren. Bud warf noch einen prüfenden Blick in sein Wohnzimmer: das Klappbett heruntergelassen, eine Flasche, zwei Gläser.

DiCenzo zeigte auf das Bett. »Da ist sein Alibi. Ich habe sowieso nicht geglaubt, daß er es war.«

Bud schloß die Tür. »Daß ich *was* war? Boss, was soll das heißen?«

Dudley seufzte. »Mein Junge, ich fürchte, ich bringe schlechte Nachrichten. Letzte Nacht wurde ein junges Mädchen namens Kathy Janeway in seinem Motelzimmer gefunden, vergewaltigt und totgeprügelt. In ihrer Handtasche fand man Ihre Visitenkarte. Sergeant DiCenzo nahm den Anruf entgegen; er wußte, daß Sie einer meiner Protégés sind, und rief mich sofort an. Ich habe mir den Tatort angesehen, einen an Miss Janeway adressierten Umschlag gefunden und sofort Ihre reichlich unfeine Handschrift erkannt. Erklären Sie uns die Sache in aller Kürze, mein Junge – Sergeant

DiCenzo leitet die Untersuchung und würde Sie gern als Tatverdächtigen eliminieren.«

Körpertreffer – die kleine Kathy in Tränen aufgelöst. Bud legte sich eine Lügengeschichte zurecht. »Ich war dabei, Cathcart zu überprüfen, und diese Nutte, die für Cathcart arbeitete, sagte mir, diese Janeway wäre Cathcarts letzte Freundin gewesen, hätte aber nicht für ihn angeschafft. Ich hab' mich mit dem Mädchen unterhalten, aber nichts erfahren, was ich hätte berichten können. Sie hat mir gesagt, die Nutte hat 'n Batzen Geld, das Cathcart ihr zugedacht hatte, würde es aber nicht rausrücken. Ich hab' sie mir vorgenommen und dem Mädchen das Geld zugeschickt.«

DiCenzo schüttelte den Kopf. »Ist das eine Gewohnheit von Ihnen, Nutten auszunehmen?«

Dudley seufzte. »Bud hat eine sentimentale Schwäche für weibliche Wesen, und unter Berücksichtigung dieser Einschränkung finde ich seine Erklärung durchaus plausibel. Mein Junge, wer war diese ›Nutte‹, die Sie erwähnt haben?«

»Cynthia Benavides, auch bekannt als ›Sinful Cindy‹.«

»Sie haben sie aber in keinem Bericht erwähnt, mein Junge. Im übrigen waren die Berichte sowieso reichlich fadenscheinig, wenn ich so sagen darf.«

Lügen: kein Wort über die Pornos, über die Durchsuchung von Cathcarts Wohnung, über den Zuhälter, der Kathy an Duke verkauft hatte. »Ich dachte nicht, daß sie von Bedeutung war.«

»Mein Junge, sie ist immerhin Zeugin im Fall Nite Owl. Und habe ich Ihnen nicht beigebracht, Ihre Berichte sorgfältiger zu schreiben?«

Er wurde langsam wütend – Kathy auf einem Obduktionstisch im Leichenschauhaus. »Yeah, haben Sie.«

»Und was genau haben Sie erreicht seit unserem Dinnergespräch? Das war übrigens der Moment, wo Sie mir von Miss Janeway und Miss Benavides hätten berichten *müssen*.«

»Ich bin immer noch dabei, die Kontaktpersonen von Lunceford und Cathcart zu überprüfen.«

»Mein Junge, die Leute, mit denen Lunceford Kontakt hatte, sind für unsere Untersuchung völlig unwichtig. Haben Sie sonst noch was über Cathcart in Erfahrung gebracht?«

»Nein.«

Dudley zu DiCenzo: »Mein Junge, sind Sie jetzt beruhigt, daß Bud nicht der Mann ist, den Sie suchen?«

DiCenzo zog eine Zigarre aus der Tasche. »Ich bin beruhigt. Und ich bin auch beruhigt, daß er keineswegs der klügste Mensch ist, der je gelebt hat. White, werfen Sie mir einen Knochen hin. Was glauben Sie, wer das Mädchen umgebracht hat?«

Die rote Limousine, das Motel, Cahuenga. »Ich weiß nicht.«

»Eine klare Antwort. Joe, lassen Sie mich bitte ein paar Minuten mit meinem Freund hier allein sprechen. Einverstanden?«

DiCenzo zündete sich die Zigarre an und verließ das Haus. Dudley lehnte sich an die Tür. »Mein Junge, es geht nicht, daß Sie Prostituierte ausnehmen, um mit dem Geld minderjährige Mätressen zu bezahlen. Ich verstehe Ihre sentimentale Einstellung zu Frauen, und ich weiß, daß diese Einstellung ein unabdingbarer Bestandteil Ihres Wesens als Polizist ist, aber diese Art von übertriebenem persönlichen Engagement kann nicht toleriert werden, deshalb sind Sie mit sofortiger Wirkung von der Aufgabe entbunden, Cathcart und Lunceford zu überprüfen, und widmen sich wieder ausschließlich dem Darktown-Aspekt des Falls. Chief Parker und ich sind der Überzeugung, daß die drei Neger, die wir in Gewahrsam haben, die gesuchten Täter sind; äußerstenfalls könnte eine andere Gruppe von Bimbos verantwortlich sein. Wir haben immer noch keine Mordwaffen und keine Informationen über den Verbleib von Coates' Wagen, und Ellis Loew verlangt weitere Beweise, ehe er vor die Grand Jury gehen kann. Unsere verehrte Miss Soto weigert sich, etwas zu sagen, und ich fürchte, wir müssen sie dazu bringen, Pentothal zu nehmen und sich noch einmal befragen zu lassen. Unsere Aufgabe ist es, alle Akten zu überprüfen und sämtliche uns bekannten schwarzen Sexualverbrecher zu verhören. Wir müssen unbedingt die Männer finden, denen unsere unheilige Dreifaltigkeit Miss Soto überlassen hat, und ich würde sagen, Sie sind genau der richtige Mann für diese Aufgabe. Wollen Sie das für mich übernehmen?«

Große Worte – erneute Körpertreffer. »Natürlich, Dud.«

»Guter Junge. Sie melden sich im Revier 77th Street zum Dienst und melden sich dort auch wieder ab. Und ich bitte um etwas ausführlichere Berichte.«

»Selbstverständlich, Boss.«

Smith öffnete die Tür. »Ich habe diesen notwendigen Tadel in aller Freundschaft ausgesprochen, mein Junge. Wissen Sie das?«

»Sicher.«

»Großartig. Ich denke oft an Sie, mein Junge. Chief Parker hat mir seine Zustimmung zu neuen Vorbeugemaßnahmen gegeben, und ich habe bereits Dick Carlisle und Mike Breuning dafür gewonnen. Sobald der Fall Nite Owl abgeschlossen ist, werde ich Sie bitten, ebenfalls mitzumachen.«

»Das klingt wirklich gut, Boss.«

»Großartig. Und, mein Junge, ich bin sicher, Sie wissen schon, daß Dick Stensland verhaftet wurde und Ed Exley daran nicht ganz unbeteiligt war. Sie werden auf keinen Fall irgendwelche Vergeltungsmaßnahmen ergreifen, ist das klar?«

* * *

Die rote Limousine – immerhin eine Möglichkeit.

Cathcarts Wohnung durchsucht und alle Spuren verwischt, seine Klamotten durchwühlt – ?????

Sinful Cindy: Dukes Schnapsidee – Pornohändler.

Feather Royko über Duke: »Außer sich wegen irgendeines neuen Geschäfts.«

Der andere Typ, der Duke imitierte und versuchte, B-Mädchen anzuheuern. Ad Vice war aus dem Spiel – die Ermittlungen in Sachen Pornos hatten nichts ergeben. Trashcan Jack V., genial beim Ausschmücken von Berichten, beantragte seine Versetzung zum Fall Nite Owl – sagte, der Job sei aussichtslos. Russ Millards letztes Resümee: Ermittlungen einstellen – eine einzige Pleite.

Er hatte Dudley angelogen und war damit durchgekommen.

Wenn er dem Jugendamt etwas von der kleinen Kathy gesteckt hätte, würde sie jetzt irgendwo friedlich ein Filmmagazin lesen.

DER ZUHÄLTER, DER SIE AN DUKE VERKAUFT HATTE: »DIESER ANDERE MANN HAT MICH GEZWUNGEN, ES MIT ANDEREN TYPEN ZU MACHEN.«

EXLEY EXLEY EXLEY EXLEY EXLEY EXLEY –

* * *

Sinful Cindys Vorstrafenregister enthielt die Namen von vier Nuttenbars, in denen sie regelmäßig verkehrte. Zuerst ihre Wohnung – keine Cindy. Hal's Nest, die Moonmist Lounge, der Firefly Room, die Cinnabar im Roosevelt Hotel – keine Cindy. Ein alter Cop der Sitte hatte erzählt, daß die Nutten sich regelmäßig in Tiny Naylor's Drive-In trafen, wo einer der Bediensteten ihnen Kunden vermittelte. Also rüber zu Tiny's. Draußen stand Cindys De Soto, ein Essenstablett in die Tür geklemmt.

Bud parkte direkt neben ihr. Cindy sah ihn, warf das Tablett weg und rollte das Fenster hoch. Mit einem Krachen legte sie den Rückwärtsgang ein. Bud sprintete, öffnete die Haube des De Soto und riß die Verteilerklappe heraus. Der Motor ging aus.

Cindy rollte ihr Fenster wieder herunter. »Sie haben mein Geld geklaut! Sie haben meinen Lunch ruiniert!«

Bud warf ihr einen Fünfer in den Schoß. »Der Lunch geht auf mich.«

»Mister Großkotz! Mister Angeber!«

»Kathy Janeway wurde vergewaltigt und totgeprügelt. Ich will alles wissen über den Typen, der ihr früherer Zuhälter war, und über ihre Freier.«

Cindy ließ den Kopf auf das Lenkrad sinken. Die Hupe ertönte. Als sie den Kopf wieder hob, war sie blaß. Keine Tränen. »Dwight Gilette. Ein ziemlich hellhäutiger Farbiger. Über ihre alten Freier weiß ich nichts.«

»Fährt dieser Gilette einen roten Wagen?«

»Keine Ahnung.«

»Was ist mit der Adresse?«

»Ich hab' gehört, er wohnt in diesem Komplex in Eagle Rock. Die Wohnungen sind nur für Weiße, also macht er auf weiß. Aber ich weiß genau, daß er sie nicht getötet hat.«

»Wie kommst du drauf?«

»Er ist schwul. Er hat sehr gepflegte Hände und würde ihn nie einem Mädchen reinstecken.«

»Sonst noch was?«

»Er hat ein Messer. Seine Mädchen nannten ihn »Blaue Klinge« – wegen seines Namens: Gilette.«

»Scheint dich gar nicht zu überraschen, daß es Kathy erwischt hat.«

Cindy legte die Hände auf ihre Augen – knochentrocken. »Sie war dafür geboren. Dukey hat sie weich gekriegt, so daß sie die Männer nicht mehr haßte. Noch ein paar Jahre, und sie hätt's

gepackt. Scheiße – ich wünschte, ich hätte sie besser behandelt.«
»Yeah, ich auch.«

* * *

Eagle Rock. Eine Anfrage bei der Fahndung: Dwight Gilette, alias »Klinge«, alias »Blaue Klinge«, 3245 Hibiscus, Wohnsiedlung Eagle's Aerie. Sechs Verhaftungen wegen Anstiftung zur Prostitution, keine Verurteilung, in der Kartei geführt als männlich, Weißer – wenn er ein Bimbo war, ging er offensichtlich ohne weiteres als Weißer durch. Bud fand das Wohngebiet und die richtige Straße: gemütliche kleine Rauhputzhäuser. Hibiscus war wirklich erste Lage: ein leicht versmogter Blick über L.A.

Nummer 3245: pfirsichfarben gestrichen, eiserne Flamingos auf dem Rasen, eine blaue Limousine in der Auffahrt. Bud ging zu Tür und drückte auf den Klingelknopf – eine Art Glockenspiel ertönte.

Ein sehr hellgelber Typ machte auf. Er war in den Dreißigern, relativ klein, dicklich, und trug lange Hosen und ein Seidenhemd mit einem Mr.-B-Kragen. »Ich hab's im Radio gehört und dachte mir schon, daß ihr wahrscheinlich vorbeikommt. Das Radio hat was von Mitternacht gesagt, und ich hab' ein Alibi. Er wohnt nur einen Block weiter, und ich kann ihn im Nu herholen. Kathy war ein süßes Mädchen, und ich hab' keine Ahnung, wer ihr so was antun würde. Außerdem, kommt ihr sonst nicht immer zu zweit?«

»Sind Sie endlich fertig?«

»Nein. Mein Alibi ist ein Anwalt, er wohnt, wie schon gesagt, nur einen Block von hier und hat ausgezeichnete Beziehungen zur Bürgerrechtsbewegung.«

Bud schob ihn ins Innere des Hauses und pfiff anerkennend durch die Zähne.

Ein wahres Schwulenparadies: dicke Florteppiche, Statuen von griechischen Göttern. Männliche Akte an den Wänden – Ölfarbe auf Samt. Bud sagte: »Wirklich hübsch.«

Gilette deutete auf das Telefon. »Zwei Sekunden, sonst ruf' ich meinen Anwalt.«

Ein schneller Wurf, um ihn zu verwirren. »Duke Cathcart. Du hast ihm Kathy verkauft, richtig?«

»Kathy war ein ziemlicher Dickkopf, und Duke hat mir ein gutes Angebot gemacht. Duke hat's bei dieser grauenhaften Nite-Owl-

Sache erwischt, also erzählen Sie mir bloß nicht, daß Sie mich deswegen verdächtigen.«

Keine verdächtige Reaktion. »Ich habe gehört, daß Duke Pornos verhökert hat. Weißt du was davon?«

»Pornos sind *déclassé*, und die Antwort ist nein.«

Ebenfalls keine verdächtige Reaktion. »Erzähl mir, was du über Dukes Geschäfte weißt. Was hast du über ihn gehört?«

Gilette erhob sich und warf sich in die Hüfte. »Ich habe gehört, daß ein Typ rumgegangen ist und nach Duke gefragt hat. Er hat die gleiche Masche gefahren wie Duke, dachte vielleicht, er könnte sich seinen Stall unter den Nagel reißen – nicht daß davon noch besonders viel übrig war, wie man hört. Und jetzt lassen Sie mich bitte in Ruhe, ehe ich meinen Freund anrufe, ja?«

Das Telefon klingelte. Gilette ging in die Küche, hob am Nebenapparat ab. Bud folgte ihm langsam. Nicht schlecht eingerichtet: ein Kühlschrank, ein Elektroherd auf vollen Touren – Eier, kochendes Wasser, Eintopf.

Gilette machte ein paar Kußgeräusche und legte dann auf.

»Sind Sie immer noch da?«

»Schöne Wohnung, Dwight. Das Geschäft scheint ziemlich gut zu gehen.«

»Das Geschäft geht ausgezeichnet, Danke der Nachfrage.«

»Gut. Ich brauche Informationen über Kathys alte Kunden, also her mit deinem Nuttenbuch.«

Gilette betätigte einen Schalter über dem Abwaschbecken. Ein Motor begann zu brummen, und er schob ein paar Küchenabfälle in einen Ausguß. Bud schaltete den Zerkleinerer wieder aus. »Dein Nuttenbuch, hab' ich gesagt.«

»Nein, no, njet – niemals.«

Bud verpaßte ihm einen Haken in die Magengegend. Gilette federte den Schlag ab, packte ein Messer und holte aus. Bud machte einen Ausfallschritt, trat ihm in die Eier. Gilette klappte zusammen. Bud schaltete den Abfallzerkleinerer wieder ein. Der Motor kreischte auf. Bud packte die Hand, die das Messer hielt, und steckte sie in die Öffnung.

Bud riß die Hand wieder heraus; das Kreischen wurde plötzlich hundertmal lauter. Er drückte die Fingerstümpfe auf die heiße Kochplatte, dann an den kalten Kühlschrank. »GIB MIR DAS

VERDAMMTE NUTTENBUCH«. Das Kreischen der Zerkleinerungsanlage dröhnte in seinen Ohren wie in einer Echokammer.

Gilette hatte die Augen nach oben verdreht. »Schublade ... neben dem Fernseher ... Krankenwagen.«

Bud ließ ihn los, rannte ins Wohnzimmer. Die Schubladen waren leer. Zurück in die Küche – Gilette lag auf dem Boden und kaute Papier.

Er würgte ihn. Gilette spuckte eine halb zerkaute Seite aus. Bud riß sie an sich und stolperte so schnell wie möglich ins Freie. Der Geruch von brennendem Fleisch verursachte ihm Übelkeit. Er glättete das Papier: Namen, Telefonnummern – verschmiert, aber zwei noch lesbar: Lynn Bracken, Pierce Patchett.

28

Jack saß an seinem Schreibtisch und zählte Lügen.

Die Arbeit: eine lange Reihe von nutzlosen Berichten, dazu die Fehlanzeigen bei den anderen Kollegen. Millard wollte den Fall mit den Pornos am liebsten aufgeben. Auch wenn er nicht zum Dienst erschien, waren das Lügen: Er hatte einen vollen Tag damit zugebracht, Namen zu jagen – Namen, die zu den Wagen in Bel Air gehörten. Vier Namen festgestellt; kein Glück bei der Modellagentur, die sich auf Doppelgänger von Filmstars spezialisierte – keines der Mädchen konnte seinen Schönheiten das Wasser reichen. Die Namen brachten nichts, der Tag war verschwendet – Sid Hudgens machte die Verfolgung sinnlos. Er wollte die Frauen einfach nur wiedersehen – eine Lüge mehr, die er Karen erzählte.

Sie hatten den Vormittag in ihrem Strandhaus verbracht. Karen wollte mit ihm schlafen, aber er entzog sich ihr mit einer Ausrede – er habe anderes im Kopf, er habe darum gebeten, auf die Nite-Owl-Sache angesetzt zu werden, weil es so wichtig sei, hier für Recht und Gerechtigkeit zu sorgen. Karen versuchte, ihn auszuziehen; er sagte ihr, er habe Rückenschmerzen; er erzählte ihr nicht, daß er kein Interesse hatte, weil er sie nur benutzen wollte, weil er wollte, daß sie es mit anderen Frauen machte, weil er die Szenen aus den Pornoheften nachstellen wollte. Seine größte Lüge: Er hatte ihr nicht gesagt, daß er sich endlich in eine Sache verrannt hatte, aus der es keinen Ausweg mehr gab und die ihn wieder an die Tür zur Gaskammer führen würde, und daß er keine Aussicht mehr hatte, zu Narco zurückversetzt zu werden – sie würde auch den 24. 10. 47 mit seinen anderen Lügen in Verbindung bringen und sein sorgfältig aufgebautes Image als »guter Big V« würde in Rauch aufgehen.

Er erzählte ihr nicht, daß er schreckliche Angst hatte. Sie hatte es noch nicht gespürt – noch hielt seine Fassade.

Auch andere Fassaden standen noch – aber das war Glück.

Sid hatte noch nicht wieder angerufen, sein monatliches *Hush-Hush* war pünktlich erschienen – kleine Anspielungen auf Max Peltz und minderjährige Schnallen; nichts Beunruhigendes. Er prüfte die Berichte über die Schießerei bei Fleur-de-Lis. Ed Exley hatte als erster auf die Meldung reagiert. Exley war konsterniert: Wohnungsinhaber nicht festzustellen, die Regale ausgeräumt, bis auf wenige Sado-Maso-Hefte – der Rest des Materials offenbar in einem sicheren Versteck. Für die Schüsse kam vielleicht Lamar Hinton in Frage – Big V war aus der Sache raus, Big V hatte eine neue Mission.

Sid Hudgens kannte Pierce Patchett und Fleur-de-Lis. Sid Hudgens kannte das Malibu-Rendezvous. Sid hatte ein ganzes Archiv mit privatem Belastungsmaterial. Big Vs Aufgabe: *seine* Akte finden und vernichten.

Jack kontrollierte die Liste der Autonummern, verglich die Namen mit den Photos, die die Zulassungsstelle geschickt hatte.

Seth David Krugliak, der Besitzer der Villa in Bel Air – ein fetter, öliger Anwalt, der für die Filmbranche arbeitete. Pierce Morehouse Patchett, der Boss von Fleur-de-Lis – Mr. Weltmann. Charles Walker Champlain, Bankier und Anlageberater – rasierter Schädel, Ziegenbart. Lynn Margaret Bracken, Alter neunundzwanzig – Veronica Lake. Keinerlei Vorstrafen.

»Hallo, mein Junge.«

Jack wirbelte auf seinem Stuhl herum. »Dud, wie geht's? Was machen Sie denn hier bei der Sitte?«

»Eine kleine Plauderei mit Russ Millard, wir sind jetzt Kollegen in der Nite-Owl-Sache. Und wo wir gerade bei dem Thema sind: Ich habe gehört, Sie wollen auch bei uns einsteigen?«

»Sie haben richtig gehört. Können Sie die Sache drehen?«

Smith reichte ihm ein hektographiertes Blatt. »Schon erledigt, mein Junge. Sie machen bei der Suche nach Coates' Wagen mit. Jede Garage in der Umgebung hier auf der Liste wird überprüft – mit oder ohne Zustimmung der Besitzer. Sie werden sofort damit anfangen.«

Ein vervielfältigter Ausschnitt aus dem Stadtplan: das Straßenraster von Southside L.A. »Mein Junge, ich möchte, daß Sie mir einen persönlichen Gefallen tun.«

»Sie brauchen's nur zu sagen.«

»Ich möchte, daß Sie Bud White für mich beschatten. Er ist persönlich in die Ermordung dieser kleinen Prostituierten verwickelt, und ich möchte, daß er nicht durchdreht. Können Sie ihm nachts auf den Fersen bleiben? Sie sind doch groß in solchen Dingen.«

Der gute alte Bud – immer hinter seinen entlaufenen Lämmern her. »Sicher, Dud. Wo ist er stationiert?«

»77th Street. Er ist beauftragt, alle Bimbos zu überprüfen, die schon mal wegen Sexualverbrechen aufgefallen sind. Er hat Tagschicht in der 77th Street, und Sie werden ihren Dienst ebenfalls dort beginnen.

»Dud, Sie sind ein rettender Engel.«

»Wollen Sie mir das nicht etwas genauer erklären, mein Junge?«

»Nein.«

29

Memo:

»Von: Chief Parker. An: Deputy Chief Green, Captain R. Millard, Lieutenant D. Smith, Sergeant Ed Exley. Besprechung: Büro des Chiefs, 23. 4. 53, 16 Uhr. Thema: Befragung der Zeugin Inez Soto.« Dazu eine handschriftliche Notiz seines Vaters: »Sie ist großartig, und Ray Dieterling ist begeistert von ihr. Aber sie ist eine wichtige Zeugin und außerdem Mexikanerin, und ich möchte dir raten, dich nicht zu sehr an sie zu hängen. Unter keinen Umständen solltest du mit ihr ins Bett gehen. Beischlaf mit Zeugen ist gegen die Vorschriften des Department, und eine Affäre mit einer Mexikanerin könnte deiner Karriere ernstlich schaden.«

Parker eröffnete die Besprechung. »Ed, der Fall Nite Owl reduziert sich langsam auf die drei Neger, die wir in Gewahrsam haben, oder eine andere Gang von Farbigen. Ich habe gehört, daß Sie sich mit der kleinen Soto inzwischen ganz gut verstehen. Lieutenant Smith und ich halten es für absolut erforderlich, daß Sie sich einer eingehenden Befragung unterzieht, um den zeitlichen Hergang der Tat zu klären, die drei Verhafteten zu be- oder entlasten und die anderen Männer zu identifizieren, die sie mißbraucht haben. Wir sind der Meinung, daß wir mit Pentothal die besten Resultate erzielen können, und Pentothal wirkt am besten, wenn die betreffende Person ganz entspannt ist. Wir wollen, daß Sie Miss Soto dazu bringen, mit uns zu kooperieren. Wahrscheinlich hat sie Vertrauen zu Ihnen gefaßt und wird Ihnen also glauben.«

Nach der Sache mit Stensland war Inez ziemlich geschockt und zögerte wieder, in Arrowhead einzuziehen. »Sir, ich würde sagen, alles, was wir bis jetzt haben, sind Indizien. Wir sollten zumindest versuchen, weiteres Belastungsmaterial zu bekommen, ehe ich es mit Miss Soto versuche, und ich würde gerne noch einmal Coates, Jones und Fontaine verhören.«

Smith lachte. »Mein Junge, die haben sich schon neulich geweigert, mit Ihnen zu reden, und jetzt haben sie diesen rot angehauchten Pflichtverteidiger, der ihnen geraten hat, nichts auszusagen. Ellis Loew will die Sache endlich vor die Grand Jury bringen – Nite Owl und Lindbergh –, und Sie können dazu beitragen. Bis jetzt hat es uns nicht weitergebracht, daß wir die gute Miss Soto mit Glacéhandschuhen angefaßt haben, und es wird langsam Zeit, daß wir aufhören, sie weiter zu verhätscheln.«

Russ Millard: »Lieutenant, ich stimme mit Sergeant Exley überein. Wenn wir die Southside weiter bearbeiten, werden wir Zeugen für die Vergewaltigung auftreiben und möglicherweise Coates' Wagen und auch die Mordwaffen finden. Mein Instinkt sagt mir, daß die Erinnerungen, die das Mädchen an die betreffende Nacht hat, so verschwommen sein werden, daß sie uns nicht viel nützen, und wenn wir sie zwingen, sich an die Einzelheiten zu erinnern, zerstören wir ihr Leben vielleicht noch mehr. Können Sie sich vorstellen, wie Ellis

Loew sie vor den Augen der Grand Jury fertigmacht? Das wäre bestimmt kein schönes Bild, meinen Sie nicht auch?«

Smith lachte – Millard direkt ins Gesicht. »Captain, Sie haben sich alle Mühe gegeben, mit mir diese Ermittlungen zu leiten, und nun benehmen Sie sich wie eine Heulsuse. Wir haben es hier mit einem Massenmord zu tun, der sofortige und radikale Aufklärung erfordert, und nicht mit einer Wohltätigkeitsveranstaltung. Und Ellis Loew ist ein brillanter Anwalt und ein sehr einfühlsamer Mann. Ich bin sicher, er behandelt Miss Soto mit der angemessenen Rücksicht.«

Millard schluckte eine Tablette, spülte sie mit Wasser hinunter. »Ellis Loew ist kein Polizist, sondern ein Narr, der nur auf Schlagzeilen aus ist. Es ist nicht gut, wenn er den Gang der Ermittlungen bestimmt.«

»Mein lieber Captain, ich muß doch sagen, daß mir diese Bemerkung beinahe aufsässig erscheint –«

Parker hob die Hand. »Genug davon, Gentlemen. Thad, würden Sie mit Captain Millard und Lieutenant Smith in die Cafeteria gehen und ihnen eine Tasse Kaffee spendieren, während ich mich ein wenig mit dem Sergeant hier unterhalte?«

Green geleitete die beiden hinaus. Parker sagte: »Ed, Dudley hat recht.«

Ed antwortete nicht. Parker deutete auf einen Stapel Zeitungen. »Die Presse und die Öffentlichkeit verlangen Aufklärung und Gerechtigkeit. Wir sehen ziemlich schlecht aus, wenn wir die Sache nicht bald bereinigt haben.«

»Das weiß ich, Sir.«

»Das Mädchen liegt Ihnen am Herzen?«

»Ja.«

»Sie wissen doch, daß sie früher oder später mit uns kooperieren muß?«

»Sir, unterschätzen Sie sie nicht. Sie hat einen Kern aus Stahl.«

Parker lächelte. »Dann wollen wir mal sehen, wie stählern Sie sind. Bringen Sie sie dazu, mit uns zu kooperieren, und wenn wir genügend Beweismaterial bekommen, um Loew zu überzeugen, daß er seinen großen Fall hat, dann geh' ich über die Beförderungsliste und mach' Sie sofort zum Detective Lieutenant.«

»Welches Kommando?«

»Arnie Reddin geht nächsten Monat in Pension. Ich werde Ihnen die Kriminalabteilung Hollywood geben.«

Ed spürte ein Kribbeln.

»Ed, Sie sind jetzt einunddreißig. Ihr Vater hat's erst mit dreiunddreißig zum Lieutenant gebracht.«

»Ich werde tun, was Sie sagen.«

30

Perverse abklappern:

Cleotis Johnson, polizeibekannter Sittenstrolch, Pastor der New Bethel Methodist Episcopal Church of Zion, hatte ein Alibi für die Nacht, in der Inez Soto gekidnappt wurde: Er hatte in der 77th Street in der Ausnüchterungszelle gesessen. Davis Walter Bush, polizeibekannter Sittenstrolch, gab als Alibi ein halbes Dutzend Zeugen an: Sie hatten zusammen die ganze Nacht im Aufenthaltsraum der New Bethel Methodist Episcopal Church of Zion Karten gespielt. Fleming Peter Hanley, polizeibekannter Sittenstrolch, hatte die betreffende Nacht in der Notaufnahme des Central Hospitals verbracht: Ein Transvestit hatte ihn gebissen, und ein Team von Notärzten war bemüht, ihm Gelegenheit zu geben, sich noch öfter wegen Körperverletzung und Sodomie zu verantworten.

Perverse abklappern.

Ein Anruf im Eagle Rock Hospital: Dwight Gilette hatte es glücklich geschafft. Durchgekommen: Die alte Schwuchtel würde überleben.

Vier weitere polizeibekannte Sittenstrolche hatten ebenfalls ein Alibi. Ein kurzer Abstecher zum Gefängnis des Gerichtsgebäudes;

Stens schwer berauscht von Obstbrannt – einer der Wärter hatte ihm einen Toiletten-Cocktail gemixt. Wilde Tiraden: Ed Exley, Danny Duck bumst Ellis Loew.

Dann nach Hause, duschen, Anfragen bei der Zulassungsstelle: Pierce Patchett, Lynn Bracken. Ein paar Anrufe – ein Kumpel, der im Revier West Valley für Internal Affairs arbeitete. Gute Resultate: keine Beschwerde von Gilette; drei Mann auf Kathys Ermordung angesetzt.

Er duschte noch einmal – der Geruch des Tages hing ihm immer noch an.

* * *

Bud fuhr nach Brentwood, um Pierce Morehouse Patchett auszuquetschen. Keine Eintragungen und Vorstrafen – merkwürdig bei jemandem, dessen Name im Nuttenbuch eines Zuhälters stand. 1184 Gretna Green, eine riesige spanische Villa – ganz in rosa, jede Menge Fliesen.

Er parkte den Wagen und ging zum Haus. Das Licht auf der Veranda ging an und beleuchtete einen Mann auf einem Stuhl. Sein Aussehen stimmte mit den Angaben von der Zulassungsstelle überein, aber der Kerl sah weit jünger aus, als sein Geburtsdatum vermuten ließ. »Sind Sie von der Polizei?«

Seine Handschellen waren am Gürtel festgemacht. »Yeah, sind Sie Pierce Patchett?«

»Das bin ich. Sie wollen eine Spende für den Wohltätigkeitsfonds der Polizei? Das letztemal sind Ihre Leute zu mir ins Büro gekommen.«

Pupillen verengt – vielleicht bedröhnt mit irgendeiner Droge. Muskeln wie ein Bodybuilder, noch betont durch das eng anliegende Hemd. Eine ruhige, entspannte Stimme – er wirkte, als sitze er immer so im Dunkeln und warte auf den Besuch eines Cops. »Ich bin Detective, Mordkommission.«

»Oh? Wer wurde denn getötet? Und wie kommen Sie darauf, daß ich Ihnen helfen könnte?«

»Ein Mädchen namens Kathy Janeway.«

»Das ist nur die Hälfte der Antwort, Mr. –?«

»Officer White.«

»Also noch mal, Mr. White. Wie kommen Sie darauf, daß ich Ihnen helfen könnte?«

Bud zog sich einen Stuhl heran. »Kannten Sie Kathy Janeway?«

»Nein, ich habe sie nicht gekannt. Hat sie behauptet, daß sie mich kennt?«

»Nein. Wo waren Sie gestern um Mitternacht?«

»Ich war hier, ich hatte eine Party. Wenn es wirklich unbedingt notwendig sein sollte, was ich nicht hoffen will, kann ich Ihnen auch eine Liste der Gäste geben. Warum wollen Sie das –«

Bud unterbrach ihn. »Delbert ›Duke‹ Cathcart.«

Patchett gab einen Seufzer von sich. »Den kenne ich auch nicht. Mr. White –«

»Dwight Gilette, Lynn Bracken.«

Ein breites Lächeln. »Ja, die kenne ich.«

»Yeah? Erzählen Sie weiter.«

»Jetzt darf ich Sie mal unterbrechen. Hat einer von den beiden Ihnen meinen Namen genannt?«

»Ich wollte Gilettes Nuttenbuch haben. Er hat versucht, die Seite zu verschlucken, auf der Ihr Name und der von dieser Bracken steht. Patchett, wie kommt's, daß ein Scheiß-Zuhälter Ihre Telefonnummer hat?«

Patchett beugte sich vor. »Interessieren Sie sich für kriminelle Vorgänge, die mit dem Fall Janeway entfernt zu tun haben?«

»Nein.«

»Dann würden Sie auch keine Notwendigkeit sehen, darüber Bericht zu erstatten.«

Der Mistkerl hatte wirklich Stil. »Das ist richtig.«

»Dann hören Sie mir gut zu, weil ich es nur einmal sagen werde, und wenn jemand es wiederholen sollte, streite ich alles ab. Ich habe ein paar Callgirls laufen. Lynn Bracken ist eine von ihnen. Ich habe Lynn vor ein paar Jahren von Gilette übernommen, und wenn Gilette versucht hat, meine Nummer zu verschlucken, dann aus dem einfachen Grunde, weil er weiß, daß ich die Polizei hasse und fürchte, und er hat – zu Recht – angenommen, daß ich ihn zerquetschen würde, wenn er mir die Bullen auf den Hals hetzt. Ich bin sehr gut zu meinen Mädchen. Ich habe selbst erwachsene Töchter, und ein kleines Mädchen ist mir direkt nach der Geburt gestorben. Ich habe ganz und gar nichts übrig für die Vorstellung, daß eine Frau verletzt wird, und offen gestanden, habe ich genügend Geld, um mir meine Wünsche erfüllen zu können. Ist diese Kathy Janeway auf üble Weise ums Leben gekommen.?«

Zu Tode geprügelt, Anzeichen von sexuellem Mißbrauch. »Yeah, ziemlich übel.«

»Dann finden Sie den Killer, Mr. White. Wenn Sie Erfolg haben, bekommen Sie von mir eine Belohnung. Und wenn Sie das mit Ihren ethischen Grundsätzen nicht vereinbaren können, dann werde ich den Betrag an einen Wohltätigkeitsfonds der Polizei überweisen.«

»Vielen Dank, aber ich muß Ihr Angebot leider ablehnen.«

»Weil es gegen Ihren Moralkodex verstößt?«

»So was hab' ich nicht. Erzählen Sie mir von Lynn Bracken. Arbeitet sie auf der Straße?«

»Nein, als Callgirl. Gilette hat sie ruiniert mit üblen Kunden. Nebenbei gesagt: *Ich* achte sehr sorgfältig darauf, mit wem meine Mädchen sich abgeben.«

»Und deshalb haben Sie Gilette das Mädchen abgekauft.«

»Das ist richtig.«

»Warum?«

Patchett lächelte. »Lynn hat große Ähnlichkeit mit der Schauspielerin Veronica Lake, und ich brauchte sie, um mein kleines Studio aufzufüllen.«

»Was für ein ›kleines Studio‹?«

Patchett schüttelte den Kopf. »Nein. Ihr aufdringlicher Stil gefällt mir, und ich spüre, daß Ihre Manieren heute die allerbesten sind, aber das ist alles, was sie von mir bekommen. Ich habe freiwillig kooperiert, und wenn Sie weiter darauf bestehen sollten, dann werde ich mit meinem Anwalt zu Ihnen kommen. Hätten Sie gern Lynn Brackens Adresse? Ich bezweifle, daß Sie irgend etwas über die arme Miss Janeway weiß, aber wenn Sie wollen, rufe ich sie an und sage ihr, sie soll mit Ihnen kooperieren.«

Bud wies auf das Haus. »Ich habe ihre Adresse bereits. Haben Sie dieses Haus mit Ihren Nutten verdient?«

»Ich bin Finanzmann. Ich habe in Chemie promoviert, ich habe mehrere Jahre als Apotheker gearbeitet und mein Geld überlegt investiert. ›Unternehmer‹ wäre, glaube ich, der passende Ausdruck. Und verschonen Sie mich mit diesem vulgären Verbrecherslang, Mr. White. Ich könnte sonst bereuen, daß ich Ihnen gegenüber so offen war.«

Bud sah ihn prüfend an. Zwei zu eins, daß er tatsächlich offen gewesen war. Wahrscheinlich waren Cops für ihn einfach nur eine Belästigung, und er sagte sich, daß es manchmal praktischer sei, offen zu sein. »In Ordnung, dann belass' ich's fürs erste dabei.«

»Tun Sie das.«

Er zückte sein Notizbuch. »Sie sagten, Gilette war der Zuhälter von Lynn Bracken, richtig?«

»Ich verabscheue das Wort ›Zuhälter‹, aber das stimmt.«

»Okay. Und Ihre andern Mädchen – sind das Straßendirnen oder Callgirls?«

»Nein, alle meine Mädchen sind entweder Modelle oder Mädchen, die ich vor dem üblichen Hollywoodkummer bewahrt habe.«

Themenwechsel. »Sie lesen die Zeitung nicht besonders sorgfältig, stimmt's?«

»Ganz recht. Ich versuche, schlechten Nachrichten aus dem Weg zu gehen.«

»Aber vom Massaker im Nite Owl haben Sie gehört.«

»Ja, schließlich lebe ich nicht in einer Höhle.«

»Dieser besagte Duke Cathcart war eines der Opfer. Er war ein Zuhälter, und in letzter Zeit hat sich ein Typ immer wieder nach ihm erkundigt und versucht, Mädchen dazu zu bringen, für ihn als Callgirls zu arbeiten. Nun war Gilette der Zuhälter von Kathy Janeway, und Sie kennen ihn. Ich denke mir, Sie haben vielleicht geschäftlich noch mit anderen zu tun, die mir was über diesen Typ sagen könnten.«

Patchett schlug die Beine übereinander und reckte sich. »Sie glauben also, dieser ›Typ‹ könnte Kathy Janeway getötet haben?«

»Nein, das glaub' ich nicht.«

»Vielleicht glauben Sie auch, er steckt hinter dieser Nite-Owl-Sache. Ich dachte, die Täter sollen Negerjungen gewesen sein. In welcher Sache ermitteln Sie eigentlich, Mr. White?«

Buds Hände umklammerten den Stuhl so fest, daß der Stoffbezug riß. Patchett streckte die Hände aus, Handflächen nach oben. »Die Antwort auf Ihre Fragen lautet nein. Dwight Gilette ist der einzige Vertreter dieser Gattung, mit dem ich je zu tun hatte. Straßenprostitution gehört nicht gerade zu den Gebieten, für die ich zuständig bin.«

»Und was ist mit E-D?«

»E-D?«

»Einbruchdiebstahl. Cathcarts Wohnung wurde sorgfältig durchsucht, alle Wände abgewischt.«

Patchett zuckte die Achseln. »Mr. White, Sie sprechen für mich das reinste Sanskrit. Ich habe nicht die geringste Ahnung, wovon Sie reden.«

»Yeah? Und was ist mit Pornos? Sie kennen Gilette, Gilette hat Ihnen Lynn Bracken verkauft, Gilette hat Kathy Janeway an Cathcart verkauft, und Cathcart soll dabei gewesen sein, einen Pornovertrieb aufzuziehen.«

Das Wort »Porno« schien zu treffen – sein Auge zuckte leicht. Bud fragte: »Klingelt's jetzt bei Ihnen?«

Patchett nahm ein Glas in die Hand und ließ die Eiswürfel klimpern. »Bei mir klingelt gar nichts, und Sie schweifen mit Ihren Fragen immer weiter ab. Ihr Vorgehen war für mich ungewöhnlich und neu, und deshalb bin ich darauf eingegangen. Aber Sie beginnen meine Geduld zu strapazieren, und ich habe immer mehr den Eindruck, daß die Motive für Ihren Besuch bei mir reichlich verworren sind.«

Bud erhob sich wütend. Der Bursche war nicht zu fassen.

Patchett meinte: »Sie verfolgen da auch ein ganz persönliches Interesse, habe ich recht?«

»Yeah.«

»Wenn es sich um die kleine Janeway handelt – was ich darüber gesagt habe, das meine ich so. Ich verleite zwar Frauen zu ungesetzlichen Aktivitäten, aber sie werden dafür ausgezeichnet bezahlt, ich behandele sie sehr gut und sorge dafür, daß die Männer, mit denen sie es zu tun haben, ihnen auch den nötigen Respekt erweisen. Gute Nacht, Mr. White.«

* * *

Während er zurückfuhr, dachte er nach. Wie kam es, daß Patchett ihn so schnell durchschaut hatte – war sein Versuch, Beweismaterial zu unterschlagen, gescheitert? Vielleicht hatte Dudley Verdacht geschöpft und mitbekommen, wie weit er gehen würde, um Exley zu treffen. Lynn Bracken wohnte auf der Nottingham, nicht weit von Los Feliz. Er fand das Haus ohne Schwierigkeiten – ein modernes dreistöckiges Gebäude. Durch die Fenster waren farbige Lichter zu sehen – er schaute hinein, ehe er klingelte.

Rot, blau, gelb – Silhouetten bewegten sich durch die Lichtkegel, Bud sah seine ganz persönliche Porno-Show.

Eine perfekte Doppelgängerin von Veronica Lake, nackt und auf Zehenspitzen: schlank, vollbusig. Blond – das Haar zu einer perfekten Pagenfrisur geschnitten. In ihr bewegte sich ein Mann, angestrengt, die Beine angezogen.

Bud sah zu. Die Geräusche von der Straße waren wie ausgeblendet. Er ignorierte den Mann, konzentrierte sich ganz auf die Frau, studierte jeden Zentimeter von ihr im Wechselspiel von Licht und Schatten. Wie hypnotisiert fuhr er zurück – nur sie im Kopf.

Inez Soto saß auf der Treppe vor seiner Tür. Sie sagte: »Ich war draußen in Exleys Haus in Lake Arrowhead. Er hatte mir versprochen, keine Bedingungen zu stellen, aber dann kam er und sagte, ich müßte diese Droge nehmen, damit meine Erinnerung zurückkehrt. Ich habe nein gesagt. Wußten Sie, daß Sie der einzige Wendell White im Telefonbuch sind?«

Bud rückte ihr den Hut zurecht, stopfte ein heraushängendes Schleierende darunter. »Wie sind Sie hierher gekommen?«

»Ich hab' mir ein Taxi genommen. Hundert Dollar von Exley – so ist er wenigstens für was gut. Officer White, ich möchte mich nicht erinnern.«

»Süße, Sie sind schon dabei. Kommen Sie, ich besorge Ihnen eine Unterkunft.«

»Ich möchte bei Ihnen bleiben.«

»Aber ich hab' bloß ein Klappbett.«

»Einverstanden. Ich schätze, irgendwann wird wieder das erstemal sein.«

»Lassen Sie sich Zeit damit, und suchen Sie sich einen Jungen vom College.«

Inez stand auf. »Ich hatte gerade angefangen, ihm zu vertrauen.«

Bud öffnete die Tür. Das erste, was sie sah, war das Bett – noch zerwühlt von Carolyn oder wie immer der Name gewesen war. Inez ließ sich einfach fallen und war schon Sekunden später eingeschlafen. Bud deckte sie zu, legte sich im Flur lang, das Jackett als Kopfkissen zusammengerollt. Er konnte nur schwer einschlafen – immer wieder gingen ihm die Ereignisse dieses merkwürdigen Tages durch den Kopf. Lynn Bracken vor Augen, sackte er endlich weg. Gegen Morgen wurde er wach und spürte, daß Inez sich neben ihm eingerollt hatte.

Er ließ sie so.

31

Er wußte, daß er träumte, wußte, daß er es nicht abstellen konnte. Immer wieder durchzuckte es ihn.

Inez draußen im Sommerhaus: »Feigling«, »Opportunist«, »Benutzt mich, um seine Karriere zu fördern«. Und dann die letzte Breitseite schon unter der Tür: »Officer White ist zehnmal mehr Mann, obwohl er nur halb soviel Verstand hat und keinen reichen Daddy.« Er ließ sie gehen und jagte dann hinterher: zurück nach L.A., zur Hütte der Familie Soto. Die drei Mexen-Brüder waren hart und abweisend; der alte Soto lieferte den Nachruf: »Ich habe keine Tochter mehr.«

Das Telefon läutete. Ed rollte sich auf die Seite und griff nach dem Hörer. »Exley.«

»Hier Bob Gallaudet. Sie können mir gratulieren.«

Ed verdrängte den Gedanken an seinen Traum. »Wozu?«

»Ich hab' die Anwaltsprüfung bestanden; damit bin ich nicht nur Anwalt, sondern auch Ermittlungsbeamter der Staatsanwaltschaft. Gar nicht beeindruckt?«

»Meinen Glückwunsch. Aber Sie rufen mich sicher nicht um acht Uhr morgens an, um mir das zu sagen.«

»Völlig richtig. Also, hören Sie zu. Gestern abend hat ein Anwalt namens Jake Kellerman bei Ellis Loew angerufen. Er vertritt zwei Zeugen, Brüder, die sagen, sie wüßten von einer absolut hieb- und stichfesten Beziehung zwischen Duke Cathcart und Mickey Cohen. Sie sagen, sie könnten die Sache mit dem Nite Owl aufklären. Sie haben ein paar alte Haftbefehle wegen Handels mit Benzedrin am Hals, und Ellis gewährt ihnen Immunität. Ebenso wie für den Fall, daß man sie wegen ihrer Verbindung zum Nite Owl wegen Verschwörung festnageln sollte. Wir treffen uns in einer Stunde mit ihnen im Hotel Mirimar – die beiden Brüder und Kellerman, Sie, ich, Loew und Russ Millard. Dudley Smith wird nicht dabei sein, und zwar auf Anweisung von Thad Green – er meint, Millard ist besser geeignet für diese Aufgabe.«

Ed schwang sich aus dem Bett. »Und wer sind die beiden Brüder?«

»Peter und Baxter Englekling. Schon von ihnen gehört?«

»Nein. Was ist das also, ein Verhör?«

Gallaudet lachte. »Das wär' was! Nein, Kellerman wird eine vorbereitete Erklärung verlesen, wir debattieren mit Loew darüber, ob die beiden als Kronzeugen in Frage kommen, und dann sehen wir weiter. Ich sag' Ihnen alles Nötige. In fünfundvierzig Minuten auf dem Parkplatz des Mirimar?«

»Ich bin da.«

* * *

Fünfundvierzig Minuten, auf die Sekunde genau. Gallaudet erwartete ihn in der Lobby – er kam sofort zur Sache, ohne ihm die Hand zu schütteln. »Wollen Sie hören, was wir haben?«

»Schießen Sie los.«

Sie unterhielten sich im Weitergehen. »Man erwartet uns schon, einschließlich Stenograph, und wir haben Pete und Bax Englekling, Alter sechsunddreißig und zweiunddreißig, aus San Bernardino ... beides Pseudo-Gangster, könnte man sagen. Beide haben Anfang der vierziger Jahre eine Jugendstrafe abgesessen für Marihuanahandel, sind seitdem aber sauber – abgesehen von der Sache mit dem Benzedrin. Die beiden haben 'ne kleine Druckerei oben in San Berdoo, sind so was wie kleine technische Genies, und ihr verstorbener Vater war ein echt heißer Typ. Stellen Sie sich vor, er war Chemielehrer am College und eine Art Pionier auf dem Gebiet der Pharmazie, hat die ersten Medikamente gegen Psychose entwickelt. Ganz schön eindrucksvoll, wie? Aber da ist noch mehr. Der Alte – übrigens im Sommer 1950 verstorben – hat außerdem ein paar Drogenmixturen für die alten Mobster entwickelt, und Mickey C. war damals, als er noch Bodyguard war, für ihn zuständig.«

»Klingt nicht gerade langweilig. Aber glauben *Sie*, daß Cohen mit dem Nite Owl zu tun hat? Abgesehen davon, daß er im Gefängnis sitzt?«

»Exley, für mich waren es immer noch die drei Farbigen, die wir in Gewahrsam haben. Gangster bringen *nie* unschuldige Bürger um. Aber um offen zu sein, Loew hat an der Verbindung zum Mob Geschmack gefunden. Kommen Sie, wir werden erwartet.«

Suite 309: Die Besprechung fand in einem kleinen Wohnzimmer statt. Ein langer Tisch – Loew und Millard saßen drei Männer gegenüber: ein Rechtsanwalt mittleren Alters, zwei Beinahe-Zwillinge in Overalls – ausgedünntes Haar, vorstehende Knopfaugen, schlechte Zähne. Eine Stenographin an der Tür zum Schlafzimmer, die Finger bereits auf der Tastatur.

Gallaudet brachte zwei Stühle. Ed nickte in die Runde und setzte sich neben Millard. Der Anwalt sah auf seine Unterlagen, die beiden Brüder zündeten sich Zigaretten an. Loew sagte: »Nur fürs Protokoll: Es ist jetzt acht Uhr dreiundfünfzig am 24. April 1953. Anwesend sind: ich persönlich, Ellis Loew, Staatsanwalt der City von Los Angeles, Sergeant Bob Gallaudet von der Staatsanwaltschaft, Captain Russ Millard und Sergeant Ed Exley vom Los Angeles Police Department. Jacob Kellerman vertritt Peter und Baxter Englekling, potentielle Zeugen der Anklage im Falle der Morde, die am 14. April dieses Jahres im Nite Owl Coffee Shop begangen wurden. Mr. Kellerman wird uns eine vorbereitete Erklärung seiner Klienten verlesen, die anschließend das stenographierte Protokoll mit ihren Initialen abzeichnen werden. Als Gegenleistung für diese freiwillige Aussage wird die Staatsanwaltschaft den Haftbefehl Nr. 16114 vom 8. Juni 1951 gegen Peter und Baxter Englekling aufheben. Sollte die hier verlesene Aussage zur Verhaftung der Täter in den oben erwähnten Mordfällen führen, so genießen Peter und Baxter Englekling Immunität im Zusammenhang mit der Strafverfolgung in allen Punkten, die diesen Fall betreffen, einschließlich Beihilfe, Verschwörung und weiter damit zusammenhängender Straftaten und Vergehen. Mr. Kellerman, haben Ihre Klienten das Gesagte zur Kenntnis genommen?«

»Jawohl, Mr. Loew, sie haben es zur Kenntnis genommen.«

»Sind sie darüber informiert worden, daß sie sich unter Umständen nach der Verlesung ihrer Erklärung einem Verhör unterziehen müssen?«

»Ja, sie sind darüber informiert.«

»Dann verlesen Sie bitte die Erklärung, Herr Anwalt.«

Kellerman setzte seine Lesebrille auf. »Ich möchte noch darauf hinweisen, daß ich mir die Freiheit genommen habe, den etwas blumigen Umgangston meiner beiden Klienten ein wenig zu glätten und Wortwahl sowie Syntax zu korrigieren.«

Loew zupfte seine Weste zurecht. »Wir sind durchaus in der Lage, das selbst zu erkennen. Bitte fahren Sie fort.«

Kellerman las: »Wir, Peter und Baxter Englekling, versichern an Eides Statt, daß diese Erklärung voll und ganz der Wahrheit entspricht. Ende März dieses Jahres, etwa drei Wochen vor den Morden im Nite Owl, erhielten wir Besuch in unserer im Handelsregister eingetragenen Druckerei namens Speedy King in San Bernardino, und zwar von einem gewissen Delbert ›Duke‹ Cathcart, der angab, er habe unsere Namen von einem ›Mr. X-Y‹, einem alten Bekannten aus der Zeit, als wir in der Jugendhaftanstalt waren. Dieser Mr. X-Y hatte Cathcart mitgeteilt, daß wir eine Druckerei hätten und über eine von uns selbst entwickelte Hochgeschwindigkeits-Offsetmaschine verfügten, was der Wahrheit entspricht. Mr. X-Y hatte Cathcart weiter mitgeteilt, daß wir immer daran interessiert seien, einen – Zitat – schnellen Dollar zu machen – Zitat Ende. Auch das entspricht den Tatsachen.«

Amüsiertes Gelächter. Ed machte eine kurze Notiz: »Opfer Susan Lefferts aus San Berdoo – besteht da ein Zusammenhang?« Loew sagte: »Fahren Sie fort, Mr. Kellerman. Wir alle sind durchaus in der Lage, zu lachen und gleichzeitig aufmerksam zuzuhören.«

Kellerman: »Cathcart zeigte uns Photographien, auf denen Personen bei verschiedenen sexuellen Betätigungen zu sehen waren, darunter auch solche homosexueller Art. Einige dieser Photographien waren von – Zitat – künstlerischer Qualität – Zitat Ende. Das bedeutet: bunte, phantasievolle Kostümierung und Retuschierungen mit roter Tinte auf einigen der Aufnahmen. Cathcart sagte, er habe gehört, daß wir in kürzester Zeit qualitativ hochwertige Magazine und Hefte herstellten könnten, und wir sagten, das sei richtig. Cathcart nannte uns eine Reihe derartiger Magazine, die bereits von besagten Photographien produziert worden seien, und gab uns eine Aufstellung der damit verbundenen Kosten. Wir wußten, daß wir die Magazine zu einem Achtel dieser Kosten würden herstellen können.«

Ed reichte Millard einen Zettel: »Ermittelt Ad Vice nicht in Sachen Pornographie?« Die beiden Brüder grinsten. Loew und Gallaudet flüsterten miteinander. Millard reichte ihm den Zettel zurück: »Ja – bis jetzt keine Anhaltspunkte von dem vierköpfigen Team. Eine kalte Spur hinsichtlich dieser Magazine (mit den eben erwähnten ›seltsamen Kostümen‹) – wir geben die Sache auf. Außerdem sind bis jetzt keine Hinweise eingegangen, daß Cathcart was mit Pornos zu tun hatte.«

Kellerman nippte an einem Glas Wasser. »Cathcart sagte weiter, er habe gehört, daß unser verstorbener Vater, Franz ›Doc‹ Englekling, mit Meyer Harris ›Mickey‹ Cohen befreundet gewesen sei, einem Gangster aus Los Angeles, der zur Zeit im Zuchthaus von McNeil Island in Haft sitzt. Wir bestätigten das. Dann machte uns Cathcart einen Vorschlag. Er sagte, der Vertrieb der pornographischen Magazine müsse – Zitat – sehr vorsichtig – Zitat Ende – erfolgen, weil die – Zitat – seltsamen Typen – Zitat Ende, die die Photos und die Retuschen gemacht hätten, offenbar eine Menge Dinge zu verbergen hätten. Er ging aber nicht näher darauf ein. Er sagte, er habe Zugang zu einem Netz von – Zitat – reichen Perversos – Zitat Ende –, die für derartige Magazine viel Geld springen lassen würden, und schlug vor, wir könnten daneben auch – Zitat – normale Fick-und-Blas-Ware – Zitat Ende – herstellen, die in großer Auflage vertrieben werden könnte. Cathcart behauptete, er habe Zugang zu einer – Zitat – Postversandliste von Perversos – Zitat Ende –, – Zitat – Fixern und Nutten – Zitat Ende – als mögliche Modelle, und – Zitat – hochklassigen Callgirls – Zitat Ende –, die vielleicht für Nacktaufnahmen posieren würden, wenn ihr – Zitat – verrückter alter Lustknabe – Zitat Ende – einverstanden sei. Auch in diesem Falle ging Cathcart nicht weiter auf Einzelheiten ein und nannte auch keine genauen Namen oder Orte.«

Kellerman blätterte ein paar Seiten weiter. »Cathcart sagte uns, er wolle als Kontaktperson, Talentsucher und Mittelsmann fungieren. Wir sollten die Produktion der Magazine übernehmen. Außerdem sollten wir Mickey Cohen auf McNeil Island besuchen und ihn dazu bringen, das nötige Kapital zur Verfügung zu stellen, um das Projekt in die Wege leiten zu können. Daneben könne er uns auch hilfreiche Informationen darüber geben, wie man ein geeignetes Verteilernetz aufbaut. Im Austausch dafür sollte Cohen einen angemessenen prozentualen Anteil erhalten.«

Ed reichte erneut einen Zettel weiter: »Keine Namen, denen wir nachgehen können – die Sache ist viel zu glatt.« Millard flüsterte zurück: »Und das Nite Owl war so gar nicht Mickeys Stil.« Bax Englekling kicherte vor sich hin, Pete bohrte sich mit einem Bleistift im Ohr. Kellerman las weiter: »Wir besuchten Mickey Cohen in seiner Zelle in McNeil; das war ungefähr zwei Wochen vor den Morden im Nite Owl. Wir unterbreiteten ihm die Idee. Er weigerte sich, uns zu helfen, und wurde sehr wütend, als wir ihm sagten, die Idee stamme von Duke Cathcart. Er nannte ihn einen – Zitat – Scheißkerl und Kinderschänder – Zitat Ende. Zusammenfassend sind wir der Meinung, daß Mickey Cohen ein paar bewaffnete Gangster angeheuert hat, die das Nite Owl überfallen haben. Aus seinem Haß auf Duke Cathcart heraus ließ er sechs Menschen töten, um an einem Rache üben zu können. Eine andere Möglichkeit wäre, daß Cohen mit anderen Gefängnisinsassen über Cathcarts Pläne gesprochen und Cohens Rivale Jack ›The Enforcer‹ Whalen davon erfahren hat, der ständig nach neuen Betätigungsfeldern suchte und Cathcart umlegen ließ, wobei die fünf unschuldigen Opfer von seinem eigentlichen Ziel ablenken sollten. Wir glauben, wenn die Morde in der Tat aus einer Verschwörung von Pornoherstellern resultierten, könnten auch wir dieser Verschwörung zum Opfer fallen. Wir schwören, daß diese Stellungnahme der Wahrheit entspricht und nicht unter körperlichem oder geistigem Druck abgegeben wurde.«

Die beiden Brüder klatschten Beifall. Kellerman sagte: »Meine Klienten sind bereit, Fragen zu beantworten.«

Loew deutete auf die Schlafzimmertür. »Erst möchte ich mit meinen Kollegen sprechen.«

Sie gingen in den benachbarten Raum; Loew schloß die Tür. »Schlußfolgerungen. Bob, Sie zuerst.«

Gallaudet zündete sich eine Zigarette an. »Mickey Cohen mag zwar viele Fehler haben, aber er ermordet niemand einfach aus Wut, und Jack Whalen interessiert sich nur für Glücksspiel und Wetten. Ich neige dazu, die Geschichte zu glauben, aber alles, was wir bis jetzt über Cathcart ausgegraben haben, legt den Schluß nahe, daß es sich bei ihm um einen armseligen Trottel handelt, der einfach nicht fähig war, eine so große Sache aufzuziehen. Ich würde sagen, das alles berührt unseren Fall nur am Rande. Für mich waren es immer noch die Bimbos.«

»Ganz Ihrer Meinung. Captain, Ihre Ansicht bitte.«

Millard meinte: »Eines der vorgetragenen Szenarien gefällt mir – mit schwerwiegenden Vorbehalten. *Vielleicht* hat Cohen wirklich auf dem Hof in McNeil über die Sache geredet und jemand hat Wind davon bekommen und entsprechend reagiert. *Aber* – wenn die Sache mit Pornos zu tun hat, hätten die Betreffenden die Engleklings längst kontaktiert oder sie umgelegt. Ich habe zwei Wochen lang von

Ad Vice aus Ermittlungen nach Pornohändlern geführt, und meine Leute haben absolut nichts gefunden, sondern sind ständig gegen Mauern gelaufen. Ich würde sagen, Ed und Bob sollten sich mit Whalen unterhalten und dann nach McNeil rauffliegen und mit Mickey reden. Ich werde diese Halunken nebenan verhören und außerdem noch mal mit meinen Leuten bei Ad Vice reden. Ich habe jeden einzelnen Bericht jedes einzelnen Beamten über die Nite-Owl-Sache gelesen, und da wurde nie ein Wort über Pornographie erwähnt. Ich glaube, Bob hat recht. Die Sache hat bestenfalls am Rande mit unserem Fall zu tun.«

»Einverstanden. Bob, Sie und Exley reden mit Cohen und Whalen. Captain, hatten Sie wirklich fähige Männer auf den Job angesetzt?«

Millard lächelte. »Drei fähige Männer und Trashcan Jack Vincennes. Ich will Ihnen nicht zu nahe treten, Loew, aber er ist doch mit der Schwester Ihrer Frau liiert.«

Loew errötete. »Exley, möchten Sie noch etwas hinzufügen?«

»Bob und der Captain haben bereits alles gesagt, was ich zu sagen hätte, aber zwei Dinge möchte ich doch noch erwähnen. Erstens, Susan Lefferts kam ebenfalls aus San Berdoo. Zweitens, wenn es tatsächlich nicht die Neger waren, die wir in Haft haben, oder eine andere Farbigengang, dann war der Wagen vor dem Nite Owl eine bewußt falsche Spur und wir haben es mit einer groß angelegten Verschwörung zu tun.«

»Ich bin der Meinung, wir haben unsere Täter. Und was das betrifft: Machen Sie Fortschritte bei Miss Soto?«

»Ich bemühe mich.«

»Bemühen Sie sich ein bißchen mehr. Gute Vorsätze sind was für Schuljungen, aber für uns zählen nur Resultate. An die Arbeit, Gentlemen.«

* * *

Ed fuhr in seine Wohnung, um sich vor der Fahrt nach McNeil umzuziehen. An der Tür fand er eine Nachricht.

Exley –

Ich glaube immer noch, daß all das, was ich über Sie gesagt habe, zutrifft, aber ich habe zu Hause angerufen und mit meiner Schwester gesprochen, und sie hat gesagt, Sie wären vorbeigekommen und machten sich offensichtlich Sorgen um mein Wohlergehen. Ich fange langsam an aufzutauen. Sie waren sehr nett zu mir (wenn Sie nicht gerade irgendwelche Spuren verfolgten oder andere Leute verprügelten), und vielleicht bin ich selbst der Opportunist und benutze Sie nur, weil ich einen Unterschlupf brauche, bis es mir wieder besser geht und ich das Angebot von Mr. Dieterling annehmen kann. Ich lebe also in einem Glashaus und sollte nicht mit Steinen werfen. Das ist zwar keine Entschuldigung, aber mehr kann ich Ihnen nicht sagen, und ich werde mich auch weiterhin weigern, mit Ihnen zu kooperieren. Verstehen Sie das? Glauben Sie, daß Mr. Dieterling die Sache mit dem Job im Dream-a-Dreamland ernst gemeint hat? Ich gehe jetzt einkaufen mit dem Rest des Geldes, das Sie mir gegeben haben. Wenn ich etwas zu tun habe, muß ich nicht so viel nachdenken. Ich werde heute abend wieder vorbeikommen. Lassen Sie ein Licht brennen.

Inez

Ed zog sich um und befestigte seinen Zweitschlüssel mit Klebeband an der Tür. Er ließ ein Licht an.

32

Jack saß in seinem Wagen und wartete darauf, Bud White nachzufahren. Zerschundene Hände, ramponierte Kleidung – er hatte einen anstrengenden Tag hinter sich: Garagentüren aufbrechen, ständig angemacht von überdrehten Bimbos, die ihn von den Dächern aus attackiert hatten. Kein Glück mit Coates' Mercury. Millards Bombe explodierte immer noch – gottseidank hatte er es am Telefon erfahren, sonst hätte er sich wahrscheinlich in die Hosen geschissen.

»Vincennes, zwei Zeugen haben sich bei Ellis Loew gemeldet. Sie sagen, Duke Cathcart wäre irgendwie an einem Plan beteiligt gewesen, das Zeug, das wir suchen, zu verkaufen. Ich schätze, es gibt da keine Verbindung zum Nite Owl, aber haben Sie irgendwas rausgefunden?«

Er sagte: »Nein.« Dann fragte er, ob die anderen Kollegen Erfolg gehabt hätten. Millard antwortete: »Nein.«

Er sagte ihm nicht, daß seine Berichte alle erfunden waren. Er sagte ihm nicht, daß es ihm egal war, auch wenn die Pornosache und das Nite Owl von hier bis zum Mars miteinander verquickt wären. Er sagte ihm nicht, daß er nicht ruhen würde, bis er Sid Hudgens' Material in der Hand hatte und die Nigger endlich vergast waren – schuldig oder nicht.

Er hatte ein wachsames Auge auf den Hintereingang des Zellentrakts, wo Blaue gerade ein paar Sexfreaks anlieferten. Bud White war drinnen – sein Gummischlauch wartete darauf, in Aktion zu treten. Gestern nacht hatte er ihn verfolgt und verloren – Dudley war stinksauer. Heute würde er ihm dicht auf den Fersen bleiben und sich dann Hudgens vornehmen, um das Malibu-Rendezvous ein für allemal zu säubern.

White kam aus dem Gebäude. Das Licht war gut. Jack sah Blut auf seinem Hemd. Er ließ den Motor an und wartete.

33

Keine farbige Beleuchtung, nur weißes Lampenlicht hinter zugezogenen Vorhängen. Bud drückte auf den Klingelknopf.

Die Tür ging auf – Lynn Bracken stand vor ihm, von hinten angestrahlt. »Ja? Sind Sie der Polizist, von dem mir Pierce erzählt hat?«

»Ganz recht. Hat Patchett Ihnen auch gesagt, worum's geht?«

Sie hielt die Tür auf. »Er meinte, Sie wüßten nicht ganz, was Sie eigentlich wollten, und er sagte, ich soll ganz offen mit Ihnen reden und kooperieren.«

»Tun Sie immer alles, was er Ihnen sagt?«

»Ja, das tu ich.«

Bud ging hinein. Lynn sagte: »Die Gemälde sind echt, und ich bin Prostituierte. Ich habe noch nie von dieser Kathy gehört, wie immer ihr Name war, und Dwight Gilette würde sich nie an einer Frau vergreifen. Wenn er eine töten müßte, würde er sein Messer benutzen. Von diesem Duke Cathcart hab' ich gehört, aber nur, daß er ein geborener Versager ist und ein weiches Herz für Mädchen hat. Und das ist alles, was es dazu zu sagen gibt.«

»Sind Sie fertig?«

»Nein. Ich habe keine Informationen über die anderen Mädchen, die für Dwight arbeiten, und alles, was ich über die Sache im Nite Owl weiß, habe ich aus der Zeitung. Sind Sie jetzt zufrieden?«

Bud mußte beinahe lachen. »Sie und Patchett haben sich wirklich gut unterhalten. Hat er Sie gestern abend angerufen?«

»Nein, heute morgen. Warum?«

»Nur so.«

»Sie sind Officer White, nicht wahr?«

»Nennen Sie mich Bud.«

Lynn lachte. »*Bud*, glauben Sie, was Pierce und ich Ihnen erzählt haben?«

»Yeah, mehr oder weniger.«

»Und Sie wissen, warum wir mitspielen?«

»Wenn Sie so was sagen, werd' ich ziemlich wütend.«

»Ja. Aber Sie wissen es.«

»Yeah, ich weiß es. Patchett hat einen Hurenring laufen und vielleicht auch noch was anderes, und Sie wollen nicht, daß ich das in meinen Berichten erwähne.«

»Ganz recht. Unsere Motive sind durchaus egoistischer Art, und deshalb kooperieren wir mit Ihnen.«

»Darf ich Ihnen einen guten Rat geben, Miss Bracken?«

»Lynn, bitte.«

»Miss Bracken, hier mein Rat. Kooperieren Sie weiterhin, und versuchen Sie ja nicht, mich zu bestechen oder mir zu drohen, sonst landen Sie und Patchett bis über die Ohren in der Scheiße.«

Lynn lächelte. Bud erkannte das Lächeln – Veronica Lake in einem dieser Heuler, wo Alan Ladd aus dem Krieg nach Hause kommt und sein Aas von Ehefrau tot vorfindet. »Wollen Sie einen Drink, *Bud*?«

»Yeah, einen einfachen Scotch.«

Lynn ging in die Küche und kam mit zwei Kurzen zurück. »Gibt es schon Fortschritte bei dem Mädchen?«

Bud schüttete seinen Drink hinunter. »Wir haben drei Männer drauf angesetzt. Es ist ein Sexualverbrechen, also sacken wir wie üblich alle Perversen ein, die als Täter in Frage kommen. Wir werden uns zwei Wochen lang redliche Mühe geben und die Sache dann vergessen.«

»Aber Sie werden sie nicht vergessen.«

»Vielleicht, vielleicht auch nicht.«

»Warum interessiert Sie das so?«

»Alte Geschichten.«

»Persönliche Geschichten?«

»Yeah.«

Lynn nippte an ihrem Drink. »Ich frage ja nur. Und was ist mit der Nite-Owl-Sache?«

»Sieht so aus, als wären es diese Nig- …diese Farbigen gewesen, die wir verhaftet haben. Die Sache ist eine riesige Schweinerei, bei der sich alle möglichen Leute ins Knie ficken.«

»Benutzen Sie oft das Wort ›ficken‹?«

»Sie ficken für Geld.«

»Ich sehe Blutflecken auf Ihrem Hemd. Ist das ein fester Bestandteil Ihres Jobs?«

»Yeah.«

»Macht es Ihnen Spaß?«

»Wenn die's verdient haben.«

»Sie meinen Männer, die Frauen prügeln.«

»Helles Mädchen.«

»Hatten die heute es verdient?«

»Nein.«

»Aber Sie haben es trotzdem gemacht.«

»Yeah, genau wie das halbe Dutzend Typen, mit denen Sie heute gebumst haben.«

Lynn lachte. »Um die Wahrheit zu sagen, es waren nur zwei. Aber ganz unter uns: Haben Sie Dwight Gilette auch verprügelt?«

»Ganz unter uns: Ich hab' seine Hand in den Müllzerkleinerer gesteckt.«

Kein Erschrecken, keine Reaktion. »Hat Ihnen das Spaß gemacht?«

»Nun … eigentlich nicht.«

Lynn mußte husten. »Ich bin eine schlechte Gastgeberin. Möchten Sie nicht Platz nehmen?«

Bud setzte sich auf das Sofa. Lynn ließ sich eine Armlänge von ihm entfernt nieder. »Detectives der Mordkommission sind anders als andere. Sie sind der erste Mann seit fünf Jahren, der mir nicht nach spätestens einer Minute gesagt hat, daß ich aussehe wie Veronica Lake.«

»Sie sehen viel besser aus als Veronica Lake.«

Lynn zündete sich eine Zigarette an. »Vielen Dank. Ich werde ihrer Freundin nicht erzählen, daß Sie das gesagt haben.«

»Woher wissen Sie, daß ich eine Freundin habe?«

»Ihre Jacke ist völlig ramponiert und stinkt nach Parfüm.«

»Sie irren sich. Ich muß leider passen.«

»Und das –«

»Yeah, das tu ich verdammt selten. Kooperieren Sie weiterhin, Miss Bracken. Erzählen Sie mir von Pierce Patchett und seinen Geschäften.«

»Ganz im –«

»Yeah, ganz im Vertrauen.«

Lynn rauchte, nippte an ihrem Scotch. »Nun, abgesehen von dem, was er für mich getan hat, ist Pierce ein echter Renaissancemensch. Er kennt sich in der Chemie aus, er kann Judo, er pflegt seinen Körper. Er liebt es, sich von schönen Frauen verwöhnen zu lassen. Er war verheiratet, aber seine Ehe ist gescheitert, und er hatte eine Tochter, die sehr jung gestorben ist. Er ist immer aufrichtig mit seinen Mädchen und läßt uns nur mit gepflegten, wohlhabenden Männern ausgehen. Man könnte sagen, er sieht sich als großer Retter. Pierce liebt schöne Frauen. Er liebt es, sie zu manipulieren und mit ihnen Geld zu verdienen, aber er hat für sie auch echte Zuneigung. Als ich Pierce das erstemal begegnete, erzählte ich ihm, meine kleine Schwester sei von einem betrunkenen Autofahrer überfahren und getötet worden. Er hat wirklich geweint. Pierce Patchett ist ein harter Geschäftsmann, und er hat einen Callgirl-Ring, das ist richtig. Aber er ist ein guter Mensch.«

Das klang aufrichtig. »Was hat Patchett sonst noch laufen?«

»Nichts Ungesetzliches. Er vermittelt Geschäfte, vor allem in der Filmbranche. Und er berät seine Mädchen in geschäftlichen Angelegenheiten.«

»Pornos?«

»Guter Gott, nein, nicht bei Pierce. Er *macht* es lieber, statt zuzusehen.«

»Und verkauft es.«

»Ganz recht, und er verkauft es.«

Beinahe zu glatt – als ob sie versuchte, Patchett von jedem Pornographie-Vorwurf zu entlasten. »Ich hab' langsam den Eindruck, Sie wollen mir Sand in die Augen streuen. Irgendwie läuft hier ein perverser Deal. Kuppelei und Zuhälterei sind eine Sache, aber Sie tun, als wär' dieser Bursche Jesus persönlich. Fangen wir mal an mit Patchetts ›kleinem Studio‹.«

Lynn drückte ihre Zigarette aus. »Angenommen, ich möchte nicht darüber sprechen?«

»Angenommen, ich übergebe Sie und Patchett der Sitte?«

Lynn schüttelte den Kopf. »Pierce ist der Meinung, daß Sie auf einem ganz persönlichen Rachefeldzug sind, und daß es für Sie am besten wäre, wenn Sie ihn als möglichen Verdächtigen in der Sache, die Sie bearbeiten, eliminieren und über das, was er macht, Stillschweigen bewahren. Er glaubt, Sie werden ihn nicht verpfeifen, weil alles andere dumm wäre.«

»Dumm ist mein zweiter Vorname. Und was glaubt Patchett sonst noch?«

»Er wartet darauf, daß Sie das Thema Geld ansprechen.«

»Erpressung ist nicht meine Sache.«

»Aber warum dann?«

»Vielleicht bin ich einfach nur verdammt neugierig.«

»Also gut, lassen wir das. Wissen Sie, wer Doktor Terry Lux ist?«

»Sicher, er hat 'ne Entziehungsfarm draußen in Malibu. Er hat 'ne Menge Dreck am Stecken.«

»Beides richtig, und außerdem ist er Spezialist für plastische Chirurgie.«

»Er hat bestimmt auch Patchett operiert, hab' ich recht? Niemand kann in seinem Alter so jung aussehen.«

»Davon weiß ich nichts. Ich weiß nur, daß Terry Lux Mädchen für Pierces kleines Studio operiert. Da sind Ava und Kate und Rita und Betty. Gemeint sind Gardner, Hepburn, Hayworth und Grable. Pierce sucht sich Mädchen, die halbwegs Ähnlichkeit mit Filmstars haben, und Terry macht sie dann auf chirurgischem Wege zu genauen Kopien. Sie sind sozusagen Pierces Konkubinen. Sie schlafen mit Pierce und mit ausgewählten Kunden – das sind Männer, die ihm bei seinen Geschäftsvermittlungen und Filmverträgen von Vorteil sein könnten. Ob das pervers ist? Vielleicht. Aber Pierce behält einen Teil des Geldes, das die Mädchen verdienen, zurück und legt es für sie an. Er sorgt dafür, daß seine Mädchen mit dreißig aufhören – ohne Ausnahme. Er sorgt dafür, daß sie keine Drogen nehmen, und er mißbraucht sie nicht. Ich habe ihm sehr viel zu verdanken. Können Sie mit Ihrer Polizistenmentalität verstehen, wie widersprüchlich das alles ist?«

Bud sagte: »Jesus Herrgott.«

»Nein, Mr. White. Pierce Morehouse Patchett.«

»Hat Lux Sie operiert, damit Sie wie Veronica Lake aussehen?«

Lynn berührte ihr Haar. »Nein, ich habe mich geweigert. Pierce hat mich deswegen wirklich geliebt. Ich bin in Wirklichkeit brünett, aber der Rest ist echt.«

»Und wie alt sind Sie?«

»Ich werde nächsten Monat dreißig, und dann werde ich eine eigene Kleiderboutique eröffnen. Sehen Sie, wie die Zeit alle Dinge verändert? Wenn Sie mich einen Monat später kennengelernt hätten, wäre ich keine Hure mehr. Ich wäre eine Brünette, die nicht ganz wie Veronica Lake aussieht.«

»Himmel Herrgott.«

»Nein, Lynn Margaret Bracken.«

Zu schnell – fast herausplatzend: »Hören Sie, ich möchte Sie gern wiedersehen.«

»Sie bitten mich um ein Rendezvous?«

»Yeah, weil ich mir das nicht leisten kann, was Patchett nimmt.«

»Sie könnten einen Monat warten.«

»Nein, kann ich nicht.«

»Also gut, aber dann reden wir nicht mehr vom Geschäft. Ich mag's nicht, wenn mich jemand für verdächtig hält.«

Bud machte mit dem Finger einen Haken in die Luft: Patchett von der Liste für Kathy und das Nite Owl gestrichen. »Einverstanden.«

34

Mickey Cohens Zelle.

Gallaudet mußte lachen: samtbezogenes Bett, mit Samt gepolsterte Regale, Kommode mit samtgepolstertem Hocker. Durch einen Heizungsschlitz kam warme Luft – im April war es im Staat Washington immer noch empfindlich kalt. Ed war müde. Sie hatten mit Jack »The Enforcer« Whalen gesprochen und ihn als Täter eliminiert. Danach ein langer Flug von 1000 Meilen. Ein Uhr morgens – zwei Cops warten auf einen psychopathischen Gangster, der noch bei seiner nächtlichen Runde Kartenspiel sitzt. Gallaudet streichelte Cohens Bulldogge – Mickey Cohen junior in einem feschen roten Samtpullover. Ed ging noch einmal seine Notizen von der Unterhaltung mit Whalen durch.

Er hatte geredet wie ein Wasserfall – sie hatten ihn kaum abstellen können. Whalen hatte für die Englekling-Theorie nur ein Lachen übrig und erging sich weitschweifig in Tiraden über organisiertes Verbrechen in L.A.

Die Aktivitäten des Mobs waren fast zum Erliegen gekommen, seit Mickey C. aus dem Verkehr gezogen war. Die Insider sahen es folgendermaßen: Micks Macht gebrochen, Geldmittel in Sicherheit auf Schweizer Konten – Bargeld für einen Neuaufbau. Morris Jahelka, Cohens Unterführer, hatte ein Lehen bekommen, es prompt verspielt – die Gelder schlecht investiert – und konnte seine Leute nicht mehr bezahlen. Whalen sagte, *er* stehe gut da, und bot ihnen seine Theorie über Cohen an.

Er war der Meinung, Mickey habe seine einzelnen Unternehmungen – Wettbüros, Kreditgeschäfte, Drogen und Prostitution – aufgeteilt und delegiert. Sofort nach seiner Entlassung auf Bewährung werde er die Organisation mit dem Geld wieder aufbauen, das seine Stellvertreter in der Zwischenzeit verdient und investiert hätten. Whalens Theorie basierte auf Hörensagen: Lee Vachss, ehemaliger Killer von Cohen, schien sich aus dem Geschäft zurückgezogen zu haben, ebenso Johnny Stompanato und Art Teitlebaum – zwei üble Burschen, die keine zwei Schritte geradeaus gehen konnten. Wahrscheinlich waren alle drei noch im stillen tätig

– vielleicht, um Cohens Interessen zu schützen. Chief Parker befürchtete Übernahmeversuche durch die Mafia und hatte gerade eine neue Verteidigungslinie gegen harte Jungs von außerhalb aufgebaut. Dudley Smith und zwei seiner Schlägertypen hatten sich in einem Motel in Gardena einquartiert; sie prügelten Mafia-Typen halb zu Tode, klauten ihnen das Geld, spendeten es für Wohltätigkeitsfonds der Polizei und setzten sie dann in den nächsten Bus, Zug oder Flieger dahin, wo sie hergekommen waren – natürlich immer inoffiziell und von der Öffentlichkeit unbemerkt.

Whalens Schlußfolgerung: *Er* durfte weiter seinen Geschäften nachgehen, weil einfach irgend jemand Glücksspiel und Wetten übernehmen mußte, sonst würden ein paar verrückte unabhängige Figuren ganz L.A. in Grund und Boden schießen. Der Begriff »Vorbeugung« – eine Erfindung von Dudley S. – sagte alles. Das Polizei-Establishment wußte genau, daß er nur schießen würde, wenn jemand auf ihn schoß – er *spielte das Spiel mit*. Der Gedanke, er oder Mickey könnten sechs Leute wegen ein paar Wichsvorlagen abknallen, war einfach absurd. Trotzdem war etwas im Busch – es war einfach unverhältnismäßig ruhig.

Mickey Cohen junior fing plötzlich an zu jaulen. Ed hob den Kopf. Mickey Cohen betrat die Zelle, in der Hand einen Karton mit Hundekuchen. Er sagte: »Ich hab' noch nie einen Mann getötet, der es unserer Auffassung vom Leben nach nicht verdient gehabt hätte. Ich hab' nie irgendwelchen obszönen Scheiß verkauft, den andere zum Masturbieren benutzen, und ich habe mich nur deshalb auf das Gespräch mit den Engleklings eingelassen, weil ich ihren verstorbenen Vater sehr gemocht habe – Gott hab' ihn selig, auch wenn er ein verdammter Kraut war. Ich töte keine unschuldigen Menschen, weil das ein *mizwa* ist, und weil ich mich an die zehn Gebote halte, es sei denn, es ist schlecht fürs Geschäft. Wärter Hopkins hat mir gesagt, warum Sie hier sind, und ich habe Sie absichtlich warten lassen, weil Sie völlig von allen guten Geistern verlassen sind, wenn Sie mir diese gemeine und dumme Tat zutrauen, die offensichtlich auf das Konto von ein paar dämlichen Schwarzen geht. Mickey junior scheint Sie immerhin zu mögen, also werde ich Ihnen ausnahmsweise fünf Minuten meiner kostbaren Zeit schenken. Komm zu Daddy, *Bübele*!«

Gallaudet heulte. Cohen kniete sich auf den Boden und steckte sich einen Hundekuchen in den Mund. Der Hund rannte zu ihm hin, packte den Kuchen und küßte ihn. Mickey knuddelte das Tier. Cohen junior winselte, pißte. Ed sah einen Mann auf dem Laufgang: Davey Goldman, Mickeys Chefbuchhalter, der ebenfalls wegen Steuervergehens in McNeil einsaß.

Goldman schlich davon. Gallaudet sagte: »Mickey, die Brüder Englekling meinen, Sie seien völlig ausgeflippt, als sie erwähnten, daß Duke Cathcart hinter der Sache steckt.«

Cohen spuckte einen Schwall Krümel aus. »Kennen Sie den alten Ausdruck ›Dampf ablassen‹?«

Ed meinte: »Natürlich, aber was ist mit anderen Namen? Haben die Engleklings noch andere Namen erwähnt außer Cathcart?«

»Nein, und auch Cathcart hab' ich persönlich nie kennengelernt. Ich habe gehört, er hätte einen Nuttenstall mit minderjährigen Mädchen, und danach hab' ich ihn eben beurteilt. Die Bibel sagt: ›Richtet nicht, auf daß Ihr nicht gerichtet werdet!‹ Und da ich durchaus bereit bin, mich richten zu lassen, sage ich mir immer: ›Richte weiter, alter Mickster‹.«

»Haben Sie den Brüdern irgendwelche Tips gegeben, wie man ein Verteilersystem aufbaut?«

»Nein! Gott und mein geliebter Mickey junior sind Zeugen – die Antwort ist nein!«

Gallaudet: »Mick, kommen wir zu der entscheidenden Frage: Haben Sie auf dem Hof über diese Pläne gesprochen? Wem haben Sie davon erzählt?«

»Ich hab' niemand davon erzählt! Wichsvorlagen – das ist eine Sache von Sünde und Hunger. Ich hab' sogar Davey weggescheucht, als diese meschuggenen Brüder zu mir kamen! Davey ist mein eigenes Ohr! Sie sehen, wieviel mir die kardinale Tugend der Vertraulichkeit und Verschwiegenheit bedeutet!«

Gallaudet meinte: »Ed, ich habe mit Russ Millard telefoniert, während Sie sich mit dem Wärter unterhalten haben. Er sagt, er hat seine Leute von Ad Vice noch mal wegen der Ermittlungen in der Pornosache gefragt, aber es gibt keinerlei Anhaltspunkte. Weder über Cathcart noch über die Magazine selbst. Russ ist sämtliche Außenberichte im Fall Nite Owl durchgegangen und hat nichts gefunden. Bud White hat Cathcart durchleuchtet und ebenfalls nichts gefunden. Ed, diese Susie Lefferts aus San Berdoo ist ebenfalls ein reiner Zufall. Cathcart hätte nie ein Pornogeschäft aufziehen können, selbst wenn er gewollt hätte. Bei der ganzen Sache ist letzten Endes nur rausgekommen, daß die beiden Engleklings einen Weg gesucht haben, sich die Haftbefehle vom Hals zu schaffen. Und natürlich diese kleine Hundeshow hier.«

Ed nickte. Mickey Cohen senior hielt Mickey Cohen junior im Arm. »Väter und Söhne sind etwas ganz besonderes, finden Sie nicht? Ist das nicht ein wahres Fest? Mein vierbeiniger Sprößling und ich, der alte Doc Franz und seine zahnlosen weißen Penner. Als Chemiker war Franz ein echtes Genie, er hat wahre Wunder getan, und alles nur für diese armen, sabbernden Irren. Als mir damals eine ganze Ladung Heroin geklaut wurde, mußte ich sofort an Franz denken und daran, daß ich, wenn ich seinen Grips hätte statt meiner dichterischen Begabung, mir mein eigenes weißes Pulver gemacht und es verkauft hätte. Geht nach Hause, Jungelkens. Mit Pornoheften kommt ihr in diesem Mordfall nicht zum Ziel. Es waren die Schwarzen, die verdammten Schweinigel.«

35

Lauter Flaschen: Whisky, Gin, Brandy. Aufleuchtende Neonschilder: Schlitz, Pabst Blue Ribbon. Seeleute, die kühles Bier hinunterschütteten, fröhliche Menschen, die sich die Hucke vollsoffen. Hudgens Wohnung war nur einen Block entfernt – der Schnaps gab ihm den nötigen Mut. Das war ihm schon klargeworden, als er anfing, Bud White zu beschatten – und jetzt hatte er noch tausendmal mehr Grund dazu.

Der Barmann rief: »Letzte Bestellung!« Jack trank sein Clubsoda aus und preßte sich das Glas an den Hals. Wieder gingen ihm die Ereignisse des Tages durch den Kopf.

Millard sagt, Duke Cathcart sei irgendwie an einem Plan beteiligt, *seine* Pornos zur vertreiben.

Bud White besucht Lynn Bracken, eine der Doppelgänger-Nutten. Er bleibt fast zwei Stunden, dann begleitet ihn die Nutte zur

Tür. Er folgt White bis nach Hause, fügt die Indizien zusammen: White kennt Bracken, sie kennt Pierce Patchett, der kennt Hudgens. Sid weiß von dem Malibu-Rendezvous, Dudley Smith wahrscheinlich ebenfalls. Big Duds Grund für die Beschattungsaktion: White ist völlig durchgedreht nach einem *Nuttenmord*.

Pulsierende Bierreklamen: Neon-Ungeheuer. Schlagring im Wagen, der gute alte Sid würde vielleicht zusammenklappen und ihm das Material geben –

Jack machte sich auf zu Hudgens' Haus. Kein Licht an, Sids Packard am Bordstein. Die Tür – er benutzte den Schlagring als Klopfer.

Dreißig Sekunden – nichts. Jack probierte die Tür – sie bewegte sich nicht. Er drückte mit der Schulter gegen den Rahmen. Die Tür sprang auf.

Dieser Geruch.

In Zeitlupe: Taschentuch raus, Pistole raus, Ellbogen an die Wand – der Schalter, keine Fingerabdrücke. Schalter runter, Licht an.

Sid Hudgens auf dem Boden, in Stücke gehackt – ein Teppich vollgesogen mit Blut, schwarz, auf dem Boden eine Blutlache.

Arme und Beine abgetrennt, merkwürdig angewinkelt neben dem Torso.

Aufgeschlitzt vom Schoß bis zum Hals, weiße Knochen leuchten durch das Rot.

Hinter ihm die Schränke umgestürzt – die Aktenmappen auf einem sauberen Teil des Teppichs ausgekippt.

Jack biß sich in den Arm, um einen lauten Schrei zu unterdrücken.

Keine Blutspuren, der Killer also wahrscheinlich durch die Hintertür entkommen. Hudgens nackt, rot-schwarz verkrustet. Gliedmaßen abgetrennt, an den Schnittstellen geronnenes Blut, in weiten Bögen verschmiert wie in seinen retuschierten Fick-Magazinen –

Jack rannte.

Um das Haus herum, die Auffahrt entlang, zur Hintertür – offen, Lichtschein nach draußen. Innen: der Fußboden naß von Wasser – keine blutigen Abdrücke, Fußspuren weggewischt. Er ging hinein, fand unter dem Ausguß Einkaufstüten. Ein paar wackelige Schritte bis zum Wohnzimmer. Belastungsmaterial aus den Aktenschränken – Mappen, Mappen, Mappen. Ein, zwei, drei, vier, fünf Tüten voll. Er mußte zweimal zum Wagen gehen.

Eine ruhige kleine Straße in L.A. um zwei Uhr zwanzig nachts. Selbstgespräche, um sich zu beruhigen.

Fünfzig Billionen Leute hatten ein Motiv. Niemand wußte, daß er die retuschierten Pornos gesehen hatte. Die Verstümmelungen würde man ganz einfach als Werk eines Psychopathen abtun.

Er mußte seine Akte finden.

Jack löschte die Lichter, sägte mit den Handschellen ein wenig an der Vordertür – sollten sie denken, es seien Einbrecher gewesen. Dann nichts wie weg, ohne Ziel, einfach nur fahren.

* * *

Einfach nur fahren half nicht weiter. Er suchte sich eine Straße mit Motels, eine billige Absteige – Oscar's Sleepytime Lodge.

Er bezahlte die Miete für eine Woche, schleppte seine Tüten hinein, duschte und stieg dann wieder in seine muffigen Klamotten. Ein Rattenloch: überall Insekten, Fettflecken an der Wand über dem Bett. Sein eigener Geruch stieg ihm in die Nase – muffig, fast schon moderig. Er verriegelte die Tür und ging das Material durch.

Alte Ausgaben von *Hush-Hush*, Zeitungsausschnitte, geklaute Polizeidokumente. Akten: Montgomery Clift der kleinste Schwanz von Hollywood; Errol Flynn Nazi-Spion. Eine heiße Sache: Errol Flynn und irgendein schwuler Schriftsteller namens Truman Capote. Kommunisten, Kommie-Sympathisanten, bekannte Persönlichkeiten als Negerficker, von Joan Crawford bis zum ehemaligen Staatsanwalt Bill McPherson. Jede Menge Süchtige: Material über Charlie Parker, Anita O'Day, Art Pepper, Tom Neal, Barbara Payton, Gail Russell. Intakte Artikel aus *Hush-Hush*: »Mafia-Verbindungen zum Vatikan!« »Lavendel-Liturgie: Ist ›Rock‹ Hudson in Wirklichkeit ›Rockette‹?« »Kiffer-Alarm: Vorsicht vor Hollywoods Teebeutel-Babies!« Komplette Akten – viel zu zahm für Hudgens geheimes Privatarchiv – Kommies, Schwule, Lesben, Fixer, Satyre, Nymphos, Frauenhasser, vom Mob gekaufte Politicos.

Nichts über Sergeant Jack Vincennes.

Nichts über *Badge of Honor* – ein Lieblingsthema von Hudgens: Er wußte, daß Sid eine Akte über Brett Chase hatte.

Seltsam.

Noch seltsamer: *Hush-Hush* hatte eine Schmiererei über Max Peltz gebracht – aber es gab kein Material über ihn.

Nichts über Pierce Patchett, Lynn Bracken, Lamar Hinton, Fleurs-de-Lis.

Jack prüfte den Umfang des Materials. Ein riesiger Haufen. Wenn der Killer Akten geklaut hatte, dann hatte er jedenfalls nicht viele mitgenommen – der Haufen hier sah aus, als würde er die Schränke mehr als füllen.

ALIBI.

Jack stopfte die Aktenmappen in den Wandschrank. »Bitte nicht stören« an die Tür, dann zurück zu seiner Wohnung.

Zehn Minuten nach fünf.

Unter dem Türklopfer eine Notiz: »Jack – vergiß nicht unsere Verabredung am Donnerstag.« »Jack, Süßer – hältst du Winterschlaf? XXXX-K.« Er ging hinein, griff nach dem Telefon, wählte 888.

»Polizeinotruf.«

Verstellte Stimme, schwarzer Akzent. »Mann, ich will 'n Mord melden. Wenn ich lüge – he, ich fliege.«

»Sir, ist das ernst gemeint?«

»Klar, wenn ich –«

»Wie ist Ihre Adresse, Sir?«

»Meine Adresse is' nirgendwo. Ich wollt' da einsteigen, Mann, aber dann hab' ich die Leiche gesehn.«

»Sir –«

»421 South Alexandria – ham Sie 's?«

»Sir, von wo –«

Jack legte auf, zog sich aus, ließ sich auf das Bett fallen. Runde zwanzig Minuten für die Blauen, dann zehn Minuten für die Identifizierung. Die werden auf den Putz hauen, eine große Sache draus machen, die Mordkommission benachrichtigen. Der Wachhabende klingelt eins der großen Tiere aus dem Bett. Thad Green, Russ Millard, Dudley S. – alle würden sie sofort an Big V denken; in weniger als einer Stunde würde sein Telefon läuten.

Jack lag da und schwitzte ein neues Laken durch. Um sechs Uhr achtundfünfzig klingelte es.

Jack, gähnend: »Yeah?«

»Vincennes? Russ Millard hier.«

»Ja, Cap. Wie spät ist es? Was ist –«

»Lassen Sie das. Wissen Sie, wo Sid Hudgens wohnt?«

»Yeah, irgendwo in Chapman Park. Captain, was ist denn –«
»421 South Alexandria. *Jetzt gleich*, Vincennes.«

* * *

Rasieren, duschen, ein paar trockene Sachen anziehen, die er nicht sofort durchschwitzen würde. Vierzig Minuten bis zum Tatort – eine Unmenge Polizeiwagen auf dem Rasen von Sid Hudgens' Haus. Die Leute aus dem Leichenschauhaus schleppten schwere Plastiksäcke: Blut, blutige Körperteile.

Jack parkte ebenfalls auf dem Rasen. Ein Helfer rollte eine Bahre aus dem Haus: in Laken gewickeltes blutiges Gewebe. Russ Millard stand an der Tür; zwei kommende Leute – Don Kleckner, Duane Fisk – an der Auffahrt. Streifenbeamte verscheuchten Schaulustige, Reporter drängten sich auf dem Gehweg. Jack ging zu Millard. »Hudgens?« – nicht allzu sehr schockiert, er war immerhin Profi.

»Ja, Ihr alter Kumpel. Ein bißchen auseinandergenommen, fürchte ich. Ein Einbrecher hat uns informiert. Wollte gerade ins Haus einsteigen und sah die Leiche. An der Tür haben wir Spuren von Gewaltanwendung gefunden, also durchaus glaubwürdig. Gehen Sie nicht rein, wenn Sie was im Magen haben.«

Jack warf einen Blick hinein. Getrocknetes Blut, mit weißem Klebeband markierte Umrisse: Arme, Beine, Torso – die Schnittstellen gekennzeichnet. Millard sagte: »Irgend jemand muß ihn wirklich *gehaßt* haben. Sehen Sie die Schubladen da drüben? Ich würde sagen, der Killer hat ihn wegen seiner Unterlagen beseitigt. Ich hab' Kleckner gesagt, er soll den Verleger von *Hush-Hush* anrufen. Er wird die Redaktionsräume aufschließen und uns Kopien von den Sachen machen, an denen Hudgens in letzter Zeit gearbeitet hat.«

Der alte Russ erwartete irgendeinen Kommentar. Jack bekreuzigte sich – es war das erstemal seit seiner Zeit im Waisenhaus. Woher, zum Teufel, kam das plötzlich?

»Vincennes, Sie waren doch mit ihm befreundet. Was halten Sie davon?«

»Ich würde sagen, er war ein Scheißkerl! Abschaum! Alle haben ihn gehaßt! Ganz L.A. kommt als Täter in Frage!«

»Ruhig, bleiben Sie *ruhig*. Ich weiß, daß Sie Hudgens mit Informationen versorgt haben, ich weiß, daß Sie geschäftliche Verbindungen zu ihm hatten. Wenn wir die Sache nicht in ein paar Tagen erledigt haben, werde ich von Ihnen eine Erklärung brauchen.«

Duane Fisk mauschelte mit Morty Bendish – eine sichere Wette, daß der *Mirror* am Ball sein würde. Jack meinte: »Ich werde alles sagen. Was glauben Sie, was ich mache – mich einer offiziellen Untersuchung in den Weg stellen?«

»Ihr Pflichtbewußtsein ist bewundernswert. Also gut, unterhalten wir uns über Hudgens. Was war seine Sache – Jungs? Mädchen?«

Jack zündete sich eine Zigarette an. »Er liebte den Dreck. Er war durch und durch degeneriert. Vielleicht hat er sich immer einen abgewichst, wenn er sein eigenes Drecksblatt las. Ich weiß es nicht.«

Don Kleckner kam herüber, ein aufgeschlagenes Exemplar von *Hush-Hush* in der Hand: »TV-Mogul macht Augen – und wie!!! Scharf auf Teen-Queens!!!« »Captain, das hab' ich am Zeitungsstand an der Ecke gekauft. Und der Herausgeber sagt, die Sendung *Badge of Honor* war für Hudgens ein rotes Tuch.«

»Ausgezeichnet. Don, fangen Sie mit der Untersuchung an. Vincennes, kommen Sie mal her.«

Draußen auf dem Rasen. Millard sagte: »Alles läuft immer wieder auf Leute zurück, mit denen Sie bekannt sind.«

»Ich bin Cop, und ich bin in Hollywood stationiert. Ich kenne viele Leute, und ich weiß, daß Max Peltz auf junges Blut steht. Und wenn schon? Er ist sechzig, und er ist kein Killer.«

»Das werden wir heute nachmittag entscheiden. Sie arbeiten doch in der Nite-Owl-Sache an der Suche nach Coates' Wagen, richtig?«

»Yeah.«

»Gut, dann machen Sie weiter mit der Suche, und melden Sie sich um zwei Uhr im Bureau. Ich werde ein paar Leute von *Badge of Honor* bitten, vorbeizukommen und uns ein paar Fragen zu beantworten. Sie können uns helfen, die Sache möglichst glatt abzuwickeln.«

Billy Dieterling, Timmy Valburn – die Leute, mit denen er »bekannt« war, rückten näher. »In Ordnung, ich bin da.«

Morty Bendish kam auf ihn zugerannt. »Jackie, heißt das, daß ich jetzt von Ihnen *alles* exklusiv kriege?«

* * *

Garagentor aufbrechen, sich von Niggern mit Obst bewerfen lassen – während da draußen im Motel *richtige* Arbeit auf ihn wartete.

Er war auf dem Weg nach Darktown, als ihm plötzlich ein Licht aufging.

Er bog nach Osten ab, parkte beim Royal Flush. Claude Dineens Buick war draußen aufgebockt – wahrscheinlich war er auf der Herrentoilette und verkaufte Shit.

Jack ging hinein. Augenblicklich herrschte Schweigen: Wenn Big V auftauchte, bedeutete das Ärger. Der Barmann goß ihm einen doppelten Old Forester ein. Jack kippte ihn hinunter – das Ende einer fünfjährigen Trockenzeit. Das Zeug wärmte ihn. Er trat die Tür zur Herrentoilette ein.

Claude Dineen mit einer Spritze im Arm.

Jack streckte ihn mit einem Fußtritt zu Boden, riß ihm die Nadel aus dem Arm. Filzen – kein Widerstand. Claude war bereits auf Wolke zehn. Treffer: Benzedrin in Silberfolie. Er schluckte ein Päckchen davon, trocken, dann spülte er die Spritze in der Toilette runter und sagte nur: »Ich bin wieder da.«

* * *

Er kam reichlich angetrunken ins Motel und fing an, sich erneut Gedanken zu machen. Zweiter Durchgang mit den Akten.

Auch diesmal fiel ihm nichts Neues auf, aber ein Instinkt sagte ihm: Hudgens bewahrte seine »geheimen Akten« nicht zu Hause auf. Wenn der Killer ihn für eine ganz bestimmte Akte umgelegt hatte, dann hatte er ihn wahrscheinlich vorher gefoltert, um herauszubekommen, wo er sie finden konnte. Der Killer hatte bestimmt nicht viele Mappen mitgenommen – in den Aktenschränken war nicht viel mehr Platz als für das, was er selbst hatte mitgehen lassen. Sids Akte über Big V lag immer noch irgendwo herum – wenn der Killer sie fand, hob er sie vielleicht auf, aber vielleicht warf er sie einfach weg.

Ein Sprung: Es gab eine Verbindung zwischen Hudgens und Patchett. Das Bindeglied waren Pornographie und Prostitution. Die Verbindung Cathcart / Nite Owl einmal beiseite – Millard / Exley hatten die Sache als gescheitert aufgegeben, Whalen und Mickey C. hatten alles abgestritten, Cathcart hatte die ganze Sache nie in Schwung bringen können. Millards Bericht: Die Brüder Englekling wußten nicht, wer die Photos aufgenommen hatte; Cathcart hatte irgendwo ein paar dieser Pornohefte in die Finger bekommen und sich diesen schwachsinnigen Plan ausgedacht. Wenn er diese Dinge beiseite ließ, dann blieb folgendes übrig:

Bobby Inge, Christine und Daryl Bergeron – verschwunden; Lamar Hinton, der mutmaßliche Schütze bei dem Überfall auf Fleurs-de-Lis – mit Sicherheit untergetaucht; Timmy Valburn, einer der Kunde von Fleurs-de-Lis, von ihm selbst hochgenommen – eine Verbindung zu Billy Dieterling, einem Kameramann von *Badge of Honor;* den würde er bei Millards Fragestunde erwischen – *ganz ruhig bleiben.* Angenommen, Timmy hatte Billy von der Sache erzählt; Billy war dabei, als er in Hintons Wagen eingebrochen war. *Ganz ruhig* – die Schwulen hatten eine Menge zu verlieren, wenn sie ihre Verbindung zu Fleurs-de-Lis zugaben – von dessen Existenz Russ Millard nicht das geringste wußte.

Nachdenken, Kettenrauchen.

Die Verstümmelungen von Hudgens' Leiche stimmten auffällig mit den retuschierten Posen in den Pornoheften überein, die er bei Bobby Inges Wohnung gefunden hatte. *Keiner der anderen Cops hatte diese speziellen Magazine zu Gesicht bekommen* – Millard hatte die Leiche gesehen und die abgeschnittenen Gliedmaßen als einfache Amputation klassifiziert, ohne sich dabei etwas zu denken.

Hudgens hatte ihn gewarnt, die Finger von Fleurs-de-Lis zu lassen. Lynn Bracken war eine von Patchetts Huren – vielleicht kannte sie Sid.

Joker: Dudley Smith hatte ihn beauftragt, Bud White zu beschatten. Der Grund: White war nach dem Nuttenmord völlig außer sich. Bracken war eine Nutte, Patchett hatte einen Nuttenstall. Aber: *Dudley hatte nichts von einer Verbindung zum Nite Owl oder zu dem Porno-Fall erwähnt – Patchett/Bracken/Pornos/Fleurs-de-Lis und die verdammten anderen Namen sagten ihm wahrscheinlich überhaupt nichts. Abgesehen von dem Quatsch mit den Englekling-Brüdern und Cathcart gab es nicht die geringste Verbindung zwischen der Porno/Patchett/Bracken/Fleurs-de-Lis/Hudgens-Sache und dem ganzen Papierkram um das Nite Owl.*

Absolut high von Benzedrin und Cop-Logik. Elf Uhr zwanzig – er hatte noch Zeit bis zu dem Termin im Büro. Es gab zwei echte Aufhänger – Pierce Patchett und Lynn Bracken.

Bracken war näher.

* * *

Jack fuhr zu ihrer Wohnung, parkte seinen Wagen hinter ihrem. Er wollte ihr eine Stunde Zeit lassen und sich etwas einfallen lassen, falls sie wegfahren sollte.

Die Zeit verging im Benzedrin-Flug. Brackens Tür blieb geschlossen. Zwölf Uhr dreiunddreißig – ein Zeitungsjunge warf eine Morgenzeitung gegen die Tür. Wenn Morty Bendish sich mit seiner Story beeilt hatte und der Junge den *Mirror* austrug –

Die Tür öffnete sich, Lynn Bracken hob die Zeitung auf, gähnte, ging zurück ins Haus. Der Zeitungsjunge raste an ihm vorbei, seine Tragetasche deutlich sichtbar: Los Angeles *Mirror-News*. Hoffentlich bist du drin, Morty.

Bäng! – Bracken schmiß die Tür hinter sich zu, rannte zum Wagen. Sie raste los und bog auf den San Feliz nach Westen ab. Jack ließ ihr zwei Sekunden Vorsprung, eher er ihr folgte.

Südwesten: Los Feliz bis Western bis Sunset, Sunset immer weiter hinunter – zehn Meilen über der Geschwindigkeitsbegrenzung. Sah so aus, als sei sie auf dem Weg zu Patchett – zu ängstlich, das Telefon zu benutzen.

Jack bog nach Süden ab, fuhr eine Abkürzung, hielt mit qualmenden Reifen vor 1184 Gretna Green. Eine riesige Villa im spanischen Stil, eine riesige Rasenfläche vor dem Haus – Lynn Bracken noch nicht da.

Sein Herz raste – er hatte vergessen, was er bezahlen mußte, wenn er Aufputschmittel nahm. Er parkte und erkundete die Umgebung und das Haus – niemand zu sehen oder zu hören. Er ging zur Tür, warf einen Blick um die Ecke – suchte ein offenes Fenster.

Alle geschlossen. Ein Gärtner hinter dem Haus – keine Möglichkeit, ungesehen herumzugehen. Eine Autotür fiel ins Schloß. Jack rannte zu einem Fenster an der Vorderseite des Hauses. Es war geschlossen, aber der Vorhang war einen Spalt geöffnet, so daß er hineinsehen konnte.

Die Türglocke läutete. Jack warf einen Blick durchs Fenster: Patchett ging zur Tür und öffnete. Lynn Bracken hielt ihm die Zeitung unter die Nase – Zoom auf ein Panik-Duett: stumme Lippenbewegungen, deutliche Zeichen der Angst. Jack legte ein Ohr an die Scheibe – er hörte nur das Klopfen seines Herzens. Aber er brauchte keinen Sound: Die beiden wußten nicht, daß Sid tot war. Sie hatten trotzdem Angst. Sie hatten ihn nicht umgebracht.

Sie gingen in das nächste Zimmer – die Vorhänge waren dicht zugezogen, nichts zu sehen, nichts zu hören. Jack rannte zu seinem Wagen zurück.

* * *

Er kam zehn Minuten zu spät im Bureau an. Der Aufenthaltsraum der Mordkommission war zum Bersten voll mit Leuten von *Badge of Honor:* Brett Chase, Miller Stanton, David Mertens, der Bühnenbildner, Jerry Marsalas, sein Mädchen für alles – eine vollbesetzte lange Bank. Stehend: Billy Dieterling, die Kameraleute, ein halbes Dutzend Männer mit Aktentaschen – garantiert Anwälte. Die Bande wirkte nervös. Duane Fisk und Don Kleckner gingen mit Klappbrettern auf und ab. Kein Max Peltz, kein Russ Millard.

Billy D. sah ihn mit großen Fischaugen an; der Rest der Bande winkte ihm zu. Jack winkte zurück. Kleckner zog ihn am Jackett: »Ellis Loew will Sie sehen. Kabine sechs.«

Jack ging den Gang entlang. Loew stand vor dem Einwegspiegel und starrte hindurch – hinter dem Glas ein Lügendetektor. Eine Sitzung mit dem Polygraph: Millard verhörte Peltz, Ray Pinker bediente den Apparat.

Loew drehte sich um. »Mir wär's lieber, wenn Max das erspart bliebe. Können Sie nicht dafür sorgen?«

Offenkundig ein Versuch, einen potenten Geldgeber für den Sonderfonds zu beschützen. »Ellis, ich habe keinerlei Einfluß auf Millard. Wenn Max' Anwalt ihm geraten hat mitzuspielen, dann bleibt ihm nichts anderes übrig.«

»Kann Dudley was machen?«

»Dud hat auch keinen Einfluß auf ihn – Millard ist einer von diesen frommen Typen. Und bevor Sie mich danach fragen – ich weiß nicht, wer Sid umgebracht hat, und es interessiert mich auch nicht. Hat Max ein Alibi?«

»Ja, aber eines, das er lieber nicht angeben möchte.«

»Wie alt ist sie?«

»Ziemlich jung. Würde –«

»Yeah, Russ würde ihn dafür belangen.«

»Mein Gott, und das alles für solchen Abschaum wie Hudgens.«

Jack lachte. »Herr Anwalt, die kleine Dreckschleuder hat Ihnen geholfen, die Wahl zu gewinnen.«

»Ja, die Politik führt schon merkwürdige Leute zusammen. Aber ich bezweifle, daß ihm jemand eine Träne nachweint. Wir haben nicht das geringste in der Hand, müssen Sie wissen. Ich habe mit den Anwälten draußen gesprochen, und sie alle haben mir versichert, daß ihre Klienten hieb- und stichfeste Alibis haben. Sie werden eine Aussage machen und damit ausscheiden, die übrigen Leute von *Badge of Honor* werden ebenfalls Alibis vorweisen, und dann haben wir's nur noch mit dem Rest von Hollywood zu tun.«

Das war der Punkt, wo er einhaken konnte. »Ellis, darf ich Ihnen einen Rat geben?«

»Ja, bitte, und natürlich recht zynisch, wenn's geht.«

»Lassen Sie die Sache laufen. Machen Sie Druck im Fall Nite Owl – das ist es, was die Öffentlichkeit will. Hudgens war ein Stück Scheiße, die Ermittlungen werden ebenfalls eine Scheiß-Show sein, und den Killer erwischen wir nie. Lassen Sie die Sache laufen.«

Die Tür ging auf. Duane Fisk deutete mit beiden Daumen nach unten. »Kein Glück, Mr. Loew. Rundherum sichere Alibis, klingen ziemlich gut. Der Gerichtsmediziner schätzt die Todeszeit von Hudgens auf etwa Mitternacht bis ein Uhr früh, und diese Leute waren um die Zeit alle irgendwo anders, wo sie von vielen gesehen wurden. Wir werden uns das natürlich bestätigen lassen, aber ich würde sagen, die sind sauber.«

Loew nickte. Fisk verließ den Raum. Jack meinte: »Lassen Sie's laufen.«

Loew lächelte. »Und was ist Ihr Alibi? Waren Sie mit meiner Schwägerin im Bett?«

»Ich war im Bett, aber allein.«

»Das überrascht mich nicht. Karen meinte, Sie seien in letzter Zeit ziemlich mißlaunig gewesen und hätten sich rar gemacht. Sie wirken nervös, Jack. Haben Sie Angst, ihr kleines Arrangement mit Hudgens könnte an die Öffentlichkeit kommen?«

»Millard verlangt von mir eine eidesstattliche Aussage, und ich werd' ihm eine geben. Würden Sie mir abkaufen, daß Sid und ich Logenbrüder waren?«

»Natürlich. Genau wie Dudley Smith, meine Wenigkeit und eine Reihe weiterer bekannter Bruderschaften. Was Hudgens betrifft, da haben Sie recht, Jack. Ich werde mit Bill Parker drüber reden.«

Ein Gähnen – die Wirkung der Tabletten ließ langsam nach.

»Ziemlich unangenehmer Fall, und Sie haben keine Lust, die Verfolgung zu übernehmen.«

»Genau, weil das Opfer in der Tat *meine* Wahl gefördert hat, außerdem hat er vielleicht Aufzeichnungen hinterlassen, aus denen hervorgeht, daß *Sie* ihn über Mr. McPhersons – Zitat – dunkle Wünsche informiert haben. Jack ...«

»Yeah, ich halt' die Augen offen, und wenn Ihr Name irgendwo schwarz auf weiß auftaucht, lass' ich die betreffenden Papiere verschwinden.«

»Sie sind ein guter Mann. Und wenn ich ...«

»Yeah, ich wüßte schon was. Verfolgen Sie die Berichte der Ermittlungsergebnisse. Sid hat irgendwo geheimes Material versteckt, und wenn Ihr Name irgendwo auftauchen sollte, dann da. Und wenn ich das Versteck finden sollte, geh' ich mit 'nem Streichholz ran.«

Loew war blaß geworden. »Gemacht. Und ich rede heute nachmittag mit Parker.«

Ray Pinker klopfte an den Spiegel, hielt ein Diagramm hoch: eine doppelte zackige Linie – ohne große Ausschläge. Aus dem Lautsprecher die Stimme: »Nicht schuldig, aber keine Angaben zu seinem Alibi. War er *en flagrante?*«

Loew lächelte. Russ Millard mit lauter Stimme: »Gehen Sie an die Arbeit, Vincennes. Nite-Owl-Fahndung, wissen Sie noch? Ihre lächerliche Fernsehshow hat bis jetzt nichts gebracht, und ich erwarte von Ihnen eine schriftliche Erklärung über Ihre Beziehung zu Hudgens. *Bis morgen früh acht Uhr.*«

Darktown wartete.

***

Richtung Süden bis zur 77th Street. Jack warf ein weiteres Päckchen Tabletten ein und nahm sich den Plan vor. Der wachhabende Sergeant meinte, die Bimbos würden immer dreister, ein paar von diesen rot angehauchten Agitatoren hätten ihnen Flausen in den Kopf gesetzt – immer wieder würden Beamte mit Müll beworfen. Die Garagen-Teams waren in Dreiergruppen unterwegs: ein Detective, zwei Streifenbeamte, jeweils ein Team auf jeder Straßenseite. Er würde sein Team an der Ecke 116th Street und Wills treffen – seit heute mittag waren sie nur zu zweit.

Die Wirkung der Tabletten setzte ein – Jack kam wieder auf Touren. Er fuhr zu 116th und Wills – eine Reihe einfacher Hohlziegelhäuser, die Fenster mit Kartons verstopft. Ungepflasterte Gassen hinter den Häusern, eine Fahrradbrigade: farbige Jugendliche, mit Obst bewaffnet. Seine Leute waren vor ihm, zwei Streifenbeamte auf der linken Seite, zwei Blaue und ein Zivilbeamter auf der rechten. Bewaffnet mit Blechscheren, Flinten. Jack parkte und ging dann das linke Team vervollständigen.

Reine Scheißarbeit.

An die Türen klopfen, um die Erlaubnis bitten, die Garage zu durchsuchen. Dreiviertel der Bewohner stellten sich tot. Dann nach hinten zur Garage, Tor öffnen, Schloß aufbrechen. Das Team auf der rechten Seite fragte gar nicht erst – sie gingen sofort mit den Scheren an die Arbeit, nahmen sich Zeit, ließen die Kids auf der Straße ihre Hardware sehen. Die Kids auf der linken Seite versuchten, sie einzuschüchtern; einer der Bengel warf eine Tomate in ihre Richtung. Die Blauen feuerten ein paar Schüsse in die Luft ab, trafen einen Taubenschlag, zerfetzten eine Palme. Eine staubige Garage nach der anderen – kein 49er Mercury mit der Nummer DG114.

Dämmerung, ein verlassener Häuserblock – zerbrochene Fenster, die Rasenflächen mit Unkraut überwuchert. Jack fühlte sich zunehmend elend: schmerzende Zähne, ein Stechen in der Brust. Von der anderen Straßenseite her plötzlich Jubelrufe, die Männer feuerten Schüsse ab. Er sah seine Partner an – dann rannten sie wie auf Kommando hin.

Der Heilige Gral in einem Rattenloch von Garage: ein violetter Mercury, Baujahr '49, voll aufgemotzt im Niggerstil. Kalifornisches Nummernschild DG114 – zugelassen auf Raymond »Sugar Ray« Coates.

Zwei Streifenbeamte hatten plötzlich eine Flasche in der Hand.

Ein paar Kids auf Fahrrädern schwatzten: die tolle Lackierung, ein weißer Typ, der hinten in der Gasse rumgelungert hatte.

Die Männer von der linken Seite veranstalteten einen Regentanz.

Jack warf einen Blick durch ein Seitenfenster. Drei Vorderschaftrepetierer auf dem Boden zwischen den Sitzen: großes Kaliber, wahrscheinlich 12er.

Laute Rufe – ohrenzerreißend; Schläge auf den Rücken – wahre Knochenbrecher. Die Kids schrien und jubelten mit. Einer der

Streifenbeamten ließ sie aus seiner Flasche trinken. Jack nahm ebenfalls einen großen Schluck, richtete seine Waffe auf eine Straßenlaterne und feuerte, beim letzten Schuß ging sie aus. Begeisterungsrufe, Kriegsgeschrei. Jack ließ die Kids mit seiner Waffe Ziehen üben. Sid Hudgens nervte ihn – er nahm einen großen Zug und verscheuchte ihn.

36

Ein separater Raum im Pacific Dining Car. Dudley Smith, Ellis Loew, Bud auf der gegenüberliegenden Seite des Tisches. Blasen an den Händen nach drei Tagen Arbeit mit dem Gummischlauch – die Gesichter der Sexualtäter verschwammen in seiner Erinnerung.

Dudley sagte: »Mein Junge, wir haben vor einer Stunde den Wagen und die Gewehre gefunden. Keine Fingerabdrücke, aber einer der Schlagbolzen stimmt genau mit den Markierungen auf den Hülsen überein, die wir im Nite Owl gefunden haben. Wir haben die Handtaschen und Portemonnaies der Opfer aus einem Gulli in der Nähe des Hotels Tevere gefischt, und das bedeutet, daß der Fall so gut wie niet- und nagelfest ist. Aber Mr. Loew und ich wollen ganz sicher gehen. Wir wollen Geständnisse.«

Bud schob seinen Teller zurück. Es lief alles wieder auf die Bimbos hinaus – seine Aussichten, Exley eins auszuwischen, schwanden. »Sie wollen also den Schlaukopf noch mal auf die Nigger ansetzen.«

Loew schüttelte den Kopf. »Nein, Exley ist zu weich. Ich will, daß Sie und Dudley sich die Leute vornehmen, im Gefängnis, morgen früh. Ray Coates ist seit ein paar Tagen mit einer Ohrenentzündung auf der Krankenstation, aber morgen früh werden sie ihn wieder in die Zelle schicken. Ich möchte, daß Sie und Dud in aller Frühe rausfahren, sagen wir um sieben Uhr.«

»Was ist mit Carlisle und Breuning?«

Dudley lachte auf. »Mein Junge, Sie wirken viel einschüchternder. Über diesem Job steht der Name ›Wendell White‹, ebenso wie über einer weiteren Arbeit, die ich vor kurzem begonnen habe. Das dürfte Sie sicher interessieren.«

Loew sagte: »Officer, bis jetzt war es Ed Exleys Fall, aber jetzt können Sie sich in den Ruhm teilen. Und zum Ausgleich werde ich Ihnen einen Gefallen tun.«

»Yeah?«

»Ja. Dick Stensland wird in sechs Punkten Verstoß gegen die Bewährungsvorschriften vorgeworfen. Wenn Sie einverstanden sind, werde ich vier dieser Punkte fallenlassen und für einen milden Richter sorgen. Er wird dafür nicht mehr als neunzig Tage bekommen.«

Bud erhob sich. »Einverstanden, Mr. Loew. Und vielen Dank für die Einladung.«

Dudley strahlte. »Bis sieben Uhr morgen, mein Junge. Aber warum wollen Sie uns schon verlassen? Sie haben wohl eine heiße Verabredung?«

»Yeah. Veronica Lake.«

* * *

Sie öffnete die Tür, ganz Veronica: glitzerndes langes Kleid, blonde Locke über einem Auge. »Wenn du vorher angerufen hättest, hättest du mich nicht in dieser albernen Aufmachung überrascht.«

Sie wirkte gereizt. Ihre Tönung war nicht gelungen: ungleichmäßig, zu dunkel an den Haarwurzeln. »Ein unangenehmer Kunde?«

»Ein Bankier, den Pierce sich warmhalten will.«

»Hast du ihm 'ne gute Vorstellung gegeben?«

»Er war so auf sich selbst konzentriert, daß ich mich gar nicht anzustrengen brauchte.«

Bud lachte. »Wenn du erst dreißig bist, tust du's nur noch aus Spaß an der Sache.«

Lynn lachte, immer noch leicht gereizt; sie sah aus, als wolle sie ihn gleich anfassen, nur um ihren Händen etwas zu tun zu geben. »Wenn ein Mann nicht versucht, Alan Ladd zu spielen, kriegt er vielleicht die echte Lynn Margaret.«

»Lohnt es sich zu warten?«

»Das weißt du doch, und außerdem fragst du dich, ob Pierce mir gesagt hat, ich solle empfänglicher sein.«

Ihm fiel keine passende Antwort ein.

Lynn ergriff seinen Arm. »Ich bin froh, daß du dran gedacht hast, und ich mag dich. Und wenn du jetzt im Schlafzimmer warten würdest, dann will ich mich beeilen und Veronica und den Bankier von mir abwaschen.«

* * *

Als sie zu ihm kam, war sie nackt und brünett, ich Haar noch feucht. Bud zwang sich, langsam zu machen, sich mit seinen Küssen Zeit zu lassen, so als sei sie eine einsame Frau, die er zu Tode lieben wollte. Lynn überließ sich ganz seinem Timing, küßte ihn zurück, berührte ihn. Bud mußte immer daran denken, daß sie ihm vielleicht etwas vormachte – er drängte sie mit der Zunge, um Gewißheit zu haben.

Lynn stöhnte, legte seine Hände auf ihre Brüste, gab ihm den Rhythmus für seine Finger vor. Bud folgte ihr. Er genoß es, als sie nach Luft schnappte und wieder und wieder kam, schon bei der leisesten Bewegung. Sie war echt – so echt, daß er sich selbst vergaß. Er hörte etwas wie: »Komm rein, bitte komm rein.« Er rieb sich auf dem Laken hart und drang in sie ein, ließ seine Hände auf ihrer Brust, wie sie es ihm gezeigt hatte. Seine Härte in ihr – er ließ sich gehen, als sie mit den Beinen zuckte und ihn mit den Hüften fast hochhob – dann lag er mit dem Gesicht auf ihrem feuchtem Haar, beider Arme fest um den anderen gelegt.

Sie ruhten sich aus, unterhielten sich. Lynn erzählte ihm ihr Tagebuch: tausend Seiten, bis zurück zur High School in Bisbee, Arizona. Bud erzählte ihr vom Nite Owl, von seiner Prügelaktion am Morgen – ein langweiliger Job, den er langsam nicht mehr ertragen konnte. Lynn sah ihn an, als ob sie sagen wolle: »Dann hör doch einfach auf damit.« Er wußte keine Antwort, also erzählte er von Dudley, von dem armen vergewaltigten Mädchen, das sich in ihn verknallt hatte; davon, daß er hoffte, der Fall Nite Owl werde sich doch noch so entwickeln, daß er Gelegenheit hätte, diesem Burschen, den er haßte, eins auszuwischen. Lynn antwortete ihm mit leichten Berührungen. Bud sagte ihr, er wolle versuchen, den Mord an Kathy zu vergessen – er drehte einfach zu schnell durch bei dem Gedanken an sie, so wie er bei seinem Intermezzo mit Gilette durchgedreht war. Lynn fragte nach seiner Familie, er sagte ihr: »Ich habe keine.« Er erzählte ihr von seinen heimlichen Aktivitäten: Cathcart, die durchsuchte Wohnung, sein Porno-Traum, das Branchenbuch von San Berdoo, aufgeschlagen bei Druckereien, dann die Verbindung zu den Brüdern Englekling mit ihrer wilden Story, dann wieder zurück zu den Farbigen, die sie auf Eis hatten. Er wußte genau, daß sie mitkriegte, worum es ging: Er war frustriert, weil er nicht schlau genug war, weil er eigentlich kein Detective der Mordkommission war – er war einfach nur der Typ, den sie einsetzten, um anderen höllische Angst einzujagen. Nach einer Weile wußte er nicht mehr weiter – Bud fühlte, wie er ungeduldig wurde, sauer auf sich selbst, weil er so schnell so viel erzählt hatte. Lynn schien das zu spüren – sie beugte sich hinunter und trieb ihn zum Wahnsinn mit ihrem Mund. Bud streichelte ihr Haar, das immer noch leicht feucht war. Er war froh, daß sie sich bei ihm nicht verstellen mußte.

37

Indizien – die persönlichen Effekten der Opfer in der Nähe des Hotels Tevere gefunden; Coates' Mercury und die Waffen endlich aufgespürt – das Labor hatte die Flinte identifiziert, aus der die auffällig markierten Geschosse abgefeuert worden waren. Kein Schwurgericht der Welt würde sich weigern, Anklage wegen vorsätzlichen Mordes zu erheben. Der Fall Nite Owl war unter Dach und Fach.

Ed saß an seinem Küchentisch und schrieb einen Bericht: Parkers letzte Zusammenfassung. Inez war im Schlafzimmer, das jetzt ihr Schlafzimmer war. Er brachte es einfach nicht fertig zu sagen: »Laß mich doch mit dir schlafen, wir werden sehen, wie's geht, wir werden aufeinander warten.« Sie war ziemlich unzufrieden mit sich – sie las alle möglichen Bücher über Raymond Dieterling, um endlich den Mut zu finden, den Mann um einen Job zu bitten. Die Meldung von dem Waffenfund gab ihr auch keinen Auftrieb – auch wenn das bedeutete, daß sie nicht mehr aussagen mußte. Indizien – ihre äußerlichen Wunden waren verheilt, sie hatte keine Schmerzen mehr, die sie ablenkten. Trotzdem lebte sie es in Gedanken immer wieder aufs neue durch.

Das Telefon klingelte. Ed hob den Hörer ab. Ein zweites Klicken – Inez hörte im Schlafzimmer mit.

»Hallo?«

»Russ Millard, Ed.«

»Captain, wie geht's?«

»Vom Sergeant aufwärts sagt man Russ zu mir, mein Sohn.«

»Russ, haben Sie das mit dem Wagen und den Gewehren schon gehört? Der Fall Nite Owl ist Geschichte.«

»Nicht ganz. Deswegen ruf' ich auch an. Ich habe gerade mit einem der Lieutenants des Sheriffs gesprochen, den ich kenne; er sitzt im Gefängnis-Büro. Er hat mir von einem Gerücht erzählt, das er gehört hat. Dudley Smith soll Bud White auf unsere Jungs angesetzt haben, um Geständnisse aus ihnen rauszuprügeln. Morgen in aller Frühe. Ich habe die drei in einen anderen Zellenblock verlegen lassen, wo man sie nicht finden wird.«

»Himmel Herrgott.«

»Genau, unser Heiland. Mein Sohn, ich habe einen Plan. Wir werden sie uns morgen früh selbst vornehmen, ihnen von dem neuen Belastungsmaterial erzählen und versuchen, freiwillige Geständnisse zu bekommen. Sie spielen den Bösen, ich spiele den Heiland.«

Ed rückte seine Brille zurecht. »Welche Uhrzeit?«

»Sagen wir, um sieben?«

»Einverstanden.«

»Mein Sohn, das bedeutet, sich Dudley zum Feind zu machen.«

Ein erneutes Klicken verriet, daß der Hörer im Schlafzimmer wieder aufgelegt worden war. »Das ist wohl nicht zu umgehen. Gut, Russ, wir sehen uns morgen.«

»Schlafen Sie sich aus, mein Sohn, ich möchte, daß Sie morgen hellwach sind.«

Ed legte auf. Inez stand in der Tür in seinem Bademantel, der ihr viel zu groß war. »Das kannst du mir nicht antun.«

»Du solltest nicht lauschen.«

»Ich hab' einen Anruf von meiner Schwester erwartet. Exley, das kannst du nicht machen.«

»Du wolltest, daß die drei in die Gaskammer kommen, und das werden sie. Du wolltest nicht vor Gericht aussagen, und ich bin ziemlich sicher, daß das nicht mehr nötig ist.«

»Ich will, daß man ihnen weh tut. Ich will, daß sie leiden müssen.«

»Nein, das ist Unrecht. Dieser Fall verlangt absolute Gerechtigkeit.«

Sie lachte. »Absolute Gerechtigkeit – das paßt ebensogut zu dir, wie mir dieser Bademantel paßt, *pendejo.*«

»Du hast bekommen, was du wolltest, Inez. Laß es damit gut sein und fang endlich wieder an, dein eigenes Leben zu leben.«

»Was für ein Leben? Ein Leben mit dir? Du wirst mich nie heiraten, du bist mir gegenüber so verdammt unterwürfig, daß ich schreien könnte, und jedesmal, wenn ich mir eingeredet habe, daß du im Grunde ein anständiger Kerl bist, machst du was, wo ich mir sage: *Madre mia*, wie konnte ich nur so dämlich sein? Und jetzt willst du mir diesen Wunsch abschlagen? *Diese Kleinigkeit?*«

Ed hielt den Bericht hoch. »Dutzende von Männern haben an diesem Fall gearbeitet. Diese Bestien werden spätestens Weihnachten tot sein. *Todos*, Inez. *Absolutamente.* Reicht das nicht?«

Sie lachte – lauter. »Nein. Zehn Sekunden, und sie sind eingeschlafen. Die haben mich volle sechs Stunden geschlagen und gefickt und Sachen in mich reingesteckt. Nein, das reicht mir nicht!«

Ed erhob sich. »Du willst also riskieren, daß Bud White womöglich unsere ganze Arbeit in Frage stellt. Inez, wahrscheinlich hat Ellis Loew diese Sache arrangiert. Er will der Jury einen hieb- und stichfesten Fall vortragen, einen zweitägigen Prozeß, bei dem er die meiste Zeit im Rampenlicht stehen will. Dafür würde er sogar alles riskieren, was er bis jetzt in der Hand hat. Kannst du das nicht erkennen?«

»Nein, du bist es, der nicht erkennt, daß die Sache längst gelaufen ist. Die *negritos* werden sterben, das ist nun mal so. Ich bin nur noch eine Zeugin, die nicht mehr gebraucht wird, und vielleicht macht Officer White morgen nur den Versuch, auch mir zu einer gewissen Gerechtigkeit zu verhelfen.«

Ed ballte die Fäuste. »White ist eine Schande für alle Polizisten und außerdem ein verdammter schleimiger Weiberheld.«

»Nein, er ist einfach ein Mann, der die Dinge beim Namen nennt und sich nicht sechsmal umschaut, ehe er über die Straße geht.«

»Er ist ein Haufen Scheiße. *Mierda.*«

»Dann ist er meine *mierda.* Exley, ich *kenne* dich. Dir geht's einen Scheißdreck um die Gerechtigkeit, dir geht's nur um dich. Was du morgen vorhast, macht du nur, um Officer White zu ärgern, und du machst das nur, weil du weißt, daß er dich durchschaut und erkannt hat, was du bist. Du tust so, als würdest du mich lieben, aber dann gibst du mir nur Geld und vermittelst mir gesellschaftliche Verbindungen, von denen du natürlich jede Menge hast und die du also nicht vermissen wirst. Du gehst für mich nicht das geringste Risiko ein, während Officer White für mich sein *estúpido* Leben riskiert und nicht an die Folgen denkt, und wenn's mir besser geht, dann willst du mit mir ficken und versteckst mich irgendwo, damit die Leute uns nicht zusammen in der Öffentlichkeit sehen, und das finde ich einfach empörend, und selbst wenn ich sonst keinen Grund hätte, würde ich Officer White schon deshalb lieben, weil er zumindest Verstand genug hat zu erkennen, was du bist.«

Ed trat vor sie hin. »Und was bin ich?«

»Ein durchschnittlicher, gemeiner Feigling.«

Ed hob die Faust, zuckte zusammen, als sie zusammenzuckte. Inez zog ihren Bademantel aus. Ed schaute hin, schaute dann weg – auf die Wand und seine gerahmten Armee-Auszeichnungen. Ein Ziel – er warf sie quer durch den Raum. Nicht genug. Er nahm das Fenster aufs Korn, holte aus, traf aber nur den weichen Vorhang.

38

Jack wachte auf mit Pornobildern im Kopf.

Karen in Orgienaufnahmen – beim Liebesakt mit Veronica Lake. Blut: Bilder wie vom Leichenbeschauer, wunderschöne Frauen in triefendem Rot. Das erste, was er von der Realität sah, war der anbrechende Tag – und dann Bud Whites Wagen vor Lynn Brackens Wohnung.

Aufgesprungene Lippen, Knochenschmerzen von Kopf bis Fuß. Er schluckte seine letzten Bennies, rief sich seine letzten Gedanken in Erinnerung, ehe er das Bewußtsein verloren hatte.

Nichts in den Akten, Patchett und Bracken die einzigen Verbindungsglieder zu Hudgens. Patchett hatte Dienstboten, die im Haus wohnten. Bracken lebte allein – er würde sie sich vornehmen, sobald White aus ihrem Bett war.

Jack legte sich einen Beschattungsbericht zurecht – ein Haufen Lügen, um Dudley Smith abzulenken. Eine Tür fiel ins Schloß – es klang wie ein Schuß. Bud White ging zu seinem Wagen.

Jack duckte sich auf dem Sitz. Der Wagen fuhr davon. Sekunden später ein zweitesmal Schießen/Krachen der Tür. Ein kurzer Blick: Lynn Bracken, jetzt brünett, kam aus dem Haus.

Sie ging zu ihrem Wagen, fuhr die Los Feliz entlang nach Osten. Jack folgte ihr auf der rechten Spur, ließ ihr etwas Vorsprung. Nur wenig morgendlicher Verkehr – aber die Frau war bestimmt zu durcheinander, um ihn zu bemerken.

Direkt nach Osten bis Glendale. Dann nach Norden auf der Brand, dann rechts ran vor einer Bank. Jack bog um die Ecke, suchte einen geeigneten Platz – der Eckladen, ein Lebensmittelgeschäft, Milchkästen neben der Tür.

Er hockte sich hin und beobachtete den Gehweg. Lynn B. unterhielt sich mit einem älteren Mann – nervös, ein unruhig wirkender kleiner Bursche. Er öffnete die Tür der Bank und schob sie hinein. Ein Stück weiter parkten ein Ford und ein Dodge – keine Nummernschilder zu erkennen. Lamar Hinton kam heraus, schleppte große Kartons.

Akten, Akten, Akten – das mußte es sein.

Bracken und der Banktyp trugen ebenfalls Kartons heraus, schleppten sie zu dem Dodge und zu Lynns Packard. Der Alte schloß die Bank ab, stieg in den Ford, wendete und fuhr Richtung Süden davon. Hinton und Bracken fuhren in getrennten Wagen nach Norden.

Sekunden vergingen – tick, tick, tick. Jack zählte bis zehn und nahm die Verfolgung auf.

Er holte sie nach etwa einer Meile ein – schloß auf, kam näher, ließ sich wieder zurückfallen. Downtown Glendale, dann nach Norden in die Vorberge. Der Verkehr wurde immer dünner. Jack suchte sich einen Aussichtspunkt, von dem aus er die Straße überblicken konnte, die in die Berge führte. Er parkte, beobachtete. Die Wagen fuhren höher, nahmen eine Abzweigung, waren verschwunden.

Er folgte der Route bis zu einem Campingplatz – Picknicktische, Grillkuhlen. Zwei Wagen hinter einer Kieferngruppe. Bracken und Hinton schleppten Kartons, leerten das Papier in eine leere Grube mit Aschenresten. Sie drehten ihm den Rücken zu. Jack sprintete hin, duckte sich.

Sie kamen mit einer weiteren Ladung zurück. Bracken hatte ein Feuerzeug in der Hand, Hinton beide Arme voll. Jack stand auf, Fußtritte, Hiebe mit dem Pistolenknauf – in die Eier, eine Links-rechts-links-Kombination zum Kopf. Hinton ließ die Papiere fallen und brach zusammen, Jack verrenkte ihm beide Arme – Knie auf die Ellbogen, ein kräftiges Reißen an den Handgelenken.

Hinton wurde weiß im Gesicht – Schockwirkung.

Bracken hatte Benzinkanister und Feuerzeug in der Hand.

Jack stand vor der Grube, den 38er gespannt.

Patt.

Lynn hielt den Kanister vor sich, die Kappe abgedreht, so daß die Dämpfe herausströmten. Ein kurze Bewegung der Finger – eine Flamme aus dem Feuerzeug. Jack zielte direkt auf ihr Gesicht.

Patt.

Hinton versuchte zu kriechen. Jacks Hand, die den Revolver hielt, begann zu zittern. »Sid Hudgens, Patchett und Fleurs-de-Lis. Entweder ich oder Bud White – und ich bin käuflich.«

Lynn ließ das Feuerzeug wieder zuschnappen, senkte den Benzinkanister. »Und Lamar?«

Hinton krallte die Finger in die Erde, spuckte Blut. Jack ließ den Revolver sinken. »Er wird's überleben. Außerdem hat er auf mich geschossen, also sind wir quitt.«

»Er hat nicht auf Sie geschossen. Pierce… ich weiß, daß er es nicht war.«

»Wer war's dann?«

»Ich weiß es nicht, wirklich nicht. Und Pierce und ich wissen auch nicht, wer Hudgens getötet hat. Wir haben es gestern aus der Zeitung erfahren.«

Die Grube – Aktenmappen auf den Holzkohlen. »Hudgens Privatarchiv, nicht wahr?«

»Ja.«

»Ja und weiter? Erzählen Sie weiter.«

»Nein, reden wir über Ihren Preis. Lamar hat Pierce von Ihnen erzählt, und Pierce kam drauf, daß Sie der Polizist sind, der immer wieder in den Skandalblättern auftaucht. Sie haben bereits gesagt, daß Sie käuflich sind. Also, wie hoch ist der Preis?«

»Was ich will, ist in diesen Papieren.«

»Und was wissen –«

»Ich weiß Bescheid über Sie und die anderen Mädchen, die Patchett laufen hat. Ich weiß alles über Fleurs-de-Lis und das Zeug, das Patchett vertreibt, einschließlich der Pornos.«

Null Reaktion – die Frau wahrte ihre versteinerte Miene. »Einige Ihrer Pornos enthalten Photos mit reinretuschierter roter Tinte. Rot wie Blut. Ich habe die Bilder von Hudgens' Leiche gesehen. Man hat ihn so zugerichtet, daß er aussah wie diese Photos.«

Das Gesicht blieb versteinert. »Und jetzt wollen Sie mich nach Pierce und Hudgens fragen.«

»Yeah, und auch, wer die Photos in den Magazinen so retuschiert hat.«

Lynn schüttelte den Kopf. »Ich habe keine Ahnung, wer die Magazine hergestellt hat, und das gilt auch für Pierce. Er hat sie en gros von einem reichen Mexikaner gekauft.«

»Das glaub' ich Ihnen nicht.«

»Ist mir gleich. Wollen Sie auch noch Geld?«

»Nein, und ich wette, wer auch immer diese Photos gemacht hat, er hat auch Hudgens umgebracht.«

»Vielleicht hat ihn jemand umgebracht, den die Photos zu sehr aufgeregt haben. Was macht das für einen Unterschied für Sie? Warum geh' ich wohl jede Wette ein, daß Hudgens was über Sie gewußt hat, und daß es genau darum geht?«

»Sie sind 'ne kluge Lady. Und ich geh' jede Wette ein, daß Patchett und Hudgens nicht gerade Golf gespielt haben oder –«

Lynn unterbrach ihn. »Pierce und Sid planten eine gemeinsame Aktion. Mehr kann ich Ihnen nicht sagen.«

Erpressung – das mußte es sein. »Und die Akten waren die Grundlage dafür?«

»Kein Kommentar. Ich habe mir die Akten nicht angesehen. Also belassen wir's bei unserem Patt und sorgen wir dafür, daß niemand mehr drunter leiden muß.«

»Dann sagen Sie mir aber, was in der Bank gelaufen ist.«

Lynn sah zu, wie Hinton zu kriechen versuchte. »Pierce wußte, daß Sid sein Material in einem privaten Schließfach in dieser Filiale der Bank of America aufbewahrte. Als wir hörten, daß man ihn getötet hat, rechnete Pierce damit, daß die Polizei vom Verbleib dieser Akten erfahren würde. Sie verstehen, Sid hatte auch Akten über Pierces Geschäfte – Geschäfte, die ein anständiger Polizist nicht billigen würde. Deswegen hat Pierce den Manager der Bank bestochen, damit er uns die Akten überläßt. Und da wären wir also.«

Jack roch Papier und Holzkohle. »Sie und Bud White.«

Lynn ballte dieFäuste und preßte sie an die Oberschenkel. »Er hat mit dieser Sache nicht das geringste zu tun.«

»Erzählen Sie mir trotzdem von ihm.«

»Warum?«

»Weil Sie für mich nicht grade das perfekte Liebespaar des Jahres 1953 sind.«

Ein Lächeln, von ganz tief innen – Jack ertappte sich dabei, wie er beinahe zurückgelächelt hätte. Lynn meinte: »Wir machen einen Deal, nicht wahr? Einen Waffenstillstand?«

»Yeah, einen Nichtangriffspakt.«

»Dann fangen wir doch damit an. Also, hören Sie zu. Bud kam zu Pierce, weil er die Ermordung eines Mädchens namens Kathy Janeway untersuchte. Er hatte die Namen von Pierce und mir von einem Mann bekommen, der sie früher mal gekannt hat. Natürlich haben wir das Mädchen nicht umgebracht, und Pierce wollte nicht ständig von einem Polizisten belästigt werden. Er sagte mir, ich sollte ein bißchen nett sein zu Bud – und jetzt hab' ich ihn langsam liebgewonnen. Und ich möchte nicht, daß Sie ihm irgendwas davon sagen. *Bitte!*«

Selbst wenn sie bettelte, hatte sie Klasse. »Einverstanden. Und Sie können Patchett sagen, daß der Staatsanwalt den Fall Hudgens für ziemlich aussichtslos hält. Er wird ihn aufs Abstellgleis schieben, und wenn ich in dem Haufen hier finde, was ich suche, hat's den heutigen Tag nie gegeben.«

Lynn lächelte. Diesmal lächelte er zurück. »Sie sollten sich mal um Hinton kümmern.«

Sie ging zu ihm hin. Jack machte sich über die Akten her, fand Namensschilder, wühlte weiter. Eine Latte Ts, ein paar Vs, und dann der Volltreffer: »Vincennes, John.«

Augenzeugenberichte: ein paar Spießer, die an jenem Abend am Strand gewesen waren. Anständige Leute, die gesehen hatten, wie er Mr. & Mrs. Harold J. Scoggins erschossen hatte; anständige Leute, die Sid für Geld davon erzählt hatten; anständige Leute, die den »Behörden« kein Wort gesagt hatten, um nicht »in die Sache verwickelt« zu werden. Die Ergebnisse der Blutuntersuchung, die gezeigt hatte, daß Big V voll war mit Maryjane, Benzedrin, Schnaps – Sid hatte den Arzt bestochen, damit er das Ergebnis für sich behielt. Seine Aussagen, als er unter Drogeneinwirkung im Krankenwagen zahlreiche Erpressungen gestanden hatte. Handfeste Beweise, daß Jack V. vor dem Malibu-Rendezvous zwei unschuldige Bürger umgelegt hatte.

»Ich habe Lamar zum Auto gebracht und fahre ihn ins Krankenhaus.«

Jack drehte sich um: »Das ist zu schön, um wahr zu sein. Patchett hat von allem Durchschläge, stimmt's?«

Wieder dieses Lächeln. »Ja, das war Teil seines Arrangements mit Hudgens. Sid gab ihm Kopien von allen Akten außer denen, die Pierce selbst betrafen. Pierce wollte das Material als Garantie. Ich bin sicher, daß er Sid nicht getraut hat, und da das sämtliche Akten sind, die Sid hatte, müssen auch die Sachen über Pierce dabei sein.«

»Ja, und Sie haben einen Durchschlag von meiner Akte.«

»Ganz recht, Mr. Vincennes, den haben wir.«

Jack versuchte, das Lächeln zu imitieren. »Ich schreib' alles, was ich über Sie, Patchett, seine dunklen Geschäfte und Sid Hudgens weiß, auf und deponiere *mehrfache* Kopien davon in *verschiedenen* Schließfächern. Wenn mir was zustößt, geht das Zeug ans LAPD, an den Staatsanwalt und an den L.A. *Mirror.*«

»Also ein Patt. Wollen Sie sie anzünden?«

Jack machte eine tiefe Verbeugung. Lynn übergoß die Akten mit Benzin, steckte sie in Brand. Das Papier flammte auf und brannte lodernd – Jack starrte in die Flammen, bis ihm die Augen schmerzten.

»Gehen Sie nach Hause und schlafen Sie sich aus, Sergeant. Sie sehen schrecklich aus.«

* * *

Er fuhr nicht in seine Wohnung, sondern zu Karen. Er fühlte sich wackelig und überdreht, aber erleichtert: erledigt; alte Schulden beglichen, wenn auch nicht sehr elegant – Tabula rasa. Die Idee kam ihm genauso, wie ihm der Gedanke gekommen war, Claude Dineen hochzunehmen. Er legte sich nicht die passenden Worte zurecht, probte nicht, was er zu sagen hatte. Er drehte das Radio an, um den Gedanken frisch zu halten.

Die ernste Stimme des Nachrichtensprechers:

»... und die Southside von Los Angeles steht jetzt im Mittelpunkt der größten Menschenjagd in der Geschichte Kaliforniens. Ich wiederhole: Vor anderthalb Stunden, kurz nach Sonnenaufgang, gelang Raymond Coates, Tyrone Jones und Leroy Fontaine, den mutmaßlichen Tätern im Nite-Owl-Massaker, die Flucht aus dem Gefängnis des Justizgebäudes in Downtown Los Angeles. Die drei waren gerade in einen weniger streng bewachten Zellentrakt verlegt worden, um erneut verhört zu werden, und konnten mit Hilfe von zusammengeknoteten Bettlaken und nach einem Sprung aus dem zweiten Stock entkommen. Hier die Stellungnahme von Captain Russel Millard vom Los Angeles Police Department, einem der Leiter der Ermittlungen im Fall Nite Owl, aufgenommen direkt nach der Flucht:

»Ich ... übernehme die volle Verantwortung für diesen Vorfall. Ich war es, der die Verlegung der drei Untersuchungshäftlinge in diesen nicht so schwer bewachten Trakt angeordnet hat. Ich ... wir werden alles tun, um die drei entflohenen Häftlinge so schnell wie möglich wieder einzufangen. Ich ...«

Jack stellte das Radio ab. Erledigt – das bedeutete das Ende der Karriere für den ach so frommen Russ Millard. Großalarm – wahrscheinlich wurde das gesamte Bureau für die Großfahndung aus dem Bett geholt. Den Rest des Weges zu Karens Wohnung mußte er immer wieder gähnen. Als er auf ihre Klingel drückte, sah er schon alles doppelt.

Karen öffnete ihm. »Mein Schatz, *wo bist du denn gewesen?«*

Jack nahm ihr die Lockenwickler aus dem Haar. »Willst du mich heiraten?«

Karen sagte: »Ja.«

39

Ed lag auf der Lauer an der Ecke First und Olive. Die Flinte seines Vaters als Reserve dabei – wieder eine seiner Eingebungen.

Sugar Ray Coates: »Roland Navarette. Wohnt drüben in Bunker Hill. Er versteckt Bewährungsflüchtlinge.«

Ein leise geflüsterter Hinweis: die Kollegen am Lautsprecher hatten es nicht mitgekriegt, und es war zweifelhaft, ob Coates sich erinnern würde, daß er etwas gesagt hatte. Fahndungsabteilung, Navarettes Polizeiphoto, Adresse: eine Pension auf halber Höhe der Olive, eine halbe Meile vom Untersuchungsgefängnis. Ein Ausbruchsversuch im Morgengrauen – keine Chance, ungesehen nach Darktown zu kommen. Alle vier wahrscheinlich bewaffnet.

Angst – wie damals in Guadalcanal '43.

Vorschriftswidrig – er hatte versäumt, den Hinweis zu melden.

Ed fuhr bis Mitte des Blocks. Ein holzverschaltes viktorianisches Haus: vier Stockwerke, Farbe abgeblättert. Er sprang die Stufen hoch, sah sich die Briefkästen an: R. Navarette, 408.

Im Haus, das Jackett um die Flinte gewickelt. Ein langer Flur, Fahrstuhl mit Glastür, Treppenhaus. Die Treppe hoch – er hatte kaum noch Gefühl in den Füßen. Dann der Treppenabsatz im vierten Stock – niemand zu sehen. Den Flur entlang bis 408, die Jacke fallen lassen. Inez' Schreien gab ihm das Stichwort – er trat die Tür ein.

Vier Männer, die Sandwiches aßen.

Jones und Navarette an einem Tisch. Fontaine auf dem Fußboden. Sugar Coates am Fenster, Zahnstocher im Mund. Keine Waffen zu sehen. Niemand machte eine Bewegung.

Ungewöhnliche Laute – ein gepreßtes »Ihr seid verhaftet«. Jones nahm die Hände hoch, Navarette hob ebenfalls die Hände. Fontaine verschränkte seine hinter dem Kopf. Sugar Ray sagte: »Was is', hat die Katze deine Zunge gefress'n, du Schwuchtel?«

Ed drückte ab: einmal, zweimal – die Schrotladungen rissen Coates um. Rückstoß – Ed stemmte sich gegen den Türrahmen, zielte. Fontaine und Navarette sprangen laut schreiend auf. Ed zog langsam durch, erwischte die beiden mit einer einzigen Ladung. Rückstoß, ein schlechter Schuß: die halbe Wand fiel zusammen.

Dicke Blutspritzer überall – Ed stolperte, wischte sich die Augen. Er sah, daß Jones schon am Fahrstuhl war.

Er rannte ihm nach: rutschte, stolperte, schaffte es. Jones drückte verzweifelt auf die Knöpfe, schrie ein Gebet – nur wenige Zentimeter hinter dem Glas: »Bitte! Gott!« Ed hob die Flinte, drückte zweimal ab. Glassplitter und Schrot.

Seine Beine jetzt wieder kräftig. Scheiß auf die Schreie der Zivilisten um ihn herum.

Ed rannte die Treppe hinunter, landete in einer Menschenmenge: Blaue, Zivilbeamte. Hände klopften ihm auf den Rücken, einige Männer riefen seinen Namen. Eine Stimme dicht neben ihm: »Millard ist tot. Herzinfarkt im Büro.«

40

Regen bei der Beerdigung. Andacht am Grab: Dudley Smiths Lobrede, die letzten Worte des Priesters.

Alle aus dem Bureau waren anwesend: Befehl von Thad Green. Parker hatte die Presse eingeladen: eine kleine, feierliche Zeremonie nach dem Begräbnis. Bud sah, wie Ed Exley die Witwe zu trösten versuchte – sein bestes Profil den Kameras zugewandt.

Eine Woche lang Kameras, Schlagzeilen: Ed Exley, »L.As. größter Held« – Veteran des Zweiten Weltkriegs; der Mann, der die Nite-Owl-Mörder und ihren Komplizen getötet hatte. Ellis Loew berichtete der Presse, die drei hätten vor ihrer Flucht gestanden – niemand brachte zur Sprache, daß Sie unbewaffnet waren. Ed Exley war ein gemachter Mann.

Der Priester steigerte sich immer mehr in seine Ansprache hinein. Die Witwe fing an zu weinen – Exley legte einen Arm um ihre Schultern. Bud drehte sich um und ging.

Blitze, noch mehr Regen – Bud suchte in der Kapelle Schutz. Alles vorbereitet für Parkers kleine Soiree: Rednerpult, Stuhlreihen, ein Tisch mit Sandwiches. Immer wieder Blitze – Bud warf einen Blick aus dem Fenster, sah den Sarg in der Erde verschwinden. Asche zu verdammter Asche – Stens hatte sechs Monate gekriegt, und die Gerüchteküche feierte Exley und Inez als heiße Attraktion: tötet vier Bimbos und kriegt obendrein das Mädchen.

Die Trauergäste näherten sich – Ellis Loew rutschte aus, landete auf dem Hintern. Bud hielt sich an die besseren Sachen: Lynn, West Valley, der Mord an Kathy. Lieber nicht an die ganze Scheiße denken.

In die Kapelle: Regenmäntel und Schirme wurden abgelegt, alles drängte nach einem Stuhl. Parker und Exley standen am Rednerpult. Bud machte es sich auf einem Stuhl im Hintergrund bequem.

Reporter, Notizblöcke gezückt. In der ersten Reihe: Loew, Millards Witwe, Preston Exley – heiße Attraktionen für Dream-a-Dreamland.

Parker sprach ins Mikrofon. »Dies ist ein trauriger Anlaß, ein Anlaß zur Trauer. Wir trauern um einen liebenswerten, guten Mann und einen aufopferungsvollen Polizisten. Wir empfinden großes Bedauern angesichts seines Dahinscheidens. Der Verlust von Captain Russel A. Millard trifft nicht nur Mrs. Millard und die Familie Millard, sondern uns alle, die wir hier versammelt sind. Es ist schwer, diesen Verlust zu ertragen, aber wir müssen und werden lernen, damit fertigzuwerden. Ich erinnere mich, irgendwo in den Annalen der Literatur einmal etwas Passendes gelesen zu haben. Da hieß es: ›Wenn es keinen Gott gäbe, wie hätte ich da Captain werden können?‹ Es ist Gott, der uns über unseren Kummer und unsere Trauer hinweghilft. Derselbe Gott, der Russ Millard zu einem Captain gemacht hat, zu Seinem Captain.«

Parker zog eine kleine Samtschachtel aus der Tasche. »Und trotz unserer Trauer geht das Leben weiter. Wir beklagen den Verlust eines hervorragenden Polizisten, aber gleichzeitig begrüßen wir unter uns einen neuen. Sergeant Edmund J. Exley hat sich in seiner zehnjährigen Dienstzeit im Los Angeles Police Department einen großartigen Namen gemacht und während drei dieser Jahre in der Armee der Vereinigten Staaten gedient. Ed Exley wurde für besondere Ritterlichkeit bei seinem Einsatz im Pazifik mit dem Distinguished Service Cross ausgezeichnet und hat erst in der letzten Woche wieder durch hervorragende Tapferkeit in Ausübung seines Dienstes von sich reden gemacht. Es ist mir eine große Ehre, ihm dafür heute die höchste Auszeichnung auszusprechen, die die Polizei zu vergeben hat: unsere Tapferkeitsmedaille.«

Exley trat vor. Parker öffnete die Schachtel, nahm eine an einem blauen Satinband hängende Medaille heraus und hängte sie ihm um den Hals. Die beiden Männer schüttelten sich die Hand – Exley hatte Tränen in den Augen. Blitzlichter flammten auf, Reporter machten sich eilig Notizen, niemand klatschte Beifall. Parker klopfte mit dem Finger auf das Mikrofon.

»Diese Tapferkeitsmedaille ist Ausdruck einer großen Wertschätzung, auch wenn ihr im Alltag keinerlei praktische Bedeutung zukommt. Ungeachtet ihres emotionalen oder geistigen Werts garantiert sie ihrem Empfänger nicht einmal die ehrenvolle Herausforderung durch gute, harte Polizeiarbeit. So habe ich beschlossen, heute das selten in Anspruch genommene Vorrecht eines Vorgesetzten zu gebrauchen und Ed Exley mit *Arbeit* zu belohnen. Ich befördere ihn hiermit zwei volle Rangstufen höher zum Captain und ernenne ihn gleichzeitig zum Abteilungsleiter ehrenhalber des Los Angeles Police Department – eine Stellung, die bisher unser allseits verehrter Kollege Russ Millard innehatte.«

Preston Exley erhob sich. Die Zivilisten erhoben sich, die Vertreter des Bureaus erhoben sich auf ein Zeichen hin ebenfalls – Thad Green hatte zustimmend beide Daumen erhoben. Spärlicher Applaus, aber keine Begeisterung. Ed Exley stand stramm, als habe er einen Ladestock verschluckt. Bud fläzte sich ungerührt weiter auf seinen Stuhl. Er zog seine Waffe, küßte sie, tat so, als blase er den Rauch vom Lauf.

41

Eine Galahochzeit auf dem Rasen, ein presbyterianischer Gottesdienst – der alte Morrow traf alle Entscheidungen und kam für sämtliche Kosten auf. Es war der 19. Juni 1953: Big V knüpfte das heilige Band der Ehe.

Miller Stanton als Brautführer; Joanie Loew – angesäuselt vom Champagnerpunsch – als Ehrenmatrone. Dudley Smith als Attraktion des Empfangs: Geschichten, gälische Lieder. Parker und Green waren auf Ellis Loews besonderen Wunsch ebenfalls erschienen, genauso wie der frischgebackene Captain Ed Exley. Der umfangreiche Freundeskreis der Morrows füllte die Liste der geladenen Gäste – der riesige Garten des alten Welton platzte aus allen Nähten.

Treueschwüre zum Abschluß. Alte Schulden endlich beglichen: neue Kalendertage, seine »Versicherungserklärung« in vierzehn verschiedenen Banktresoren verwahrt. Erschreckende Schwüre: Er blies sich geradezu auf vor dem Altar.

Parker legte den Mordfall Hudgens ein für allemal zu den Akten. Bracken und Patchett mattgesetzt. Dudley blies die Beschattung von White ab, kaufte ihm die faulen Berichte ab: keine Lynn, White nachts auf Kneipentour. Ein paar Tage lang beobachtete er Lynns Wohnung; es sah so aus, als habe sie was laufen mit Bud – und der fiel immer darauf rein.

Genau wie er.

Der Pfarrer sprach die Worte: Die beiden sprachen die Worte, Jack küßte die Braut. Umarmungen, Schulterklopfen – die Gratulanten rissen die beiden auseinander. Parker bemühte sich um ein bißchen Herzlichkeit. Ed Exley bearbeitete das Publikum; keine Spur von seinem mexikanischen Mädchen. Neue Spitznamen: »Shotgun Ed«, »Triggerman Eddie«. »L.As. größter Held« – lauter freundliche, lächelnde Gesichter für einen Cop und Kassier, der in die richtigen Kreise einheiratete.

Jack fand ein Plätzchen oberhalb des Swimmingpools – eine kleine Anhöhe mit Ausblick. Zwei geladene Gäste fielen aus dem Rahmen: Karen, Exley. Eins mußte man ihm lassen: Er nutzte die Gelegenheit, verlieh dem Department wirklich einen Abglanz von Eleganz. *Er* hätte nicht die Nerven dafür gehabt – oder die nötige Wut im Bauch.

Exley. White. Er selbst.

Jack zählte Geheimnisse: seine eigenen, alle Grenzfälle, wo Pornographie in Verbindung mit einem toten Skandalhändler geriet, und mit dem Nite-Owl-Massaker. Er dachte an Bud White, Ed Exley. Er legte sich ein Hochzeitsgebet zurecht: der Fall Nite Owl tot und begraben, sicheres Geleit für alle skrupellosen Männer auf Freiersfüßen.

KALENDER

1954

AUSZUG: L.A. *Herald-Express*, 16. Juni:

Ex-Polizist verhaftet nach mörderischem Raubzug

Richard Alex Stensland (40), ehemaliger Kriminalpolizist und einer der Angeklagten im Polizeiskandal um die »Blutige Weihnacht« des Jahres 1951, wurde heute in den frühen Morgenstunden festgenommen. Ihm werden bewaffneter Raub in sechs Fällen und vorsätzlicher Mord in zwei Fällen zur Last gelegt. Zusammen mit ihm wurden in seinem Unterschlupf in Pacoima außerdem Dennis »Das Wiesel« Burns (43) und Lester John Miciak (37) verhaftet, denen bewaffneter Raubüberfall in vier Fällen und vorsätzlicher Mord in zwei Fällen vorgeworfen wird.

Die Festnahmen erfolgten unter Leitung von Captain Edmund J. Exley, Abteilungsleiter ehrenhalber des Los Angeles Police Department und gegenwärtig Chef des Raubdezernats des LAPD. Captain Exley wurde unterstützt von den Sergeants Duane Fisk und Donald Kleckner. Exley, dessen Aussage anläßlich der Untersuchung des als »Blutige Weihnacht« bekannten Skandals Stensland im Jahre 1952 hinter Gitter brachte, äußerte der Presse gegenüber: »Augenzeugen haben die drei Männer anhand von Photographien identifiziert. Wir haben sichere Beweise, daß diese Männer für die Überfälle auf sechs Spirituosengeschäfte in der Innenstadt von Los Angeles verantwortlich sind, unter anderem auch für den Überfall auf Sol's Liquors im Bezirk Silverland am 9. Juni, bei dem der Besitzer des Ladens und sein Sohn erschossen wurden. Augenzeugen wollen sowohl Stensland als auch Burns am Tatort gesehen haben. In Kürze wird mit dem intensiven Verhör der Beschuldigten begonnen, und wir rechnen damit, daß dabei noch zahlreiche weitere Raubüberfälle aufgeklärt werden.«

Stensland, Burns und Miciak leisteten bei der Festnahme keinen Widerstand. Sie wurden ins Untersuchungsgefängnis des Justizgebäudes eingeliefert, wo Stensland gewaltsam von einem tätlichen Angriff auf Captain Exley abgehalten werden mußte.

SCHLAGZEILE: L.A. *Mirror-News*, 21. Juni:

Stensland gesteht, beschreibt Schreckensherrschaft der Räuber

SCHLAGZEILE: L.A. *Herald-Express*, 23. September:

Spirituosenladen-Killer verurteilt – Todesstrafe für Ex-Polizisten

AUSZUG: L.A. *Times*, 11. November:

Stensland wegen Raubmord hingerichtet – Täter war ehemaliger Polizist

Gestern morgen um 10 Uhr 03 wurde Richard Stensland (41), ehemals Polizist in Los Angeles, in der Gaskammer des Zuchthauses St. Quentin wegen der Morde an Solomon und David Abramowitz am 9. Juni dieses Jahres hingerichtet. Die Morde wurden im Rahmen eines Überfalls auf ein Spirituosengeschäft begangen. Stensland wurde am 22. September für schuldig befunden und verurteilt; er hatte darauf verzichtet, gegen das Urteil Berufung einzulegen.

Die Hinrichtung verlief ohne Zwischenfälle, obwohl Stensland offenbar unter Alkoholeinfluß stand. Unter den als Zeugen anwesenden Pressevertretern und Gefängnisbeamten waren auch zwei Detectives des LAPD: Captain

Edmund J. Exley, der Stensland damals verhaftet hat, und Officer Wendell White, der ehemalige Partner des verurteilten Killers. Officer White suchte Stensland am Abend vor der Hinrichtung in der Todeszelle auf und blieb die ganze Nacht bei ihm. Der Gefängnisbeamte B. D. Terwilliger bestritt, daß Officer White Stensland mit harten Getränken versorgt und später der Hinrichtung ebenfalls betrunken beigewohnt haben soll. Vor seiner Hinrichtung beschimpfte Stensland den Gefängniskaplan, und seine letzten Worte waren obszöne Flüche, die Captain Exley galten.

1955

Hush-Hush Magazin, Mai 1955:

Wer ermordete Sid Hudgens?

Die Gerechtigkeit in der Stadt der gefallenen Engel erinnert uns an eine Zeile aus jenem sünd-sationellen Glitzerstück *Porgy und Bess.* Sie ist, wie »ein Mann«, eine Angelegenheit, die es »nur manchmal« gibt. Zum Beispiel: Hat man beste Beziehungen, steuert regelmäßig sein Scherflein zum Schmiergeldfonds von Ellis Loew bei, dem Dämon aller Staatsanwälte, und wird ermordet, dann – Killer, hüte dich!!! – scheut L.As. Polizeichef William H. Parker weder Kosten noch Mühe, den bösen Feind aufzuspüren, der einen auf die Nachtfahrt ins Große Adiós geschickt hat. Ist man hingegen ein aufrechter Journalist, der für dieses Magazin schreibt, und wird in seinem eigenen Wohnzimmer zu Hackfleisch verarbeitet, dann – Killer, freue dich!!! – hocken Chief Parker und seine Horde moralistischer, menschenverachtender, matschköpfiger Mongolen auf ihrem (vom Arschkriechen schwieligen) Hintern und trällern »Gerechtigkeit gibt's nur manchmal«, während sich der Killer ins Fäustchen lacht.

Zwei Jahre ist es jetzt her, daß Sid Hudgens im Wohnzimmer seines Hauses in Chapman Park brutal zerstückelt wurde. Vor zwei Jahren hatte die Polizei von Los Angeles alle (schmierigen, schmutzigen) Hände voll zu tun mit den berühmt-berüchtigten Nite-Owl-Morden, die geklärt wurden, als einer der Ihren das Gesetz in die (vor Ehrgeiz fickerigen, opportunistischen) eigenen Hände nahm und die Ballermänner ins Große Au Revoir ballerte. Der Mord an Sid Hudgens wurde zwei verkrachten Kriminalern überlassen, auf deren gemeinsamem Konto vordem null geklärte Tötungsdelikte waren. Natürlich fanden sie den oder die

Killer nicht, sondern trieben sich tagelang hier in der Redaktion von *Hush-Hush* herum, blätterten auf der Suche nach Hinweisen in den Uralt-Ausgaben, verdrückten Kaffee und Doughnuts und erfreuten sich am Anblick der wohlgestalteten Redaktionsassistentinnen, die *Hush-Hush* bevölkern, weil wir wissen, wer welche Leichen im Keller hat...

Wir von *Hush-Hush* haben die Finger am inneren Puls der Stadt der gefallenen Engel, und wir haben auf eigene Faust wegen Sids Tod ermittelt. Wir sind nicht vorangekommen, möchten aber dem Los Angeles Police Department folgende Fragen stellen:

Sids Bude wurde durchwühlt. Was geschah mit den ultrageheimen, ultra-explosiven Akten, die Sid angeblich besaß – Sachen, die selbst uns zu heiß zum Veröffentlichen waren?

Warum hat sich Staatsanwalt Ellis Loew, der vor allem dank eines *Hush-Hush*-Artikels gewählt wurde, in dem wir die delikaten Vorlieben seines amtierenden Konkurrenten enthüllten, nicht revanchiert und all seine Amtsgewalt aufgewendet, um dem LAPD bei der Jagd nach Sids Mörder Druck zu machen?

Der gefeierte Polizist John »Jack« Vincennes, als »Big V« die berühmte Geißel aller Drogenhändler, war ein enger Freund von Sid und an vielen seiner leidenschaftlichen Auslassungen wider die Gefahr durch Narkotika beteiligt. Warum hat Jack (der beste Beziehungen zu Ellis Loew hat – wir sagen nicht ausdrücklich, er ist sein »Kassier«, nehmen uns aber die Freiheit, es zu denken) nicht auf eigene Faust in dem Mordfall ermittelt, aus Freundschaft zu seinem geliebten Kumpel, dem Sidster?

Bislang lauter Fragen, auf die es keine Antwort gibt – es sei denn, *Sie*, die lesende Öffentlichkeit, leisten unserem Ruf Folge. Wir halten Sie in unseren künftigen Ausgaben auf dem laufenden – und denken Sie daran, liebe Leser, Sie haben zuerst durch uns davon erfahren: ganz im Vertrauen, ganz im stillen und *sehr Hush-Hush*.

Hush-Hush Magazin, Dezember 1955:

Justiz im Blickpunkt
Kungelei zwischen Loew und Vincennes!!!

Lange genug sind wir leisegetreten, liebe Leser. In unserer Mai-Ausgabe haben wir auf den zweiten Jahrestag des Mordes an unserem Star-Reporter Sid Hudgens hingewiesen. Wir beklagten die Tatsache, daß der Fall ungeklärt blieb, und deuteten vorsichtig an, daß das Los Angeles Police Department, Staatsanwalt Ellis Loew und sein angeheirateter Schwager, Sergeant Jack Vincennes, vielleicht etwas tun sollten, stellten ein paar lästige Fragen und bekamen keine Antwort. Sieben Monate vergingen, ohne daß der Gerechtigkeit Genüge getan wurde, weswegen wir hier ein paar weitere Fragen stellen:

Wo *sind* Sid Hudgens' *ultra*-vertrauliche und sünd-sationelle Geheimakten – Akten, die selbst uns bei *Hush-Hush* zu heiß waren?

Hat Staatsanwalt Loew die Ermittlungen im Mordfall Hudgens niedergeschlagen, weil der unbequeme Sidster kurz zuvor einen Artikel über den Produzenten/Regisseur Max Peltz von *Badge of Honor* und seine Neigung zu halbwüchsigen Mädchen veröffentlichte und Peltz eine (fünfstellige!!!) Spende für Loews Wahlkampfkasse von 1953 springenließ?

Hat Loew unsere Bitte um Gerechtigkeit überhört, weil er schon zu sehr mit den Vorbereitungen für den Kampf um die Wiederwahl 1957 beschäftigt ist? Geht Jack »Wir wollen das Wort ›Kassier‹ nicht benutzen« Vincennes schon wieder bei der Hollywoodprominenz wegen Spenden für seinen Schwager Ellis Klinken putzen und ist deswegen nicht in der Lage, wegen Sids Tod zu ermitteln?

Und weiter zum großspurigen Big V:

Ist Vincennes, der oberste Drogenschreck, dem Suff verfallen und in Fehde mit seinem viel jüngeren Kindweib, das ihn überredete, sein geliebtes Drogendezernat zu verlassen, jetzt aber über seine Arbeit bei der aufreibenden Surveillance-Abteilung nörgelt???

Stoff zum Nachdenken, liebe Leser – und ein sachter Knuff in Sachen verspäteter Gerechtigkeit. Wir werden unsere Suche nach Gerechtigkeit für Sid Hudgens fortsetzen. Denken Sie daran, liebe Leser: Sie haben hier zuerst davon erfahren, ganz im Vertrauen, ganz im stillen und *sehr Hush-Hush.*

1956

FEATURE-STORY: »Justiz im Blickpunkt«
Hush-Hush Magazin, Oktober 1956:

Flaute in der Unterwelt kurz vor Cohens Entlassung auf Bewährung: Kommt jetzt das große Fressen nach der langen Hungersnot?

Wahrscheinlich ist es Ihnen, liebe Leser, gar nicht aufgefallen, weil Sie gesetzestreue Bürger sind und darauf angewiesen, daß *Hush-Hush* Sie über die Vorgänge auf der dunklen, sünd-sationellen Seite des Lebens auf dem laufenden hält. Unsere Zeitschrift wird immer wieder beschuldigt, wir seien sündhaft zynisch, aber wir sind auch sündhaft ehrlich in unserem Bemühen, Sie über die Gefahren des organisierten wie des gemeinen Verbrechertums aufzuklären. Dies ist der Grund, warum wir in unserer Publikation in regelmäßigen Abständen Berichte zum Thema »Justiz im Blickpunkt« bringen. In diesem Monat bieten wir Ihnen ein lebendiges Potpourri mit Informationen über die Aktivitäten der Mafia in L.A. bzw. das auffällige Fehlen derselben. Im Mittelpunkt steht dabei der vor kurzem ins Gefängnis gewanderte Meyer Harris Cohen (43), auch bekannt als der misanthropische Mickster, der einmalige, unverwechselbare Mickey C.

Unser Freund Mick ist seit November 1951 zur Kur im Bundesgefängnis von McNeil Island und dürfte irgendwann im kommenden Jahr, spätestens aber Ende 1957, wegen guter Führung auf Bewährung entlassen werden. Nun kennen wir alle Mickeys Ruf. Er ist der nette kleine Herr, der das organisierte Verbrechen in L.A. von etwa 1945 bis 1951 mit fester Hand regierte, ehe Uncle Sam ihn wegen Steuerhinterziehung hinter schwedische Gardinen brachte. Er war immer wieder in den Schlagzeilen, er ist ein mächtiger Bursche – aber vergessen wir nicht: Er ist auch ein *Mensch*. Und jetzt sitzt er da oben in McNeil und friert sich in seiner zugegeben hübschen Zelle einen ab, während sein geliebtes Schoßhündchen, Mickey Cohen junior, ihm die Zehen wärmt. Ein paar Zellen weiter sitzt sein Finanzberater Davey Goldman, ebenfalls wegen Steuervergehens hinter Gittern. Das organisierte Verbrechen in L.A. – genießt? *erleidet?* – eine merkwürdige Flaute, seit Mickey seine Sachen gepackt hat und nach Puget Sound abgezogen ist, und wir von *Hush-Hush*, die natürlich über zahlreiche Quellen verfügen, die wir nicht nennen können, haben unsere eigene Theorie darüber, was hier vorgeht. Wir bitten um Ihre geschätzte Aufmerksamkeit, liebe Leser – was wir Ihnen hier mitteilen, ist ganz unter uns, ganz im Vertrauen, und *sehr Hush-Hush*.

November 1951: Adiós, Mickey, pack deine Zahnbürste ein und vergiß nicht, uns zu schreiben. Ehe sich der Mickster in den Expreß nach McNeil Island setzt, verkündet er seinem zweiten Mann, Morris Jahelka, daß er (Mo) vorübergehend die Herrschaft im Königreich Cohen übernehmen wird, das Mickey langfristig an verschiedene ehrliche Geschäftsleute verpachtet hat, denen er vertraut und die den Betrieb in eingeschränktem Umfang aufrechterhalten sollen, und zwar mit Hilfe von Muskelmännern aus anderen Städten. Mickey mag zwar wie ein gemeingefährlicher Unhold wirken, aber Mrs. Cohens kleiner Junge hat durchaus einen Kopf auf seinen Schultern, der auch denken kann.

Sind Sie noch auf unserer Wellenlänge, liebe Leser? Ja? Gut – dann bitten wir Sie, jetzt erst recht die Ohren zu spitzen.

Mickey welkt in seiner Zelle vor sich hin, genießt das traurige Gefängnisleben von Riley, und so vergeht die Zeit. Er kassiert seine Anteile von den »Pächtern« seiner Geschäfte, die direkt auf seine Schweizer Konten fließen, und wenn er auf Bewährung entlassen wird, wird man ihm »Rückgabeprämien« zahlen und ihm sein Königreich auf einem goldenen Tablett wieder servieren. Er wird sein kriminelles Reich auf Vordermann bringen, und dann geht das gute Leben wieder los.

So groß ist die Macht des allgegenwärtigen Mickey C., daß nun schon seit Jahren kein kleiner, ehrgeiziger Gangster mehr versucht hat, sich die brachliegenden Geschäfte unter den Nagel zu reißen. Jack »The Enforcer« Whalen jedoch, ein durchaus bekannter Schläger und Spieler, erfährt irgendwie von Mickeys Plänen, schlafende Hunde weiterschlafen zu lassen, während er nicht im Umlauf ist, und die Polizei dreht gemütlich die Däumchen, weil sie nichts zu tun hat. Whalen greift nicht etwa das geschwächte Königreich Cohen an, sondern errichtet ganz einfach und ohne Furcht vor irgendwelchen Gegenmaßnahmen ein zweites Königreich, ganz auf illegale Wettbüros und Glücksspiel aufgebaut.

Was aber ist in der Zwischenzeit aus den Hauptganoven des Micksters geworden? Nun, der nebbiche Mo Jahelka – mathematisches Genie, das er ist – führt sicherheitshalber dreifach Buch für die neuen Pächter und Treuhänder des Cohen-Reiches, und Davey Goldman, zusammen mit seinem Boss auf Eis gelegt, führt Mickey Cohen junior auf dem Gefängnishof von McNeil Island spazieren. Abe Teitlebaum, Cohens oberster Muskelmann, führt einen Delicatessen-Laden und spezialisiert sich auf fettige Sandwiches, die nach Komikern aus dem Borscht-Belt benannt sind, und Lee Vachss, der Mann mit dem Eispfriem, verkauft Wunderheilmittel. *Unser* Liebling unter Mickeys Misanthropen, Johnny Stompanato (auch bekannt als *Oscar* – wegen seines Academy Award-verdächtigen Gemächtes), verzehrt sich in Leidenschaft nach Filmstar Lana Turner und ist womöglich zu seinem alten Leben aus der Ära vor Cohen zurückgekehrt: Nötigung und Erpressung. Vorausgesetzt, daß Whalen und Mickey nach Micks Freilassung nicht miteinander in Konflikt geraten, sieht die ganze Situation doch einfach wunderbar aus, nicht wahr? Traute Eintracht überall, wie es scheint.

Vielleicht aber auch nicht.

Fakt: Im August 1954 wird John Fisher Diskant, einer der mutmaßlichen Treuhänder von Cohens Geschäften, vor einem Motel in Culver City erschossen. Keine Verdächtigen, keine Verhaftungen; gegenwärtiger Stand der Dinge: Die Akte liegt bei ungelösten Fällen der Polizei von Culver City.

Fakt: Im Mai 1955 werden zwei mutmaßliche Treuhänder von Cohen, die für den Bereich Prostitution zuständig sind – Nathan Janklow und George Palevsky – vor der Torch Song Tavern in Riverside auf der Straße erschossen. Keine Verdächtigen, keine Verhaftungen; gegenwärtiger Stand der Dinge: Der Sheriff von Riverside hat den Fall aus Mangel an Beweisen zu den Akten gelegt und die Ermittlungen eingestellt.

Fakt: Juli 1956. Walker Ted Turow, bekannter Drogendealer, der vor kurzem den Wunsch geäußert hatte, »in großem Stil Heroin zu dealen und ein richtiger Gangster zu werden«, wird in seiner Wohnung in San Pedro erschossen aufgefunden. Sie haben richtig geraten: keine Hinweise, keine Tatverdächtigen, keine Verhaftungen; gegenwärtiger Stand der Dinge bei der Harbor Division des LAPD: Der Fall ist noch offen – bei uns hält keiner deswegen die Luft an.

Und nun das Erstaunliche, liebe Leser: Alle vier dieser mit dem organisierten Verbrechertum assoziierten Männer wurden von einer dreiköpfigen Tätergruppe erschossen. Nachforschungen wurden kaum angestellt, da die zuständigen Behörden die Opfer als gemeine Verbrecher betrachteten, die keine Aufmerksamkeit verdienten. Wir würden uns wünschen, sagen zu können, die ballistische Untersuchung habe ergeben, daß in allen Fällen die gleichen Waffen benutzt wurden, aber das trifft nicht zu – auch wenn es sich in allen drei Vorfällen um Gewehre vom Kaliber 30-30 handelte. Immerhin wissen wir von *Hush-Hush*, daß keine übergeordnete Kommission eingerichtet wurde, um die Morde zu untersuchen und die Killer zu fangen. In der Tat sind wir von *Hush-Hush* die ersten, die überhaupt eine zumindest theoretische Verbindung zwischen den drei Fällen erkannt haben. Wir *wissen*, daß Jack Whalen und sein Ober-Faktotum ein absolut hieb- und stichfestes Alibi für die Tatzeiten haben, und daß Mickey C. und Davey G. ebenfalls befragt wurden, aber keine Ahnung haben, wer die Täter sein könnten. Interessant, nicht wahr, geschätzte Leser? Bis jetzt hat noch niemand versucht, sich das Cohen-Reich unter den Nagel zu reißen, aber wir haben gehört, daß Mickeys Stellvertreter Morris Jahelka seine Koffer gepackt hat und nach Florida verzogen ist, schlotternd vor Angst...

Nicht mehr lange, und der Mickster wird wieder unter uns sein. Was dann?

Vergessen Sie nicht, liebe Leser, daß sie hier zuerst darüber gelesen haben. Ganz im Vertrauen, ganz im stillen und *sehr Hush-Hush*.

1957

VERTRAULICHER LAPD-BERICHT
Internal Affairs Division, 10. 2. 57
Ermittelnder Officer: Sergeant D. W. Fisk,
Dienstnummer 6129, IAD. Eingereicht auf Antrag von
Deputy Chief Thad Green, Chief of Detectives.
Betrifft: White, Wendell A., Mordkommission.

Sir:
Bei der Beantragung des vorliegenden Berichts äußerten Sie ihr Befremden darüber, daß Officer White nach zwei vergeblichen Anläufen und neun Dienstjahren im Bureau die Prüfung zum Sergeant mit hervorragenden Noten bestanden hat, und zwar auch im Hinblick auf die kürzliche Beförderung von Lieutenant Dudley Smith zum Captain. Ich habe sorgfältige Nachforschungen über Officer White angestellt und bin dabei zu einer Reihe widersprüchlicher Ergebnisse gekommen, die Sie interessieren dürften. Da Ihnen die Verhaftungsberichte und die Personalakte von Officer White bereits vorliegen, werde ich mich ausschließlich auf diese Punkte konzentrieren.

1.) White, der unverheiratet ist und keine nächsten Familienangehörigen hat, unterhält seit mehreren Jahren ein sporadisches Verhältnis mit einer gewissen Lynn Margaret Bracken (33). Diese Frau ist Teilhaberin von Veronica's Dress Shop in Santa Monica und soll Gerüchten zufolge (die allerdings nicht durch polizeiliche Akten bestätigt werden) Prostituierte gewesen sein.

2.) White, der durch Vermittlung von Lieutenant Smith im Jahre 1952 zur Mordkommission kam, hat sich, wie zu erwarten, nicht als der hervorragende Ermittlungsbeamte erwiesen, den der jetzige Captain Smith damals in ihm gesehen haben wollte. In den Jahren 1952 - 53 hat er im

Rahmen des Surveillance Detail unter Lieutenant Smith fast schon legendäre Arbeit geleistet und im Dienst zwei Männer erschossen. Seit er Sylvester Fitch, einen der Tatverdächtigen im Zusammenhang mit dem Fall Nite Owl, erschossen hat (im April 1953), ist White in seinem Dienst unter Lieutenant/Captain Smith kaum noch durch ungewöhnliche Leistungen aufgefallen. Allerdings hat es seitdem auch (überraschenderweise) keine Beschwerden gegen ihn wegen übermäßiger Gewaltanwendung gegeben (vgl. die Einträge aus den Jahren 1948-51 in Whites Personalakte über frühere Beschwerden dieser Art). Es ist bekannt, daß White seit jener Zeit und bis etwa Frühjahr 1953 immer wieder Häftlinge, die wegen Gewalt gegen Frauen verurteilt und später auf Bewährung entlassen wurden, aufgesucht und sie nicht nur verbal, sondern auch tätlich angegriffen hat. Alle Anzeichen weisen darauf hin, daß in den letzten vier Jahren keine Übergriffe dieser Art mehr stattgefunden haben. White ist immer noch in hohem Maße unberechenbar und impulsiv (wie Sie wissen, wurde er offiziell ermahnt dafür, daß er in den Diensträumen der Mordkommission mehrere Fenster einschlug, als er erfuhr, daß sein früherer Partner, Sergeant R. A. Stensland, zum Tode verurteilt wurde), aber es ist bekannt, daß er sich verschiedene Male geweigert hat, in der von Lieutenant/Captain Smith geleiteten Abteilung für organisiertes Verbrechen mitzuarbeiten, was zu Spannungen mit Smith, seinem Mentor im Bureau, führte. White soll im Hinblick auf den gewalttätigen Charakter dieser Arbeit wörtlich gesagt haben: »Für so was habe ich keine Nerven mehr« – angesichts Whites Ruf und Vorgeschichte eine interessante Aussage.

3.) Im Frühjahr 1956 ließ sich White für neun Monate beurlauben (unter Ausnutzung nicht in Anspruch genommener Kranken- und Erholungsurlaube), als Captain E. J. Exley im Rahmen des Rotationsverfahrens zum Leiter der Mordkommission ernannt wurde (Es ist bekannt, daß das Verhältnis zwischen White und Captain Exley seit dem Skandal Weihnachten 1951 von unverhohlenem Haß geprägt ist). Während seiner Beurlaubung besuchte White (dessen Leistungen auf der Polizeiakademie nur auf durchschnittliche Intelligenz schließen lassen) Seminare in Kriminologie an der Universität Südkalifornien und absolvierte (auf eigene Kosten) das FBI-Seminar über »Methoden der strafrechtlichen Ermittlung« in Quantico, Virginia. Obwohl White zuvor zweimal die Prüfung zum Sergeant nicht bestanden hatte, erzielte er beim dritten Versuch in der Prüfung das ausgezeichnete Ergebnis von 89 Punkten. Mit seiner Ernennung zum Sergeant dürfte noch vor Ablauf des Kalenderjahres 1957 zu rechnen sein.

4.) Im November 1954 wurde R. A. Stensland in San Quentin hingerichtet. White erhielt auf seinen Antrag hin die Genehmigung, der Hinrichtung beizuwohnen. Er verbrachte die Nacht vor der Exekution zusammen mit Stensland in der Todeszelle, wo die beiden Alkohol tranken (Man sagte mir, der aufsichtsführende Wärter habe diesen Verstoß gegen die Gefängnisvorschriften aus Rücksicht auf Stenslands frühere polizeiliche Tätigkeit geduldet). Captain Exley war ebenfalls Zeuge der Hinrichtung, aber es ist nicht bekannt, ob er und White vor oder nach der Vollstreckung miteinander gesprochen haben.

5.) Ich habe mir die interessanteste Feststellung bis zuletzt aufgehoben. Interessant insofern, als sie deutlich macht, daß White immer noch (und vielleicht sogar verstärkt) dazu neigt, sich in starkem Maße persönlich zu engagieren, wenn es um Fälle von mißhandelten und (neuerdings) ermordeten Frauen geht. White hat sich in diesem Zusammenhang auffällig für eine Reihe von Morden an Prostituierten interessiert, zwischen denen er einen Zusammenhang vermutet. Diese Morde haben in den vergangenen Jahren in Kalifornien und einigen anderen Staaten des Westens stattgefunden. Die Namen und Todesdaten der Opfer und die Tatorte sind:

Jane Mildred Hamsher, 8. 3. 51, San Diego
Kathy (kein zweiter Vorname) Janeway, 19. 4. 53, Los Angeles

Sharon Susan Palwick, 29. 8. 53, Bakersfield, Kalifornien
Sally (kein zweiter Vorname) DeWayne, 2. 11. 55, Needles, Arizona
Chrissie Virginia Renfro, 16. 7. 56, San Francisco.

White hat gegenüber Kollegen geäußert, er sei überzeugt, daß in den genannten Fällen gewisse Ähnlichkeiten bestehen, die auf ein und denselben Täter verweisen, und er ist (auf eigene Kosten) in die genannten Städte gereist, in denen die Verbrechen stattfanden. Natürlich fühlten sich die Detectives, mit denen White dort jeweils gesprochen hat, von ihm belästigt und hielten sich mit Informationen zurück. Es ist nicht bekannt, ob er bei der Aufklärung dieser Fälle irgendwelche Fortschritte gemacht hat. Lieutenant J. S. DiCenzo, Leiter der West Valley Station Squad, sagte aus, seiner Meinung nach habe Whites Fixierung auf Nuttenmorde etwa zur Zeit des Nite-Owl-Anschlags begonnen, als er sich persönlich für die Aufklärung des Mordes an einer jungen Prostituierten (Kathy Janeway) eingesetzt habe, mit der er bekannt gewesen sei.

6.) Alles in allem waren die Nachforschungen überraschend aufschlußreich. Ich persönlich bewundere die Initiative und Ausdauer, mit der White auf seine Beförderung zum Sergeant hingearbeitet hat, ebenso wie seine (wenn auch unangebrachte) Hartnäckigkeit bei der Aufklärung der Prostituierten-Morde. Eine Liste mit Angaben über meine Interviewpartner bei diesen Nachforschungen wird in Kürze nachgereicht.

Hochachtungsvoll,
Sgt. D. W. Fisk, 6129, IAD

VERTRAULICHER LAPD-BERICHT
Internal Affairs Division, 11. 3. 57
Ermittelnder Officer: Sergeant Donald Kleckner, Dienstnummer 688, IAD. Eingereicht auf Antrag von William H. Parker, Chief of Police
Betrifft: Vincennes, John, Sergeant, Surveillance Detail

Sir:
Sie haben geäußert, daß es Ihnen darum geht, zu entscheiden, ob es ratsam sei, Sergeant Vincennes angesichts seiner sich zunehmend verschlechternden Leistungen in Ausübung seines Dienstes eine vorgezogene Pensionierung anzubieten, und zwar noch vor Beendigung der in der Ruhestandsregelung vorgesehenen zwanzigjährigen Dienstzeit im Mai 1958. Meiner Einschätzung nach wäre eine solche Maßnahme zu diesem Zeitpunkt fehl am Platz. Zugegeben, Vincennes ist offensichtlich alkoholsüchtig; ebenfalls zugegeben, daß sein Alkoholismus ihn seinen Job bei *Badge of Honor* gekostet hat und dadurch dem LAPD beträchtliche Verluste in Form von ausgebliebenen Spenden, Vergütungen usw. enstanden sind. Zugegeben auch, daß er mit 42 Jahren zu alt ist für den risikoreichen Dienst im Surveillance Detail. Was seine erwiesenermaßen verschlechterten dienstlichen Leistungen betrifft, so basiert diese Verschlechterung ganz einfach darauf, daß Vincennes in seinen besten Tagen im Drogendezernat so gute und vorbildliche Arbeit geleistet hat. Aufgrund meiner Gespräche bin ich zu der Einschätzung gekommen, daß er im Dienst nicht trinkt und seine verschlechterten Leistungen auf eine gewisse »Schwerfälligkeit« und »schlechte Reflexe« beschränkt sind. Außerdem muß damit gerechnet werden, daß der Pensionierungsausschuß sich hinter ihn stellen würde, wenn er sich weigern sollte, vorzeitig in den Ruhestand zu gehen.

Sir, ich weiß, daß Vincennes Ihrer Meinung nach eine Schande für die Polizei ist. Ich stimme darin mit Ihnen überein, aber ich gebe zu bedenken, daß er gute Verbindungen zu Staatsanwalt Loew hat. Das Department braucht Staatsanwalt Loew für die strafrechtliche Verfolgung unserer Fälle, wie Ihr neuer Berater, Captain Smith, Ihnen zweifellos bestätigen wird. Vincennes ist weiterhin für Loew aktiv, indem er für ihn Spenden sammelt und kleinere Aufträge erledigt, und sollte Loew erwartungsgemäß bei den Wahlen nächste Woche in seinem Amt bestätigt werden, würde er aller Wahrscheinlichkeit nach Einspruch erheben gegen den Versuch, Vincennes aus dem Department zu drängen. Deshalb meine Empfehlung: Belassen Sie Vincennes im Dienst für Surveillance Detail bis zum März '58, weil zu diesem Zeitpunkt die Abteilung turnusmäßig einen neuen Leiter erhalten wird, und geben Sie ihm danach bis zu seiner Pensionierungsgrenze am 15. 5. 58 eine untergeordnete Aufgabe im Streifendienst. Es ist zu erwarten, daß Vincennes bis dahin durch die erniedrigende Rückkehr zum uniformierten Dienst eher bereit sein wird, freiwillig und zum nächstmöglichen Termin aus dem Department auszuscheiden.

Hochachtungsvoll,
Donald J. Kleckner, IAD

SCHLAGZEILE: L. A. *Times*, 15. März:

**Loew mit überwältigender Mehrheit wiedergewählt
Wird er jetzt für Parlament kandidieren?**

ARTIKEL aus: L. A. *Times*, 8. Juli:

Mickey Cohen in Gefängnishof angegriffen und verletzt

Wie ein Sprecher des Bundesgefängnisses von McNeil Island mitteilte, wurden Mafia-Mitglieder Meyer Harris »Mickey« Cohen und David »Davey« Goldman gestern bei einem brutalen Überfall auf dem Gefängnishof verletzt.

Cohen und Goldman, die beide im September wegen guter Führung auf Bewährung entlassen werden sollten, sahen einem Softballspiel im Gefängnishof zu, als sie plötzlich von drei mit Kapuzen maskierten Angreifern mit Eisenstangen und selbstgefertigten Messern attackiert wurden. Goldman erlitt zwei Messerstiche in die Schulter und mehrere brutale Schläge auf den Kopf, während Cohen mit einigen oberflächlichen Stichverletzungen davonkam. Die Gefängnisärzte bezeichneten Goldmans Verletzungen als schwerwiegend und äußerten den Verdacht auf permanente Schädigung des Gehirns. Die Angreifer konnten unerkannt entkommen, und die Gefängnisbehörden bemühen sich gegenwärtig mit allem Nachdruck darum, die Täter ausfindig zu machen. Gefängnisdirektor R. J. Wolf sagte: »Wir glauben, daß wir es hier mit einem sogenannten Auftragsmord zu tun haben, bei dem Insassen der Haftanstalt von Außenstehenden angeheuert wurden. Wir werden alles Erforderliche tun, um den Vorfall aufzuklären.«

Hush-Hush Magazin, Ausgabe Oktober 1957:

Mickey Cohen wieder in L. A.!!!
Kommen schlechte alte Zeiten zurück???

Er war die schillerndste Mafia-Figur, die die Stadt der gefallenen Engel je gesehen hat, Hepcats – und wenn man ihn im Mocambo oder im Troc erlebte, dann war das etwa so, als würde man erleben, wie der alte Stradivarius eigenhändig eine Fiedel aus einem Baumstamm sägt. Er erzählte Witze, die sein Gag-Schreiber Davey Goldman ihm lieferte, drückte den Kassierern vom Sheriff's Department fette Umschläge in die Hand und tanzte einen gefährlichen Lindy-Hop mit seinem Schätzchen Audrey Anders oder einer anderen hübschen kleinen Wachtel, die in dem Lokal herumscharwenzelte. Aller Augen waren auf seinen Tisch gerichtet, und die Damen warfen heimliche Blicke auf seinen obersten Leibwächter Johnny Stompanato und fragten sich: »Ist er wirklich so riesig?« Kriecher und Handlanger, Schnorrer und Großtuer jeder Art drängten sich um den Mickster und wurden mit Witzchen, einem Schlag auf den Rücken oder einer kleinen Spende belohnt. Der Mick hatte immer ein weiches Herz für verkrüppelte Kinder, streunende Hunde, die Heilsarmee und den United Jewish Appeal. Daneben war er Herr über Glücksspiel und Wettbüros, Kreditwucher, Prostitution und Drogenhandel und tötete pro Jahr durchschnittlich ein Dutzend Menschen. Aber niemand ist vollkommen, stimmt's, Hepcats? Ihr laßt Eure abgeschnittenen Zehennägel im Badezimmer liegen, und Mickey schickt halt andere Menschen auf die große Reise.

Aber, Hepcats, wie findet Ihr das? Es kommt auch vor, daß jemand versucht, Mickey umzubringen!!! Einen Menschen wie den? – Das kann doch nicht sein!!! Aber ja, Hepcats – was dem einen recht ist, kann dem andern nur billig sein. Das Problem war nur, daß Mick mehr Leben hatte als die sprichwörtliche Katze und es immer wieder fertigbrachte, den Bomben, Kugeln und Dynamitstangen auszuweichen, während die Leute um ihn ins Gras bissen. Er überlebte auch die sechs Jahre im Gefängnis von McNeil Island, wo man ihm kürzlich erst mit dem Messer ans Leben wollte – und nun ist er wieder unter uns! Sy Devore – aufgepaßt: Der Mickster braucht dringend ein paar Dutzend neuer Fischgrätanzüge. Auch die Zigaretten-Girls im Trocadero und Mocambo können sich wieder auf Hundert-Dollar-Trinkgelder freuen. Mickey und seine Begleitung werden schon bald wieder am Sunset Strip eintreffen und – ganz im Vertrauen und *Hush-Hush* – jawohl, Ladies: Johnny Stompanato ist tatsächlich so riesig, aber er hat nur Augen für Lana Turner, und wie man hört, sollen sich Lana und er in letzter Zeit endlich nähergekommen sein…

Aber zurück zu Mickey C. Regelmäßige Leser von *Hush-Hush* werden sich an unsere Kolumne »Justiz im Blickpunkt« vom Oktober '56 erinnern, in der wir uns Gedanken machten um die erstaunliche »Flaute« in der Unterwelt, seit Mick aus dem Verkehr gezogen wurde. Nun, es sind immerhin ein paar *noch immer* ungeklärte Morde passiert, und was ist mit dem brutalen Angriff auf Mickey und seinen Kumpan Davey Goldman, der dabei den Verstand verlor? Nun... die vermummten Täter und Mithäftlinge, die damals versuchten, Mickey und seinen Freund in die Ewigen Jagdgründe zu schicken, wurden noch immer nicht gefaßt...

Laßt Euch das eine Warnung sein, Kinder: Er ist ein »Mensch«, er gehört ganz einfach zum Lokalkolorit, er ist der wunderbare Wohl- und Übeltäter Mickey. Es ist schwer, ihn umzubringen, denn in der Regel kriegen Unschuldige das Blei ab, das seinen Namen trägt. Mickey ist wieder unter uns, und auch seine alte Gang scheint sich wieder zu formieren. Hepcats, wenn Ihr auf den Sunset Strip in die Tanz-Clubs geht, dann zieht Euch lieber eine kugelsichere Weste an – nur für den Fall, daß Meyer Harris Cohen in Eurer Nähe sitzt.

AUSZUG: L. A. *Herald-Express*, 10. November:

Mafioso Cohen überlebt Bombenanschlag

Heute morgen explodierte eine Bombe unter dem Haus des wegen guter Führung soeben aus dem Gefängnis entlassenen Gangsterbosses Mickey Cohen. Cohen und seine Ehefrau Lavonne blieben unverletzt, aber die Detonation verwüstete eine Kleiderkammer, in der dreihundert von Cohens Maßanzügen hingen. Cohens Lieblingshund, der in der Nähe schlief, erlitt Verbrennungen am Schwanz und mußte im Westside Tierhospital ambulant behandelt werden. Cohen stand uns für einen Kommentar leider nicht zur Verfügung.

* * *

Vertraulicher Brief, als Ergänzung zu dem unabhängigen Ermittlungsbericht, der routinemäßig über jeden neuen Leiter der Internal Affairs Division des Los Angeles Police Department erstellt wird. Angefordert von Chief William

H. Parker.

29. 11. 57

Lieber Bill —

Mein Gott, wird haben zusammen als Sergeants gedient! Mir ist, als wäre das schon eine Million Jahre her, und natürlich hattest Du recht – ich habe es wirklich genossen, wieder einmal in die Uniform zu schlüpfen und Detective zu spielen. Ich kam mir manchmal wie ein Verräter vor, hinter Eds und Prestons Rücken heimlich Interviews mit Kollegen zu führen, aber auch in dieser Hinsicht hattest Du völlig recht – nicht nur wegen der von Dir eingeführten Praxis, Dritt-Gutachten von Außenstehenden über alle neuen Chefs des LAPD einzuholen, sondern auch mit Deiner Entscheidung, einen ehemaligen Polizisten mit diesen Nachforschungen zu beauftragen, der Ed Exley grundsätzlich freundschaftlich gesinnt ist. Was soll's, Bill – wir beide haben Ed von Anfang an gemocht. Um so glücklicher macht es mich, daß ich – mal abgesehen von den üblichen Routineuntersuchungen, die doch sicher die Staatsanwaltschaft durchführt – nur Positives zu berichten habe.

Ich habe mit einer ganzen Reihe von Kollegen im Detective Bureau und mit zahlreichen uniformierten Beamten gesprochen. Dabei hat sich übereinstimmend gezeigt, daß Ed Exley rundum größte Achtung genießt. Einige Männer betrachten sein Vorgehen bei der Erschießung der Tatverdächtigen im Falle Nite Owl als unbesonnen, die meisten sehen es jedoch als eine kühne, mutige Tat an, und einige wenige waren der Meinung, er habe sich dadurch bewußt in den Blickpunkt der Öffentlichkeit stellen wollen. Wie dem auch sei – ich neige zu der Auffassung, daß dieses Ereignis die Einschätzung, die Ed Exley bei seinen Kollegen genießt, bestimmt hat. Außerdem hat dieses Ereignis auch die Unmutsgefühle, die im Zusammenhang mit seinen Aussagen im Falle des Skandals »Blutige Weihnacht« gegen ihn aufkamen, weitgehend in Vergessenheit geraten lassen. Man hat es Ed vielfach übelgenommen, daß er den Sprung vom Sergeant zum Captain gemacht hat, aber er hat in der Vergangenheit durchaus bewiesen, daß er die notwendige

Eignung für diese Aufgaben besitzt. Er hat in weniger als fünf Jahren mehr als sieben Abteilungen geleitet und sich dabei den Respekt aller Kollegen verdient, die unter ihm gearbeitet haben. Deine Sorge, daß sein »Einzelgängertum« innerhalb des Departments Mißstimmung und böse Gefühle wecken könnte, wenn er die Abteilung Internal Affairs übernimmt, hat sich bisher als weitgehend unbegründet erwiesen. Man erzählt sich, daß Ed Anfang '58 die Leitung von Internal Affairs übernehmen wird, und es wird stillschweigend davon ausgegangen, daß er alles tun wird, um diese Position verantwortungsvoll auszufüllen. Meine eigene Einschätzung ist, daß sein Ruf als strenger und intelligenter Vorgesetzter manch unsicheren Kantonisten unter den Männern veranlassen könnte, allen Versuchungen zum Trotz auf dem rechten Wege zu bleiben.

Es ist ebenfalls bekannt, daß Ed die Prüfung als Inspector bestanden hat und auf der Beförderungsliste auf Platz eins steht. Das stößt allerdings auch auf Widerspruch. Allgemein geht man davon aus, daß Thad Green im nächsten Jahr in den Ruhestand gehen wird und Ed wahrscheinlich seinen Posten als Chief of Detectives übernehmen dürfte. Die große Mehrzahl der Männer, mit denen ich gesprochen habe, war allerdings der Ansicht, daß Captain Dudley Smith, der älter und erfahrener und eher eine Führungspersönlichkeit ist, den Job bekommen sollte.

Nun noch einige persönliche Bemerkungen im Zusammenhang mit dem von dir gewünschten Gutachten. (1) Ed unterhält ein Liebesverhältnis mit Inez Soto, aber ich bin mir sicher, daß er nie gegen die Dienstvorschriften verstoßen und mit ihr zusammenziehen würde. Abgesehen davon ist Inez wirklich eine großartige Person. Sie ist inzwischen mit Preston, Ray Dieterling und mir persönlich gut befreundet, und ihre Arbeit im Public-Relations-Büro von Dream-a-Dreamland ist schon beinahe genial zu nennen. Was macht es da schon, daß sie Mexikanerin ist? (2) Ich habe mit den Sergeants Fisk und Kleckner von Internal Affairs über Ed gesprochen – die beiden haben schon im Raubdezernat unter ihm gearbeitet, sind große Bewunderer von Exley und freuen sich riesig, daß ihr Held jetzt ihr Vorgesetzter werden soll. (3) Als jemand, der Ed Exley seit seiner Kindheit kennt, und auch als ehemaliger Polizist möchte ich folgendes zu Protokoll geben: Er ist genausogut wie sein Vater, und ich möchte wetten, wenn Du Dir die Mühe machen würdest, einmal nachzurechnen, dann würdest Du feststellen, daß er mehr große Fälle gelöst hat als jeder andere Detective des LAPD vor ihm. Ich würde auch darauf wetten, daß er von diesem freundschaftlichen Komplott, das Du geschmiedet hast, weiß – alle guten Cops haben ihr eigenes Nachrichtensystem.

Zum Schluß möchte ich Dich um einen persönlichen Gefallen bitten. Ich trage mich mit dem Gedanken, ein Buch über meine Erfahrungen im Department zu schreiben. Ob es wohl möglich wäre, mir in diesem Zusammenhang die Akte über den Fall Loren Atherton auszuleihen? Und zwar bitte so, daß weder Preston noch Ed etwas davon erfahren – ich möchte bei ihnen nicht den Eindruck erwecken, als hätte ich auf meine alten Tage künstlerische Ambitionen entwickelt.

Ich hoffe, diese kleinen Bemerkungen sind Dir nützlich. Bitte grüße Helen von mir – und vielen Dank für die Chance, mal wieder Cop zu spielen.

Herzlichst,
Art De Spain

LAPD BEKANNTMACHUNG ÜBER VERSETZUNGEN

1. Officer Wendell A. White, versetzt von der Mordkommission zur Kriminalabteilung Hollywood (mit gleichzeitiger Beförderung zum Sergeant), mit Wirkung vom 2. 1. 58.

2. Sergeant John Vincennes, versetzt von Surveillance Detail zur Streife in Wilshire; diese Versetzung tritt in Kraft, sobald ein entsprechender Ersatz gefunden ist, spätestens aber am 15. 3. 58.

3. Captain Edmund J. Exley übernimmt die feste Position als Leiter von Internal Affairs, mit Wirkung vom 2. 1. 58.

DRITTER TEIL

Internal Affairs

42

Das Pacific Dining Car litt noch unter den Sylvesterfolgen: durchhängende Girlanden aus Kreppapier, »1958«-Schilder mit abgeblättertem Flitter. Ed nahm seine Lieblingsnische: mit Blick auf die Lounge, sein Bild im Spiegel. Er schaute auf die Uhr – 15 Uhr 24, 2. 1. 58. Bob Gallaudet sollte ruhig zu spät kommen – so konnte er den Augenblick besser genießen.

In einer Stunde war die Zeremonie: Captain E. J. Exley übernimmt einen festen Posten bei der Polizei als Leiter der Abteilung Internal Affairs. Gallaudet brachte die Resultate der von einer unabhängigen Instanz vorgenommenen Durchleuchtung mit – das Büro des Staatsanwalts hatte sich mit der Lupe über sein Privatleben hergemacht. Er hatte bestanden – sein Privatleben war makellos sauber, und die Tatsache, daß er die Burschen vom Nite-Owl-Massaker unter die Erde gebracht hatte, hatte seine Rolle beim Skandal um die »Blutige Weihnacht« völlig vergessen lassen – so wie er es schon seit Jahren gewußt hatte.

Ed nippte an seinem Kaffee, den Blick auf den Spiegel gerichtet. Sein Spiegelbild: ein Mann, der in einem Monat sechsunddreißig wurde, aber wie fünfundvierzig aussah. Blonde Haare, ergraut, tiefe Falten auf der Stirn. Inez meinte, seine Augen seien zunehmend kleiner und eisiger geworden, seine Drahtbrille lasse ihn streng aussehen. Er hatte ihr geantwortet, streng sei besser als weichlich – junge Captains brauchten jede Unterstützung. Sie hatte gelacht – das war schon ein paar Jahre her, als sie noch gelacht hatten.

Er erinnerte sich an das Datum ihrer Unterhaltung: Ende '54. Inez war sehr kritisch gewesen – »Ich finde es morbide, daß du dir die Hinrichtung dieses Stensland ansiehst.« Eineinhalb Jahre nach Nite Owl. Heute waren es vier Jahre und neun Monate. Ein Blick in den Spiegel, ein Rückblick auf all diese Jahre – und auf das, was er mit Inez gehabt hatte.

Mit der Zahl der im Dienst getöteten Kriminellen stellte er Bud White in den Schatten: Vier Tote waren eben mehr als einer. In den ersten Monaten damals hatte sie ganz ihm gehört: Er hatte sich Mühe gegeben und alle ihre Erwartungen erfüllt. Er kaufte ihr ein Stück weiter an der Straße ein Haus; sie liebte die zärtliche Sexualität mit ihm; Dieterling bot ihr einen Job an und sie nahm ihn. Dieterling verliebte sich in Inez und ihre Geschichte: Diese schöne Frau, Opfer einer Vergewaltigung und von ihrer Familie verstoßen, paßte sehr gut zu ihm angesichts der Verluste, die er selbst erlitten hatte – einmal geschieden, einmal verwitwet, sein Sohn Paul von einer Lawine getötet, sein Sohn Billy homosexuell. Ray und Inez wurden immer mehr wie Vater und Tochter – Kollegen, enge Freunde. Preston Exley und Art De Spain beteten sie ebenso an wie Dieterling – ein Kreis unverbesserlicher Männer plus eine Frau, der sie dankbar waren, daß sie durch sie eine gewisse Zärtlichkeit empfinden durften.

Die Freundschaften, die Inez geschlossen hatte, entstammten einem Königreich der Phantasie: die Gründer, die zweite Generation – Billy Dieterling, Timmy Valburn. Eine geschwätzige kleine Clique, die jeden Hollywood-Klatsch aufbauschte und sich über männliche Schwächen lustig machte. Schon das bloße Wort »Männer« löste bei ihnen einen wahren Lachsturm aus. Sie amüsierten sich über Polizisten und spielten Scharaden in einem Haus, das Captain Ed Exley gekauft hatte.

Mit all seinen Ansprüchen und Forderungen endete er immer wieder bei Inez.

Nach den Todesschüssen wurde er von Alpträumen geplagt: Waren die Männer unschuldig gewesen? Hilflose Wut hatte ihn den Finger um den Abzug krümmen lassen. Durch die dramatische Lösung sah das Department so gut aus, daß man ihn nie mit Kleinigkeiten wie »unbewaffnet« oder »ungefährlich« behelligte und bloßstellte. Inez beruhigte seine Befürchtungen mit ihrer Aussage: Die Vergewaltiger hatten sie mitten in der Nacht mit dem Wagen in Sylvester Fitchs Haus gebracht und dort zurückgelassen – was ihnen genug Zeit gab, das Nite Owl zu überfallen. Sie hatte der Polizei gegenüber nie davon gesprochen, weil sie nicht noch einmal die Schrecken aufzählen wollte, die Fitch ihr bereitet hatte. Er war erleichtert: Wenn die Toten *schuldig* waren, so verlieh das seiner Wut eine gewisse Berechtigung.

Inez.

Die Zeit verging, und die Glut kühlte ab – ihr Schmerz und ihre Heldenhaftigkeit konnten sie nicht retten. Inez wußte, daß er sie nie heiraten würde: ein hochrangiger Cop, eine mexikanische Ehefrau – das war tödlich für seine Karriere. Seine Liebe hing nur noch an dünnen Fäden; Inez zog sich immer mehr zurück – kaum mehr als eine gelegentliche Geliebte. Zwei Menschen, von ungewöhnlichen Ereignissen geformt, dazu ein mächtiges Aufgebot von Nebendarstellern: die Toten des Nite Owl, Bud White.

Whites Gesicht in dem grünen Raum: der reine Haß, als Dick Stensland das Gas einsog. Ein Blick auf den sterbenden Dicky Stens, ein Blick in seine Richtung – es bedurfte keiner Worte. Angerufen und noch ausstehenden Urlaub genommen, damit sie nicht zusammenarbeiten mußten, als er das Morddezernat übernahm. Er hatte seinen Bruder übertrumpft, stand jetzt seinem Vater immer näher. Die Liste seiner großen Fälle war erstaunlich. Im Mai würde er Inspector werden, in ein paar Jahren gegen Dudley Smith für den Posten des Chief of Detectives kandidieren. Smith hatte immer einen großen Bogen um ihn gemacht, sein bedingter Respekt für ihn mischte sich mit Verachtung – und Dudley war der gefürchtetste Mann im gesamten LAPD. Ob er wußte, daß sein Rivale nur eines fürchtete: einen Racheakt eines Ganoven/Cops, der nicht genügend Grips besaß, um Phantasie zu entwickeln?

Die Bar füllte sich langsam: Angestellte der Staatsanwaltschaft, ein paar Frauen. Das letztemal mit Inez war unangenehm – sie bediente einfach den Mann, der die Hypothek abbezahlte. Ed lächelte einer hochgewachsenen Frau zu – sie wandte sich ab.

»Gratuliere, Captain. Sie sind sauber wie ein Pfadfinder.«

Gallaudet setzte sich – gestreßt, nervös.

»Warum machen Sie dann so ein grimmiges Gesicht? Kommen Sie schon, Bob, wir sind Partner.«

»*Sie* sind sauber, aber Inez stand zwei Wochen lang unter leichter Beobachtung, reine Routine. Ed… o Scheiße – sie schläft mit Bud White.«

* * *

Der Festakt – eine verschwommene Erinnerung.

Parker hielt eine Rede: Polizisten seien den gleichen Versuchungen unterworfen wie Zivilisten, müßten jedoch in weit stärkerem Maße ihre niederen Instinkte im Zaume halten, um als moralische Vorbilder fungieren zu können in einer Gesellschaft, die zunehmend von dem überall gegenwärtigen Einfluß des Kommunismus sowie von Kriminalität, Liberalismus und allgemeiner moralischer Verderbtheit unterhöhlt werde. Entsprechend brauche man ein moralisch besonders aufrechtes Vorbild als Leiter der Abteilung, die als Garant der moralischen Haltung der Polizei diene, und Captain Edmund J. Exley, Kriegsheld und Held des Mordfalls Nite Owl, sei genau der richtige Mann dafür.

Er selbst hielt ebenfalls eine Rede – noch mehr Moralgeschwafel. Duane Fisk und Don Kleckner wünschten ihm alles Gute. Trotz des Nebels in seinem Gehirn konnte er ihre Gedanken lesen: Sie waren scharf darauf, seine Chefassistenten zu werden. Dudley Smith blinzelte ihm zu, leicht zu durchschauen: »Ich werde der nächste Chief of Detectives, nicht du.« Es dauerte ewig, bis er sich endlich empfehlen konnte. Als er in ihrer Wohnung ankam, hatte der Nebel in seinem Kopf einer brutalen Klarheit Platz gemacht.

Sechs Uhr – Inez kam erst gegen sieben Uhr nach Hause. Ed öffnete die Tür, setzte sich und wartete, ohne Licht zu machen.

Die Zeit schleppte sich dahin. Ed sah zu, wie sich die Zeiger seiner Uhr bewegten. 6 Uhr 50 – ein Schlüssel drehte sich in der Tür.

»Exley? Willst du mir auflauern? Ich hab' deinen Wagen draußen gesehen.«

»Mach kein Licht. Ich habe keine Lust, dein Gesicht zu sehen.« Geräusche – Schlüssel klimperten, eine Handtasche fiel zu Boden. »Und schon gar nicht diesen albernen Dreamland-Schrott, mit dem du die ganzen Wände beklebt hast.«

»Du wolltest wohl sagen, die Wände des Hauses, für das du bezahlst?«

»Das hast du gesagt, nicht ich.«

Geräusche: Inez lehnte sich an die Tür. »Wer hat's dir gesagt?«

»Das spielt keine Rolle.«

»Willst du ihn deswegen ruinieren?«

»*Ihn?* Nein, damit würde ich mich noch mehr zum Narren machen. Und du kannst ruhig den Namen nennen.«

Keine Antwort.

»Hast du ihm bei der Prüfung zum Sergeant geholfen? Er hat doch nicht genug Grips, um sie allein zu bestehen.«

Keine Antwort.

»Und wie lange geht das schon? Wie oft hast du hinter meinem Rücken mit ihm gefickt?«

Keine Antwort.

»Wie lange schon, *puta?*

Inez seufzte. »Etwa vier Jahre. Mal mehr, mal weniger. Immer wenn einer von uns 'nen Freund brauchte.«

»Du meinst, wenn du mich nicht gebraucht hast?«

»Nein, aber wenn ich's nicht mehr aushalten konnte, wie ein Vergewaltigungsopfer behandelt zu werden. Wenn ich Angst bekam und mich fragte, wie weit du gehen würdest, um mir Eindruck zu machen.«

Ed sagte: »Ich habe dich aus Boyle Heights rausgeholt und dir ein neues Leben ermöglicht.«

Inez erwiderte:»Exley, du hast mir einfach angst gemacht. Ich wollte bloß ein normales Mädchen sein, das sich mit einem Jungen trifft, und genau das hat Bud mir gegeben.«

»Untersteh dich, in diesem Haus noch einmal seinen Namen zu nennen.«

»Du meinst, in *deinem* Haus?«

»Ich habe dir ein anständiges Leben ermöglicht. Wenn ich nicht gewesen wäre, würdest du jetzt irgendwo auf einem Stein Tortillas klopfen.«

»*Querido*, toll, wie gemein du sein kannst.«

»Wie viele Lügen hast du mir noch erzählt, Inez? Wie viele außer ihm?«

»Exley, beenden wir das Gespräch.«

»Nein, ich will, daß du mir alles sagst.«

Keine Antwort.

»Wie viele Männer noch? Und wie viele weitere Lügen?«

Keine Antwort.

»Sag's mir!«

Keine Antwort.

»Du verdammte Hure. Nach allem, was ich für dich getan habe. *Sag es mir!*«

Keine Antwort.

»Ich habe dir die Freundschaft mit meinem Vater ermöglicht. *Du hast es mir zu verdanken, daß Preston Exley dein Freund ist.* Mit wie vielen anderen Männern hast du hinter meinem Rücken gebumst? Wie viele Lügen hast du mir noch erzählt, nach allem was ich für dich getan habe?«

Inez, mit schwacher Stimme: »Du willst es doch gar nicht wissen.«

»Doch, ich will es wissen, du verdammte Hure.«

Inez stieß sich von der Tür ab. »Es gibt nur eine Lüge, die wirklich zählt, und auch nur für dich. Nicht mal mein Schätzchen Bud weiß was davon. Du kannst dir also wirklich was drauf einbilden.«

Ed stand auf: »Lügen machen mir keine angst.«

Inez lachte. *»Alles* macht dir angst.«

Keine Antwort.

Inez, völlig ruhig. »Die *negritos,* die mir weh getan haben, können die Leute im Nite Owl gar nicht umgebracht haben, weil sie die ganze Nacht bei mir waren. Ich hab' sie die ganze Zeit gesehen. Ich habe gelogen, weil ich nicht wollte, daß du dir Vorwürfe machst, weil du vier Männer für mich getötet hast. Und willst du wissen, was die *größte* Lüge von allen ist? Du und deine vielgeliebte absolute Gerechtigkeit.«

Ed drückte die Tür auf, die Hände über die Ohren gelegt, um das Tosen nicht zu hören. Dunkelheit und Kälte draußen. Er hatte Dick Stens vor Augen, tot auf den Stuhl geschnallt.

43

Bud betrachtete prüfend sein neues Dienstabzeichen, auf dem jetzt nicht mehr »Policeman« stand sondern »Sergeant«. Er legte die Beine auf den Schreibtisch, verabschiedete sich von der Mordkommission.

Der kleine Verschlag, in dem sein Schreibtisch stand, war ein absolutes Chaos – fünf Jahre Papierkrieg. Dudley sagte, die Versetzung nach Hollywood sei nur eine vorübergehende Maßnahme – seine Beförderung zum Sergeant habe die hohen Tiere schockiert: Thad Green machte ihn an wegen seiner Nummer mit dem zerschlagenen Fenster: Dick Stens auf dem Weg in die grüne Kammer, Links-Rechts-Kombinationen an die Scheibe. Ein fairer Handel: Er würde nie in der Lage sein, souverän alle Fälle zu lösen, denn die einzigen Fälle, die interessierten, waren abgeschlossene Fälle und solche, die irgendwo in der Ablage P = Papierkorb landeten. Versetzungs-Blues: Wenn er nicht mehr im Hauptquartier des Bureau saß, dann bedeutete das, daß er nicht mehr wie früher sofortigen Zugang zu den neu eingehenden Meldungen über Leichenfunde hatte – eine günstige Gelegenheit, den Fall Kathy Janeway unter Verschluß zu halten und damit auch die Sache mit den Nuttenmorden, die – wie er wußte – damit im Zusammenhang standen.

Ein paar Dinge, die er mitnehmen wollte:

Sein neues Namensschild – »Sergeant Wendell White«, ein Photo von Lynn. Brünett. Wiedersehen, Veronica Lake.

Ein Photo vom Mobster-Trupp – er und Dud beim Victory Motel. Das Spielzeug des Mobster-Trupps – Schlagring aus Messing, ein mit Kugellagerkugeln beschwerter Totschläger – diese Utensilien sollte er vielleicht lieber nicht mitnehmen.

Ein paar andere Dinge, sorgfältig weggeschlossen:

Seine Diplome vom FBI und vom gerichtsmedizinischen Kursus. Dick Stenslands Hinterlassenschaft: sechs Riesen von der Beute aus einem Raub. Dicks letzte Worte – ein Zettel, den einer der Gefängniswärter ihm zugesteckt hatte.

Partner –

Ich bereue die Schlechtigkeiten, die ich begangen habe. Am meisten reuen mich die Menschen, denen ich weh getan habe, als ich noch Polizist war, die mir einfach in die Quere kamen, wenn ich nicht gut drauf war, und die Burschen zu Weihnachten und der Besitzer des Spirituosenladens und sein Sohn. Aber es ist zu spät, das zu ändern. Ich kann nur sagen, daß es mir leid tut, auch wenn das keine Bedeutung mehr hat. Ich werde versuchen, meine Strafe wie ein Mann zu ertragen. Ich muß immer daran denken, daß Du die Dinge getan haben könntest, die ich getan habe, und daß die Karten es nun mal so gewollt haben. Ich weiß, daß Du vielleicht den gleichen Gedanken gehabt hast. Ich wünschte, für Typen wie uns hätte es mehr Bedeutung, wenn wir sagen, daß uns etwas leid tut. Ich weiß, daß ich es war, der den Ton angegeben hat und für die Musik bezahlt hat und all das, aber Exley hat die Sache unnötigerweise immer weiter getrieben, und wenn ich eine letzte Bitte habe, dann die, daß Du ihm seinen Teil zukommen läßt und nicht so dumm bist, solchen Blödsinn zu machen wie ich. Benutze Deinen Verstand und das Geld – Du weißt, wo ich es versteckt habe – und verpaß ihm einen ordentlichen Tritt in den Arsch von Sergeant Dick Stens. Viel Glück, Partner. Ich kann gar nicht glauben, daß ich tot sein werde, wenn Du diese Zeilen liest.

Dick

Doppelt verschlossen in der untersten Schublade:

Seine Akte über die Janeway/Nuttenmorde, seine private Akte über den Fall Nite Owl – vorschriftsmäßig angelegt, wie er es auf der Schule gelernt hatte.

Zwei Fälle, die zeigten, daß er doch ein echter Detective war: Dicks Versuch, Ed Exley eins auszuwischen. Er zog die Mappen hervor und las sie noch einmal durch – eine Collegeboy-Sache von vorn bis hinten.

Die Verbindungen im Fall Janeway.

Als die Affäre mit Lynn sich immer mehr abkühlte, begann er sich nach etwas anderem umzusehen, das ihn anmachen konnte. Die Jagd nach Weibern brachte es nicht – ebensowenig wie die gelegentlichen Nummern mit Inez. Er fiel zweimal durch die Sergeant-Prüfung, finanzierte seine Ausbildung mit Dicks Geld, arbeitete teilzeitlich im Mobster-Trupp: Leute vom Zug, Flugzeug oder Bus abholen, Möchtegern-Gangster zum Victory Motel bringen, ihnen die Scheiße aus dem Leib prügeln und sie wieder zurück zum Flugzeug, Zug oder Bus begleiten. Dud nannte das »Vorbeugung«. Ihm dagegen lag so etwas schwer im Magen – er konnte danach kaum noch sein Gesicht im Spiegel sehen. Bei der Mordkommission kamen ihm nur selten gute Fälle unter. Thad Green hatte immer den Daumen drauf, setzte andere Männer darauf an. Im Unterricht lernte er interessante Dinge über Gerichtsmedizin, Kriminalpsychologie und Methodenlehre. Er beschloß, das Gelernte auf einen alten Fall anzuwenden, den er immer noch am Köcheln hatte – den Fall Kathy Janeway.

Er studierte Joe DiCenzos Aktenablage: keine Anhaltspunkte, keine Verdächtigen – abgeschrieben als zufälliger Sexualmord. Er studierte die Rekonstruktion des Autopsieberichts: Kathy zu Tode geprügelt, Schläge ins Gesicht, ein Mann mit Ringen an beiden Händen, Samensekret der Gruppe B positiv in Mundhöhle, Rektum, Vagina – drei separate Ejakulationen. Das Schwein hatte sich

Zeit gelassen. Er hatte eine Eingebung, die auf langjähriger Erfahrung basierte: ein Sex-Verbrecher wie dieser tötet nicht nur einmal, um dann wieder ruhig Däumchen zu drehen.

Er begann in alten Akten zu schnüffeln – genau das, was er früher immer so gehaßt hatte.

Keine ähnlichen gelösten oder ungelösten Fälle in den Unterlagen des LAPD oder des Sheriff's Department – die Suche kostete ihn volle acht Monate. Er wandte sich an die Polizeibehörden der benachbarten Bezirke – Stens Geld diente als Einsatz. Resultat null im Orange County und San Bernardino County; vier Monate später endlich eine Parallele im San Diego Police Department: Jane Mildred Hamsher, 19, Prostituierte, Todesdatum 8. 3. 53 – die gleiche Handschrift und die gleiche dreifache Vergewaltigung – keine Anhaltspunkte, keine Verdächtigen, Akte geschlossen.

Er las sämtliche Unterlagen des LAPD und der Polizei von San Diego über die Vorgangsweisen und Methoden der Täter in Mordfällen und fand nichts. Er erinnerte sich, daß Dudley ihn vor dem Fall Janeway gewarnt hatte – ihn gepiesackt hatte wegen seiner Fixierung auf Frauenmißhandlung. Er machte trotzdem weiter und hatte schließlich Erfolg, als er ein Fernschreiben fand: Sharon Susan Palwick, 20, Prostituierte, Todesdatum 29. 8. 53, Bakersfield, Kalifornien: keine Tatverdächtigen, keine Anhaltspunkte, Akte geschlossen. Dud hatte das Fernschreiben nie erwähnt – wenn er überhaupt von seiner Existenz wußte.

Er fuhr nach San Diego und Bakersfield – studierte Akten, belaberte die Detectives, die die Fälle bearbeitet hatten. Die Männer hatten kein Interesse mehr, ließen ihn abblitzen. Er versuchte, die zeitlichen und örtlichen Umstände zu rekonstruieren – wer an den Tagen der Morde in den betreffenden Städten gewesen war. Er überprüfte alte Unterlagen der Eisenbahn-, Bus- und Fluggesellschaften, fand keine übereinstimmenden Namen, schickte Fernschreiben in drei Staaten und bat um Informationen über die Vorgangsweise des Killers, bat um Rückruf für den Fall, daß der Killer die gleiche Methode noch einmal anwenden sollte. Auf das Informationsersuchen kam keine Antwort. Im Laufe der Jahre gingen gelegentlich Meldungen über Leichenfunde ein: Sally (kein zweiter Vorname) DeWayne, 17, Prostituierte, Needles, Arizona, 2. 11. 55; Chrissie Virginia Renfro, 21, Prostituierte, San Francisco, 14. 7. 56;

Maria (kein zweiter Vorname) Waldo, 20, Prostituierte, Seattle vor zwei Monaten, 28. 11. 57. In allen Fällen kamen die Rückrufe zu spät und brachten stets das gleiche Ergebnis: absolut null. Jede Möglichkeit in Betracht gezogen – umsonst. Kathy Janeway und fünf andere Prostituierte vergewaltigt und zu Tode geprügelt – nur für ihn waren das offene Fälle.

Eine 116seitige, nicht abgeschlossene Akte, die er mit nach Hollywood nahm – sein eigener Fall, aber zunächst gestorben.

Und dann sein eigentlicher großer Fall – Seite um Seite, die er immer wieder durchging. Dick Stens' Fall: Nägel zu Ed Exleys Sarg. Er bekam eine Gänsehaut, wenn er es nur aussprach.

Der Fall Nite Owl.

Die Arbeit am Fall Janeway hatte alles wieder hochgespült: die Verbindung Cathcarts mit der Pornosache; zurückgehaltene Informationen; interne Sachen, um Exley eins auszuwischen. Das Timing war damals gegen ihn gewesen: er hatte nicht den Grips, die Sache weiter zu verfolgen, die Nigger konnten fliehen, Exley schoß sie nieder. Die Akte Nite Owl wurde geschlossen, die merkwürdigen Begleitumstände vergessen. Jahre vergingen; er machte sich erneut an den Janeway-Mord, entdeckte eine Spur. Und die kleine Kathy ließ ihn immer wieder an Nite Owl, Nite Owl, Nite Owl denken.

Gedankenarbeit.

Damals, '53, hatten Dwight Gilette und Cindy Benavides – Bekannte von Kathy Janeway – etwas von einem Typ gesagt, der sich wie Duke Cathcart aufführte und davon redete, Cathcarts Zuhältergeschäft zu übernehmen. Was für ein »Zuhältergeschäft«? – Duke hatte doch nur zwei alte Mähren in seinem Stall, aber er hatte davon gesprochen, ins Pornogeschäft einzusteigen. Das klang zwar erst nach der Schnapsidee eines Mannes, der in solchen Dingen ganz groß war, wurde dann aber bestätigt, als die Brüder Englekling auftauchten und ihre Story von dem Deal erzählten, den Cathcart ihnen vorgeschlagen hatte: Sie sollten das Zeug drucken, er würde es verteilen, sie sollten Mickey Cohen wegen der Finanzierung ansprechen.

Schnitt: die Fakten.

Er war nach Nite Owl in Dukes Wohnung gewesen. Man hatte sie ausgeräumt und alle Fingerabdrücke beseitigt; jemand war Dukes

Klamotten durchgegangen. Das Branchenbuch für San Bernardino war aufgeblättert und benutzt worden – speziell die Seiten mit Druckereien. Pete und Bax Englekling besaßen eine Druckerei in San Berdoo; Nite-Owl-Opfer Susan Nancy Lefferts stammte ursprünglich aus San Berdoo.

Schnitt: der Bericht der Gerichtsmediziner.

Der Pathologe, der die Untersuchung geführt hatte, stützte sich bei der Identifizierung von Cathcarts Leiche auf zwei Dinge: *Fragmente* des Gebisses, die mit den Zahnarztunterlagen in Cathcarts Gefängnisakte verglichen wurden, und das Monogramm "D.C.« in dem Sportjackett, das der Tote trug. Die Gebißteile waren die gleichen, die in jedem kalifornischen Gefängnis verwendet wurden – jeder Ex-Häftling, der im staatlichen Strafvollzug gewesen war, konnte die gleiche Prothese im Munde haben.

Schnitt: seine Insider-Informationen.

Kathy Janeway hatte gesagt, Duke habe eine »süße« Narbe auf der Brust. In dem Autopsiebericht von Doc Layman stand nirgendwo etwas von einer Narbe – und Cathcarts Brust war auch nicht von Schrotkugeln zerfetzt worden. Und ein letzter Hinweis: Die Körpergröße des Toten aus dem Nite Owl wurde mit ein Meter siebzig angegeben, während in der Gefängnisakte die Größe von ein Meter dreiundsiebzig stand.

Schlußfolgerung:

Im Nite Owl war nicht Cathcart erschossen worden sondern ein Doppelgänger.

Schnitt: die Pornos.

Cindy Benavides hatte gesagt, Duke sei gerade dabeigewesen, mit dem Vertrieb der Ware zu beginnen; Ad Vice ermittelte zu der Zeit in einer Pornosache – er hatte die Berichte von Squad 4 gelesen: Keiner der auf diesen Fall angesetzten Beamten meldete irgendeine Spur; Russ Millard starb, die Sache mit den Pornoheften blieb auf der Strecke. Die Brüder Englekling gaben an, daß Duke Cathcart sie wegen der Pornos angesprochen habe, daß sie Mickey Cohen im Gefängnis aufgesucht hätten und er es abgelehnt habe, das Geschäft zu finanzieren. Sie glaubten, Cohen habe aus moralischer Entrüstung die Nite-Owl-Morde angeordnet— ein absolut lächerlicher Gedanke. Aber wenn Mick nun doch irgendwie in den Fall Nite Owl verwickelt war? Exley hatte einen Bericht geschrieben, aus dem hervorging, daß er und Bob Gallaudet diese Theorie tatsächlich diskutiert hatten, aber dann waren die drei Bimbos ausgebrochen – und die Schießerei im Nite Owl wurde ihnen angehängt.

Schnitt: seine Theorie.

Angenommen, Cohen hätte jemandem im Gefängnis von dem Cathcart/Englekling-Plan erzählt – oder vielleicht auch sein Kumpel Davey Goldman? Angenommen, der Betreffende wäre auf Bewährung entlassen worden, hätte davon geredet, Dukes Stall zu übernehmen, sich in Wirklichkeit aber nur auf seine Rolle als Dukes Doppelgänger eingespielt? Angenommen, er hätte Duke aus dem Wege geräumt, einige seiner Klamotten geklaut und wäre aus Zufall im Nite Owl gelandet – vielleicht, weil Duke regelmäßig dort herumhing, oder, was noch wahrscheinlicher war: *anläßlich einer kriminellen Besprechung, die gescheitert war, wobei die Killer wenig später mit Schrotflinten wiederkamen, Cathcarts Doppelgänger umlegten und fünf Unschuldige dazu, um das ganze wie einen Raubüberfall aussehen zu lassen?*

Aber es gab immer noch einen schwachen Punkt in seiner Theorie.

Er hatte in McNeil die Bewährungsakten durchgesehen: Die einzigen, die in dem Zeitraum zwischen der Begegnung Cohens mit den Brüdern Englekling und dem Nite Owl entlassen wurden, waren Neger, Latinos und einige Weiße, die entweder zu groß oder zu klein waren, um als Cathcarts Doppelgänger in Frage zu kommen. Andererseits war es immerhin möglich, daß Cohen über Cathcarts Pornopläne gequatscht hatte und Informationen darüber irgendwie nach draußen gelangt waren – dann hatte der Doppelgänger womöglich überhaupt nichts mit der Sache zu tun.

Theorien über Theorien – Theorien, die immerhin zeigten, daß er doch genug Grips hatte, sich Detective zu nennen.

Angenommen, die Nite-Owl-Morde standen wirklich im Zusammenhang mit der Porno-Verschwörung. Das würde bedeuten, daß die drei Nigger unschuldig waren, daß die wahren Killer die Tatwaffen absichtlich in Ray Coates' Wagen gelegt hatten – was wiederum bedeutete, daß der violette Mercury, der vor dem Nite Owl gesehen wurde, nur zufällig da gestanden hatte – die Killer konnten nicht wissen, daß kurz zuvor drei Bimbos bei Schießübungen im Griffith Park beobachtet worden waren und daher als Hauptverdächtige gelten mußten. Irgendwie hatten die Killer Coates' Wagen eher gefunden als das LAPD und die von Fingerabdrücken gereinigten Waffen darin versteckt. Es gab zig Möglichkeiten, wie es gewesen sein könnte.

1. Coates könnte im Gefängnis seinen Anwalt informiert haben, wo er den Wagen versteckt hatte; die Killer oder ihr Strohmann könnten ihn daraufhin angesprochen haben – oder zwangen ihn vielleicht sogar, Coates zum Sprechen zu bringen.

2. Die Bimbos könnten das Versteck des Wagens einem Mithäftling verraten haben – vielleicht war es sogar einer, den die wahren Killer absichtlich auf die drei angesetzt hatten.

3. Seine Lieblingstheorie, weil die einfachste: Die Killer waren schlauer als das LAPD und suchten selbst alle in Frage kommenden Garagen ab, zuerst die hinter unbewohnten Häusern – während die Polizei systematisch vorging.

Oder die Bimbos hatten mit anderen Häftlingen darüber gesprochen, die dann entlassen und von den Killern angesprochen wurden; oder – eher unwahrscheinlich – ein Vertrauter bei der Polizei hatte sie informiert, nach welchem Schema die systematische Suche ablief.

Unmöglich, alles zu rekonstruieren: Die Justizbehörden hatten sämtliche Akten aus den Jahren 1935 bis 1955 vernichtet, um neuen Lagerraum zu schaffen.

Oder die Bimbos waren tatsächlich schuldig.

Oder es waren andere Schwarze gewesen, die im Griffith Park herumgeballert und im Nite Owl sechs Menschen erschossen hatten. Ihr Mercury oder Chevy oder Ford, Baujahr '48 - '50, war nie gefunden worden, weil die violette Lackierung in Heimarbeit entstanden war und gar nicht in den Unterlagen der Zulassungsstelle auftauchte.

Gedankenarbeit von jemandem, der nie geglaubt hatte, viel Grips zu besitzen – und für ihn gingen die Morde nicht auf das Konto von irgendwelchen Bimbos, weil —

Die Brüder Englekling hatten ihre Druckerei Mitte 1954 verkauft und waren seitdem wie vom Erdboden verschwunden. Vor zwei Jahren hatte er eine Suchmeldung nach ihnen durchgegeben – ohne Resultate; ebenfalls keine positiven Resultate bei den Meldungen über Leichenfunde im gesamten Staat, die er kontrolliert hatte – weder die beiden Brüder noch jemand, der der wahre Duke Cathcart hätte sein können. Und – vor sechs Monaten endlich eine heiße Spur bei seinen Nachforschungen in San Berdoo.

Er fand einen Einheimischen, der Susan Nancy Lefferts zusammen mit einem Mann gesehen haben wollte, auf den Duke Cathcarts Beschreibung paßte – zwei Wochen vor dem Überfall auf das Nite Owl. Er zeigte dem Mann ein paar Photos von Cathcart; der Mann meinte: »Fast, aber nicht ganz.« Die Gerichtsmediziner hatten in dem Bericht über das Nite Owl gesagt, Susan Nancy habe verzweifelt versucht, zu dem Mann am Nebentisch zu kommen – vermeintlich Duke Cathcart, in Wahrheit sein Doppelgänger, den sie doch eigentlich gar nicht kannte. Warum saßen die beiden an *getrennten* Tischen? Und der letzte Punkt: Er hatte versucht, mit Sue Lefferts' Mutter zu sprechen und sie nach dem Freund ihrer Tochter zu fragen. Sie hatte rundweg abgelehnt, überhaupt mit ihm zu reden.

Warum?

Bud packte seine Sachen zusammen: Erinnerungsstücke, zehn Pfund Papier. Fürs erste festgefahren – keine neuen Anhaltspunkte von den Nutten, der Fall Nite Owl tot – zumindest bis er Mickey Cohen befragen konnte. Er ging zum Fahrstuhl – Adiós, Mordkommission.

Ed Exley kam ihm entgegen, starrte ihn an.

Er weiß von Inez und mir.

44

Auf der Lauer: Hank's Ranch Market, 52nd Street, Ecke Central. Über dem Eingang ein Schild: »Wir lösen Sozialhilfeschecks ein.« 3. Januar, Auszahlungstag – auf dem Gehsteig ein paar Scheckeinlöser beim Würfeln. Surveillance Squad 5 hatte einen Hinweis bekommen – eine anonyme Anruferin meldete, ihr Freund und sein Kumpel wollten zusammen den Laden überfallen; sie war sauer auf ihren Freund, weil er ihre Schwester gebumst hatte. Jack saß im ersten Wagen und beobachtete den Eingang, Sergeant John Petievich parkte an der 52sten – mit finsterem Blick, als wolle er jemanden umbringen.

Lunch: Fritos, Wodka pur. Jack gähnte, reckte sich, kalkulierte die Chancen: Aragon gegen Pimentel, was Ellis Loew wollte – er sollte ihn heute abend auf einer Polit-Party treffen. Der Wodka brannte im Magen, und er mußte dringend pissen.

Hupsignale – das verabredete Zeichen. Petievich deutete auf den Gehsteig. Zwei weiße Männer betraten den Laden.

Jack überquerte die Straße. Petievich kam auf ihn zu. Zur Eingangstür, ein kurzer Blick hinein. Die Räuber standen am Tresen, Rücken zur Tür – Waffen in der einen Hand, ein Bündel Geldscheine in der anderen.

Kein Ladenbesitzer. Keine Kunden. Ein kurzer Blick den Gang hinunter – Blut und Gehirnspritzer an der Wand. SCHALLDÄMPFER. JEMAND AM HINTEREINGANG. Jack erschoß die Räuber von hinten.

Petievich stieß einen Schrei aus; an der Hintertür waren Schritte zu hören. Jack feuerte blind, nahm die Verfolgung auf. Über seinem Kopf zersplitterten Flaschen: ungezielte Schüsse, Pistole mit Schalldämpfer – kein Knallen, nur ein gedämpftes Plop. Im nächsten Gang zwei tote Penner, eine zufallende Tür. Petievich feuerte, riß die Tür aus den Angeln – ein Mann spurtete die Gasse hinter dem Haus entlang. Jack feuerte seine Waffe leer, der Mann flankte über den Zaun. Rufe und Schreie vom Gehsteig, die Würfelspieler begeistert. Jack lud nach, sprang ebenfalls über den Zaun, landete in einem Hinterhof. Ein Dobermann fiel ihn an, knurrte wild, bleckte die Zähne – Jack erschoß ihn aus kürzester Distanz. Der Hund würgte Blut. Jack hörte Schüsse, sah den Zaun explodieren.

Zwei Uniformierte kamen in den Hof gerannt. Jack ließ seine Waffe fallen, die beiden schossen trotzdem auf ihn – wieder ein paar Löcher im Zaun. Jack riß die Arme hoch. »Polizeibeamter! Polizeibeamter! Ich bin Polizist!«

Die beiden kamen langsam auf ihn zu, filzten ihn – junge Rookies, noch feucht hinter den Ohren. Der größere der beiden hatte seinen Ausweis in der Hand. »He, Vincennes. Sie waren doch mal so 'ne Art heißer Typ, nicht?«

Jack erwischte ihn kalt – Knie in die Eier. Der Kerl ging zu Boden, der andere riß den Mund auf.

Jack machte sich auf den Weg – irgendwo einen Schluck trinken.

***

Er fand eine Kneipe, bestellte sich eine Reihe Kurze. Zwei Drinks, und er zitterte nicht mehr. Zwei weitere, und er spielte den Toastmaster.

Auf die Männer, die er gerade getötet hatte: Tut mir leid, eigentlich ist es meine Stärke, unbewaffnete Zivilisten zu erschießen. Sie wollen mich zwangspensionieren, deshalb dachte ich, ich leg' noch schnell ein paar echte Bösewichter um, ehe meine zwanzig Jahre um sind.

Auf meine Frau: Du dachtest, du hättest einen Helden geheiratet, aber dann bist du aufgewacht und hast deinen Irrtum erkannt. Jetzt willst du auf die Uni gehen und Anwalt werden wie Daddy und Ellis. Geld ist kein Problem: Daddy hat das Haus gekauft, Daddy finanziert deine Ehe, Daddy zahlt die Studiengebühren. Wenn du die Zeitung liest und siehst, daß dein Mann zwei üble Gangster erschossen hat, wirst du glauben, daß es die beiden ersten Kerben sind, die er in seine Waffe schneidet. Weit gefehlt – im Jahre '47 hat Jack, der Drogenjäger, zwei unschuldige Menschen getötet – das große Geheimnis, das er jetzt am liebsten preisgeben würde, um endlich wieder ein bißchen Leben in seine Ehe zu bringen.

Jack kippte drei weitere Kurze. Er kehrte dahin zurück, wo er immer landete, wenn sich eine bestimmte Menge Dreck in seinem Blut angesammelt hatte – zum Jahr '53 und zu den Pornos.

Er war sich ziemlich sicher, was die Erpressung anging: Er hatte seine eidesstattliche Erklärung im Schließfach, die Hudgens-Sache war tot und begraben – *Hush-Hush* hatte zwar versucht, den Fall wieder auszugraben, war aber nicht weit gekommen. Patchett und Bracken hatten sich nie wieder bei ihm gemeldet – sie hatten Durchschläge von Sids Akte über Big V und hielten sich an ihren Teil der Abmachungen. Er hatte gehört, daß Lynn und Bud White immer noch zusammen waren; die Nutte mit dem Grips und Patchett waren nur noch Erinnerungen – schlechte Erinnerungen an jenen schlechten, blutigen Frühling. Was ihn auf Trab hielt, waren die Pornos.

Er hatte sie in einem Bankschließfach verwahrt. Er mußte immer daran denken; er spürte, wie ihn die Erregung packte – und er wußte, daß er seine Ehe unwiderruflich zerstören würde, wenn er sich darauf einließ. Er stürzte sich voll auf seine Ehe, baute immer mehr Mauern auf, um sie vor jenem Frühling zu schützen. Ein paar Tage ohne Alkohol waren eine Hilfe, die Ehe war eine Hilfe. Aber er konnte nichts tun, um die Sache zu ändern – Karen begriff immer mehr, wer er in Wirklichkeit war.

Sie sah, wie er Deuce Perkins fertigmachte; er benutzte vor ihren Eltern das Wort »Nigger«. Sie fand heraus, daß seine Presseberichte Lüge waren. Sie erlebte ihn betrunken, stinksauer. Er haßte ihre Freunde; sein einziger Freund – Miller Stanton – brach nach der Sache mit *Badge of Honor* jeden Kontakt ab. Karen fing an, ihn zu langweilen, er rannte zu seinen Pornos, flippte völlig aus.

Er versuchte erneut herauszufinden, wer die Modelle waren – immer noch keine Anhaltspunkte. Er fuhr nach Tijuana, kaufte sich weitere Fickhefte – nichts. Er machte sich auf die Suche nach Christine Bergeron, konnte sie nicht finden, schickte Fernschreiben raus, die ebenfalls nichts brachten. Er kam einfach nicht an die Sache ran – also suchte er Zuflucht in einer Nachahmung.

Er kaufte sich Nutten, erpreßte Callgirls. Er machte sie zurecht, damit sie aussahen wie die Mädchen in den Magazinen. Er ließ sich drei oder vier gleichzeitig kommen, eine Kette von Leibern auf einem Quilt. Er kostümierte sie, choreographierte sie. Er stellte die Photos nach, er arrangierte seine eigenen Photos; gelegentlich mußte er an die Bilder mit dem Blut denken und bekam es mit der Angst zu tun: perfekte Parallelen zu den verstümmelten Mordopfern.

Bei lebendigen Frauen empfand er nie die Erregung, die ihm die Bilder vermittelten. Die Angst hielt ihn ab, sich direkt an Fleurs-de-Lis zu wenden – direkt zur Quelle zu gehen. Er konnte nicht verstehen, wovor Karen Angst hatte – warum sie ihn nicht einfach verließ.

Ein letzter Drink – böse Gedanken, adieu.

Jack machte sich frisch, ging zu seinem Wagen zurück. Keine Radkappen mehr, die Scheibenwischer abgebrochen. Der Tatort Hank's Ranch Market abgesperrt, zwei schwarz-weiße Streifenwagen auf dem Parkplatz. Keine Notiz über eine Verwarnung auf der Windschutzscheibe – wahrscheinlich hatten die Vandalen sie geklaut.

* * *

Die Party war bereits in vollem Gange, als er eintraf: Ellis Loew, eine Suite voller prominenter Republikaner. Frauen in Cocktailkleidern, Männer in dunklen Anzügen. Big V: Khakihosen und -jacke, das Sporthemd mit Hundeblut bespritzt.

Jack winkte einen Kellner heran und nahm sich einen Martini vom Tablett. Gerahmte Bilder an den Wänden erregten seine Aufmerksamkeit.

Politischer Fortschritt: *Harvard Law Review*, die Wahl von '53, ein absoluter Heuler – Loew hatte der Presse gegenüber behauptet, die Nite-Owl-Killer hätten gestanden, ehe sie ausgebrochen waren. Jack lachte, prustete Gin, erstickte fast an seiner Olive. Hinter ihm eine Stimme: » Es gab Zeiten, wo Sie sich etwas feiner angezogen haben.«

Jack drehte sich um. »Ich war früher mal ein ganz heißer Bursche.«

»Haben Sie eine Entschuldigung dafür, daß Sie hier in diesem Aufzug erscheinen?«

»Yeah, ich hab' heute zwei Männer getötet.«

»Ich verstehe. Sonst noch was?«

»Yeah, ich hab' sie in den Rücken geschossen, 'nen Hund umgelegt und mich dann entfernt, ehe meine Vorgesetzten auftauchten. Und hier noch 'ne ganz heiße Meldung: Ich hab' wieder angefangen zu trinken. Ellis, die Geschichte wird langsam fade, kommen wir also zur Sache. Wen soll ich diesmal anbaggern?«

»Jack, bitte sprechen Sie etwas leiser.«

»Worum geht's, Boss? Senat oder Parlamentsgebäude?«

»Jack, dies ist nicht der richtige Augenblick, darüber zu sprechen.«

»Aber sicher doch. Raus mit der Wahrheit. Sie bereiten sich auf die Wahlen '60 vor.«

Loew, ganz im Vertrauen: »Also gut, es geht um den Senat. Ich wollte Sie eigentlich um ein paar Gefallen bitten, aber in Ihrem gegenwärtigen Zustand verbietet sich das von selbst. Wir unterhalten uns, wenn Sie wieder besser in Form sind.«

Jetzt hatte er ein Publikum – die gesamte Suite.

»Kommen Sie schon, ich bin ganz wild drauf, für Sie abzukassieren. Wen soll ich mir zuerst vorknöpfen?«

»Sergeant, bitte etwas leiser.«

Also etwas lauter. »Schwanzlutscher, wo Sie atmen, da scheiß' ich. Ich hab' Bill McPherson für Sie hinter Gitter gebracht, ich hab' ihn bewußtlos gemacht und ihn dann zu dem farbigen Mädchen ins Bett gelegt – ich hab', verdammt noch mal, ein Recht drauf zu erfahren, wem ich als nächstem die Daumenschrauben anlegen soll.«

Loew, mit heiserem Flüstern. »Vincennes, mit Ihnen bin ich fertig.«

Jack schüttete ihm den Gin ins Gesicht. »Verdammt noch mal, das will ich hoffen.«

45

»... und wir sind weit mehr als die moralischen Vorbilder, von denen Chief Parker neulich gesprochen hat. Wir sind die Trennungslinie zwischen der alten Form von Polizeiarbeit und der neuen, dem alten System der Beförderung durch Gönner und Bewahrung der öffentlichen Ordnung durch Einschüchterung auf der einen Seite und einem neu entstehenden System auf der anderen: ein Elite-Polizeicorps, das seine Autorität vorurteilslos im Namen einer strengen und unvoreingenommenen Gerechtigkeit ausübt und seine Mitglieder mit moralischer Strenge bestraft, wenn sie nicht den hohen moralischen Anforderungen entsprechen, die ein Elitecorps an seine Mitglieder stellt. Und schließlich sind wir verantwortlich für das Image, das das Los Angeles Police Department in der Öffentlichkeit genießt. Daran sollten Sie immer denken, wenn Sie interne Beschwerden gegen einen Ihrer Kollegen lesen und den Drang verspüren, nachsichtig zu sein und zu vergeben. Daran sollten Sie auch denken, wenn ich Ihnen den Auftrag gebe, gegen einen Mann zu ermitteln, mit dem Sie einst zusammengearbeitet haben und den Sie schätzen. Vergessen Sie nicht, daß das Ziel unserer Arbeit die strenge, absolute Gerechtigkeit ist – koste es, was es wolle.«

Ed machte eine Pause und sah seine Männer an: zweiundzwanzig Sergeants, zwei Lieutenants. »Und nun zur Sache, Gentlemen.

Unter meinem Vorgänger war es so, daß Lieutenant Phillips und Lieutenant Stinson selbständig die Außenermittlungen geführt haben. Von jetzt an werde ich selbst die Leitung innehaben, wobei Lieutenant Phillips und Lieutenant Stinson abwechselnd als meine Stellvertreter fungieren werden. Sämtliche eingehenden Beschwerden und Informationen werden zuerst an mein Büro weitergeleitet. Ich werde das Material lesen und dann entsprechende Anordnungen treffen und die Aufgabenverteilung vornehmen. Sergeant Kleckner und Sergeant Fisk werden meine persönlichen Assistenten und treffen sich bei mir jeden Morgen pünktlich um sieben Uhr dreißig. Lieutenant Stinson und Lieutenant Phillips, bitte kommen Sie in einer Stunde in mein Büro. Dort können wir alles Nötige besprechen; ich übernehme ab sofort die Leitung der laufenden Ermittlungen. Meine Herren, Sie sind entlassen.«

Die Versammlung löste sich schweigend auf, der Mannschaftsraum leerte sich. Ed rekapitulierte seine Ansprache, besonders die entscheidenden Sätze. »Absolute Gerechtigkeit« – die Stimme von Inez Soto.

Aschenbecher ausleeren, Stühle zurechtrücken, das Schwarze Brett in Ordnung bringen. Die Flaggen neben dem Pult ausrollen und auf Staub kontrollieren. Wieder die Ansprache, diesmal die Stimme seines Vaters: »Die hohen moralischen Anforderungen, die ein Elitecorps an seine Mitglieder stellt.« Vor zwei Tagen noch wäre all das die Wahrheit gewesen, aber nach dem, was Inez Soto gesagt hatte, war es nur noch Lüge.

Flaggen, goldgesäumt. Vergoldeter Opportunismus: Er hatte die Männer aus Schwäche, aus hilfloser Wut heraus getötet. Als Nite-Owl-Killer boten sie seiner Wut ein ideales Ziel: ein mutiger Einsatz für absolute Gerechtigkeit. Er versuchte, die Dinge so zu interpretieren, daß sie zu dem paßten, was die Öffentlichkeit von ihm sagte: Sie sind der größte Held von L. A., Sie werden Ihren Weg machen und ganz nach oben kommen. Das war Bud Whites Rache, und der Mann war zu dämlich, um es wirklich zu begreifen: Man hatte ihm einfach Hörner aufgesetzt; das und ein paar Worte einer Frau hatten ihn soweit gebracht, daß er jetzt hier ganz oben stand und Lügen verbreitete, verzweifelt bemüht, seinem schalen Ruhm zu entsprechen.

Ed betrat sein Büro: sauber, ordentlich – hier brauchte er nicht aufzuräumen. Auf seinem Schreibtisch lagen Beschwerdeformulare – er setzte sich hin und begann zu arbeiten.

Jack Vincennes steckte ganz schön in Schwierigkeiten.

3. 1. 58. Während eines Überwachungseinsatzes hatte Vincennes zwei bewaffnete Räuber erschossen, die vorher drei Menschen in einem Lebensmittelgeschäft an der Southside umgebracht hatten. Vincennes nahm die Verfolgung eines dritten bewaffneten Räubers auf, verlor ihn. Dann näherten sich ihm zwei Streifenbeamte, die nicht wußten, daß sie einen Polizisten vor sich hatten. Die beiden Polizisten schossen auf Vincennes, weil sie ihn für ein Mitglied der Räuberbande hielten. Vincennes warf seine Waffe weg und ließ sich durchsuchen – dann griff er einen der beiden Beamten an und entfernte sich vom Tatort, noch ehe die Männer der Mordkommission mit dem Gerichtsmediziner eintrafen. Der dritte Täter konnte entkommen. Vincennes begab sich auf eine politische Versammlung zu Ehren von Staatsanwalt Ellis Loew, seinem angeheirateten Schwager. Vermutlich betrunken, beschimpfte er Loew und goß ihm einen Drink ins Gesicht – vor den Augen der versammelten Gäste.

Ed überflog die Personalakte von Vincennes. Im Mai '58 hätte er die Pensionsberechtigung in der Tasche gehabt – Trashcan Jack ade, du warst wirklich nah dran. Dann stapelweise Berichte vom Drogendezernat: umfassend und detailliert – wahrscheinlich mit zahlreichen Ausschmückungen. Zwischen den Zeilen wurde deutlich, daß Vincennes ausgesprochen scharf war auf kleinere Rauschgiftvergehen – insbesondere bei bekannten Persönlichkeiten aus Hollywood sowie bei Jazzmusikern. Das paßte zu dem alten Gerücht, daß er regelmäßig *Hush-Hush* informiert hatte, damit jemand bei seinen publicityträchtigen Aktionen dabei war. Vincennes war im Zuge der Strafversetzungen nach der Sache mit der Blutigen Weihnacht zu Administrative Vice gekommen. Ein weiterer Stapel Berichte: illegale Wettbüros und Verstöße gegen die Alkoholbestimmungen – ohne jeden Elan, kräftig ausgeschmückt. Dann ein Fall, in dem Ad Vice bis zum Frühjahr '53 Ermittlungen geführt hatte: Russ Millard hatte damals das Kommando gehabt und in einem Pornofall ermittelt, und zwar zeitgleich mit dem Fall Nite Owl. Dabei eine wirklich auffallende Anomalie: Vincennes hatte wiederholt gemeldet, daß er keinerlei Spuren der Pornos entdeckt habe und daß auch die übrigen Männer, die auf die Sache angesetzt waren, nichts gefunden hätten; außerdem hatte er zweimal die Empfehlung geäußert, die Ermittlungen einzustellen.

Das paßte ganz und gar nicht zu Jack V.

Pornos im Zusammenhang mit dem Nite Owl.

Ed versuchte sich zu erinnern.

Die Brüder Englekling, Duke Cathcart, Mickey Cohen. Damals hatten Ermittlungen in Richtung Pornos keine weiteren Anhaltspunkte ergeben und waren ergebnislos abgebrochen worden. Dann drei tote Neger – der Fall erledigt.

Ed las die Akte noch einmal durch. Jahrelang geschönte Berichte, ein einziger Auftrag ohne Ergebnisse. Vincennes war im Juli '53 zu Narco zurückversetzt worden und hatte seine alten Gewohnheiten wieder aufgenommen – bis zu seinem Ausscheiden aus der Abteilung Surveillance.

Eine auffällige Anomalie.

Zeitgleich mit dem Nite Owl.

Frühjahr '53. Eine weitere Verbindung: Damals war Sid Hudgens ermordet worden – der Fall blieb ungelöst. Ed drückte auf den Knopf der Sprechanlage.

»Ja, Captain?«

»Susan, bitte sehen Sie nach, wer neben Sergeant John Vincennes im April 1953 im vierten Trupp von Administrative Vice war. Und stellen Sie fest, wo diese Leute jetzt sind.«

* * *

Eine halbe Stunde später hatte er die Ergebnisse. Sergeant George Henderson und Officer Thomas Kifka waren pensioniert; Sergeant Lewis Stathis arbeitete jetzt im Betrugsdezernat. Ed rief seinen Vorgesetzten an. Zehn Minuten später erschien Stathis in seinem Büro.

Ein stämmiger Mann – hochgewachsen, vornübergebeugt. Nervös – er hatte sicherlich nicht erwartet, plötzlich mit Internal Affairs konfrontiert zu werden. Ed deutete auf einen Stuhl. Stathis fragte: »Sir, hat das mit ...«

»Sergeant, es geht nicht um Sie. Es handelt sich um einen Kollegen, mit dem Sie damals bei der Sitte zusammengearbeitet haben.«

»Captain, das liegt doch schon Jahre zurück.«

»Ich weiß, Ende '51 bis Sommer '53. Sie wurden versetzt, als ich selbst gerade der Abteilung zugeteilt wurde. Sergeant, wie eng haben Sie mit Jack Vincennes zusammengearbeitet?«

Stathis lächelte. Ed fragte: »Warum grinsen Sie?«

»Na ja, ich hab' in der Zeitung gelesen, daß Vincennes die beiden Räuber erledigt hat, und im Bureau heißt es, er hätte sich ohne Erlaubnis vom Tatort entfernt. Das ist ein schwerer Verstoß gegen die Vorschriften, und ich mußte lächeln, weil mir plötzlich klar wurde, warum Sie sich so für ihn interessieren.«

»Ich verstehe. Also, wie eng war die Zusammenarbeit damals?«

Stathis schüttelte den Kopf. »Jack war ein absoluter Einzelgänger. Sie wissen schon, seine Marschrichtung war eine ganz andere. Wir haben manchmal gemeinsam an einem Auftrag gearbeitet, aber das war schon alles.«

»Ihr Trupp ermittelte im Frühjahr '53 in einer Pornographie-Untersuchung – können Sie sich daran erinnern?«

»Yeah, das war völlige Zeitverschwendung. Schmutzige Nacktmagazine – 'ne absolute Zeitverschwendung.«

»Sie selbst haben damals keinerlei Anhaltspunkte gemeldet.«

»Yeah, genau wie Trashcan und die anderen. Dann kam Russ Millard zu der Nite-Owl-Sache, und die Pornos wurden zu den Akten gelegt.«

»Können Sie sich erinnern, daß Vincennes sich damals irgendwie merkwürdig oder auffällig verhielt?«

»Eigentlich nicht. Ich erinnere mich nur, daß er immer wieder zu merkwürdigen Zeiten in den Mannschaftsraum kam, und daß er und Russ Millard nicht besonders gut miteinander konnten. Wie ich schon sagte, Vincennes war ein Einzelgänger. Er hatte keine Kumpel unter den Kollegen.«

»Können Sie sich erinnern, daß Millard den betreffenden Kollegen noch einmal Fragen gestellt hat, nachdem zwei Druckereibesitzer mit neuen Informationen über Pornos aufgetaucht waren?«

Stathis nickte. »Yeah, da war irgendeine Verbindung zum Fall Nite Owl, die aber nichts weiter ergab. Wir alle haben Russ damals gesagt, die Herkunft dieser Pornos wäre einfach nicht zu ermitteln, das war einfach aussichtslos.«

Diese Eingebung hatte also nichts gebracht. »Sergeant, das gesamte Department war damals im Fieber wegen dieser Nite-

Owl-Sache. Erinnern Sie sich noch, wie Vincennes darauf reagierte? Irgendeine ungewöhnliche Beobachtung?«

Stathis fragte: »Sir, darf ich ganz offen sprechen?«

»Natürlich.«

»Na, dann will ich Ihnen sagen, daß ich mir immer gedacht hab', Vincennes wär' einer von der billigen Sorte, die sich bestechen lassen. Außerdem fällt mir ein, daß er irgendwie reichlich nervös war während dieser Porno-Ermittlungen. Was das Nite Owl betrifft, so hat ihn das bloß gelangweilt. Er war wohl dabei, als die drei Farbigen festgenommen wurden, und er war dabei, als unsere Jungs den Wagen und die Waffen fanden, und trotzdem schien ihn das ganze nur zu langweilen.«

Da war es wieder – keine Fakten, nur ein Instinkt. »Denken Sie nach, Sergeant. Vincennes' Verhalten zum Zeitpunkt der Nite-Owl-Sache und der Porno-Ermittlungen. Irgendwelche auffälligen Einzelheiten. *Denken Sie nach.*«

Stathis zuckte die Achseln. »Ein oder zwei kleine Sachen, vielleicht, aber ich glaube nicht, daß das –«

»Sagen Sie's mir trotzdem.«

»Also, Vincennes hatte damals seinen Arbeitsplatz direkt neben meinem, und manchmal konnte ich ziemlich genau hören, was er sagte. Einmal saß ich an meinem Schreibtisch und hörte Bruchstücke einer Unterhaltung zwischen ihm und Dudley Smith.«

»Und?«

»Und Smith bat Vincennes, Bud White zu beschatten. Er sagte, White hätte sich persönlich engagiert in dieser Sache mit dem Nuttenmord, und er wollte nicht, daß er was Unüberlegtes tut.«

Ein Kribbeln auf der Haut. »Was haben Sie noch gehört?«

»Ich hörte, wie Vincennes zustimmte, aber der Rest ging unter.«

»Und das war während der Ermittlungen im Falle Nite Owl?«

»Ja, Sir, genau mitten drin.«

»Sergeant, erinnern Sie sich, daß Sid Hudgens, der Mann von diesem Skandalblatt, etwa um diese Zeit ermordet wurde?«

»Yeah, der Fall wurde nie geklärt.«

»Erinnern Sie sich, daß Vincennes jemals darüber gesprochen hat?«

»Nein, aber es gab Gerüchte, daß er und Hudgens Kumpel waren.«

Ed lächelte. »Sergeant, ich danke Ihnen. Unsere Unterhaltung war zwar inoffiziell, aber ich möchte, daß sie unter uns bleibt. Haben Sie verstanden?«

Stathis erhob sich. »Natürlich. Tut mir leid wegen Vincennes. Ich hab' gehört, er hat in ein paar Monaten seine Zwanzig voll. Vielleicht ist er durchgedreht, weil es ihm zu naheging, daß er die beiden Räuber erschossen hat.«

Ed sagte: »Guten Tag, Sergeant.«

* * *

Eine alte Sache, oberfaul.

Ed saß einfach da, die Tür geöffnet. Draußen standen die goldverzierten Fahnen – neue Möglichkeiten taten sich auf.

Vincennes wußte vielleicht etwas über Bud White.

Instinkt: Trash in Panik im Frühjahr '53.

Verbindungen zwischen der »Porno-Affäre« und dem Fall Nite Owl.

Inez Sotos Vorwurf – er habe drei unschuldige Männer umgebracht.

Wenn er Vincennes in dieser Internal-Affairs-Untersuchung entgegenkam –

Ed drückte auf die Ruftaste. »Susan, verbinden Sie mich mit Staatsanwalt Loew.«

46

Mickey Cohen sagte: »Ich hab' genug mit meinen eigenen Problemen zu tun. Dieser verstunkene Nite-Owl-Fall und die verstunkenen Pornohefte sind für mich wie die Bibel – die hab' ich auch nie gelesen. Das Zeug hat mich schon vor fünf Jahren nur gelangweilt, und jetzt hab' ich erst recht keine Lust mehr, mich damit zu befassen. Ich hab' meine eigenen Probleme – sehen Sie sich nur mein armes kleines Baby an.«

Bud sah ihn sich an. Eine zerrupft aussehende Bulldogge neben

Mickeys Kamin – schnaufend, den Schwanz geschient und verbunden. Cohen sagte: »Das ist Mickey Cohen junior, mein Erbe, der es auf dieser Hundewelt nicht mehr lange machen wird. Einen Bombenanschlag im November hat er noch überlebt, im Gegensatz zur Mehrzahl meiner Sy-Devore-Anzüge. Sein armer Schwanz ist seitdem ständig entzündet, und er leidet unter Appetitlosigkeit. Nicht gut für seine Gesundheit, wenn Cops vorbeikommen und alte Geschichten aufwärmen wollen.«

»Mr. Cohen –«

»Ich mag es, wenn man mich mit der gebührenden Achtung anspricht. Wie, sagten Sie doch gleich, war Ihr Name?«

»Sergeant White.«

»Also, Sergeant White, ich werd' Ihnen was sagen. Mein Leben ist nichts als eine endlose Kette von Leiden. Ich bin wie Jesus, euer gojischer Heiland, der das ganze Gewicht der Welt auf seinen Schultern trägt. Damals, im Gefängnis, haben diese verstunkenen Ganoven mich und meinen Mitarbeiter Davey Goldman attackiert. Davey kriegt eins auf den Schädel und verliert den Verstand, er wird entlassen und läuft in der Öffentlichkeit rum und läßt seinen Schlong raushängen. Es ist groß, ich kann's ihm nicht verdenken, daß er dafür Werbung macht, aber die Cops von Beverly Hills sind alles andere als begeistert und stecken ihn neunzig Tage zur Beobachtung in die Klapsmühle von Camarillo. Und als ob das noch nicht genug der Leiden wäre für euren jiddischen Jesus – stellen Sie sich vor: Während ich im Gefängnis saß, wurden ein paar Kollegen von mir, die sich um meine Angelegenheiten kümmern sollten, von irgendwelchen Unbekannten umgelegt. Und nun wollen meine alten Jungs nicht wieder zu mir zurückkommen. Mein Gott, Kikey T., Lee Vachss, Johnny Stompanato –«

Schluß mit der Tirade. »Johnny Stompanato kenn' ich.«

Cohen ging an die Decke. »Dieser verstunkene Johnny! Sein zweiter Name ist Judas – wie in diesem Bestseller, der Bibel! Lana Turner ist seine Jezebel, nicht seine Maria Magdalena. Sein Schwanz läßt ihn wie ein Wünschelrutengänger auf dem Boden kriechen nach ihr. Zugegeben, er ist sogar noch besser ausgestattet als Davey G., aber süßer Jesus – er war nur ein kleiner, mieser Erpresser, eh ich ihn da rausgeholt und zu meinem Leibwächter gemacht hab', und jetzt will er nicht mehr für mich arbeiten; lieber frißt er Fett in Kikeys gottverdammtem Delicatessen-Laden und hängt sich an diesen Deuce Perkins, der, wie ich aus sicherer Quelle weiß, mit seinen vierbeinigen Freunden immer ›Versteck die Salami‹ spielt. Wie, sagten Sie, war Ihr Name – White?«

»Ganz recht, Mr. Cohen.«

»Wendell White? *Bud* White?«

»Derselbe.«

»Jungchen, warum haben Sie das nicht gleich gesagt?«

Cohen junior pißte in den Kamin. Bud sagte: »Ich wußte nicht, daß Sie schon von mir gehört haben.«

»Gehört, geschmört – so was spricht sich eben rum. Es heißt, Sie arbeiten für Dudley Smith. Es heißt, Sie und der Dudster und ein paar andere harte Burschen sorgen hier in L. A. für Sauberkeit und Demokratie in dieser sogenannten Dürreperiode des Verbrechens. Ein Motel in Gardena, eine kleine Nierenbehandlung mit dem Totschläger, da-da-da-dammm. Vielleicht gelingt's mir jetzt doch noch, mein Geschäft wieder auf die Beine zu stellen, wenn ich nur meine alten Jungs dazu bringen könnte, die Nase aus dem Fett zu ziehen und sich nicht mit Hundefickern abzugeben. Ich sollte ein bißchen nett zu Ihnen sein, dann werden Sie und der Dudster sich vielleicht erkenntlich zeigen. Also, was war das mit dieser alten Geschichte mit dem Nite Owl?«

»Ich habe gehört, daß die Brüder Englekling Sie oben in McNeil aufgesucht haben, daß sie mit Ihnen über Duke Cathcarts Pläne reden wollten.Ich dachte, daß Sie oder Davey Goldman vielleicht im Hof darüber gesprochen haben und die Information auf diese Weise nach draußen gekommen sein könnte.«

Mickey sagte: »Nix. Das ist unmöglich, weil ich Davey nie davon erzählt hab'. Ich bin zwar bekannt dafür, daß ich manchmal in der Zelle über Geschäfte geplaudert hab', aber davon hab' ich nicht einer Seele was erzählt. Das hab' ich auch schon diesem Exley gesagt, als wir vor Jahren über die Sache gequatscht haben. Und ich will Ihnen als Zugabe noch was sagen. Es ist meine geschätzte Überzeugung, daß schmutzige Magazine ein überaus profitreiches Geschäft sind, bei dem es sich nur dann lohnt, den Tod unschuldiger Unbeteiligter in Kauf zu nehmen, wenn bereits ein profitversprechender Markt für die Ware existiert. Sie sollten diese gottverdammte Nite-Owl-Sache vergessen – diese Schwarzen, die unser junger Held abgeknallt hat, haben dafür bezahlt und waren wahrscheinlich sowieso die Täter.«

Bud meinte: »Ich glaube nicht, daß Duke Cathcart im Nite Owl getötet wurde. Ich glaube, es war jemand anders, der sich für ihn ausgab. Ich glaube, der Bursche hat Cathcart umgebracht und seine Identität angenommen und landete dann irgendwann im Nite Owl, und ich glaube, daß die ganze Sache ihren Ausgangspunkt in McNeil hatte.«

Cohen rollte die Augen. »Aber nicht bei mir, mein Jungchen, denn ich hab' niemand was gesagt, und ich kann mir auch nicht denken, daß Pete und Bax sich die Mühe gemacht haben, draußen auf dem Hof mit andern drüber zu reden. Wo hat denn dieser Clown von Cathcart gewohnt?"

»In Silverlake.«

»Dann sollten Sie dort mal in den Hügeln von Silverlake buddeln. Vielleicht finden Sie da 'ne passende Leiche.«

Plötzlich hatte er eine blitzartige Eingebung – San Berdoo, Sue Lefferts' Mutter hatte immer besorgt auf ein Nebenzimmer geschaut. »Vielen Dank, Mr. Cohen.«

Cohen sagte: »Vergessen Sie das verstunkene Nite Owl.«

Cohen junior nahm Buds Schoß aufs Korn.

* * *

San Bernardino, Hilda Lefferts. Das letztemal hatte sie ihn eilig aus der Wohnung gedrängt, diesmal wollte er sie nach dem Freund ihrer Tochter fragen: Susan Nancy war in Begleitung eines Mannes gesehen worden, auf den Duke Cathcarts Beschreibung paßte. Ein bißchen Druck und Einschüchterung halfen vielleicht weiter.

Die Fahrt dauerte fast zwei Stunden. Wenn erst der neue San Bernardino Freeway für den Verkehr freigegeben war, würde die Fahrzeit nur noch die Hälfte betragen. Exley senior und junior: Der alte Feigling wußte genau Bescheid über Inez und ihn – der Blick neulich hatte das nur zu deutlich gemacht. Die beiden saßen einfach da und warteten ab. Aber wenn sich die Sache richtig entwickelte, wollte er fester zupacken – Exley traute ihm bestimmt nicht zu, daß er den nötigen Grips hatte.

Hilda Lefferts wohnte in einer absoluten Bruchbude – ein einfaches Holzhaus mit einem kleinen Anbau. Bud ging zur Tür und warf einen Blick in den Briefkasten. Ein Scheck von Lockheed mit der Rente, ein Scheck von der Sozialhilfe, eine Scheck vom Wohlfahrtsamt des County. Es würde nicht schwer sein, sie einzuschüchtern. Er drückte auf die Klingel.

Die Tür wurde einen Spaltbreit geöffnet. Hilda Lefferts sah ihn über die Kette hinweg an. »Ich hab's neulich schon gesagt und sag's jetzt wieder, ich kauf' nix von dem, was Sie mir verkaufen wollen, also lassen Sie meine arme Tochter in Frieden ruhen.«

Bud hielt ihr die Briefe mit den Schecks entgegen. »Das Sozialamt hat mir gesagt, ich soll das hier zurückhalten, solange Sie nicht kooperieren. Von nix kommt nix.«

Hilda fing an zu schreien. Bud drückte gegen die Tür, bis die Kette nachgab, und ging hinein. Hilda wich zurück. »Bitte, ich brauch' das Geld.«

Susan Nancy lächelte von allen vier Wänden – Vamp-Posen, irgendwo in einem Nachtclub. Bud sagte: »Kommen Sie schon, stellen Sie sich nicht an. Erinnern Sie sich, was ich Sie das erstemal gefragt habe? Susan hatte doch einen Freund hier draußen in San Berdoo, ehe sie nach L. A. zog. Als ich Sie das letztemal danach gefragt habe, haben Sie Angst gekriegt, und jetzt haben Sie wieder Angst. Kommen Sie schon. Fünf Minuten, und ich bin verschwunden. Und niemand wird was erfahren.«

Hildas Augen irrten zwischen den Schecks und dem Anbau hin und her. »Niemand?«

Bud reichte ihr den Lockheed-Brief. »Niemand. Kommen Sie schon. Die anderen bekommen Sie erst, wenn Sie's mir sagen.«

Hilda schaute auf das Photo neben der Tür und redete mit ihrer Tochter. »Susie, du hast mir gesagt, du hast den Mann in 'ner Cocktailbar kennengelernt, und ich hab' dir gesagt, daß mir das nicht recht ist. Du hast gesagt, er ist ein netter Mann, der bezahlt hat, was er der Gesellschaft schuldet, aber seinen Namen hast du mir nicht gesagt. Ich habe dich mal mit ihm gesehen, und du hast ihn Don oder Dean oder Dick oder Dee genannt, und er sagte: ›Nein, Duke. Gewöhn dich endlich dran‹. Dann war ich eines Tages nicht zu Hause, und die alte Mrs. Jensen von nebenan hat dich mit dem Mann hier im Haus gesehen und sagte, sie hat 'n Streit gehört...«

Es paßte zusammen: Bezahlt, was er der Gesellschaft schuldet –

also ein Ex-Häftling. »Haben Sie je den Namen des Mannes erfahren?«

»Nein. Ich...«

»Kannte Susan zwei Brüder namens Englekling? Die beiden wohnten hier draußen in San Bernardino.«

Hilda schaute wieder auf das Photo. »O Susie. Nein, ich glaub' nicht, daß ich den Namen kenne.«

»Hat Susans Freund jemals den Namen ›Duke Cathcart‹ oder irgendwas von Pornographie erwähnt?«

»Nein! Cathcart – so hieß doch einer der Toten in dem Lokal, wo Susie gestorben ist, und Susie war 'n anständiges Mädchen. Die hätte sich nie mit solchem Dreck abgegeben!«

Bud gab ihr den Sozialhilfescheck des County. »Beruhigen Sie sich. Erzählen Sie mir, was das für ein Streit war.«

Hilda hatte die ersten Tränen in den Augen. »Ich kam erst am nächsten Tag nach Hause und dachte, es wären Blutflecken auf dem Fußboden in dem neuen Wohnzimmer, das ich grade erst hab' machen lassen mit dem Geld, das ich von der Versicherung meines toten Mannes gekriegt hab'. Susan und der Mann kamen zurück und waren schrecklich nervös. Der Mann kroch unters Haus und rief dann eine Nummer in Los Angeles an, und dann fuhr er mit Susan Nancy weg. Eine Woche später wurde sie umgebracht... und... ich, also ich dachte mir, das ganze verdächtige Benehmen hätte was mit den Morden... ich dachte einfach nur an Verschwörungen und Rache, und als dann ein paar Tage später dieser nette Mann zu mir kam, der dann so ein großer Held wurde, und mir alle diese Fragen stellte, da dachte ich mir, es wär' besser, den Mund zu halten.«

Gänsehaut überkam ihn: Susie Lefferts' Freund als Doppelgänger von Cathcart. Und dieser »Streit«: Der Freund bringt Cathcart um – der wahrscheinlich nach San Berdoo gekommen war, um mit den Engleklings zu reden. Susie war im Nite Owl, um irgendein Treffen zu belauschen, bei dem ihr Freund Cathcart spielte – das bedeutete, daß die Killer den tatsächlichen Cathcart nie gesehen hatten.

DER FREUND VON SUSIE WAR UNTER DEM HAUS HERUMGEKROCHEN.

Bud ging ans Telefon, wählte die Vermittlung, verlangte eine Nummer in L. A. – die Polizeiinformation der Telefongesellschaft.

Eine Stimme meldete sich: »Ja? Wer ist dort?«

»Sergeant W. White, LAPD. Ich bin in San Bernardino unter der Nummer RAnchview 04617. Ich brauche eine Aufstellung sämtlicher Gespräche, die von dieser Nummer aus mit Los Angeles geführt wurden, sagen wir, zwischen dem 20. März und dem 12. April 1953. Haben Sie das?«

Die Stimme sagte: »Verstanden. Bleiben Sie dran.« Nach zwei Minuten: »Drei Anrufe, Sergeant. Am 2. April und am 8. April. Jedesmal die gleiche Nummer: HO-21118. Das ist eine Telefonzelle an der Ecke Sunset und Las Palmas.«

Bud legte auf. Die besagte Telefonzelle war etwa eine halbe Meile vom Nite Owl entfernt. Wahrscheinlich die Verabredung des Treffens oder des Deals, was immer es war. Größte Vorsichtsmaßnahmen.

Hilda war dabei, ihr Kleenex zu zerpflücken. Bud sah auf dem Tisch eineTaschenlampe liegen. Er nahm sie und rannte los.

Nach draußen, ums Haus, zum Anbau. Gerade genug Platz, um unter das Haus zu kriechen. Er zwängte sich in den schmalen Raum.

Dreck, hölzerne Stützen, dann ein langer Leinensack. Es stank nach Mottenkugeln und Schimmel. Er arbeitete sich auf den Ellbogen bis zu dem Sack vor – der Geruch nach Mottenkugeln und Schimmel wurde stärker. Er drückte gegen den Sack und sah, wie ein Rattennest explodierte.

Überall um ihn herum rannten Ratten davon, geblendet vom Licht der Taschenlampe.

Bud riß den Sack auf und richtete die Taschenlampe auf den Inhalt. Ratten, ein Schädel, angefressen und verdreckt. Er ließ die Taschenlampe fallen, riß den Sack mit beiden Händen weiter auf. Ratten und Mottenkugeln kamen ihm entgegen. Ein kräftiger Riß, ein Einschußloch im Schädel, eine knöcherne Hand in einem Ärmel – auf dem Flanell das Monogramm »D. C.«

Er kroch zurück ins Freie und schnappte nach Luft.

Hilda Lefferts stand direkt vor ihm. Ihre Augen sprachen Bände: »O Gott, bitte nicht das.«

Frische Luft: Das helle Tageslicht blendete ihn fast. Dann kam ihm plötzlich die Idee, wie er Exley erwischen konnte.

Ein Skandalblatt, eine Indiskretion. Ein Typ von *Whisper* schuldete ihm noch einen Gefallen – ein rot angehauchtes Blatt, das sich für Kommies und Bimbos stark machte und Cops haßte.

Hilda machte sich fast ins Hemd. »War... da unten... irgendwas?«

»Nichts, außer ein paar Ratten. Aber ich möchte, daß Sie sich noch zu meiner Verfügung halten. Ich komm' gleich wieder mit ein paar Photos, die werden Sie sich ansehen.«

»Kann ich jetzt den letzten Scheck haben?«

Der Umschlag – beschmutzt mit Rattendreck. »Hier. Mit besten Grüßen von Captain Ed Exley.«

47

Ein hübsches Befragungszimmer – keine an den Boden geschraubten Stühle, kein Pissegestank. Jack sah Ed Exley an. »Ich wußte, daß ich Scheiß-Ärger kriege, aber ich hätte nicht gedacht, daß man mich so hoch einschätzt.«

Exley: »Sie haben sich sicher schon gefragt, warum man Sie noch nicht suspendiert hat.«

Jack reckte sich. Seine Uniform scheuerte – er hatte sie seit 1945 nicht mehr getragen. Exley sah schauerlich aus – hager, grauhaarig, eine randlose Brille, die seine Augen brutal aussehen ließ. »Das hab' ich allerdings. Ich schätze, Ellis hat sich die Sache mit der Beschwerde über mich noch mal überlegt. Schlecht für die Publicity und so.«

Exley schüttelte den Kopf. »Loew betrachtet Sie als eine Bedrohung seiner Karriere und seiner Ehe, und allein die Tatsache, daß Sie sich vom Tatort entfernt und einen Beamten tätlich angegriffen haben, würde ausreichen für eine Suspendierung und sogar Entlassung aus dem Polizeidienst.«

»Yeah? Und warum bin ich dann nicht suspendiert?«

»Weil ich bei Loew und Chief Parker ein gutes Wort eingelegt habe. Sonst noch Fragen?«

»Yeah. Wo ist das Tonband und die Stenographin?«

»Ich habe absichtlich darauf verzichtet.«

Jack zog seinen Stuhl näher. »Captain, was wollen Sie wirklich von mir?«

»Ich gebe die Frage zurück. Wollen Sie, daß Ihre Karriere ein für allemal zum Teufel geht, oder fänden Sie es besser, wenn Sie noch ein paar Monate länger aushalten und ihre Zwanzig vollmachen könnten?«

Ganz ruhig. Er mußte an das Gesicht denken, das Karen gemacht hatte, als er es ihr sagte. »Okay, ich spiel' mit. Also, was wollen Sie?«

Exley beugte sich vor. »Im Frühjahr '53 wurde Ihr Freund und Geschäftspartner Sid Hudgens ermordet, und zwei Detectives, die unter Russ Millards Leitung an dem Fall arbeiteten, haben mir gesagt, Sie hätten Hudgens als »Abschaum« bezeichnet und wären an dem Morgen, an dem seine Leiche gefunden wurde, sichtlich erregt gewesen. Etwa zur gleichen Zeit bat Dudley Smith Sie, Bud White zu beschatten, und Sie erklärten sich einverstanden. Im gleichen Zeitraum liefen auch die Ermittlungen im Fall Nite Owl, und Sie hatten den Auftrag, für Ad Vice eine Pornographie-Sache zu verfolgen, bei der Sie wiederholt in Ihren Berichten angaben, Sie hätten keinerlei Anhaltspunkte gefunden, obwohl Sie sonst alle Ihre Berichte so ausführlich wie möglich ausschmückten. Im gleichen Zeitraum kamen zwei Männer, Peter und Baxter Englekling, zur Staatsanwaltschaft und erklärten, angeblich habe eine Verbindung zwischen einem Porno-Deal und dem Nite Owl bestanden. Russ Millard hat Sie daraufhin befragt, und Sie blieben bei Ihrer Behauptung, Sie hätten nichts gefunden. Im Verlauf der Ermittlungen nach diesen Pornos haben Sie mehrmals darauf gedrängt, den Fall zu den Akten zu legen. Dieselben beiden Detectives, Sergeant Fisk und Sergeant Kleckner, haben zufällig gehört, wie Sie Ellis Loew aufgefordert haben, die Untersuchung im Fall Hudgens nicht zu sehr zu forcieren, und einer Ihrer Kollegen bei Ad Vice erinnert sich, daß Sie während der Porno-Ermittlungen ungewöhnlich nervös wirkten und auffällig selten im Mannschaftsraum auftauchten. Können Sie mir für all das eine Erklärung geben, Jack?«

Schuldig in allen zehn Punkten – er wußte genau, daß sein Mund offenstand, seine Augen aufgerissen waren, sein Hände zuckten. »Wie... zum Teufel... haben Sie...«

»Das tut nichts zur Sache. Also – erzählen Sie mir, was ich Ihrer Meinung nach von Ihnen will.«

Jack holte Luft. »Okay, ich hab' also Bud White beschattet. Dud hatte Angst, er würde ausflippen wegen diesem Nuttenmord, weil White nun mal dazu neigte, wenn es um so junge Dinger ging. Okay, ich hab' ihn beschattet und nichts festgestellt, was irgendwie von Bedeutung war. Sie und White hassen sich, daß weiß jeder, Sie rechnen damit, daß er eines Tages versucht, Sie dafür ranzukriegen, daß Sie Dick Stensland so übel mitgespielt haben, und jetzt wollen Sie sich für mich bei Loew und Parker einsetzen, wenn ich Ihnen ein paar Informationen über ihn gebe. Geht es darum?«

»Sagen wir, zu zwanzig Prozent. Also, erzählen Sie mir, was Sie über White herausgefunden haben.«

»Zum Beispiel?«

»Zum Beispiel sein Verhältnis zu Frauen.«

»White steht auf Frauen, aber das ist nicht gerade eine Neuigkeit.«

»Die Abteilung Internal Affairs hat Nachforschungen über White angestellt, nachdem er die Prüfung zum Sergeant bestanden hatte. In dem Bericht hieß es, er sei mit einer gewissen Lynn Bracken befreundet. Hat White die Frau schon damals, '53, gekannt?«

Jack zuckte die Achseln. »Weiß ich nicht. Ich hab' den Namen noch nie gehört.«

»Vincennes, Ihr Gesicht verrät, daß Sie lügen, aber lassen wir die Dame erst mal beiseite, sie interessiert mich eigentlich nicht. Hat sich White in der Zeit, während Sie ihn beschattet haben, mit Inez Soto getroffen?«

Er mußte beinahe lachen. »Nein, nicht solange ich ihn beschattet habe. Ist das der Grund, warum Sie sich so aufregen? Sie glauben, White und Ihre –«

Exley hob die Hand. »Ich werde Sie nicht fragen, ob Sie Hudgens getötet haben. Ich werde dieses Thema zumindest fürs erste nicht erwähnen, vielleicht überhaupt nicht. Ich möchte einfach Ihre ganz persönliche Meinung zu einem Punkt hören. Sie steckten bis über die Ohren in der Porno-Ermittlung, *und* Sie haben am Fall Nite Owl mitgearbeitet. Glauben Sie, daß die drei Neger für die Morde verantwortlich waren?«

Jack wich unwillkürlich ein paar Zentimeter zurück, um diesem Blick auszuweichen. »Es gibt da 'ne ganze Menge loser Enden, das wußte ich schon damals. Wenn's nicht die drei waren, die Sie gekriegt haben, dann waren es vielleicht andere Bimbos, die möglicherweise wußten, wo Coates seinen Wagen versteckt hatte, und dann ihre Waffen in der Kiste verstaut haben. Vielleicht hatte das wirklich was mit 'nem Porno-Deal zu tun. Warum sollte Sie das kümmern? Die Nigger haben Ihre Frau vergewaltigt, also war das, was Sie getan haben, absolut richtig. Was soll das ganze, Captain?«

Exley lächelte. Jack deutete es: Ein Mann, der mit einem Bein über dem Abgrund schwebte und auf dem anderen herumhüpfte. »Captain, was soll –«

»Nein, meine Motive sind meine Sache. Ich will Ihnen sagen, was ich denke. Also: Hudgens hatte irgendwelche Verbindungen mit der Pornosache, und er hatte eine Akte über *Sie*. Das ist der Grund, warum Sie in diesem Fall überall die Finger drin hatten.«

Treibsand. »Yeah, ich hab' früher mal was Schlimmes gemacht. Sie wissen schon... Scheiße, manchmal denk' ich... manchmal denk' ich mir, daß es mir egal ist, wenn irgendwann jemand davon erfährt.«

Exley erhob sich. »Ich habe das mit der Beschwerde gegen Sie bereits erledigt. Es wird kein Disziplinarverfahren geben, keine Anschuldigungen. Zu der Vereinbarung, die ich mit Chief Parker getroffen habe, gehört allerdings, daß Sie im Mai freiwillig in den Ruhestand gehen. Ich habe ihm gesagt, Sie wären damit einverstanden, und ich habe ihn davon überzeugt, daß Sie Ihre volle Pension verdient haben. Er hat mich nicht nach meinen Motiven gefragt, und das gleiche erwarte ich jetzt von Ihnen.«

Jack stand ebenfalls auf. »Und die Gegenleistung?«

»Wenn der Fall Nite Owl je wieder auf den Tisch kommt, gehören Sie und alles, was Sie wissen, mir.«

Jack streckte seine Hand aus. »Himmel, aus Ihnen ist wirklich ein eiskalter Hundesohn geworden.«

KALENDER

Februar – März 1958

Whisper Magazin, Februar 1958:

Bei Nite-Owl-Massaker der falsche Mann getötet? Rätsel weitet sich aus...

Sie erinnern sich sicher an den Rummel um den Fall Nite Owl, nicht wahr? Am 14. April 1953 stürmten drei mit Gewehren bewaffnete Killer den gemütlichen kleinen Nite Owl Coffee Shop, nicht weit vom Hollywood Boulevard im sonnigen Los Angeles, beraubten und ermordeten drei Angestellte des Lokals und drei Gäste und entkamen mit ihrer Beute von schätzungsweise dreihundert Dollar – das macht, geteilt durch sechs, rund fünfzig Dollar pro Menschenleben. Das Los Angeles Police Department nahm sich des Falles mit gewohntem Elan an, verhaftete drei farbige junge Männer, die der Morde verdächtig waren, und warf ihnen zusätzlich die Entführung und Vergewaltigung einer jungen Mexikanerin vor. Das LAPD war sich nicht absolut sicher, daß die drei Neger – Raymond »Sugar Ray« Coates, Tyrone Jones und Leroy Fontaine – tatsächlich für die Morde im Nite Owl verantwortlich waren – sicher schien nur, daß die drei jungen Männer Inez Soto (21), eine Collegestudentin, vergewaltigt hatten. Die Ermittlungen im Mordfall Nite Owl gingen weiter, begleitet von umfangreicher Publicity und großem Druck auf das LAPD, L. As. »Verbrechen des Jahrhunderts« baldmöglichst aufzuklären.

Das LAPD ging zwei Wochen lang vergeblich allen möglichen Hinweisen nach und fand dann die Mordwaffen im Wagen von Ray Coates, der in einer verlassenen Garage in South Los Angeles versteckt war. Kurz darauf gelang Coates, Jones und Fontaine die Flucht aus dem Gefängnis des Justizgebäudes...

Auftritt eines jungen Police Detectives namens Sergeant Edmund J. Exley vom LAPD. Dekorierter Held des Zweiten Weltkriegs, UCLA-Absolvent, Informant gegen seine Polizeikollegen im Skandal um Polizeibrutalität (»Blutige Weihnacht«) im Jahre 1951 und Sohn des Baulöwen Preston Exley, der nicht nur Raymond Dieterlings Mammutprojekt Dream-a-Dreamland gebaut hat, sondern auch das neue, riesige Freeway-System von Süd-Kalifornien. Die Sache gewinnt Konturen...

Fakt: Sergeant Ed Exley hatte eine Liebesaffäre mit Vergewaltigungsopfer Inez Soto.

Fakt: Sergeant Ed Exley spürte Raymond Coates, Tyrone Jones und Leroy Fontaine auf und tötete sie – welch poetische Gerechtigkeit – mit dem Gewehr.

Fakt: Sergeant Ed Exley wurde eine Woche darauf zum Captain befördert (dabei eine Rangstufe überspringend!!!) – als Belohnung dafür, daß er sozusagen mit dem Schwert in der Hand für Gerechtigkeit gesorgt hatte in einem Fall, den das LAPD so schnell wie möglich lösen mußte, um seinen (künstlich aufgebauschten?) guten Ruf zu wahren.

Fakt: *Captain* Ed Exley (Sohn reicher Eltern, der über einen beträchtlichen Treuhandfonds verfügen kann, den ihm seine Mutter hinterließ) intensivierte seine Beziehung zu Inez Soto und kaufte ihr ein Haus ganz in der Nähe seiner eigenen Wohnung.

Fakt: Wie wir vom *Whisper* aus verläßlicher Quelle erfuhren, waren Raymond Coates, Leroy Fontaine und Tyrone Jones sowie der Mann, der ihnen Unterschlupf gewährte – ein gewisser Roland Navarette – unbewaffnet, als der große Held Ed Exley sie erschoß... und heute, fünf Jahre nach den Morden im Nite Owl, scheint sich die Lage erneut zuzuspitzen...

Der *Whisper* ist, wie man weiß, nur ein kleiner Fisch in dem, was die gutbürgerliche Presse »Skandaljournalismus« nennt. Wir sind nicht das mächtige *Hush-Hush* – wir erscheinen in New York, und unser Revier ist in erster Linie die Ostküste. Aber wir verfügen auch über Informationsquellen in Los Angeles – darunter ein überaus agiler Privatdetektiv, der es vorzieht, anonym zu bleiben. Dieser Mann beschäftigt sich schon seit Jahren intensiv mit dem Fall Nite Owl, hat umfangreiche Ermittlungen angestellt und dabei einige überraschende Entdeckungen gemacht. Dieser Mann – wir wollen ihn »Privatdetektiv X« nennen – sprach mit unserem Korrespondenten und enthüllte ihm gegenüber die folgenden Tatsachen:

Fakt: Im Laufe der polizeilichen Ermittlungen im Fall Nite Owl meldeten sich zwei Brüder, *Peter und Baxter Englekling*, Druckereibesitzer aus San Bernardino, Kalifornien, bei den Behörden und sagten aus, *Nite-Owl-Opfer Delbert »Duke« Cathcart* sei mit dem Vorschlag an sie herangetreten, pornographisches Material zu drucken; sie äußerten den Verdacht, daß die Morde im Nite Owl das Resultat einer Verschwörung innerhalb der Porno-Unterwelt gewesen seien. Das LAPD schenkte dieser Theorie keinen Glauben und hatte es viel zu eilig, den drei Negern das Verbrechen anzulasten, und jetzt sind die Brüder Englekling offenbar wie vom Erdboden verschwunden...

Fakt: Mrs. Hilda Lefferts, die Mutter des *Nite-Owl-Opfers Susan Nancy Lefferts*, geboren und aufgewachsen in San Bernardino, erzählte dem Privatdetektiv X, daß ihre Tochter unmittelbar vor den Morden einen Freund hatte, der Duke Cathcart überraschend ähnlich sah, und sie will sogar gehört haben, wie er zu Susan Nancy sagte: »Du sollst ›Duke‹ zu mir sagen! Gewöhn' dich endlich daran«!!! Mrs. Lefferts war nicht in der Lage, den Mann anhand der privaten Verbrecherkartei, die der Privatdetektiv X ihr vorlegte, zu identifizieren. In der Folge entwickelte Privatdetektiv X eine unserer Meinung nach x-zellente, x-trem interessante Theorie über diesen Fall!

Diese Theorie besagt folgendes: Wir glauben, daß der rätselhafte Freund X Duke Cathcart getötet hat mit der Absicht, seine Porno-Geschäfte zu übernehmen, daß er anschließend versucht hat, sich für Duke Cathcart auszugeben und in diesem Zusammenhang auch im Nite Owl landete, wo er sich mit den drei Männern, die das Massaker veranstalteten, zu einer geschäftlichen Unterredung verabredet hatte. Susan Nancy saß in der Nähe, um ihrem Freund bei der Abwicklung seiner Geschäfte zuzusehen. Zur Untermauerung seiner Theorie führt Privatdetektiv X die folgenden unwiderlegbaren Beweise ins Feld:

Mrs. Lefferts sagte aus, der Freund ihrer Tochter habe genauso ausgesehen wie Duke Cathcart.

Die Leiche, die von der Polizei als die von Duke Cathcart identifiziert wurde, war zu entstellt, um eine eindeutige Identifizierung zu gewährleisten. Der Coroner gründete seine Identifizierung letztlich auf einen *partiellen* Gebißabdruck, der mit den zahnärztlichen Unterlagen aus dem Gefängnis verglichen wurde, in dem Cathcart gesessen hatte. Aus den gleichen Unterlagen geht jedoch auch hervor, daß Cathcart genau 1 m 70 groß war, während die Leiche aus dem Nite Owl eine Körpergröße von 1 m 73 hatte. Alles in allem unbestreitbare Hinweise darauf, daß es ein Doppelgänger und nicht Duke Cathcart selbst war, der im Nite Owl Coffee Shop ermordet wurde...

X-trem interessante X-trapolationen, die, wie wir glauben, zu einer Reihe von x-trem interessanten Enthüllungen führen, ein Schlaglicht auf das x-trem schießfreudige Los Angeles Police Department werfen und möglicherweise die drei jungen Schwarzen entlasten werden, denen fälschlicherweise die Verantwortung für das Massaker im Nite Owl angelastet wurde. Wir vom *Whisper* möchten dem Staatsanwalt von Los Angeles nahelegen, die Leichen der Nite-Owl-Opfer so schnell wie möglich x-humieren zu lassen. Wir tadeln Captain Ed Exley wegen des kaltblütigen Mordes an vier Opfern der Gesellschaft und fordern das LAPD auf: Macht im Namen der Gerechtigkeit endlich eure alten Fehler wieder gut! Rollt den Fall Nite Owl wieder auf!!!

AUSZUG: San Francisco *Chronicle*, 27. Februar:

Gaitsville-Morde stellen Polizei vor Rätsel

Gaitsville, Kalif., 27. Februar 1958. – Ein mysteriöser Doppelmord hat die Bürger von Gaitsville, einer kleinen Stadt, sechzig Meilen nördlich von San Francisco, in Angst und Schrecken versetzt – und das Büro des Sheriffs von Marin County steht vor einem Rätsel.

Vor zwei Tagen fand man die Leichen von Peter und Baxter Englekling, Alter 41 bzw. 37 Jahre, in der Wohnung der beiden Brüder, direkt neben der kleinen Druckerei, in der die beiden als Setzer arbeiteten. Die Brüder Englekling waren nach Aussage von Eugene Hatcher, Lieutenant im Marin County Sheriff's Bureau, »zweifelhafte Gestalten mit Verbindungen zur Unterwelt«. Der Lieutenant sprach – wenn auch nur zurückhaltend – mit *Chronicle*-Reporter George Woods über diesen Fall.

»Beide Engleklings waren vorbestraft wegen Drogenvergehen«, erklärte Lieutenant Hatcher. »Zugegeben, sie sind jetzt seit einigen Jahren nicht mehr straffällig geworden, aber trotzdem bleiben sie zweifelhafte Charaktere. So haben sie zum Beispiel unter falschen Namen in dieser Druckerei gearbeitet. Bis jetzt haben wir noch keine Anhaltspunkte, aber wir glauben, daß die beiden gefoltert wurden, weil der Mörder bestimmte Informationen von ihnen haben wollte.«

Die Brüder Englekling waren bei Rapid Bob's Printing in der East Verdugo Street in Gaitsville beschäftigt und wohnten in einer Wohnung direkt neben der Druckerei. Ihr Arbeitgeber, Robert Dunkquist (53), kannte die beiden als Pete und Bax Girard. Er fand die Leichen der beiden am Dienstagmorgen. »Pete und Bax arbeiteten seit etwa einem Jahr für mich und waren immer zuverlässig wie ein Uhrwerk. Als sie am Dienstag nicht rechtzeitig zur Arbeit erschienen, wußte ich, daß etwas passiert ist. Außerdem war die Werkstatt durchsucht und verwüstet, und ich wollte, daß die beiden mir helfen sollten, die Verantwortlichen ausfindig zu machen.«

Die Brüder Englekling, deren wahre Identität erst anhand einer fernschriftlichen Überprüfung der Fingerabdrücke ermittelt werden konnte, wurden erschossen, und Lieutenant Hatcher ist sich sicher, daß der Mörder einen 38er

Revolver mit Schalldämpfer benutzte. »Unser Ballistikexperte hat in dem Metall der Geschosse, die wir aus den Leichen der Opfer geholt haben, kleine Eisensplitter gefunden. Das deutet auf einen Schalldämpfer hin und erklärt auch, warum die Nachbarn keine Schüsse gehört haben.«

Lieutenant Hatcher wollte uns nichts über den gegenwärtigen Stand der Ermittlungen sagen, meinte aber, daß alle in solchen Fällen üblichen Maßnahmen getroffen worden seien. Er bestätigte, daß beide Opfer vor ihrem Tod gefoltert worden seien, wollte jedoch den Tatort sowie den Tathergang nicht beschreiben. »Wir wollen diese Informationen für uns behalten«, sagte er. »Manchmal kommt es vor, daß publicitysüchtige Verrückte sich zu einem solchen Verbrechen bekennen, obwohl sie es gar nicht begangen haben. Wenn wir die Fakten lieber für uns behalten, dann deshalb, weil es uns hilft, die Schuldigen von den Unschuldigen zu unterscheiden.«

Peter und Baxter Englekling hinterlassen, soweit bekannt, keine lebenden Angehörigen. Ihre Leichen liegen in der Leichenhalle des City Coroners von Gaitsville. Lieutenant Hatcher bittet dringend, daß jeder, der irgendwelche Hinweise im Zusammenhang mit den Morden geben kann, sich sofort mit dem Marin County Sheriff's Department in Verbindung setzt.

AUSZUG: San Francisco *Examiner*, 1. März:

Mordopfer mit sensationellem Verbrechen in Los Angeles in Verbindung gebracht

Peter und Baxter Englekling, am 25. Februar dieses Jahres Opfer eines Mordanschlags in Gaitsville, Kalifornien, waren wichtige Zeugen in dem berühmten Mordfall Nite Owl, der sich im April 1953 in Los Angeles ereignete, wie Lieutenant Eugene Hatcher vom Marin County Sheriff's Department heute bekanntgab.

»Wir haben gestern einen entsprechenden anonymen

Hinweis erhalten«, sagte Lieutenant Hatcher gegenüber dem *Examiner.* »Eine männliche Stimme gab uns per Telefon die Information und legte dann sofort auf. Wir haben uns daraufhin an die zuständige Staatsanwaltschaft in L.A. gewandt, die die Information bestätigte. Ich glaube nicht, daß das für unseren Fall wichtig ist, aber ich habe trotzdem das Los Angeles Police Department angerufen und die Sache gemeldet. Man hat mich kurzerhand abgewiesen, und deshalb sollen die selber sehen, wie sie damit fertigwerden.«

AUSZUG: L.A. *Daily News*, 6. März:

Fall Nite Owl wieder aufgerollt – schockierende Enthüllungen: Unschuldige Männer getötet?

Die Story ist alles andere als hübsch. Aber die *Daily News*, die einzige Zeitung in Los Angeles, die sich auf Enthüllungen dieser Art spezialisiert hat, und die einzige Zeitung im Southland, die stolz darauf ist, immer wieder Skandale aufzudecken, scheut auch vor einer häßlichen Story nicht zurück. Die Story trägt dazu bei, das Helden-Image eines Mannes zu zerstören, der vielen als ein Musterbeispiel von Aufrichtigkeit, Recht und Ordnung gilt, und wenn Helden auf tönernen Füßen stehen, dann halten wir von der *Daily News* es für unsere Pflicht, die Öffentlichkeit über ihre Fehler und Schwächen aufzuklären. Die Mißstände, um die es hier geht, sind ebenso außergewöhnlich wie das Verbrechen, das den Anlaß dazu gab, und deshalb wollen wir alles tun, um diesen Skandal aufzudecken: Der Mordfall Nite Owl – sechs Menschen wurden bei einem Überfall auf einen Coffee Shop in Hollywood im April 1953 auf brutale Weise beraubt und erschossen – wurde offiziell zwar aufgeklärt, aber man beschuldigte die Falschen – ein schwerer Schlag für die Gerechtigkeit.

Raymond Coates, Leroy Fontaine und Tyrone Jones – erinnern Sie sich noch an die drei Namen? Es sind die

Namen von drei jungen Schwarzen, erwiesenermaßen Kriminelle und Sexualverbrecher, die vom Los Angeles Police Department fälschlich beschuldigt wurden. Die drei Männer wurden kurz nach den Morden im Nite Owl verhaftet und verwiesen auf ein teuflisches Alibi: Sie konnten die Morde nicht begangen haben, weil sie zu der Zeit damit beschäftigt waren, eine junge Frau namens Inez Soto zu entführen und gemeinschaftlich zu vergewaltigen. Sie mißbrauchten ihr Opfer in einem leerstehenden Gebäude in South Los Angeles und fuhren dann nach eigenen Angaben mit ihr herum und »verkauften« sie an ihre Freunde, die sie ebenfalls sexuell mißbrauchten. Dann ließen sie Miss Soto bei einem Mann namens Sylvester Fitch zurück, der von einem Officer des LAPD bei dem Versuch, die tapfere junge Frau zu befreien, erschossen wurde.

Miss Soto weigerte sich beharrlich, die Polizei bei ihren Ermittlungen zu unterstützen, bei denen es zu diesem Zeitpunkt vor allem darum ging, zu klären, wo sich Coates, Jones und Fontaine zum Zeitpunkt der Nite-Owl-Morde aufhielten. Waren sie mit ihr und den übrigen angeblichen Vergewaltigern zusammen, die übrigens nie identifiziert werden konnten? Hatten sie genügend Zeit, um von South Los Angeles nach Hollywood zu fahren, die Morde im Nite Owl zu verüben und dann zurückzukehren, um die junge Frau weiter sexuell zu mißbrauchen? War sie während der ganzen Zeit, in der sie auf so schreckliche Weise gequält und erniedrigt wurde, bei Bewußtsein?

Fragen, die unbeantwortet blieben – bis heute.

Die Ermittlungen der Polizei verfolgten zwei Ziele: zum einen die Suche nach Anhaltspunkten, die Jones, Coates und Fontaine belasteten; zum anderen die Suche nach allgemeinen Anhaltspunkten zum Tathergang, entsprechend der Auffassung, daß die drei Jugendlichen sich zwar der Entführung und Vergewaltigung schuldig gemacht hatten, an den Morden jedoch nicht beteiligt waren. Miss Soto weigerte sich immer noch, mit der Polizei zu kooperieren. Die Ermittlungen wurden jedoch in beiden Fällen abgebrochen, als Coates, Jones und Fontaine aus dem Untersuchungsgefängnis fliehen konnten und von unserem bereits erwähnten Helden erschossen wurden: Sergeant Edmund Exley vom LAPD.

Ed Exley – College-Absolvent, hochdekorierter Held des Zweiten Weltkriegs und Sohn des berühmten Preston Exley – nutzte den Fall Nite Owl auf skrupellose Weise als Sprungbrett für seine Karriere. Er wurde bereits mit 31 Jahren zum Captain befördert und wird in Kürze sogar in den Rang eines Inspectors erhoben werden – mit nur 36 Jahren der jüngste in der Geschichte des LAPD. Er wird fast ebenso häufig als potentieller Wahlkandidat der Republikaner gehandelt wie sein Vater, der bekannte Baulöwe. Aber es sind auch einige beharrliche Gerüchte über ihn in Umlauf: daß die Männer, die er erschossen hat, unbewaffnet waren und daß das angebliche Geständnis von Coates, Jones und Fontaine, das die drei kurz vor ihrer Flucht angeblich ablegten, nur in der Phantasie des Staatsanwalts Ellis Loew existiert. Weniger bekannt ist die Tatsache, daß Ed Exley in Inez Soto verliebt war und sie nicht nur in ihrer Weigerung unterstützte, der Polizei bei ihren Ermittlungen zu helfen, sondern ihr später sogar ein eigenes Haus kaufte und mit ihr seit fünf Jahren ein intimes Verhältnis unterhält.

Zwei aufsehenerregende Ereignisse führten jetzt dazu, daß der Fall Nite Owl wieder aufgerollt wurde.

Im Jahre 1953 meldeten sich bei der Polizei zwei Männer, zwei Brüder, als wichtige Zeugen mit Informationen über den Fall Nite Owl. Diese beiden Männer, Peter und Baxter Englekling, gaben an, hinter dem Massaker im Coffee Shop stecke ein Komplott zur Verbreitung pornographischer Magazine, das von einem der Opfer des Massakers ausgeheckt worden sei, dem ehemaligen Sträfling Delbert »Duke« Cathcart. Das LAPD hielt es nicht für nötig, diesen Informationen nachzugehen. Dann, fast fünf Jahre später, wurden Peter und Baxter Englekling in der kleinen Stadt Gaitsville im Norden des Staates Kalifornien auf brutale Weise ermordet. Diese Morde, am 25. Februar dieses Jahres begangen, konnten mangels Spuren bis heute nicht aufgeklärt werden. Aber eine weitere, seit langem offene

Frage sollte jetzt endlich einmal eine Antwort finden.

Im Gefängnis von San Quentin las ein schwarzer Häftling namens Otis John Shortell in einer Tageszeitung aus San Francisco von den Morden an den Brüdern Englekling; in dem Bericht wurde auch erwähnt, daß die beiden entfernt mit dem Fall Nite Owl zu tun gehabt hätten. Otis John Shortell begann nachzudenken und bat um eine Unterredung mit dem stellvertretenden Leiter des Gefängnisses, dem er ein überraschendes Geständnis machte.

Otis John Shortell, der eine Haftstrafe wegen zahlreicher Kraftfahrzeugdiebstähle absaß und auf eine Strafmilderung als Gegenleistung für seine Aussage spekulierte, gab an, er sei einer der Männer gewesen, denen Coates, Fontaine und Jones damals Inez Soto »verkauft« hätten. Er war mit Miss Soto und den drei Männern an dem Morgen, als der Überfall auf das Nite Owl stattfand, von halb drei bis fünf Uhr zusammengewesen, das heißt, während des gesamten Zeitraums, der für das Massaker veranschlagt wurde. Er erklärte dem Gefängnisbeamten gegenüber, er habe die drei Männer nur deshalb nicht schon längst entlastet, weil er befürchten mußte, dann selbst wegen Vergewaltigung angeklagt zu werden. Er sagte ebenfalls aus, daß Coates eine große Menge Rauschmittel in seinem Wagen versteckt und aus diesem Grunde der Polizei nie mitgeteilt habe, wo das Fahrzeug versteckt war. Shortell gab zu Protokoll, er mache sein verspätetes Geständnis jetzt, weil er vor kurzem zum christlichen Glauben bekehrt worden sei, aber die Gefängnisbehörden blieben trotz dieser Erklärung skeptisch. Shortell bot an, sich in seiner Zelle einem Lügendetektortest zu unterziehen, um die Wahrheit seiner Aussagen zu beweisen, und wurde in der Folge viermal mit dem Polygraphen befragt. Alle vier Versuche ergaben eindeutig positive Resultate. Shortells Anwalt, Morris Waxman, schickte notariell beglaubigte Abschriften der Ergebnisse dieser Lügendetektortests an die *Daily News* und an das LAPD. Wir haben uns daraufhin entschlossen, diesen Artikel zu veröffentlichen. Was aber wird das LAPD unternehmen?

Wir verdammen die Ungerechtigkeit einer Justiz durch Waffengewalt. Wir verdammen die Motive des Schützen Ed Exley. Wir fordern das Los Angeles Police Department in aller Öffentlichkeit auf, die Ermittlungen im Fall der Morde im Nite Owl wieder aufzunehmen.

AUSZUG: L. A. *Times*, 11. März:

Aufruhr um den Fall Nite Owl nimmt zu

Eine Anhäufung von unzusammenhängenden Ereignissen und ein durch eine Artikelserie in der Los Angeles *Daily News* noch angeheiztes Feuer verstärken den Druck auf das Los Angeles Police Department, die Ermittlungen im Mordfall Nite Owl aus dem Jahre 1953 wieder aufzunehmen.

LAPD-Chief William H. Parker nannte die Kontroverse »ein Pulverfaß mit einer nassen Zündschnur. Das alles ist reiner Blödsinn. Die Zeugenaussagen eines degenerierten Kriminellen und ein in keinster Weise mit dem Fall zusammenhängender Doppelmord sind kein Grund, einen Fall neu aufzurollen, der vor fünf Jahren erfolgreich geklärt werden konnte. Ich habe mich schon 1953 hinter das Vorgehen von Ed Exley gestellt und tue das auch heute noch.«

Chief Parkers Äußerungen beziehen sich auf die Ermordung von Peter und Baxter Englekling am 25. Februar, die wichtige Zeugenaussagen zu den Ermittlungen im Mordfall Nite Owl zu Protokoll gegeben hatten, und auf die vor wenigen Tagen bekannt gewordenen Aussagen von Otis John Shortell, einem in der Strafanstalt von San Quentin einsitzenden Häftling, der angab, zur fraglichen Zeit mit den drei ursprünglich Beschuldigten zusammengewesen zu sein. Shortells Anwalt Morris Waxman sagte dazu unter Berufung auf die Lügendetektortests, denen sich sein Mandant im Gefängnis unterzogen hatte: »Der Polygraph lügt nicht. Otis ist ein strenggläubiger Mann, der schwer daran zu tragen hat, daß er nicht vor fünf Jahren den Mut hatte, sich zu stellen und drei unschuldige Männer zu entlasten, und der jetzt nur noch den Wunsch hat, für Gerechtigkeit zu sorgen. Er hat den drei toten Männern ein durch den Lügendetektor bestätigtes Alibi verschafft und möchte jetzt dafür sorgen, daß die wahren Mörder ihre gerechte Strafe finden. Ich werde nicht aufhören, die Öffentlichkeit auf diese Situation aufmerksam zu machen, bis das LAPD sich endlich bereit findet, seine Pflicht zu tun und den Fall wieder aufzurollen.«

Richard Tunstell, Lokalredakteur der Los Angeles *Daily News*, äußerte sich ähnlich. »Wir haben uns in eine wirklich wichtige Sache verbissen und werden nicht lockerlassen.«

SCHLAGZEILEN

L.A. *Daily News*, 14. März:

J'accuse – LAPD verschleiert Fall Nite Owl

L.A. *Daily News*, 15. März:

Offener Brief an Todesschützen Exley

L.A. *Times*, 16. März:

Häftlingsanwalt ersucht Justizminister des Staates Kalifornien um Wiederaufnahme im Fall Nite Owl

L.A. *Herald-Express*, 17. März:

Parker gegenüber Presse: Fall Nite Owl abgeschlossen

L.A. *Daily News*, 19. März:

Bürger fordern Gerechtigkeit – Demonstranten vor LAPD

L.A. *Herald-Express*, 20. März:

Parker/Loew im Kreuzfeuer
Gouverneur Knight: Fall Nite Owl
ein »Pulverfass«

L.A. *Mirror-News*, 20. März:

Lohn des Todes – Exklusive Photos aus
Liebesnest von Exley/Soto

L.A. *Examiner*, 20. März:

Telefonzentrale der Polizei lahmgelegt:
Bürger äußern sich
zu Fall Nite Owl

L.A. *Times*, 20. März:

Parker stellt sich hinter Exley:
Keine Wiederaufnahme im Fall Nite Owl

L.A. *Daily News*, 20. März:

Wo bleibt die Gerechtigkeit?
Polizei muß endlich Rechenschaft ablegen!
Sofortige Wiederaufnahme im Fall Nite Owl!

VIERTER TEIL

Endstation: Leichenschauhaus

48

Das Telefon klingelte: 20 zu 1, daß es die Presse war. Ed nahm trotzdem ab. »Ja?«

»Hallo Ed, Bill Parker.«

»Wie geht es Ihnen, Sir? Ich möchte mich für die Bemerkung in der *Times* bedanken.«

»Das war ehrlich gemeint, mein Sohn. Wir werden die Sache durchstehen, bis der Rummel sich wieder gelegt hat. Wie nimmt Inez es auf? Die Publicity meine ich.«

»Mein Vater sagte mir, daß sie jetzt in Ray Dieterlings Haus in Laguna ist. Wir haben uns vor ein paar Monaten getrennt. Es hat einfach nicht funktioniert.«

»Tut mir leid. Inez ist jedenfalls ein mutiges Mädchen. Verglichen mit dem, was sie hinter sich hat, dürfte das jetzt ein Zuckerschlecken sein.«

Ed rieb sich die Augen. »Ich bin mir nicht sicher, ob sich der Rummel so schnell legen wird.«

»Ich glaube schon. Die Polizei von Gaitsville weigert sich, im Fall der Morde an den Engleklings zu kooperieren, und der Neger in San Quentin hat als Belastungszeuge nicht den geringsten Wert. Sein Polygraphentest scheint verläßlich zu sein, aber sein Anwalt ist ein Rechtsverdreher, der sich gern im Scheinwerferlicht sieht und nur dran interessiert ist, seinen Klienten aus der –«

»Sir, lassen wird das mal beiseite. Ich glaube nicht, daß die Männer, die ich getötet habe, für den Anschlag auf das Nite Owl verantwortlich waren, und –«

»Unterbrechen Sie mich nicht, und sagen Sie mir bloß nicht, daß Sie so lebensmüde sind zu glauben, es würde auch nur das Geringste bringen, wenn der Fall wieder aufgerollt wird. Ich warte nur drauf, daß die Sache wieder einschläft, und das gilt auch für den Justizminister drüben in Sacramento. Schlechte Publicity, Appelle an die Gerechtigkeit und solche Sachen werden immer nur kurzfristig hochgespielt und geraten dann schnell wieder in Vergessenheit.«

»Und wenn es diesmal nicht so läuft?«

Parker seufzte. »Wenn der Justizminister eine Sonderuntersuchung durch die Behörden anordnen sollte, werde ich für das LAPD eine einstweilige Verfügung dagegen erwirken und ihm mit einer eigenen Untersuchung den Wind aus den Segeln nehmen. Ich habe die volle Unterstützung von Ellis Loew für diese Strategie – aber die Sache wird wieder in Vergessenheit geraten.«

Ed sagte: »Ich bin mir nicht sicher, ob ich das will.«

49

Der Mobster-Trupp im Einsatz: Zimmer 6 im Victory Motel. Bud, Mike Breuning, ein Typ aus Frisco mit Handschellen an den heißen Stuhl gefesselt – Joe Sifakis, drei Vorstrafen wegen illegaler Kreditgeschäfte, in der Union Station direkt am Zug abgefangen. Breuning arbeitete mit dem Gummischlauch, Bud sah zu.

Vierzehnhundert Dollar auf der Kommode – eine Spende für den Wohltätigkeitsfonds der Polizei. Die Raus-aus-der-Stadt-Nummer lief auf vollen Touren – danach die Zahnbehandlung. Bud warf einen Blick auf seine Uhr – zwanzig Minuten nach vier. Dudley hatte sich verspätet. Sifakis schrie.

Bud ging ins Badezimmer. Alle vier Wände mit obszönen Sprüchen verziert – vor allem Sex-Verse, einige schon älteren Datums. Darunter auch einige aus dem Jahr '53 – er mußte sofort an das Nite Owl denken. Es war beängstigend: Der Fall Nite Owl machte wieder einmal Schlagzeilen. Dud hatte gesagt, er müsse dringend mit ihm sprechen. Er drehte den Hahn auf, um das Schreien nicht mit anhören zu müssen. Er prüfte in Gedanken *seine* Verbindung mit dem Nite Owl, fand sie wasserdicht.

Niemand wußte, daß er Informationen an den *Whisper* weitergegeben hatte – wenn die hohen Tiere etwas davon wüßten, hätte er es erfahren –, und Cathcarts Leiche lag immer noch unter dem Haus. Niemand wußte, daß er dem Sheriff von Gaitsville den Tip gegeben hatte, die Engleklings seien in den Fall Nite Owl verwickelt. Glückliche Zufälle: Die Brüder waren tot, der Bimbo steckte in San Quentin – wahrscheinlich ein solides Alibi. Er war jetzt absolut sauber, was das Beweismaterial betraf, das er '53 unterschlagen hatte – falls Dudley ahnte, daß er etwas zurückhielt, so schob er es vermutlich auf seine Fixierung auf den Mord an Kathy. Dud, der die Ermittlungen im Fall Nite Owl geleitet hatte, wäre es am liebsten, wenn der Rummel schnell verginge. Sollte der Fall tatsächlich neu aufgerollt werden, stünde er wie der Trottel von der letzten Bank da – gleich neben dem Heldentrottel Ed Exley. Parker versuchte ein mögliches Wiederaufrollen niederzuschlagen – die Chancen standen 5 zu 1 dagegen; 5 zu 1 auch gegen Exley, daß er hinterher zum Himmel stank –

Sifakis schrie – die Tür wackelte.

Bud bückte sich über das Waschbecken und ließ sich kaltes Wasser über den Kopf laufen. Neben dem Spiegel an die Wand gekritzelt: Meg Greunwitz fickt gut – AX-74022. An den Wänden Mädchennamen; letzte Woche hatten die L.A. Sheriffs wieder eine tote Nutte gefunden – ein weiterer Name auf seiner Liste: Lynette Ellen Kendrick, Alter 21 Jahre, Todestag 17. 3. 58. Geprügelt, Verletzungen, die von einem Ring herrührten, dreifache Vergewaltigung – die County-Cops wollten ihm nicht mal die genaue Zeit –

Sifakis fing an zu quatschen. Im Badezimmer wurde es unerträglich heiß.

Bud ging wieder nach nebenan. Sifakis sang wie ein Vogel. »...und ich weiß Bescheid, ich *hör'* 'ne Menge Dinge. Zum Beispiel: Seit Mick raus ist, ist plötzlich wieder Jagdsaison. Es war so verdammt ruhig, solange er gesessen hat, aber jemand hat immer wieder die Jungs umgelegt, die seine Geschäfte führten. Und dann immer Einzelgänger, drei Schützen, peng-peng-peng – haben Mickeys Leute umgelegt und dann versucht, seine Kredite abzukassieren. Früher war's so, daß alle Dud S. als Vermittler und Friedensstifter respektiert haben, aber jetzt macht er überhaupt nix mehr. Was wollen Sie – 'ne Nuttennummer? Was ist? Ja? Wollen Sie 'nen guten Tip –«

Breuning sah gelangweilt aus. Bud ging nach draußen, auf den Hof – Unkraut, ein Stacheldrahtzaun. Vierzehn leere Zimmer – das LAPD hatte die Anlage für ein Spottgeld gekauft.

»Mein Junge.«

Dudley stand auf dem Gehsteig. Bud zündete sich eine Zigarette an und ging zu ihm.

»Mein Junge, tut mir leid, daß ich mich verspätet habe.«

»Macht nichts. Sie sagten, es geht um was Ernstes.«

»Ja, kann man wohl sagen. Wie gefällt Ihnen die Arbeit in Hollywood, mein Junge? Sagt sie Ihnen zu?«

»Mordkommission war besser.«

»Na großartig. Ich werde dafür sorgen, daß Sie bald wieder zurückkommen. Ich nehme doch an, Sie haben mit Genuß verfolgt, wie unser Freund Exley von der vierten Gewalt lächerlich gemacht wird?«

Der Rauch brannte so, daß er husten mußte. »Aber klar. Schade, daß der Fall nicht wieder aufgerollt wird – das würde ihn erst richtig reinziehen. Aber ich will natürlich nicht, daß Sie Schwierigkeiten kriegen.«

Dudley lachte. »Ich erkenne durchaus die Widersprüchlichkeit Ihrer Haltung. Ich empfinde selbst eine gewisse Ambivalenz, besonders seit mir ein kleines Vögelchen in Sacramento vorgesungen hat, daß der Justizminister demnächst fordern wird, den Fall wieder aufzurollen. Ellis Loew hat eine einstweilige Verfügung vorbereitet, falls die Sache zu heiß werden sollte. Wir können also davon ausgehen, daß uns Nite Owl leider wieder auf den Nägeln brennt. Das ganze ist ein politischer Clinch, mein Junge. Diese rot angehauchten Demokraten reiten darauf herum, daß die Bimbos fälschlich der Täterschaft beschuldigt worden seien. Sie wollen die Sache in den kommenden Vorwahlen zum Thema machen, und der republikanische Justizminister versucht dem Vorwurf auszuweichen und zurückzuschlagen. Mein Junge, haben Sie vielleicht irgendwelche Informationen bezüglich des Falls Nite Owl, die Sie mir noch nicht mitgeteilt haben?«

Er war vorbereitet. »Nein.«

»Na großartig. Davon einmal abgesehen: Ich habe eine Aufgabe für Sie, im Victory, heute abend. Ein überaus kräftiger und muskulöser Mann bedarf einer kleinen Abreibung, und ehrlich gesagt, Mike und ich haben nicht die Statur, um ihn gebührend zu beeindrucken. Die Welt ist klein, mein Junge – ich glaube, dieser Bursche kannte unseren Freund Duke Cathcart damals, im Jahr '53. Vielleicht kann er Ihnen ein paar Informationen geben, die Ihre Fixierung auf diese

Kathy Janeway betreffen. Interessieren Sie sich immer noch für das Schicksal der hübschen kleinen Kathy, mein Junge?!«

Bud mußte schlucken – trocken.

»Mein Junge, vergessen Sie die Frage. Solche Fixierungen sind wie Prostituierte – sie können auf den rechten Weg zurückkehren, aber ihre alten Gewohnheiten werden sie so schnell nicht los. Heute abend um zehn also, mein Junge. Und Sie dürfen sich freuen. Ich werde in Kürze ein paar außerplanmäßige Aufgaben für Sie haben, die Ihre alten, furchteinflößenden Gewohnheiten vielleicht wieder zu neuem Leben erwecken könnten.«

Bud blinzelte.

Dudley lächelte und ging auf Zimmer 6 zu.

Prostituierte gleich Lynn. Die Janeway-Sache gleich wieviel?

Joe Sifakis brüllte – deutlich zu hören durch vier Wände bis auf die Straße.

50

Gallaudet vertraute ihm die Neuigkeit an: Der Justizminister hatte sich entschlossen, den Fall wieder aufzurollen, und zwar unter Leitung des Ministeriums und auf Kosten des Staates. Ellis Loew war auf dem Sprung, ihm zuvorzukommen und die Neuaufnahme der Ermittlungen selbst in die Hand zu nehmen. Das LAPD, der Fall Nite Owl – plötzlich war alles wieder akut. Zeit, endlich alle Fakten auf den Tisch zu legen.

Ed saß in einem Coffee Shop am La Brea und wartete auf Jack Vincennes. Auf dem Tisch Papierkram: Nite Owl, Notizen zum Fall Hudgens.

Punkt eins: Hatte der Mann in San Quentin die Wahrheit gesagt? Aller Wahrscheinlichkeit nach ja – was auch immer seine Motive sein mochten.

Punkt zwei: Standen die Morde an den Engleklings im Zusammenhang mit dem Nite Owl? Schwer zu sagen, ehe der Sheriff von Marin seine Informationen nicht weitergab.

Punkt drei: Der violette Wagen vor dem Nite Owl. Die Eingebung sagte ihm: Der Wagen stand zufällig da – die wahren Killer reagierten auf die Publicity, spürten Ray Coates' Wagen auf, ehe das LAPD ihn fand, und legten die Tatwaffen hinein. Das würde – verblüffenderweise – bedeuten, daß sie auch die leeren Patronenhülsen, die im Griffith Park gefunden worden waren, absichtlich dort versteckt haben mußten. Im Archiv des Justizgebäudes waren die Akten aus den Jahren '35 bis '55 vernichtet worden – wenn die Killer ihre Informationen aufgrund von Kontakten in irgendwelchen Haftanstalten bekommen hatten, dann waren diese Verbindungen höchstwahrscheinlich nicht mehr zurückzuverfolgen. Auftrag für Kleckner und Fisk: unbedingt allen logischen Möglichkeiten im Zusammenhang mit dem violetten Wagen und den Tatwaffen nachgehen.

Punkt vier: Opfer Malcolm Lunceford, ehemaliger LAPD-Polizist und alkoholsüchtiger Wachmann. War er an irgendeiner kriminellen Verschwörung beteiligt, die dann zum Nite-Owl-Massaker geführt hatte? Antwort: unwahrscheinlich – er war seit langer Zeit ein bekannter Stammgast im Nite Owl, der immer spätnachts dort auftauchte.

Ed nahm einen Schluck Kaffee und dachte: MACHT. Mißbrauch: Das Internal Affairs Department war völlig autonom, sowohl innerhalb als auch außerhalb der Polizei. Er hatte Fisk und Kleckner beauftragt, auf ein mögliches Wiederaufrollen des Falles hinzuarbeiten – entweder eine LAPD-Untersuchung oder seine eigene. Vincennes hatte zugegeben, daß er Bud White beschattet hatte, ihn gleichzeitig aber belogen in Hinblick darauf, daß White schon im Frühjahr '53 mit seiner sporadischen Freundin – Lynn Bracken – bekannt gewesen war. Lynn Bracken wurde unter Beobachtung gestellt; Fisk hatte gerade einen Bericht abgeliefert.

Die Frau hatte Gerüchten zufolge früher als Prostituierte gearbeitet und war heute Teilhaberin einer Kleiderboutique in Santa Monica. Ihr Partner war Pierce Morehouse Patchett, Alter sechsundfünfzig; Kleckner hatte seinen finanziellen Hintergrund erforscht: Patchett war ein ziemlich reicher Finanzmann und bekannt dafür, daß er seinen Geschäftspartnern Callgirls zur Verfügung stellte. Aber das Wichtigste war:

Patchett besaß ein Apartmenthaus in Hollywood. Dort hatte es um die Zeit der Nite-Owl-Sache eine seltsame Schießerei gegeben. Er selbst hatte damals auf den Notruf reagiert: keine Tatverdächtigen festgenommen, in der zerschossenen Wohnung im Erdgeschoß ein Haufen Sado-Maso-Zeug. Der Manager hatte gesagt, er wisse nicht, wer der Besitzer des Hauses sei – er wurde per Post bezahlt und sagte, die Schecks kämen von einer Briefkastenfirma. Er kannte nur den Vornamen des Mieters der betreffenden Wohnung – »Lamar«, ein »großer, blonder Kerl«. Der Manager gab Lamar die Schuld an der Schießerei. Laut Nachuntersuchungsbericht der Hollywood Division war Lamar seit dem Vorfall nicht mehr gesehen worden. Akte geschlossen.

Trashcan war spät dran. Weiter zu den Notizen über den Fall Hudgens.

Grauenvolles Blutbad, keine direkten Tatverdächtigen, Hudgens allgemein verhaßt. Ermittlungen ohne jeden Glanzpunkt; Max Peltz und das Team von *Badge of Honor* hatten kurzfristig im Mittelpunkt gestanden; *Hush-Hush* veröffentlichte einen Artikel, in dem Peltz wegen seiner Vorliebe für junge Mädchen im Teenageralter bloßgestellt wurde. Peltz bestand seinen Lügendetektortest, die übrigen Mitglieder des »Teams« verfügten über Alibis. Zwischen den Zeilen – Parker stufte das Opfer als Abschaum der Gesellschaft ein, machte kurzen Prozeß mit den Ermittlungen.

Trash war immer noch nicht aufgetaucht. Ed überflog die Liste mit den Alibis.

Max Peltz in Unzucht mit Minderjährigen verwickelt – schwer belastet, aber keine Anklage erhoben. Scriptgirl Penny Fulweider war mit ihrem Ehemann zu Hause gewesen. Billy Dieterlings Alibi war Timmy Valburn. Ausstatter David Mertens – ein gesundheitlich angeschlagener Mann, der an Epilepsie und anderen Gebrechen litt – hatte ein Alibi von Krankenpfleger Jerry Marsalis, der bei ihm wohnte. Der Star Brett Chase war auf einer Party gewesen, ebenso Co-Star Miller Stanton. Fehlanzeige – trotzdem mußte Hudgens' Tod im Frühjahr '53 für Vincennes eine entscheidende Rolle gespielt haben.

Trashcan kam an den Tisch und setzte sich. Keine Umschweife. »Sie wollen loslegen?«

»Ich treffe mich morgen mit Parker. Ich bin sicher, er wird den Fall wieder aufrollen.«

Vincennes lachte. »Warum machen Sie dann so ein mürrisches Gesicht. Wenn Sie so verrückt genug sind, daß Sie das wollen, sollten Sie wenigstens so tun, als würden Sie sich drüber freuen.«

Ed baute sechs leere Patronenhülsen auf dem Tisch auf. »Drei davon habe ich bei Ihren letzten Schießübungen eingesammelt, die anderen drei stammen aus der Asservatenkammer der Hollywood Division. Alle weisen identische Markierungen und Spuren auf. April `53. Jack, Sie erinnern sich an die Schießerei an der Cheramoya?«

Trash umklammerte die Tischplatte. »Reden Sie weiter.«

»Das Gebäude an der Cheramoya gehört Pierce Patchett, und er hat diesen Besitz gut getarnt. In der Wohnung wurde S&M-Spielzeug gefunden, und Patchett ist nachweislich bekannt mit Lynn Bracken, Bud Whites Freundin, von der Sie behauptet haben, daß Sie sie nicht kennen. Sie waren damals an den Porno-Ermittlungen beteiligt, und Pornos und Sado-Maso-Zubehör liegen auf derselben Linie. Bei unserer letzten Unterhaltung haben Sie zugegeben, daß Hudgens eine Akte über Sie hatte und daß Sie deshalb so erregt waren. Und jetzt meine Theorie – korrigieren Sie mich, wenn ich falsch liege: Bracken und Patchett waren mit Hudgens bekannt, wenn nicht sogar befreundet.«

Vincennes spannte seine Armmuskeln an – der Tisch erzitterte. »Sie sind ein kluger Bursche. Also?«

»Also hat Bud White Hudgens gekannt?«

»Nein, ich glaube nicht –«

»Was hat White gegen Patchett und Bracken in der Hand?«

»Keine Ahnung. Hören Sie mal, Exley –«

»Nein, jetzt hören *Sie* mir zu. Und antworten Sie. Haben Sie die Akte gekriegt, die Hudgens über Sie hatte?«

Trashcan schwitzte. »Ja, hab' ich.«

»Von wem?«

»Von dieser Bracken.«

»Und wie haben Sie sie dazu gebracht?«

»Ich habe ihr gedroht. Ich habe eine eidesstattliche Erklärung geschrieben mit allem, was ich über sie und Patchett wußte oder mir zusammenreimen konnte, und mehrfache Kopien davon in getrennten Schließfächern verwahrt.«

»Und sie –«

»Ja, sie sind noch da. Und die beiden haben immer noch einen Durchschlag meiner Akte.«

Geraten: »Und es war Patchett, der damals die Pornos vertrieben hat, die Sie aufspüren sollten?«

»Yeah. Hören Sie, Exley –«

»Nein, Vincennes, *Sie* hören. Sind diese Pornohefte noch in Ihrem Besitz?«

»Ich habe die eidesstattlichen Erklärungen und die Hefte. Wenn Sie sie haben wollen, dann nur unter der Bedingung, daß ich nicht wegen Unterschlagung von Beweismaterial belangt werde. Und eine Beteiligung an der Nite-Owl-Sache, sagen wir zur Hälfte.«

»Zu einem Drittel. Ohne Bud White kommen wir nicht weiter.«

51

Zimmer 6 im Victory. Dudley, ein Muskelaffe auf dem heißen Stuhl angekettet. Dot Rothstein in den *Playboy* vertieft. Bud beobachtete sie, wie sie sich die Nackedeis anschaute: eine harte Lesbe in der Fallschirmspringerkluft der Hughes-Flugzeugwerke.

Dudley warf einen Blick auf ein Formular. »Lamar Hinton, Alter einunddreißig. Eine Verurteilung wegen bewaffneten Überfalls. Ehemals Angestellter der Telefongesellschaft, steht in dringendem Verdacht, illegale Anschlüsse für die Wettbüros von Jack ›The Enforcer‹ Whalen gelegt zu haben. Hat sich seit April 1953 der Bewährungsaufsicht entzogen. Mein Junge, ich glaube, man kann mit Fug und Recht behaupten, daß du ins organisierte Verbrechen verstrickt bist und ein wenig Nachhilfeunterricht in Sachen höfliche Umgangsformen nötig hast.«

Hinton leckte sich die Lippen. Dudley lächelte. »Du bist freiwillig mit uns gekommen, und das spricht für dich. Du hast nicht versucht, uns eine Litanei über deine Bürgerrechte vorzusingen, was für deine Intelligenz spricht. Nun, meine Aufgabe besteht darin, das organisierte Verbrechen in Los Angeles abzuschrecken und einzudämmen, und ich habe festgestellt, daß die beste und nachhaltigste

Abschreckung durch körperliche Gewalt erzielt wird. Mein Junge, ich werde dir ein paar Fragen stellen, und du wirst sie beantworten. Wenn ich mit deinen Antworten zufrieden bin, wird Sergeant Wendell White sitzenbleiben. Also: Warum hast du dich im April des Jahres 1953 der Bewährungsaufsicht entzogen?«

Hinton stotterte etwas. Bud schlug ihm ein paarmal mit dem Handrücken ins Gesicht – die Augen zur Wand gerichtet, um die Wirkung der Schläge nicht mit ansehen zu müssen. Links-rechts-links-rechts-links-rechts. Dot winkte ihm, er solle aufhören.

Feuerpause. Dudley: »Nur eine kleine Ermahnung, um dir zu zeigen, wozu Sergeant White imstande ist. Also, von jetzt an bin ich bereit, mir dein Gestottere anzuhören. Erinnerst du dich noch an meine Frage? Warum hast du dich im April 1953 der Bewährungsaufsicht entzogen?«

Stot-Stot-Stottern – Hinton hatte die Augen fest zugedrückt.

»Mein Junge, wir warten.«

Hinton: »M-m-mußte a-a-aus der St-Stadt v-v-verschwinden.«

»Na großartig.. Und was war der Grund dafür, daß du so dringend verschwinden mußtest?«

»N-n-nur Ärger m-m-mit 'ner F-Frau.«

»Mein Junge, das glaube ich dir nicht.«

»D-d-die W-W-Wahrheit.«

Dudley nickte. Bud markierte ein paar Schläge mit dem Handrücken, scheinbar mit voller Kraft, haute aber nicht richtig zu. Dot sagte: »Dieser Bursche könnte dir eine Menge Ärger machen. Komm schon, Kleiner, mach's dir nicht so schwer. April '53. Warum bist du damals aus der Stadt weg?«

Bud hörte Breuning und Carlisle nebenan. Plötzlich fiel es ihm ein: April '53 – das Nite Owl.

»Mein Junge, ich glaube, ich habe dein Erinnerungsvermögen doch überschätzt, deshalb werde ich dir ein wenig Hilfestellung geben. Pierce Patchett. Du warst doch damals mit ihm bekannt, nicht?«

Bud fühlte einen eisigen Schauer: Unterschlagung von Beweismaterial – er dürfte gar nichts von der Existenz Patchetts wissen.

Hinton zuckte wild, bäumte sich auf.

»Ah, großartig, ich glaube, wir haben endlich einen Nerv getroffen.«

Dot seufzte. »Gott, diese Muskeln. Ich wünschte, ich hätte auch solche Muskeln.«

Dudley brüllte vor Lachen.

Die Schauer unterdrücken: Er ist an dem Wiederaufrollen des Falls beteiligt – vielleicht paßt Hinton ins Bild. *Wenn er von der Sache mit dem Beweismaterial wüßte, wäre ich jetzt nicht hier.*

Dot ließ den Totschläger auf Hintons Arme und Knie niedersausen. Der Muskelmensch nahm es stoisch auf – kein Stöhnen, kein Wimmern.

Dudley lachte. »Mein Junge, du hast wirklich eine sehr hohe Schmerzgrenze, würde ich sagen. Bitte eine Stellungnahme zum folgenden: Pierce Patchett, Duke Cathcart und Pornographie. Und bitte recht detailliert, sonst würde Sergeant White gern testen, wie hoch deine Grenze wirklich liegt.«

Hinton jetzt ohne Stottern: »Leck mich, du irischer Schwanzlutscher.«

Ha ha ha. »Mein Junge, du bist ja ein richtiger Jack Benny. Wendell, zeigen Sie unserem organisierten Verbrecher hier, was wir von solchen unverlangt ausgesprochenen Einladungen halten.«

Bud griff nach Dots Totschläger. »Was hätten Sie denn gern, Boss?«

»Vollständige Kooperation und Offenheit.«

»Hat das mit dem Nite Owl zu tun? Sie haben was von Duke Cathcart gesagt.«

»Ich möchte vollständige Kooperation und Offenheit in jeder Hinsicht und zu jedem Thema. Haben Sie irgendwelche Einwände?«

Dot sagte: »Tun Sie einfach, was er sagt, White. Gott, solche Muskeln müßte man haben.«

Bud kam näher. »Lassen Sie mich mit ihm ein Solo machen. Bloß ein paar Minuten.«

»Ein Rückfall in Ihre alten Methoden, mein Junge? Ist schon ein Weilchen her, seit Sie bei der Arbeit so viel Begeisterung gezeigt haben.«

Bud flüsterte: »Ich lass' ihn glauben, er könnte mich schaffen, und mach' ihn dann fertig. Sie und Dot warten draußen, in Ordnung?«

Dudley nickte und verließ mit Dot das Zimmer. Bud schaltete das Radio ein: ein Werbespot, günstige Gebrauchtwagen von Yeakel Oldsmobile.

Hinton rasselte mit seinen Ketten. »Leck mich, leck den irischen Arsch und leck die verdammte Lesbe.«

Bud zog sich einen Stuhl heran. »Ich mag das Theater nicht, also sei vernünftig und beantworte meine Fragen, dann sag' ich ihm, er soll dich losmachen. Hast du verstanden? Keinen Ärger wegen der Bewährungsflucht.«

»Leck mich.«

»Hinton, ich glaube, du kennst Pierce Patchett, und vielleicht kennst du auch Duke Cathcart. Wenn du mir was über die beiden sagst, dann –«

»Leck mich am Ärmel.«

Bud schleuderte Hinton mitsamt dem Stuhl durch das Zimmer. Der heiße Stuhl landete auf der Seite, wobei einige Hölzer knickten. Regale brachen zusammen – das Radio landete auf dem Boden und gab nur noch ein Krachen und Heulen von sich.

Mit einer Hand richtete Bud den Stuhl wieder auf. Hinton pißte sich in die Hosen. Bud hörte sich selbst sprechen – eine merkwürdig entstellte Stimme, fast mit irischem Akzent. »Erzähl mir was vom Zuhältergeschäft, mein Junge. Cathcart, ein Bimbo mit Namen Dwight Gilette – die beiden hatten diese Kathy Janeway laufen. Das Mädchen wurde umgebracht, und das gefällt mir gar nicht. Hast du irgendwelche Informationen über die beiden, mein Junge?«

Auge in Auge – Hintons weit aufgerissen. Kein Stottern – bloß nicht reizen, das verdammte Untier. »Sir, ich habe diese Stellung bei Mr. Patchett gehabt, als Chauffeur, ich und dieser Chester Yorkin. Wir haben immer nur diese ...diese illegalen Sachen geliefert ... und Cathcart, den kenne ich genausowenig wie Adam. Ich hab' gehört, Gilette ist schwul – ich weiß nur, daß er immer Schnallen für Spade Cooleys Partys besorgt hat. Wollen Sie was über Spade hören? Ich weiß, daß er Opium raucht, er ist ein ganz übler, degenerierter Drogenheini. Er spielt jetzt im El Rancho – da können Sie ihn hochnehmen. Aber ich kenne keine Nuttenmörder, und ich kenne auch keine Kathy Janeway.«

Bud rüttelte den Stuhl – Hinton erzählte noch mehr.

»Sir, dieser Mr. Patchett, der hat Callgirls laufen gehabt. Tolle Weiber, rausgeputzt wie Filmstars. Sein Liebling war diese traumhafte Schnalle namens Lynn, die sah genauso aus wie –«

Bud zielte direkt auf sein Gesicht. Das Gesicht wurde rot. Ein Haufen kräftiger Männer drängte sich um ihn – legte die Arme um ihn, hob ihn hoch. Die Decke kam ihm entgegen, der abgeblätterte Stuck drehte sich, wurde schwarz.

* * *

Fragen und Antworten durch den schwarzen Nebel hindurch, Schreien und Wimmern durch die Gaze – eine Wand, hinter der die Gesichter verborgen blieben.

Pornohefte, Cathcart, Pierce P. – die volle Bedeutung kam nicht ganz durch. Mit einiger Anstrengung hörte er »Lynn Bracken« – der Name sagte ihm jedoch nichts, und das Schwarz wurde nur noch schwärzer. Mickey Cohen, 1953, und warum bist du abgehauen? – er riß an der Gaze, um an den Namen heranzukommen. Schreie, die ihn veranlaßten, sich immer tiefer in das Weiche hineinzuwühlen – Momentaufnahmen von Lynn überall um ihn.

Lynn blond und als Hure, brünett und sie selbst. Lynn über seine Affäre mit Inez: »Sei nett zu ihr und erspar mir die Einzelheiten.« Lynn beim Schreiben ihres Tagebuchs, das zu lesen er sich scheute, weil er wußte, daß sie ihn eiskalt im Griff hatte. Lynn, die immer zwei Schritte weiter voraus dachte als er, die in seinem Leben auftauchte und wieder verschwand, so wie er in ihrem auftauchte und wieder verschwand. Die schwarze Gaze vibrierte – Fragen, Antworten. Schwarze Stille, die Risse im Stuck wurden langsam heller.

Zimmer 7 im Victory: Pritschen für die Jungs vom Mobster-Trupp. Die Tür zu Zimmer 6 weit offen.

Bud rollte sich von seiner Pritsche, erhob sich. Sein Kopf dröhnte, sein Unterkiefer schmerzte. Er hatte sich mit solcher Gewalt in sein Kopfkissen gewühlt, daß es zerrissen war. Er ging in Nummer 6. Alles drunter und drüber: der heiße Stuhl, Blut an den Wänden. Kein Hinton, keine Dot, kein Dudley mit seinen Jungs. Zehn Minuten nach ein Uhr nachts – keine Möglichkeit, die Fragen und Antworten auf die Reihe zu kriegen.

Wie benebelt fuhr er nach Hause, zu ausgepumpt, um denken zu können. Gähnend schloß er die Tür auf – die Deckenbeleuchtung ging an. Irgendwas oder irgendwer packte ihn.

Handschellen um die Gelenke. Ed Exley, Jack Vincennes – direkt vor ihm. Ein Blick zur Seit: Fisk und Kleckner – zwei Scheißer von Internal Affairs – hielten seine Arme fest.

Exley schlug ihm ins Gesicht. Fisk packte ihn am Hals, legte einen Finger auf die Schlagader.

Eine Aktenmappe vor die Augen gehalten. Exley: »Internal Affairs hat Sie durchleuchtet, als Sie Sergeant wurden, wir wissen also Bescheid über Lynn Bracken. Vincennes hat Sie damals, im Jahr '53, beschattet und hat Sie, Bracken und Pierce Patchett in dieser eidesstattlichen Erklärung hier. Sie haben Patchett im Mordfall Kathy Janeway angesprochen, und Sie hatten ihre Finger in der gesamten Nite-Owl-Sache. Ich brauche alles, was Sie wissen, und wenn Sie nicht mitspielen, werde ich sofort eine Internal-Affairs-Untersuchung gegen Sie einleiten wegen Unterschlagung von Beweismaterial. Das Department braucht einen Sündenbock, der für die Panne im Fall Nite Owl verantwortlich gemacht werden kann, und ich bin zu wertvoll, als daß man mich abschießen würde. Wenn Sie nicht mitspielen, werde ich alles tun, was in meiner Macht steht, um Sie zu ruinieren.«

Der Würgegriff um seinen Hals wurde gelockert – Bud versuchte sich zu befreien. Kleckner und Fisk packten ihn fester. »Arschloch, dafür bring' ich dich um!«

Exley lachte auf. »Das glaube ich nicht. Außerdem: Wenn Sie mitspielen, werden wir nicht nur nichts wegen der Unterschlagung von Beweisen unternehmen, sondern Sie auch an der Untersuchung beteiligen und Ihnen ein weiteres Bonbon spendieren – eine Verbindung zu diesen Nuttenmorden, an denen Ihnen so viel liegt.«

Die schwarze Gaze kehrte wieder zurück. »Lynn?«

»Sie ist die erste, die wir verhören – unter Pentothal. Wenn sie sauber ist, kommt sie davon.«

Er weiß nichts über die Sache im *Whisper*, und ich habe immer noch die Leiche drüben in San Berdoo. »Und wenn die Sache vorbei ist, rechnen wir beide ab.«

52

Er fand keinen Schlaf – der Gedanke an Vincennes' eidesstattliche Erklärung ließ ihm keine Ruhe. Dann ein Anruf, der ihn unnötig weckte: ein Reporter, um sechs Uhr morgens. Die Nachrichten im Radio: Spekulationen über ein Wiederaufrollen des Falles, ein *Mano a mano* mit seinem Vater – das neue Freeway-System fast fertig, der Held des Nite Owl jetzt ein Schuft, Demonstranten auf dem Parkplatz – Kommie-Typen, die nach Gerechtigkeit schrien.

Er war früh dran – zur wichtigsten Konferenz seiner Karriere.

In Parkers Besprechungszimmer war alles vorbereitet – Notizblöcke auf dem Tisch. Ed schrieb sich Stichworte auf. »Patchett«; »Bracken«; »Patchetts ›Deal‹ mit Hudgens – Erpressung?« Dann unterstrichen: »Pornographie-Aufnahmen stimmen mit Hudgens' Verstümmelung überein; Vincennes soll Pornohefte zum Bureau bringen«. Whites Beitrag: »Patchett in die Pornosache '53 verwickelt«; »Patchett/Englekling-Brüder und -Vater ausgebildete Chemiker«; »Duke Cathcarts Wohnung durchsucht & San-Berdoo-Branchenbuch aufgeblättert (Druckereien)«. White hielt immer noch Informationen zurück, das wußte er.

Eidesstattliche Erklärung unterstrichen: »Patchett verwickelt (durch Fleurs-de-Lis) in Pornosache, in der Sitte '53 ermittelte; Pornovertrieb von Cathcart ausgedacht; Pornos wie Verstümmelungen von Hudgens' Leiche.«

Schlußfolgerung:

Ein engmaschiges Netz von kriminellen Verschwörungen, die mindestens fünf Jahre zurückreichten und zu nicht weniger als vier, vielleicht sogar bis zu einem Dutzend schwerer Verbrechen geführt hatten.

Die übrigen Männer kamen herein - Parker, Dudley Smith, Ellis Loew. Kurzes Kopfnicken, dann nahmen alle Platz.

Parker sagte: »Wir rollen die Sache wieder auf. Das Justizministerium will sie an sich reißen, aber Ellis hat eine einstweilige Verfügung dagegen beantragt, die uns zwei Wochen Zeit gibt. Wir haben also zwei Wochen, um den Fall zu bereinigen und unser gutes Image wiederzugewinnen. Wir haben zwei Wochen, ehe Sacramento zu uns kommt und uns zum Gespött der Leute macht. Ich will diesen Fall innerhalb von zwölf Tagen geklärt haben, juristisch einwandfrei und auf dem Tisch der Grand Jury. Haben Sie mich verstanden, meine Herren?«

Kopfnicken ringsum. Loew sagte: »Ich persönlich befinde mich hier in einer etwas schwierigen Situation, da Coates, Jones und Fontaine mir gegenüber die Tat tatsächlich gestanden haben. Wenn ich mir's recht überlege, dann handelte es sich bei den drei Burschen allerdings um ziemlich dumme und naive Kerle, die psychologisch leicht zu beeinflussen waren, so daß –«

Smith unterbrach ihn. »Ellis, das ist Schnee von gestern. Wir haben einfach die falschen Bimbos erwischt, nicht die, die im Griffith Park rumgeballert haben. Die wahren Täter sind irgendwelche schlauen Darktown-Gecken, die wußten, wo Coates seinen Wagen versteckt hatte, und dann einfach die Waffen reingelegt haben. Typen, die sich in Niggertown gut auskannten und schneller waren als wir. Der violette Wagen, der vor dem Nite Owl gesehen wurde, war nur ein Zufall, den die Killer ausgenutzt haben. Ich glaube, der Wagen, den die Zeugen im Griffith Park gesehen haben, wurde gestohlen oder kam aus einem anderen Staat – auf jeden Fall hat das nichts mit dem Fall zu tun. Wir sollten anfangen, uns noch einmal die gesamte Southside vorzunehmen.«

Ed lächelte – das, was Smith sagte, paßte gut in seinen Plan. »Ich stimme grundsätzlich zu, und ich habe einen meiner Leute von Internal Affairs darauf angesetzt, die alten Zulassungsunterlagen zu überprüfen. Aber sind wir nicht schon einen Schritt zu weit? Ich finde, wir sollten erst einmal die Verantwortlichkeiten regeln.«

Loew hustete. »Ed, für mich war die Tatsache, daß Sie die drei Ganoven erschossen haben, eine lobenswerte Tat – gleich, was Ihre Motive waren. Aber ich fürchte, wenn Sie die Leitung dieser Untersuchung innehaben, würde das bei der Presse und in der Öffentlichkeit die negative Haltung nur noch verstärken. Ich würde sagen, Sie sollten sich in diesem Falle mit einer weniger prominenten Rolle begnügen.«

Sofortige empörte Reaktion. »Ich bin es leid, in den Abendnachrichten immer als der Bösewicht dargestellt zu werden, und ich bin es leid, daß mein Liebesleben in den Zeitungen breitgetreten wird. Außerdem bin ich der beste Ermittler im gesamten –«

Parker unterbrach ihn. »Sie sind der beste Ermittler, den wir haben, und ich verstehe sehr gut, worum es Ihnen geht. Aber Ellis hat recht – Sie sind mir zu sehr persönlich engagiert in dieser Sache. Ich habe Dudley das Kommando übertragen. Er wird ein Team zusammenstellen mit Männern der Mordkommission und anderen Abteilungen und sofort mit der Arbeit beginnen.«

»Und ich? Werde ich auch beteiligt?«

Parker nickte. »Ich gebe Ihnen alles, was Sie wollen – vorausgesetzt, es bleibt im Rahmen.«

Der entscheidende Stoß. »Ich möchte Gelegenheit haben, meinem eigenen Beweismaterial nachzugehen, und zwar unter der Autonomie von Internal Affairs. Dabei möchte ich die Unterstützung von zwei meiner persönlichen Mitarbeiter von Internal Affairs und zwei weiteren Männern meiner Wahl für den Außendienst.«

»Einverstanden. Dudley?«

»Ja, ich würde sagen, das ist durchaus fair. Mein Junge, an wen haben Sie gedacht für den Außendienst?«

»Jack Vincennes und Bud White.«

Smith riß fast den Mund auf. Parker sagte: »Eine seltsame Wahl – aber es ist ja auch ein seltsamer Fall. Zwölf Tage also, meine Herren, und nicht eine Minute länger.«

53

Jack wachte auf seiner Couch auf und schrieb Karen eine kurze Nachricht.

Meine Süße –

Fair ist fair – stimmt, ich habe Mist gebaut, was Ellis betrifft. Aber zwei Monate auf diesem gottverdammten Sofa zu schlafen, das ist nicht fair & wenn das Department mir vergeben kann, dann solltest auch Du dazu in der Lage sein. Ich habe seit sechs Wochen keinen Drink angerührt, wie Du wissen würdest, wenn Du einen Blick auf den Kalender neben meinem Schrank geworfen hättest. Natürlich erwarte ich nicht, daß für Dich damit alles zwischen uns wieder in Ordnung ist, aber Du könntest mir zumindest zugute halten, daß ich mir Mühe gegeben habe. Ich werde mich auch weiter bemühen – Du willst Jura studieren – großartig, aber ich bin sicher, es wird Dir keinen Spaß machen. Im Mai gehe ich in den Ruhestand, und vielleicht kann ich einen Job als Polizeichef in einem kleinen Provinznest irgendwo in der Nähe einer guten Universität bekommen. Ich werde es versuchen, aber laß mir ein bißchen Luft, denn diese Tiefkühl-Nummer macht mich verrückt & und im Augenblick kann ich es mir nicht leisten, verrückt zu werden, weil ich den Auftrag bekommen habe, wieder in Zivil an einer Sache zu arbeiten, die mir sehr viel bedeutet. Wahrscheinlich werde ich zumindest in der nächsten Woche abends länger beschäftigt sein, aber ich werde auf jeden Fall anrufen & Dir Bescheid sagen.

J.

Er zog sich an und wartete darauf, daß das Telefon klingelte. Tasse Kaffee in der Küche, eine Nachricht von Karen.

J. –

Ich war in letzter Zeit ziemlich gemein, glaube ich. Es tut mir leid, und ich finde, wir sollten versuchen, ein paar Dinge zu klären. Du hast fest geschlafen, als ich nach Hause kam, sonst hätte ich Dich in mein Boudoir eingeladen.

XXXXX-K

P.S.: Eines der Mädchen auf der Arbeit hat mir dieses Magazin gezeigt, das Dich vielleicht interessiert. Ich weiß, daß Du diesen Exley kennst, der darin erwähnt wird, und die Sache hängt offensichtlich mit dem zusammen, worüber die Zeitungen in letzter Zeit so viel schreiben.

Auf dem Tisch: Ein Exemplar des *Whisper* – »Gedruckt wird jeder Dreck«. Lächelnd blätterte Jack das Heft durch. Ein Beitrag zum Thema Nite Owl stach ihm ins Auge.

Ziemlich aufgebauschte Story – »Privatdetektiv auf Kreuzzug«, »Duke Cathcarts Doppelgänger«, Mutmaßungen über Pornogeschäfte. Ed Exley auf glühenden Kohlen geröstet – Exley als Ziel einer groß angelegten Haßkampagne. Ein Fangschuß: »Privatdetektiv« Bud White versetzt Exley einen Dolchstoß. Die Ausgabe war von Februar, wurde also bereits im Januar verkauft, noch ehe die Brüder Englekling umgelegt worden waren und der Bimbo in Quentin die Sache mit dem Alibi gemeldet hatte. Die Zeitschrift erschien an der Ostküste, wahrscheinlich gab es in ganz L.A. kein einziges Exemplar. Exley und die Polizeiführung hatten diesen Artikel bestimmt nicht gesehen – sonst hätte *er* etwas davon gehört.

Das Telefon klingelte – Jack griff nach dem Hörer.

»Exley?«

»Ja. Sie sind mir jetzt offiziell zugeteilt. White hat mit Lynn Bracken gesprochen. Sie ist einverstanden, unter Pentothal auszusagen, und ich möchte, daß Sie sie abholen und zu uns bringen. Sie wird in einer Stunde in dem China-Restaurant gegenüber vom Bureau warten. Holen Sie sie dort ab und bringen Sie sie zu Internal Affairs, und wenn sie einen Anwalt dabei hat, wimmeln Sie ihn ab.«

»Hören Sie, ich hab' was gefunden, was Sie sich mal ansehen sollten.«

»Bringen Sie die Frau her. Das ist alles.«

***

Lynn Bracken saß in Al Wongs Restaurant und trank Tee. Fünf Jahre waren seit der Verbrennung des Aktenstapels vergangen. Jack beobachtete sie durchs Fenster.

Sie sah immer noch beeindruckend aus. Inzwischen hatte sie braune Haare – eine Schönheit, die auch mit ihren fünfunddreißig Jahren immer noch die Blicke auf sich zog. Als sie ihn entdeckte, fühlte Jack, wie er innerlich zu zittern begann. Er dachte an seine Akte.

Sie kam aus dem Restaurant. Jack sagte: »Ich wollte nicht, daß es so weit kommt.«

»Aber Sie haben es zugelassen. Haben Sie keine Angst davor, was ich über Sie weiß?«

Irgend etwas stimmte nicht. Sie wirkte viel zu ruhig dafür, daß sie in fünf Minuten verhört werden sollte. »Es gibt da einen schrecklichen Captain, der ein Auge auf mich hat. Ich wette, wenn was rauskäme, würde er es aus der Welt schaffen.«

»Sie sollten lieber nicht wetten. Außerdem mach' ich das alles nur mit, weil Bud mir gesagt hat, er kommt sonst in Schwierigkeiten.«

»Was hat Bud Ihnen noch gesagt?«

»Ein paar schreckliche Dinge über diesen schrecklichen Captain. Können wir bitte jetzt gehen? Ich möchte die Sache so schnell wie möglich hinter mich bringen.«

Sie überquerten die Straße und stiegen dann die Treppe hoch zum Bureau. Fisk erwartete sie vor den Räumen von Internal Affairs und brachte sie in Exleys Büro. Eine furchterregende Szenerie: der furchterregende Captain Ed, Ray Pinker, ein Schreibtisch voll mit medizinischen Geräten – Ampullen, Spritzen. Ein Lügendetektor für den Fall, daß die Droge nicht wirkte.

Pinker zog eine Spritze auf. Exley deutete auf einen Stuhl. »Bitte, Miss Bracken.«

Lynn setzte sich. Pinker drückte ihr einen Wattebausch auf den Arm und legte ihr eine Aderpresse an. Exley ganz sachlich und geschäftsmäßig. »Ich weiß nicht, was Bud White Ihnen gesagt hat, aber wir haben es bei dieser Untersuchung mit einer Reihe von Verschwörungen zu tun, die offenkundig in Zusammenhang stehen. Wenn Sie uns Informationen geben können, die uns weiterhelfen, sind wir bereit, Ihnen Immunität vor allen juristischen Konsequenzen zu gewähren, die aus Ihren Aussagen resultieren könnten.«

Lynn ballte die Faust. »Ich kann ja wohl nicht gut lügen. Können wir die Sache hinter uns bringen?«

Pinker nahm ihren Arm und injizierte ihr die Droge. Exley schaltete das Tonbandgerät ein. Lynn bekam einen leicht verträumten Blick – aber nicht die für Pentothal typischen glasigen Augen. Exley sprach in das Handmikrofon. »Zeugin Lynn Bracken, 22. März 1958. Miss Bracken, bitte zählen Sie rückwärts, angefangen bei hundert.«

Schon bei den ersten Zahlen begann sie undeutlicher zu sprechen. »Hundert, neunundneunzig, achtundneunzig, siebenund-zig, sechsundneunzig...«

Pinker untersuchte ihre Augen, nickte. Jack griff sich einen Stuhl. Immer noch viel zu ruhig – er konnte es fast schmecken.

Exley hustete. »22. 3. 58. Anwesend sind außer der Zeugin: ich selbst, Sergeant Duane Fisk, Sergeant John Vincennes und Polizeiarzt Ray Pinker. Duane, Sie stenographieren bitte mit.«

Fisk griff nach einem Notizblock. Exley sagte: »Miss Bracken, wie alt sind Sie?«

Ein leichtes Nuscheln. »Vierunddreißig.«

»Und ihr Beruf?«

»Ich bin Geschäftsfrau.«

»Sie sind die Besitzerin von Veronica's Dress Shop in Santa Monica?«

»Ja.«

»Warum haben Sie den Namen ›Veronica's‹ gewählt?«

»Das ist eine private Anspielung.«

»Bitte erläutern Sie uns das.«

»Das ist ein Name aus meinem früheren Leben.«

»Wie ist das zu verstehen?«

Ein verträumtes Lächeln. »Ich habe früher als Prostituierte gearbeitet und mich so zurecht gemacht, daß ich wie Veronica Lake aussah.«

»Wer hat Sie dazu veranlaßt?«

»Pierce Patchett.«

»Ich verstehe. Hat Pierce Patchett im April 1953 einen Mann namens Sid Hudgens getötet?«

»Nein. Das heißt, ich weiß es nicht. Warum hätte er das tun sollen?«

»Wissen Sie, wer Sid Hudgens war?«

»Ja. Er hat für dieses Skandalblatt geschrieben.«

»War Patchett mit Hudgens bekannt?«

»Nein. Ich meine, wenn er ihn gekannt hätte, dann hätte er's mir bestimmt gesagt – ein so berühmter Mann wie der.«

Eine Lüge – die Droge schlug bei ihr offenbar nicht richtig an. Sie mußte doch wissen, daß er wußte, daß sie log – offensichtlich dachte sie, er würde ihr die Lüge abnehmen, um sich zu schützen.

Exley: »Miss Bracken, wissen Sie, wer im Frühjahr 1953 ein Mädchen namens Kathy Janeway getötet hat?«

»Nein.«

»Kennen Sie einen Mann namens Lamar Hinton?«

»Ja.«

»Bitte sagen Sie uns Genaueres.«

»Er hat für Pierce gearbeitet.«

»In welcher Funktion?«

»Als Fahrer.«

»Und wann war das?«

»Vor einigen Jahren.«

»Wissen Sie, wo Hinton sich jetzt aufhält?«

»Nein.«

»Etwas genauer, bitte.«

»Nein, er ging fort. Ich habe keine Ahnung, wohin.«

»Hat Hinton im April 1953 versucht, Sergeant Jack Vincennes zu töten?«

»Nein.«

Auch damals hatte sie auf diese Frage mit nein geantwortet.

»Wer hat dann versucht, ihn zu töten?«

»Das weiß ich nicht.«

»Wer hat außer ihm noch als Fahrer für Patchett gearbeitet oder arbeitet noch für ihn?«

»Chester Yorkin.«

»Etwas genauer, bitte.«

»Chet, Chester Yorkin. Er wohnt irgendwo da unten in Long Beach.«

»Hat Pierce Patchett Frauen zur Prostitution angestiftet?«

»Ja.«

»Wer hat im April 1953 die sechs Menschen im Nite Owl Coffee Shop getötet?«

»Das weiß ich nicht.«

»Trifft es zu, daß Pierce Patchett mit einer Reihe von illegalen Waren handelt, die er über eine Organisation namens Fleurs-de-Lis verkauft?«

»Das weiß ich nicht.«

Eine faustdicke Lüge. Die heftig klopfenden Adern auf ihrer Stirn bewiesen es.

Exley: »Trifft es zu, daß Doktor Terry Lux Patchetts Prostituierte Schönheitsoperationen unterzieht, um ihre Ähnlichkeit mit Filmstars zu verstärken.«

Die Adern beruhigten sich wieder. »Ja.«

»Ist es richtig, daß Patchett schon seit langem teure Callgirls vermittelt?«

»Ja.«

»Hat Patchett im Frühjahr 1953 teure und anspruchsvoll gemachte Pornographie verbreitet?«

»Das weiß ich nicht.«

Weiße Knöchel. Jack langte nach einem Notizblock und schrieb:

»Patchett ist ein As als Chemiker. L.B. lügt – ich glaube, sie hat eine Droge genommen, die die Wirkung des Pentothals aufhebt. Lassen Sie ihr Blut untersuchen.«

»Miss Bracken, trifft es –«

Jack reichte ihm den Zettel. Exley warf einen Blick darauf, reichte ihn weiter an Pinker. Pinker machte eine Spritze fertig.

»Miss Bracken, trifft es zu, daß Patchett geheime Akten besitzt, die Sid Hudgens gestohlen wurden?«

»Das weiß ich ni –«

Pinker packte Lynns Arm und stach ihr die Nadel in die Vene. Lynn versuchte sich aufzubäumen. Exley hielt sie fest. Pinker zog die Spritze wieder heraus. Exley preßte Lynn gegen den Schreibtisch. Sie versuchte sich ihm zu entwinden und trat mit den Füßen nach ihm. Fisk kam dazu und legte ihr Handschellen an. Jetzt spuckte sie und traf Exley im Gesicht. Fisk zog die Widerstrebende in den Flur.

Exley wischte sich über das Gesicht – gerötet, fleckig. »Ich war mir nicht ganz sicher. Ich dachte, sie wäre vielleicht nur verwirrt.«

Jack reichte im die Ausgabe des *Whisper*. »Ich wußte, was sie hätte antworten müssen. Captain, Sie sollten sich das hier mal ansehen.«

Furchterregend: das rote Gesicht, diese Augen. Exley las den Artikel, riß die Zeitschrift entzwei. »Das war White. Sie fahren rauf nach San Bernardino und sprechen mit Sue Lefferts' Mutter. Ich werde diese Hure schon kleinkriegen.«

***

San Berdoo in hellem Aufruhr: Exleys Versuch, die Hure kleinzukriegen, als Dia-Show. »Hilda Lefferts« im Telefonbuch, die Adresse, das Haus: weiße Schindeln, ein Anbau aus Hohlziegeln.

Ein altes Mütterchen wässerte den Rasen. Jack parkte den Wagen, klebte die zerrissene Ausgabe des *Whisper* mit Klebeband zusammen. Die Alte sah ihn und rannte mit schnellen Schritten zur Haustür.

Er lief zu ihr hin. Sie kreischte: »Sie sollen meine Susie endlich in Frieden ruhen lassen!«

Jack hielt ihr den *Whisper* vor die Nase. »Ein Polizist aus L.A. hat mit Ihnen gesprochen, stimmt's? Ein großer Bursche, etwa um die Vierzig? Sie haben ihm gesagt, ihre Tochter hatte damals, vor der

Sache mit dem Nite Owl, einen Freund, der genau wie Duke Cathcart aussah und ihr sagte, sie solle sich endlich dran gewöhnen, ihn ›Duke‹ zu nennen. Der Polizist hat Ihnen Photos gezeigt, und Sie konnten diesen Mann nicht identifizieren. Stimmt das? Hier, lesen Sie das und sagen Sie mir, ob das wahr ist!«

Die Alte las den Bericht, mit der Hand die Augen gegen die Sonne abschirmend. »Aber er hat doch gesagt, er ist Polizist, kein Privatdetektiv. Das waren Polizeiphotos, die er mir gezeigt hat, und es war doch nicht meine Schuld, daß ich Susies Verehrer nicht identifizieren konnte. Außerdem lege ich Wert auf die Feststellung, daß Susie bei ihrem Tod noch Jungfrau war.«

»Ich bin sicher, Ma'm –«

»Und ich lege ebenfalls wert auf die Feststellung, daß dieser Polizist, oder was immer er war, unter meinem Haus nachgeschaut hat und nichts Verdächtiges gefunden hat. Junger Mann, Sie sind doch von der Polizei, oder nicht?«

Jack schüttelte den Kopf – er fühlte sich schwer an. »Wovon reden Sie eigentlich, Lady?«

»Ich rede davon, daß dieser Mister Privatdetektiv oder Polizist vor zwei Monaten oder so unter mein Haus gekrochen ist, weil ich ihm gesagt habe, daß Susies Verehrer das gleiche getan hat damals, kurz nach dem Streit mit dem anderen Mann und vor dieser Nite-Owl-Sache, wegen der Sie und Ihre Kollegen mich ständig belästigen – mögen Susie und die anderen Opfer in Frieden ruhen. Alles, was er da unten gefunden hat, waren Nagetiere – keinerlei Hinweise auf ein Verbrechen oder so. Also.«

Also.

Die Alte deutete mit der Hand auf den freien Raum unterhalb des Anbaus. Also.

Das war doch, verdammt noch mal, unmöglich. Bud White besaß nicht genug Verstand, um eine so starke Karte einfach im Ärmel zu behalten.

Jack holte sich eine Taschenlampe und kroch unter das Haus. Hilda Lefferts stand daneben. Also. Staub, Moder, Gestank nach Mottenkugeln. Im Lichtkegel Dreck, Ratten, leuchtende Rattenaugen, Sacktuch, Mottenkugeln, blutverkrustete Knochen, ein Schädel mit einem Loch in der Stirn.

54

Ed beobachtete Lynn Bracken durch den durchsichtigen Spiegel.

Kleckner war dabei, sie zu verhören. Er spielte den Guten, während er selbst die Rolle des Bösen spielen sollte. Sie hatte eine zweite Injektion Pentothal bekommen; Ray Pinker untersuchte gerade ihr Blut. Drei Stunden in einer Zelle hatten bei ihr überhaupt nichts bewirkt – sie log immer noch mit der gleichen Selbstsicherheit.

Ed stellte den Lautsprecher höher. Kleckner: »Ich sage ja nicht, daß ich Ihnen nicht glaube: ich sage nur, daß meine Erfahrungen als Polizist mich gelehrt haben, daß Zuhälter im allgemeinen Frauenhasser sind, daher kaufe ich Ihnen nicht ab, daß Patchett ein so großer Menschenfreund sein soll.«

»Sie müssen seine Geschichte berücksichtigen; immerhin hat er seine kleine Tochter im Kindbett verloren. Ich bin sicher, daß selbst Sie als Polizist zumindest den Zusammenhang von Ursache und Wirkung verstehen können, auch wenn Sie ihn nicht akzeptieren.«

»Gut, reden wir lieber von seinem finanziellen Hintergrund. Sie haben mir Patchett als einen Finanzier beschrieben, dessen Tätigkeit in L.A. mehr als dreißig Jahre zurückreicht. Sie haben gesagt, daß er Finanzgeschäfte abwickelt – erzählen Sie mir mehr Einzelheiten.«

Lynn seufzte – reine Großtuerei. »Filmfinanzierungen, Grundstücksgeschäfte, Bauaufträge und so. Hier eine kleine Information für alle Filmfans da draußen: Pierce hat mir erzählt, daß er unter anderem ein paar der frühen Kurzfilme von Raymond Dieterling finanziert hat.«

Wie passend: der Zuhälter von Bud Whites Freundin mit Preston Exleys bestem Freund bekannt. Kleckner legte ein neues Tonband ein. Ed nahm die Hure näher in Augenschein.

Sie war sehr schön – was weitgehend darauf zurückzuführen war, daß sie nicht vollkommen war. Ihre Nase war zu spitz, ihre Stirn von Falten durchzogen. Breite Schultern, große Hände – dabei überraschend schön geformt. Blaue Augen, die wahrscheinlich anfingen zu tanzen, wenn ein Mann die richtigen Worte sagte. Vermutlich erkannte sie bei Bud White eine Art primitiver Integrität, und sie respektierte ihn, weil er nicht versuchte, sie mit Talenten zu beeindrucken, die er nicht besaß. Sie kleidete sich sehr raffiniert, weil sie wußte, daß sie auf diese Weise bei den Leuten, auf die es ihr ankam, Eindruck machte. Sie war überzeugt, daß die meisten Männer eher schwach waren, und vertraute darauf, daß sie aufgrund ihrer Intelligenz meistens einen Ausweg finden würde. All diese Beobachtungen ließen ihn zu der Überzeugung kommen, daß diese Kombination von Intelligenz und dem Mittel gegen das Pentothal sie zu einer absolut unberechenbaren, aber beeindruckenden Zeugin machte.

»Captain, ein Anruf für Sie. Es ist Vincennes.«

Fisk übergab ihm das Telefon. Die Schnur reichte gerade aus. Ed nahm den Hörer. »Vincennes?«

»Yeah. Hören Sie gut zu – die Story in dem Skandalblatt war absolut koscher, und ich hab' 'ne ganze Menge rausgefunden.«

»White?«

»Yeah. White war der sogenannte Privatdetektiv, und der hat die alte Lefferts vor ungefähr zwei Monaten verhört. Sie hat ihm die Geschichte von dem Freund ihrer Tochter erzählt, der wie Duke Cathcart aussieht, und von diesem anderen Typ.«

»Was?«

»Hören Sie einfach zu. Ein paar Wochen vor dem Nite Owl sah ein Nachbar Susie und ihren Freund allein im Haus und hörte, wie sie mit einem anderen Mann Streit bekamen. Am gleichen Tag soll ihr Freund dann nachmittags unter das Haus gekrochen sein. Als White dann die alte Dame befragt hatte, rief er bei der Telefongesellschaft an und ließ überprüfen, welche Anrufe zwischen Mitte März und Mitte April von dem Haus aus nach L.A. vermittelt wurden. Ich habe das gleiche gemacht und festgestellt, daß drei Anrufe geführt wurden, und zwar alle mit einer Telefonzelle in Hollywood, ganz in der Nähe des Nite Owl. Und wenn Sie glauben, daß das eine heiße Sache ist, dann –«

»Gott verdammt –«

»Captain, hören Sie mir *zu*. White kroch unter das Haus und sagte der Alten, er hätte nichts gefunden. Ich bin ebenfalls runtergekrochen und hab' eine Leiche gefunden, eingepackt mit Mottenkugeln, um den Gestank zu überdecken, und mit einem verdammten

Einschußloch in der Stirn. Ich habe Doc Layman nach San Berdoo kommen lassen. Er brachte die Zahnkartei von Duke Cathcart aus dem Gefängnis mit, die damals auch dem Leichenbeschauer zur Verfügung stand. Die Übereinstimmung war perfekt. Die erste Identifizierung damals war falsch und beruhte nur auf einem Teilabdruck, genau wie es in dem Artikel hieß. Scheiße, ich kann einfach nicht glauben, daß White sich die Sache so zusammengereimt hat und dann die Leiche einfach hat liegenlassen. Captain, sind Sie noch da?«

Ed packte Fisk am Arm. »Wo steckt Bud White?«

Fisk sah ihn angstvoll an. »Ich habe gehört, er ist mit Dudley Smith nach Norden gefahren. Der Sheriff von Marin hat sich endlich entschlossen, uns im Mordfall Englekling weiterzuhelfen.«

Er nahm den Hörer wieder auf. »In dem Artikel stand, die Frau hätte sich Photos angesehen.«

»Yeah. White hat ihr etliche Bilder aus der Kartei des staatlichen Archivs gezeigt. Nun wissen wir beide, daß die Kartei ein bißchen dünne ist, daher nehm' ich an, daß White vermeiden wollte, die Frau hier zu uns zu bringen, damit sie sich unsere Bilder ansieht. Wie dem auch sei, sie konnte den Freund ihrer Tochter nicht identifizieren, und wenn es sich bei dem Freund um eins der Opfer aus dem Nite Owl handelt, dann haben wir ihn, denn Nort Layman hat ihm damals, '53, Fragmente von seinem Gefängnisgebiß aus dem Mund geholt. Soll ich sie mitbringen, damit sie sich unsere Bilder ansieht?«

»Tun Sie das.«

Fisk nahm ihm das Telefon ab. Ray Pinker kam auf ihn zu, in der Hand ein Formular. »Prestilphyozin, Captain. Ein außerordentlich selten verwendetes experimentelles Mittel gegen Psychosen, das benutzt wird, um gewalttätige geistesgestörte Patienten ruhigzustellen. Irgendein Profi hat der Dame das Zeug gegeben, denn nur ein Profi kann wissen, daß diese Art Phyozine die Wirkung von Pentothal unter Umständen aufheben kann. Skipper, Sie sollten sich hinsetzen – Sie sehen aus, als ob sie gleich 'nen Herzanfall kriegen.«

Patchett war Chemiker, ebenso der Vater der Englekings, der auf die Entwicklung antipsychotischer Drogen spezialisiert war. Hinter dem Glas saß Bud Whites Hure jetzt allein da – nur die Spulen des Tonbandgeräts drehten sich.

Ed ging zu ihr. Lynn sagte: »Sie schon wieder?«

»Ganz recht.«

»Ich dachte, Sie müßten entweder einen Haftbefehl beantragen oder mich freilassen.«

»Dafür haben wir noch achtundsechzig Stunden Zeit.«

»Und meine verfassungsmäßigen Rechte?«

»Die sind in diesem Falle außer Kraft.«

»In diesem Fall?«

»Stellen Sie sich nicht dümmer, als Sie sind. Es geht darum, daß Pierce Patchett Pornos vertrieben hat, darunter Aufnahmen, die genau mit den Verstümmelungen eines Mordopfers übereinstimmen – nämlich seines verstorbenen ›Partners‹ Sid Hudgens. Es geht darum, daß eines der Opfer des Nite-Owl-Massakers in eine Verschwörung zur Verbreitung dieser Pornos verwickelt war und Ihr Freund Bud White wichtiges Beweismaterial unterschlagen hat, aus dem die tatsächliche Identität des Opfers hervorgeht. Bud White hat Ihnen gesagt, Sie sollten mit uns kooperieren, und Sie sind zu uns gekommen, nachdem man Ihnen eine Droge gegeben hat, die die Wirkung von Pentothal aufhebt. Das spricht gegen Sie, aber Sie können sich *und* White immer noch retten, wenn Sie jetzt wirklich mit uns kooperieren.«

»Bud kann selbst für sich sorgen. Und Sie sehen einfach schrecklich aus. Ihr Gesicht ist ganz rot.«

Ed setzte sich auf einen Stuhl und schaltete das Tonbandgerät aus. »Sie spüren überhaupt keine Wirkung, habe ich recht?«

»Ich fühle mich, als hätte ich vier Martinis getrunken, und nach vier Martinis hab' ich in der Regel einen vergleichsweise klaren Kopf.«

»Patchett hat Sie absichtlich ohne Anwalt hergeschickt, um Zeit zu gewinnen, das weiß ich. Er weiß, daß wir Sie im Zusammenhang mit der Wiederaufnahme der Ermittlungen im Fall Nite Owl vorgeladen haben, also weiß er auch, daß er selbst zumindest als Zeuge in Frage kommt. Was mich betrifft, so kann ich mir nicht vorstellen, daß er ein Killer ist. Ich weiß eine Menge über Patchetts Geschäfte, und Sie können ihm eine Menge Unannehmlichkeiten ersparen, wenn Sie kooperieren.«

Lynn lächelte. »Bud sagte mir schon, daß Sie ziemlich intelligent sind.«

»Und was hat er Ihnen noch gesagt?«

»Daß Sie ein schwacher, wütender Mann sind und in Konkurrenz mit Ihrem Vater stehen.«

Nicht darauf eingehen. »Konzentrieren wir uns auf meine Intelligenz. Patchett als Chemiker, und ich mag mich irren, aber ich wette, sein Lehrer war Franz Englekling, ein Pharmakologe, der neue Drogen von der gleichen Art entwickelt hat wie das antipsychotische Mittel, das Ihnen Patchett gab, um die Wirkung von Pentothal auszuschalten. Englekling hatte zwei Söhne, die letzten Monat oben in Nordkalifornien ermordet wurden. Beide Männer kamen während der Ermittlungen im Fall Nite Owl zu uns und erwähnten in ihrer Aussage einen – Zitat – verrückten alten Lustknaben – Zitat Ende –, der über Kontakte zu einer ganzen Reihe von – Zitat – hochklassigen Callgirls – Zitat Ende – verfügen sollte. Damit war offensichtlich Patchett gemeint, der offensichtlich mit einem Möchtegern-Pornohändler namens Duke Cathcart bekannt war, einem der mutmaßlichen Opfer des Überfalls auf das Nite Owl. Patchett ist offensichtlich in den Fall verwickelt und wird eine Menge Ärger bekommen, und Sie haben es in der Hand, ihm den zu ersparen.«

Lynn zündete sich eine Zigarette an. »Sie sind wirklich sehr, sehr intelligent.«

»Ja, und ich bin ein ausgezeichneter Ermittler und kann mich auf eine Menge unterschlagener Informationen aus den letzten fünf Jahren stützen. Ich weiß, daß Sie damals einen Haufen Papiere verbrannt haben, ich weiß von Patchetts und Hudgens' Erpresserplänen. Ich habe die eidesstattliche Erklärung gelesen, die Vincennes Ihnen gegenüber erwähnt hat, und ich weiß alles über Patchetts verschiedene Geschäfte, auch über Fleurs-de-Lis.«

»Und Sie nehmen an, daß Pierce im Besitz von überaus kritischen Informationen über Vincennes ist.«

»Ja, aber diese Informationen würden der Staatsanwalt und ich sofort verschwinden lassen, um den Ruf des Los Angeles Police Departments zu schützen.«

Verwirrung. Lynn ließ ihre Zigarette fallen und fummelte an ihrem Feuerzeug herum. Ed sagte: »Sie und Patchett können nicht gewinnen. Ich habe zwölf Tage Zeit, um diesen Fall zu bereinigen, und wenn mir das nicht gelingt, werde ich alles tun, um eine ganze Reihe Leute wegen anderer Sachen vor Gericht zu bringen. Ich kann Patchett mindestens zwölf verschiedene Delikte anhängen, und Sie können mir glauben: Wenn ich diesen Fall nicht lösen kann, werde ich alles tun, um trotzdem möglichst gut dazustehen.«

Lynn starrte ihn an. Ed starrte zurück: »Patchett hat Sie zu dem gemacht, was Sie sind, stimmt's? Sie waren nur ein Cheerleader-Mädchen aus Bisbee, Arizona, und eine Hure. Er hat Sie gelehrt, sich richtig zu kleiden, richtig zu sprechen und zu denken, und ich muß sagen, das Ergebnis ist beeindruckend. Aber ich habe nur zwölf Tage Zeit, um meine Karriere zu retten, und wenn mir das nicht gelingt, werde ich Sie und Patchett mit in den Abgrund ziehen.«

Lynn stellte das Tonbandgerät an. »Pierce Patchetts Hure möchte etwas klarstellen. Ich habe keine Angst vor Ihnen, und ich habe Bud White nie mehr geliebt als jetzt. Ich bin glücklich darüber, daß er Beweismaterial unterschlagen und Sie damit in Schwierigkeiten gebracht hat, und Sie sind ein Narr, wenn Sie ihn unterschätzen. Ich war früher eifersüchtig auf ihn, weil er mit Inez Soto geschlafen hat, aber jetzt kann ich das Mädchen nur um so mehr dafür respektieren, daß sie genügend Verstand hatte, einen moralischen Feigling gegen einen echten Mann einzutauschen.«

Er drückte auf »Löschen«, »Stop« und »Start«. »Für das Protokoll: Es sind nur noch siebenundsechzig Stunden, und bei meinem nächsten Verhör werde ich weit weniger freundlich sein.«

Kleckner öffnete die Tür und reichte ihm eine Mappe. »Captain, Vincennes hat die alte Lefferts hergebracht. Die beiden gehen gerade das Verbrecheralbum durch, und er meint, Sie hätten das hier verlangt.«

Ed trat auf den Flur hinaus. Eine dicke Mappe mit Hochglanzphotos.

Die obersten Hefte: hübsche Kids, eindeutige Posen, bunte Kostümierung. Einige Köpfe waren herausgeschnitten und dann neu eingeklebt worden. Aus Jacks Erklärung ging hervor, daß er versucht hatte, die Personen anhand der Verbrecherkartei zu identifizieren, und gedacht hatte, es helfe ihm, wenn er die Köpfe ausschnitt. Ekelhafte, aber kunstvoll gemachte Aufnahmen – genau wie Trashcan berichtet hatte.

Die unteren Hefte hatten einen neutralen schwarzen Umschlag. Es waren die, die Trashcan in der Mülltonne gefunden hatte. Die ersten mit Tinte retuschierten Aufnahmen – Bilder, die genau mit den Photos der Mordkommission übereinstimmten: die gleiche Pose wie die Tatortaufnahmen von Hudgens.

Mehr als erstaunlich – und derjenige, der die Pornophotos arrangiert hatte, hatte auch Hudgens umgebracht.

Ed betrachtete das unterste Heft und erstarrte plötzlich. Ein hübscher, nackter Junge, Arme ausgebreitet – Farbe/Blut auf dem Torso. Die Pose kam ihm bekannt vor, allzu bekannt, aber nicht von den Aufnahmen, die der Leichenbeschauer von Hudgens gemacht hatte. Er blätterte weiter und stieß auf ein Ausklapphoto: Jungen, Mädchen, abgetrennte Gliedmaßen, verbunden mit aufgemalter roter Farbe.

PLÖTZLICH WUSSTE ER BESCHEID.

Er rannte den Korridor entlang zur Mordkommission, suchte die alten Unterlagen aus dem Jahre 1934, fand den Ordner »Atherton, Loren, Fall 187 (multipel)«. Drei dicke Ordner, dann die Photos – aufgenommen von Dr. Frankenstein persönlich.

Aufnahmen von Kindern unmittelbar nach der Zerstückelung.

Die abgetrennten Arme und Beine eng um den Torso gruppiert.

Weißes Wachspapier unter den Körpern.

Blut, mit den Fingern um die Gliedmaßen verschmiert, rot auf weiß, komplizierte Muster, die genau den mit roter Tinte retuschierten pornographischen Photos entsprachen, die Gliedmaßen in der gleichen Anordnung arrangiert wie bei Hudgens' Leiche.

Ed klemmte sich die Finger ein, als er die Tür des Aktenschranks zuwarf. Dann raste er mit Code 2 nach Hancock Park.

* * *

Eine Party in Preston Exleys Villa: Uniformierte Diener parkten die Wagen der Gäste, hinter dem Haus Musik – wahrscheinlich eine Fete im Rosengarten. Ed betrat das Haus durch den Vordereingang und hielt erstaunt inne – die Bibliothek seiner Mutter war verschwunden.

An ihrer Stelle ein langer, freier Raum, der von einem riesigen Modell eingenommen wurde – Autobahnstrecken, die Städte aus Papiermaché miteinander verbanden. An den Rändern des Modells Richtungsschilder – das gesamte Freeway-System.

Absolute Perfektion, die ihn aus dem verworrenen Nebel seiner um schmuddelige Pornos kreisenden Gedanken riß. Boote im

Hafen von San Pedro, die San Gabriel Mountains, winzige Autos auf dem Asphalt. Preston Exleys größter Triumph am Abend vor seiner Vollendung.

Ed schob eines der kleinen Autos vom Ozean bis zu den Gebirgsausläufern. Da ertönte die Stimme seines Vaters hinter ihm. »Ich dachte, du arbeitest in South Central.«

Ed drehte sich um. »Was?«

Preston lächelte. »Ich dachte, du würdest alles daransetzen, deinen lädierten Ruf in der Öffentlichkeit wieder zu verbessern.«

Irrige Folgerungen – die Atherton-Photos fielen ihm wieder ein. »Tut mir leid, Vater, ich habe keine Ahnung, wovon du redest.«

Preston lachte. »Wir haben uns in letzter Zeit so wenig gesehen, daß wir verlernt haben, uns gebührend zu begrüßen.«

»Vater, ich wollte dich etwas –«

»Entschuldige bitte, ich wollte auf das anspielen, was Dudley Smith heute im *Herald* geäußert hat. Er sagte, die wiederaufgenommenen Ermittlungen konzentrieren sich auf den Bezirk Southside und auf die Suche nach einer anderen Bande von Negern.«

»Nein, das entspricht nicht ganz den Tatsachen.«

Preston legte ihm die Hand auf die Schulter. »Du siehst aus, als hättest du Angst vor etwas, Edmund. Du siehst jedenfalls nicht wie ein hoher Polizeibeamter aus, und du bist auch nicht hergekommen, um mit mir den Abschluß meines Projektes zu feiern.«

Die Hand strahlte Wärme aus. »Vater, wer außer den Leuten im Department hat die alten Atherton-Photos gesehen?«

»Jetzt bin ich derjenige, der nicht weiß, wovon du sprichst. Meinst du die alten Aufnahmen aus den Akten? Die Photos, die ich dir und Thomas vor Jahren gezeigt habe?«

»Ja.«

»Sohn, wovon redest du? Die Photos sind offizielle Beweismittel des LAPD und werden unter Verschluß gehalten. Sie sind nie an die Presse oder an die Öffentlichkeit gelangt. Und nun erklär mir –«

»Vater, wir haben herausgefunden, daß der Fall Nite Owl mit einer Reihe anderer schwerer Verbrechen verknüpft ist, und es geht überhaupt nicht um irgendwelche Negerbanden. Es geht unter anderem –«

»Dann erklär mir die Beweislage, wie du es von mir gelernt hast. Ich habe früher auch solche Fälle –«

»Niemand hat je einen Fall wie diesen gehabt. Ich bin ein besserer Detective, als du es *je* warst, und nicht mal *ich* habe je einen solchen Fall erlebt.«

Preston drückte mit beiden Händen fest zu – Ed spürte, wie seine Schultermuskeln taub wurden. »Tut mir leid, aber es ist nun mal die Wahrheit. Der Beweis ist ein fünf Jahre zurückliegender Mordfall mit Verstümmelung des Opfers, das auf eine Weise zerstückelt wurde, die nicht nur mit Loren Athertons Opfern *identisch* ist sondern auch mit einer Reihe von nachträglich mit Tinte retuschierten pornographischen Photos, die ebenfalls in Zusammenhang mit dem Fall Nite Owl stehen. Das bedeutet, daß entweder jemand die Atherton-Photos gesehen und sich zum Vorbild genommen hat, oder daß du damals, im Jahre '34, den falschen Mörder erwischt hast.«

Der Mann zwinkerte nicht einmal. »Loren Atherton war unwiderlegbar schuldig. Wir hatten sein Geständnis und die Bestätigung durch Augenzeugen. Du hast genauso wie Thomas seine Photos gesehen, und ich habe keinen Grund, daran zu zweifeln, daß diese Photographien niemals das Büro der Mordkommission verlassen haben. Wenn du nicht davon ausgehen willst, daß der Mörder ein Polizist war, was ich für absurd halte, dann gibt es nur eine Erklärung: Atherton hat die Photos vor seiner Verhaftung jemand gezeigt. *Du* hast den falschen Mann erwischt – ich habe diesen Fehler nicht gemacht. Denk gefälligst nach, ehe du deinen Vater anschreist.«

Ed trat einen Schritt zurück, streifte mit dem Oberschenkel das Modell und brach ein Stück Freeway ab. »Tut mir leid, ich entschuldige mich. Ich sollte dich um deinen Rat fragen, statt mit dir in Wettstreit zu treten, Vater. Gibt es irgendwelche Informationen über den Fall Atherton, von denen du mir nichts erzählt hast?«

»Ich nehme deine Entschuldigung an, und meine Antwort lautet: nein, nichts. Art und ich sind den Fall während unserer Seminararbeit damals immer wieder durchgegangen, und ich bin sicher, du kennst ihn genausogut wie ich.«

»Hatte Atherton *irgendwelche* Kontakte oder Freunde, die uns bekannt sind?«

Preston schüttelte den Kopf. »Mit Sicherheit nicht. Er war das Musterbeispiel eines psychotischen Einzelgängers.«

Ed holte tief Luft. »Ich möchte Ray Dieterling dazu befragen.«

»Warum? Weil einer seiner Kinderstars von Atherton umgebracht wurde?«

»Nein, weil ein Zeuge Dieterling als Kontaktperson eines Verbrechers identifiziert hat, der in den Fall Nite Owl verwickelt ist.«

»Wann war das?«

»Vor etwas dreißig Jahren.«

»Und der Name dieses Zeugen?«

»Pierce Patchett?«

Preston zuckte die Achseln. »Ich habe nie von dem Mann gehört, und ich möchte nicht, daß du Raymond mit dieser Sache behelligst. Auf keinen Fall, hörst du? Eine dreißig Jahre zurückreichende Bekanntschaft ist kein Grund, einen Mann vom Format eines Ray Dieterling zu belästigen. *Ich* werde Ray danach fragen und dir dann Bescheid sagen. Bist du einverstanden?«

Ed schaute auf das Modell. Es war hypnotisierend: L.A. so riesig groß und jetzt eingerahmt von Exley Construction. Die Hände seines Vaters ruhten wieder fast zärtlich auf ihm. »Sohn, du hast es sehr weit gebracht und hast meinen ganzen Respekt dafür. Du hast Prügel einstecken müssen für Inez und diese Männer, die du getötet hast, und ich finde, du hältst dieser Belastung sehr gut stand. Aber ich möchte dir etwas sagen, was du bedenken solltest. Der Fall Nite Owl hat dich zu dem gemacht, was du heute bist, und wenn es dir gelingt, nach Wiederaufnahme des Falls rasch eine Lösung zu finden, so hast du nichts zu befürchten. Wenn du dich aber mit irgendwelchen nebensächlichen Fällen verzettelst, mögen sie noch so interessant sein und damit zusammenhängen, dann läufst du Gefahr, dein eigentliches Ziel aus den Augen zu verlieren und deine Karriere endgültig zu ruinieren. Bitte bedenke das.«

Ed drückte seinem Vater die Hand. »Absolute Gerechtigkeit – erinnerst du dich noch?«

55

Beide Tatorte waren offiziell versiegelt – die Druckerei und die Wohnung daneben. Ein Sheriff von Marin – ein fetter Kerl namens Hatcher. Außerdem ein Typ vom Labor, der ununterbrochen redete.

Tatort Nummer eins: das Hinterzimmer von Rapid Bob's Druckerei. Bud schaute immer wieder auf Dudley und erinnerte sich an das, was er gesagt hatte: »Wir dachten, Sie bringen ihn um, und da sind wir dazwischen gegangen. Tut mir leid, wenn wir grob geworden sind, aber Sie haben es uns nicht leicht gemacht. Hinton hat Verbindungen zu ein paar unangenehmen Leuten, und ich werde Ihnen das alles zu gegebener Zeit erklären.«

Er hatte nicht weiter nachgehakt – Dudley hatte vielleicht Informationen über ihn.

Lynn war in Untersuchungshaft.

Exleys Schlag ins Gesicht.

Der Mann vom Labor deutete auf ein umgestürztes Lagerregal: »...okay, die vorderen Räume der Druckerei sehen ganz in Ordnung aus, also hat sich unser Täter nicht weiter dafür interessiert. Wir haben hier in diesem Aschenbecher Zigarettenstummel gefunden, zwei verschiedene Marken, also können wir davon ausgehen, daß die Engleklings an diesem Abend noch spät gearbeitet haben. Nehmen wir mal an, unser Täter hat die vordere Eingangstür mit einem Dietrich geöffnet, ist dann auf Zehenspitzen reingeschlichen und hat die beiden überrascht. Wir haben Abdrücke von Handschuhen am Rahmen der Zwischentür gefunden, was für diese Annahme spricht. Er kommt also rein und zwingt unsere Jungs, die Schränke zu öffnen, die ich Ihnen vorhin gezeigt habe, aber er findet nicht, was er sucht. Er wird sauer und reißt die Regale um – Handschuhabdrücke auf dem vierten Bord deuten auf einen Rechtshänder von durchschnittlicher Körpergröße hin. Die Brüder öffnen die Kartons, die dabei auf den Boden fallen – die zahlreichen verschmierten Abdrücke, die wir gefunden haben, legen den Schluß nahe, daß Pete und Bax zu diesem Zeitpunkt bereits leicht in Panik waren. Also hat unser Täter offensichtlich nicht gefunden, was er suchte, und ging mit den beiden Jungs über die Auffahrt zu ihrer Wohnung rüber. Meine Herren, wenn Sie mir bitte folgen wollen.«

Sie gingen durch die Tür und überquerten die Gasse hinter dem Haus. Der Typ vom Labor leuchtete mit seiner Taschenlampe. Bud hielt sich am Ende des kleinen Trupps.

Lynn war ziemlich hochnäsig gewesen – ganz in der Gewißheit, daß das Wahrheitsserum ihrer Intelligenz nicht gewachsen sein würde.

Dud hatte vermutlich seine Insider-Informationen – trotzdem redete er weiter von einer Nigger-Bande.

Der Mann vom Labor sagte: »Beachten Sie bitte den Boden hier auf der Auffahrt. Am Morgen, als die Leichen gefunden wurden, entdeckten unsere Techniker die Abdrücke von drei verschiedenen Personen und photographierten sie, aber sie waren zu schwach für Abgüsse. Zwei Personen gingen voran, gefolgt von einer weiteren – das deutete darauf hin, daß der Täter die beiden mit der Waffe bedroht hat.«

Weiter zu einem Bungalow-Hof. Dudley blieb völlig stumm – auch im Flugzeug hatte er kaum ein Wort gesprochen.

Würde der Bericht im *Whisper* einschlagen?

Wenn er nur die Leiche unter dem Haus gegen Exley ausspielen könnte – aber WIE?

Klebeband über der Tür – Hatcher zog es ab. Der Mann vom Labor öffnete mit einem Hauptschlüssel. Drinnen war Licht an – Bud drängte sich als erster durch die Tür.

Ein wirres Durcheinander – die Spurensicherung hatte alles auf den Kopf gestellt.

Blutflecken auf dem Teppichboden – mit Klebeband markiert. Glasröhrchen auf dem Boden – mit Kreidekreisen markiert und in durchsichtige Asservatenbeutel verpackt. Überall verteilt: Photonegative – dutzendweise – geknickt und die Oberflächen verätzt. Umgeworfene Stühle, eine ausgeleerte Kommode, ein Sofa, aus dem die Polsterung herausgerissen war. Im größten Riß steckte ein Zellophanbeutel mit dem Etikett ›Heroin‹.

Der Typ vom Labor spulte seine Nummer weiter ab. »Diese Glasröhrchen enthalten Chemikalien, die wir als antipsychotische Drogen identifiziert haben. Die Negative waren durchweg zu sehr zerstört, um etwas erkennen zu können, aber wir konnten immerhin feststellen, daß es sich in den meisten Fällen um pornographische Aufnahmen gehandelt hat. Die Photoschicht war größtenteils weggeätzt, und zwar mit Chemikalien aus dem Kühlschrank in der Küche. Unsere Jungs besaßen ein ganzes Arsenal ätzender Flüssigkeiten. Ich kann hier nur Hypothesen aufstellen. Peter und Baxter Englekling wurden gefoltert, ehe sie erschossen wurden – das wissen wir. Ich glaube, der Killer hat den beiden alle Negative einzeln gezeigt, ihnen jeweils Fragen dazu gestellt und sie dann verätzt – ebenso wie die Bilder. Was hat er gesucht? Ich weiß es nicht. Vielleicht wollte er wissen, wer für die einzelnen Bilder posiert hat. Wir haben unter der Couch ein Vergrößerungsglas gefunden – deswegen neige ich zu dieser Annahme. Außerdem: Beachten Sie bitte den Plastikbeutel mit dem Aufdruck »Heroin«, der da im Sofa steckt – den Inhalt haben wir natürlich in Verwahrung genommen. Insgesamt vier Beutel in einem sicheren kleinen Versteck. Der Killer hat ein kleines Vermögen an gut verkäuflichem Stoff zurückgelassen.«

Weiter in die Küche. Ebenfalls völlig chaotisch. Die Kühlschranktür offen – davor Glasröhrchen und Fläschchen, die Etiketten mit chemischen Symbolen beschriftet. Neben dem Spülbecken ein Stapel metallener Platten, die wie Druckplatten aussahen.

Der Techniker wies mit der Hand auf das Durcheinander. »Eine weitere Hypothese, meine Herren. Wenn Sie meinen Bericht lesen, werden Sie feststellen, daß ich hier insgesamt sechsundzwanzig verschiedene Chemikalie identifiziert habe. Der Killer hat Pete und Bax Englekling mit Chemikalien gefoltert, und er wußte genau, welche Chemikalie die menschliche Haut verätzt. Ich würde sagen, die Wahl der Foltermethode war reiner Zufall, deshalb möchte ich wetten, daß wir es mit einem Mann zu tun haben, der über eine Ausbildung als Techniker, Mediziner oder Chemiker verfügt. Und nun das Schlafzimmer.«

Bud dachte sofort: PATCHETT.

Zurück über den Flur ins Schlafzimmer. Im Flur wieder Blutspritzer an den Wänden. Ein kleines Zimmer – ein vier mal vier Meter großer Schlachthof.

Mit Klebeband markiert: die Konturen zweier Körper – einer auf dem Bett, einer auf dem Boden. In beiden Fällen eine dicke Schicht getrockneten Blutes. Wäscheleinen um die Bettpfosten gewickelt, weitere Wäscheleine auf dem Boden, neben dem Bett ein Nachttisch. Ein mit einem Kreis markiertes Einschußloch in einer Wand. Auf einer Korktafel hatten die Leute von der Spurensicherung weiteres Beweismaterial angebracht: wieder verätzte Negative.

Der Mann vom Labor: »Nur Abdrücke von Handschuhen und von den Engleklings selbst – wir haben alle Negative geprüft und die meisten dann wieder an die jeweilige Fundstelle zurückgelegt. Die auf der Tafel hier fanden wir im Schlafzimmer, wo – wie Sie sicher schon gesehen haben – die Folterung und auch die Morde stattfanden. Diese kleinen Kreise hier auf dem Bett und an einigen anderen Stellen markieren Gewebeteile von Rumpf, Armen und Beinen, die den beiden Brüdern weggeätzt wurden, und wenn Sie genau hinsehen, erkennen Sie auf dem Teppichboden verbrannte braune Stellen, die von verschütteten Chemikalien herrühren. Beide Männer wiesen je zwei Einschüsse aus einem 38er Revolver auf, der mit einem Schalldämpfer versehen war, wie die Markierungen auf den Geschossen erkennen lassen. Das erklärt auch, warum niemand Schüsse gehört hat. Das Kugelloch in der Wand ist unser einziger echter Anhaltspunkt, und man kann sich ohne weiteres vorstellen, was hier passiert sein muß. Bax Englekling konnte sich von seinen Fesseln befreien und den Revolver packen, und er gab einen Schuß auf den Killer ab, der diesen verwundete, ehe der Killer die Waffe wieder an sich reißen konnte und ihn erschoß. Die Kugel, die wir aus der Wand geholt haben, wies Spuren von menschlichem Fleisch auf, von einem Weißen, sowie ein graues Armhaar und Blut der Gruppe Null-positiv. Beide Englekling-Brüder waren aber AB-negativ, daher wissen wir, daß der Mörder angeschossen wurde. Die Blutstropfen, die von hier zum Wohnzimmer führen, und die Tatsache, daß der Killer eine ganze Reihe von Negativen mitgenommen hat, deuten an, daß es sich um keine schwere Verwundung gehandelt hat. Lieutenant Hatchers Männer haben in einem Gulli weiter unten an der Straße ein Handtuch mit Blutflecken der Gruppe Null-positiv gefunden; er hat es wahrscheinlich benutzt, um sich den Arm abzubinden. Meine Hypothese ist, daß dieser Mistkerl unheimlich scharf auf die Negative gewesen sein muß.«

Hatcher ergriff das Wort. »Und wir haben nichts in der Hand. Wir haben zigmal die ganze Gegend abgekämmt. Wir haben keine Augenzeugen, und diese gottverdammten Brüder haben nicht eine einzige bekannte Kontaktperson, soweit wir feststellen konnten. Wir haben sämtliche Arztpraxen, Notaufnahmestationen, Bahnhöfe, Flughäfen und Busbahnhöfe kontrolliert, ob jemand einen verwundeten Mann gesehen hat – ohne Ergebnis. Wenn die Brüder ein Adreßbuch hatten, dann hat der Mörder es mitgenommen. Niemand hat was gesehen oder gehört. Wie mein Kollege von der Wissenschaft schon sagte – der Bursche muß in der Tat unheimlich scharf auf diese Negative gewesen sein, und das könnte – ich betone das Wort ›könnte‹ – damit zusammenhängen, daß die beiden Opfer vor Jahren zu Ihnen kamen und in der Sache Nite Owl aussagen wollten. Damals hatten die beiden doch eine Theorie, bei der es ebenfalls um irgendwelche Pornoaufnahmen ging, wenn ich mich recht erinnere.«

Dudley sagte: »In der Tat, aber die Theorie war völlig unbegründet.«

»Aber die Zeitungen aus L.A. haben berichtet, daß der Fall jetzt wieder aufgerollt wird.«

»Ja, das ist richtig.«

»Captain, tut mir leid, daß wir uns nicht eher entschlossen haben, mit Ihnen zusammenzuarbeiten, aber lassen wir das mal beiseite. Haben Sie irgendwelche Informationen über Ihre Seite des Falles, die mir vielleicht von Nutzen sein könnten?«

Dudley lächelte. »Chief Parker hat mich autorisiert, von Ihnen eine Kopie Ihrer Akten in diesem Fall zur Lektüre zu erbitten. Er sagte, wenn ich irgendwelche Anhaltspunkte fände, die mit unserem Mordfall von damals in Verbindung stünden, läßt er Ihnen eine Abschrift der Zeugenaussage zukommen, die die Brüder Englekling im Jahre 1953 gemacht haben.«

»Wobei es um Pornographie ging, wie Sie mir eben sagten, und das trifft ja wohl auf unseren Fall hier auch zu.«

Dudley zündete sich eine Zigarette an. »Ja, aber bei Ihrem Fall geht es auch um Heroin.«

Hatcher schnaubte verächtlich. »Captain, wenn unser Killer auf Heroin scharf gewesen wäre, hätte er das Zeug aus dem Sofa mitgehen lassen.«

»Ja, aber vielleicht war der Killer einfach ein Psychopath mit Schaum vor dem Mund, der aus uns unerfindlichen Gründen eine psychopathische Reaktion zeigte, als er diese Negative sah. Offen gesagt, interessiert mich der Aspekt des Heroins in dieser Sache. Haben Sie irgendwelche Hinweise, daß die Brüder das Zeug verkauft oder hergestellt haben?«

Hatcher schüttelte den Kopf. »Nein, und soweit es *unseren* Fall betrifft, spielt das Heroin überhaupt keine Rolle. Geht es bei der Wiederaufnahme *Ihres* Falles um Pornographie?«

»Nein, jedenfalls bis jetzt noch nicht. Wie gesagt, sobald ich Ihre Unterlagen gelesen habe, werde ich mich wieder bei Ihnen melden.«

Hatcher war kurz davor, in die Luft zu gehen. »Captain, Sie kommen den ganzen Weg hierher, um unsere Beweise zu kriegen, und bieten uns keine Gegenleistung?«

»Ich bin hierher gekommen, weil mich Chief Parker darum gebeten hat, und er hat Ihnen umfassende Kooperation für den Fall zugesagt, daß die Sachlage es angemessen erscheinen läßt.«

»Das sind große Worte, Sahib, aber was ich höre, gefällt mir nicht.«

Jetzt wurde es langsam ekelhaft – Dudley faßte mit einem breiten irischen Lächeln nach. Bud verließ das Haus und ging zu ihrem Mietwagen.

Er hatte Angst, aber er war bereit.

Dudley kam heraus. Hatcher und der Mann vom Labor schlossen die Tür zur Druckerei wieder ab. Bud sagte: »Ich kann Ihnen schon die ganzen letzten Tage nicht mehr folgen, Boss.«

»Seit wann, mein Junge?«

»Sagen wir, seit der Sache letzte Nacht mit Hinton.«

Dudley lachte. »Gestern nacht waren Sie wieder ganz der alte, grausam wie eh und je. Das hat mir das Herz erwärmt und mich überzeugt, daß die außergewöhnliche Arbeit, für die ich Sie eingeplant habe, durchaus richtig für Sie sein dürfte.«

»Was für eine Arbeit ist das?«

»Das werden Sie schon rechtzeitig erfahren.«

»Und was ist aus Hinton geworden?«

»Wir haben ihn an die Luft gesetzt – mit einer guten Abreibung und einer Höllenangst vor Sergeant Wendell White.«

»Ja, natürlich, aber weshalb haben Sie ihm so viel Druck gemacht?«

»Mein Junge, Sie haben Ihre kleinen außerdienstlichen Geheimnisse, und ich habe meine. Wir werden uns bald mal zusammensetzen und die Sachlage klären.«

UND JETZT LOS. »Nein. Ich will endlich wissen, wo wir beide in der Sache Nite Owl wirklich stehen. Und zwar *jetzt.*«

»Edmund Exley, mein Junge. Da stehen wir beide.«

»Was?« – seine Angst war selbst für ihn am Tonfall zu hören.

»Edmund Jennings Exley. Er ist doch seit der Blutigen Weihnacht Ihr einziger raison d'être, und er ist auch der Grund, warum Sie mir gewisse Dinge nicht erzählen. Ich mag Sie, und deshalb respektiere ich es, wenn Sie mir bestimmte Sachen verheimlichen. Vertrauen Sie mir, und gedulden Sie sich noch zwölf Tage, dann werden Sie sehen, daß er erledigt ist.«

Mit Kleinjungenstimme: »Was haben Sie –«

»Sie haben ihm nie viel zugetraut, deshalb möchte ich Ihnen jetzt was sagen. Als Mensch ist er eine absolut zu vernachlässigende Größe, aber als Detective hat er Fähigkeiten, mit denen er selbst mich übertrifft. Also. Gott und Sie selbst sind Zeugen, wie ich einen Mann lobe, den ich eigentlich verachte. Also, werden Sie jetzt meine Schweigsamkeit ebenso respektieren, wie ich Ihre respektiere?«

KEIN ZURÜCK. »Nein. Sie sollen mir endlich verdammt noch mal sagen, was ich tun soll. Erklären Sie's mir!«

Dudley lachte auf, lächelte dann. »Im Augenblick sollen Sie nichts tun, sondern einfach zuhören. Ich habe herausgefunden, daß Thad Green aus der Polizei ausscheiden wird, um im Frühjahr die U.S. Border Patrol zu übernehmen. Als neuer Chief of Detectives kommen entweder Edmund Exley oder meine Wenigkeit in Frage. Durch die Tatsache, daß er in Kürze zum Inspector befördert wird, genießt Exley einen ziemlichen Vorteil, abgesehen davon, daß Parker ihn persönlich bevorzugt. Ich plane nun, bestimmte, von beiden Seiten bisher zurückgehaltene Informationen zu nutzen, um den Fall Nite Owl so schnell wie möglich aufzuklären, mir damit bessere Chancen zu verschaffen und gleichzeitig Exley zu ruinieren. Mein Junge, haben Sie noch ein paar Tage Geduld mit mir, und ich garantiere Ihnen Ihre persönliche Rache.«

Der Deal war: Exley/Dudley gegen Exley.

Konkurrenzlos.

KEIN ZURÜCK: Die Informationen, die er Exley gegeben hatte, Exleys Versprechen – Zusammenarbeit, die Nuttenmorde.

»Boss, ist für mich auch 'ne Karotte drin?«

»Abgesehen vom Sturz Ihres Freundes?«

»Yeah.«

»Und als Gegenleistung für eine umfassende Aufklärung? Und zwar mehr als das, was Sie Exley im Rahmen Ihres kleinen Abkommens versprochen haben?«

Guter Gott, er wußte wirklich eine Menge. »Ganz recht.«

Ha ha ha. »Mein Junge, Sie sind ein hartnäckiger Verhandlungspartner, das muß ich sagen. Was würden Sie zu einer offiziellen Sonderuntersuchung sagen? Sagen wir, ein 187er Fall, multipel. Mit allen Vollmachten?«

Bud streckte die Hand aus. »Einverstanden.«

Dudley sagte: »Halten Sie sich von Exley fern, und nehmen Sie sich ein schönes Zimmer im Victory. Ich werde morgen vorbeikommen und nach Ihnen sehen.«

»Sie können den Wagen nehmen – ich hab' in Frisco noch was zu erledigen.«

* * *

Er ließ vierzig Dollar für ein Taxi springen, spürte das Adrenalin in seinen Adern, als er über die Golden Gate fuhr. Verrat war eine haarige Sache: schlecht, wenn es schiefging, aber toll, wenn es klappte – endlich der Aufstieg in die obere Spielklasse. Exley hatte Insider-Informationen und den traurigen Trashcan Jack; Dudley hatte Insider-Informationen, die einen schon fast an übersinnliche Kräfte denken ließen. Welche eine Umkehr der Dinge: Er hatte Dudley angelogen, um Exley eins auszuwischen; fünf Jahre später kommt der Mann auf ihn zu, vergibt ihm die Lügen – zwei Cops, ein Ziel. San Francisco leuchtete hell in der Ferne. Er hörte Dudley Smiths Stimme: »Edmund Jennings Exley.« Schon der bloße Name jagte ihm einen Schauder über den Rücken.

Am anderen Ende der Brücke ließ er an einer Telefonzelle halten. Ferngespräch. Lynns Nummer. Zehnmal klingelte es, ohne daß jemand abhob. Zehn nach neun. Unruhe erfaßte ihn – sie hätte längst wieder zu Hause sein müssen.

Quer durch die Stadt bis zu seinem Ziel: San Francisco Police Department, das Hauptquartier der Detective Division. Bud steckte sich sein Dienstabzeichen an die Jacke und ging hinein.

Die Mordkommission war im dritten Stock. Pfeile an den Wänden wiesen ihm den Weg. Knarrende Treppenstufen, dann ein riesiger Mannschaftsraum. Ruhige Nachtschicht – nur zwei Männer am Kaffeeautomaten.

Sie kamen auf ihn zu. Der jüngere der beiden deutete auf sein Abzeichen: »L.A., was? Können wir irgendwas für Sie tun?«

Bud hielt ihm seinen Ausweis entgegen. »Ihr habt einen alten 187er, der genauso aussieht wie der, den ein Kumpel von mir vom L.A. Sheriff-Büro grade bearbeitet. Er hat mich gebeten, mir mal eure Unterlagen anzusehen.«

»Tja, der Captain ist jetzt nicht da. Vielleicht sollten Sie lieber morgen früh wiederkommen.«

Der Ältere warf einen Blick auf seinen Ausweis. »Sie sind doch der Typ, der sich auf die Nuttenmorde spezialisiert hat. Der Captain sagt, Sie rufen immer wieder an und nerven ihn. Worum geht's diesmal – wieder so ein Fall?«

»Yeah. Lynette Ellen Kendrick, L.A. County, letzte Woche. Kommen Sie, geben Sie mir zehn Minuten mit der Akte, dann sind Sie mich los.«

Der jüngere Typ: »He, haben Sie nicht kapiert? Wenn der Captain gewollt hätte, daß Sie die Akte einsehen, hätte er Ihnen 'ne Einladung geschickt.«

Der ältere Typ: »Der Captain ist ein alter Wichser. Wie ist der Name des Opfers und das Todesdatum?«

»Chrissie Virginia Renfro, 16. Juli 1956.«

»Also gut, ich sag' Ihnen was. Sie gehen jetzt um die Ecke zum Aktenraum, suchen sich den Schrank mit den ungelösten Fällen von 1956 und darin die Abteilung R. Nehmen Sie nichts raus, und machen Sie schnell, eh unser Junior hier 'n Migräneanfall kriegt. Verstanden?«

»Verstanden.«

* * *

Autopsie-Bilder: Körperöffnungen aufgerissen, Nahaufnahmen vom Gesicht – nur noch ein Brei, Abdrücke eines Ringes in den Backenknochen. Weitwinkelaufnahmen: die Leiche, gefunden in Chrissies Wohnung, eine Absteige gegenüber vom St. Francis Hotel.

Berichte über die Vernehmungen bekannter Perversos, die aufs Revier gebracht, befragt und wieder freigelassen wurden. Fußficker, sadistische Zuhälter, Chrissies persönlicher Zuhälter – im Stadtgefängnis von Frisco, als Chrissie umgebracht worden war. Höschenschnüffler, Vergewaltiger, Chrissies Dauerkundschaft – alle hatten ein Alibi; keine Namen, die mit denen in den Akten der anderen Fälle übereinstimmten.

Berichte über die Befragung möglicher Zeugen: Einheimische, Gäste des St. Francis. Sechsmal Fehlanzeige, dann eine heiße Sache.

16. 7. 56: Ein Hotelpage hatte den Detectives erzählt, er habe sich Spade Cooleys zweiten Auftritt im Lariat Room des Hotels angeschaut und zufällig gesehen, wie Chrissie Virginia Renfro schwankend – »vielleicht auf Drogen« – nach Hause gekommen war.

Heiß. Bud saß ruhig da und überlegte.

Punkt eins: Lynette Ellen Kendrick, Tod in L.A. County letzte Woche. Punkt zwei: eine Information – Lamar Hinton bumste alles, was er in die Finger kriegte. Punkt drei, vier, fünf: Dwight Gilette – der frühere Loddel von Kathy Janeway – lieferte die Nutten für Spade Cooleys Partys. Spade war Opiumraucher, ein »degenerierter Drogensüchtiger«. Spade war in L.A. und spielte im El Rancho Klub auf dem Strip – eine Meile von Lynette Kendricks Wohnung.

Haken Nummer eins: Es konnte keine Akte Spade geben; keine Chance, seine Blutgruppe zu überprüfen. Er ritt mit in Sheriff Biscailuz' freiwilligem Suchtrupp – machte was für den Ruf –, und da ließ man keine Vorbestraften rein.

Dranbleiben, der Bericht des Gerichtsmediziners: »Blutanalyse.« Auf Seite zwei ein heißes Ding – »unverdaute Lebensmittelreste, Samen, eine massive Dosis Opium, dazu passend Teerreste zwischen den Zähnen.«

Bud streckte die Arme hoch – als könne er durch das Dach den Mond erreichen. Er knallte an die Decke, kam wieder herunter und dachte nach. Dies war kein Solo-Job, er versteckte sich vor Exley, Dudley war alles egal. Er sah ein Telefon, ging an die Decke, kam mit einem neuen Partner wieder herunter:

Ellis Loew – Sexualmorde ließen ihm das Wasser im Mund zusammenlaufen.

Er griff zum Hörer.

56

Hilda Lefferts klopfte mit dem Finger auf eines der Photos. »Der da, das ist Susan Nancys Verehrer. Bringen Sie mich jetzt endlich nach Hause?«

Bingo – ein untersetzter, finster aussehender Typ. Ein echter Doppelgänger von Duke Cathcart. Dean – keine weiteren Vornamen – Van Gelder, weiß, männlich, Geburtsdatum 4. 3. 21, Größe eins zweiundsiebzig, 79 kg, blaue Augen, braunes Haar. Eine Verurteilung wegen bewaffneten Raubüberfalls im Juni '42, verurteilt zu zehn bis zwanzig Jahren, Folsom, entlassen Juni '52 – keine vorzeitige Entlassung auf Bewährung. Keine weiteren Verhaftungen – das paßte zu Bud Whites Theorie, daß Van Gelder das Opfer im Nite Owl war.

Hilda sagte: Das ist er – *Dean.* Susan Nancy hat ihn immer ›Dean‹ genannt, aber er sagte, »Nein, gewöhn dich endlich dran, ›Duke‹ zu sagen.«

Jack fragte: »Sind Sie ganz sicher?«

»Natürlich bin ich sicher. Sechs Stunden lang muß ich mir diese Bilder ansehen, und Sie fragen mich, ob ich sicher bin? Wenn ich lügen wollte, hätt' ich Ihnen schon vor Stunden einen gezeigt. *Bitte*, Officer. Erst finden Sie unter meinem Haus 'ne Leiche, und dann zwingen Sie mich, mir diese Photos anzusehen. Würden Sie mich jetzt bitte nach Hause bringen?«

Jack schüttelte den Kopf. Wie reimte sich das zusammen – wer stand hinter Van Gelder, dann Cathcart, dann Nite Owl? Eins leuchtete ein: die Verbindung zwischen den Englekling-Brüdern und Duke Cathcart und die Unterhaltung mit Mickey Cohen – der damals, '53, im Knast gesessen hatte. Er nahm sich das Telefon, wählte 0.

»Vermittlung.«

»Dies ist ein polizeilicher Notfall. Ich brauche dringend eine Verbindung mit jemand von der Verwaltung des McNeil-Bundesgefängnisses in Puget Sound, Washington.«

»Ich verstehe. Und Ihr Name bitte?«

»Sergeant Vincennes, Los Angeles Police Department. Bitte sagen Sie, daß es sich um Ermittlungen in einem Mordfall handelt.«

»Ich verstehe. Die Verbindungen in den Staat Washington waren leider –«

»Scheiße. Meine Nummer hier ist MAdison 60024. Würden Sie bitte –«

»Ich will versuchen, Sie zu verbinden, Sir.«

Jack legte auf. Nach der Wanduhr verstrichen vierzig Sekunden, ehe es wieder läutete.

»Vincennes.«

»Deputy Warden Cahill von McNeil. Sie sagten, es geht um einen Mordfall?«

Hilda Lefferts zog eine Schnute – Jack drehte sich um. »Yeah, und ich brauch' nur eine Antwort auf eine einzige Frage. Haben Sie einen Bleistift?«

»Natürlich.«

»Okay. Ich möchte wissen, ob eine weiße männliche Person namens Dean Van Gelder – zwei Worte für den Nachnamen – einen Häftling in McNeil besucht hat, sagen wir, zwischen Februar und April 1953. Ich brauche nur ein einfaches Ja oder Nein und die Namen des Häftlings oder der Häftlinge, mit denen er gesprochen hat.«

Ein Seufzer. »In Ordnung, bleiben Sie dran. Es wird ein Weilchen dauern.«

Jack blieb dran und schaute auf die Uhr – nach etwas mehr als zwölf Minuten meldete sich Cahill wieder. »Die Antwort ist positiv. Dean Van Gelder, Geburtsdatum 27. 3. 21, hat insgesamt dreimal den Häftling David Goldman besucht: am 27. 3. 53, am 1. 4. 53 und am 3. 4. 53. Goldman verbüßte eine Strafe wegen Steuervergehens. Vielleicht haben Sie schon gehört –«

Also auch Davey G. gehörte dazu – Mickey Cohens Finanzmann. Van Gelder hatte seinen letzten Besuch zwei Wochen vor dem Nite Owl gemacht, etwa zur gleichen Zeit, als die Englekling-Brüder bei Mickey waren – das war das Treffen, bei dem sie ihm ihre Pläne für das Pornogeschäft unterbreitet hatten. Der Mann von der Gefängnisverwaltung quasselte immer noch – Jack legte einfach auf. Der Fall Nite Owl kam langsam in Bewegung.

57

Ed fuhr Lynn Bracken nach Hause; ein letzter Versuch, ehe er sie verhaften ließ. Sie protestierte erst, stimmte dann aber zu. Die Anstrengungen des Tages – Wahrheitsserum, Gegenmittel und Einschüchterungsversuche – forderten langsam ihren Tribut. Sie wirkte erschöpft und ausgelaugt. Jedenfalls war sie schlau, stark und chemisch verstärkt; sie hatte nichts ausgespuckt als ein paar Krümel über Pierce Patchett – wie auch immer. Patchett wußte mit Sicherheit, daß seine Weste weiß blieb: Lynn hatte sich ganz auf ihre Callgirl-Geschichte konzentriert – und Patchett hatte zweifellos Anwälte bereitstehen, falls diese Krümel für eine Anklageerhebung ausreichen sollten. Der erste Tag nach Wiederaufnahme der Ermittlungen war der reine Wahnsinn. Dudley Smith war oben in Gaitsville, während seine heißen Jungs Darktown auf den Kopf stellten; dazu Vincennes' Leiche unter dem Haus und seine Identifizierung von Dean Van Gelder als Besucher von Davey Goldman in McNeil, kurz vor dem Überfall auf das Nite Owl. Bud White für den Außendienst, dann die Sache mit dem *Whisper* – er war ein Narr, daß er ihm auch nur eine Sekunde getraut hatte. All das konnte er verkraften – immerhin war er ein professioneller Detective, daran gewöhnt, mit dem Chaos zu leben.

Aber der Fall Atherton und die Tatsache, daß sein Vater jetzt irgendwie in die Sache verwickelt war – das war etwas völlig anderes. Er hatte das Gefühl, in der Luft zu hängen und nur noch von einem einzigen Instinkt geleitet zu werden: Der Fall Nite Owl hatte sein eigenes Leben, seine eigene Dynamik, der man sich als Detective nicht entziehen konnte – aber er war fest entschlossen, den ganzen Schrecken dieses Falls ans Licht zu bringen, ganz gleich, ob er die nötigen Beweise fand oder nicht, ob er die Sache planvoll angehen konnte oder nur den Ereignissen folgte.

Er hatte zumindest einen Plan, was Bracken und Patchett betraf.

Lynn blies Rauchringe aus dem Seitenfenster. »Zwei Blocks weiter und dann nach links. Sie können mich dort an der Ecke absetzen, ich wohne gleich da.«

Ed hielt den Wagen an. »Eine letzte Frage noch. Im Bureau haben Sie gesagt, Sie wußten, daß Patchett und Sid Hudgens einen Erpresserring aufziehen wollten.«

»Ich kann mich nicht erinnern, diese Aussage unterschrieben zu haben.«

»Aber Sie haben sie auch nicht bestritten.«

»Ich war wahrscheinlich müde und gelangweilt.«

»Aber Sie haben stillschweigend zugestimmt. Außerdem steht es so in der eidesstattlichen Erklärung von Jack Vincennes.«

»Nun, vielleicht hat Vincennes in diesem Punkt gelogen. Er war früher mal ein ziemlich gefeierter Mann. Sind Sie nicht auch der Meinung, daß er es recht gut versteht, sich in Szene zu setzen?«

Ein Ansatzpunkt. »Das stimmt.«

»Und Sie glauben, daß Sie ihm trauen können?«

Er tat so, als mache ihm dies wirklich Kummer. »Ich weiß nicht recht. Er ist der schwache Punkt in meiner Theorie.«

»Da haben Sie's. Also, Mr. Exley, wollen Sie mich verhaften?«

»Ich glaube allmählich, das hilft mir nicht weiter. Was hat White gesagt, als er Sie überredete, unsere Fragen zu beantworten?«

»Einfach nur, daß ich die Wahrheit sagen soll. Haben Sie ihm die Erklärung von Vincennes gezeigt?«

Die Wahrheit – sie sollte dankbar sein. »Nein.«

»Ich bin froh drüber. Das freut mich, weil Sie nämlich voller Lügen ist. Und warum haben Sie sie ihm nicht gegeben?«

»Weil er ein sehr beschränkter Detective ist, und je weniger er weiß, um so besser. Abgesehen davon ist er der Protégé eines meiner Rivalen in diesem Fall, und ich wollte verhindern, daß er ihm Informationen zukommen läßt.«

»Sie meinen Dudley Smith?«

»Ja. Kennen Sie ihn?«

»Nein, aber Bud spricht oft von ihm. Ich glaube, er hat Angst vor ihm, und das bedeutet, daß dieser Smith ein toller Mann sein muß.«

»Dudley ist brillant und durch und durch bösartig, aber ich bin besser als er. Aber kommen Sie, es ist schon spät.«

»Darf ich Sie noch auf einen Drink einladen?«

»Warum? Sie haben mir doch heute ins Gesicht gespuckt.«

»Nun, ganz einfach in Anbetracht der Umstände.«

Ihr Lächeln machte es ihm leicht, ebenfalls zu lächeln.

»Nun, in Anbetracht der Umstände also einen Drink.«

Lynn stieg aus dem Wagen. Ed folgte ihren Bewegungen: hohe Absätze, ein Scheiß-Tag – aber ihre Füße berührten kaum den Boden. Sie ging voran zum Haus, schloß die untere Tür auf und drückte auf einen Lichtschalter.

Ed ging hinein. Überaus geschmackvoll – die Stoffe, die Kunstobjekte. Lynn schleuderte ihre Schuhe von den Füßen und goß zwei große Gläser Brandy ein. Ed setzte sich auf ein Sofa – reiner Samt.

Lynn setzte sich neben ihn. Ed nahm sein Glas entgegen, nippte daran. Lynn wärmte ihr Glas mit den Händen.

»Wissen Sie, warum ich Sie reingebeten habe?«

»Sie sind zu intelligent, um mir einen Deal vorzuschlagen, daher nehme ich an, Sie sind einfach neugierig, was mich betrifft.«

»Bud haßt Sie mehr als er mich oder sonst jemand liebt. Ich verstehe allmählich, warum das so ist.«

»Ich mache mir nichts daraus, was Sie denken.«

»Ich wollte Ihnen eigentlich ein Kompliment machen.«

»Ein andermal vielleicht, okay?«

»Gut, wechseln wir das Thema. Wie wird Inez Soto mit der ganzen Publicity fertig? Alle Zeitungen waren voll von ihr.«

»Sie verträgt das alles nicht besonders gut, und ich möchte nicht von ihr sprechen.«

»Es wurmt Sie, daß ich so viel über Sie weiß, nicht wahr? Sie wissen nicht genug über mich, um mithalten zu können.«

Jetzt konnte er den Keil vorantreiben. »Ich habe immerhin die eidesstattliche Erklärung von Vincennes.«

»Aber ich habe den Verdacht, daß Sie an der Wahrheit dieser Erklärung zweifeln.«

Und jetzt der Themenwechsel. »Sie haben erwähnt, daß Patchett einige von Raymond Dieterlings frühen Filmen finanziert hat. Können Sie mir dazu mehr sagen?«

»Warum? Weil Ihr Vater mit Dieterling in Beziehung steht? Sehen Sie, daß es auch von Nachteil sein kann, der Sohn eines berühmten Mannes zu sein?«

Keinerlei verräterische Reaktion, nur ein gekonnter Messerstich. »Ich habe nur als Polizist gefragt.«

Lynn zuckte die Achseln. »Pierce hat es vor mehreren Jahren einmal in anderem Zusammenhang erwähnt.«

Das Telefon läutete – Lynn ignorierte es. »Ich habe den Eindruck, Sie wollen vermeiden, mit mir über Jack Vincennes zu sprechen.«

»Und ich habe den Eindruck, Sie wollen unbedingt über ihn reden.«

»Ich hab' in letzter Zeit kaum noch was über ihn in der Zeitung gelesen.«

»Das liegt daran, daß er alles in den Sand gesetzt hat. *Badge of Honor*, seine Freundschaft mit Miller Stanton, alles. Die Ermordung von Sid Hudgens war auch keine große Hilfe für ihn, da *Hush-Hush* fast alle Informationen von Vincennes bezog.«

Lynn nahm einen Schluck von ihrem Brandy. »Sie mögen Jack nicht besonders.«

»Nein, aber in seiner Erklärung ist etwas, was ich voll und ganz glaube. Patchett hat Kopien von Sid Hudgens' privaten Klatsch-Dossiers, darunter auch ein Dossier über Vincennes. Sie würden sich einen Gefallen tun, wenn Sie das bestätigen.«

Wenn sie überhaupt anbiß, dann jetzt.

»Das kann ich nicht bestätigen, und wenn wir uns das nächste Mal unterhalten, dann nur in Gegenwart meines Anwalts. Aber ich kann Ihnen zumindest sagen, daß ich mir vorstellen kann, was in einem solchen Dossier enthalten sein könnte.«

Der erste Keil saß. »Und?«

»Nun, ich glaube, es war im Jahre 1947. Vincennes war irgendwie in eine Schießerei unten am Strand verwickelt. Er stand unter Drogeneinfluß und tötete zwei unschuldige Menschen, ein Ehepaar. Mein Informant hat auch Beweise dafür, darunter die Aussage eines Krankenwagenfahrers und eine notariell beglaubigte Erklärung des Arztes, der Jack damals wegen seiner Verletzungen behandelt hat. Mein Informant verfügt auch über die Ergebnisse der Blutuntersuchung, die beweist, daß er Drogen im Blut hatte, sowie die Aussage von Augenzeugen, die nicht an die Öffentlichkeit getreten sind. Sind das vielleicht Informationen, die Sie zurückhalten würden, um einen Kollegen zu schützen, Captain?«

Das Malibu-Rendezvous: Trashcans ruhmreiche Tat. Das Telefon läutete erneut – Lynn ließ es läuten. Ed sagte: »Guter Gott.« Er brauchte sich nicht zu verstellen.

»Ja. Wissen Sie, wenn ich früher von Vincennes in der Zeitung las, dachte ich immer, er müßte ein tieferes, dunkles Motiv dafür haben, daß er immer so scharf hinter Drogensüchtigen her war. Deshalb war ich nicht besonders überrascht, als ich das rausfand. Und wissen Sie was, Captain? Wenn Pierce wirklich Kopien dieser Dossiers hätte, dann hätte er sie längst vernichtet – da bin ich sicher.«

Die letzte Bemerkung klang nicht ganz echt. Ed nahm sie zum Anlaß, ihr eine kleine Lüge aufzutischen. »Ich weiß, daß Jack Drogen mag, das erzählt man sich im Bureau schon seit Jahren. Und ich weiß auch, daß Sie lügen, was die Dossiers betrifft. Und ich weiß, daß Vincennes alles tun würde, um sein Dossier zurückzubekommen. Sie und Patchett sollten ihn lieber nicht unterschätzen.«

»So wie Sie Bud White unterschätzt haben?«

Sie schien ihn mit ihrem Lächeln absichtlich provozieren zu wollen – eine Sekunde lang spürte er die Versuchung, sie zu schlagen. Sie lachte auf, ehe es dazu kam. Er beugte sich zu ihr und gab ihr statt dessen einen Kuß. Lynn wich zurück, aber dann erwiderte sie den Kuß. Sie rollten auf den Boden und entledigten sich ihrer Kleidung. Das Telefon läutete – Ed stieß mit dem Fuß den Hörer von der Gabel. Lynn zog ihn in sich; sie rollten auf dem Teppich herum, ineinander verklammert, und warfen Möbelstücke um. Es endete, wie es begonnen hatte – er spürte, daß Lynn kurz vor dem Höhepunkt war. Nur ein paar Sekunden auseinander. Gut genug. Entspannen. Seine Geschichte immer wieder von Seufzern unterbrochen, als sei die Last zu schwer zu tragen.

Der kriminelle Cop Jack Vincennes, auf Drogen und zu heiß zum Anfassen. Er würde alles tun, um sein Dossier in die Hand zu bekommen, er mußte dieses Dossier haben. Captain E. J. Exley brauchte ihn, weil er entscheidende Informationen hatte – aber Vincennes war voller Drogen, voller Alkohol, reagierte fast psychotisch auf ihn.

58

Der Morgen graute bereits, als Bud White in L.A. ankam und aus dem Nachtbus von Frisco kletterte. Seine Stadt wirkte irgendwie fremdartig und neu – wie alles andere in seinem Leben.

Er nahm sich ein Taxi und döste; immer wieder schreckte er hoch und hörte Ellis Loews Stimme: »Das klingt wie ein großartiger Fall, aber solche Serienmorde sind immer schwierig, und Spade Cooley ist in der Öffentlichkeit sehr bekannt. Ich werde ein Team von der Staatsanwaltschaft darauf ansetzen. *Sie halten sich erst mal aus der Sache raus.*« Dann immer wieder Lynn: seine Anrufe bei ihr, die Leitung ständig besetzt, das Telefon abgenommen. Merkwürdig, aber trotzdem typisch für sie – wenn sie schlafen wollte, dann wollte sie einfach nur schlafen.

Er konnte nicht glauben, wie sein Leben jetzt aussah, es war einfach zu gottverdammt unglaublich.

Das Taxi setzte ihn vor dem Haus ab. An der Tür steckte eine Nachricht – auf dem Briefkopf stand: »Sergeant Duane W. Fisk.«

Sergeant White –

Captain Exley will Sie sofort sprechen (es geht um einen Bericht im Magazin Whisper und um eine Leiche unter einem Haus). Melden Sie sich bei Ihrer Rückkehr nach Los Angeles sofort bei Internal Affairs.

Bud lachte auf, packte eine Reisetasche mit Klamotten und seinen Papieren – die Nuttenmorde, das Nite Owl: Dudley konnte alles haben, er brauchte nur zu fragen. Die Nachricht warf er ins Klo, pißte darauf.

* * *

Er fuhr nach Gardena, mietete sich im Victory ein – ein Zimmer mit sauberen Laken, einer Kochplatte, keine Blutflecken an den Wänden. Zum Teufel mit dem Schlaf – er machte sich Kaffee und begann zu arbeiten.

Alles, was er über Spade Cooley wußte – eine halbe Seite handschriftlicher Text.

Cooley war ein Fiedler und Sänger aus Oklahoma, ein dürrer

Kerl, vielleicht Ende Vierzig. Er hatte Schallplatten aufgenommen, darunter ein paar Hits, und seine Fernsehshow war eine Zeitlang ziemlich populär gewesen. Sein Bassist, Burt Arthur Perkins alias »Deuce«, war einmal wegen Sodomie mit Hunden verurteilt worden und in einer Chain Gang gewesen, und es hieß, er verfüge über ausgezeichnete Beziehungen zum Mob.

Die Ergebnisse der Ermittlungen:

Lamar Hinton hatte gesagt, Spade rauche Opium; Spade trat im Lariat Room in Frisco auf – gegenüber von dem Haus, in dem Chrissie Renfro gestorben war. Chrissie hatte bei ihrem Tod »O« im Körper gehabt. Spade spielte zur Zeit im El Rancho Klub von L.A., ganz in der Nähe von Lynette Ellen Kendricks Wohnung. Lamar Hinton hatte gesagt, Dwight Gilette – Kathy Janeways Zuhälter – versorge regelmäßig Cooleys Partys mit Nutten.

Zufälle – aber sie paßten.

Bud griff nach dem Wandtelefon und rief das Büro des County-Coroners an.

»Medizinische Untersuchungen, Jensen.«

»Sergeant White. Ich möchte Dr. Harris sprechen. Ich weiß, daß er beschäftigt ist, aber sagen Sie ihm bitte, es ist bloß eine Kleinigkeit.«

»Bitte warten Sie.« Klick, klick, klick. »Sergeant, was ist denn nun schon wieder?«

»Bloß eine Kleinigkeit aus Ihrem Autopsiebericht.«

»Sie sind nicht einmal von der County-Polizei.«

»Mageninhalt und Blutanalyse von Lynn Kendrick. Kommen Sie schon. Bitte.«

»Das ist kein Problem. Kendrick hat letzte Woche den Preis für den besten Magen gekriegt. Sind Sie soweit? Frankfurter Würstchen mit Sauerkraut, Pommes frites, Coca-Cola, Opium, Sperma. Guter Gott, ein tolles letztes Abendmahl.«

Bud legte auf, Ellis Loew hatte gesagt, er solle sich aus der Sache heraushalten. Kathy Janeway sagte: MACH.

* * *

Er fuhr zum Strip, versuchte den Tathergang zu rekonstruieren.

Zuerst der El Rancho Klub. Geschlossen. »Spade Cooley and His Cowboy Rhythm Band Appearing Nitely.« Neben der Tür ein

Publicity-Photo: Spade, Deuce Perkins, drei andere Typen. Keiner hatte schwere Ringe an den Fingern. Unten auf dem Photo ein aufgestempelter Hinweis: »Management: Nat Penzler Associates, 653 North La Cienega, Los Angeles.«

Auf der anderen Straßenseite: das Hot Dog Hut, Würstchen mit Kraut und Pommes auf der Speisekarte. Weiter unten am Strip, auf der Höhe von Crescent Heights: ein bekannter Nuttenstrich. Eine Meile südlich an der Ecke Melrose und Sweetzer: Lynette Ellen Kendricks Apartment.

Ganz einfach:

Spade mußte sie spätnachts aufgegabelt haben, ohne Zeugen. Er hatte das Essen und den Stoff, machte den Vorschlag, gemeinsam eine gemütliche Nacht zu verbringen, führte Lynette nach Hause. Die beiden rauchten Opium und aßen gemeinsam Würstchen, dann prügelte Spade sie tot und vergewaltigte sie dreimal post mortem.

Bud bog nach Süden in die La Cienega ein. Nummer 653 war ein einfaches Holzhaus aus Redwood. Neben dem Briefkasten das Namensschild »Nat Penzler Assoc.« Die Tür war nur angelehnt. Drinnen war ein Mädchen am Kaffeekochen.

Bud ging hinein. Das Mädchen meinte: »Ja? Kann ich Ihnen helfen?«

»Der Boss da?«

»Mr. Penzler telefoniert grade. Kann *ich* vielleicht was für Sie tun?«

Eine Verbindungstür – mit den Messingbuchstaben »N. P.«. Bud stieß sie auf; ein alter Mann brüllte: »He! Ich bin am Telefon! Was wollen Sie, 'ne Rechnung eintreiben? He, Gail! Gib dem Kerl 'ne Illustrierte.«

Bud ließ ihn seine Dienstmarke sehen. Der Mann legte den Hörer auf und rückte ein Stück von seinem Schreibtisch ab. Bud fragte: »Sind Sie Nat Penzler?«

»Sagen Sie Natsky zu mir. Suchen Sie einen Agenten? Ich könnte Ihnen 'nen Job als Gangster verschaffen. Sie haben genau den Neandertaler-Look, der grade so in Mode ist.«

Nicht darauf eingehen. »Sie sind Spade Cooleys Agent, ist das richtig?«

»Richtig. Wollen Sie in Spades Band einsteigen? Spade verdient 'ne Menge Kohle, aber sogar meine schwarze Putzfrau singt besser als er. Vielleicht kann ich Ihnen was vermitteln, zumindest 'nen Job als Rausschmeißer im El Rancho. Da fällt 'ne Menge für Sie ab, Kleiner. Ein Elch wie Sie kriegt da alles - bügeln, plätten und zusammenlegen.«

»Sind Sie fertig, Pops?«

Penzler lief rot an. »Mr. Natsky für Sie, Sie Höhlenmensch.«

Bud schloß die Tür. »Ich brauche Einblick in die Unterlagen über Cooleys Engagements seit etwa 1951. Spielen Sie mit oder nicht?«

Penzler stand auf und stellte sich abwehrend vor seine Aktenschränke. »Die Show ist vorbei, Godzilla. Ich gebe nie Informationen über meine Klienten weiter, nicht mal, wenn man mir mit 'ner gerichtlichen Vorladung droht. Also verduften Sie und kommen Sie irgendwann mal zum Lunch vorbei, am besten am Sankt Nimmerleinstag.« Bud riß die Telefonschnur aus der Wand. Penzler zog die oberste Schublade auf. »Bitte keine Gewalt, Höhlenmensch! Mein Gesicht ist mein Kapital!«

Bud blätterte die Akten durch bis »Cooley, Donnell Clyde«, schüttete sie auf dem Schreibtisch aus. Ein Photo fiel heraus: Spade, vier Ringe an zehn Fingern. Rosa Papier, weißes Papier, dann blaues Papier – Listen der Engagements, jahreweise geordnet.

Penzler stand daneben und murmelte vor sich hin. Bud suchte sich die entscheidenden Daten heraus.

Jane Mildred Hamsher, 8. 3. 51, San Diego – Spade gastierte im El Cortez Sky Room. April '53, Kathy Janeway, die Cowboy Rhythm Band im Bido Lito's – South Los Angeles. Sharon, Sally, Chrissie Virginia, Maria bis zu Lynette: Bakersfield; Needles, Arizona; Frisco; Seattle; wieder L.A. – die wechselnde Besetzung der Band aus den Lohnabrechnungen ersichtlich: Deuce Perkins spielte die meiste Zeit am Bass. Drummer und Saxophonisten kamen und gingen in ständigem Wechsel, Spade Cooley die Hauptattraktion in den Städten, wo die Morde passiert waren.

Die blauen Seiten wurden langsam feucht – sein eigener Schweiß. »Wo wohnt die Band?«

Penzler: »Im Biltmore, und Sie haben es nicht von Natsky erfahren.«

»Ist mir recht, weil's nämlich um Mord geht, und ich bin nie hiergewesen.«

»Ich bin wie die Sphinx, ich schwöre es. Mein Gott, Spade und seine Bande von miesen Ganoven. Mein Gott, wissen Sie, was der im letzten Jahr verdient hat?«

* * *

Er rief Ellis Loew an, um ihm die neuen Erkenntnisse mitzuteilen. Loew ging an die Decke: »Ich habe Ihnen doch gesagt, Sie sollen sich da raushalten! Ich habe drei *zivilisierte* Leute an dem Fall, und ich werde denen sagen, was Sie rausgefunden haben, aber lassen Sie endlich die Finger davon und halten Sie sich an die Ermittlungen im Fall Nite Owl. *Haben Sie mich verstanden?«*

Er hatte sehr gut verstanden. Kathy Janeway sagte immer noch: MACH.

Das Biltmore.

Er zwang sich, schön langsam zu fahren, parkte den Wagen in der Nähe des Hintereingangs, erkundigte sich höflich bei dem Hausangestellten, wo er Mr. Cooley und seine Freunde finden könne. Der Mann sagte: »Die El Presidente Suite, neunter Stock.« Er sagte: »Vielen Dank« mit solcher Beherrschung, daß um ihn plötzlich alles wie in Zeitlupe ablief und er einen Moment lang das Gefühl hatte zu schwimmen.

Die Treppe hoch, als schwimme er gegen den Strom – immer wieder die Stimme der kleinen Kathy: BRING IHN UM. Die Suite: Doppeltüren, mit Gold eingelegt – Adler, amerikanische Flaggen. Er drehte vorsichtig am Türknauf. Die Türen öffneten sich.

Prunkvolle Eleganz, zu weißem Dreck verkommen. Drei Typen, lang auf dem Boden ausgestreckt. Leere Schnapsflaschen, umgekippte Aschenbecher, kein Spade.

Verbindungstüren – hinter der auf der rechten Seite Geräusche. Bud trat sie auf.

Deuce Perkins lag auf dem Bett und sah sich Zeichentrickfilme an. Bud zog seine Waffe. »Wo ist Cooley?«

Perkins klemmte sich einen Zahnstocher in den Mund. »Auf Sauftour, und das mach' ich auch. Wenn de ihn sehen willst, komm heute abend ins El Rancho. Anzunehmen, daß er da ist.«

»Zum Teufel, er ist doch der Star.«

»Meistens ja. Aber Spade war in letzter Zeit leicht von der Rolle, deshalb hab' ich manchmal für ihn übernommen. Ich sing' genausogut wie er, und ich seh' besser aus, deswegen hat sich noch keiner beschwert. Und jetzt zisch ab und laß mich in Ruhe.«

»Wo säuft er?«

»Steck die Waffe weg, Junior. Das Schlimmste, was de ihm anhängen kannst, sind ausstehende Alimente, und Spade zahlt früher oder später immer.«

»Von wegen, diesmal geht's um Mord, und ich habe gehört, er steht auf Opium.«

Perkins verschluckte sich und spuckte den Zahnstocher aus. »Was ham Sie gesagt?«

»Nutten. Steht Spade auf junge Dinger?«

»Jedenfalls nicht, weil er se umbringt – er spielt bloß das olle Rein-und-raus-Spiel, genau wie Sie und ich.«

»Wo ist er?«

»Mann, ich verpfeif' doch niemand.«

Kurze Hiebe mit dem Revolverknauf – Perkins schrie auf, spukte Zähne. Der Fernseher wurde laut: Kids brüllten nach Kellogg's Cornflakes. Bud schoß den Bildschirm in Stücke.

Deuce sang: »Probieren Sie die ›O‹-Höhlen in Chinatown und lassen Sie mich verdammt noch mal in Ruhe!«

Kathy sagte: BRING IHN UM. Bud dachte zum erstenmal seit Jahren an seine Mutter.

59

Der Arzt sagte: »Ich habe das bereits Captain Exley gesagt, und ich habe ihm auch gesagt, eine Unterhaltung mit Mr. Goldman ist aller Wahrscheinlichkeit nach völlig sinnlos – der Mann ist die meiste Zeit nicht bei Verstand. Aber da er nun schon mal drauf bestanden hat, jemanden herzuschicken, versuchen wir es eben noch mal.«

Jack sah sich um. Camarillo war irgendwie unheimlich: zu viele Irre, ein Haufen Irren-Kunst an den Wänden. »Würden Sie das tun? Der Captain besteht drauf, daß er 'ne Aussage von ihm bekommt.«

»Nun, das ist reine Glücksache. Im letzten Juli wurden Mr. Goldman und sein Freund Mickey Cohen im Gefängnis von McNeil Island mit Messern und Eisenrohren attackiert. Cohen erlitt nur leichte Verletzungen, während Mr. Goldman schwere Gehirnschäden davontrug. Beide Männer wurden letztes Jahr wegen guter Führung entlassen, und Mr. Goldman zeigte wenig später schwere Verhaltensstörungen. Ende Dezember wurde er festgenommen, weil er in Beverly Hills in der Öffentlichkeit urinierte, und der Richter wies ihn zur Beobachtung für neunzig Tage bei uns ein. Wir haben ihn seit Weihnachten hier und haben ihm gerade weitere neunzig Tage verordnet. Offen gesagt, können wir in diesem Fall nichts ausrichten. Rätselhaft ist nur, daß Mr. Cohen ihn besucht und angeboten hat, Mr. Goldman auf eigene Kosten in einer privaten Klinik unterzubringen, aber Mr. Goldman weigerte sich und schien eine Höllenangst vor ihm zu haben. Ist das nicht merkwürdig?«

»Vielleicht nicht. Wo ist er jetzt?«

»Gleich hinter dieser Tür. Seien Sie bitte sanft zu ihm. Der Mann mag ein Gangster gewesen sein, aber jetzt ist er nur noch ein bedauernswerter Mensch.«

Jack öffnete die Tür. Ein kleiner Raum mit gepolsterten Wänden. Davey Goldman lag auf einer gepolsterten Bank. Er brauchte dringend eine Rasur und stank nach Lysoform. Mit herunterhängendem Unterkiefer stierte er auf ein Heft des *National Geographic.*

Jack setzte sich neben ihn - Goldman rückte von ihm weg. Jack sagte: »Ein elendes Loch hier. Warum wollten Sie nicht, daß Mickey Sie rausholt?«

Goldman bohrte in der Nase, steckte die Beute in den Mund.

»Davey, haben Sie sich mit Mickey verkracht?«

Goldman hielt ihm sein Magazin entgegen – nackte Neger, die Speere schwangen.

»Sehr hübsch. Wenn die auch Weiße zeigen, abonnier' ich das Blatt. Davey, erinnern Sie sich an mich? Jack Vincennes? Ich war früher bei LAPD Narco, wir sind uns öfter auf dem Strip begegnet.«

Goldman kratzte sich am Sack. Er lächelte, aber nur auf Niedervolt – kein Strom mehr drin.

»Ist das 'ne Masche? Kommen Sie, Davey. Sie und Mick waren doch lange befreundet. Sie wissen doch, daß er gut für Sie sorgt.«

Goldman zerquetschte einen unsichtbaren Käfer. »Jetzt nicht mehr.«

Die Stimme eines Mannes, der völlig weggetreten war – so gut konnte sich niemand verstellen. »Kommen Sie, Davey, erzählen Sie mir, was aus Dean Van Gelder geworden ist. Sie erinnern sich doch an ihn, er hat Sie in McNeil öfter besucht.«

Goldman bohrte wieder in der Nase, schmierte sich den Popel an die Füße. Jack sagte: »Dean Van Gelder. Er hat Sie '53 in McNeil besucht, etwa um die gleiche Zeit, als die beiden Typen, Pete und Bax Englekling, bei Mickey waren. Sie haben jetzt Angst vor Mickey, und Van Gelder hat 'nen Typ namens Duke Cathcart umgelegt und mußte dann selbst dran glauben beim weltberühmten, gottverdammten Nite-Owl-Massaker. Haben Sie noch genug Verstand, um drüber zu reden?«

Nicht ein Lämpchen blinkte auf.

»Kommen Sie, Davey. Erzählen Sie mir davon, dann fühlen Sie sich besser. Reden Sie mit Onkel Jack.«

»Der Holländer! Der Scheiß-Holländer! Mickey sollte es besser wissen, statt mir weh zu tun, aber nein. Hub rachmones, Meyer, hub rachmones, Meyer Harris Cohen, te absolvo meine Sünden.«

Nur der Mund bewegte sich – der Rest war absolut tot. Jack kombinierte: Van Gelder war der Holländer, Jiddisch, Lateinisch – irgendwas von einem Verrat. »Kommen Sie, weiter so. Erzählen Sie Pater Jack alles, dann sorg' ich dafür, daß Sie sich viiiieel besser fühlen.«

Goldman bohrte in der Nase. Jack versetzte ihm einen Stoß. »Kommen Sie schon!«

»Der Holländer hat's versaut!«

????? – vielleicht – ein Mordkomplott gegen Duke Cathcart. »Was hat er versaut? Kommen Sie schon!«

Goldman rasselte eine monotone Leier herunter. »Die Treuhand-Burschen haben ihr Fett gekriegt – drei Drücker, blip, blip, blip. Scheiß-Flaute, keine Traute. Mickey glaubt, er kriegt den Fisch, aber der irische Cheshire hat den Fisch erwischt und Mickey kriegt die Gräten, ohne Sauce, er ist totes Fleisch für das Miau-Monster. Hub rachmones, Meyer. Dir könnte ich trauen, denen nicht, ist alles auf Eis, aber nicht für uns. Ego te absolvo…«

??????? »Wer sind diese Leute, von denen Sie da reden?«

Goldman summte ein Liedchen, falsch und daneben, aber trotzdem irgendwie vertraut. Jack erkannte die Melodie: »Take the A-Train«. »Davey, so *reden* Sie doch.«

Davey sang. »Bamm-ba-bamm bamm bamm bamm bamm bamm bamm bamm bamm bamm bamm *the Q-Train* bamm bamm bamm bamm bamm bamm bamm bamm the *Q-Train.*«

??????????? – noch schlimmer, als ob auch sein Hirn gepolsterte Wände hätte. »Davey, einfach nur reden.«

Die Worte eines Irren: »Bzz bzz bzz reden Wanze hört. Betty, Benny Wanze hört, Barney Wanze. Hub rachmones, Meyer, mein guter alter Freund.«

???????? - vielleicht hieß es doch was:

Die Engleklings hatten Cohen in *seiner* Zelle besucht, ihm von Duke Cathcarts Porno-Plänen erzählt. Mickey schwor, er habe keiner Seele ein Wort davon gesagt. Goldman kam trotzdem dahinter und beschloß, sich einzumischen. Er schickte Dean Van Gelder los, um Cathcart umzulegen – oder sich vielleicht in den Deal einzukaufen. ???????? – Wie? – ?????????? HATTE ER VIELLEICHT EINE WANZE IN COHENS ZELLE ANGEBRACHT?

»Davey, *was war mit der Wanze??«*

Goldman begann wieder zu summen, diesmal »In the Mood«.

Der Arzt öffnete die Tür. »Das reicht, Officer. Sie haben den Mann lange genug gequält.«

* * *

Exley gab telefonisch seine Zustimmung, daß er nach McNeil rauffahren und überprüfen sollte, ob eine Abhöranlage in Mickey Cohens alter Zelle eingebaut war. Der Flughafen von Ventura County war nur ein paar Meilen entfernt – er sollte von dort nach Puget Sound fliegen und ein Taxi zum Gefängnis nehmen. Bob Gallaudet würde außerdem einen Mann vom Prison's Bureau dort haben – die Gefängnisverwalter von McNeil hatten Cohen nach Strich und Faden verwöhnt und sich wahrscheinlich von ihm bestechen lassen, so daß sie vielleicht nicht mitspielen würden. Exley meinte, die Theorie mit der Wanze sei reichlich weit hergeholt; er schimpfte, daß White verschwunden sei – Fisk und Kleckner suchten ihn gerade. Wahrscheinlich war der Misthund einfach wegen dem Artikel im *Whisper* und der Leiche unter dem Haus in San Berdoo abgehauen. Fisk hatte ihm eine Nachricht hinterlassen und den

Fund erwähnt. Parker hatte gesagt, Dudley Smith sei dabei, die Unterlagen im Fall Englekling zu studieren, und werde bald Bericht erstatten; Lynn Bracken hatte immer noch nicht ausgepackt. Jack sagte: »Was sollen wir machen?« Exley sagte: »Im Dining Car um Mitternacht. Wir werden darüber reden.«

Captain Ed – furchterregend und bedrohlich.

Jack fuhr nach Ventura und erwischte gerade noch seinen Flug. Exley hatte telefonisch sein Ticket bestätigt. Eine Stewardeß verteilte Zeitungen. Er nahm sich die *Times* und die *Daily News* und las die Berichte über den Fall Nite Owl.

Dudleys Jungs waren dabei, Darktown auf den Kopf zu stellen; sie schleppten einschlägig vorbestrafte Neger ab und suchten nach den *wahren* Typen, die im Griffith Park herumgeballert hatten. Reiner Quatsch: Wer immer die Waffen in Ray Coates' Wagen praktiziert hatte, hatte auch die passenden Patronenhülsen im Park verteilt, und derjenige brauchte sich nur an die Informationen aus der Zeitung zu halten – nur absolute Profis kamen auf eine solche Idee. Mike Breuning und Dick Carlisle hatten im Revier 77th Street eine Kommandozentrale eingerichtet – der gesamte Trupp und zusätzliche zwanzig Mann von der Mordkommission arbeiteten jetzt an dem Fall. Die verrückten Schwarzen waren auf keinen Fall schuldig gewesen. Es sah so aus, als ginge das ganze Theater von 1953 wieder los. Die *Daily News* brachte ein paar Photos: Central Avenue voll mit Bimbos mit Spruchbändern; das Haus, das Exley für Inez Soto gekauft hatte. Ein Prachtschuß in der *Times* – Inez vor Ray Dieterlings Haus in Laguna, die Hand vor die Augen gehalten, um sie vor den Blitzlichtern zu schützen.

Jack las weiter.

Die Leute von Justizministerium hatten eine offizielle Erklärung verbreiten lassen; Ellis Loew hatte sie mit seiner einstweiligen Verfügung kaltgestellt, aber sie waren immer noch an dem Fall interessiert und würden sofort aktiv werden, wenn die Verfügung keinen Bestand haben sollte, es sei denn, das LAPD löste den Fall Nite Owl innerhalb einer angemessenen Frist und zur Zufriedenheit der Los Angeles Grand Jury. Das LAPD gab eine Presseerklärung ab – eine mit allen Details gespickte Schilderung der Vergewaltigung von Inez Soto 1953, und dazu die herzergreifende Story, wie Captain Ed Exley ihr geholfen habe, ein neues Leben anzufangen. Exleys Vater wurde ebenfalls erwähnt: Die *Daily News* brachte einen Bericht über die Fertigstellung des südkalifornischen Freeway-Systems und verwies in diesem Zusammenhang auf das jüngste Gerücht, demzufolge Big Preston in Kürze seine Kandidatur für das Amt des Gouverneurs bekanntgeben werde, nur zweieinhalb Monate vor den Vorwahlen der Republikanischen Partei – offenbar wollte er mit dieser späten Ankündigung den Medienrummel um die Einweihung der Freeways für seine Kampagne nutzen. Wie aber würde sich die schlechte Presse seines Sohnes auf seine Wahlchancen auswirken?

Jack versuchte, seine eigenen Chancen abzuschätzen. Mit Karen ging es wieder bergauf, weil sie die Tatsache anerkannte, daß er sich bemühte. Damit es weiterging, wäre es am besten, wenn er die zwanzig Jahre vollmachte, die Pension kassierte und L.A. verließ. Die nächsten beiden Monate mußte er sprinten, um dem Kreuzfeuer auszuweichen: der wieder aufgerollte Fall Nite Owl, die Informationen, die Patchett und Bracken über ihn hatten. Schwer, seine Chancen zu berechnen – für einen Sprinter hatte er zu viel Angst und fühlte sich zu müde – abgesehen davon, daß er allmählich sein Alter spürte. Exley hatte ebenfalls Sprinter-Manöver im Sinn – mitternächtliche Arbeitsessen waren sonst nicht sein Stil. Bracken und Patchett versuchten vielleicht, das, was sie gegen ihn in der Hand hatten, auszuspielen, und Parker hielt die Informationen vielleicht zurück, um das Department zu schützen. Aber Karen würde davon erfahren, und damit wäre das, was von ihrer Ehe übrig war, endgültig beim Teufel – sie litt schon genug unter der Erkenntnis, daß sie einen Säufer und Kassier geheiratet hatte. Aber »Mörder« – das war eine Sache, der sie weder ausweichen konnten noch gewachsen waren.

Drei Stunden Flug, drei Stunden bewegungslosen Nachdenkens. Dann setzte die Maschine in Puget Sound auf, und Jack nahm sich ein Taxi nach McNeil.

Häßlich: ein grauer Klotz auf einer grauen Felseninsel. Graue Mauern, grauer Nebel, Stacheldraht am Rande des grauen Wassers. Jack stieg am Wachhäuschen aus; der Wachmann prüfte seinen Ausweis, nickte. Stahltore verschwanden in Stein.

Jack ging hinein. Ein drahtiger kleiner Mann begrüßte ihn am Ausfalltor. »Sergeant Vincennes? Ich bin Agent Goddard vom Prison's Bureau.«

Ein fester Händedruck. »Hat Exley Ihnen gesagt, worum's geht?«

»Bob Gallaudet hat mich informiert. Sie arbeiten am Fall Nite Owl und an einer Reihe damit verbundener krimineller Verschwörungen, und Sie glauben, daß in Cohens Zelle eine Wanze eingebaut sein könnte. Wir suchen nach Anhaltspunkten, um diese Theorie zu stützen, die meiner Meinung nach gar nicht so weit hergeholt ist.«

»Wie das?«

Sie mußten gegen den Wind gehen – Goddard sprach ziemlich laut, um sich verständlich zu machen. »Cohen hat sich hier wie ein König gefühlt. Goldman ebenso. Privilegien bis sonstwo, uneingeschränkte Besuche und kaum Kontrollen der Sachen, die reingebracht wurden. Es wäre also ohne weiteres möglich gewesen, eine Wanze in die Zelle einzuschmuggeln. Glauben Sie, daß Goldman Mickey hintergangen hat?«

»So ähnlich.«

»Nun, das könnte sein. Die Zellen der beiden lagen nur zwei Türen voneinander entfernt, und zwar auf der Galerie, wie Mickey es wünschte, weil die Hälfte der Zellen dort defekte Installationen hatte und dementsprechend nicht belegt werden konnte. Sie werden sehen, ich habe inzwischen den ganzen Trakt räumen lassen.«

Kontrollstationen, dann die Zellenblöcke – sechsgeschossige Trakte, durch Laufstege verbunden. Die Treppe hoch zu einem Korridor – acht leere Zellen. Goddard sagte: »Das Penthaus. Ruhig, unterbelegt und ein hübscher Tagesraum, wo die Jungs Karten spielen konnten. Wir haben einen Informanten, der ausgesagt hat, Cohen habe bestimmt, wer hier einquartiert wurde. Können Sie sich das vorstellen?«

Jack sagte: »Himmel, Sie haben wirklich gut gearbeitet. Und das in der kurzen Zeit.«

»Nun, Exley und Gallaudet sind ziemlich einflußreich, und die zuständigen Stellen hier hatten keine Zeit, etwas zu arrangieren. Sehen Sie sich mal an, was ich mitgebracht habe.«

Auf dem Tisch im Tagesraum lagen Brechstangen, Meißel, Hämmer, ein langer, dünner Stab mit einem Haken an einem Ende. Auf einer Decke: ein Tonbandgerät, ein Knäuel von Verbindungsschnüren. Goddard sagte: »Zuerst stellen wir diesen Trakt auf den Kopf. Ich gebe zu, die Chancen stehen nicht gut, aber ich habe trotzdem ein Tonbandgerät mitgebracht für den Fall, daß wir irgendwelche Bänder finden.«

»Wäre möglich. Goldman und Cohen wurden letzten Herbst entlassen, aber der Überfall auf die beiden war im Juli, und Davey hat dabei kräftig eins aufs Hirn gekriegt. Wenn er derjenige war, der die Bänder abgehört hat, war er vielleicht zu matschig im Kopf, um die Anlage später abzubauen.«

»Genug geredet. Gehen wir an die Arbeit.«

* * *

Sie wühlten.

Goddard zog eine Linie von Cohens Heizungsschacht zu Goldmans, markierte die entsprechenden Abschnitte an der Decke der beiden dazwischen liegenden Zellen und klopfte mit Hammer und Meißel den Putz auf. Jack löste die Abdeckplatte des Schachts in der Wand von Mickeys Zelle und klopfte mit dem langen Haken das Schachtinnere ab. Nichts als eine hohle Blechröhre, keine Drähte. Das Ergebnis war frustrierend – dies war der logische Ort für ein Mikrofon. Aus dem Schacht drang ihm ein Schwall heißer Luft entgegen.

Jack dachte nach. Washington war ziemlich kalt, und die Heizung lief sicher die meiste Zeit, so daß der Lärm selbst die Geräusche von Stimmen überdecken würde. Er suchte Wände und Decke nach anderen Öffnungen ab - nichts. Dann konzentrierte er sich auf den Bereich um den Heizungsschacht. Ungleichmäßig aufgetragene Spachtelmasse mit winzigen Nadeleinstichen dicht neben der Abdeckplatte. Er schlug mit dem Hammer zu, bis die halbe Wand herunterkam und er ein mit Spachtel verkrustetes kleines Mikrofon an einem Draht entdeckte. Dann wurde ihm das Mikrofon aus der Hand gerissen und verschwand in der Wand. Fünf Sekunden später stand Goddard vor ihm und hielt es ihm entgegen – verbunden mit einem in Plastik eingewickelten Tonbandgerät. »Auf halber Strecke zwischen den beiden Zellen, ein niedliches kleines Versteck direkt neben dem Schacht. Hören wir's uns an, was?«

* * *

Sie setzten sich in den Tagesraum. Goddard schloß das Gerät an, wechselte Spulen, drückte auf ein paar Knöpfe – Wiedergabe.

Störgeräusche, ein Hund winselte. »Ja, ja, Bübele« – Mickey Cohens Stimme. Goddard sagte. »Das gibt's wirklich nur in Amerika, was?«

Cohen: »Du sollst dir nicht immer dein Schnitzel lecken, mein Schätzchen.« Wieder Winseln, dann eine lange Zeit gar nichts, ehe ein Klicken ertönte. Goddard sagte: »Ich habe auf die Uhr gesehen. Das Mikrofon wird durch Stimmen aktiviert. Nach fünf Minuten schaltet sich das Gerät automatisch aus.«

Jack klopfte sich Putz von den Händen. »Wie ist Goldman an das Gerät gekommen, wenn er das Band wechseln mußte?«

»Er muß eine Art Stange mit Haken gehabt haben, ähnlich dem Ding, das ich Ihnen gegeben habe. Das Gitter an seinem Heizungsschacht war lose, folglich wissen wir, daß jemand da drin rumgefummelt hat. Gott, wie lange war die Anlage hier drin? Außerdem muß Goldman Helfer gehabt haben – ein Mann allein konnte das nicht arrangieren. Da – hören Sie das Klicken?«

Ein erneutes Klicken, dann eine fremde Stimme. »Und wieviel? Ich sorg' dafür, daß der Wächter den Wettschein abgibt.« Cohen: »Tausend auf Basilio, der kleine Itaker ist'n wilder Bursche. Und gehen Sie doch in der Krankenstation vorbei und besuchen Sie Davey. Mein Gott, die Verbrecher haben ihn zu Matsch geprügelt. Ich schwöre, ich mach' die eines Tages zu Gemüsebrei.«

Unverständliches Stimmengewirr, Murmeln. Mickey sprach beruhigend auf seinen winselnden Hund ein.

Der Zeitpunkt: Nach dem Angriff auf Goldman und Cohen; Mickey schloß eine frühe Wette auf den Kampf Robinson-Basilio ab – das war im September letzten Jahres gewesen. Wahrscheinlich hatte man ihn bis dahin schon entlassen – er hatte gewettet, ehe die Quoten fielen.

Wieder ein Klicken, sechsundvierzig Minuten lang Aufnahmen eines Kartenspiels zwischen Mickey und mindestens zwei anderen Männern, Stimmengemurmel, die Klospülung. Das Tonband war fast abgelaufen. Klicken – ausgeschaltet; Klicken – eingeschaltet. Der verdammte Köter jaulte.

Mickey: »Sechs Jahre und zehn Monate bin ich hier – und dann verlier' ich Daveys wunderbares Hirn kurz vor meiner Entlassung. Was für ein Zores. Mickey junior, hör auf, dein' Putz zu lecken, du Faigeleh.«

Eine seltsame Stimme: »Besorgen Sie ihm 'ne Hündin, dann hat er's nicht mehr nötig.«

Cohen: »Mein Gott, so gelenkig sein und 'n solches Gehänge haben – wie Heifetz auf der Fiedel, dieser Hund mit sein' Schlong, und dazu noch 'n Gehänge wie Johnny Stompanato. Und weil wir grade beim Thema sind: Ich hab' in Hedda Hoppers Kolumne gelesen, daß Johnny die Lana Turner endlich rumgekriegt hat, nach all der Zeit, die er in sie verknallt war. Die muß 'ne Muschi wie Chinchilla haben.«

Der Mann mit der komischen Stimme lachte auf.

Cohen: »Jetzt reicht's aber, du Arschkriecher. Heb dir was auf für Jack Benny. Johnny könnt' ich jetzt gut gebrauchen, aber ich kann ihn nicht finden, weil er mit seinen Filmstars Würstchen verstecken spielt. Meine Treuhänder einer nach dem andern umgelegt, und ich brauch' Johnny, damit er sich umhört, wer dahinter steckt, aber der verdammte Dickschwanz-Itaker und Muschenräuber ist nirgends zu finden! Ich will die Schwanzlutscher erledigt haben! Ich will, daß die Scheißer, die Davey auf dem Gewissen haben, ihren Aufenthalt in diesem, unserem irdischen Jammertal endlich beenden!«

Mickey keuchte, hustete, verschluckte sich. Die komische Stimme: »Was ist mit Lee Vachss und Abe Teitlebaum? Sie können doch die beiden drauf ansetzen.«

Cohen: »Als Berater biste 'n ziemlicher Schmendrik – aber immerhin kannste Karten spielen. Nee, Abe ist zu weich für so harte Jobs geworden. Der hat zu viel Fett geschluckt in seinem Deli, und das Zeug verstopft einem die Arterien, die für so was nötig sind. Und Lee Vachss ist zu sehr in den Tod verliebt, als daß er nachdenken kann. Lana – was muß die für 'ne Muschi haben, wie Kaschmir.«

Das Band war zu Ende. Goddard sagte: »Mickey hat wirklich seinen eigenen Stil, das muß man ihm lassen, aber was hat das mit dem Nite Owl zu tun?«

»Was würden Sie zu ›nichts‹ sagen?«

60

Eine Wand seines Wohnzimmers war jetzt mit einem riesigen Diagramm bedeckt; alle Personen, die in den Fall Nite Owl verwickelt waren, durch horizontale Linien miteinander verbunden, vertikale Linien als Verbindung zu einem riesigen Stück Karton mit einzelnen Blöcken von Informationen, die er Vincennes' Erklärung entnommen hatte. Ed war dabei, Bemerkungen am Rand zu notieren; der Anruf seines Vaters hallte ihm immer noch in den Ohren: »Edmund, ich werde für die Wahl zum Gouverneur kandidieren. Deine jüngste Publicity könnte mir vielleicht schaden, aber davon abgesehen: Ich möchte nicht, daß in der Presse irgendwas über den Fall Atherton erscheint und mit deinen Fällen in Verbindung gebracht wird, und ich möchte, daß Ray Dieterling in keiner Weise behelligt wird. Wenn du irgendwelche Fragen hast, die ihn betreffen, dann wendest du dich bitte nur an mich, und wir beide werden die Sache klären.«
Er stimmte zu. Es wurmte ihn. Er fühlte sich wieder wie ein Kind – so wie er sich billig und verhurt vorkam, weil er mit Lynn Bracken geschlafen hatte. Außerdem tauchte der Name Dieterling viel zu oft auf seinem Diagramm auf.

Ed zog Querverbindungen.

Sid Hudgens verbunden mit den retuschierten Pornos, die Vincennes im Jahre '53 gefunden hatte; die Pornos verbunden mit Pierce Patchett. Eine weitere Verbindungslinie zu Christine Bergeron, ihrem Sohn Daryl und Bobby Inge – Pornomodelle, die zu der Zeit untergetaucht waren, als die Morde im Nite Owl geschahen. Er würde Fisk und Kleckner erneut darauf ansetzen, sie zu suchen und, wenn möglich, die übrigen Modelle zu identifizieren. Die Verbindung Pornos/Hudgens mit dem Fall Atherton fürs erste ausgeklammert – der ehemalige Inspector Preston Exley würde bei Bedarf entsprechende diskrete Nachforschungen anstellen.

Eine theoretische Verbindung von Pierce Patchett zu Duke Cathcart. Lynn Bracken hatte zwar eine solche Verbindung bestritten, aber das war eine Lüge – laut Vincennes' Erklärung verkaufte Patchett die Pornos, die Cathcart vertreiben sollte. *Aber wer hatte das*

Zeug hergestellt? Von Hudgens zu Patchett und Bracken: Der Klatschschreiber hatte Angst bekommen, als Vincennes sich für Fleurs-de-Lis zu interessieren begann; Lynn hatte Jack erzählt, daß Patchett und Hudgens etwas planten, und jetzt stritt sie das ab – wieder eine Lüge. Er brauchte bald ein eigenes Diagramm, um all die Lügen festzuhalten – aber er hatte kein Zimmer, das groß genug gewesen wäre.

Weitere Linien:

Von Davey Goldman zu Dean Van Gelder zu Duke Cathcart und Susan Nancy Lefferts – dazu konnte man erst etwas sagen, wenn Vincennes aus McNeil zurück war und er Bud White, der sich immer noch versteckt hielt, nach den Dingen fragen konnte, die er ihm bislang systematisch vorenthalten hatte. Dann die beruflichen Verbindungen – Patchett, die Brüder Englekling und ihr Vater waren Chemiker; Patchett, ein notorischer Heroinschnupfer, war durch plastische Chirurgie mit Dr. Terry Lux verbunden, der eine Klinik für Alkohol- und Drogenentzug betrieb. Dudley Smith hatte in seinem Bericht an Parker geschrieben, daß Pete und Bax Englekling mit ätzenden Chemikalien gefoltert wurden – keine weiteren Einzelheiten. Schlußfolgerung: Das entscheidende Bindeglied und damit der Schlüssel zu dem gesamten Netz mußte Patchett sein – seine Nutten, seine Pornomodelle; über Patchett mußte es möglich sein, an den Mann zu kommen, der die Blut-Pornos hergestellt, Hudgens getötet hatte und der die letzte Verbindungslinie lieferte, die bis ins Jahr 1934 und zu dem Paradefall seines Vaters zurückreichte.

Zu viele Linien, als daß er sie ignorieren könnte.

Patchett hatte ein paar frühe Dieterling-Filme finanziert. Dieterlings Sohn Billy und sein Freund Timmy Valburn bedienten sich bei Fleurs-de-Lis; Valburn war mit Bobby Inge bekannt. Billy arbeitete bei *Badge of Honor* mit, dem ersten Brennpunkt der Ermittlungen im Mordfall Hudgens. Der Co-Star von *Badge of Honor*, Miller Stanton, war damals, als Wee Winnie Wennerholm ermordet wurde – von Loren Atherton? –, ebenfalls Kinderstar bei Dieterling gewesen. Gestrichelte Linien von Atherton zu den Pornos zu Hudgens; Zufallsverbindungen, die einfach zu offensichtlich waren, um aus Gründen der Familienloyalität übersehen zu werden – siebzehn Jahre nach dem Mordfall Atherton baute Preston Exley Dieterlings Dream-a-Dreamland.

Gouverneur Exley, Chief of Detectives Exley.

Ed mußte an Lynn denken, schmeckte sie auf der Zunge, spürte, wie ihn ein Schauder überlief. Ein schneller Sprung zu Inez – eine neue Verbindungslinie, die er vielleicht nutzen konnte.

Er fuhr nach Laguna Beach.

* * *

Die Presseleute schwärmten überall herum, saßen auf ihren Autos, spielten Karten auf Ray Dieterlings Rasen. Ed parkte um die Ecke, ging erst langsamen Schrittes zum Haus zurück und sprintete dann los.

Die Meute sah ihn, jagte ihm nach. Er erreichte die Tür, betätigte wie wild den Klopfer. Die Tür ging auf – Inez stand vor ihm.

Sie knallte die Tür zu, schob den Riegel vor. Ed ging ins Wohnzimmer – überall lächelte ihm Dream-a-Dreamland zu.

Billiger Plunder, Souvenirs, Porzellanfiguren: Moochie, Danny, Scooter. An den Wänden Photographien: Dieterling mit verkrüppelten Kindern; eingelöste Schecks, in Plastik eingeschweißt – sechsstellige Summen zur Bekämpfung von Kinderkrankheiten.

»Du siehst, ich bin nicht allein.«

Ed drehte sich um und sah sie an. »Vielen Dank, daß du mich reingelassen hast.«

»Zu dir waren sie noch schlimmer als zu mir, daher dachte ich mir, ich bin dir was schuldig.«

Sie sah blaß aus. »Danke. Du weißt, das geht alles vorüber, genau wie letztes Mal.«

»Vielleicht. Du siehst wirklich nicht gut aus, Exley.«

»Das sagen alle.«

»Dann stimmt es vielleicht. Hör zu, wenn du ein Weilchen hierbleiben und dich mit mir unterhalten willst – einverstanden, aber bitte nicht über Bud und die ganze *mierda*, die jetzt läuft.«

»Das hatte ich auch nicht vor, aber Plaudern war ja nie unsere Stärke.«

Sie kam auf ihn zu. Ed umarmte sie; sie packte seine Arme und entzog sich ihm. Ed versuchte zu lächeln. »Ich glaube, ich habe ein paar graue Haare entdeckt. Wenn du erst in meinem Alter bist, wirst du wahrscheinlich genauso grau wie ich. Wie gefällt dir das als Plauderei?«

»Nicht schlecht, aber ich kann's besser. Preston wird für das Amt des Gouverneurs kandidieren, wenn sein notorischer Sohn ihm nicht alles vermasselt. Ich werde seinen Wahlkampf koordinieren.«

»Mein alter Herr als Gouverneur – hat er gesagt, ich vermassele ihm die Sache?«

»Nein, er würde nie was Schlechtes über dich sagen. Vielleicht versuchst du einfach dein Bestes, um ihm nicht zu schaden.«

Ed hörte die Reporter draußen lachen. »Ich will auch nicht, daß Vater darunter leidet. Und du kannst mir helfen, das zu vermeiden.«

»Und wie?«

»Nur ein kleiner Gefallen. Ganz unter uns – niemand anders braucht davon zu erfahren.«

»Was denn? Erklär's mir.«

»Die Sache ist ein bißchen kompliziert, und sie betrifft Ray Dieterling. Hast du schon mal irgendwo den Namen Pierce Patchett gehört?«

Inez schüttelte den Kopf. »Nein, wer ist das?«

»Eine Art Finanzmann und Investor, mehr kann ich dir nicht sagen. Ich möchte, daß du deine Verbindungen in Dream-a-Dreamland nutzt, um etwas über seine finanziellen Verbindungen mit Dieterling herauszufinden, und zwar zurück bis in die zwanziger Jahre. Aber bitte so, daß niemand was erfährt. Würdest du das für mich tun?«

»Exley, das klingt mir sehr nach polizeilichen Ermittlungen. Und was hat das mit deinem Vater zu tun?«

Etwas in ihm sträubte sich – wie konnte er an dem Mann zweifeln, der ihn geformt hatte? »Vater hat möglicherweise Schwierigkeiten mit dem Finanzamt. Ich möchte, daß du Dieterlings Bücher überprüfst, ob sein Name irgendwo auftaucht.«

»Ernste Schwierigkeiten?«

»Ja.«

»Und ich soll bis etwa '50 zurückgehen? Als die beiden mit den Planungen für Dream-a-Dreamland begannen?«

»Nein, bis 1932. Ich weiß, daß du die Bücher von Dieterling Productions gesehen hast, und ich weiß, daß du es schaffen kannst.«

»Und du wirst mir später alles erklären?«

Wieder sträubte sich etwas in ihm. »Am Wahltag. Komm schon, Inez. Du liebst ihn doch fast so wie ich.«

»Also gut. Für deinen Vater.«

»Ist das der einzige Grund?«

»Also gut, für das, was du für mich getan hast, und für die Freunde, die ich durch dich gewonnen habe. Und wenn das grausam klingt, tut es mir leid.«

Eine der Moochie-Mouse-Uhren schlug zehn. Ed sagte: »Ich muß gehen, ich hab' noch eine Besprechung in L.A.«

»Geh lieber hinten raus. Ich glaube, ich hör' immer noch die Geier draußen schreien.«

* * *

Auf der Rückfahrt ließ das Sträuben in ihm langsam nach.

Er brauchte nur logisch zu denken: Wenn sein Vater tatsächlich schon zur Zeit des Atherton-Falls mit Ray Dieterling bekannt war, hatte er sicherlich einen guten Grund, das nicht zuzugeben – wahrscheinlich eine natürliche Scheu davor, jetzt mit einem Mann Geschäfte zu machen, an den er bei den Ermittlungen in einem teuflischen Mordfall geraten war. Preston Exley glaubte, eine Freundschaft zwischen einem Polizisten und einem einflußreichen Bürger widerspreche dem Prinzip der absoluten Gerechtigkeit, und wenn er schon seinen Ansprüchen nicht genügen konnte, war es nur verständlich, daß er diese Tatsache möglichst geheimhalten wollte.

Das Mißtrauen war beseitigt – in Liebe und Respekt.

Ed war zu früh im Dining Car, aber der Oberkellner sagte ihm, sein Gast warte bereits auf ihn. Er ging nach hinten zu seinem Lieblingsplatz – eine private Nische hinter der Bar. Vincennes hatte es sich bequem gemacht und hielt eine Tonbandspule in der Hand.

Ed setzte sich hin. »Die Aufzeichnungen von einer Wanze?«

Vincennes schob ihm die Spule über den Tisch zu. »Yeah, voll mit Mickey C., der sich über alles mögliche ausläßt, was nichts mit dem Nite Owl zu tun hat. Schade, aber immerhin können wir davon ausgehen, daß Davey seinen Boss hintergangen hat. Ich bin sicher, daß er auf diese Weise erfahren hat, daß die Engleklings Mickey das Geschäft mit Cathcart angeboten haben. Wahrscheinlich hat ihm die Sache so gefallen, daß er Van Gelder auf Duke angesetzt hat. Weiter fällt mir aber nichts ein.«

Der Mann sah völlig erschöpft aus. »Gute Arbeit, Jack. Wirklich, das meine ich ernst.«

»Danke. Und vielen Dank, daß Sie mich mit meinem Vornamen angeredet haben.«

Ed nahm sich die Speisekarte und leerte darunter die Taschen aus. »Es ist Mitternacht, und ich habe keinen Sinn mehr für irgendwelche Feinheiten.«

»Sie wollen doch auf irgendwas raus. Was haben Sie aus der Bracken rausgekriegt?«

»Nichts als Lügen. Und Sie hatten recht, Sergeant. Die Sache mit McNeil ist damit erst mal tot und erledigt.«

»Und nun?«

»Morgen werde ich mir Patchett vornehmen. Ich werde Internal Affairs gegen Dudley und seine Leute abschirmen und lasse mir Terry Lux, Chester Yorkin und alle anderen Patchett-Leute bringen, die Fisk und Kleckner auftreiben können.«

»Klar, aber was ist mit Bracken und Patchett selbst?«

Ed sah Lynn nackt vor sich. »Die Bracken hat versucht, sich aus ihrer Erklärung rauszukaufen. Sie hat mir von der Eskapade draußen in Malibu erzählt, und ich bin darauf eingegangen.«

Trash rammte den Kopf auf seine geballten Fäuste. Ed sagte: »Ich habe ihr gesagt, Sie würden alles tun, um das Dossier zurückzubekommen. Ich habe ihr gesagt, daß Sie immer noch an Drogen hängen und bei einigen Buchmachern in der Kreide stehen. Auf Sie warte ein Disziplinarverfahren, und Sie wollten unbedingt Patchetts Machenschaften aufdecken.«

Vincennes hob den Kopf – er war leichenblaß, und die Knöchel hatten Druckspuren in seinem Gesicht hinterlassen. »Sagen Sie mir schon, daß Sie die Sache mit dem Dossier in Ordnung bringen.«

Ed zog die Speisekarte weg. Zum Vorschein kamen: Heroin, Benzedrin, ein Schnappmesser, eine 9mm Automatik. »Sie werden sich Patchett vornehmen. Er schnupft Heroin, also bieten Sie ihm was von dem Zeug an. Wenn Sie etwas brauchen, um sich selbst auf Touren zu bringen, bedienen Sie sich. Sie werden ihm sagen, daß Sie ihr Dossier haben wollen, und daß sie rausfinden wollen, wer die Blut-Pornos hergestellt und Hudgens getötet hat. Ich arbeite noch an meinem Skript, aber bis morgen abend werden Sie's haben. Sie werden Patchett einen tödlichen Schreck einjagen und alles tun, was nötig ist, damit wir beide das bekommen, was wir wollen. Ich weiß, daß Sie dazu imstande sind, also zwingen Sie mich nicht, Ihnen zu drohen.«

Vincennes lächelte. Er war fast schon wieder der alte – der große alte Big V. »Angenommen, es klappt nicht?«
»Dann töten Sie ihn.«

61

Opiumdämpfe knallten ihm in den Schädel, verstärkt vom Geschnatter der Chinesen: »Spade nich' hier, mein Laden Polizeischutz, ich bezahl', ich bezahl'!« Onkel Ace Kwan schickte ihn zu Fat Dewey Shin, der schickte ihn zu einer ganzen Reihe von Höhlen auf der Alameda – Spade war dagewesen, aber schon wieder weg. »Ich bezahl'! Ich bezahl'!« Probier Onkel Minh, Onkel Chin, Onkel Chan. Man schickte ihn quer durch Chinatown. Er brauchte Stunden, bis er merkte, was lief: Jeder schickte ihn seinem besten Feind auf den Hals. Onkel Danny Tao ging mit einer Flinte auf ihn los; er nahm sie ihm weg, zog ihm eins mit dem Totschläger über, konnte trotzdem nichts aus ihm herausbringen. Spade war dagewesen, Spade war schon wieder weg – er wußte nur eins: Wenn er nur noch einen einzigen Zug »O« einatmete, legte er sich entweder hin und starb oder er fing an zu schießen. Das Ironische war, daß er ganz Chinatown auf der Suche nach einem Typen namens Cooley abklapperte.
Chinatown war fürs erste tot.
Bud rief im Büro des Staatsanwalts an und gab dem Kollegen vom Trupp seine neuen Informationen über Perkins/Cooley. Der Mann gähnte ständig und legte dann gelangweilt auf. Raus zum Strip. Die Cowboy Rhythm Band auf der Bühne, ohne Spade. Seit ein paar Tagen schon hatte ihn niemand mehr gesehen. Hillbilly Clubs, kleine Bars, Nachtlokale – Donnell Clyde Cooley hatte sich nirgends sehen lassen. Verdammt noch mal, es war ein Uhr morgens. Er konnte nur noch zu Lynn gehen – »Wo *warst* du denn?« und ein Bett.
Es begann zu regnen – ein wahrer Wolkenbruch. Bud zählte die Schlußlichter der anderen Wagen, um sich wach zu halten: rote

Punkte, die ihn hypnotisierten. Er schaffte es gerade noch bis zum Nottingham Drive – ihn schwindelte, und seine Glieder waren taub.

Lynn saß auf der Veranda, sah dem Regen zu. Bud rannte auf sie zu. Sie hielt die Arme auf. Er rutschte aus, zog sich an ihr hoch.

Sie trat einen Schritt zurück. Bud sagte: »Ich hab' mir schon Sorgen gemacht. Gestern abend hab' ich immer wieder angerufen, bevor sich alles überschlagen hat.«

»Wieso überschlagen?«

»Morgen früh. Die Geschichte ist zu lang für jetzt. Wie ist es –«

Lynn berührte seine Lippen. »Ich habe ihnen Sachen über Pierce erzählt, die du schon weißt, und dann bin ich beim Anblick dieses Regens irgendwie sentimental geworden und hätte denen fast noch mehr gesagt.«

»Mehr was?«

»Ich glaube, es ist vorbei mit Pierce. Aber darüber sprechen wir morgen, Schatz. Wir werden uns gegenseitig berichten, beim Frühstück.«

Bud lehnte sich an das Geländer der Veranda. Ein heller Blitz beleuchtete die Straße – und die trockenen Tränen auf Lynns Gesicht. »Liebling, was ist denn? Ist es Exley? Hat er dich fertiggemacht?«

»Es ist Exley, aber nicht so, wie du denkst. Und ich glaube, ich weiß, warum du ihn so sehr haßt.«

»Wie meinst du das?«

»Er ist einfach das genaue Gegenteil von all den guten Eigenschaften, die du hast. Er ist eher so wie ich.«

»Das versteh' ich nicht.«

»Nun, er hat eine gewisse Glaubwürdigkeit, einfach weil er so berechnend ist. Zuerst hab' ich ihn gehaßt, weil du ihn haßt, und dann hab' ich durch ihn plötzlich erkannt, was für ein Mensch Pierce wirklich ist. Er hat mir ein paar Dinge erzählt, die er mir nicht hätte erzählen müssen, und ich war richtig überrascht von meiner Reaktion.«

Wieder ein Blitz – Lynn sah unglaublich traurig aus. Bud fragte: »Zum Beispiel?«

»Zum Beispiel, daß Jack Vincennes verrückt ist und irgendeine Vendetta gegen Pierce führt. Und das interessierte mich nicht mal halb so sehr, wie es mich interessieren sollte.«

»Wie kommt's, daß du dich mit Exley plötzlich so angefreundet hast?«

Lynn lachte. *»In vino veritas.* Weißt du, Schatz, du bist jetzt neununddreißig, und ich warte immer noch drauf, daß du endlich genug davon hast, so zu sein, wie du bist.«

»Für heute hab' ich genug.«

»Das hab' ich nicht gemeint.«

Bud schaltete das Licht auf der Veranda an. »Sagst du mir endlich, was zwischen dir und Exley vorgefallen ist?«

»Wir haben uns einfach unterhalten.«

Ihr Make-up war tränenverschmiert - es war das erstemal, daß er sie so sah, so wenig schön. »Nun sag schon, worüber.«

»Morgen früh.«

»Nein, jetzt.«

Es war das leichte Lächeln um ihren Mund. »Du hast mit ihm geschlafen.«

Lynn wandte den Kopf. Bud schlug sie – einmal, zweimal, dreimal. Lynn verzog keine Miene, ließ es festen Blickes über sich ergehen. Bud hörte auf, als er erkannte, daß er nicht zu ihr durchdrang.

62

Internal Affairs gedrängt voll.

Chester Yorkin, der Lieferant von Fleurs-de-Lis, in Kabine Nummer eins; in Nummer zwei und drei: Paula Brown und Lorraine Malvasi, zwei von Patchetts Nutten – Ava Gardner, Rita Hayworth. Lamar Hinton, Bobby Inge, Christine Bergeron und ihr Sohn waren unauffindbar; dito die Porno-Modelle – Fisk und Kleckner konnten sie auch nach ausgiebigem Durchblättern der Verbrecherkartei nicht identifizieren. In Kabine vier: Sharon Kostenza, wahrer Name: Mary Alice Mertz, eine der Rosinen aus Vincennes' Erklärung – die Frau, die Bobby Inge einmal mit einer Kaution aus dem Gefängnis geholt und für Chris Bergeron eine Bürgschaft geleistet hatte. In Kabine fünf: Dr. Terry Lux und sein Rechtsanwalt – der große Jerry Geisler.

Ray Pinker hielt sich bereit mit einem Gegenmittel – bis jetzt sah es nicht so aus, als stünde einer der neuen Fische unter Drogenwirkung.

Zwei Officers bewachten den Mannschaftsraum – private Verhöre – völlige Autonomie von Internal Affairs.

Kleckner und Fisk rösteten Mertz und die Pseudo-Ava – bewaffnet mit Kopien der Vincennes-Erklärung, Pornophotos und einer Zusammenfassung des gesamten Falls. Yorkin, Lux und die falsche Rita mußten warten.

Ed saß in seinem Büro und arbeitete an der dritten Version von Vincennes' Skript. Ein Gedanke plagte ihn besonders: Wenn Lynn Bracken Patchett alles erzählt hatte, hätte der seine Leute bestimmt in Sicherheit gebracht, ehe die Polizei ihrer habhaft werden konnte – so wie Inge, die Bergeron und ihr Sohn unmittelbar vor dem Nite Owl plötzlich spurlos verschwunden waren. Es gab nur zwei Möglichkeiten – entweder verfolgte sie ihre eigenen Pläne, oder sie war durch ihre Brunft neulich so verwirrt, daß sie auf Zeitgewinn spielte, um die ganze Sache zu durchdenken. Wahrscheinlicher war ersteres – diese Frau war seit ihrer Geburt nicht mehr verwirrt gewesen.

Er konnte sie immer noch auf der Zunge schmecken.

Ed zeichnete Linien aufs Papier. Inez war dabei, die Verbindungen zwischen Dieterling und Patchett sowie seinem Vater zu überprüfen – bei dem Gedanken durchzuckte es ihn noch immer. Zwei Männer von Internal Affairs waren immer noch auf der Suche nach White – sie sollten den Mistkerl festnehmen und kleinkriegen. Billy Dieterling und Timmy Valburn mußten ebenfalls befragt werden – aber mit Glacehandschuhen: Die beiden hatten Prestige und Beziehungen. Eine Verbindungslinie vom Mordfall Hudgens zu dem von Hudgens und Patchett geplanten »Geschäft« – aus Vincennes' Erklärung ging hervor, daß Hudgens' Dossier über *Badge of Honor* zum Zeitpunkt seines Todes verschwunden war – anomal, denn die Show war für Hudgens geradezu ein rotes Tuch. Die Leute von *Badge of Honor* hatten alle ein Alibi für die Mordzeit – aber es war ganz offensichtlich nötig, die Akten über diesen Fall noch einmal genau durchzugehen.

Bei der Hälfte der irgendwie miteinander verketteten Fälle ging es eindeutig um Erpressung.

Eine Verbindungslinie zu einem anderen Punkt – Dudley Smith, der wild darauf war, irgendwelche Bimbos aus Darktown dingfest zu machen. Eine weitere Linie zu einem Gerücht: Thad Green sollte im kommenden Mai die U.S. Border Patrol übernehmen. Eine theoretische Verbindung: Parker würde die Entscheidung über seinen Nachfolger ausschließlich vom Fall Nite Owl abhängig machen – entweder er oder Smith. Dudley könnte White wieder zurückschicken, um seine Autonomie zu durchbrechen, und alle Verbindungen durchkreuzen, um *seinen* Fall sicher abzuschotten.

Kleckner kam herein. »Sir, diese Mertz weigert sich, mit uns zu kooperieren. Sie hat nur gesagt, daß sie unter dem falschen Namen Sharon Kostenza lebt und für Patchetts Leute Kaution stellt, wenn sie wegen irgendwas festgenommen werden. Na ja, wir wissen, daß noch *nie* einer von den Leuten, die für ihn arbeiten, festgenommen worden ist. Sie sagt, sie kann die Leute auf den Photos nicht identifizieren, und sie ist stumm wie ein Fisch, was die möglichen Erpressungen angeht, auf die ich sie ansprechen sollte. Auf den Fall Nite Owl hat sie überhaupt nicht reagiert – und ich neige dazu, ihr zu glauben.«

»Lassen Sie sie frei. Ich will, daß sie zu Patchett geht und ihn in Panik versetzt. Was hat Duane aus Ava Gardner herausgekriegt?«

Kleckner reichte ihm einen Bogen Papier. »'ne Menge. Hier sind die Glanzlichter, und er hat das gesamte Verhör auf Band.«

»Sehr gut. Und nun gehen Sie und weichen Sie diesen Yorkin für mich auf. Bringen Sie ihm ein Bier und seien Sie ein bißchen nett zu ihm.«

Kleckner verließ mit einem Lächeln den Raum. Ed las Fisks Aufzeichnungen.

Zeugin Paula Brown, 25. 3. 58

1. Die Zeugin enthüllte die Namen von zahlreichen Personen, die P. Ps. Callgirls oder Strichjungen in Anspruch genommen haben (Einzelheiten folgen in einem weiteren Memo und sind auf Band aufgenommen).

2. Konnte die Personen auf den Photos nicht identifizieren (schien glaubwürdig).

3. Beim Thema Erpressung wurde sie gesprächig:
a.) P.P. gab seinen Mädchen und Strichjungen einen Bonus, wenn es ihnen gelang, ihren Kunden intime Einzelheiten aus dem Privatleben zu entlocken.
b.) P.P. sorgt dafür, daß seine Prostituierten mit 30 aus dem Geschäft aussteigen (offenbar eine seiner Marotten).
c.) Wenn seine Prostituierten Hausbesuche machten, mußten sie auf Anweisung von P.P. Fenster oder Türen auflassen, damit Männer mit Kameras kompromittierende Bilder machen konnten. Die Prosties mußten außerdem Wachsabdrücke der Türschlösser von bestimmten wohlhabenden Klienten machen.
d.) P.P. beauftragte einen berühmten (offensichtlich T. Lux) Schönheitschirurgen damit, seine Prosties wie gewisse Filmstars aussehen zu lassen und auf diese Weise mehr $$$ zu verdienen.
e.) Männliche Prosties erpreßten $$$ von verheirateten homosexuellen Klienten und teilten sich die Einnahmen mit P.P.
f.) Reagierte gelangweilt auf Fragen nach Nite Owl (offensichtlich keine Kenntnisse).

Eine erstaunliche und dreiste Perversion.

Ed ging zu den Kabinen und warf einen Blick durch die Spiegelfenster. Fisk und die falsche Ava unterhielten sich; Kleckner und Yorkin tranken Bier. Terry Lux las ein Magazin. Jerry Geisler schäumte. Lorraine Malvasi allein in einer dichten Rauchwolke. Eine erstaunliche, dreiste Perversion – das Gesicht der Frau sah aus wie das von Rita Hayworth, einschließlich der Frisur aus *Gilda*.

Er öffnete die Tür. Rita/Lorraine stand auf, setzte sich wieder, zündete sich eine Zigarette an. Ed reichte ihr das Memo, das er von Fisk bekommen hatte. »Bitte lesen Sie das, Miss Malvasi.«

Sie las, kaute dabei auf ihren Lippen. »Und?«

»Und – bestätigen Sie die Angaben oder nicht?«

»Ich hab' das Recht, 'n Anwalt zu konsultieren.«

»Erst in zweiundsiebzig Stunden.«

»Solange können Sie mich hier nich' festhalten.«

Sie sprach einen üblen New Yorker Akzent. »Hier nicht, aber im Frauengefängnis.«

Lorraine biß sich einen Nagel ab, bis der Finger blutete. »Das können Sie nich'.«

»Und ob ich das kann. Sharon Kostenza ist in Untersuchungshaft, sie kann also keine Kaution stellen für Sie. Pierce Patchett wird beobachtet, und Ihre Freundin Ava hat gerade ausgepackt, wie Sie selbst nachlesen können. Sie hat als erste geredet, und ich brauche von Ihnen nur ein paar Informationen, um die noch bestehenden Lücken zu füllen.«

Ein kleiner Schluchzer. »Das kann ich nich'.«

»Und warum nicht?«

»Pierce war immer so gut zu –«

Er fiel ihr ins Wort. »Pierce ist erledigt. Lynn Bracken wird als Kronzeugin gegen ihn aussagen. Sie ist ebenfalls in Untersuchungshaft, und ich kann mir die fehlenden Antworten auch von ihr holen, aber ich will mir die Mühe ersparen, deshalb frage ich Sie.«

»Ich kann nich'.«

»Sie können, und Sie werden.«

»Nein, ich kann nich'.«

»Wäre aber besser, wenn Sie's täten, weil sie nämlich aufgrund der Aussagen von Paula Brown an mindestens elf schweren Verbrechen beteiligt waren. Haben Sie keine Angst vor dem harten Leben im Gefängnis?«

Keine Antwort.

»Sollten Sie, aber die Wärterinnen sind noch schlimmer. Riesige, stämmige Wuchtbrummen mit Schlagstöcken. Sie können sich vorstellen, was die damit –«

»Okay, okay, okay, okay! Okay! Ich sag' Ihnen alles!«

Ed zog einen Notizblock aus der Tasche, schrieb darauf: »Chronologie«. Lorraine: »Is' nich' Pierces Schuld. Dieser Kerl hat ihn dazu gezwungen.«

»Welcher Kerl.«

»Weiß ich nich'. Ehrlich, ganz ehrlich, ich weiß es nich'.«

»Chrono« unterstrichen. »Wann haben Sie angefangen, für Patchett zu arbeiten?«

»Als ich zweiundzwanzig war.«

»Nennen Sie mir das genaue Jahr.«

»1951.«

»Und er hat Sie zu Terry Lux geschickt, damit der Sie operiert?«

»Ja! Um mich zu verschönern!«

»Beruhigen Sie sich bitte. Also, vor einer Sekunde haben Sie gesagt, daß ein anderer Kerl –«

»Ich weiß nich', wer der Kerl is'! Ich kann Ihnen doch nich' sagen, was ich nich' weiß!«

»Psst, ganz ruhig. Also, Sie haben Paula Browns Aussage bestätigt, und Sie sprachen von einem ›Kerl‹, *dessen Identität Sie nicht kennen* und der Patchett gezwungen hat, bei den in der Aussage Ihrer Kollegin erwähnten Nötigungsversuchen mitzumachen. Ist das richtig?«

Lorraine drückte ihre Zigarrette aus und zündete sich eine neue an. »Ja. Nötigung is' doch wohl dasselbe wie Erpressung, nich' wahr? Also, ja.«

»Wann war das, Lorraine? Wissen Sie, *wann* dieser ›Kerl‹ Patchett dazu gebracht hat?«

Sie zählte an ihren Fingern ab. »Vor fünf Jahren, im Mai.«

»Chrono« doppelt unterstrichen. »Das heißt, im Mai 1953?«

»Yeah, weil nämlich mein Vater in dem Monat gestorben is'. Pierce hat uns alle zusammengerufen und gesagt, wir müßten mitmachen. Er würde es nicht wollen, aber dieser Kerl hätte ihn an den – Sie wissen schon. Er hat uns den Namen von dem Kerl nich' genannt, und ich glaub' nich', daß einer von den andern Kids ihn kennt.«

»Chrono« einen Monat nach dem Nite Owl. »Denken Sie nach, Lorraine. Das Nite-Owl-Massaker – erinnern Sie sich daran?«

»Was? Da wurden doch damals 'n paar Leute erschossen, nich'?«

»Lassen wir das. Was hat Ihnen Patchett sonst noch gesagt, als er alle zusammengerufen hat?«

»Nichts.«

»*Nichts* über Patchett und seine Erpressungen? Vergessen Sie nicht, ich habe Sie nicht gefragt, ob Sie daran beteiligt sind. Ich verlange von Ihnen nicht, daß Sie sich selbst belasten.«

»Also, etwa drei Monate vorher oder so hab' ich gehört, wie Veronica – ich meine Lynn – und Pierce sich unterhielten. Er sagte was in der Richtung, daß er und dieser Mann vom Skandalblatt, der später ermordet wurde, so 'n klein' Erpresserring aufbauen wollten, wobei ihm Pierce von den kleinen... Sie wissen schon – Fetischen unserer Klienten erzählen wollte, und der andere Mann sollte dann die Leute mit der Drohung unter Druck setzen, daß sie im *Hush-Hush* erscheinen. Sie wissen schon – entweder sie zahlen, oder ihr Name taucht in dem Skandalblatt auf.«

Bestätigung der Erpresser-Theorie. Ein Instinkt: In gewisser Hinsicht spielte Lynn wirklich mit; sie hatte Patchett nicht gewarnt oder vorbereitet – sonst hätte er nie zugelassen, daß all diese Leute verhört wurden. »Lorraine, hat Sergeant Kleckner Ihnen pornographische Photos gezeigt?«

Sie nickte. »Ich hab's ihm schon gesagt und sag's auch Ihnen. Ich kenn' keinen davon, und die Photos sind einfach gräßlich.«

Ed verließ den Raum. Im Flur stand Duane Fisk. »Gute Arbeit, Sir. Als sie von ›diesem Kerl‹ anfing, bin ich sofort rüber und hab' Ava danach gefragt. Sie hat die Angaben bestätigt und auch bestätigt, daß niemand ihn kannte.«

Ed nickte. »Sagen Sie ihr, daß Rita und Yorkin verhaftet sind, und lassen Sie sie dann frei. Ich will, daß sie zu Patchett geht. Wie kommt Kleckner mit Yorkin weiter?«

Fisk schüttelte den Kopf. »Der Junge ist hartnäckig. Er legt's praktisch drauf an, daß Don ihn zum Sprechen bringt. Und wo ist Bud White jetzt, wo wir ihn brauchen könnten?«

»Sehr witzig, aber ersparen Sie mir solche Bemerkungen. Als nächstes möchte ich, daß Sie mit Lux und Geisler essen gehen. Lux ist freiwillig hier, also seien Sie nett zu ihm. Sagen Sie Geisler, daß es um eine Verschwörung zum mehrfachen Mord geht, und daß Lux in dieser Sache für seine Kooperation nicht nur volle Immunität erhält sondern auch eine schriftliche Zusage, daß er nicht vor Gericht aussagen muß. Sagen Sie ihm, wir hätten die entsprechende Erklärung bereits aufgesetzt, und wenn er eine Bestätigung will, soll er Ellis Loew anrufen.«

Fisk nickte und ging zu Kabine 5. Ed warf einen Blick in Kabine 1: Chester Yorkin stand vor dem Spiegel, zog Grimassen und zeigte die Zunge. Ziemlich hager und mit einem öltriefenden Pompadour, der ihm bis in die Augen hing. Narben an den Armen – vielleicht alte Nadeleinstiche.

Ed öffnete die Tür. Yorkin sagte: »He, Sie kenn' ich doch. Ich hab' von Ihnen gelesen.«

Es waren wirklich Nadeleinstiche, völlig vernarbt. »Ich war in den Nachrichten.«

Yorkin kicherte: »Das ist 'ne alte Nummer, *kemo sabe*. Als würden Sie damit sagen: ›Ich schlage keine Verdächtigen, denn damit begibt sich der Cop auf das Niveau des Kriminellen.‹ Wollen Sie wissen, was ich dazu sage? Ich verpfeife niemand, denn alle Cops sind Schwanzlutscher, die ihren Spaß dran haben, andere zum Singen zu bringen.«

»Fertig?« – Bud Whites Spruch.

»Nein. Ihr Vater läßt sich von Moochie Mouse in Arsch ficken.«

Er hatte Angst, aber er tat es trotzdem – ein kräftiger Schlag mit dem Ellbogen an die Kehle. Yorkin schnappte nach Luft. Ed trat hinter ihn, legte ihm Handschellen an, warf ihn zu Boden.

Angst, aber seine Hände waren ruhig: Schau, Dad, ich kann's doch.

Yorkin zog sich in eine Ecke zurück.

Immer noch leichte Angst, aber trotzdem eine weitere Nummer von Bad Bud. Er packte einen Stuhl, holte aus und zerschmetterte ihn an der Wand, direkt über Yorkins Kopf. Der versuchte wegzukriechen, aber Ed versetzte ihm einen Fußtritt, jagte ihn in die Ecke zurück. Ruhig bleiben: die Stimme fest, die Augen dürfen hinter den Brillengläsern nicht weich werden. »*Alles.* Ich will alles wissen über die Pornos und den anderen Scheiß, den ihr über Fleurs-de-Lis verhökert. *Alles.* Fang an mit den Narben da an deinen Armen und sag mir, warum ein intelligenter Bursche wie Patchett einem Fixer wie dir vertraut. Eins will ich dir gleich sagen – Patchett ist erledigt, und ich bin der einzige, der dir einen Deal anbieten kann. *Hast du mich verstanden?*«

Yorkin nickte hektisch. »Testpilot! Ich bin für ihn geflogen! Testpilot!«

Ed nahm ihm die Handschellen ab. »Sag das noch mal.«

Yorkin rieb sich den Hals. »Ich war für ihn das Versuchskaninchen.«

»Was?«

»Er hat an mir sein Heroin ausprobiert. Mal hier, mal da, immer bloß ein bißchen.«

»Noch mal von vorne, aber langsam.«

Yorkin hustete. »Pierce hatte dieses Heroin, das vor Jahren bei diesem Deal zwischen Cohen und Jack Dragna geklaut worden ist. Dieser Typ, dieser Buzz Meeks, hat was davon Pete und Bax Engleking gegeben, bloß eine Probe, und die haben es ihrem Vater gegeben, der ein toller Chemiker gewesen sein soll. Er war Pierces Lehrer auf dem College, und er hat ihm den Dreck überlassen und ist abgekratzt, Herzanfall oder so was. Dieser andere Typ – den Namen kenn' ich nicht, also brauchen Sie mich gar nicht erst zu fragen – hat Meeks umgebracht oder so ähnlich. Er hat den Rest von dem Dreck, so ungefähr achtzehn Pfund. Pierce hat aus dem Zeug schon seit Jahren neue Verbindungen hergestellt. Er will das billigste und sicherste und beste Zeug machen. Ich bin bloß… ich probier' das Zeug manchmal für ihn aus.«

Erstaunlich, wie viele Verbindungslinien da plötzlich zusammenkamen. »Du hast auch vor fünf Jahren schon Lieferungen für Fleurs-de-Lis gemacht, stimmt's?«

»Stimmt, klar doch.«

»Du und Lamar Hinton.«

»Lamar hab' ich seit Jahren nicht mehr gesehen. Sie können mir doch seine Sachen nicht anhängen!«

Ed griff sich den zweiten Stuhl und hielt ihn drohend hoch. »Das will ich auch nicht. Gib mir eine Antwort auf eine Frage, und wenn sie mir gefällt, hast du einen gut bei mir. Das ist ein Test, und du bist Testpilot, also müßtest du gut abschneiden. Wer hat '53 vor dem Warenlager in Hollywood auf Jack Vincennes geschossen?«

Yorkin wand sich. »Ich. Pierce hat mir gesagt, ich soll ihn umlegen. Aber ich hätt's nicht vor unserm Lager tun sollen. Ich hab' die Sache vermasselt, und Pierce war sauer.«

Damit war Patchett dran: Mordversuch an einem Polizisten. »Was hat er dann mit dir gemacht?«

»Er hat mir all die schlechten Verbindungen zum Testen gegeben. Hat gesagt, er muß sie eliminieren. Er hat mir all die Scheiß-Trips gegeben.«

»Und deswegen haßt du ihn jetzt.«

»Mann, Pierce ist nicht wie andere Leute. Ich hass' ihn, aber irgendwo find' ich ihn trotzdem gut.«

Ed schob den Stuhl wieder weg. »Erinnerst du dich an die Schießerei im Nite Owl?«

»Klar, vor ein paar Jahren. Aber was hat das mit –«

»Schon gut. Hier kommt die entscheidende Frage. Wenn du mir diese Informationen gibst, kriegst du von mir eine schriftliche Immunitätserklärung und kommst in Schutzhaft, bis Patchett hinter Gittern ist. Es geht um Pornos, Chester. Erinnerst du dich an die Orgien-Pornos, die Fleurs-de-Lis vor fünf Jahren im Programm hatte?«

Yorkin nickte stumm.

»Die rote Tinte auf den Photos – erinnerst du dich daran auch?«

Yorkin lächelte – jetzt würde er singen. »Die Geschichte kenn' ich sehr gut. Ist Pierce wirklich dran?«

Zehn Stunden nach dem Drehbuch. »Vielleicht schon heute abend.«

»Dann zum Teufel mit ihm für die ganzen schlechten Trips.«

»Chester, erzähl ganz langsam.«

Yorkin stand auf, streckte die Beine. »Wissen Sie, was mich so genervt hat an Pierce? Wenn ich auf 'nem Testflug war, hat er in meiner Gegenwart all die Dinge gesagt, so als ob ich harmlos wäre, weil ich mich nie dran erinnern würde, was er gesagt hatte.«

Ed zückte sein Notizbuch. »Eins nach dem anderen, schön der Reihe nach.«

Yorkin rieb sich den Hals, hustete wieder. »Okay. Pierce hatte die ganzen Mädchen, die für ihn gearbeitet hatten. Das war etwa die Zeit, als wir die Pornos verteilt hatten. Irgend so ein Typ, den Namen weiß ich nicht, überredete ein paar von den Mädchen und ihre Freier, für die Photos zu posieren. Er machte dann Magazine aus den Bildern und ging zu Pierce, der ihm helfen sollte, den großangelegten Vertrieb der Hefte zu finanzieren. Pierce sollte dafür einen Anteil bekommen, Sie wissen schon. Pierce gefiel der Vorschlag, aber er wollte seine Mädchen und die Kunden nicht in Schwierigkeiten bringen. Er kaufte dem Typen einen Haufen der Magazine ab, um sie über Fleurs-de-Lis zu verkaufen, sozusagen im kleinen Kreis. Begrenzte Vermarktung nannte er das, so 'ne Art Testverkauf. Er dachte, auf die Weise könnt' er die Sache im Griff behalten.«

Wieder kreuzten sich ein paar alte Verbindungen. Das enge Vertriebsnetz war nicht so eng wie geplant. Die Sitte erwischte ein paar Exemplare – Vincennes wurde auf die Sache angesetzt. »Weiter, Chester.«

»Also, der Typ, der die Dinger produziert hatte, erfuhr irgendwie durch Pierce von den Engleklings; die beiden hatten eine Druckerei und brauchten immer Geld. Er suchte sich einen Strohmann, und dieser Strohmann machte sich dann an die Brüder ran. Sie wissen schon: es ging drum, das Zeug massenhaft herzustellen und zu vertreiben.«

Der Strohmann: Duke Cathcart. Zickzacklinien von Cohen zu den Brüdern, von den Brüdern zu Patchett, dann auf Umwegen wieder zurück: Mickey in McNeil Island – dann Goldman und Van Gelder. *Also eine Verbindung zwischen dem Heroin und den Pornos.*
»Chester, woher weißt du das alles?«

Yorkin lachte. »Immer wenn ich auf 'nem Höhenflug war und Pierce sich diesen sauberen weißen Stoff reingezogen hat, redete er mit mir wie mit einem kleinen Hündchen.«

»Also, Patchett hat mit den Pornos nichts mehr im Sinn, stimmt das? Ihm geht es nur noch um das Heroin.«

»Nix da. Also der Typ, der Pierce damals vor Jahren die achtzehn Pfund gebracht hat, der ist ganz scharf auf die Pornos. Er hat 'ne Liste mit Namen von allen Perversos und 'ne Menge Kontakte unten in Südamerika. Er und Pierce sitzen jahrelang auf den Originalphotos und lassen dann, weiß der Teufel, neue Magazine draus machen. Das Zeug liegt irgendwo in 'nem Lagerhaus, ich hab' keine Ahnung, wo, und wartet bloß darauf, verhökert zu werden. Ich glaube, Pierce wollte bloß abwarten, bis die Luft wieder rein war, wie er sagte.«

Keine neuen Verbindungen. Eines wurde deutlich: Das Hauptmotiv war offensichtlich *Profit.* Pornographie allein war riskant. Zwanzig Pfund aufgearbeitetes Heroin dagegen bedeuteten Millionen. Yorkin sagte: »Und noch was, falls Ihnen das nicht reicht für den Deal. Pierce hat 'n Safe mit Sprengfalle draußen bei seinem Haus, bis oben voll mit Geld, Stoff und allem möglichen anderen Zeug.«

Ed ging immer wieder ein Gedanke durch den Kopf: GELD.

Yorkin: »He, sagen Sie doch was! Wollen Sie wissen, wo unser Lager jetzt ist? 8819 Linden, Long Beach, Exley, sagen Sie doch was!«

»Ich lasse dir ein Steak in die Zelle bringen, Chester. Du hast es verdient.«

* * *

Neue Verbindungslinien – Ed nahm sich die Zusammenfassungen von Fisk und Kleckner vor, dazu die Informationen, die Yorkin und Malvasi geliefert hatten.

Eine Verbindung zwischen Heroin und Pornographie. »Der Kerl«, der die Pornos hergestellt hatte, war offensichtlich auch der Killer von Hudgens, sein Strohmann war Duke Cathcart – getötet von Dean Van Gelder, der den Auftrag oder vielleicht auch nur den Hinweis von Davey Goldman bekommen hatte – und der hatte durch das versteckte Mikrofon in Mickey Cohens Zelle von dem Porno-Plan erfahren. Cohen war allgegenwärtig – sein geklautes Heroin landete bei den Engleklings und bei dem »Mann«, der Patchett die achtzehn Pfund Heroin zur Weiterverarbeitung geliefert hatte. »Der Mann« stand zugleich auf Pornos und überredete Patchett, die alten Hefte von '53 in großem Stil neu aufzulegen. Ein Instinkt: Cohen war seit mindestens acht Jahren die graue Eminenz, die nie selbst in Erscheinung trat, aber immer im Brennpunkt stand, ob sie nun im Gefängnis saß oder nicht. Eine Schlußfolgerung aus all diesen Verbindungslinien: Die Nite-Owl-Morde waren zumindest das Werk von Halbprofis – ein Versuch, Patchett das Heroin- und Pornogeschäft abzunehmen. Cathcart, der offenbar versucht hatte, die Pornos auf eigene Rechnung zu verkaufen, war das eigentliche Ziel des Anschlags gewesen. Hatte er vor den falschen Leuten zu sehr mit seiner Rolle angegeben, oder hatten die Täter absichtlich Van Gelder umgelegt, weil sie wußten oder nicht wußten, daß er Cathcarts Doppelgänger war? Verbindungslinien zu einer groß angelegten Verschwörung innerhalb der organisierten Unterwelt, mindestens halbprofessionell – alle Verbindungen zum Mob gekappt: Franz Englekling und seine Söhne – tot; Davey Goldman – schwachsinnig; Mickey Cohen – konsterniert, weil er nicht wußte, was um ihn vorging. Eine offene Frage: Wer hatte Pete und Bax Englekling getötet? Und dann die schrecklichste Verbindung: Loren Atherton, 1934. Wie war das möglich?

Fisk klopfte an die Tür. »Sir, ich habe Lux und Geisler wieder hergebracht.«

»Und?«

»Geisler hat mir ein vorbereitetes Statement gegeben.«

»Lesen Sie vor.«

Fisk zog ein Blatt Papier aus der Tasche. »›Bezüglich meiner

Beziehung zu Pierce Morehouse Patchett mache ich, Dr. med. Terence Lux, hiermit folgende notariell beglaubigte Aussage: Meine Beziehung mit Pierce Patchett ist rein beruflicher Art. Ich nahm in seinem Auftrag zahlreiche Schönheitsoperationen an männlichen und weiblichen Personen aus seinem Freundeskreis vor, um bereits bestehende Ähnlichkeiten mit einer Reihe bekannter Schauspieler und Schauspielerinnen zu verstärken. Unbestätigten Gerüchten zufolge soll Patchett diese jungen Leute zur Prostitution angestiftet haben, aber ich habe keine Anhaltspunkte dafür, daß dies tatsächlich der Fall ist. Bezeugt und unterschrieben‹ und so weiter.«

Ed sagte. »Das reicht nicht. Duane, nehmen Sie Yorkin und Rita Hayworth mit über die Straße und buchten Sie sie ein wegen Unterstützung und Begünstigung. Lassen Sie das Datum der Verhaftung offen. Beiden dürfen je einmal telefonieren. Anschließend fahren Sie runter nach Long Beach und durchsuchen 8819 Linden. Das ist ein Auslieferungslager für Fleurs-de-Lis, und ich bin sicher, Patchett hat den Laden schon geräumt. Aber trotzdem. Wenn Sie nichts finden, stellen Sie die Wohnung auf den Kopf und lassen dann die Tür offen.«

Fisk schluckte. »Wie bitte, Sir? Auf den Kopf stellen? Und kein Verhaftungsdatum?«

»Stellen Sie sie auf den Kopf! Ich will damit ein Signal setzen. Und unterstehen Sie sich, meine Befehle in Frage zu stellen.«

Fisk sagte: »Jawohl, Sir.« Ed schloß die Tür, klingelte nach Kleckner. »Don, holen Sie mir Dr. Lux und Geisler rein.«

Aus der Sprechanlage kam ein lautes »Ja, Sir.« Dann geflüstert: »Captain, die beiden sind stinksauer. Ich wollt's Ihnen nur sagen.«

Ed öffnete die Tür. Geisler und Lux traten ein – brüsk und unmutig.

Kein Händeschütteln. Geisler sagte: »Ehrlich gesagt, der kleine Lunch ist kein Ausgleich für das Stundenhonorar, das ich Dr. Lux berechnen muß. Ich finde, es ist eine Schande, daß man ihn so lange warten läßt, obwohl er freiwillig hergekommen ist.«

Ed lächelte. »Ich möchte mich entschuldigen. Ich akzeptiere die förmliche Erklärung, die Sie abgegeben haben, und habe eigentlich keine weiteren Fragen an Dr. Lux. Ich möchte Sie nur um einen kleinen Gefallen bitten. Als Gegenleistung bin ich bereit, Ihnen einen großen Gefallen zu erweisen. Und bitte schicken Sie mir Ihre Rechnung, Mr. Geisler. Sie wissen, daß ich es mir leisten kann.«

»Ich weiß, Ihr Vater kann es. Bitte fahren Sie fort. Sie haben meine ganze Aufmerksamkeit.«

Ed wandte sich an Lux. »Doktor, ich weiß, wen Sie kennen, und Sie wissen, wen ich kenne. Und ich weiß, daß Sie Ihren Patienten legale Morphiumkuren anbieten. Helfen Sie mir mit einem kleinen Problem, das ich habe, und ich versichere Sie meiner Freundschaft.«

Lux säuberte sich die Fingernägel mit einem Skalpell. »Die *Daily News* schreibt, Sie seinen entbehrlich geworden.«

»Da täuschen die sich. Es geht um Pierce Patchett und Heroin, Doktor. Ich werde mich auch mit Gerüchten begnügen, und ich werde Sie nicht fragen, woher Sie Ihre Informationen haben.«

Geisler und Lux steckten ihre Köpfe zusammen – ein Schritt vor die Tür, Geflüster. Dann kam Lux zurück. »Ich habe gehört, daß Pierce sich mit einigen üblen Figuren eingelassen hat, die den Heroinhandel in Los Angeles unter Kontrolle bringen wollen. Er ist ein ziemlich guter Chemiker, wie Sie wissen, und er arbeitet schon seit Jahren an einer neuen Mischung. Hormone, antipsychotische Medikamente – ein tolles Gebräu. Ich habe mir sagen lassen, daß das Zeug einfaches Heroin weit in den Schatten stellt. Außerdem habe ich gehört, daß alles vorbereitet ist, es in größerem Umfang herzustellen und zu verkaufen. Ein Punkt für mich, Captain. Jerry, Sie haben gehört, was dieser Mann gesagt hat. Nehmen Sie ihn beim Wort, und schicken Sie ihm die Rechnung.«

* * *

Halbprofis, Profis – alle Verbindungslinien besagten dasselbe: Heroin. Ed rief Bob Gallaudet an und bat seine Sekretärin, ihm etwas auszurichten: Fall Nite Owl womöglich geknackt – bitte um Rückruf. Ein Photo, das auf dem Schreibtisch stand, zog seine Aufmerksamkeit an: Inez und sein Vater in Arrowhead. Er wählte Lynn Brackens Nummer.

»Hallo?«

»Lynn, hier ist Exley.«

»Guter Gott, hallo.«

»Du bist doch nicht zu Patchett gegangen, oder?«

»Hast du damit gerechnet, daß ich das tue? Sollte ich das? War das der Grund?«

Ed legte das Photo mit der Vorderseite nach unten auf den Schreibtisch. »Ich möchte, daß du Los Angeles verläßt, nur für eine Woche oder so. Ich habe ein Häuschen in Lake Arrowhead, wo du dich einquartieren kannst. Du fährst am besten noch heute nachmittag.«

»Ist Pierce...«

»Ich erzähl's dir später.«

»Kommst du auch hin?«

Ed warf einen Blick auf Vincennes' Skript. »Sobald ich ein paar Dinge erledigt habe. Hast du White gesehen?«

»Er kam vorbei und ist gleich wieder weg. Ich hab' keine Ahnung, wo er jetzt ist. Ist alles in Ordnung mit ihm?«

»Ja. Nein. Scheiße, ich weiß es nicht. Wir treffen uns bei Fernando am See, das ist ganz in der Nähe von meinem Häuschen. Sagen wir, um sechs?«

»Ich werde da sein.«

»Ich hatte eigentlich erwartet, daß es schwerer würde, dir den Ernst der Lage klarzumachen.«

»Mir sind inzwischen selber ein paar Dinge klargeworden. Wenn ich die Stadt verlasse, macht es die Sache ein bißchen einfacher.«

»*Warum*, Lynn?«

»Ich schätze, die Party ist vorbei. Glaubst du, es gehört viel Heldentum dazu, den Mund zu halten?«

63

Bud erwachte im Victory Motel. Draußen fing es bereits an zu dämmern – er hatte die halbe Nacht und fast den ganzen folgenden Tag geschlafen. Er rieb sich die Augen. Sofort waren seine Gedanken wieder bei Spade Cooley. Er roch Zigarettenrauch, sah Dudley neben der Tür sitzen.

»Schlecht geträumt, mein Junge? Sie haben so unruhig geschlafen.«

Ein Alptraum: Inez in den Klauen der Presse, durch seine Schuld – nur weil er Exley an den Kragen wollte.

»Mein Junge, wie ich Sie so da liegen sah, mußte ich an meine Töchter denken. Und ich habe Ihnen ja gesagt, daß sie mir viel bedeuten.«

Die Bettlaken waren völlig durchgeschwitzt. »Was ist mit meinem Job? Was kommt als nächstes?«

»Als nächstes hören Sie mir einfach zu. Ich habe seit Jahren eine Menge Energie darauf verwendet, die Schwerkriminalität einzudämmen, damit ich und ein paar Kollegen eines Tages davon profitieren können, und dieser Tag ist nicht mehr fern. Als Kollege werden Sie anständig an der Sache beteiligt. Wir werden über beträchtliche Mittel verfügen, mein Junge. Denken Sie an die Mittel, die nötig sind, um die schmutzigen Nigger ruhig zu halten, und dann extrapolieren Sie. Ein ziemlich widerspenstiger Itaker, mit dem Sie in der Vergangenheit schon mehrmals zu tun hatten, gehört auch dazu, und ich glaube, Sie könnten sich nützlich machen, wenn es darum geht, den Burschen an die Leine zu nehmen.«

Bud streckte sich, ließ seine Gelenke knacken. »Ich meine die Wiederaufnahme. Drücken Sie sich bitte deutlicher aus, okay?«

»Edmund Jennings Exley – deutlicher kann ich nicht werden. Er hat versucht, Lynn ein paar häßliche Dinge anzuhängen und zu beweisen, mein Junge. Das ist Salz auf die alten Wunden, die er Ihnen verpaßt hat.«

Er war wie elektrisiert. »Sie wußten also von uns. Ich hätt's mir denken können.«

»Es gibt nur sehr, sehr wenig, was ich nicht weiß, und nichts, was ich nicht für Sie tun würde, mein Junge. Der Feigling Exley hat Hand an die beiden einzigen Frauen gelegt, die Sie geliebt haben. Denken Sie sich ein paar hübsche Sachen aus, wie Sie ihm weh tun können.«

64

Sie gingen sofort miteinander ins Bett – Ed wußte, daß sie sonst reden müßten, und auch Lynn schien das zu spüren. In der Hütte roch es leicht schimmelig, und das Bett war nicht gemacht – alles war noch muffig vom letzen Mal mit Inez. Ed ließ das Licht an: Je mehr er sehen konnte, um so weniger würde er denken. Es half ihm, sich zu beherrschen. Er zählte Lynns Sommersprossen, um nicht zu schnell zum Höhepunkt zu kommen. Sie ließen es beide sehr langsam angehen, ganz anders als beim erstenmal, als sie vom Sofa gerollt waren. Lynn hatte überall blaue Flecken; Ed wußte, daß Bud White dafür verantwortlich war. In Anbetracht des Drahtseilaktes, den sie beide machten, waren sie sehr zärtlich zueinander. Die lange Umarmung war wie eine Wiedergutmachung für die vielen Lügen. Wenn sie anfingen zu reden, gäbe es kein Halten mehr. Ed fragte sich, wer zuerst den Namen »Bud White« aussprechen würde.

Es war Lynn. Bud war der entscheidende Faktor gewesen, der sie dazu gebracht hatte, Patchett anzulügen: Die polizeilichen Ermittlungen waren ein Witz, die Polizei griff nach jedem Strohhalm. White wußte von den kleineren Aktivitäten Patchetts; sie hatte Angst, er könnte in Schwierigkeiten kommen, wenn Pierce zurückschlagen sollte. Pierce hätte versuchen können, sich seine Freundschaft zu erkaufen; er war überzeugt, daß jeder seinen Preis hatte, und wußte nicht, daß man Wendell nicht kaufen konnte. Bud brachte sie dazu nachzudenken. Je mehr sie überlegte, um so schmerzhafter wurde es für sie. Die Tatsache, daß ein gewisser Captain der Polizei eine gewisse Ex-Nutte im einzigen Moment geküßt hatte, in dem sie sich nicht wehrte, machte die Sache noch eindeutiger: Die Party war vorbei. Pierce hat mich zu dem gemacht, was ich bin, aber im Kern seines Wesens ist er ein zutiefst schlechter Mensch. Wenn ich ihn loslasse, finde ich vielleicht ein paar von den guten Dingen wieder, die er in mir getötet hat. Ed zuckte bei ihren Worten zusammen; er wußte, daß er ihre Offenheit nicht erwidern konnte – Jack Vincennes barfüßig in der Sache drin, er hatte darauf gezählt, daß Lynn Patchett in Panik bringen würde; Fisk mit der

Feueraxt im Auslieferungslager, Patchetts Leute verhaftet und verhört. Lynn reagierte auf sein Schweigen mit einem neuen Redeschwall – Ausschnitte aus ihrem Tagebuch. Lustig und traurig zugleich – spöttische Bemerkungen über alte Freier, ein Monolog über Prostituierte im Drive-In, der ihn fast zum Lachen brachte. Lynn erzählte von Inez und Bud White – er liebte sie hier und da und meist aus der Distanz, weil ihre Wut noch größer war als seine und ihn erschöpfte; hier und da eine Nacht, mehr konnte er nicht ertragen. Keine Eifersucht – daher regte sich sofort bei ihm die Eifersucht, brachte ihn beinahe dazu, ihr seine Frage ins Gesicht zu schleudern: Heroin und Erpressung, unglaubliche Perversionen – wieviel weißt du wirklich? Aber das, was sie ihm schenkte, hinderte ihn daran. Ihre sanften Hände auf seiner Brust bewirkten, daß er ihre Offenheit plötzlich doch erwiderte, um zu verhindern, daß er sie verhörte oder anlog, nur um etwas zu sagen.

Er kam direkt auf seine Familie zu sprechen, von der Vergangenheit bis zur Gegenwart. Mamas Liebling Eddie, Papas Goldjunge Thomas, sein Freudentanz, als sein Bruder von sechs Kugeln erwischt wurde. Was es ihm bedeutete, ein Polizist zu sein, der von einer langen Ahnenreihe von Scotland-Yard-Männern abstammte. Inez: vier Menschen, die er in einem Augenblick der Schwäche getötet hatte; Dudley Smith, der verzweifelt nach einem geeigneten Sündenbock suchte, den Ellis Loew und Chief Parker als Allheilmittel schlucken würden. Schließlich stürzte er sich auf den großen Preston Exley in all seinem Glanz, erzählte, wie mit Tinte retuschierte Pornophotos mit einem toten Skandalschreiber zusammenhingen, erzählte von sezierten Kindern und seinem Vater und Raymond Dieterling vor vierundzwanzig Jahren. Er konnte nicht aufhören, bis alles gesagt war und Lynn ihm mit Küssen den Mund verschloß und er langsam einschlief, seine Finger auf ihren Blutergüssen.

65

Big V, der gesetzlose Cop – Exley hatte ihn gut besetzt, das mußte man ihm lassen. Er rief an, um sich mit Patchett zu verabreden. Patchett sagte: »In Ordnung, ich rede mit Ihnen. Heute abend um elf Uhr, und kommen Sie allein.«

Er trug ein kleines Tonbandgerät über der kugelsicheren Weste.

In der Tasche hatte er einen Beutel Heroin, ein Schnappmesser, eine 9mm Automatik. Exleys Benzedrin hatte er in die Toilette geworfen und hinuntergespült – den Ärger brauchte er nicht.

Er ging zur Tür, drückte auf die Klingel – bei jedem Schritt spürte er das Lampenfieber.

Patchett öffnete die Tür. Kleine, stecknadelgroße Pupillen, wie Exley gesagt hatte – ein Schnupfer.

Jack, getreu dem Skript: »Hallo, Pierce« – voller Verachtung.

Patchett machte die Tür zu. Jack warf ihm den Stoff ins Gesicht. Der Beutel traf, landete dann auf dem Boden.

Zeit zu improvisieren. »Nur ein kleines Friedensangebot. Natürlich nichts im Vergleich mit dem Zeug, das Sie an Yorkin ausprobiert haben. Wußten Sie, daß mein Schwager der Staatsanwalt ist? Den kriegen Sie als Zugabe, wenn Sie mit mir 'nen Deal machen.«

Patchett: »Woher haben Sie das?« Die Ruhe selbst, das Zeug in seiner Nase verbarg seine Angst.

Jack zog das Messer, kratzte sich mit der Klinge am Hals. Er spürte Blut, leckte sich den Finger ab – Oscar-reife Vorstellung eines Psychos. »Ich hab's ein paar Niggern abgenommen. Die Nummer kennen Sie doch, stimmt's? Das *Hush-Hush* hat früher regelmäßig über mich berichtet. Sie und Sid Hudgens waren doch alte Freunde, das müßten Sie doch wissen.«

Kein Zeichen von Angst. »Sie haben mir vor fünf Jahren ziemlichen Ärger gemacht, und ich glaube, ich kann mit Fug und Recht sagen, daß Sie ihren Teil unseres Abkommens nicht eingehalten haben. Ich nehme an, Sie haben Ihren Vorgesetzten Ihre Erklärung gezeigt.«

Wieder das Messer: die Spitze der Klinge auf die Handfläche

gesetzt, ein kleiner Druck. Wieder ein bißchen Blut. Exleys Schlüsselsatz: »Was die Informationen angeht, bin ich Ihnen weit voraus. Ich weiß von dem Heroin, das Sie aus dem Cohen-Dragna-Deal gekriegt und was Sie damit gemacht haben. Ich weiß von den Pornos, die Sie '53 verhökert haben, und ich weiß alles über die Erpressungsversuche mit Hilfe Ihrer Nutten. Ich will von Ihnen nur mein Dossier und ein paar Informationen. Wenn Sie mir das geben, lass' ich alles verschwinden, was Exley gegen Sie in der Hand hat.«

»Was für Informationen?«

Getreu dem Skript, wortwörtlich: »Ich hab' mit Hudgens einen Deal gemacht. Der Deal lautete: mein Dossier vernichtet und zehn Riesen bar auf die Hand im Austausch gegen ein paar saftige Informationen über hohe Tiere im LAPD. Ich wußte, daß Sid mit Ihnen einen Erpresserring aufziehen wollte, und ich hatte mich bereits aus der Fleurs-de-Lis-Sache rausgehalten – Sie wissen, daß das stimmt. Sid wurde ermordet, eh ich mir das Geld und das Dossier abholen konnte, und ich schätze, der Killer hat beides mitgenommen. Ich brauch' das Geld, weil ich aus dem Department fliege, eh ich meine Pension kassieren kann, und ich will den Scheißkerl umlegen, der mich beraubt hat. *Sie* haben die Pornos damals nicht gemacht, aber wer immer es war, er hat auch Sid getötet und mich beraubt. Sagen Sie mir den Namen, und ich gehöre Ihnen.«

Patchett lächelte. Jack lächelte zurück – noch ein letzter Stoß, bevor er zuschlug. »Hören Sie, Pierce, beim Nite Owl ging's um Pornos und Heroin – Ihres. Wollen Sie dafür baumeln?«

Patchett zog eine Waffe, feuerte dreimal. Das satte ›Plop‹ eines Schalldämpfers – die Kugeln zerfetzten das Tonbandgerät, prallten von seiner Weste ab.

Drei weitere Schüsse – zwei in die Weste, einer daneben.

Jack krachte an den Tisch, rappelte sich hoch, zielte. Ladehemmung. Sofort war Patchett auf ihm, zwei weitere Fehlschüsse. Patchett direkt über ihm. Er zog das Messer, stach zu. Ein Schrei – die Klinge erfaßte etwas.

Patchetts linke Hand an die Tischplatte genagelt. Ein weiterer Schrei, die rechte Hand in hohem Bogen erhoben – eine Injektionsspritze. Die Nadel sank in seinen Arm, ein Stich – er versank in einem angenehmen Nebel. Laute Gewehrschüsse. »Nicht, Abe! Nicht, Lee! Nein!« Flammen, Rauch, er rollte herum, kroch auf dem Boden entlang, um sich in Sicherheit zu bringen, zu überleben, an die Nadel zurückzukehren und vielleicht noch einmal den lustigen Mann mit der festgepinnten Hand zu sehen.

66

Die Uhr in seinem Kopf ging völlig falsch, seine Armbanduhr stand – er war nicht sicher, ob es Mittwoch oder Donnerstag war. Seine »Enthüllungen« zum Fall Nite Owl hatten den ganzen Abend in Anspruch genommen – Dudley war ihm so weit voraus, daß er sich nicht einmal Notizen machte. Um Mitternacht war er dann gegangen, aufgeputscht mit kühnen Worten, keine Verabredung für das große Fest der Schläger-Cops. Dud hatte eine Verabredung mit Exley: Es ging darum, den Fall Nite Owl zu lösen und seine Karriere zu ruinieren. Für Bud White blieb: »Denken Sie sich ein paar hübsche Sachen aus, wie Sie ihm weh tun können.« Mord war alles, was ihm einfiel – ein fairer Ausgleich für Lynn: Der Gedanke, einen LAPD-Captain zu töten, hatte sein eingebautes Uhrwerk aussetzen lassen. Noch einmal das Zeitgefühl verlieren, und er machte es wirklich. Irgendwann früh am Morgen war ihm Kathy Janeway erschienen – Kathy, so wie sie damals ausgesehen hatte. Sie hatte ihm eine Verabredung zu später Stunde besorgt – mit ihrem Mörder.

Und Spade Cooley ließ ihn sitzen.

Er fuhr zum Biltmore, redete mit der Cowboy Rhythm Band – Spade war immer noch verschwunden und Deuce Perkins irgendwo unterwegs. Der Diensthabende von der Nachtschicht in der Staatsanwaltschaft ließ ihn abblitzen – waren die überhaupt an dem Fall interessiert? Er durchkämmte noch einmal Chinatown, fuhr dann an seiner Wohnung vorbei – ein paar hartnäckige Männer von Internal Affairs parkten vor der Tür. An einer Imbißbude schlang er einen Hamburger hinunter. Die Morgendämmerung kam, ein Stapel *Herald* verriet ihm, daß es Freitag war. Nite Owl in den Schlagzeilen: Bimbos beklagten sich über das brutale Vorgehen der

Polizei, Chief Parker versprach Aufklärung und Gerechtigkeit.
Eine Sekunde lang fühlte er sich todmüde, dann wieder völlig aufgekratzt. Er versuchte, seine Uhr nach dem Radio zu stellen. Die Zeiger bewegten sich nicht. Er warf die Hundert-Dollar-Uhr aus dem Wagenfenster. In seiner Müdigkeit sah er Kathy vor sich, in seiner Aufgekratztheit Exley und Lynn. Er fuhr zum Nottingham Drive, um zu sehen, welche Wagen dort standen.

Kein weißer Packard – und Lynn parkte ihren Wagen immer an derselben Stelle.

Bud ging um das Haus herum – keine Spur von Exleys blauem Plymouth. Eine Nachbarin holte gerade die Milchflaschen herein. Sie sagte: »Guten Morgen. Sie sind doch der Freund von Miss Bracken, nicht wahr?«

Die alte Spannerin – Lynn hatte gesagt, sie beobachte immer ihr Schlafzimmerfenster. »Ganz recht.«

»Nun, wie Sie sehen, ist sie nicht hier.«

»Yeah, und Sie wissen natürlich nicht, wo sie ist.«

»Also…«

»Also was? Haben Sie sie mit 'nem Mann gesehen? Ziemlich groß, mit Brille?«

»Nein, hab' ich nicht. Und reden Sie nicht in diesem Ton mit mir, junger Mann. Also was… ich muß schon sagen.«

Bud ließ sie seine Dienstmarke sehen. *»Also was,* Lady? Sie wollten mir doch was sagen.«

»Ehe Sie frech wurden, wollte ich Ihnen eigentlich sagen, wohin Miss Bracken gefahren ist. Ich habe gehört, wie sie gestern abend mit dem Manager gesprochen hat. Sie hat ihn nach dem Weg gefragt.«

»Wohin?«

»Lake Arrowhead. Und ich hätte es Ihnen auch so gesagt, ehe Sie frech wurden.«

***

Exleys Hütte. Inez hatte ihm davon erzählt. Ein Holzhäuschen mit mehreren Flaggen: Bundesflagge, Staatsflagge, LAPD-Flagge. Bud fuhr nach Arrowhead und am See entlang, bis er es gefunden hatte: im Wind flatternde Fahnen, kein blauer Plymouth. Lynns Packard in der Auffahrt.

Er sprang auf die Veranda, jagte die Stufen hoch. Bud schlug mit der Faust ein Fenster ein, schob den Türriegel hoch. Keine Reaktion auf den Lärm – nur ein dumpfig riechender Wohnraum, eingerichtet wie eine Jagdhütte in der Provinz.

Er ging ins Schlafzimmer, Schweißgeruch, Lippenstiftspuren auf dem Bett. Er zerstampfte mit den Füßen die Kopfkissen, daß die Federn flogen, riß die Matratze heraus, fand darunter eine in Leder gebundene Mappe. Das mußten Lynns »Intime Notizen« sein – seit Jahren hatte sie Tagebuch geführt.

Bud griff sich das Buch, wollte es zerreißen – der alte Trick: den Rücken aufreißen, wie er es immer mit Telefonbüchern gemacht hatte. Der Duft hielt ihn davon ab – wenn er nicht hineinschaute, war er ein Feigling.

Er schlug die letzte Seite auf. Lynns Handschrift, tiefschwarze Tinte – mit dem Goldfüllhalter geschrieben, den er ihr geschenkt hatte.

26. März 1958

Mehr zum Thema E.E. Er ist gerade weggefahren, und ich habe deutlich gespürt, wieviel Kummer es ihm bereitet, daß er mir gestern abend so viel erzählt hat. Im Morgenlicht sah er so verletzlich aus, wie er ohne Brille ins Badezimmer stolperte. Pierce tut mir fast leid, daß er das Pech hatte, an einen Mann zu geraten, der im Grunde seines Wesens ängstlich und unnachgiebig ist. E.E. ist im Bett genau wie mein Wendell – als ob er nie aufhören wollte, denn wenn es vorbei ist, dann ist er wieder der, der er war. Vielleicht ist er der einzige Mann, den ich kenne, der genauso kompromittiert ist wie ich, der so klug, überlegt und vorsichtig handelt, daß man fast sehen kann, wie sich in seinem Kopf die Räder drehen. Und dann wünscht man sich, man könnte mit ihm nur im Dunkeln reden, weil es so verwirrend und komplex ist, ihn anzusehen. Er ist so klug und so pragmatisch, daß W.W. dagegen fast kindisch wirkt und damit nicht mehr so heroisch, wie er tatsächlich ist. Und wenn ich das Dilemma bedenke, in dem er steckt, dann erscheint mir mein Verrat an Pierces Freundschaft und Fürsorge so nichtig und unbedeutend. Dieser Mann hat seinen Vater so lange fast vergöttert, daß jeder Schritt von ihm beeinflußt wird, und doch macht er einen Schritt nach dem anderen – und das finde ich erstaunlich. E.E. ist nicht besonders ins Detail gegangen, aber im Prinzip scheint es darum zu gehen, daß einige der künstlerisch anspruchsvolleren Pornos, die Pierce vor fünf Jahren verkauft hat, bestimmte Muster aufweisen, die den Verstümmelungen von Sid Hudgens' Leiche und den Wunden der Mordopfer eines gewissen Loren Atherton ähneln, den Preston Exley in den 30er Jahren verhaftet hat. P.E. wird bald seine Kandidatur für den Posten des Gouverneurs öffentlich ankündigen, und E.E. ist der Meinung, sein Vater habe im Fall Atherton einen Fehler gemacht. Außerdem hat er durchblicken lassen, daß er den Verdacht hat, P.E. hätte damals geschäftliche Kontakte mit Raymond Dieterling angeknüpft (eines der Opfer von Atherton war ein Kinderstar von Dieterling). Eine weitere Merkwürdigkeit: E.E., mein très kluger Pragmatiker, hält seinen Vater für ein so aufrechtes moralisches Vorbild und den Inbegriff der Vollkommenheit, daß er Angst davor hat, der Tatsache ins Auge zu sehen, daß P.E. auch nur ein Mensch ist und durchaus verständlichen Geschäftsinteressen gefolgt ist. Er hat Angst, die Lösung des Falls Nite Owl und damit zusammenhängender Fälle könnte der Welt zeigen, daß P.E. ebenfalls fehlbar ist, und damit seine Chancen im Wahlkampf zerstören. Noch mehr Angst hat er aber davor zu akzeptieren, daß sein Vater auch nur ein Sterblicher ist, was ihm um so schwerer fällt, da er sich auch nie als solchen betrachtet hat. Trotzdem arbeitet er weiter an diesen Fällen; im Grunde seines Wesens ist er fest dazu entschlossen. So sehr ich ihn liebe, mein Wendell würde in der gleichen Situation einfach alle Beteiligten erschießen und sich dann nach jemandem umsehen, der etwas intelligenter ist und die Leichen aussortieren kann – zum Beispiel dieser weltmännische Dudley Smith, von dem er ständig spricht. Mehr dazu nach einem kurzen Spaziergang und einem guten Frühstück mit drei Tassen starkem Kaffee.

Er packte das Buch und zerriß es – riß den Buchrücken auseinander und dann die Blätter heraus, bis nur noch Leder- und Papierfetzen übrig waren.

Das Telefon. Direkte Leitung zu Internal Affairs. Drrrnng, drrnng… »Internal Affairs, Kleckner.«

»Hier White. Geben Sie mir Exley.«

»White, Sie stecken ganz schön –« Dann eine neue Stimme in der Leitung. »Exley hier. White, wo sind Sie?«

»Arrowhead. Ich hab' grade Lynns Tagebuch gelesen und die ganze Geschichte mit Ihrem alten Herren, Atherton und Dieterling erfahren. *Die ganze verdammte Geschichte.* Ich bin auf der Suche nach 'nem Tatverdächtigen, und wenn ich ihn finde, ist Ihr Daddy um sechs in den Nachrichten.«

»Machen wir einen Deal. Hören Sie zu –«

»Niemals.«

* * *

Zurück nach L.A., die alte Spade-Routine: Chinatown, der Strip, das Biltmore – das dritte Mal, seit er sein Zeitgefühl verloren hatte. Die Gelben sahen immer mehr aus wie die Cowboy Rhythm Band, die Typen vom El Rancho bekamen langsam Schlitzaugen.

Jeder mögliche Aufenthaltsort dreimal kontrolliert, alles dreimal – mit Ausnahme eines Besuchs bei seinem Agenten.

Bud fuhr zu Nat Penzler Associates. Die Verbindungstür stand offen – Mr. Natsky war gerade dabei, ein Sandwich zu essen. Er nahm einen Biß und sagte: »Ach du Scheiße.«

»Spade hat seine Konzerte sausen lassen. Muß Sie 'ne schöne Stange Geld kosten.«

Penzler ließ eine Hand langsam unter seinem Schreibtisch verschwinden. »Höhlenmensch, Sie haben ja keine Ahnung, wieviel Ärger ich mit meinen Klienten habe.«

»Scheint Sie aber nicht sonderlich aufzuregen.«

»Falschgeld taucht immer wieder auf.«

»Wissen Sie, wo er steckt?«

Penzler nahm seine Hand wieder hoch. »Wenn ich raten müßte, würde ich sagen, auf dem Planeten Pluto, zusammen mit seinem Freund Jack Daniels.«

»Was haben Sie da eben mit Ihrer Hand gemacht?«

»Ich habe mir die Eier gekratzt. Wollen Sie den Job? Fünf Hunnis die Woche, aber zehn Prozent davon gehen an Ihren Agenten.«

»Wo steckt er?«

»Irgendwo in der Nähe von Ich-weiß-nicht-wo. Kommen Sie nächste Woche wieder und schreiben Sie mir, wenn Sie zu Verstand kommen sollten.«

»So einfach ist das also, was?«

»Höhlenmensch, wenn ich's wüßte, würde ich's dann einem brutalen Typ wie Ihnen vorenthalten?«

Bud warf ihn mit einem Fußtritt aus seinem Sessel; Penzler landete auf dem Boden; der Sessel kippte hin und her und fiel dann um. Bud griff unter den Schreibtisch und zog ein mit Bindfaden zugebundenes Päckchen hervor. Er stellte einen Fuß drauf und zog kräftig an der Schnur – frisch gereinigte Cowboyhemden kamen zum Vorschein.

Penzler rappelte sich auf. »Lincoln Heights. Im Keller von Sammy Ling, aber Sie haben's nicht von Natsky erfahren.«

***

Lings Chow Mein – eine kleine Spelunke am Broadway, ein paar Querstraßen von Chinatown entfernt. Parkplätze hinter dem Haus, ein Hintereingang, der zur Küche führte. Von außen kein Zugang zum Keller. Heißer Dampf aus einem unterirdischen Lüftungsschacht. Wahrscheinlich eine Falltür in der Küche.

Er fand hinter dem Haus ein Stück Holzbalken, trat durch die Hintertür ein. Zwei Schlitzaugen brieten Fleischstücke, ein alter Mann häutete eine Ente. Die Falltür war leicht zu erkennen – er brauchte bloß die Klappe neben dem Herd hochzuheben.

Jetzt hatten sie ihn gesehen. Die jungen Gelben fingen an zu schnattern; Papa-san winkte ihnen, sie sollten schweigen. Bud ließ sie seine Dienstmarke sehen.

Der alte Mann rieb seine Finger. »Ich bezahl'! Ich bezahl', ich bezahl'! Sie weggeh'!«

»Spade Cooley, Papa. Sie gehen jetzt nach unten und sagen ihm, Natsky hat die Wäsche gebracht. Chop-chop!«

»Spade bezahl'! Sie lass' in Ruhe! Ich bezahl'! Ich bezahl'!«

Die Gören umkreisten ihn. Pap-san fuchtelte mit einem Hackmesser.

»Sie jetzt geh'! Geh' sofor'! Ich bezahl'!«

Bud zog mit dem Fuß eine Linie auf dem Fußboden. Papa überschritt sie.

Bud holte mit seinem Prügel aus und erwischte Papa an der Hüfte. Er krachte in den Herd, sein Gesicht landete in der Gasflamme, seine Haare fingen Feuer. Die Kids gingen auf ihn los. Bud erwischte ihre Beine mit einem einzigen Hieb. Die beiden landeten in einem Knäuel auf dem Boden – Bud schlug zu. Der Alte hatte den Kopf ins Spülbecken getaucht, kam jetzt auf ihn losgestürzt, das Gesicht angekokelt.

Ein Rundschlag auf die Knie – Papa ging zu Boden, die Hand fest um das Hackmesser gekrallt. Bud setzte seinen Fuß auf die Hand, hörte Finger brechen – Papa schrie auf und ließ los. Bud schleppte ihn zum Herd, riß die Falltür auf und zog den alten Mann mit nach unten.

Dunst, Opium, Wasser. Bud brachte Papa-san mit einem Fußtritt zur Ruhe. Durch den Qualm sah er Opiumraucher auf Matratzen liegen.

Bud versetzte ihnen der Reihe nach Fußtritte. Lauter Schlitzaugen – sie murrten, sogen an ihren Pfeifen, versanken wieder in ihrem Traumland. Rauch: in seinem Gesicht, in der Nase; er atmete schwer und hatte ihn bald auch in der Lunge. Wasserdampf schlug ihm entgegen, zog ihn an wie ein Leuchtfeuer: weiter hinten eine Dampfsauna.

Er bahnte sich einen Weg zur Tür. Durch den Nebel sah er Spade Cooley – nackt, drei nackte Mädchen. Kichern, Arme und Beine ineinander verschlungen – eine Orgie auf einer rutschigen Kachelbank. Spade war so verknäult in die Frauen, daß es unmöglich war, einen sicheren Schuß anzubringen.

Bud drückte auf einen Schalter an der Wand. Der Dampfstrahl hörte auf, der Nebel lichtete sich, Spade hob den Kopf und warf einen Blick herüber. Bud zog seine Waffe.

TÖTE IHN.

Cooley war schneller, zog zwei Mädchen als Schutzschild an sich. Bud sprang hin, riß an Armen und Beinen. Fingernägel zerkratzten ihm das Gesicht. Die Mädchen rutschten aus, stolperten, rannten zur Tür. Spade sagte nur: »Jesus, Maria und Joseph.«

Der Rauch in seiner Lunge braute ihm bereits ein eigenes Traumland. Letzte Riten, den Moment hinziehen. »Kathy Janeway, Jane Mildred Hamsher, Lynette Ellen Kendrick, Sharon –«

Cooley schrie: »VERDAMMT NOCH MAL ES IST PERKINS!«

Der Moment verflog – Bud sah, daß er schon halb abgezogen hatte. Um ihn ein Wirbel von Farben. Cooley redete wie ein Maschinengewehr.

»Ich hab' Deuce mit dem letzten Mädchen gesehen, dieser Kendrick. Ich wußte, daß er gerne Nutten weh tut, und als das letzte Mädchen im Fernsehen auftauchte, hab' ich ihn danach gefragt. Dieser Deuce, der jagt mir wirklich Todesangst ein. Deshalb bin ich hier untergetaucht. Mister, Sie müssen mir glauben.«

Farben, Erinnerungen: Deuce Perkins, offensichtlich bösartig.

Eine Farbe blinkte auf – Türkis. Spades Hände. »Die Ringe, woher sind die?«

Cooley zog sich ein Handtuch über den Schoß. »Deuce macht sie selber. Er hat immer diesen Hobbykasten mit, wenn wir auf Tournee sind. Seit Jahren macht er immer diese witzig gemeinten Andeutungen, daß die Ringe seine Hände schützen, wenn er Kleinarbeit macht. Jetzt weiß ich, was er damit gemeint hat.«

»Was ist mit Opium. Kann er das Zeug irgendwo kriegen?«

»Der Scheißkerl klaut's von mir! Mister, Sie müssen mir glauben!«

Er fing allmählich an. »Mein Kalender sagt, du warst zur fraglichen Zeit immer am Tatort. Nur *du*. Laut Kartei deines Managers waren immer andere Typen mit auf Tournee, wie willst du –«

»Deuce ist mein Road-Manager, schon seit '49. Er ist *immer* dabei. Sie müssen mir glauben, Mister!«

»Wo ist er?«

»Ich weiß es nicht!«

»Freundinnen, Kumpel, andere Perversos. *Raus damit.«*

»Der elende Schweinehund hat keine Freunde, außer diesem Scheiß-Itaker Johnny Stompanato. Mister, Sie müssen –«

»Ich glaube dir. Glaubst du, daß ich dich umbringe, wenn du ihn warnen solltest?«

»Gelobt sei Jesus, ich glaub'es.«

Bud ging zurück in den Rauch. Die Schlitzaugen waren immer noch weggetreten. Papa atmete kaum noch.

* * *

Fahndungsabteilung über Perkins:

Keine Vorstrafen in Kalifornien, sauber seit seiner Entlassung auf Bewährung in Alabama – '44 bis '46 in einer Chain Gang wegen Sodomie. Herumreisender Musiker, keine feste Adresse. Kontaktpersonen bestätigt – Johnny Stompanato, ebenso Lee Vachss und Abe Teitlebaum, alles Mob-Schläger. Bud legte auf, dachte an ein Gespräch mit Jack Vincennes – der hatte Deuce auf einer Fete auf dem Set von *Badge of Honor* hopsgenommen – Johnny, Teitlebaum und Vachss waren dabeigewesen.

Glacehandschuhe: Johnny war sein Informant gewesen. Johnny haßte ihn, fürchtete ihn.

Bud rief die Zulassungsstelle an, ließ sich Stomps Telefonnummer geben – auch nach dem zehnten Klingeln hob niemand ab. Zwei weitere Anrufe, keiner da – die Cowboy Rhythm Band im Biltmore, im El Rancho. Das nächste war Kikey Teitlebaums Deli – Kikey und Johnny waren dicke Freunde.

Er fuhr den Pico hinunter. Ein bißchen frische Luft in die Lunge. In ihm reifte ein Entschluß: Er würde Perkins alleine erwischen, ihn töten. Dann Exley.

Bud parkte, warf einen Blick durchs Fenster. Nicht viel Kundschaft – aber er hatte Glück: Johnny Stomp und Kikey T. zusammen an einem Tisch.

Er ging hinein. Die beiden sahen ihn, fingen an zu flüstern. Es waren Jahre, seit er sie zuletzt gesehen hatte – Abe war fetter geworden, Stomp immer noch der elegante Itaker.

Kikey winkte ihm. Bud griff sich einen Stuhl, ging zu den beiden an den Tisch. Stomp sagte: »Wendell White. Wie läuft's denn so, *paesano?*«

»Es läuft. Und wie läuft's mit Lana Turner?«

»Noch häufiger. Woher wissen Sie?«

»Mickey C.«

Teitlebaum lachte. »Muß ein Loch haben wie der Tunnel in der Third Street. Johnny fährt heut' abend mit ihr nach Acapulco, und ich, ich bleib' hier bei Fünffinger-Sadie. White, was bringt Sie her? Ich hab' Sie schon ewig nicht mehr gesehen, seit Dick Stens für mich gearbeitet hat.«

»Ich suche Deuce Perkins.«

Johnny klopfte mit den Fingern auf den Tisch. »Fragen Sie doch Spade Cooley.«

»Spade weiß nicht, wo er steckt.«

»Und warum fragen Sie mich? Hat Mickey Ihnen gesagt, daß Deuce und ich Freunde sind?«

Nicht die rituelle Frage: Warum suchen Sie ihn? Und der fettmäulige Kikey war auffällig still. »Spade sagte mir, ihr beiden seid Freunde.«

»Bekannte ist richtiger. Wir kennen uns schon von früher, *paesano*, deswegen sag' ich Ihnen, daß ich Deuce schon seit Jahren nicht mehr gesehen hab'.«

Härtere Gangart. »Du bist nicht mein *paesano*, du Scheißer«.

Johnny lächelte, vielleicht erleichtert über das alte Spiel zwischen Cop und Informant. Ein kurzer Blick auf Kikey – der Fette kriegte es mit der Angst zu tun. »Abe, du bist doch mit Perkins dicke, stimmt's?«

»Nix da. Deuce ist viel zu meschugge für meinen Geschmack. Das ist 'n Typ, dem ich bloß alle Jubeljahre mal hallo sage.«

Eine Lüge – Perkins' Akte sagte das Gegenteil. »Tja, vielleicht bin ich ein bißchen durcheinander. Ich weiß, daß ihr Jungs mit Lee Vachss befreundet seid, und ich habe gehört, er und Deuce sind dicke miteinander.«

Kikey lachte – schlecht geschauspielert. »Was für ein Blödsinn. Johnny, ich glaube, unser Wendell ist wirklich ein bißchen durcheinander.«

Stomp sagte: »Wie Öl und Wasser, die beiden. Dicke? Das ist ein Witz.«

Warum sollte er Vachss in Schutz nehmen? »Ihr beide seid ein Witz. Warum fragt ihr mich nicht wenigstens, worum es geht.«

Kikey schob seinen Teller beiseite. »Können Sie sich vorstellen, daß uns das einfach nicht interessiert?«

»Yeah, aber ihr klatscht doch gern und zerreißt euch das Maul.«

»Dann klatschen wir halt ein bißchen.«

Ein Gerücht: Kikey hatte mal einen Kerl zu Tode geprügelt, weil er ihn einen Jidd genannt hatte. »Ich bin dabei. Ist 'n herrlicher Tag, und ich hab' nichts besseres zu tun, als mit 'nem schmierigen Itaker und 'nem fetten Jidd zu quatschen.«

Abe lachte, ho-ho-ho, versetzte ihm einen leichten Schlag auf den Arm – sehr witzig. »Sie sind wirklich ein Pisser. Also, warum sind Sie hinter Deuce her?«

Bud gab den Hieb zurück, kräftiger. »Das geht dich einen feuchten Schmutz an, Judenlümmel.« Dann ein schneller Themawechsel für Johnny. »Und was machst du jetzt so, wo Mickey wieder draußen ist?«

Er klopfte mit dem Ring, den er am kleinen Finger trug, an die Bierflasche vor ihm. »Nichts, was Sie interessiert. Ich hab' alles im Griff. Alles eingedämmt. Machen Sie sich also keine Sorgen. Und was treiben *Sie?*«

»Ich arbeite wieder am Fall Nite Owl.«

Johnny klopfte stärker mit dem Ring – die Flasche fiel beinahe um. Kikey war bleich geworden. »Sie glauben doch nicht, daß Deuce Perkins –«

Stompanato: »Hör doch auf, Abe. Deuce und das Nite Owl – was für'n Witz.«

Bud sagte: »Ich muß mal pissen«, und ging zur Toilette. Er machte die Tür hinter sich zu, zählte bis zehn, öffnete sie wieder einen Spaltbreit. Die beiden Scheißer unterhielten sich eifrig. Abe wischte sich gerade mit einer Serviette das Gesicht. Langsam fügten sich die Teile zu einem Bild zusammen.

Ein deutlicher Hinweis: Deuce war an der Nite Owl-Sache beteiligt.

Jack V. hatte Vachss, Stomp, Kikey und Perkins auf einer Party zusammen gesehen – etwa ein Jahr vor Nite Owl.

Eine Verhaftung durch den Mobster-Trupp, eine Information von Joe Sifakis: Eine Gruppe von *drei Mann* hatte Cohens Treuhänder und Gangster von außerhalb umgelegt. Das Victory Motel.

Bud packte seine Waffe, steckte sie ein, holte sie wieder heraus.

»Eingedämmt.«

Dudleys Lieblingsworte – »Eindämmung«, »Vorbeugung«. Was hatte er im Motel neulich gesagt: »Eindämmung«, »Profitverteilung«, »widerborstiger Itaker, mit dem Sie in der Vergangenheit schon ein paarmal zu tun hatten« – Johnny Stomp war einer seiner alten Informanten und haßte ihn. Dud war heiß auf seine »umfassenden Enthüllungen«: die Sache mit Lamar Hinton, seine Informationen über das Nite Owl. Dot Rothstein dabei, Kikey Teitlebaums Cousine –

Bud wusch sich das Gesicht, ging ruhig und gefaßt zurück an den Tisch. Stomp sagte: »Na, hat's geklappt?«

»Yeah, und ihr habt recht. Ich suche Deuce wegen 'n paar alten Haftbefehlen, aber ich hab' einen Verdacht, was das Nite Owl betrifft.«

Johnny betont ruhig: »Ach ja?«

Kikey betont ruhig: »Ein paar neue Bimbos, stimmt's? Ich weiß bloß, was ich in der Zeitung gelesen hab'.«

Bud: »Möglich. Aber wenn's keine andern Nigger waren, dann hat jemand den violetten Wagen absichtlich vor dem Nite Owl abgestellt. Also macht's gut, Jungs. Wenn ihr Deuce seht, richtet ihm aus, er soll mich im Bureau anrufen.«

Johnny, ganz ruhig, klopfte an seine Flasche.

Kikey, ganz ruhig, hustete, Schweißtropfen auf der Stirn.

Bud, ganz ruhig, legte los. Er rannte zu seinem Wagen, fuhr um die Ecke zu einer Telefonzelle. Die Nummer der Polizeiauskunft von Pacific Bell. Er mußte verdammt lange warten, dann:

»Ja, wer ist da?«

»Sergeant White, LAPD. Eine Fangschaltung.«

»Für wann, Sergeant?«

»*Sofort.* Es geht um einen Mordfall. Absolute Priorität. Privatanschluß und Münztelefon in einem Restaurant. Es ist eilig. *Sofort.*«

»Eine Sekunde, bitte.«

Es klickte mehrmals – dann eine neue Frauenstimme. »Sergeant, was genau brauchen Sie?«

Bud war jetzt alles andere als ruhig. »Abe's Noshery an der Ecke Pico und Veteran. Alle Anrufe von allen Apparaten aus während der nächsten gottverdammten fünfzehn Minuten. Lady, lassen Sie mich jetzt bloß nicht auflaufen.«

»Wir dürfen ohne Anordnung keine Fangschaltungen machen, Officer.«

»Ich will bloß wissen, wohin die Anrufe gehen, verdammt noch mal.«

»Also gut, wenn es *wirklich* ein Mordfall ist. Wie ist Ihre Nummer?«

Bud las sie von dem Apparat ab. »GRanite 48112.«

Räuspern. »Also, fünfzehn Minuten. Und das nächste Mal sagen Sie uns bitte zeitiger Bescheid.«

Bud legte auf – Dudley, Dudley, Dudley, Dudley, Dudley

Dann wurde das lange Warten von einem lauten Klingeln unterbrochen. Er griff nach dem Hörer, ließ ihn fast fallen, klemmte ihn ans Ohr. »Ja?«

»Zwei Anrufe. Einmal DUnkirk 32758 – der Anschluß gehört einer Miss Dot Rothstein. Der zweite: AXminster 46811, Privatwohnung eines gewissen Dudley L. Smith.«

Bud ließ den Hörer fallen. Die Stimme quasselte weiter, von einem sicheren, ruhigen Ort aus, den es für ihn nie wieder geben würde – keine Lynn, keine Sicherheit hinter seiner Dienstmarke.

Captain Dudley Liam Smith steckte hinter dem Nite Owl.

67

Jack Vincennes gestand.

Er gestand, im Waisenhaus von St. Anatol ein Mädchen geschwängert zu haben. Er gestand, Mr. und Mrs. Harold J. Scoggins erschossen zu haben. Er gestand, Bill McPherson mit einem heißen kleinen Niggermädchen reingelegt zu haben. Er gestand, daß er Charlie Parker Rauschgift untergeschoben hatte, daß er Drogensüchtige für *Hush-Hush* hochgenommen hatte. Er versuchte, aus dem Bett zu springen und sich zu bekreuzigen. Er murmelte etwas von hub rachmones, Mickey, und bamm bamm bamm bamm the Q-Train. Er gestand, daß er Fixer verprügelt hatte, daß er den Kassier für Ellis Loew gemacht hatte. Er flehte seine Frau an, ihm zu vergeben, daß er Nutten gebumst hatte, die aussahen wie die Frauen in den Pornoheften. Er gestand, daß er rauschgiftsüchtig war und nicht würdig, Jesus zu lieben.

Karen Vincennes stand daneben und weinte. Sie konnte nicht zuhören, sie mußte zuhören. Ed versuchte sie aus dem Zimmer zu scheuchen – vergeblich. Er hatte außerhalb von Arrowhead im Bureau angerufen. Fisk machte Meldung: Pierce Patchett am letzten Abend erschossen, seine Villa in Brand gesteckt, bis auf die Grundmauern abgefackelt. Die Feuerwehrleute hatten Vincennes im Garten hinter dem Haus gefunden – Rauchvergiftung, kugelsichere Weste zerfetzt. Sie brachten ihn in die Notaufnahme, der Arzt machte eine Blutprobe. Ergebnis: Trashcan auf Testflug, eine Mischung aus Heroin und Antipsychotikum. Er würde wieder auf die Beine kommen – sobald die Überdosis abgebaut war.

Eine Krankenschwester tupfte Vincennes den Schweiß vom Gesicht. Karen zerknüllte ein Kleenex nach dem anderen. Ed warf einen Blick auf Fisks Memo: »Inez Soto hat angerufen. Keine Info über R.Ds. $-Deals. R.D. ahnt, daß man ihm hinterherspioniert??? – etwas unklar – D.W.«

Ed knüllte den Zettel zusammen, warf ihn weg. Vincennes barfüßig im Einsatz – während er mit Lynn im Bett lag. Jemand hatte Patchett umgebracht und beide im Haus liegenlassen, damit sie verbrannten.

Verbrannten wie Vater und Sohn Exley – und Bud White hielt die Fackel in der Hand.

Er konnte Karen nicht ins Gesicht sehen.

»Captain, ich habe was für Sie.«

Fisk im Flur. Ed ging zu ihm, führte ihn ein paar Schritte von der Tür weg. »Was gibt's?«

»Nort Layman hat den Autopsiebericht fertig. Patchetts Todesursache waren fünf Geschosse vom Kaliber 30/30 aus zwei verschiedenen Gewehren. Ray Pinker hat eine Ballistikuntersuchung gemacht und ist auf eine alte Meldung aus Riverside County gestoßen. Mai 1955, keine Anhaltspunkte. Fall ungeklärt – ich hab' mich erkundigt. Zwei Männer vor einer Taverne erschossen. Sah nach einem Mafia-Mord aus.«

Alles deutete auf das Heroin hin. »Ist das alles, was Sie haben?«

»Nein. Bud White hat eine Opiumhöhle in Chinatown hochgenommen und drei Chinesen fast zu Tode geprügelt. Er kam rein, stellte Fragen, zeigte seine Dienstmarke, schlug und drehte durch. Einer der Betroffenen hat ihn anhand seines Karteiphotos identifiziert. Soll ich ihn festnehmen lassen Sir? Ich weiß, daß Sie ihn suchen, und Chief Green meint, es wär' Ihre Entscheidung.«

Ed mußte beinahe lachen. »Nein, nicht festnehmen.«

»Sir?«

»Ich sagte, nein. Damit ist die Sache erledigt. Sie und Kleckner können mir einen Gefallen tun. Rufen Sie Miller Stanton, Max Peltz, Timmy Valburn und Billy Dieterling an, sie sollen heute abend um acht Uhr zu einer Vernehmung in mein Büro kommen. Sagen Sie ihnen, *ich* werde die Untersuchung leiten, und wenn sie keine Publicity wollen, dann sollten sie ohne Anwälte kommen. Und besorgen Sie mir die alte Mordakte vom Fall Atherton. Versiegeln Sie sie, Sergeant. Ich möchte nicht, daß Sie einen Blick hineinwerfen.«

»Sir ...«

Ed drehte sich um. Karen stand in der Tür, die Augen gerötet, aber trocken.

»Glauben Sie, daß Jack all diese Dinge wirklich getan hat?«

»Ja.«

»Er darf nie erfahren, daß ich davon weiß. Versprechen Sie mir, daß Sie es ihm nie sagen?«

Ed nickte, warf einen Blick in das Zimmer. Big V verlangte nach der Heiligen Kommunion.

68

Ein Archivraum in der Zentrale der Zulassungsstelle – überall Kästen, bis in Schulterhöhe aufgestapelt. Er brauchte eine Bestätigung für das, was er durch Johnny und Kikey erfahren hatte. Er kämmte sich durch einen Wust von Karteikarten, links, rechts, oben, unten. Er war so high, daß er gleichzeitg nachdenken und die Zulassungsunterlagen durchwühlen konnte.

Stomp, Teitlebaum und Lee Vachss waren offensichtlich die Täter im Fall Nite Owl und außerdem verantwortlich für die Ermordung von Cohens Treuhändern und Mob-Gangstern von außerhalb. Deuce Perkins gehörte ebenfalls zur Gang; die anderen wußten nicht, daß er Nutten zu Tode prügelte – das war für sie Amateurkram, den sie nie dulden würden. Dudley war der Chef der Bande – was anderes kam nicht in Frage. Seine Andeutungen über den Job, den er ihm anbieten wollte, waren nichts anderes als der Versuch, ihn ebenfalls zu rekrutieren. Die Sache mit Lamar Hinton – ganz einfach Duds Versuch, den Sack zuzubinden, was Patchett betraf; Patchett und Smith hingen irgendwie zusammen. Hinton war wahrscheinlich tot; Breuning und Carlisle ebenfalls Mitglieder der Bande. »Eindämmen«, »eingedämmt«, »Eindämmung«, »Profitverteilung«. Offensichtlich hatte Dudley sich vorgenommen, das organisierte Verbrechen in L.A. unter seine Kontrolle zu bringen – und die Nite-Owl-Morde einer neuen Gruppe von Bimbos anzuhängen.

Bud wühlte sich in schnellem Tempo durch die Kästen: Fahrzeugzulassungen, Anfang April '53. Ein Schuljunge würde sich die Sache so zusammenreimen: Der Wagen vor dem Nite Owl war absichtlich abgestellt worden, um eine falsche Spur zu legen; ebenso die Gewehre in Coates Wagen, die leeren Patronenhülsen im Griffith Park – die Killer folgten einfach den Pressemeldungen über den Fall, hatten Glück mit dem Mercury, fanden ein paar Bimbos, die dran glauben mußten. Aber so war es nicht gewesen – hier waren Verschwörer aus dem LAPD am Werk. Sie lasen Ermittlungsberichte, erfuhren von den schwarzen Kids, die im Park mit Gewehren rumballerten – schoben ihnen die Sache in die Schuhe: Die Polizisten, die die Jungs festnehmen sollten, würden sie töten – Fall erledigt.

Also suchten sie sich einen Wagen, der der Beschreibung aus dem Tatbericht entsprach. Sie sorgten dafür, daß der Wagen in der Nähe des Nite Owl gesehen wurde. Ein gestohlenes Fahrzeug kam nicht in Frage – das Risiko war zu groß, damit aufzufallen. Sie kauften auch keinen passenden violetten Wagen – sie kauften einen andersfarbigen und spritzten ihn einfach um.

Bud suchte weiter. Keine Logik in dem Durcheinander von Karteikarten: Mercurys, Chevies, Caddies, L.A., Sacramento, Frisco – wer auch immer den Wagen zugelassen hatte, hatte sicher einen falschen Namen benutzt. Ein glücklicher Zufall: Rasse, Geburtsdatum und äußere Kennzeichen der Personen waren auf den Karteikarten angegeben. So konnte er wenigstens eine Vorauswahl treffen, wie er es in der Ausbildung gelernt hatte: Mercurys, Baujahr '48 bis '50, Käufer wohnhaft in Südkalifornien, Personenbeschreibungen, die mit denen von Dudley, Stomp, Vachss, Teitlebaum, Perkins, Carlisle und Breuning übereinstimmten. Stundenlange Sucherei, ein Stapel Karteikarten, etliche Zentimeter hoch. Und dann eine, die merkwürdig warm wirkte.

1948er grau lackiertes Mercury-Coupé, Kaufdatum 10. April 1953. Zugelassen auf: Margaret Louise March, weiblich, weiß, Geburtsdatum: 23. 7. 18, braun/braun, eins dreiundsiebzig, 98 Kilogramm, Adresse: 1804 East Oxford, Los Angeles. Telefonnummer: NOrmandie 32758.

Nicht nur warm, kochend heiß – die Beschreibung paßte genau auf die fette Dot Rothstein. Oxford verlief von Norden nach Süden, nicht von Ost nach West. Der Anruf von der Noshery aus – DU-32758 – die dämliche Lesbe hatte ihre eigene Nummer verwendet, nur mit anderer Vorwahl.

Und ein paar Dosen violette Farbe gekauft.

Bud jubelte auf, machte einen Luftsprung, trat gegen die Karteikästen. Zwei Fälle an einem Tag gelöst – vorausgesetzt, jemand glaubte ihm. Alles klar, aber nichts zu machen. Die Indizien deuteten auf Dudley – aber es gab keine eindeutigen Beweise. Dudley hatte eine viel zu gute Stellung, als daß er dran glauben mußte. Niemand hatte ein Interesse daran.

Außer Exley.

69

Überwachung des Hauses, in dem er aufgewachsen war. Er konnte nicht hineingehen und seinen Vater vernehmen: er konnte ihn nicht um Hilfe bitten. Er konnte dem Mann nicht sagen, daß er einer Frau private Geheimnisse anvertraut hatte – und damit einem brutalen Feind die Mittel zum Vatermord in die Hand gab. Er hatte die Akte über den Fall Atherton mitgebracht – da stand nichts drin, was er nicht längst wußte: Der Mann, der die Pornos hergestellt und Sid Hudgens getötet hatte, war eindeutig auch verantwortlich für die Atherton-Morde, vielleicht sogar der Killer. All das waren Tatsachen, die Preston Exley schon aus Stolz heraus abstreiten würde. Er konnte nicht hineingehen; aber er konnte auch nicht aufhören nachzudenken. Er versuchte sich statt dessen auf Erinnerungen zu konzentrieren.

Sein Vater hatte das Haus damals für seine Mutter gekauft; eigentlich diente es in erster Linie dazu, seinen Stolz zu zeigen – die Exleys steigen in großem Stil aus der Mittelklasse auf. Zu Weihnachten stand nie ein beleuchteter Christbaum auf dem Rasen – Preston Exley meinte, das sei geschmacklos und primitiv. Thomas fiel vom Balkon – und besaß genügend Stilgefühl, nicht zu weinen. Sein Vater hatte damals ein riesiges Fest gegeben, als er aus dem Krieg zurückkam – nur der Bürgermeister, der Stadtrat und diejenigen Männer vom LAPD, die ihm beim Aufbau seiner Karriere nützlich sein konnten, waren eingeladen.

Art De Spain kam aus dem Haus und ging zu seinem Wagen. Er sah zerbrechlich aus, der eine Arm hing in einer Schlinge. Ed sah ihm nach, wie er wegfuhr – sein väterlicher Freund und Lehrmeister. Er erinnerte sich, wie Art einmal gesagt hatte, er habe nicht das Zeug zum Kriminalpolizisten.

Das Haus wirkte riesig und kalt. Ed fuhr zurück zum Krankenhaus.

* * *

Trash war wach und diktierte Fisk eine Erklärung. Ed blieb in der Tür stehen und sah zu. »... und ich hielt mich streng an Exleys Skript. Ich erinnere mich nicht mehr genau, was ich gesagt habe, aber Patchett zog plötzlich eine Waffe und schoß auf mich. Die Scheiß-Kanone, die Exley mir gegeben hatte, versagte, und Patchett verpaßte mir eine Spritze. Dann hörte ich ein paar Schüsse und die Schreie: *'Nicht, Abe! Nicht, Lee! Nein!'* Und jetzt wissen Sie genausoviel wie ich.«

Vom Flur aus, mit lauter Stimme: »Abe Teitlebaum, Johnny Stompanato und Lee Vachss. Die drei waren die Täter im Nite Owl. Dazu kommt noch Deuce Perkins als weiteres Mitglied der Bande. Und nun haltet euch fest, wenn ich euch sage, wen ich noch habe.«

Ed roch seinen eigenen Schweiß, seinen Atem. White schob ihn ins Zimmer – kräftig, aber nicht grob. »Lassen wir mal unsern Kram eine Minute beiseite. Habt ihr alle gehört, was ich gesagt habe?«

Bei den Namen läutete eine Glocke: Gorillas, Mobster – das paßte nicht schlecht zu HEROIN. White sah aus, als sei er verrückt geworden – völlig zerzaust und zerknittert, ein wahrer Eiferer. Fisk sagte: »Sir, wollen Sie, daß ich –«

Ed bewegte die Schultern – White ließ wie auf Kommando die Hände sinken. »Zwei Minuten, *Captain.*«

Wieder die Angst – endlich wirklich *Captain* sein. »Duane, gehen Sie Kaffee holen. White, lassen Sie hören, aber schnell, ehe ich Ihnen den Arsch aufreiße für das, was Sie mit den Chinesen gemacht haben.«

Fisk verließ das Zimmer. Ed sagte: »Jack, Sie bleiben. White, ich höre.«

White schloß die Tür. Zerzaust und wirr: verdreckte Klamotten, Tintenflecken an den Händen. »Gut, daß ich im Radio von dir gehört hab', Trashcan. Wenn ich nicht gewußt hätte, daß du hier bist, hätt' ich vielleicht versucht, es ganz auf eigene Faust zu machen.«

Vincennes saß auf dem Bett und sah aus, als sei ihm nicht ganz wohl. »*Was* machen? Abe, Lee. Wenn du glaubst, daß Teitlebaum und Vachss für Patchett verantwortlich sind, dann sag's doch.«

Ed: »Sie tun so wie im Grundkurs für Kriminologie, White. Benehmen Sie sich so, als müßten sie uns einen streng chronologischen Tatbericht liefern.«

White lächelte – reiner Kamikaze. »Ich arbeite schon seit Jahren an einer Serie von Nuttenmorden. Angefangen hat's mit dieser Kathy Janeway. Sie wurde '53 umgelegt, etwa um die gleiche Zeit, als das mit dem Nite Owl passierte. Sie war die Freundin von Duke Cathcart.«

Ed nickte. »Ich kenne die Geschichte. Internal Affairs hat damals, als Sie die Prüfung zum Sergeant bestanden hatten, Ihr Privatleben durchleuchtet.«

»Ach ja? Aber was Sie nicht wissen: Vor ein paar Tagen hatte ich endlich den Durchbruch. Ich dachte, der Killer wäre Spade Cooley – seine Band spielte jedesmal in der betreffenden Stadt, als die Nutten ermordet wurden. Aber ich habe mich geirrt. Cooley hat gesungen und mir den wahren Killer verraten – Burt Arthur Perkins.«

Vincennes meldete sich zu Wort. »Ich kann mir Deuce gut als Frauenmörder vorstellen. Der ist bis in den Kern seines Charakters böse.«

White sagte: »Du mußt es wissen. Immerhin hat Cooley gesagt, daß er eng mit Johnny Stompanato befreundet war, und damals, im Jahre '52, hast du mir gesagt, du hast ihn mal hopsgenommen, zusammen mit Johnny Stomp, Kikey T. und Lee Vachss. Cooley sagte mir, Johnny und Deuce waren dicke Freunde, und deshalb hab' ich mich auf die Suche nach Johnny gemacht.«

Ed sagte:»Also gut. Sie haben Johnny Stompanato also gefunden.«

White zündete sich eine Zigarette an. »Nix. Ich muß Ihnen sagen, daß Dudley Smith mich seit Jahren als Schläger und Druckmacher für den Mobster-Trupp benutzt hat. Wissen Sie, wie er redet? ›Eindämmung‹ – das ist eins seiner Lieblingswörter. Verbrechen eindämmen, dies eindämmen, das eindämmen. Seit einiger Zeit hat er mir gegenüber immer wieder Andeutungen gemacht, er würde mir 'n zusätzlichen Job verschaffen, und neulich abends meinte er, ich könnte ihm helfen, einen ›widerspenstigen Itaker‹ im Zaum zu halten, der Angst vor mir hätte. Johnny Stomp hat Angst vor mir – er war früher mein Informant, und ich hab' ihn immer ganz schön rumgeschubst. Wußten Sie, daß Dud der sogenannte ›Friedenstifter von Gangland‹ ist? Tja, neulich nachts haben er, Carlisle und Breuning diesen Typ namens Lamar Hinton im Victory Motel durch die Mangel gedreht, angeblich in Sachen Mobster-Trupp. Aber das ist Quatsch – alles, was Dudley ihn gefragt hat, hatte mit dem Nite Owl zu tun – die Pornohefte, Pierce Patchett und so weiter.«

Ed riß die Augen auf: Das war doch nicht möglich. »Also haben Sie sich Stompanato vorgenommen, um Perkins zu kriegen.«

»Ganz recht. Ich geh' also in Kikeys Deli, und da hockt Johnny zusammen mit Kikey an einem Tisch. Ich frag' Johnny nach Deuce, und Johnny wird ganz kirre. Kikey sogar noch mehr, und beide lügen mich an und sagen, Deuce wär' bloß ein dämlicher Arschficker, mit dem sie nichts weiter zu tun hätten. Die beiden leugnen, daß Deuce mit Lee Vachss befreundet ist, obwohl ich genau weiß, daß dem so ist. Und dann benutzt Johnny den Ausdruck *›Eindämmung‹* – ein Wort, das ganz und gar nicht zu ihm paßt. Die beiden machen sich mehr als verdächtig, und ich lass' so nebenbei die Bemerkung fallen, daß ich an der Wiederaufnahme des Nite-Owl-Falls arbeite, worauf die beiden sich fast in die Hosen scheißen – Deuce und das Nite Owl? Ha ha ha. Ich gehe, häng' mich ans Telefon und rufe Pacific Bell an, damit die die nächste Viertelstunde sämtliche Anrufe aus dem Deli überwachen. Ergebnis: zwei Anrufe – einer an Dot Rothstein, Dudleys gute alte Feundin und Kikeys Cousine, der andere zu Dudleys Haus.«

Vincennes sagte: »Heilige verdammte Scheiße.« Ed griff nach seinem Revolver: falsche Bewegung – White war schließlich ein Cop. »Können Sie mir eine zusätzliche Bestätigung aus anderer Quelle dafür geben?«

White schnippte seine Zigarette aus dem Fenster. »Grundkurs Kriminologie. Die Nigger waren nicht die Täter, also stellten Dud und seine Bande 'nen Wagen vor dem Nite Owl ab. Ich war bei der Zulassungsstelle und hab' alle Neuzulassungen vom April '53 kontrolliert, diesmal aber Weiße. Dot Rothstein hat am 10. April einen grauen Mercury, Baujahr '48, gekauft. Falscher Name, falsche Adresse, aber die dämliche Kuh gibt doch glatt die richtigen Ziffern ihrer eigenen Telefonnummer an.«

Vincennes sah aus, als wäre neben ihm eine Bombe explodiert. Ed riß sich am Riemen, damit er nicht laut DUDLEY schrie. »Kurz vor dem Nite Owl war ich spät abends noch im Revier in Hollywood. Spade Cooley spielte einen Stock tiefer auf einer Abschiedsfete für einen Kollegen, der in Pension ging, und da habe ich auf dem Flur zufällig Burt Perkins gesehen. Was halten Sie von folgender Theorie: Mal Lunceford, ehemaliger Streifenpolizist des LAPD, man könnte ihn das vergessene Nite-Owl-Opfer nennen. Erinnern wir uns daran, daß er den Großteil seiner Dienstzeit über in Hollywood stationiert war. Also – war einer der Täter vielleicht sauer auf Lunceford? War Perkins an jenem Abend vielleicht dabei, die entsprechenden Unterlagen aus den Akten zu entwenden? Wußten die Verschwörer, daß Lunceford Stammgast im Nite Owl war, und planten sie ihre Aktion gegen Cathcart oder seinen Doppelgänger vielleicht so, daß sie gleichzeitig auch ihn erwischten?«

White antwortete: »Dudley hat mich damals beauftragt, Luncefords Privatleben unter die Lupe zu nehmen. Wahrscheinlich dachte er, ich würde die Sache vermasseln. Ich hab' nach Luncefords alten Dienstunterlagen gesucht und nicht eine einzige verdammte Karteikarte gefunden. Mir erscheint Ihre Theorie verdammt einleuchtend.«

Alles schrie DUDLEY, DUDLEY, DUDLEY – Ed hielt sich mühsam im Zaum. Vincennes: »Fisk hat mir von Patchett erzählt, wie er das Heroin aus dem Cohen-Dragna-Deal in die Finger gekriegt hat, wie er und dieser namenlose Bursche, der offensichtlich kein anderer als Dudley ist, alles vorbereitet hatten, um das Zeug zu verkaufen. Nun, ich weiß mit Sicherheit, daß Dud damals als Bodyguard bei dem Deal dabei war, und vor Jahren war mal so ein Gerücht im Umlauf – daß Dud den Suchtrupp angeführt hat, der damals diesen Buzz Meeks erledigt hat, der den Deal gekapert hatte. Fisk hat gesagt, daß der größte Teil des verschwundenen Heroins bei Patchett gelandet ist, zum Teil über die Brüder Englekling und ihren Vater, zum Teil über diesen anderen Burschen, bei dem es sich offenbar um Dudley handelt. Okay, also ich denk' mir folgendes – ist es nicht möglich, daß Lunceford damals auch bei dem Suchtrupp dabei war? Möglicherweise ist Dudley doch auf *diesem* Weg an den Stoff gekommen.«

White schüttelte den Kopf – das war alles neu für ihn.

»Geben Sie mir noch ’n paar Einzelheiten – ich hab’ nämlich Anhaltspunkte, die ebenfalls darauf hindeuten. Dud redete immer von dieser Eindämmungs-Scheiße, und er sagte mal, es ginge drum, die Nigger ruhigzustellen, und das klingt mir verdammt nach Heroin.«

Ed sagte: »Lassen wir’s fürs erste dabei bewenden. Jack, Sie gehen der Goldman-Van-Gelder-Spur nach. Sehen Sie zu, wie Sie das mit unseren neuen Erkenntnissen zusammenkriegen.«

Trash stand auf, hielt sich am Bettgestell fest. »Okay, gehen wir mal davon aus, daß Davey G. mit Dudley, Stompanato, Kikey, Vachss und Dot unter einer Decke steckt. Wie jemand einem solchen Psycho wie Deuce über den Weg trauen kann, ist mir schleierhaft, aber scheiß drauf – was soll’s. Jedenfalls haben sich alle miteinander gegen Mickey C. verschworen. Bud, du weißt das vielleicht noch nicht, aber Goldman hatte ’ne Wanze in Mickeys Zelle in McNeil. Ich wette, Dudley und seine Freunde steckten von Anfang an mit Davey unter einer Decke, aber scheiß drauf, wie auch immer es passiert ist. Davey hat jedenfalls mitgekriegt, wie die Brüder Englekling mit Mickey über Duke Cathcarts Porno-Projekt gesprochen haben.«

Ed hob die Hand. »Chester Yorkin meinte, daß der Mann, der Patchett den Großteil des Heroins gebracht hat – nehmen wir mal an, es war Dudley –, scharf auf Pornos war und über – Zitat – *Kontakte in Südamerika und eine Postversandliste von Perversos* verfügte. Ich habe mich immer gefragt, wie hoch die Profite im Pornogeschäft sein mögen, und Dudleys Verbindung macht die Sache jetzt immer wahrscheinlicher.«

Vincennes sagte: »Lassen Sie mich weitererzählen. Dud arbeitete nach dem Krieg mit dem OSS in Paraguay zusammmen und übernahm dann im Jahre ’39 oder so die Leitung der Sitte. Daher weiß ich, daß er tatsächlich die entsprechenden Kontakte hat, aber lassen wir das mal beiseite. Im Augenblick ist der Stand doch folgender: Nehmen wir an, Goldman geht mit der Information über das Pornogeschäft zu Smith und Stompanato. Alle Beteiligten, besonders Dud, sind von der Idee begeistert und beschließen, sich das Geschäft unter den Nagel zu reißen. Gleichzeitig schickt Goldman von sich aus – viellleicht mit der Absicht, die anderen zu übergehen, keine Ahnung – Dean Van Gelder, seinen Gefängnisbesucher, zu Cathcart, um mit ihm zu verhandeln. Van Gelder beschließt, Dukes Nuttenzirkus und das Pornogeschäft auf eigene Rechnung zu übernehmen. Der einzige, der ihn je von Angesicht zu Angesicht gesehen hat, ist Davey, aber außerhalb des Gefängnisses kennt ihn niemand. Die Tatsache, daß er Cathcart ähnlich sieht, bringt ihn auf den Gedanken, als dessen Doppelgänger aufzutreten und auf diese Weise ins Geschäft einzusteigen. Wenn ihm jemand auf die Schliche kommen sollte, daß er nicht der echte Cathcart sondern nur ein Doppelgänger ist, würde er bei den Männern draußen schon so gut dastehen, daß Davey ihm sein eigenmächtiges Vorgehen nicht mehr vorwerfen könnte. Van Gelder zieht also nach San Berdoo, um möglichst in der Nähe der Brüder Englekling zu sein. Er macht sich an Sue Lefferts ran und legt Duke um. Er kennt die Namen von mindestens einem der Männer außerhalb, ruft sie vom Leffertsschen Haus aus in einer öffentlichen Telefonzelle an und bittet um ein Treffen. Er macht einen auf hart und schlägt einen öffentlichen Ort als Treffpunkt vor, wobei er davon ausgeht, daß Sue in der Nähe sitzt, und er sich verhältnismäßig sicher fühlen kann. Einer der Männer draußen bringt Lunceford mit dem Nite Owl in Verbindung und meint, man sollte sich dort treffen. Dud oder einer seiner Leute geht unmittelbar *vor* dem Nite Owl zu Patchett und sagt ihm, er soll endlich die losen Fäden verknoten und klar Schiff machen. Patchett weiß zwar nicht genau, was passieren wird, aber er sorgt dafür, daß Chris Bergeron und ihr Sohn sowie Bobby Inge kurz vor dem Zeitpunkt die Stadt verlassen, an dem ich für die Sitte den Pornos nachgehe.«

Das Zimmer war vollklimatisiert – Ed spürte, wie die Temperatur im Raum bei jedem Wort anstieg. »Ich möchte auch eine Chronologie der Ereignisse versuchen, und zwar beginnend mit dem Zeitpunkt unmittelbar vor Van Gelders erstem Auftreten als Cathcart, als er zum erstenmal mit den Männern draußen Kontakt aufnimmt. Wir wissen, daß Dudley Pornos liebt, und wir wissen, daß er seit dem Cohen-Dragna-Deal auf rund achtzehn Pfund bestem Heroin sitzt. Wie wäre es mit folgender Theorie: Er bricht in Cathcarts Wohnung ein und entdeckt dort etwas, was ihn zu Patchett führt – etwas im Zusammenhang mit seiner Ausbildung als Chemiker und seiner Verbindung zu dem alten Dr. Englekling. Er geht zu Patchett, die beiden machen einen Deal – Aufarbeitung von Heroin, Vertrieb von Pornomagazinen. Er wundert sich, daß Patchett von sich aus auf den gleichen Gedanken gekommen ist, daß er bereits einen Teil des Heroins von Doc Englekling bekommen hat. Jetzt will Dudley, daß Cathcart getötet und Mal Lunceford zum Schweigen gebracht werden – aus welchen Grund auch immer. Und er will Patchett einen Schreck einjagen. Er ist Polizist, und er hat gehört, daß im Griffith Park irgendwelche Schwarzen mit Gewehren herumgeballert haben. Er arrangiert also das Treffen im Nite Owl, weil er weiß, daß Lunceford wahrscheinlich dort sitzen wird. Jack hat völlig recht: Er war sich zu diesem Zeitpunkt noch unsicher, aber er drängte Patchett, sicherheitshalber klar Schiff zu machen. Jetzt machen wir einen Sprung. Die Ermittlungen gehen weiter, als Dudley dachte, weil die Neger nicht wie erwartet bei der Verhaftung getötet werden und auch kein Geständnis ablegen. Er gibt White den Auftrag, sich ein bißchen um Cathcarts Privatleben zu kümmern. Wahrscheinlich wußte er wirklich nicht, daß Perkins die kleine Janeway umgebracht hatte, aber er wollte prinzipiell verhindern, daß White irgendwie in die Sache reingezogen wurde – er wollte verhindern, daß er womöglich eine Verbindung zwischen Cathcart und dem Nite Owl entdeckte.«

Aller Augen richteten sich jetzt auf Bud White. »Okay, Dudley hat mich mit den Nachforschungen über Cathcart betraut, weil er damit rechnete, daß ich die Sache natürlich vermassel'. Aber ich hab' Dukes Wohnung untersucht und sofort gesehen, daß sämtliche Fingerabdrücke sorgfältig abgewischt worden waren und jemand offenbar Dukes Anzüge anprobiert hatte. Dudleys Leute hatten also alle Spuren beseitigt, aber die Telefonbücher nicht beachtet, und ich entdecke also sofort, daß jemand die gelben Seiten nach Druckereien in San Berdoo durchgesehen hatte. Ich habe mir nun eine Theorie ausgedacht. Im Verlaufe der Ermittlungen über Cathcart begegnete ich Kathy Janeway in einem Motel draußen im Valley. Zwei Tage später wird das Mädchen vergewaltigt und ermordet. Als ich das Motel verließ, hatte ich das Gefühl, daß mich jemand verfolgt, konnte aber nichts weiter feststellen und vergaß die Sache wieder. Ich glaube, es war Deuce Perkins, der mich beschattet hat. Ich glaube, Dud ließ alle Personen beschatten, mit denen Cathcart Kontakt hatte, um über den Stand der Ermittlungen immer auf dem laufenden zu sein. Das erklärt auch, warum er immer schon von all den Dingen wußte, die ich sorgfältig für mich behalten hatte. Also Deuce, dieser frauenschändende, wahnsinnige Scheißkerl, sieht Kathy und fällt über sie her. Vielleicht hat Dudley gewußt, daß er sie getötet hat, vielleicht auch nicht. Wie dem auch sei – er wird auf jeden Fall dafür bezahlen, verdammt noch mal.«

Vincennes zündete sich eine Zigarette an. »Wir haben bis jetzt noch keine stichhaltigen Beweise, aber ich habe noch ein paar Sachen beizusteuern, die dazu passen. Erstens: Doc Layman hat aus Patchetts Leiche fünf Geschosse vom Kaliber 30/30 rausgeholt und festgestellt, daß die gleichen Geschosse bei diesem ungelösten Bandenmord im Riverside County verwendet wurden. Als ich bei Davey Goldman oben in Camarillo war, brabbelte er was von 'ner Gruppe von drei Killern. Er hat noch mehr vor sich hingeplappert, das mir immer wieder durch den Kopf geht, ohne daß ich schlau draus werde. Exley, haben Sie sich mal die Bänder angehört, die ich aus McNeil mitgebracht habe?«

Ed nickte. »Sie haben recht. Nichts von Bedeutung, außer daß er einmal von irgendwelchen Bandenmorden spricht.«

White: »Es gab da 'ne ganze Reihe von ungelösten Bandenmorden. Ich weiß das, weil einer der Verdächtigen, die wir mit dem Mobster-Trupp hopsgenommen haben, mal was davon erzählt hat. Es waren immer drei bewaffnete Männer, und die Opfer waren Cohens Treuhänder und Ganoven von außerhalb. Leicht verdientes Geld: Stompanato, Vachss und Teitlebaum sorgen dafür, daß alles paletti bleibt, bis Mickey C. wegen guter Führung auf Bewährung aus dem Gefängnis entlassen wird. Sie wollten unbedingt für Ruhe und Ordnung sorgen für ihre Eindämmungs-Nummer und dachten sich, wenn Mickey rauskäme, würden sie einfach abwarten, wie sich die Dinge entwickelten, und ihn entweder umlegen oder für sich einspannen. Ich würde sagen, sie wollten ihn umlegen. Sie sorgten dafür, daß Cohen und Goldman schon im Gefängnis eins über die Rübe kriegten – also eindeutig Verrat an Davey. Mickeys Haus wurde bombardiert, aber Mickey hat den Anschlag überlebt. Die werden ihn früher oder später aus dem Weg räumen und alles großartig eindämmen, denn Dud ist Mr. Mobster-Trupp und hat von Parker sozusagen das – wie sagt man doch gleich – das Mandat, zu verhindern, daß Gangster von außerhalb sich in der Stadt breit machen. Kann man sich das vorstellen, verdammt noch mal?«

Trash lachte. »Großartig, mein Junge, großartig. Und alle Morde dienten einzig dem Zweck, Dud den Weg freizumachen für den ungestörten Verkauf von Patchetts Heroin. Er war es auch, dem die Leitung der neuen Ermittlungen im Fall Nite Owl übertragen wurde, damit er sich ein paar neue Sündenböcke suchen konnte, und er hat alles vorbereitet für den Verkauf des ›H‹. Die Pornos hat er irgendwo auf Lager liegen, und er hat sich auch nicht die Mühe gemacht, Patchett im Hinblick auf die Ermittlungen zu warnen, weil er ihn sowieso aus dem Wege räumen wollte. Er hat auch Lynn Bracken nicht angerührt, weil er davon ausging, daß Patchett ihr nichts gesagt hatte von seinen wirklich dunklen Geschäften. Er hat ruhig zugesehen, als wir sie vernommen haben, weil er dachte, sie würde letzten Endes nur dazu beitragen, Exleys Ermittlungen hinauszuzögern.«

»Lynn Bracken.«

Ed zuckte zusammen, ging in Richtung Tür. »Und wir wissen immer noch nicht, wer die Pornos produziert und Hudgens getötet hat. Oder auch die Brüder Englekling – das sah ganz und gar nicht nach Profis aus. White, Sie sind doch mit Dudley nach Gaitsville gefahren, und er hat einen reichlich gedämpften Bericht über –«

»Das war ein weiterer Psycho-Mord. In der Wohnung lag Heroin rum, das der Killer überhaupt nicht angerührt hat. Er hat die Brüder mit Chemikalien gefoltert und einen Haufen Porno-Negative mit Säure zerstört. Der Techniker vom Labor meinte, der Killer hätte wahrscheinlich versucht, die Personen auf den Bildern zu identifizieren. Bei den Chemikalien mußte ich an Patchett denken, aber dann fiel mir ein, daß der ja längst gewußt haben muß, wer die Leute auf den Bildern waren. Ich glaube nicht, daß das Heroin, das dort gefunden wurde, mit unserem zusammenhängt – die beiden Brüder haben schon seit Jahren immer wieder mit Stoff gehandelt. Chemiker und Drogenhändler. Wenn Patchett auf ihren Stoff scharf gewesen wäre, hätte er ihn auch mitgehen lassen. Ich glaub' eher, die Brüder wurden von jemand umgebracht, der außerhalb der ganzen Sache steht. Ich weiß nicht so recht.«

Trash seufzte. »*Wir haben keine Beweise.* Patchett und die gesamte Familie Englekling sind tot, und Dud hat wahrscheinlich auch Lamar Hinton getötet. Sie haben im Lager von Fleurs-de-Lis nichts gefunden, und Whites kleiner Auftritt mit Stompanato und

Teitlebaum hat dafür gesorgt, daß Dudley gewarnt ist und nun seinerseits klar Schiff macht. Ich glaube nicht, daß wir irgendwas in der Hand haben, um einen richtigen Fall draus zu machen.«

Ed dachte die Situation noch einmal durch. »Chester Yorkin sagte mir, Patchett hätte irgendwo bei seinem Haus einen mit einer Sprengfalle gesicherten Safe versteckt. Das Haus wird jetzt bewacht, die Jungs von West L.A. haben ein Team darauf angesetzt. In einem oder zwei Tagen werden die Posten wahscheinlich abgezogen. Vielleicht finden wir in dem Safe etwas, was Dudley überführt.«

White sagte: »Aber was jetzt? Wir haben keine Beweise, und Stompanato fährt heute abend mit Lana Turner nach Acapulco. Was sollen wir machen?«

Ed öffnete die Tür – Fisk stand draußen und trank Kaffee. »Duane, Sie setzen sich noch einmal mit Valburn, Stanton, Billy Dieterling und Peltz in Verbindung. Verlegen Sie unsere Verabredung auf acht Uhr im Statler. Rufen Sie das Hotel an und lassen Sie uns drei Suiten reservieren. Dann rufen Sie Bob Gallaudet an und sagen ihm, er soll mich hier anrufen – sagen Sie ihm, es sei dringend.«

Fisk ging los, um einTelefon zu suchen. Vincennes sagte: »Sie wollen bei Hudgens weitermachen.«

Ed wandte sich von White ab. »Denken Sie mal nach. Dudley ist Polizist. Wir brauchen Beweise, und vielleicht kriegen wir die heute abend.«

»Ich übernehme Stanton. Wir waren früher mal befreundet.«

Eine Verbindunglinie – ein Kinderstar von Dieterling, Preston Exley. »Nein ... ich meine, fühlen Sie sich denn dazu in der Lage?«

»Das ist auch mein Fall, Captain. Ich bin jetzt so lange dabei, und ich hab' mich für Sie mit Patchett angelegt und dabei fast ins Gras gebissen.«

Er mußte die Risiken abwägen. »Also gut, Sie übernehmen Stanton.«

Trash rieb sich das Gesicht – bleich, stoppelig. »Habe ich ... ich meine, als Karen hier war und ich bewußtlos war ... Hab' ich da ...«

»Sie weiß nichts, was Sie ihr nicht selbst sagen wollten. Und jetzt machen Sie, daß Sie nach Hause kommen. Ich möchte mich noch mit White unterhalten.«

Vincennes verließ das Zimmer – er war an einem Tag um zehn

Jahre gealtert. White sagte: »Bei Hudgens weiterzumachen ist reiner Blödsinn. Hier dreht sich alles um Dudley.«

»Nein. Es geht darum, Zeit zu gewinnen.«

»Wollen Sie Ihren Daddy schützen? Himmel, und ich dachte, ich wäre dumm, was Frauen angeht.«

»Denken Sie doch mal nach. Überlegen Sie mal, was Dudley ist und was es bedeutet, wenn wir uns mit ihm anlegen. Denken Sie nach, und dann schlage ich Ihnen einen Deal vor.«

»Ich hab' Ihnen doch gesagt, das kommt nicht in Frage. *Niemals.*«

»Aber mein Vorschlag wird Ihnen gefallen. Sie erwähnen nichts von meinem Vater und vom Fall Atherton, und ich gebe Ihnen dafür Dudley und Perkins.«

White lachte. »Sie meinen, ich darf sie verhaften? Das steht mir sowieso zu.«

»Nein, Sie können sie töten.«

70

Exleys Anordnung wurmte ihn: keine Gewalt, denn Billy und Timmy hatten zu gute Verbindungen, als daß man sie hart anfassen durfte. Auch die Guter/Böser-Nummer im Hotel wurmte ihn – sie sollten sich lieber Dudley im Victory vorknöpfen. Bob Gallaudet übernahm Max Peltz; Trashcan drehte Miller Stanton durch die Mangel. Gallaudet wurde von Exley kurz über den Stand der Dinge informiert – alles, bis auf den Fall Atherton. Er dachte, er könnte Dudley Smith vor Gericht bringen; Exley sagte ihm nicht, daß Dud und Deuce Perkins schon abgehakt waren. Der verfluchte Exley ließ ihn nicht aus den Augen – er informierte ihn über jeden einzelnen Schritt und jedes einzelne Detail des Falles, als wären sie Partner, die einander trauen könnten. Der Fall war alles in allem mehr als erstaunlich – Exley hatte einen verdammt schlauen Kopf. Aber er war dumm, wenn er sich über eines nicht im klaren war: Nach Dudley und Deuce war Preston E. an der Reihe. Das war leicht: Dick Stens kam nicht anders zu seinem Recht.

Bud beobachtete – die Tür zum Bad stand einen Spaltbreit offen. Die Schwuchteln saßen nebeneinander. Mr. Gut spielte gerade auf die weiche Tour. Ja, sie hatten bei Fleurs-de-Lis gekauft, ja, sie kannten Pierce Patchett »vom Sehen«. Ja, Pierce schnupfte Heroin – wir haben Gerüchte gehört, daß er Pornomagazine verkauft haben soll, aber *wir* haben uns mit so was nie abgegeben. Glacehandschuhe – die beiden Früchtchen dachten, der Grund für ihre Luxusbehandlung hier im Hotel sei der Mord an Patchett. Captain Exley würde keine Schwierigkeiten machen – Preston Exley kandidierte für das Amt des Gouverneurs. Ray Dieterling lieferte ihm das nötige Kleingeld.

Exley wurde laut. »Meine Herren, wir haben da noch einen alten Mordfall, der vielleicht mit dem Mord an Patchett in Zusammenhang steht.«

Bud ging hinein. Exley sagte: »Das ist Sergeant White. Er hat noch ein paar Fragen an Sie, und dann können wir, glaube ich, Schluß machen.«

Timmy Valburn seufzte. »Na, das überrascht mich nicht. Miller Stanton und Max Peltz sind auch hier, und das letzte Mal, als Sie uns alle sprechen wollten, wurde dieser schreckliche Sid Hudgens umgebracht. Also, *ich* bin nicht überrascht.«

Bud zog sich einen Stuhl heran. »Warum bezeichnen Sie ihn als schrecklich? Haben Sie ihn getötet?«

»Also *wirklich*, Sergeant. Finden Sie, daß ich wie ein Mörder aussehe?«

»Yeah, allerdings. Ein Typ, der sich seinen Lebensunterhalt als Maus verdient, ist zu allem fähig.«

»Wirklich, Sergeant.«

»Abgesehen davon, haben wir *Sie* doch damals bei der Hudgens-Sache gar nicht vorgeladen. Hat Billy Ihnen davon erzählt? Bettgeflüster vielleicht?«

Billy Dieterling wandte sich an Exley. »Captain, der Ton dieses Mannes gefällt mir nicht.«

Exley sagte: »Sergeant, halten Sie sich zurück.«

Bud lachte. »Das ist so, als würde ein Esel den andern Langohr schimpfen, aber vergessen wir's. Sie beide haben sich gegenseitig ein Alibi gegeben, als es um Hudgens ging, und jetzt, fünf Jahre später, machen Sie das gleiche im Fall Patchett. Das finde ich höchst seltsam. So wie ich Schwule kenne, sind die nicht imstande, auch nur fünf Minuten im gleichen Bett zu bleiben, geschweige denn fünf Jahre.«

Valburn: »Sie sind ein Tier.«

Bud zog eine Karteikarte aus der Tasche. »Alibis im Fall Hudgens. Sie und Billy waren miteinander im Bett. Max Peltz war damit beschäftigt, einen Backfisch zu bumsen. Miller Stanton war auf 'ner Party, auf der zufällig auch ihr schwuler Freund Brett Chase war. Bis jetzt haben wir es mit 'nem richtigen All-American-Team bei *Badge of Honor* zu tun. David Mertens ist der Set-Designer; der war zu Hause mit seinem Krankenpfleger, also ist er vielleicht auch schwul. Was ich –«

Exleys Stichwort: »Sergeant, halten Sie ihre Zunge im Zaum und kommen Sie endlich zur Sache.«

Valburn schäumte. Billy D. tat gelangweilt. Aber irgend etwas bei dieser letzten Tirade hatte ihn getroffen. Sein Blick wanderte von Mr. Gut zu Mr. Böse »Dic Sache ist die, daß Sid Hudgens zu der Zeit, als er umgebracht wurde, ein waches Auge auf *Badge of Honor* hatte. Fünf Jahre später wird Patchett getötet, und er und Hudgens waren Partner. Diese Homos hier haben beide mit *Badge of Honor* zu tun und haben uns eine Reihe intimer Details über Patchetts dunkle Machenschaften erzählt. Captain, wenn's wie 'ne Ente läuft, redet und quakt, dann ist's 'ne Ente – und keine Maus.«

Valburn sagte: »Quak, quak – Sie sind ein Idiot. Captain, wollen Sie diesem Herrn nicht mal erklären, mit wem er es zu tun hat?«

Exley, streng: »Sergeant, diese Herren sind keine Tatverdächtigen. Sie sind freiwillig hier, um mit uns zu sprechen.«

»Scheiße, Sir, tut mir leid, aber ich seh' da keinen Unterschied.«

Exley, außer sich: »Meine Herren, um die Sache ein für allemal zu beenden, sagen Sie dem Sergeant bitte: Hat einer von Ihnen Sid Hudgens persönlich gekannt?«

Beide schüttelten den Kopf. Bud legte los – Exleys Poesie. »Wenn's piepst wie 'ne Maus und sich ziert, dann ist's 'ne schwule Maus. Captain, überlegen Sie doch mal: Die Typen haben von Fleurs-de-Lis Zeug gekauft und zugegeben, daß Patchett ihres Wissens Heroin geschnupft und Pornohefte vertrieben hat. Sie wissen alles über Patchetts dunkle Geschäfte, aber sie wollen nicht gewußt haben, daß Patchett und Hudgens Partner waren. Ich sage, wir sollten mit ihnen Patchetts kleine Geschäfte einzeln durchgehen und sehen, was die beiden wirklich wissen.«

Exley hob die Hände, tat so, als könne er nichts machen. »Also gut, noch ein paar Fragen zu den Details, meine Herren. Ich wiederhole noch einmal: Wir werden alles übersehen, was Sie eventuell belasten könnte – kein Wort davon wird über die Schwelle dieses Raums nach draußen dringen. Haben Sie verstanden, Sergeant?«

Verdammt genial: Alles darauf abgestellt, sie auf das Thema zu bringen, wer die Blut-Pornos gemacht hatte. Trash hatte gemeint, Timmy sei ziemlich verschreckt gewesen, als er ihm das Material damals, im Jahre '53, gezeigt hatte. Eins mußte man Exley lassen: Mut hatte er – je näher sie den Pornos kamen, desto näher kamen sie auch seinem alten Herrn und Atherton. »Okay, Sir.«

Timmy und Billy warfen sich einen Blick zu – anständige Leute, die sich mit solchen Primitivlingen abgeben mußten. Exley nahm ihnen den Wind aus den Segeln. »Und, Sergeant – ich werde die Fragen stellen.«

»Jawohl, Sir. Ihr zwei sagt besser die Wahrheit. Ich merk's sofort, wenn ihr lügt.«

Exley seufzte. »Nur ein paar Fragen. Erstens: Wußten Sie, daß Patchett seine Geschäftsfreunde regelmäßig mit Callgirls versorgte?«

Zweimal zustimmendes Nicken. Bud sagte: »Auch mit Knaben. Habt ihr euch gelegentlich auch bei ihm bedient?«

Exley: »Kein Wort mehr, Sergeant.«

Timmy rutschte näher zu Billy. »Diese Frage ist unter meiner Würde.«

Bud blinzelte ihn an: »Du bist 'n ganz Süßer. Wenn ich je im Knast lande, komm' ich hoffentlich mit dir in eine Zelle.«

Billy tat so, als spucke er auf den Boden. Exley rollte mit den Augen – Gott beschütze uns vor diesem Heiden.« Weiter. Haben Sie je Kenntnis davon erhalten, daß Patchett einen Schönheitschirurgen damit beauftragte, seine Prostituierten zu operieren, damit sie wie gewisse Filmstars aussahen?«

Timmy sagte: »Ja.« Billy sagte: »Ja.« Exley lächelte, als sei das vollkommen normal und alltäglich. »Wußten Sie auch, daß diese Prostituierten, männliche und weibliche, auf Patchetts Anordnung hin noch andere kriminelle Aktivitäten verfolgten?«

Er führte sie langsam zum Thema »Erpressung« – die Partnerschaft zwischen Patchett und Hudgens. Exley hatte ihm die Geschichte erzählt: Lorraine/Rita hatte ausgesagt, »dieser Mann« habe Patchett gezwungen, seine »Klienten« unter Druck zu setzen, gerade als Pierce sich mit Hudgens zusammentun wollte – *kurz nach den Morden im Nite Owl.* Ein Geistesblitz – vielleicht eine neue Verbindung zu Dudley. »Antwortet dem Captain, ihr Scheißer.«

Billy sagte: »Ed, bringen Sie ihn endlich zur Ruhe. Ich finde, er ist jetzt weit genug gegangen.«

Bud lachte. *»Ed?* Je, das hab' ich ganz vergessen, Boss. Ihr Daddy ist ja mit seinem befreundet.«

Exley reagierte wütend – echt: Er lief rot an und zitterte. »White, halten Sie den Mund.«

Die beiden Früchtchen waren begeistert – sie lächelten und stießen sich an. Exley sagte: »Meine Herren, bitte beantworten Sie meine Frage.«

Timmy zuckte die Achseln. »Sie müssen schon deutlicher werden. Was meinen Sie mit anderen kriminellen Aktivitäten'?«

»Ich meine Erpressung.«

Zwei Beine, die sich eben noch berührt hatten, fuhren auseinander – Bud sah es ganz deutlich. Exley berührte seine Krawatte – VOLLE KRAFT VORAUS.

Ein Geistesblitz: Johnny Stomp mußte »dieser Mann« sein. Johnny Stomp war bekannt als Erpresser und verfügte über kein geregeltes Einkommen. Grundkurs Kriminologie – Lorraine Malvasi hatte gesagt, die Erpressungen seien im Mai '53 gelaufen – Dudleys Bande hatte sich bereits mit Patchett zusammengetan. »Ganz recht, *Erpressung*. Verheiratete Freier und Perversos und Schwule geben gute Opfer ab. Das ist fast so was wie Berufsrisiko. Seid ihr nicht auch schon mal von 'nem Spielkameraden unter Druck gesetzt worden?«

Jetzt war es Billy, der mit den Augen rollte. »Wir geben uns nicht mit Prostituierten ab – männlichen oder weiblichen.«

Bud zog seinen Stuhl näher. »Tja, wir wissen, daß dein kleiner Liebling hier mit 'nem bekannten Stricher namens Bobby Inge Kontakt hatte. Wenn's quakt wie 'ne Ente, dann ist's auch 'ne Ente. Also, quak, quak – und raus mit der Sprache: Wer hat dich zu erpressen versucht?«

Exley, in strengem Ton: »Meine Herren, kennen Sie eine oder einen der Prostituierten von Patchett namentlich?«

Billy machte auf selbstsicher. »Der Kerl ist ja ein richtiger SA-Mann – wir brauchen auf seine Fragen nicht zu antworten.«

»Scheiß drauf. Und ob! Wer in der Gosse rumkriecht, der begegnet auch Ratten. Hast du schon mal von 'ner süßen kleinen Schnalle namens Daryl Bergeron gehört? Schon mal Lust auf 'ne Frau gekriegt und dich an seine Mutter rangemacht? So wie Daryl? Trashcan Jack Vincennes hat 'n Pornomagazin mit Bildern, auf denen die beiden mit Rollschuhen rummachen. Ihr treibt auf einem Streichholz in der Gosse, ihr verdammten schwulen Scheißer, also –«

Valburn: »Ed, sagen Sie ihm endlich, er soll aufhören!«

Exley: »Genug, Sergeant!«

Bud schwindelte, ihm war zumute, als sitze jemand in seinem Kopf und flüstere ihm ein, was er sagen sollte. »Ach, zum Teufel noch mal. Die Jungs sind bis über die Ohren in Patchetts Machenschaften verstrickt. Der eine ist Fernsehstar, der andere hat 'n berühmten Daddy. Zwei Schwuchteln mit 'nem Haufen Geld bieten sich doch für Erpressung geradezu an. Klingt das nicht eindeutig genug?«

Exley – ZURÜCKHALTEN – legte einen Finger an den Kragen. »Sergeant White hat nicht ganz unrecht, auch wenn ich mich für seine Ausdrucksweise entschuldigen muß. Meine Herren, nur fürs Protokoll. Hat einer von Ihnen Kenntnis von irgendwelchen Erpressungsversuchen von seiten Pierce Patchetts oder seiner Prostitutierten?«

Timmy Valburn sagte: »Nein.«

Billy Dieterling sagte: »Nein.«

Bud machte sich bereit für seinen Einsatz.

Exley beugte sich vor. »Wurde einer von Ihnen je mit Erpressung bedroht?«

Zwei weitere Neins – die beiden Schwulen machten den schönen kühlen Raum zu einer Schwitzbude. Bud flüsterte: »Johnny Stompanato.«

Die Schwuchteln erstarrten. Bud sagte: »Informationen über *Badge of Honor.* Das wollte er doch?«

Valburn wollte etwas sagen – Billy winkte ihm, ruhig zu bleiben. Exley: LANGSAM.

Der Mann in seinem Kopf sagte: NEIN. »Hatte er vielleicht Informationen über deinen Vater? Den großen, scheiß-berühmten Raymond Dieterling?«

Exley winkte ihm aufzuhören. Der Mann in seinem Kopf zeigte endlich sein Gesicht: Dick Stens auf dem Stuhl in der Gaskammer. »*Belastende* Informationen. Wee Willie Wennerholm, Loren Atherton und die Kindermorde. *Dein Vater.*«

Billy zitterte, deutete auf Exley. »*Sein* Vater!«

Alle starrten einander an. Valburn begann zu schluchzen. Billy half ihm auf, legte den Arm um ihn.

Exley sagte: »Verschwindet. Raus mit euch. Ihr könnt gehen.«

Er wirkte eher traurig denn wütend oder ängstlich.

Billy führte Timmy aus dem Zimmer. Bud ging zum Fenster. Exley stellte sich ebenfalls ans Fenster, sprach in ein Handmikrofon. »Duane, Valburn und Dieterling sind auf dem Weg. Sie und Don bleiben ihnen auf den Fersen.«

Bud sah ihn prüfend an – ein bißchen größer, nur halb so massig wie er. Irgend etwas ließ ihn sagen: »Ich hätte das nicht tun sollen.«

Exley sah aus dem Fenster. »Bald wird alles vorbei sein. Alles.«

Bud sah nach unten auf die Straße. Fisk und Kleckner standen am Eingang, die beiden Schwulen rannten aus dem Haus auf die Straße und davon. Die beiden Polizisten hinter ihnen her – ein Bus hielt sie auf. Als der Bus vorbei war, waren Billy und Timmy verschwunden. Fisk und Kleckner standen auf der Straße und machten ein dummes Gesicht.

Exley fing an zu lachen.

Irgend etwas ließ Bud ebenfalls lachen.

71

Sie wärmten die alten Zeiten wieder auf. Stanton hatte sich vom Zimmerkellner Schampus kommen lassen. Jack spulte seine Nummer ab: Patchett/Hudgens, Pornos, Heroin, Nite Owl. Offensichtlich wußte Miller etwas, das er ihm erzählen wollte.

Anspielungen auf früher: Als er Miller beigebracht hatte, wie man einen Cop spielte; wie er Miller zur Central Avenue mitgenommen hatte, um ihm ein Mädchen zu besorgen, und dabei Art Pepper hochgenommen hatte. Gallaudet steckte den Kopf herein und sagte, Max Peltz sei sauber – Geschichten über Max nahmen eine weitere Stunde in Anspruch. Miller wurde langsam sentimental – '58 sollte die Show auslaufen. Es sei schade, daß sie den Kontakt verloren hätten, aber Big V sei einfach zu wild und verrückt gewesen, ein Paria für die Filmindustrie. Im Zimmer nebenan hörte man White und Exley streiten – Jack kam zur Sache.

»Miller, gibt's irgendwas, was du mir erzählen willst?«

»Ich weiß nicht, Jack, es sind nur so alte Geschichten.«

»Die Sache geht weit zurück. Du kennst doch Patchett, nicht?«

»Woher weißt du das?«

»Ich hab' nur geraten. Und in den Unterlagen vom Captain steht was davon, daß Patchett ein paar frühe Filme von Dieterling finanziert hat.«

Stanton sah auf sein Glas – leer. »Okay, ich kenne Patchett von früher. Das ist 'ne ziemlich lange Geschichte, aber ich verstehe nicht, was das mit den Sachen zu tun haben soll, für die du dich interessierst.«

Jack hörte, wie die Seitentür leise geöffnet wurde und mit der Unterkante über den Teppich schleifte. »Ich weiß nur, daß du ganz wild drauf warst, mir was zu erzählen, seit ich das erstemal das Wort ›Patchett‹ erwähnte.«

»Verdammt, bei dir fühl' ich mich nicht mehr wie 'n Cop, sondern wie ein fetter Schauspieler, der gerade seine Stammrolle verliert.«

Jack wandte sich ab, um ihm nicht unnötig Druck zu machen. Stanton sagte: »Du weißt doch, daß ich damals in Dieterlings ersten Serials den dicken kleinen Jungen gespielt habe. Willie Wennerholm, Wee Willie, der war der große Star. Ich habe Patchett immer in der Schule des Studios gesehen, und ich wußte, daß er geschäftlich mit Dieterling liiert war, weil unser Tutor in ihn verknallt war und allen Kids sofort erzählte, wer er war.«

»Und?«

»Und dann wurde Wee Willie aus der Schule gekidnappt und von Dr. Frankenstein zerstückelt. Du kennst den Fall sicher, alle haben drüber gesprochen. Die Polizei verhaftete diesen Loren Atherton. Es hieß, er hätte Willie und die anderen Kinder getötet. Jack, es fällt mir schwer, davon zu sprechen.«

»Dann sprich einfach schneller.«

Sehr schnell. »Mr. Dieterling und Patchett kamen zu mir. Sie gaben mir Beruhigungsmittel und sagten mir, ich müßte mit diesem älteren Jungen zur Polizei gehen. Ich war damals vierzehn, der ältere Junge etwa siebzehn. Patchett und Dieterling bereiten mich vor und sagen mir, wie ich mich verhalten soll. Wir sprechen mit Preston Exley, der war damals noch Detective. Wir sagen ihm nur das, was Patchett und Mr. Dieterling uns aufgetragen haben – daß wir Atherton gesehen haben, wie er um die Studio-Schule herumgeschlichen ist. Wir haben Atherton identifiziert, und Exley hat uns alles geglaubt.«

Kunstpause. Jack wurde ungeduldig: »Verdammt noch mal, weiter?«

Langsamer. »Ich habe den älteren Jungen nie wiedergesehen, ich kann mich nicht mal mehr an seinen Namen erinnern. Atherton wurde schuldig gesprochen und hingerichtet, und ich brauchte bei dem Prozeß nicht auszusagen. Dann kam das Jahr '39. Ich war immer noch in Dieterlings Stall, immer noch 'ne Art Kinderstar. Mr. Dieterling schickte eine Gruppe von Leuten aus dem Studio zur Eröffnung des Arroyo Seco Freeways, als Publicity, nichts weiter. Preston Exley war inzwischen ein ziemlich großer Bauunternehmer, und er war es auch, der bei der Zeremonie das Band durchschnitt. Ich hörte, wie Mr. Dieterling, Patchett und Terry Lux, den du auch kennst, sich unterhielten.«

In seinen Fingern prickelte es wie Nadelstiche. »Los, Miller, mach schon.«

»Ich werde nie vergessen, was sie sagten, Jack. Patchett meinte zu Lux: ›Ich habe die nötigen Medikamente, um ihn ruhigzustellen und zu verhindern, daß er gemeingefährlich wird, und Sie haben ihn operiert.‹ Lux sagte: ›Und ich werde ihm einen Aufpasser besorgen.‹ Mr. Dieterling – nie werde ich den Klang seiner Stimme vergessen – sagte: ›Und ich habe Preston Exley einen Sündenbock gegeben, den er uns abkauft, zusätzlich zu Loren Atherton. Und ich bin sicher, er verdankt mir zuviel, als daß er was gegen mich unternimmt.‹«

Jack faßte sich an die Brust – er hatte das Gefühl, nicht mehr zu atmen. Hinter sich hörte er jemanden schwer schnaufen. Sein Blick fiel auf Exley und White, die in der Tür standen – dicht nebeneinander, wie erstarrt.

72

Jetzt kreuzten sich alle Verbindungslinien in roter Tinte.

Verstümmelungen in roter Tinte. Ein Tintenfaß voller Blut. Zeichentrickfiguren auf einer Ankündigungstafel mit Raymond Dieterling, Preston Exley, eine absolute Starbesetzung von Kriminellen. Farbige Tinte: rot, grün für Bestechungsgelder. Schwarz für Trauer – die toten Komparsen. White und Vincennes wußten Bescheid, sie würden auch Gallaudet informieren – er wußte es, als er sie aus dem Hotel jagte. Er konnte seinen Vater warnen oder es bleiben lassen – letzten Endes lief es auf das gleiche hinaus. Er konnte weitermachen oder einfach in diesem Zimmer bleiben und im Fernsehen verfolgen, wie sein Leben zerplatzte.

Endlose Stunden später – er brachte es nicht fertig, nach dem Telefon zu greifen. Er schaltete den Fernseher ein, sah seinen Vater bei einer Eröffnungsfeier für den neuen Freeway, steckte sich den Lauf des Revolvers in den Mund, während er den Platitüden des Mannes zuhörte. Den Abzug halb durchgedrückt – Unterbrechung für einen Werbespot. Er nahm vier Patronen aus dem Magazin, ließ die Trommel rotieren, hielt sich den Lauf an die Schläfe. Zweimal drückte er den Abzug – leere Kammern. Er konnte nicht fassen, was er getan hatte. Er warf die Waffe aus dem Fenster – ein Penner hob sie auf, feuerte in den Himmel. Er lachte, schluchzte, tobte sich an den Möbeln aus.

Wieder lange Stunden voller Nichtstun.

Dann klingelte das Telefon – Ed stürzte sich wie blind auf den Apparat. »Eh … ja?«

»Captain, sind Sie das? Hier ist Vincennes.«

»Ja, ich bin's. Was gibt's?«

»Ich bin mit White hier im Bureau. Wir haben grade einen Notruf erhalten. 2206 North New Hampshire. Billy Dieterlings Haus. Billy und ein weiterer, unbekannter Mann sind tot. Fisk ist schon unterwegs. Captain, *sind Sie noch da?«*

Nein, nein, nein – Ja. »Ich komme schon ... bin gleich da.«

»In Ordnung. Ach, und noch was, Captain. White und ich haben Gallaudet nichts davon erzählt, was Stanton ausgesagt hat. Ich wollte es Ihnen nur sagen.«

»Ich danke Ihnen, Sergeant.«

»Danken Sie White. Er ist derjenige, der Ihnen Ärger machen wollte.«

* * *

Fisk erwartete ihn schon – eine Villa in getürktem Tudorstil im Licht der Autoscheinwerfer; auf dem Rasen vor dem Haus schwarzweiße Streifenwagen, die Kombis der Labormannschaft.

Ed lief auf das Haus zu. Fisk informierte ihn im Telegrammstil. »Nachbarsfrau hört Schreie, wartet eine halbe Stunde, ruft dann an. Sieht einen Mann aus dem Haus laufen, in Billy Dieterlings Wagen steigen und wegfahren. Einen Block weiter landet er an einem Baum, steigt aus und rennt weg. Ich habe die Aussage aufgenommen. Weiße Person, männlich, Anfang Vierzig, normale Statur. Halten Sie sich fest, Sir.«

Im Haus flammten Blitzlichter auf. Ed sagte: *»Alles versiegeln.* Keine Leute von der Mordkommission, keine Cops von der Wache. Keine Presse, und ich will nicht, daß Dieterlings Vater etwas erfährt. Sagen Sie Kleckner, er soll den Wagen versiegeln, und dann holen Sie mir Timmy Valburn. *Suchen Sie ihn. Sofort.«*

»Sir, die beiden sind uns entwischt. Ich hab' ein schlechtes Gewissen deswegen, als ob es unsere Schuld wäre.«

»Das spielt keine Rolle mehr. Tun Sie einfach, was ich Ihnen sagte.«

Fisk rannte zu seinem Wagen. Ed betrat das Haus und sah sich um.

Billy Dieterling auf einer rotgetränkten weißen Couch. Ein Messer im Hals, zwei Messer im Bauch. Sein Skalp lag auf dem Fußboden, mit einem Eispfriem an den Teppich geheftet. Ein paar Schritte daneben ein zweiter Mann, weiß, Mitte Vierzig – aufgeschlitzt, ausgeweidet, Messer in den Wangen, zwei Küchengabeln in den Augen. Auf dem Boden blutgetränkte Drogenkapseln.

Kein kunstvolles Arrangement – darüber war der Täter längst hinaus.

Ed ging in die Küche. Wie hatte Patchett '39 zu Lux gesagt? »Ich habe die nötigen Medikamente, um ihn ruhigzustellen und zu verhindern, daß er gemeingefährlich wird, und Sie haben ihn operiert.« Die Schränke ausgeleert, Gabeln und Löffel auf dem Boden. Ray Dieterling '39: »Ein Sündenbock, an den er glaubt.« Blutige Fußspuren, die hinein und wieder hinaus führten – der Täter war mehrmals gegangen, um ein schönes Muster zu hinterlassen. Lux: »Ich werde ihm einen Aufpasser besorgen.« Ein Stück Kopfhaut im Spülbecken. »Preston Exley war inzwischen ein ziemlich großer Bauunternehmer geworden.« Ein blutiger Handabdruck an der Wand, ein Psycho-Mord für die Bestenliste im Grundkurs Kriminologie.

Ed studierte den Handabdruck aus der Nähe – Linien und Wirbel deutlich zu sehen. Gedankenlosigkeit eines Psychotikers: Der Täter hatte mit der Hand sein Markenzeichen hinterlassen.

Er ging zurück ins Wohnzimmer. Trashcan Jack stand in einer Gruppe von sechs Laborleuten. Blendender Lichtschein der Blitzlichter, kein Bud White.

Trash sagte: »Der andere Mann ist Jerry Marsalas. Er ist ein Krankenpfleger und war offensichtlich der Aufpasser von dem Typen aus dem Team von *Badge of Honor.* David Mertens, der Ausstatter. Ruhiger Typ, leidet an Epilepsie oder so was.«

»Narben von Schönheitsoperationen?«

»Verpflanzte Hautstellen überall auf dem Rücken und am Hals. Ich hab' ihn mal ohne Hemd gesehen.«

Die Techniker schwärmten aus – Ed führte Vincennes auf die Veranda. Kühle Luft, gleißend helle Scheinwerfer. Trash sagte: »Mertens hat genau das richtige Alter, um der ältere Junge zu sein, von dem Stanton gesprochen hat. Lux hat ihn operiert, damit Miller ihn bei den Filmarbeiten nicht erkennt. Er hat so viele Transplantationsstellen auf dem Rücken, daß er wahrscheinlich ziemlich oft operiert wurde. Guter Gott, Sie sehen ja schrecklich aus. Wollen Sie die Sache wirklich bis zum Ende durchstehen?«

»Weiß ich noch nicht. Ich brauche noch einen Tag, dann weiß ich, was wir Dudley vielleicht anhängen können.«

»Dann wissen Sie auch, ob White Ihnen ein Bein stellen will. Er hätte Gallaudet die ganze Sache erzählen können, hat aber nichts gesagt.«

»White ist mindestens so verrückt wie alle anderen in dieser Sache.«

Trash lachte. »Yeah, wie Sie selber. Boss, wenn Sie und Gallaudet Wert auf eine ordentliche und faire Gerichtsverhandlung legen, sollten Sie den Kerl lieber hinter Gitter bringen. Er ist drauf aus, Dudley und Deuce umzubringen, und Sie können mir glauben, das macht der auch.«

Ed lachte. »Ich habe ihm freie Hand gegeben.«

»Sie haben *was?*«

Er schnitt ihm das Wort ab. »Jack, ich habe einen Auftrag für Sie. Beobachten Sie Mertens Wohnung und versuchen Sie, White zu finden, und dann –«

»Er ist hinter Perkins her, wie soll ich –«

»Versuchen Sie einfach, ihn zu finden. Auf jeden Fall treffen wir uns morgen um neun bei Mickey Cohens Haus, ob Sie ihn gefunden haben oder nicht. Wir werden ihn wegen Dudley in die Mangel nehmen.«

Vincennes schaute sich um. »Ich hab' noch niemand von der Mordkommission gesehen.«

»Sie und Fisk haben den Anruf entgegengenommen, deshalb wissen die noch gar nicht Bescheid. Ich kann den Fall von Internal Affairs aus rund vierundzwanzig Stunden geheimhalten. Wir haben freie Hand, bis die Presse Wind davon bekommt.«

»Keine Fahndung nach Mertens?«

»Ich werde die halbe Mannschaft von Internal Affairs darauf ansetzen. Der Bursche ist ein außer Rand und Band geratener Psychotiker. Wir werden ihn kriegen.«

»Nehmen wir mal an, ich finde ihn. Sie wollen doch sicher nicht, daß er auspackt und von den alten Zeiten erzählt – schließlich hängt Ihr Vater da mit drin.«

»Ich will, daß Sie ihn lebend kriegen. Ich will mit ihm reden.«

Vincennes sagte: »Sie sind ja mindestens so verrückt wie White.«

* * *

Ed hielt alles wasserdicht.

Er rief Chief Parker an, teilte ihm mit, daß er bei Internal Affairs einen doppelten Mordfall habe und die Identität der Opfer geheimhalten wolle. Dann weckte er fünf Männer seiner Abteilung, gab ihnen alle nötigen Informationen über David Mertens und schickte sie aus, ihn zu suchen. Er sorgte dafür, daß die Nachbarsfrau, die die Polizei informiert hatte, ein Beruhigungsmittel nahm und zu Bett ging, nachdem sie ihm versprochen hatte, den Namen Billy Dieterling nicht an die Presse weiterzugeben. Als die Reporter kamen, fütterte er sie mit fiktiven Allerweltsnamen bezüglich der Opfer und schickte sie wieder weg. Dann ging er den Block hinunter, um sich den Wagen anzusehen. Kleckner bewachte das Fahrzeug – ein Packard Caribbean, die Vorderräder auf dem Bordstein, ein Kotflügel um den Baum gewickelt. Fahrersitz, Armaturenbrett und Schalthebel voller Blut. Perfekte blutige Handabdrücke auf der Windschutzscheibe. Kleckner montierte die Nummernschilder ab: Ed beauftragte ihn, den Wagen nach Hause zu fahren, ihn zu verstecken und sich dann der Suchmannschaft anzuschließen. Dann ein paar Routineanrufe von einem öffentlichen Apparat aus: der Wachhabende im Rampart-Revier, der diensthabende Gerichtsmediziner in der städtischen Leichenhalle. Eine Lüge: Parker wollte die Morde vierundzwanzig Stunden lang nicht publik gemacht haben – keine Informationen an die Presse, keine Autopsieberichte veröffentlicht. Um drei Uhr vierzig war immer noch niemand von der Mordkommission am Tatort aufgetaucht – Parker hatte ihm offenbar Carte blanche gegeben.

Wasserdicht.

Ed ging zurück zum Haus. Wieder Ruhe – keine Reporter, keine Schaulustigen. Nur noch mit Klebeband markierte Umrisse zu sehen, die Leichen abtransportiert. Die Techniker suchten noch nach Fingerabdrücken, tüteten Beweismittel ein. Fisk stand in der Tür zur Küche – er sah nervös aus. »Sir, ich habe Valburn. Inez Soto ist bei ihm. Ich hatte so 'ne Ahnung und bin nach Laguna runter. Sie sagten doch, Miss Soto wäre mit ihm bekannt.«

»Was hat Valburn gesagt?«

»Nichts. Er sagt, er redet nur mit Ihnen. Ich habe ihm die Neuigkeit mitgeteilt, und er hat sich auf der Fahrt hierher tüchtig ausgeheult. Er sagt, er ist jetzt bereit, eine Aussage zu machen.«

Inez kam heraus. Sie war von Kummer gezeichnet, die Fingernägel blutig gekaut. »Du bist schuld, daß das passiert ist. Du hast Billy dazu gebracht.«

»Ich habe zwar keine Ahnung, was du meinst, aber es tut mir leid.«

»Erst hast du mich dazu verleitet, Raymond nachzuspionieren, und nun das.«

Ed ging auf sie zu. Sie schlug ihm ins Gesicht. Sanft – zarte Hände, leise Stimme. Ed ging den Flur entlang, schaute in die einzelnen Räume.

Valburn war im Wohnzimmer und nahm die Bilder von der Wand. Leicht feuchte, glänzende Augen, eine gezwungen entspannte Stimme. »Wenn ich mich mit irgendwas beschäftige, schaff' ich's schon.«

Ein Gruppenbild wurde abgenommen. »Ich brauche eine umfassende Aussage von Ihnen.«

»Oh, die kriegen Sie.«

»Mertens hat Hudgens, Billy und Marsalas getötet, abgesehen von Wee Willie und den anderen Kindern. Ich muß den Grund wissen. Timmy, sehen Sie mich an.«

Timmy griff nach einem gerahmten Photo. »Wir waren seit 1949 zusammen. Wir hatten unsere kleinen Geheimnisse, aber wir blieben immer zusammen und liebten uns. Bitte, ersparen Sie mir den Vortrag, wie sie den Killer kriegen, Ed. Ich kann's einfach nicht ertragen. Ich werde Ihnen sagen, was Sie wissen wollen, aber bitte, werden Sie nicht erniedrigend.«

»Timmy –«

Valburn warf den Rahmen an die Wand. »David Mertens, Gott verdamme dich!«

Das Glas splitterte. Das Photo landete mit dem Bild nach oben auf dem Fußboden: Raymond Dieterling mit einem Tintenfaß in der Hand. »Fangen wir mit der Pornographie an. Jack Vincennes hat Sie vor fünf Jahren danach gefragt, und er hatte den Eindruck, Sie wollten ihm etwas verheimlichen.«

»Versuchen Sie's schon wieder hochnotpeinlich?«

»Nur, wenn Sie mich dazu zwingen.«

Timmy rückte sorgfältig einen Stapel Rahmen zurecht. »Jerry Marsalas brachte David dazu, diesen komischen ... Dreck zu machen. Jerry war durch und durch schlecht. Er war seit Jahren

Davids Begleitperson und verabreichte ihm die Medikamente, die ihn ... relativ normal machten. Manchmal setzte er die Dosierung höher oder niedriger an und brachte David dazu, ein paar graphische Entwürfe zu machen, damit er das Geld einstreichen konnte. Raymond bezahlte Jerry dafür, daß er sich um David kümmerte. Er verschaffte David den Job bei *Badge of Honor*, damit Billy sich ebenfalls um ihn kümmern konnte – Billy hatte vom Beginn der Serie an die Leitung des Kamerateams.«

Ed sagte: »Nicht so eilig, schön der Reihe nach. Wo fanden Marsalas und Mertens die Modelle für die Aufnahmen?«

Timmy drückte die Photos an die Brust. »Fleurs-de-Lis. Marsalas war schon seit Jahren Kunde. Er kaufte sich immer Callgirls, wenn er voll drauf war, und er kannte 'ne Menge von Pierces alten Mädchen und viele ... sexuell experimentierfreudige Leute, von denen ihm die Mädchen erzählt hatten. Er fand raus, daß viele Kunden von Fleurs-de-Lis eine Vorliebe für Spezialpornos hatten, und so überredete er einige von Pierces alten Mädchen dazu, daß sie ihn bei ihren Sexpartys heimlich zuschauen ließen. Jerry machte Aufnahmen, David machte Aufnahmen, und Jerry erhöhte Davids Dosierung und ließ ihn die Bilder künstlerisch verfeinern. Das Tintenblut war allein Davids Idee. Jerry beauftragte einen der Designer aus dem Studio damit, aus den Bildern richtige Magazine zu machen, und zeigte sie dann Pierce. Können Sie mir folgen? Ich weiß schließlich nicht, was *Sie* wissen.«

Ed zog sein Notizbuch. »Miller Stanton hat uns ein paar Sachen über den Hintergrund dieses Geschäfts erzählt. Patchett und Dieterling waren zur Zeit der Atherton-Morde Partner, und Sie wissen ja, ich glaube, daß Mertens für die Ermordung der beiden verantwortlich ist. Reden Sie einfach weiter, und wenn ich etwas genauer erklärt haben möchte, sage ich Bescheid.«

Timmy sagte: »Also gut. Falls Sie's noch nicht wissen sollten: Die mit Tinte verschönerten Photos wiesen eine große Ähnlichkeit mit den Verletzungen der Atherton-Opfer auf. Pierce wußte das noch nicht, als er die Magazine zum erstenmal sah; ich glaube, die entsprechenden Tatortphotos kannten nur Polizisten. Er wußte auch nicht, daß David Mertens die neue Identität des Wennerholm-Killers war, und als Marsalas auf die Idee kam, die Magazine im großen Stil zu verkaufen, und wegen der Finanzierung zu Patchett kam, da dachte der nur, es handele sich um normale Pornobücher, die seine Prostituierten und seine Kunden kompromittieren könnten. Er lehnte Marsalas Angebot ab, aber nicht, ohne ein paar Hefte zu kaufen und über Fleurs-de-Lis zu vertreiben. Dann ging Marsalas zu diesem anderen Kerl, diesem Duke Cathcart, und wandte sich auch an die Brüder Englekling. Ihr Mr. Fisk hat zwar durchblicken lassen, daß all das mit dem Fall Nite Owl zu tun hat, aber ich verstehe nicht –«

»Das werde ich Ihnen später erklären. Wir waren gerade bei Anfang '53, und bis jetzt kann ich noch gut folgen. Erzählen Sie weiter, immer der Reihe nach.«

Timmy legte die Photos ab. »Dann ging Patchett zu Sid Hudgens. Er und Hudgens wollten gemeinsam einen Erpresserring aufziehen, aber darüber weiß ich nichts näheres. Pierce erzählte Hudgens von Marsalas und seinen Pornos. Er hatte Erkundigungen eingezogen über Marsalas und wußte, daß er regelmäßig bei den Dreharbeiten für *Badge of Honor* dabei war, was wiederum Hudgens interessierte, weil er für *Hush-Hush* immer schon ein Feature über die Serie machen wollte. Pierce gab Hudgens ein paar Hefte, die er nicht über Fleurs-de-Lis verkauft hatte, und Hudgens ging daraufhin zu Marsalas. Er verlangte von ihm Informationen über die Stars der Show und drohte Jerry damit, seine Pornogeschäfte aufzudecken, wenn er nicht mitspiele. Jerry gab ihm ein paar zahme Informationen über Max Peltz, die kurz darauf prompt in dem Blatt veröffentlicht wurden. Dann wurde Hudgens ermordet, und natürlich war es Jerry, der David dazu gebracht hatte. Er verringerte seine Dosis und trieb ihn in den Wahnsinn. David fiel zurück in seine alte … in den Zustand, in dem er die Kinder getötet hatte. Marsalas tat das natürlich, um zu verhindern, daß er von Hudgens immer wieder erpreßt wurde. Er ging mit David zu ihm und nahm auch Hudgens' Dossiers über *Badge of Honor* mit, darunter ein unvollständiges Dossier über ihn und David. Meiner Meinung nach konnte er nicht wissen, daß Pierce bereits Kopien der Dossiers in der Hand hatte, die Hudgens und er für ihre Erpressungen benutzen wollten, oder daß Pierce wußte, in welcher Bank Hudgens die Originaldossiers verwahrt hatte.«

Jetzt kamen drei entscheidende Fragen, aber zuerst brauchte er weitere Informationen zur Bestätigung. »Timmy, als Vincennes Sie vor fünf Jahren befragte, da haben Sie sich verdächtig benommen. Wußten Sie damals schon, daß Mertens die Pornos hergestellt hatte?«

»Ja, aber ich wußte nicht, wer David wirklich war. Ich wußte nur, daß Billy auf ihn aufpaßte, deshalb hab' ich Jack nichts gesagt.«

Frage Nummer eins. »Woher wußten Sie all diese Dinge? Alles, was Sie mir eben erzählt haben?«

Timmys Augen wurden wieder leicht feucht. »Ich hab's heute abend rausgefunden. Nachdem wir aus dem Hotel kamen, wollte Billy, daß ich ihm die Andeutungen erklären sollte, die dieser schreckliche Polizist über Johnny Stompanato gemacht hatte. Billy kannte den größten Teil der Geschichte schon, aber er wollte jetzt auch den Rest wissen. Wir fuhren zu Raymonds Haus in Laguna. Raymond hatte von Pierce die neueren Informationen erfahren, und er erzählte Billy die ganze Geschichte. Ich hab' nur zugehört.«

»Und Inez war auch da.«

»Ja, sie hat alles mit angehört. Sie gibt Ihnen die Schuld an allem, mein Lieber. Die Büchse der Pandora und so.«

Sie wußte Bescheid, wahrscheinlich auch sein Vater. Die öffentliche Enthüllung war so gut wie unvermeidlich. »Also, Patchett lieferte die Drogen, mit denen Mertens die ganzen Jahre hindurch ruhiggestellt wurde.«

»Ja. Er ist körperlich ziemlich angeschlagen. Er kriegt in regelmäßigen Abständen Hirnentzündungen, und dann ist er immer besonders gefährlich.«

»Und Dieterling besorgte ihm den Job bei *Badge of Honor*, damit Billy sich um ihn kümmern konnte.«

»Ja. Nach dem Mord an Hudgens las Raymond von den Verstümmelungen, und die Beschreibung erinnerte ihn an die alten Kindermorde. Er nahm Kontakt mit Patchett auf, der, wie er wußte, mit Hudgens befreundet war. Raymond klärte Pierce über Davids wahre Identität auf, und Pierce bekam es mit der Angst zu tun. Raymond traute sich nicht, David von Jerry wegzuholen, und er hat Jerry Unsummen bezahlt, damit er David ständig unter Drogen hält.«

Schlüsselfrage Nummer zwei. »Und jetzt die Frage, auf die Sie schon gewartet haben, Timmy. Warum hat Ray Dieterling sich soviel Mühe gegeben mit David?«

Timmy drehte eines der Photos um – es zeigte Billy mit aufgedunsenem Gesicht. »David ist Raymonds illegitimer Sohn. Er ist

Billys Halbbruder. Sehen Sie ihn doch an – Terry Lux hat ihn so oft operiert, daß er neben meinem süßen Billy nur noch häßlich wirkt. Man mag ihn wirklich kaum ansehen.«

Er versank wieder in seinem Kummer. Ed holte ihn aus der Depression heraus, ehe er ganz abkippte. »Und was ist heute abend geschehen?«

»Heute abend hat Raymond Billy alles erzählt, was mit Sid Hudgens zu tun hat – davon wußte er nichts. Billy sagte mir, ich sollte mit Inez in Laguna bleiben. Er meinte, er wollte David aus Jerrys Haus holen und ihm die Drogen entziehen. Ich nehme an, er hat's wirklich versucht, und Marsalas hat sich gewehrt. Ich habe die Pillen gesehen, die auf dem Fußboden lagen ... Mein Gott, David muß einfach wahnsinnig geworden sein. Er konnte nicht mehr verstehen, wer der Gute und wer der Böse war, und da hat er ganz einfach ...«

Nummer drei. »Im Hotel haben Sie auf die Erwähnung von Johnny Stompanato reagiert – warum?«

»Stompanato hat schon seit Jahren Pierces Kunden erpreßt. Er hat mich mit 'nem andern Mann erwischt und einen Teil der Mertens-Geschichte von mir erfahren. Nicht viel, nur daß Raymond für Davids Unterhalt bezahlt. Das ... das war, bevor ich die ganze Geschichte kannte. Stompanato wollte ein Dossier abfassen, mit dem er Raymond bluten lassen wollte. Er hat Billy mit Drohbriefen eingeschüchtert, aber ich glaube nicht, daß er weiß, wer David ist. Billy hat versucht, seinen Vater zu überreden, daß er ihn töten läßt.«

Die Sonne brach durch das Fenster – sie schien auf Timmys Gesicht, als dieser in Tränen ausbrach. Er hielt Billys Photo in der Hand, die Finger verdeckten Davids Gesicht.

73

Um sieben Uhr kam ihn einer der Jungs von Internal Affairs ablösen – sauer, weil er eingeschlafen war, im Türeingang zusammengesunken, die Waffe in der Hand. Das Haus war immer noch unberührt – kein blutrünstiger David Mertens. Der Typ von I. A. sagte ihm, Mertens sei noch auf freiem Fuß. Captain Exleys Befehl: Er solle sich mit ihm und Bud White um neun Uhr bei Mickey Cohens Haus treffen. Jack fuhr zu einer Telefonzelle. Er hatte eine Ahnung.

Er rief im Bureau an – Dudley Smith hatte sich abgemeldet: dringender Urlaub wegen eines »familiären Notfalls«. Breuning und Carlisle arbeiten irgendwo »außerhalb des Staates« – der Lieutenant vom Revier 77th Street hatte vorübergehend die Leitung der Nite-Owl-Ermittlungen. Ein weiterer Anruf im Frauengefängnis: Deputy Dot Rothstein hatte sich ebenfalls mit »dringenden Familienangelegenheiten« entschuldigt. Seine Ahnung: Sie hatten nichts als Theorien in der Hand, und Dudley kappte gerade alle losen Fäden.

Jack fuhr nach Hause, versuchte seinen Traum abzuschütteln: Davey Goldmans wirres, irres Geplappere. Der »Holländer« war natürlich Van Gelder, der »irische Cheshire« kein anderer als Dudley. »Die Treuhand-Burschen haben ihr Fett gekriegt – drei Drücker, blip blip blip.« Natürlich die drei Schützen – Stompanato, Vachss, Teitlebaum – die die Gangster umgelegt hatten. »Bamm-ba-bamm bamm bamm bamm the Q-Train« – ?????????? Verrückt – vielleicht hatten Patchetts Drogen am Ende eine Art Voodoo bewirkt.

Karens Wagen war nicht mehr da. Jack ging ins Haus, sah zum Kaffeetisch: Flugtickets, eine Nachricht lagen da.

J. –

Hawaii, und bitte beachte das Datum. 15. Mai – der Tag, an dem Du offiziell in Pension gehst. Zehn Tage und zehn Nächte, um uns neu kennenzulernen. Dinner heute abend. Ich habe bei Perino's einen Tisch bestellt, und wenn Du noch arbeiten mußt, ruf mich bitte an, damit ich ihn wieder abbestellen kann.

xxxxx K.

P.S.: Ich weiß, daß Du Dir Gedanken machst, deswegen möchte ich es Dir sagen. Als Du im Krankenhaus lagst, hast Du im Schlaf geredet. Jack, ich weiß jetzt das Schlimmste, was ich mir vorstellen kann, und es ist mir egal. Wir brauchen nie darüber zu sprechen. Captain Exley hat Dich ebenfalls gehört, und ich glaube, ihm ist es auch egal. (Er ist gar nicht so schlimm, wie Du mir immer gesagt hast.)

Noch mehr xxx
K.

Jack versuchte zu weinen – es ging nicht. Er rasierte sich, duschte, zog sich eine neue lange Hose und sein bestes Sportjackett an – darunter ein Hawaiihemd. Als er nach Brentwood fuhr, hatte er den Eindruck, alles um ihn herum sehe völlig neu aus.

* * *

Exley stand auf dem Gehsteig, ein Tonbandgerät in der Hand. Bud White war auf der Veranda – offenbar hatte Internal Affairs ihn gefunden. Der dritte im Bunde war Jack.

White kam auf ihn zu. Exley sagte: »Ich habe gerade mit Gallaudet gesprochen. Er meint, ohne handfeste Beweise können wir nicht zu Loew gehen. Mertens und Perkins sind noch draußen, und Stompanato ist mit Lana Turner in Mexiko. Wenn Mickey uns nichts auf die Hand gibt, gehe ich direkt zu Parker und sage ihm alles über Dudley.«

Vom Eingang: »Wollen Sie nun reinkommen oder nicht? Wenn Sie mir schon Kummer machen müssen, dann wenigstens im Hause.«

Mickey Cohen im Morgenmantel mit einem Judenkäppchen auf dem Kopf. »Letzte Gelegenheit, mir Kummer zu machen! Kommen Sie jetzt oder nicht?«

Sie gingen hinein. Cohen machte die Tür zu, deutete auf einen kleinen, goldenen Sarg. »Mein verblichener vierbeiniger Erbe, Mickey Cohen junior. Tut mir den Gefallen und lenkt mich ab von meinem wahren Kummer, ihr gojischen Scheißbullen. Die Trauerfeier findet heute im Mount Sinai statt. Ich habe den Rabbiner bestochen, damit er meinem toten Liebling ein menschliches Begräbnis bereitet. Die Schmendriks in der Leichenhalle glauben, sie täten einen Zwerg beerdigen. Na, sagen Sie schon, was Sie zu sagen haben.«

Exley ergriff das Wort. »Wir sind gekommen, Ihnen zu sagen, wer Ihre Treuhänder beseitigt hat.«

»Was für ›Treuhänder‹? Wenn Sie so weitermachen, muß ich

mich leider auf Ergänzungsartikel fünf der Verfassung berufen. Außerdem – was wollen Sie eigentlich mit dem komischen Tonband, das Sie rumschleppen?«

»Johnny Stompanato, Lee Vachss und Abe Teitlebaum. Die drei gehören zu einer Bande und sind im Besitz des Heroins, das Sie bei ihrem Treffen mit Jack Dragna im Jahre '50 verloren haben. Die drei haben Ihre Treuhänder umgelegt, waren außerdem für den Anschlag auf Sie und Davey Goldman oben in McNeil verantwortlich. Sie waren es auch, die die Bombe auf Ihr Haus geworfen haben. Die haben Sie bis jetzt noch nicht erwischt, aber das ist nur eine Frage der Zeit.«

Cohen lachte ihm ins Gesicht. »Zugegeben, das sind alte Kumpel, die sich aus meinem Leben zurückgezogen haben und offenbar nicht mehr bereit sind, zu mir zurückzukommen. Aber sie verfügen nicht über die nötige Intelligenz, sich mit dem Mickster anzulegen und damit durchzukommen.«

White: »Davey Goldman hat mit denen zusammengearbeitet. Sie haben ihn aber übers Ohr gehauen, als sie vorhatten, Sie und ihn in McNeil aus dem Weg zu räumen.«

Mickey Cohen war außer sich. »Unmöglich! Nicht mal in sechs Millionen Jahren würde Davey mir so was antun! Niemals! Was Sie da sagen, ist Meuterei, und das liegt auf der gleichen Ebene wie Kommunismus!«

Jack sagte: »Wir haben Beweise. Davey hat in Ihrer Zelle eine Wanze versteckt. Auf diese Weise hat er das mit den Brüdern Englekling und Gott weiß was sonst noch erfahren.«

»Alles Lüge! Selbst wenn Davey mit den anderen unter einer Decke steckt, haben die nicht genug Strom, sich mit mir anzulegen!«

Exley fummelte an dem Aufnahmegerät herum. Das Tonband surrte laut. »Mein Gott, so gelenkig sein und 'n solches Gehänge haben – wie Heifetz auf der Fiedel, dieser Hund mit sein' Schlong.«

Cohen ging an die Decke. »Nein! Nein! Das ist doch nicht möglich! Kein Mensch auf der Erde bringt's fertig, mich so zu bescheißen!«

Exley spielte mit den Knöpfen. Starttaste – »Lana – was muß die für 'ne Muschi haben« – Stop, Start – ein Kartenspiel, das Geräusch der Toilettenspülung. Mickey versetzte dem Sarg einen Fußtritt. »Okay, okay! Ich glaube euch!«

Jack: »Jetzt wissen Sie, warum Davey nicht wollte, daß Sie ihn in ein Heim bringen.«

Cohen wischte sich das Gesicht mit seinem Käppi. »Nicht mal Hitler wär' in der Lage, so was zu tun. Wer kann so smart und zugleich so grausam sein?«

White sagte: »Dudley Smith.«

»Oh, Herr im Himmel. Das wär' ihm zuzutrauen. Nein … sagt mir im Angesicht meines verstorbenen Lieblings hier, daß das ein Scherz ist.«

»Ein Captain vom LAPD? Nein, Mick, es ist die reine Wahrheit.«

»Nein, das kann ich nicht glauben. Gebt mir Beweise, ich will Beweise.

Exley sagte: »Mickey, geben Sie *uns* Beweise.«

Cohen setzte sich auf den kleinen Sarg. »Ich glaub', ich weiß, wer versucht hat, mich und Davey im Knast umzulegen. Coleman Stein, George Magdaleno und Sal Bonventre. Die sind grade auf dem Weg nach San Quentin – ein Sammeltransport von anderen Gefängnissen. Wenn sie ankommen, könnt ihr mit denen reden und sie fragen, wer den Auftrag auf mich und Davey rausgegeben hat. Ich wollt' sie umlegen lassen, konnt' aber einfach kein' guten Preis kriegen – so verstohlen wie diese Gefängnis-Killer sind.«

Exley packte sein Tonbandgerät wieder zusammen. »Vielen Dank. Wir werden da sein, wenn der Bus ankommt.«

Cohen stöhnte. White sagte: »Kleckner hat mir 'ne Nachricht hinterlassen. Kikey und Lee Vachss wollen sich heute früh im Deli treffen. Ich schlag' vor, wir gehen hin und drehen sie durch die Mangel.«

Exley sagte: »Genau das machen wir.«

74

Abe's Noshery: alle Tische besetzt, Kikey T. an der Registrierkasse. White drückte die Nase an die Scheibe. »Lee Vachss sitzt an einem Tisch rechts.« Ed legte eine Hand auf sein Holster – von seinem Selbstmordspielchen her leer. Trashcan öffnete die Tür.

Ein Glockenspiel ertönte. Kikey warf einen Blick herüber, griff mit einer Hand unter die Kasse. Ed sah, wie Vachss nervös wurde und so tat, als wolle er sich die Hose glattstreichen. Metallischer Schimmer in Hüfthöhe.

Die Gäste waren damit beschäftigt, zu essen und sich zu unterhalten. Kellnerinnen liefen von Tisch zu Tisch. Trash ging zur Kasse. White fixierte Vachss. Etwas Metallisches blitzte unter dem Tisch auf.

Ed riß White mit sich zu Boden.

Kikey und Vincennes zogen fast gleichzeitig.

Kreuzfeuer – sechs Schüsse – das Fenster ging in Scherben. Kikey traf einen Stapel Konservendosen. Schreie, panische Flucht, blinde Schüsse – Vachss feuerte wie wild in Richtung Tür. Ein alter Mann ging zu Boden, spuckte Blut. White erhob sich und feuerte auf ein bewegliches Ziel – Vachss versuchte, im Slalom die Küchentür zu erreichen. In Whites Gürtel steckte eine Reservewaffe – Ed hechtete los, riß sie an sich.

Zwei Waffen auf Vachss. Ed feuerte – Vachss drehte sich um, hielt sich die Schulter. Whites Schuß ging daneben. Vachss stolperte, fiel hin, rappelte sich wieder hoch – hielt seine Waffe einer Kellnerin an den Kopf.

White ging auf ihn zu. Vincennes schlug einen Bogen nach links, Ed einen nach rechts. Vachss drückte ab, die Waffe direkt am Kopf der Frau.

White feuerte. Vincennes feuerte. Ed feuerte. Kein Treffer – die Kugeln schlugen in den Körper der Frau ein. Vachss ging langsam rückwärts. White rannte auf ihn zu. Vachss wischte sich das Gesicht. White leerte seine Waffe – lauter Kopfschüsse.

Schreie, wilde Flucht zur Tür. Ein Mann quetschte sich durch das zerborstene Fenster ins Freie. Ed stürzte zum Tresen.

Kikey lag auf dem Boden, sein Brustkorb zerschossen und heftig blutend. Ed näherte sich mit dem Gesicht dem Sterbenden.

»Gib mir Dudley. Gib mir Dudley für das Nite Owl.«

Lautes Sirenengeheul. Ed beugte sich noch weiter hinunter, legte sein Ohr dicht an den Mund des anderen.

»Großartig. Begorra, mein Junge.«

Noch näher. »Wer hat das Nite Owl überfallen?«

Blutiges Gurgeln. »Ich, Lee, Johnny Stomp. Deuce ist gefahren.«

»Abe, ich will Dudley.«

»Großartig, mein Junge.«

Die Sirenen jetzt brutal laut. Rufe, eilige Schritte. »Das Nite Owl. Warum?«

Kikey spuckte Blut. »Stoff. Pornos. Cathcart mußte weg. Lunceford bei dem Suchtrupp mit dem Stoff, saß immer im Nite Owl. Hatten Auftrag, Patchett einschüchtern. Zwei auf einen Streich. Duke und Mal. Mal wollte Geld, weil er den Mann vom Suchtrupp kannte.«

»Ich will Dudley. Sag schon, daß Dudley Smith euer Partner war.«

Vincennes hockte sich neben ihn. Das Restaurant dröhnte vom Widerhall von Millionen Stimmen. Blut auf dem Tresen – Ed dachte an David Mertens. Ein blitzartiger Gedanke: die Schule bei Dieterlings Studio – nur eine Meile von dort zum Haus von Billy D. »Abe, er kann dir nichts mehr anhaben.«

Kikey kriegte kaum noch Luft.

»Abe –«

»Doch, er kann, er kann.«

Es ging zu Ende. Trash knallte ihm die Faust auf die Brust. »Du Arsch, pack endlich aus!«

Kikey murmelte etwas, zog sich einen goldenen Stern vom Hals. »Mitzwa. Johnny will die Jungs aus dem Knast holen. Q-Train. Dot hat Waffen.«

Vincennes, mit beinahe irrem Blick. »Es ist ein Zug, kein Bus. Ein Ausbruchsversuch. Davey Goldman wußte Bescheid. Das hat er mir sagen wollen. Das war's, Exley – der *Q-Train.* Cohen hat gesagt, die Jungs, die ihn im Gefängnis attackiert haben, sind auch in dem Zug.«

Ed versuchte zu verstehen, kapierte plötzlich. »GEBEN SIE ALARM!«

Trash rannte hinaus. Ed stand auf, atmete Chaos: Cops, zersplittertes Glas. Ein Krankenwagen war rückwärts durch das große Fenster gefahren und wurde gerade mit Leichen beladen. Bud White brüllte Befehle, ein kleines Mädchen in einem blutbespritzten Kleid aß ein Doughnut.

Trash kam zurück, wirkte verrückt, »Der Zug hat L.A. vor zehn Minuten verlassen. Zweiunddreißig Häftlinge in einem Wagen, und das Zugtelefon funktioniert nicht mehr. Ich hab' Kleckner angerufen und ihm gesagt, er soll Dot Rothstein finden. Das hier war 'ne Falle, Captain, um uns irrezuführen. Kleckner hat White überhaupt kein Memo hinterlassen – es muß Dudley gewesen sein.«

Ed schloß die Augen.

»Exley –«

»Also gut. Sie und White übernehmen den Zug. Ich verständige den Sheriff und die Highway Patrol, sie sollen eine Umleitung veranlassen.«

White kam her, blinzelte Ed zu. Er sagte: »Vielen Dank für den Tip.« Dann trat er auf Kikey ein, bis der aufhörte zu atmen.

75

Eine Motorradeskorte erwartete sie und scheuchte für sie den Pomona Freeway leer. Die Straße war teilweise erhöht, daß man den Schienenstrang der California Central überblicken konnte. Ein einzelner Zug in Richtung Norden – ein Güterzug, der Häftlingstransport im dritten Wagen; vergitterte Fenster, verstärkte Stahltüren. Dann die Straßen außerhalb von Fontana, bis an den Bahndamm – und eine kleine stehende Armee.

Neun Streifenwagen, sechzehn Polizisten mit Gasmasken und Sturmgewehren. Auf den Hügeln Scharfschützen, zwei Maschinengewehre, drei Männer mit Nebelgranaten. Weiter vorn in der Kurve: ein riesiger Rothirsch auf den Schienen.

Ein Deputy händigte ihnen Gewehre und Gasmasken aus. »Ihr Freund Kleckner hat in der Kommandozentrale angerufen. Diese Rothstein wurde tot in ihrer Wohnung gefunden. Hat sich entweder erhängt oder jemand anders hat es für sie besorgt. Wie dem auch sei, wir müssen davon ausgehen, daß die Waffen an Bord des Zuges sind. Im Zug sind vier Wachen und sechs Mann Besatzung. Wir stehen bereit mit Nebelgranaten und fragen nach dem Losungswort – jeder Gefangenentransport hat eins. Wenn wir das Okay bekommen, geben wir eine Warnung durch und warten. Kriegen wir kein Okay, gehen wir rein.«

Plötzlich der Pfiff der Lokomotive. Jemand rief: »Jetzt!«

Die Scharfschützen gingen in Stellung. Die Männer mit den Gasgranaten legten sich lang. Das Feuerteam rannte hinter ein Fichtenwäldchen – Bud stand hinter einem Baum in der Nähe. Jack ging neben ihm in Deckung.

Der Zug kam um die Kurve – die Bremsen faßten, erzeugten einen Funkenregen auf den Schienen. Die Lokomotive hielt dicht vor dem Hindernis.

Megaphon: »Sheriff's Department! Weisen Sie sich mit dem Losungswort aus!«

Stille – zehn Sekunden lang. Bud beobachtete aufmerksam das Fenster im Führerstand der Lokomotive, sah blauen Drillich aufblitzen.

»Sheriff's Department! Weisen Sie sich mit dem Losungswort aus!«

Wieder Stille – dann ein nachgemachter Vogelruf.

Jemand brüllte: »Jetzt!«

Rauch quoll durch die Tür – Männer in Khakikleidung kamen durch den Nebel gerannt. Einer der Scharfschützen erwischte einen, jemand rief: »Nicht, das sind unsere!«

Cops stürmten den Wagen – Gasmasken auf, Gewehre schußbereit in der Hand. Jack packte Bud am Arm. »Sie sind nicht in dem Wagen!«

Bud rannte, sprang auf die Plattform des vierten Wagens. Die Tür aufreißen – dahinter ein toter Wächter, die Häftlinge in heillosem Durcheinander.

Bud feuerte, lud durch, feuerte – drei Mann gingen zu Boden, einer zielte mit einem Revolver auf ihn. Bud lud durch, feuerte, verfehlte ihn – eine Kiste neben dem Mann explodierte. Jack sprang ebenfalls auf die Plattform – der bewaffnete Häftling drückte ab, traf Jack mitten ins Gesicht; er drehte sich um die eigene Achse, fiel auf die Schienen.

Der Schütze rannte davon. Bud lud durch, das Magazin war leer. Er ließ das Gewehr fallen, zog seinen 38er – eins, zwei, drei, vier, fünf, sechs Schüsse – Treffer in den Rücken, der Mann war längst tot. Lärm außerhalb des Waggons – Häftlinge auf dem Bahndamm bei der Leiche von Trashcan. Hinter ihnen Deputies, die aus nächster Nähe feuerten – Schrot und Blut, die Luft rot und schwarz.

Eine Rauchbombe detonierte – Bud rannte hustend und keuchend zum fünften Wagen. Gewehrfeuer. Weiße Männer in blauem Drillich schossen auf Farbige in blauem Drillich, Wachen in Khaki schossen auf beide Gruppen. Er sprang wieder vom Zug und rannte auf die Bäume zu.

Leichen auf den Schienen.

Die Sträflinge wurden einzeln abgeschossen – leichtes Ziel.

Bud erreichte die Fichten, sprang in seinen Wagen, raste mit hoher Geschwindigkeit über die Gleise, daß die Achsen durchschlugen. Er schleuderte den Bahndamm hinunter, die Reifen drehten auf dem Schotter durch, er sah einen hochgewachsenen Mann neben einem Wagen stehen, erkannte ihn und fuhr auf ihn los.

Der Mann versuchte zu rennen. Bud rammte den anderen Wagen, kam schleudernd zum Stehen. Er stieg aus – leicht benommen und blutend von dem Aufprall auf das Armaturenbrett. Deuce Perkins kam schießend auf ihn zu.

Bud fing sich eine Kugel im Bein ein, eine in der Seite. Zwei Fehlschüsse, ein Treffer in die Schulter. Noch ein Fehlschuß – Perkins ließ sein Gewehr fallen, zog ein Messer. Bud sah die Ringe an seinen Fingern aufblitzen.

Deuce stach zu. Bud fühlte einen stechenden Schmerz in der Brust, versuchte die Fäuste zu ballen, konnte nicht. Deuce näherte sich seinem Gesicht, grinste hämisch – Bud trat ihm in die Eier und biß ihm die Nase ab. Perkins kreischte auf. Bud biß ihn in den Arm, riß ihn mit aller Kraft um.

Beide Männer kullerten zu Boden. Perkins gab wilde Laute von sich – wie ein Tier. Bud schlug ihm mit voller Wucht auf den Kopf, spürte, wie der Arm aus dem Gelenk gerissen wurde.

Deuce ließ das Messer fallen. Bud packte es – geblendet von den glänzenden Ringen, mit denen so viele Frauen getötet worden waren. Er warf das Messer weg, prügelte Perkins mit bloßen Händen zu Tode.

76

Patchetts Villa war nur mehr eine Ruine – das ganze Gelände voller Ruß und verkohlter Trümmer. Dachziegel auf dem Rasen, eine angesengte Palme im Schwimmbecken. Das Haus selbst ein einziger Trümmerhaufen – ein Berg von Schutt und feuchter Asche. Wie sollte er in dieser Wüstenei einen scharf gemachten Safe finden?

Ed stolperte durch die Trümmer, stieß sie mit den Füßen an. David Mertens lauerte irgendwo – er *mußte* einfach da sein, eine andere Möglichkeit gab es nicht.

Der Unterbau war bis auf die Fundamente eingebrochen – sämtliche Balken mußten weggeräumt werden. Holzhaufen, kleine Berge von aufgeweichtem Stoff – keine verräterisch aufblitzenden Metallteile zu sehen. Die Arbeit würde zehn Mann und mindestens eine Woche erfordern, dazu den Techniker für die Sprengfalle. Er ging um die Reste des Hauses herum in den Hof.

Eine rückwärtige Veranda – nur noch nackter Beton mit verkohlten Möbelresten. Massiver Beton – keine Risse, keine Nuten, kein Hinweis darauf, daß hier irgendwo ein Safe versteckt war. Das Pumpenhaus am Schwimmbecken ebenfalls nur noch ein Trümmerhaufen.

Das Holz lag meterhoch – zu viel Arbeit, wenn Mertens wirklich hier war. Er ging um den Pool herum – verkohlte Stühle, ein Sprungbrett. Auf dem Wasser schwamm die Abzugsnadel einer Handgranate.

Ed versetzte der im Wasser treibenden Palme einen Fußtritt. Die Wedel waren voller Porzellanscherben, im Stamm steckte ein großes Stück Schrapnell. Er bückte sich und inspizierte das Schwimmbecken genauer. Ein paar Pillen lagen im Wasser, daneben kleine schwarze Quadrate, die wie Sprengkapseln aussahen. Die Stufen am flachen Ende des Pools waren geborsten – er sah Eisenstangen herausragen. Auch hier eine ganze Zahl Pillen. Er kontrollierte den Rasen – in dem versengten Gras eine Spur vom Pool zum Haus.

Der Zugang zum Safe. Gesichert mit Granaten und Dynamit. Die Flammen waren vielleicht bis zur Schalttafel gedrungen und hatten die Sprengfalle entschärft. Immerhin eine Möglichkeit.

Ed sprang ins Wasser, riß an den Putzbrocken herum – Pillen und Luftblasen stiegen nach oben. Jetzt packte er mit beiden Händen zu und riß heftiger – Putz, Wasser, Blasen, eine Metalltür schwang auf. Ein Schwall von Pillen und Kapseln, in Plastikhüllen steckende Aktenmappen, Bargeld und weißes Pulver. Unmengen von dem Zeug. Dann nur noch ein tiefes, schwarzes Loch. Triefend rannte er mehrmals zu seinem Wagen und zurück. Die Sonne brannte – er war fast wieder trocken, als er seinen Fund verstaut hatte. Er ging ein letztes Mal zurück, falls ER wirklich DA sein sollte: eine Handvoll Pillen aus dem Wasser geschöpft.

* * *

Die Wagenheizung wärmte ihn rasch auf. Er fuhr zur Dieterling-Schule, sprang über den Zaun.

Alles ruhig – sonnabends war kein Unterricht. Ein ganz normaler Spielplatz – Basketball-Körbe, Baseball-Markierungen. Und überall Moochie Mouse – von den Sitzbänken bis zur Spielfeldmarkierung.

Ed ging zu dem Maschendrahtzaun, der das Gelände nach Süden begrenzte – der direkteste Weg von Billy Dieterlings Haus. Hautfetzen am Drahtzaun – hier war jemand hinüber geklettert. Auf dem ausgebleichten Asphalt dunkle Flecken – Blut, eine deutliche Spur.

Quer über den Spielplatz, dann die Treppe hinunter zur Tür des Heizungskellers. Blut auf dem Türgriff, drinnen brannte ein Licht. Er nahm Bud Whites Ersatzrevolver aus der Tasche und ging hinein.

David Mertens saß zitternd in einer Ecke. Der Raum war stickig und heiß – die blutigen Klamotten des Mannes waren völlig durchgeschwitzt. Er zeigte die Zähne, verzog seinen Mund zu einem Kreischen. Ed warf ihm die Pillen hin.

Er griff danach, schluckte sie hastig. Ed zielte auf seinen Mund, konnte aber nicht abdrücken. Mertens starrte ihn an. Irgend etwas geschah mit der Zeit – sie schien stehenzubleiben. Mertens schlief ein, die Lippen nach innen gezogen. Ed betrachtete sein Gesicht, nahm all seinen Mut zusammen, aber er brachte es nicht fertig, ihn zu töten.

Dann war der lange Moment der Zeitlosigkeit zu Ende. Er dachte an die Prozesse, die Untersuchungen auf Unzurechnungsfähigkeit, die Vorwürfe gegen Preston Exley, daß er dieses Ungeheuer hatte frei herumlaufen lassen. Die Zeit drückte schwer auf den Abzug – er brachte es immer noch nicht fertig.

Ed ging zu dem Mann, packte ihn und schleppte ihn nach draußen, zu seinem Wagen.

* * *

Pacific Sanatorium – Malibu Canyon. Ed bat den Wächter am Tor, Dr. Lux zu rufen – Captain Exley sei da, um ihm seinerseits eine Gefälligkeit zu erweisen.

Der Wachmann deutete auf einen freien Platz. Ed parkte seinen Wagen, riß Mertens das Hemd vom Leibe. Ein brutaler Anblick – der Körper des Mannes war eine einzige Narbe.

Lux trat aus dem Haus, kam auf ihn zu. Ed zog zwei Beutel mit Pulver aus der Tasche, dazu zwei Bündel Tausend-Dollar-Noten. Er legte sie auf die Kühlerhaube, rollte die Rückfenster des Wagens herunter.

Lux kam näher, warf einen Blick auf den Rücksitz des Wagens. »Diese Arbeit kenne ich. Das ist Douglas Dieterling.«

»Einfach so?«

Lux klopfte mit der Hand auf die Beutel mit dem Pulver. »Aus dem Besitz des verstorbenen Pierce Patchett? Ersparen wir uns die moralische Entrüstung, Captain. Nach dem, was ich gehört habe, waren Sie auch nicht gerade bei den Pfadfindern. Sagen Sie mir, was Sie von mir wollen?«

»Ich möchte, daß dieser Mann den Rest seines Lebens in einer geschlossenen Abteilung verbringt.«

»Das finde ich durchaus akzeptabel. Aber warum das – haben Sie Mitleid mit ihm, oder wollen Sie den guten Ruf unseres künftigen Gouverneurs retten?«

»Ich weiß es nicht.«

»Nicht gerade eine typische Exley-Antwort. Sehen Sie sich ruhig ein wenig um, Captain, ich werde meine Pfleger veranlassen, hier wieder alles in Ordnung zu bringen.«

Ed ging zu einer der Terrassen, schaute auf den Ozean hinaus. Sonne, Wellen – vielleicht ein paar gefräßige Haie draußen im Wasser. Hinter ihm wurde ein Radio eingeschaltet. »...und jetzt weitere Informationen über den vereitelten Ausbruchsversuch aus dem Gefängnistransport. Ein Beamter der Highway Patrol sagte Journalisten gegenüber, die Zahl der Todesopfer belaufe sich jetzt auf insgesamt siebenundzwanzig Häftlinge sowie sieben Wächter und Besatzungsmitglieder des Zuges. Vier Deputy Sheriffs erlitten Verletzungen, und Sergeant John Vincennes, gefeierter Polizeibeamter aus Los Angeles und früher technischer Berater der Fernsehshow *Badge of Honor*, erlitt bei der Aktion tödliche Schußverletzungen. Der Partner von Sergeant Vincennes, LAPD Sergeant Wendell White, wurde in das Fontana General Hospital eingeliefert, sein Zustand ist kritisch. White verfolgte und stellte den Mann, der die befreiten Häftlinge in Empfang nehmen sollte. Es handelt sich um Burt Arthur ›Deuce‹ Perkins, einen Nachtklub-Entertainer mit Verbindungen zur Unterwelt. Ein Ärzteteam ist zur Zeit dabei, das Leben des tapferen Beamten zu retten, aber man rechnet nicht damit, daß er überlebt. Captain George Rachlis von der California Highway Patrol bezeichnete die Tragödie –«

Der Ozean verschwamm hinter seinen Tränen. White blinzelte ihm zu und sagte: »Vielen Dank für den Tip.« Ed drehte sich um. Das Ungeheuer, der Stoff, das Geld – alles verschwunden.

77

Die Beute aus dem Schwimmbecken: einundzwanzig Pfund reines Heroin, 871400 Dollar in bar, Kopien von Sid Hudgens' Dossiers, darunter Erpresserphotos, Unterlagen über Pierce Patchetts kriminelle Machenschaften. Der Name »Dudley Smith« tauchte nirgends auf – ebensowenig John Stompanato, Burt Arthur Perkins, Abe Teitlebaum, Lee Vachss, Dot Rothstein, Sergeant Mike Breuning, Officer Dick Carlisle. Coleman Stein, Sal Bonventre und George Magdaleno – alle getötet bei dem Ausbruchsversuch. Davey Goldman war im Camarillo State Hospital noch einmal verhört worden – er war nicht in der Lage, eine zusammenhängende Aussage zu machen. Der Gerichtsmediziner des Los Angeles County erklärte den Tod von Dot Rothstein zum Selbstmord. David Mertens wurde in eine geschlossene Abteilung des Pacific Sanatoriums aufgenommen. Die

Verwandten der drei unschuldigen Personen, die in Abe's Noshery getötet worden waren, verklagten das LAPD wegen willkürlichen Verstoßes gegen Sicherheitsbestimmungen. Der Ausbruchsversuch fand im gesamten Land ein breites Echo in den Medien und wurde »Drillich-Massaker« getauft. Überlebende Sträflinge erzählten den Detectives vom Sheriff's Department, daß die Waffen durch einen Streit unter dem Wachpersonal in die Hände der Häftlinge gefallen seien – bald darauf waren alle, die im Zug saßen, frei. Rassenspannungen hatten dann dazu geführt, daß der Ausbruchsversuch fehlschlug, noch ehe die Behörden eingegriffen hatten.

Jack Vincennes wurde posthum mit der Tapferkeitsmedaille des LAPD ausgezeichnet. Zu der Trauerfeier und Beerdigung wurden keine Beamten des LAPD eingeladen – die Witwe weigerte sich auch, Captain Ed Exley zu empfangen.

Bud White weigerte sich zu sterben. Er blieb auf der Intensivstation des Fontana General Hospitals. Er überlebte einen massiven Schock, ein neurologisches Trauma, den Verlust von mehr als der Hälfte seines Blutes. Lynn Bracken blieb ständig bei ihm. Er konnte nicht sprechen, reagierte aber auf Fragen mit Kopfbewegungen. Chief Parker überreichte ihm seine Tapferkeitsmedaille. White nahm einen Arm aus der Schlinge und warf ihm die Medaille ins Gesicht.

Zehn Tage vergingen.

Ein Lagerhaus in San Pedro brannte bis auf die Grundmauern ab – in den Trümmern fand man Reste von pornographischen Magazinen. Die ermittelnden Detectives sprachen von »professioneller Brandstiftung«, fanden aber keinerlei Spuren oder Anhaltspunkte. Eigentümer des Gebäudes war ein gewisser Pierce Patchett gewesen. Chester Yorkin und Lorraine Malvasi wurden erneut vernommen, lieferten aber keine entscheidenden neuen Hinweise und wurden wieder auf freien Fuß gesetzt.

Ed Exley verbrannte das Heroin, behielt jedoch die Dossiers und das Geld. Sein Abschlußbericht zum Fall Nite Owl enthielt nichts über Dudley Smith, ebensowenig wie die Tatsache, daß David Mertens, nach dem jetzt eine Großfahndung wegen Mordes an Sid Hudgens, Billy Dieterling und Jerry Marsalas lief, auch für die Morde an Wee Willie Wennerholm und fünf weiteren Kindern im Jahre 1934 verantwortlich war. Preston Exleys Name wurde in keinem Zusammenhang erwähnt.

Chief Parker hielt eine Pressekonferenz ab. Er gab bekannt, daß der Fall Nite Owl endgültig und diesmal korrekt gelöst worden sei. Die Täter waren demnach Burt Arthur »Deuce« Perkins, Lee Vachss, Abraham »Kikey« Teitlebaum – ihr Motiv war die Ermordung von Dean Van Gelder, einem ehemaligen Häftling, der sich als der falsch identifizierte Delbert »Duke« Cathcart ausgegeben hatte. Die Schießerei wurde von ihm als Terrortaktik bezeichnet und war seinen Worten zufolge ein Versuch, das verbrecherische Kartell von Pierce Morehouse Patchett zu übernehmen, der vor kurzem ebenfalls einem Mord zum Opfer gefallen war. Das Justizministerium akzeptierte den von Captain Ed Exley vorgelegten 114seitigen Bericht und erklärte sich zufrieden mit dem Ergebnis. Die Aufklärung des Falls Nite Owl wurde Ed Exley gutgeschrieben. Er wurde in einer vom Fernsehen übertragenen Feier zum Inspector befördert.

Am nächsten Tag gab Preston Exley öffentlich bekannt, daß er sich um die Nominierung der Republikanischen Partei für das Amt des Gouverneurs bewerben wolle. In einer eilig durchgeführten Umfrage lag er bald darauf deutlich an der Spitze.

Johnny Stompanato kehrte aus Acapulco zurück und zog in Lana Turners Haus in Beverly Hills ein. Er verließ das Haus nicht und wurde ständig von Polizeibeamten unter Führung von Sergeant Duane Fisk und Sergeant Don Kleckner überwacht. Chief Parker und Ed Exley bezeichneten ihn als ihren »Nachtrag« zum Fall Nite Owl – der letzte lebende Täter, den man der Öffentlichkeit präsentieren konnte, die sich lange Zeit mit toten Killern hatte begnügen müssen. Sobald Stompanato Beverly Hills verließ und nach Los Angeles zurückkehrte, sollte er verhaftet werden. Parker wollte eine saubere, spektakuläre Aktion direkt an der Stadtgrenze – und er war bereit, darauf zu warten.

Der Fall Nite Owl und die Morde an Billy Dieterling und Jerry Marsalas blieben weiterhin Thema der Nachrichten, wurden aber nie miteinander in Verbindung gebracht. Timmy Valburn verweigerte jeden Kommentar. Raymond Dieterling veröffentlichte eine Presseerklärung, in der er von seinem Schmerz über den Verlust seines Sohnes sprach. Das Dream-a-Dreamland wurde einen Monat lang wegen Trauer geschlossen. Dieterling selbst zog sich in sein Haus in Laguna Beach zurück, wo ihm nur seine Freundin und Assistentin Inez Soto Gesellschaft leistete.

Sergeant Mike Breuning und Officer Dick Carlisle waren immer noch auf Sommerurlaub wegen dringender Familienangelegenheiten.

Captain Dudley Smith stand bei allen Pressekonferenzen des LAPD und der Staatsanwaltschaft im Zusammenhang mit dem Fall Nite Owl im Rampenlicht. Er war auch Toastmaster auf Thad Greens Überraschungsparty zu Ehren von Inspector Ed Exley. Die Tatsache, daß Johnny Stompanato noch auf freiem Fuß war, rund um die Uhr beobachtet wurde und damit gegen jeden Mordversuch geschützt war, schien ihn nicht im geringsten zu beunruhigen. Er schien auch keinen Wert darauf zu legen, Johnny Stompanato sobald wie möglich zu fassen.

Preston Exley, Raymond Dieterling und Inez Soto verzichteten darauf, Ed Exley wegen seiner Beförderung und der jetzt so guten Presse zu gratulieren.

Ed wußte, daß sie Bescheid wußten. Er nahm an, daß auch Dudley Bescheid wußte. Vincennes war tot, White kämpfte um sein Leben. Nur er und Bob Gallaudet wußten noch davon – und Gallaudet wußte nichts über seinen Vater und den Fall Atherton.

Ed hätte Dudley am liebsten sofort und mit eigenen Händen umgebracht.

Gallaudet meinte, dann könne er sich gleich selbst umbringen – das liefe auf dasselbe hinaus.

Sie beschlossen, abzuwarten und die Sache richtig zu erledigen.

Bud White machte das Warten fast unerträglich.

Er hatte Schläuche in den Armen, Splinte in den Fingern. Sein Brustkorb wurde von dreihundert Stichen zusammengehalten. Die Kugeln hatten seine Knochen zerschmettert und Arterien zerfetzt. Er hatte eine Metallplatte im Schädel. Lynn Bracken sorgte für ihn – aber sie konnte Ed nicht in die Augen sehen. White konnte nicht sprechen – zweifelhaft, ob er jemals die Sprache wiederfand. Seine Augen sprachen dafür um so beredter: Dudley, Ihr Vater. Was wollen Sie jetzt unternehmen in dieser Sache? Immer wieder machte der das V-Zeichen. Nach drei Besuchen verstand Ed endlich, was er damit meinte: das Victory Motel, das Hauptquartier des Mobster-Trupps.

Er fuhr hin. Im Motel fand er detaillierte Aufzeichnungen über Whites Ermittlungen wegen der Prostituiertenmorde. Die Aufzeichnungen verrieten einen Mann, der wußte, wo seine Grenzen lagen, und trotzdem nach den Sternen griff. Die meisten konnte er auch erreichen und zu sich herunterziehen. Er überwand, alle Grenzen dank seiner genialen und ausdauernden Wut und Entschlossenheit. Absolute Gerechtigkeit – anonym, ohne Lob, Beförderung und Ruhm. Ein einziger Satz über die Brüder Englekling, der ihm verraten hatte, daß ihr Mörder noch frei herumlief. Zimmer 11 im Victory Motel – zum erstenmal sah er Wendell »Bud« White, wie er wirklich war.

Ed wußte, warum er ihn dorthin geschickt hatte – und er machte weiter.

Ein Anruf bei der Telefongesellschaft, eine Befragung, mehr war nicht nötig. Eine Bestätigung, auf der er sein Motto aufbauen konnte: absolute Gerechtigkeit. Die Fernsehnachrichten meldeten, Ray Dieterling spaziere jeden Tag durch sein Dream-a-Dreamland – auf der Suche nach Tröstung in seinem verlassenen Reich der Phantasie. Er würde Bud White zu seiner Gerechtigkeit verhelfen.

* * *

Karfreitag 1958. Die Vormittagsnachrichten zeigten Preston Exley beim Betreten der St. James Episcopal Church. Ed fuhr zum Rathaus, ging nach oben zum Büro von Ellis Loew.

Es war noch früh – niemand am Empfang. Loew saß an seinem Schreibtisch und las. Ed klopfte an die Tür.

Loew blickte auf. »Inspector Ed. Kommen Sie rein, setzen Sie sich.«

»Ich stehe lieber.«

»Oh? Ist Ihr Besuch dienstlicher Natur?«

»Gewissermaßen. Letzten Monat hat Bud White Sie aus San Francisco angerufen und Ihnen gesagt, daß Spade Cooley der Sexkiller sei. Sie sagten ihm, sie würden eines Ihrer Teams darauf ansetzen, haben es aber nicht getan. Cooley hat mehr als fünfzehntausend Dollar für Ihren Sonderfonds gespendet. Sie haben von Ihrem Haus in Newport aus im Biltmore Hotel angerufen und mit einem Mitglied von Cooleys Band gesprochen. Sie haben ihm gesagt, er solle Cooley und die anderen warnen, daß ein verrückter Cop kommen und Ärger machen würde. White hat Deuce Perkins in die Mangel genommen, den wahren Killer. Perkins setzte ihn auf Spade an – wahrscheinlich dachte er, er würde ihn töten und ihn damit retten. Perkins wurde von Ihnen gewarnt und hat sich versteckt.

Aber nicht, ohne White vorher so fertigzumachen, daß er nur noch dahinvegetiert.«

Loew blieb ruhig. »Sie können nichts davon beweisen. Und seit wann interessieren Sie sich so für White?«

Ed legte eine Mappe auf den Schreibtisch. »Sid Hudgens hatte ein Dossier über Sie. Nötigung im Zusammenhang mit Wahlspenden, Einstellen von Verfahren gegen Geld. Er hat auch Aufzeichnungen über die Sache mit McPherson damals, und Pierce Patchett besaß eine Photographie von Ihnen, wie Sie sich mit einem männlichen Prostituierten abgeben. Entweder Sie treten von Ihrem Amt zurück, oder ich mache die Sache publik.«

Loew – leichenblaß. »Ich werde Sie mit mir nehmen.«

»Tun Sie das, ich freu' mich schon drauf.«

* * *

Er konnte es vom Freeway aus sehen: Rocketland und Paul's World direkt hintereinander – eine Rakete, die aus einem Berg zu kommen schien, ein riesiger leerer Parkplatz. Er nahm die öffentliche Straße zum Tor, zeigte dem Wachmann seine Dienstmarke. Der Mann nickte und öffnete.

Zwei Personen auf der Großen Promenade. Ed parkte, ging auf die beiden zu. Dream-a-Dreamland war so still, daß man eine Nadel hätte fallen hören.

Inez sah ihn – drehte sich um, die Hand auf Dieterlings Arm. Die beiden flüsterten, dann wandte sich Inez ab und ging weg.

Dieterling sah ihn an. »Inspector.«

»Mr. Dieterling.«

»Sagen Sie doch Ray. Und ich bin fast versucht zu fragen, warum Sie erst jetzt kommen.«

»Sie wußten, daß ich kommen würde?«

»Ja. Ihr Vater war anderer Meinung, aber ich wußte es besser. Und ich bin dankbar dafür, daß ich hier mit Ihnen sprechen kann.«

Paul's World lag ihnen direkt gegenüber – der falsche Schnee war fast blendend weiß. Dieterling sagte: »Ihr Vater, Pierce und ich waren Träumer. Pierces Träume waren böse und verrückt, aber meine waren gut und liebevoll. Die Träume ihres Vaters waren gnadenlos – so wie Ihre, schätze ich. Das sollten Sie wissen, ehe Sie über mich urteilen.«

Ed lehnte sich an das Geländer, machte es sich bequem. Dieterling redete zu seinem Berg.

* * *

1920.

Seine erste Frau Margaret kam bei einem Autounfall ums Leben – sie war die Mutter seines ersten Sohnes Paul. 1924 – seine zweite Frau Janice brachte den zweiten Sohn, Billy, zur Welt. Während seiner Ehe mit Margaret hatte er eine Affäre mit einer psychisch gestörten Frau namens Faye Borchard, die ihm im Jahre 1917 ebenfalls einen Sohn schenkte, der Douglas getauft wurde. Er gab ihr Geld, um die Existenz dieses Sohnes geheimzuhalten – er war ein aufstrebender junger Filmemacher, wollte sein Leben von allen Komplikationen freihalten und war bereit, dafür zu bezahlen. Nur er und Faye wußten, wer die Eltern von Douglas waren. Für Douglas war Ray Dieterling ein guter, wohlmeinender Freund.

Douglas wuchs bei seiner Mutter auf, wo ihn Dieterling regelmäßig besuchte. Ein doppeltes Familienleben: seine Frau Margaret verstorben, die Söhne Paul und Billy bei ihm und Janice in guter Obhut – eine traurige Frau, die sich wenig später von ihm scheiden ließ.

Faye Borchard nahm Laudanum. Sie zwang Douglas, sich die pornographischen Zeichentrickfilme anzusehen, die Raymond des Geldes wegen herstellte. Der Plan dazu stammte von Pierce Patchett und sollte das nötige Kapital für ihre legitimen Geschäfte liefern. Die Filme waren voller Erotik und Horror – mit fliegenden Ungeheuern, die vergewaltigten und töteten. Die Einfälle stammten ebenfalls von Patchett – er brachte seine Rauschgiftphantasien zu Papier und gab Ray Dieterling ein Tintenfaß in die Hand. Douglas war fasziniert von der Vorstellung vom Fliegen und den damit verbundenen sexuellen Möglichkeiten.

Dieterling liebte seinen Sohn Douglas – trotz seiner Wutanfälle und seiner gelegentlichen Schübe abnormen Verhaltens. Andererseits hatte er für seinen Sohn Paul nur Verachtung übrig – er war ein Kleingeist, tyrannisch und dumm. Douglas und Paul sahen einander sehr ähnlich.

Ray Dieterling wurde berühmt, Douglas Borchard immer wilder.

Er lebte mit Faye zusammen, schaute sich die gezeichneten Alpträume seines Vaters an – riesige Vögel, die Kinder vom Schulhof entführten – Patchetts Phantasien, auf Zelluloid gezeichnet. Schon als Teenager fiel er auf, weil er stahl, Tiere quälte, in billigen Lokalen unterkroch und sich die Strip-Shows ansah. Hier traf er auch Loren Atherton – der Böse fand einen willigen Komplizen.

Atherton war besessen von körperlicher Verstümmelung, Douglas vom Fliegen. Beide interessierten sich für Photographie und reagierten sexuell besonders auf Kinder. So brüteten sie die Idee aus, Kinder nach ihren eigenen Vorstellungen zu schaffen.

Sie fingen an, Kinder zu töten und aus den Teilen neue Körper zusammenzusetzen, wobei sie ihre Arbeit in allen Stadien photographisch festhielten. Douglas tötete Vögel, um den neuen Geschöpfen Flügel zu geben. Sie brauchten ein schönes Gesicht, und Douglas schlug das von Wee Willie Wennerholm vor – eine Art freundschaftlicher Verbeugung vor dem netten »Onkel Ray«, dessen frühe Arbeiten er so aufregend gefunden hatte. Die beiden entführten Wee Willie und töteten ihn.

Die Zeitungen nannten den Killer »Dr. Frankenstein« – ausgehend von der Annahme, daß es sich nur um eine Person handeln konnte. Inspector Preston Exley leitete die polizeilichen Ermittlungen. Dabei kam er auf Loren Atherton, einen auf Bewährung entlassenen Kinderschänder. Er verhaftete Atherton, entdeckte sein kleines Schlachthaus in einer Garage, seine Photosammlung. Atherton gestand die Verbrechen und sagte aus, er habe allein gearbeitet; er zog Douglas nicht mit hinein und äußerte den Wunsch, als König des Todes zu sterben. Die Presse überschüttete Preston Exley mit Lobeshymnen und verbreitete seinen Aufruf: Jeder, der Informationen über Atherton hatte, sollte sich als Zeuge melden.

Ray Dieterling besuchte Douglas. Allein in seinem Zimmer, entdeckte er einen Koffer voller geschlachteter Vögel sowie die in Trockeneis verpackten Finger eines Kindes. Er wußte sofort Bescheid.

Und er fühlte sich verantwortlich – seine aus Geldgier produzierten obszönen Werke hatten aus Douglas ein Ungeheuer gemacht. Er konfrontierte Douglas damit und erfuhr, daß sein Sohn zu der Zeit, als Wee Willie entführt wurde, möglicherweise in der Nähe der Schule gesehen worden war.

Sicherheitsmaßnahmen:

Ein Psychiater, dessen Schweigen erkauft wurde, untersuchte Douglas. Ergebnis: psychotische Persönlichkeitsstruktur, zusätzlich verstärkt durch chemische Ungleichgewichte im Gehirn. Therapie: lebenslange Einnahmen von Drogen, um ihn ruhigzustellen. Ray Dieterling war befreundet mit Pierce Patchett – einem Chemiker, der auf solche Drogen spezialisiert war. Pierce für die innere Sicherheit – Pierces Freund Terry Lux für die äußere.

Lux operierte Douglas und gab ihm ein neues Gesicht. Athertons Anwalt zögerte den Prozeß hinaus. Preston Exley suchte immer noch weitere Zeugen – eine in allen Medien publizierte Suche. Ray Dieterling war kurz vor einer Panik – und faßte dann einen kühnen Plan.

Er fütterte Douglas und den jungen Miller Stanton mit Drogen. Er prägte ihnen ein, auszusagen, sie hätten Loren Atherton gesehen, allein, wie er Wee Willie Wennerholm entführt habe. Sie hätten Angst gehabt, sich früher zu melden – Angst, daß Dr. Frankenstein sie sonst hole. Die Jungen erzählten Preston Exley ihre Geschichte, und er glaubte ihnen. Die beiden konnten das Ungeheuer identifizieren. Atherton erkannte seinen operativ veränderten Freund nicht wieder.

Zwei Jahre vergingen. Loren Atherton wurde vor Gericht gestellt, schuldig gesprochen und hingerichtet. Douglas wurde noch einmal von Terry Lux operiert, um auch die letzte Ähnlichkeit zu verwischen, damit der Junge, der ihn gesehen hatte, ihn nicht wiedererkannte. Douglas kam in eine Privatklinik und wurde mit Pierce Patchetts Drogen ständig ruhiggestellt – und von männlichen Pflegern bewacht. Ray Dieterling wurde immer erfolgreicher. Dann klopfte eines Tages Preston Exley an seine Tür.

Er brachte neue Nachrichten: Ein junges Mädchen, jetzt natürlich älter geworden, hatte sich gemeldet. Sie hatte Dieterlings Sohn Paul zusammen mit Atherton gesehen – und zwar bei der Schule und genau an dem Tag, als Wee Willie entführt worden war.

Dieterling wußte, daß es in Wirklichkeit Douglas war – die Ähnlichkeit mit Paul war ungeheuer groß. Er bot Exley eine große Geldsumme an, wenn er der Sache nicht nachgehe. Exley nahm das Geld – und versuchte später, es wieder zurückzugeben. Er sagte: »Gerechtigkeit. Ich muß den Jungen verhaften.«

Dieterling sah sein Imperium untergehen. Er sah den kleingeistigen, gedankenlosen Paul entlastet. Er sah Douglas verhaftet – vernichtet wegen des Kummers, den seine Kunst so vielen bereitet hatte. Er bestand darauf, daß Exley das Geld behielt – und Exley protestierte nicht. Er fragte nur, ob es nicht noch einen anderen Weg gebe.

Exley fragte ihn, ob Paul schuldig sei.

Raymond Dieterling sagte: »Ja.«

Preston Exley sagte: »Hinrichtung.«

Raymond Dieterling gab seine Zustimmung.

Er fuhr mit Paul in die Sierra Nevada, wo Preston Exley bereits wartete. Sie mischten Paul Rauschgift ins Essen. In der Nacht erschoß ihn Exley im Schlaf und begrub ihn. Die Welt dachte, Paul sei in einer Lawine umgekommen – und die Welt glaubte bereitwillig an diese Lüge. Dieterling dachte, er würde den Mann dafür hassen. Aber der Ausdruck auf seinem Gesicht sagte ihm, daß er auch nur ein Opfer der Umstände war. Jetzt gab es etwas, was die beiden Männer verband. Preston Exley kehrte dem Polizeidienst den Rücken, um mit dem Geld, das er von Dieterling erhalten hatte, ein Bauunternehmen zu gründen. Als Thomas Exley getötet wurde, war Ray Dieterling der erste, den er anrief. Zusammen bauten sie eine neue Welt auf – vom Gewicht ihrer Toten.

* * *

Dieterling schloß mit den Worten: »Das ist also mein reichlich pathetisches Happy End.«

Berge, Raketen, Flüsse – alles schien zu lächeln. »Mein Vater hat nie von Douglas gewußt? Er dachte wirklich, daß Paul schuldig sei?«

»Ja. Können Sie mir vergeben? Im Namen Ihres Vaters?«

Ed nahm eine Spange aus der Tasche. Goldene Eichenblätter – das Rangabzeichen von Preston Exley. Ein Erbstück – zuerst hatte es Thomas getragen. »Nein. Ich werde der Grand Jury einen Bericht schicken und beantragen, Sie wegen Mordes an Ihrem Sohn anzuklagen.«

»Eine Woche noch, damit ich meine Angelegenheiten regeln kann? Wohin sollte ich schon fliehen – ein so berühmter Mann wie ich?«

Ed sagte: »Gut.« Dann ging er zu seinem Wagen.

***

Das Modell des Freeway-Systems war verschwunden – statt dessen hingen jetzt überall Wahlplakate. Art De Spain war dabei, Flugblätter auszupacken. Er trug keine Armbinde – eine vernarbte Schußwunde wie aus dem Lehrbuch. »Hallo, Eddie.«

»Wo ist mein Vater?«

»Er ist gleich zurück. Ich gratuliere zum Inspector. Ich wollte eigentlich anrufen, aber es war alles ein bißchen hektisch in letzter Zeit.«

»Vater hat mich auch nicht angerufen. Ihr tut alle so, als sei alles in schönster Ordnung.«

»Eddie…«

Eine Ausbuchtung an Arts linker Hüfte – er trug immer noch eine Waffe. »Ich habe gerade mit Ray Dieterling gesprochen.«

»Wir hofften, du würdest das nicht tun.«

»Gib mir deine Waffe, Art.«

De Spain reichte ihm den Revolver mit dem Griff zuerst. Schalldämpfergewinde, Smith & Wesson, Kaliber .38.

»Warum?«

»Eddie…«

Ed entfernte die Patronen. »Dieterling hat mir alles gesagt. Und du warst damals der erste Mann meines Vaters.«

Ein stolzer Blick. »Du kennst meine Vorgehensweise, Sunny Jim. Ich hab's für Preston getan. Ich war ihm immer ein ergebener und loyaler Adjutant.«

»Und du wußtest Bescheid über Paul Dieterling.«

De Spain nahm die leere Waffe entgegen. »Ja, und ich weiß schon seit einigen Jahren, daß er nicht der wahre Mörder war. Ich habe '48 oder so einen Hinweis erhalten. Demnach hielt er sich zur Tatzeit der Wennerholm-Entführung woanders auf. Ich wußte nicht, ob Ray uns Paul nun rechtmäßig überlassen hatte oder nicht, und ich wollte Preston nicht das Herz brechen und ihm sagen, er hätte einen unschuldigen Jungen getötet. Ich wollte seine Freundschaft mit Ray nicht gefährden – es hätte ihn zu tief getroffen. Du weißt, wie sehr mich der Fall Atherton immer beschäftigt hat. Ich habe immer herauszufinden versucht, wer die Kinder umgebracht hat.«

»Und hast es nie erfahren.«

De Spain schüttelte den Kopf. »Nein.«

Ed sagte: »Und jetzt zu den Brüdern Englekling.«

Art nahm ein Plakat in die Hand: Preston vor den Bauzeichnungen. »Ich habe einen Besuch im Bureau gemacht, ich glaube, es –war im Jahr 1953. Am Schwarzen Brett von Ad Vice hingen Photos. Nett aussehende Kids, alle in einer Reihe. Das Ganze erinnerte mich irgendwie an die Bilder, die Loren Atherton gemacht hatte, und ich wußte, daß nur Preston und ich und ein paar Männer diese Photos je gesehen hatten. Ich versuchte, die Herkunft der Bilder zu ermitteln, aber ohne Erfolg. Eine Weile später hörte ich, daß die Brüder Englekling im Rahmen der Nite-Owl-Untersuchung etwas über Porno-Pläne ausgesagt hatten, aber du bist der Sache damals nicht weiter nachgegangen. Ich dachte mir gleich, die beiden wüßten etwas, aber ich konnte sie nicht ausfindig machen. Letztes Jahr erhielt ich dann einen Tip, daß die beiden in einer Druckerei bei Frisco arbeiteten. Ich bin raufgefahren, um mich mit ihnen zu unterhalten. Ich wollte nur rausfinden, wer diese Pornos gemacht hatte.«

Whites Aufzeichnungen: gottverdammt schreckliche Foltern. »Nur mit ihnen unterhalten? Ich weiß, was da draußen passiert ist!«

Schrecklicher Stolz leuchtete in seinen Augen. »Die haben gedacht, ich will sie erpressen, und dann ist einfach alles schiefgegangen. Die beiden hatten ein paar alte Porno-Negative, und ich habe versucht, sie dazu zu bringen, daß sie die betreffenden Personen identifizieren. Sie hatten ein bißchen Heroin und ein paar antipsychotische Drogen. Sie sagten, sie würden einen alten Lustknaben kennen, der eine Heroinmischung unter die Leute bringen wollte, mit der man die Welt aus den Angeln heben könnte, aber sie wüßten noch was besseres. Sie lachten mich aus, nannten mich ›Pops‹. Ich hatte den Eindruck, daß sie genau wußten, wer diese Pornos hergestellt hatte. Ich weiß nicht … ich weiß nur, daß ich völlig durchgedreht bin. Ich erinnere mich, wie ich dran denken mußte, daß sie alle die Kinder umgebracht hatten. Ich glaube, ich befürchtete, sie würden Preston irgendwie weh tun. Eddie, die haben mich einfach ausgelacht. Ich habe gedacht, die beiden wären Drogendealer. Ich habe gedacht, daß sie im Vergleich zu Preston überhaupt nichts waren. Und dann hat dieser alte Mann hier alle beide erledigt.«

Er hatte das Plakat in kleine Fetzen zerrissen. »Du hast zwei Menschen für nichts und wieder nichts getötet.«

»Nicht für nichts. Für Preston. Und ich flehe dich an, ihm nichts davon zu sagen.«

»Auch nur ein Opfer« – vielleicht das Opfer, das der Gerechtigkeit entgehen würde.

»Eddie, er darf es nicht wissen. Und er darf auch nicht erfahren, daß Paul Dieterling unschuldig war. Ich bitte dich, Eddie.«

Ed schob ihn beiseite und ging langsam durch das Haus. Als er die Wandteppiche seiner Mutter sah, mußte er an Lynn denken. Sein altes Zimmer erinnerte ihn an Bud und Jack. Das Haus wirkte schmutzig – mit schmutzigem Geld gekauft und bezahlt. Er ging die Treppe hinunter, sah seinen Vater in der Tür stehen.

»Edmund?«

»Ich verhafte dich wegen Mordes an Paul Dieterling. Ich komme dich in ein paar Tagen abholen.«

Der Mann bewegte sich keinen Zentimeter. »Paul Dieterling war ein psychopathischer Killer, der die Strafe, die er von mir empfing, mehr als verdient hatte.«

»Er war unschuldig. Aber auf jeden Fall war es vorsätzlicher Mord.«

Nicht das geringste Zeichen von Reue. Unbeweglich, unbeugsam, unempfindlich – unausrottbare Selbstgerechtigkeit. »Edmund, du scheinst mir im Augenblick ziemlich verwirrt zu sein.«

Ed ging an ihm vorbei. Sein Abschied: »Gott verdamme dich für das Schlechte, das ich von dir mitbekommen habe.«

* * *

Er fuhr nach Downtown zum Dining Car: ein heller Ort voller freundlicher, netter Menschen. Gallaudet saß an der Bar, nippte an einem Martini. »Schlechte Neuigkeiten von Dudley. Ich glaube, was Sie jetzt hören, wird Ihnen nicht besonders gefallen.«

»Kann auch nicht schlimmer sein als das, was ich heute schon gehört habe.«

»Ach ja? Also – wir können Dudley nicht das Geringste anhaben, er wird ungestraft davonkommen. Lana Turners Tochter hat gerade Johnny Stompanato erstochen. Im Krankenhaus konnte nur noch sein Tod festgestellt werden. Fisk war auf Beobachtungsposten gegenüber dem Haus und sah, wie der Notarztwagen und die Kollegen von der Polizei in Beverly Hills Johnny abtransportiert haben. Kein Zeuge gegen Dudley, keine Beweise gegen Dudley. Großartig, mein Junge.«

Ed griff nach dem Martini und kippte ihn hinunter. »Dudley kann mich am Arsch lecken. Zum Teufel mit ihm. Ich hab' einen Riesenbatzen Geld von Patchett in der Tasche, und ich werde diesen verdammten irischen Arsch fertigmachen, und wenn es das Letzte ist, was ich im Leben mache, mein Junge.«

Gallaudet lachte. »Darf ich mir eine Bemerkung erlauben, Inspector?«

»Sicher.«

»Sie klingen von Tag zu Tag mehr wie Bud White.«

KALENDER
APRIL 1958

AUSZUG: L.A. *Times*, 12. April:

Grand Jury prüft Nite-Owl-Beweise
Erklärt Fall für abgeschlossen

Auf den Tag genau fast genau fünf Jahre nach dem Verbrechen haben City und County von Los Angeles endlich den »Fall des Jahrhunderts« ad acta gelegt: den berühmt-berüchtigten Mordfall Nite Owl.

Am 16. April 1953 betraten drei bewaffnete Männer den Nite Owl Coffee Shop am Hollywood Boulevard und erschossen die drei Angestellten des Lokals sowie drei Gäste. Als Motiv vermutete man Habgier, und bald schon fiel der Verdacht auf drei schwarze Jugendliche, die unter dringendem Tatverdacht verhaftet wurden. Die drei – Raymond Coates, Tyrone Jones und Leroy Fontaine – konnten aus dem Untersuchungsgefängnis entfliehen und wurden erschossen, als sie bei ihrer erneuten Festnahme Widerstand leisteten. Die drei Jugendlichen hatten, wie es hieß, vor ihrer Flucht angeblich Staatsanwalt Ellis Loew gegenüber ein Geständnis abgelegt, und so wurde der Fall als abgeschlossen betrachtet.

Vier Jahre und zehn Monate später meldete sich bei den Behörden ein Häftling namens Otis John Shortell aus dem Zuchthaus von San Quentin und sagte aus, er sei genau zur Zeit des Überfalls auf das Nite Owl mit Coates, Jones und Fontaine zusammengewesen und habe gemeinsam mit den dreien eine junge Frau vergewaltigt. Shortells Aussage hielt auch einem Lügendetektortest stand und führte dazu, daß der Fall auf massiven Druck der Öffentlichkeit wieder aufgenommen wurde.

Der Skandal verschärfte sich, als am 25. Februar Peter

und Baxter Englekling ermordet wurden. Die beiden Brüder – bekannte Rauschgifthändler – waren während der Ermittlungen im Fall Nite Owl als wichtige Belastungszeugen hervorgetreten und hatten damals ausgesagt, die Morde hätten mit einem Netz von Intrigen um einen Pornohandel im Zusammenhang gestanden. Die Morde an den Engleklings sind bis heute ungeklärt. Dazu Lieutenant Eugene Hatcher vom Marin County Sheriff's Department: »Nicht den geringsten Anhaltspunkt. Aber wir arbeiten weiterhin an diesem Fall.«

Der Fall Nite Owl wurde wieder aufgerollt. Dabei wurde schon bald entdeckt, daß in der Tat eine Verbindung zum Pornohandel bestand. Am 27. März wurde der wohlhabende Finanzier Pierce Morehouse Patchett in seinem Haus in Brentwood erschossen, und zwei Tage später erschoß die Polizei die mutmaßlichen Täter, Abraham Teitlebaum (49) und Lee Peter Vachss (44). Am gleichen Tag fand auch das berüchtigte »Drillich-Massaker« statt. Unter den kriminellen Opfern dieses Blutbads war auch Burt Arthur »Deuce« Perkins, ein Nachtklubsänger mit Verbindungen zur Unterwelt. Nach den letzten Erkenntnissen ging die Polizei davon aus, daß Teitlebaum, Vachss und Perkins vermutlich die Täter im Mordfall Nite Owl waren. Dazu LAPD Captain Dudley Smith:

»Die Nite-Owl-Morde waren Teil einer großangelegten Verschwörung zum Verkauf und Vertrieb von scheußlichem und menschenfeindlichem pornographischen Schund. Teitlebaum, Vachss und Perkins hatten versucht, einen der Stammgäste des Nite Owl, einen gewissen Delbert ›Duke‹ Cathcart zu töten, seines Zeichens ebenfalls Pornohändler, um auf diese Weise Pierce Patchetts Pornosyndikat zu übernehmen. Bei dem Opfer handelte es sich aber in Wirklichkeit um einen gewissen Dean Van Gelder, einen Kriminellen, der als Doppelgänger von Cathcart aufgetreten war und an dessen Stelle in dem Lokal saß. Der Mordfall Nite Owl wird in die Geschichte eingehen als ein Beispiel für die grausamen Zufälle des Schicksals, und ich bin erleichtert, daß der Fall endlich gelöst ist.«

Der damalige Captain und jetzige Inspector Edmund Exley, dem die endgültige und korrekte Lösung des Falls Nite Owl zu verdanken ist, erklärte, der Fall sei damit endgültig abgeschlossen, ungeachtet hartnäckiger Gerüchte, denen zufolge ein vierter Verschwörer unmittelbar bei der Festnahme verstorben sein soll. »Das ist Unsinn«, sagte Exley. »Ich habe der Grand Jury einen ausführlichen Bericht über den Fall vorgelegt und selbst umfassend dazu Stellung genommen. Die Grand Jury hat meine Erkenntnisse akzeptiert. Damit ist alles vorbei.«

Allerdings unter beträchtlichen Kosten. LAPD Chief of Detectives Thad Green, der in Kürze aus dem Polizeidienst ausscheiden und das Kommando über die U. S. Border Patrol übernehmen wird, meinte in diesem Zusammenhang: »Was die reinen Kosten und die Gesamtzahl der bei den Ermittlungen aufgewendeten Arbeitsstunden pro Mann angeht, war der Fall Nite Owl einzigartig. Mit einem solchen Fall hat man es nur einmal im Leben zu tun, und der Preis, ihn zu lösen, war sehr, sehr hoch.«

AUSZUG: L. A. *Mirror-News* vom 15. April:

Rücktritt von Loew ein Schock
Juristenszene in Aufruhr

In Juristenkreisen von Southland wird heftig spekuliert: Warum hat der Bezirksstaatsanwalt von Los Angeles, Ellis Loew, gestern seinen Rücktritt erklärt und damit auf eine glänzende politische Karriere verzichtet? Loew (49) gab seinen Rücktritt auf seiner wöchentlich stattfindenden Pressekonferenz bekannt; als Gründe für seine Entscheidung nannte er nervöse Erschöpfung und den Wunsch, wieder in seine private Kanzlei zurückzukehren. Ihm nahestehende Mitarbeiter äußerten sich befremdet über seine Entscheidung, die völlig unerwartet und für ihn untypisch sei. Die Staatsanwaltschaft ist konsterniert: Ellis Loew galt bisher als glücklich, fit und bei bester Gesundheit.

Der oberste Ankläger in Strafsachen, Robert Gallaudet, sagte auf Fragen unseres Reporters: »Hören Sie, ich bin absolut schockiert, und das passiert mir wahrlich nicht oft. Was Ellis' wahres Motiv sein könnte? Ich weiß es nicht, das müssen Sie ihn selbst fragen. Und wenn der Stadtrat einen Ersatz für ihn nominiert, hoffe ich, daß die Entscheidung auf mich fällt.«

Nachdem sich die Schockwellen gelegt hatten, kamen die zustimmenden Reaktionen. LAPD Chief William H. Parker nannte Loew einen »entschlossenen und fairen Kämpfer gegen die Kriminalität«, und Parkers enger Berater, Captain Dudley Smith, sagte: »Ellis wird uns fehlen. Er war ein großer Freund der Gerechtigkeit.« Gouverneur Knight und Bürgermeister Norris Poulson schickten Loew Telegramme, in denen sie ihn baten, seine Entscheidung noch einmal zu überdenken. Loew selbst war für eine Stellungnahme nicht zu erreichen.

AUSZUG aus: L.A. *Herald-Express* vom 19. April:

Selbstmorde in Dream-a-Dreamland: Kummer und Bestürzung nehmen zu

Man fand sie gemeinsam in Dream-a-Dreamland, das vorübergehend geschlossen wurde im Gedenken an den persönlichen Verlust eines großen Mannes. Preston Exley (64), ehemaliger Polizist des LAPD, Bauunternehmer und politischer Hoffnungsträger; Inez Soto (28) Leiterin des Publicitybüros des größten und berühmtesten Vergnügungsparks der Welt und wichtige Zeugin im berüchtigen Mordfall Nite Owl; und Raymond Dieterling (66), der Vater des modernen Zeichentrickfilms und geniale Schöpfer dieser neuen Kunstform, der Mann, der das Dream-a-Dreamland zu Ehren seines tragisch ums Leben gekommenen Kindes erbaute. Die ganze Welt und besonders Los Angeles sind starr vor Kummer und Bestürzung über diesen Verlust.

Man fand sie letzte Woche gemeinsam auf der Großen Promenade von Dream-a-Dreamland. Die drei hinterließen keine Abschiedsbriefe, aber der Leichenbeschauer des County, Frederic Newbarr, schloß sofort jede Fremdeinwirkung aus und registrierte die Todesfälle als Selbstmorde. Alle drei hatten eine tödliche Dosis eines überaus seltenen antipsychotischen Medikaments eingenommen. Die Nachricht wurde mit großer Trauer und Bestürzung aufgenommen. Präsident Eisenhower, Gouverneur Knight und Senator William Knowland sowie viele andere sprachen den Angehörigen der Toten ihr Beileid aus. Sowohl Exley als auch Dieterling hinterließen ein beträchtliches Vermögen. Exley vermachte sein riesiges Bauunternehmen seinem langjährigen Berater Arthur De Spain und sein Kapitalvermögen von rund 17 Millionen Dollar seinem Sohn Edmund, einem Polizisten des LAPD. Dieterlings mehr als riesiges Vermögen wurde einer Stiftung übertragen mit dem Ziel, das Kapital und die laufenden Gewinne aus dem Betrieb von Dream-a-Dreamland an eine Reihe von Kinderhilfsfonds zu verteilen. Die rechtlichen Fragen waren damit geklärt, aber in der Öffentlichkeit hielten Schock und Trauer fast unvermindert an, und die Frage nach den Gründen für die Tat löste die wildesten Spekulationen aus.

Miss Soto hatte eine romantische Beziehung mit Preston Exleys Sohn Edmund unterhalten und war zutiefst betroffen über die jüngste Publicity, die sie im Zusammenhang mit dem Fall Nite Owl erfuhr. Raymond Dieterling war verstört über die Ermordung seines Sohnes William. Preston Exley dagegen hatte gerade erst seinen größten Triumph gefeiert, die Fertigstellung des neuen Autobahnsystems für Südkalifornien, und seine Kandidatur für das Amt des Gouverneurs angekündigt. Eine kurz vor seinem Tod veröffentlichte Umfrage hatte ergeben, daß ihm aller Voraussicht nach die Nominierung durch die Republikanische Partei sicher war. Es scheint demnach kein einleuchtendes Motiv für seinen plötzlichen Freitod zu geben. Die beiden Personen, die ihm am nächsten standen – Arthur De Spain und Sohn Edmund – verweigerten jede Stellungnahme zu dieser Frage.

Eine Flut von Beileidsbriefen und Blumenspenden überschwemmt Dream-a-Dreamland und Preston Exleys Villa in Hancock Park. Im gesamten Staat Kalifornien wehen die Fahnen auf Halbmast. Hollywood betrauert den Verlust eines Giganten der Filmindustrie. Ein einziges Wort liegt auf den Lippen von Millionen von Menschen: »Warum?«

Preston Exley und Ray Dieterling waren Giganten. Inez Soto war ein tapferes, vom Schicksal geschlagenes Mädchen, das zu ihrer Vertrauten und engen Freundin wurde. Alle drei ergänzten vor ihrem Tod ihren letzten Willen um die Bestimmung, gemeinsam auf See bestattet zu werden. Diese Seebestattung fand gestern statt, ohne Zeremonie, ohne kirchliche Trauerandacht, ohne geladene Gäste. Der Chef des Wachdienstes von Dream-a-Dreamland traf alle Vorkehrungen und verweigerte jede Auskunft darüber, wo die Toten zur ewigen Ruhe gebettet wurden. Und immer noch fragen sich Millionen von Menschen: »Warum?«

Bürgermeister Norris Poulson weiß darauf keine Antwort, aber er widmete den Toten einen verdienten Nachruf: »Diese beiden Männer standen, ganz einfach ausgedrückt, für die Verwirklichung eines großen Traums - der Vision von Los Angeles als einer Stadt von magischem Charme und hoher Lebensqualität. Mehr als jeder andere verkörperten Raymond Dieterling und Preston Exley die kühnen und großen Träume, aus denen diese Stadt aufgebaut ist.«

FÜNFTER TEIL

Nach dem Abschied

78

Ed trug seine blaue Ausgehuniform.

Parker lächelte, als er ihm die goldenen Sterne an die Schulter heftete. »Deputy Chief Edmund Exley. Chief of Detectives des Los Angeles Police Department.«

Beifall, Blitzlichter. Ed schüttelte Parker die Hand, warf einen Blick auf die Menge. Politicos, Thad Green, Dudley Smith. Ganz hinten im Raum sah er Lynn.

Anhaltender Beifall, eine Kette von Gratulanten, die ihm die Hand schütteln wollten. Unter ihnen Bürgermeister Poulson, Galludet, Dudley.

»Mein Junge, Sie haben wirklich großartige Arbeit geleistet. Ich freue mich darauf, unter ihrem Kommando zu stehen.«

»Vielen Dank, Captain. Ich bin sicher, wir werden uns großartig vertragen.«

Dudley zwinkerte mit den Augen.

Der Stadtrat defilierte vorbei. Parker ging voran und führte die Menge zu den wartenden Erfrischungen. Lynn blieb in der Tür stehen.

Ed ging zu ihr hin. Lynn sagte: »Ich kann's nicht glauben. Da gebe ich nun einen Helden mit siebzehn Millionen Dollar auf für einen Krüppel mit einer kleinen Rente. Arizona, Liebe. Die Luft ist ideal für Rentner da unten, und außerdem ist mir dort alles vertraut.«

Sie war älter geworden im letzten Monat – nicht mehr schön, nur noch hübsch. »Wann geht's los?«

»Jetzt gleich, eh ich mich anders besinne.«

»Mach mal deine Handtasche auf.«

»Wie bitte?«

»Frag nicht lange, mach schon.«

Lynn öffnete ihre Handtasche – Ed ließ ein Bündel hineinfallen. »Gib's schnell aus – es ist schmutziges Geld.«

»Wieviel?«

»Genug, um Arizona zu kaufen. Wo ist White?«

»Unten im Wagen.«

»Ich bring' dich runter.«

Sie umgingen die Festgesellschaft, nahmen die Seitentreppe nach unten. Lynns Packard stand auf dem für den Wachhabenden reservierten Parkplatz, ein Strafzettel unter dem Scheibenwischer. Ed zerriß ihn und warf einen Blick auf den Rücksitz.

Bud White. Schienen an den Beinen, der Kopf kahlgeschoren und voller Nähte. Die Hände waren nicht geschient – sie wirkten so kräftig wie früher. Die Drähte in seinem Mund verliehen ihm ein absurdes Aussehen.

Lynn war ein paar Schritte entfernt stehengeblieben. White versuchte zu lächeln, brachte nur eine Grimasse zustande. Ed sagte: »Ich schwöre Ihnen, daß ich Dudley kriege. Ich schwöre Ihnen, ich werd's schaffen.«

White packte seine Hände, drückte so lange, bis beide vor Schmerz das Gesicht verzogen. Ed sagte: »Vielen Dank fürs Treten.«

Ein Lächeln, ein Lachen – trotz der Drähte im Mund. Ed berührte sein Gesicht. »Sie waren meine Erlösung.«

Von oben Partylärm – Dudley Smith lachte laut. Lynn sagte: »Wir sollten jetzt fahren.«

»Hatte ich je eine Chance?«

»Einige Männer kriegen die Welt, andere kriegen Ex-Nutten und 'ne Fahrt nach Arizona. Du gehörst zu ersteren, aber bei Gott, ich beneide dich nicht um all das Blut, daß du auf dem Gewissen hast.«

Ed küßte sie auf die Wange. Lynn stieg in den Wagen, rollte die Fenster hoch. Bud preßte die Hände an die Scheibe.

Ed legte seine von außen dagegen. Sie waren nur halb so groß wie die anderen. Der Wagen fuhr an – Ed rannte nebenher, Hand auf Hand gepreßt. Das Auto bog in die Hauptstraße ein. Lynn drückte zum Abschied noch einmal auf die Hupe.

Goldene Sterne. Er war allein mit seinen Toten.

Die am häufigsten vorkommenden amerikanischen Begriffe und ihre Bedeutung

Administration Vice, Ad Vice	Sittendezernat
APO	Angriff auf einen Polizisten (Assault on a Police Officer)
Bennies	Benzedrin (Aufputschmittel)
Big H	Heroin
Chain Gang	Gruppe von Sträflingen, die zur Arbeit im Freien aneinander gekettet sind
Distinguished Service Cross	zweithöchste militärische Auszeichnung der USA
Goofball	Beruhigungspille
Grand Jury	Große Schwurgerichtskammer
H	Heroin
Homicide Adjunct Surveillance	Spezialeinheit der Polizei, die mit Mordfällen in Verbindung stehende Verbrechen untersucht
Intelligence Division	Nachrichtendienstliche Polizeiabteilung
Internal Affairs Division	Polizeiabteilung, die mit internen Problemen betraut ist, z. B. Dienstvergehen, Disziplinarmaßnahmen etc.
LAPD	Los Angeles Police Department, die Stadtpolizei von Los Angeles
Maryjane	Marihuana
Narcotics Division, Narco	Drogendezernat
O	Opium
Pachuco	Mexikaner
Reefer	Marihuanazigarette
Rookie	Anfänger im Polizeidienst
Spic	Amerikaner hispanischer Abstammung

USC	University of South California
UCLA	University of California in Los Angeles
Wetback	illegaler Einwanderer (aus Mexiko)

Bitte beachten Sie
die folgenden Seiten

Fürsten der Großstadt

Ed McBain ist der Großmeister des modernen Polizeiromans – oft kopiert, aber nie erreicht.

DAS 87. POLIZEIREVIER
Clifford dankt Ihnen (10183)
Der Pusher (10389)
Polizisten leben gefährlich (10412)
Späte Mädchen sterben früher (10461)
Die zehn Gesichter der Annie Boone (10545)
Killers Lohn (10575)
Ausgetrickst (10610)
Selbstmord kommt vor dem Fall (10640)
Kings Lösegeld (10657)
Schöne Bescherung (10664)
Schüsse im Regen (10669)
Priester, Tod und Teufel (10695)
Stirb, Kindchen, stirb (10710)
Schöne Bescherung (10718)

Ed McBain

Kriminalroman

Blut aus dem Orient

Spannende Romane über die Arbeit einer japanischen Polizeitruppe – Kriminalliteratur, wie es sie in Deutschland noch nicht gegeben hat.

»Vor allem die Beschreibung des japanischen Alltagslebens hebt Melvilles Kriminalromane aus der Masse der Kriminalliteratur heraus.«

Darmstädter Echo

Lohn des Zen (10358)
Die Chrysanthemen-Kette (10368)
Das neunte Netsuke (10434)
Sayonara für eine Sängerin (10440)
Tod eines Daimyo (10463)
Die Todeszeremonie (10514)
Vorsicht, Fremder (10537)
Kimono für eine Leiche (10591)
Ein Ronin spielt nicht mit (10617)
Chrysantheme und Schwert (10641)
Der falsche Buddha (10713)
Ein Haiku für Hanae (10724)

James Melville

Kriminalroman

Krieg im Dunkeln

Über die doppelbödigen Spionageromane des Anthony Price schrieb der englische Kriminalschriftsteller H. R. F. Keating in der Londoner *Times:* »Diese Bücher möchte man am liebsten gleichzeitig sofort bis zum Ende lesen und sich noch stundenlang damit beschäftigen.«

Labyrinth (10362)
Hinterhalt (10372)
Colonel Butlers Wolf (10402)
Oktobermänner (10407)
Umwege zum Ruhm (10413)
Geister von morgen (10419)
Aufmarsch der Esel (10425)
Kein Platz für Krieger (10431)
Das Vengeful-Komplott (10444)
Gunner Kelly (10458)
Spione am Kreuzweg (10470)
Unser Mann in Camelot (10486)
Unter Ungeheuern (10524)
Im Namen der Nation (10615)
Auf blutigem Boden (10625)
Wer zuletzt rächt (10722)

Anthony Price

Kriminalroman